THE CAMBRIDGE COMPANION TO SCIENCE FICTION

# 剑桥科幻文学史

【英】爱德华·詹姆斯 法拉·门德尔松 主编
穆从军 译

天津出版传媒集团
百花文艺出版社

图书在版编目（CIP）数据

剑桥科幻文学史 / (英) 爱德华·詹姆斯, (英) 法拉·门德尔松主编；穆从军译. -- 天津：百花文艺出版社, 2018.3(重印2019.8)
(科幻文学馆)
ISBN 978-7-5306-7442-0

Ⅰ. ①剑… Ⅱ. ①爱… ②法… ③穆… Ⅲ. ①科学幻想小说-小说史-世界 Ⅳ. ①I106.4

中国版本图书馆CIP数据核字(2017)第290012号



**剑桥科幻文学史**
JIANQIAO KEHUAN WENXUESHI
[英] 爱德华·詹姆斯,[英] 法拉·门德尔松主编　穆从军译

---

**选题策划**：成　全　　**封面设计**：王　烨
**责任编辑**：成　全　孙　艳
**出版发行**：百花文艺出版社
**地址**：天津市和平区西康路 35 号　**邮编**：300051
**电话传真**：+86-22-23332651（发行部）
+86-22-23332656（总编室）
+86-22-23332478（邮购部）
**主页**：http://www.baihuawenyi.com
**印刷**：北京印匠彩色印刷有限公司
**开本**：880×1230 毫米　1/32
**字数**：238 千字
**印张**：15.875
**版次**：2018 年 3 月第 1 版
**印次**：2019 年 8 月第 2 次印刷
**定价**：58.00元

---

如有印装质量问题，请与北京印匠彩色印刷有限公司联系调换
地址：北京市顺义区高丽营镇
电话：(010)69491689
邮编：101399

# 总　序

吴岩[1]

任何一个学术领域都是跨人际的对话场，引导领域发展的重要条件是打通各种人际区域的壁垒，寻找共同话题和可以求得共识的主题。对于科幻文学与艺术这个新兴领域，这种消除壁垒、寻求公共空间的努力更显得非常紧迫。科幻文学馆策划的这套科幻理论系列，恰恰是在这个方面做出了自己的努力。

在我看来，这套科幻理论系列目前出版的三本，真正反映了科幻研究的多元性、多方法性、多目的性和可共识性。

先从第一本《剑桥科幻文学史》开始。名曰文学史，实为一

① 吴岩，科幻作家，博士生导师，南方科技大学人文中心教授，中国科普作家协会副理事长。主要学术作品《科幻文学论纲》，主要科幻作品《心灵探险》《生死第六天》。

本在国外享有盛名的科幻理论经典文集。文集的编者力图从当代科幻研究最有成效的重点内容中，挑选最值得阅读的文献进行汇编。于是，一本覆盖了科幻史、批评方法、内容主题的大文集便呈现在读者面前。从文集选文的作者来看，几乎都是该领域的顶尖学者，而内容涵盖的广泛性，也大致勾勒了当代科幻研究的热点主题。我觉得这本书对当前正在高校进行科幻学习或在各个领域中进行科幻科研的读者来说，是一个很好的吸纳观点、探测研究方法、了解研究规范的优秀读本。而其中的内容对喜好科幻的普通读者也很有价值。至少，其中提到的作品值得你找来细读，围绕一些观点的相互讨论，会让你更加深度理解科幻文学作为一种认知性读物的真正含义。

科幻文学是来源于西方的一种文类，但今天却广泛地分布在全球许多文化体系之内。如何思考和判断这些现象，怎样为本土科幻文学的繁荣寻找可能的模板？或者，怎样从平行发展的文化中提取经验？这些难题仍然困扰着包括中国在内的许多国家和民族。我欣喜地看到，本系列中《拉美科幻文学史》为这个问题的解决提供了一个来源于另一种文化的有效参考。通读这本著作，让我深深地感到，科幻文学在第三世界的发展，其实有着许多共同的问题，而其他文化中对这个问题的解决方案，确实对我们具有积极的启示作用。相信这本著作除了对喜好科幻文学与文化的人具有参考价值，也对研究欠发达国家文学艺术现代化过程具有积极意义。

与其他早已嵌入主流的文学形式不同，科幻文学在主流文学与文化研究中存在的历史,至今仅有不到四十年的时间。此前,对这一文类的思考与批评多数在流行文学、科普文学,甚至儿童文学领域中才能看到。但恰恰是这种学术起源的差异,使科幻文学研究的从业者远远多于其他文学,而那些来源不同、风格各异、深度差异巨大的文献,使整个科幻研究呈现出异彩纷呈的局面。在本系列中选择的美国作家奥森·斯科特·卡德的《如何创作科幻小说与奇幻小说》一书,就是这样由非学术传统中的从业者所撰写的一本重要著作。卡德是一位资深的获奖作家,他的小说《安德的游戏》在海内外读者中享有非常高的声誉。把这本注重操作性和指导性的读物放入这个理论体系,是想说明科幻研究的整个领域其实不单单包含着学理建构、作品批评,还包括创意的生成这个重要的范畴。而对如何生成科幻创意、如何将创意实现为一个作品,最有说服力的阐释者就是作家。相信这本书对那些研究科幻创意魔力的文学工作者、电影工作者、心理学家等都有参考价值;而对科幻行业的初学者,更是一本难得的入门读物。

以上我简单介绍了科幻文学馆这三本科幻理论系列图书的一些基本情况。我感到这个系列目前虽然种类还不算多,但却来源于不同的方法流派且有着广泛多元的内容,其用途可以促进从科研到创新。期待对这些读物的充分讨论可以在中国当前的文化土地中获得一系列新的学术共识。

感谢所有参与遴选、翻译、校对、编辑的朋友的集体努力。丛书的主译之一穆从军教授是我在澳大利亚访问期间共同工作的好友。当听到我需要翻译这套丛书的时候，他二话不说就带上自己的团队投入紧张的工作中。重庆大学的李广益博士是最早推荐这套书中一些作品的学者之一。我记得我去美国访问时他还在加州大学洛杉矶分校留学攻读科幻文学。而也就在那个时候，我看到他为撰写论文认真阅读《剑桥科幻文学史》一书并从中提取了许多营养。这给我参与这套书的引进增强了信心。百花文艺出版社的资深编辑成全先生从策划到实施都进行了充分地安排，还亲自参与了部分书的翻译工作。恰恰是由于这些人的集体努力，才使这套丛书得以跟读者见面。在此向他们表示衷心的感谢。

我希望这套理论读物的引进只是科幻文学馆推进中国科幻理论繁荣的开始。希望丛书能不断精选出国内外优秀科幻理论读物与读者见面。期待科幻文学馆以更加积极的方式参与到今日中国繁荣的科幻浪潮之中。

是为总序。

吴岩于北京西三旗沁春家园

二〇一四年十二月二十一日

# 剑桥科幻小说指南

科幻跨越多个领域，它是一种吸收了流行文化同时又对科学、历史以及各种社会关系进行大胆推测的门类。本书既收集了科幻研究者的论文，又网罗了科幻小说创作者的研究文章，他们的视角迥然有异。本书第一部分在介绍了科幻的特点之后，主要追溯了从托马斯·莫尔(Thomas More)直到现在的科幻发展历史，其中包括电影、电视等相关章节。第二部分介绍了研究科幻的四种主要批判方法，它们的理论基础分别是马克思主义、后现代主义、女权主义和酷儿理论。第三部分是本书的主体部分，介绍了科幻的各种主题及其分支流派。许多著名科幻小说作家如格温妮丝·琼斯(Gwyneth Jones)、肯·麦克劳德(Ken MacLeod)、布赖恩·斯塔布莱福特(Brian Stableford)、安迪·邓肯(Andy Duncan)、詹姆斯·冈恩(James Gunn)、琼·斯隆茨斯基(Joan Slonczewski)、戴米安·布罗德里克(Damien Broderick)都是本书的论文作者。

# 目　录

# 作者简介

布赖恩·艾特贝瑞(Brian Attebery):出版《科幻小说性别解码》(*Decoding Gender in Science Fiction*)(二〇〇二年),与厄休拉·勒古恩[1]合编《诺顿科幻小说丛书》(*The Norton Book of Science Fiction*)(一九九三年),发表了两篇有关奇幻小说的研究成果论文。于一九九一年获得国际奇幻艺术协会杰出学者奖(IAFA Distinguished Scholarship Award),一九九二年获得有关神话和奇幻研究的神话创作学者奖(Mythopoeic Scholarship Award in Myth and Fantasy Studies)。他还是爱达荷州立大学英语专业研究生项目的负责人。

---

① 编者注:厄休拉·勒古恩(Ursula K. Le Guin,1929年—2018年),美国科幻、奇幻与女权主义作家。著有《地海》系列,与科幻小说《一无所有》和《黑暗的左手》等,并与人合译老子《道德经》。多次获得雨果奖和星云奖。

马克·布尔德(Mark Bould):西英格兰大学电影研究高级讲师，曾在《女性推想》(*FemSpec*[①])、《基地》(*Foundation*)、《强度》(*Intensities*)、《科学的大众理解》(*Public Understanding of Science*)及《科幻研究》(*Science Fiction Studies*)等刊物发表评论和论文。作为《壁花当代导演批判导读》(*Wallflower Critical Guides to Contemporary Directors*) 的主要作家，著有《阅读科幻小说》(*Reading Science Fiction*)(http://www.bloomsburymagazine.com)、《一颗孤独的星:约翰·塞尔斯的电影》(*A Lone Star: The Cinema of John Sayles*)(二〇〇三年)和《黑色电影:从弗里茨·朗到搏击俱乐部》(*Film Noir: From Fritz Lang to Fight Club*)(二〇〇四年)。

戴米安·布罗德里克(Damien Broderick):澳大利亚墨尔本大学英语文化研究系高级研究员,获迪肯大学博士学位。发表的作品涉及小说、科普、广播剧和文学理论,代表作有《星光阅读:后现代科幻小说》(*Reading by Starlight: Postmodern Science Fiction*)(一九九五年)和《跨现实主义小说》(*Transrealist Fiction*)(二〇〇〇年)，参考文献见 http://www.panterraweb.com/the_spike.htm。

安德鲁·巴特勒(Andrew M. Butler):白金汉郡奇尔特恩斯大学学院电影研究首席研究员,从事媒体研究和创作教学工作,他从一九九五年就成为《向量:英国科幻学会批判学刊》(*Vector: The Critical Journal of the British Science Fiction Association*)

① 编者注:女权主义杂志。

的专栏编辑，编著有《菲利普·迪克》(*Philip K. Dick*)(二〇〇〇年)、《赛伯朋克》(*Cyberpunk*)(二〇〇〇年)、《泰利·普拉切特》(*Terry Pratchett*)(二〇〇一年)和《电影研究》(*Film Studies*)(二〇〇二年)等袖珍精华本，与法拉·门德尔松(Farah Mendlesohn)和爱德华·詹姆斯(Edward James)合作编写了《泰利·普拉切特：文学的愧疚》(*Terry Pratchett: Guilty of Literature*)。

约翰·克卢特(John Clute)：一九四〇年生于多伦多，一九六八年迁居英国伦敦。小说家、作家、诗人、编辑、评论家，涉猎科幻甚广，分别于一九九四年因《科幻小说百科全书》(*The Encyclopedia of Science Fiction*)【与彼得·尼克斯(Peter Nicholls)合编】、一九九六年因《科幻小说：百科全书插图本》(*Science Fiction: The Illustrated Encyclopedia*)、一九九八年因《奇幻小说百科全书》(*The Encyclopedia of Fantasy*)【与约翰·格兰特(John Grant)合编】三次获得雨果奖[1]最佳相关作品奖(Hugo Awards for Best Related Work)，并于一九九八年因《奇幻小说百科全书》获世界奇幻奖[2]，其他获奖还有伊顿奖(Eaton Award)、

---

① 编者注：雨果奖(Hugo Award)，是世界科幻协会(WSFS)所颁发的奖项，自一九五三年起每年在世界科幻年会上颁发，只有一九五四年度停办。正式名称为“科幻成就奖”(The Science Fiction Achievement Award)，为纪念“科幻之父”雨果·根斯巴克(Hugo Gernsback)，而命名为雨果奖。堪称科幻艺术界的诺贝尔奖。

② 编者注：世界奇幻奖(World Fantasy Awards)，创立于一九七五年，由世界奇幻小说协会提名，由在奇幻文学和艺术方面有很高成就的专家组成评审团进行评选，每年十月底举行一次，以奖励在奇幻领域作出突出贡献的人士。这是奇幻文学界最重要的奖项。

科幻小说研究会的朝圣奖[1]、国际奇幻艺术协会杰出学者奖。出版有评论集两册，最新作品有《完结时代之书》(*The Book of End Times*)、《立方体的思维模拟八》(*Tesseracts 8*)【与康达斯·简·多绥(Candas Jane Dorsey)合编】,其第一部科幻小说《苹果籽》(*Appleseed*)于二〇〇一年出版。

凯瑟琳·克莱默(Kathryn Cramer):作家、批评家,与其夫大卫·哈特威尔(David G. Hartwell)合作编写了《年度最佳奇幻小说集》(*Year's Best Fantasy*) 和《年度最佳科幻小说集》(*Year's Best SF*),近期与其夫合作完成《硬科幻复兴史》(*The Hard SF Renaissance*)(二〇〇二年),还著有《奇迹的提升》(*The Ascent of Wonder*)(一九九四年),因与彼得·保茨(Peter Pautz)合作编写《恐怖建筑》(*The Architecture of Fear*)(一九八七年)而获世界奇幻奖,并曾因编选集《恐惧之墙》(*Walls of Fear*)(一九九〇年)获世界奇幻奖提名。她是《纽约科幻评论》(*The New York Review of Science Fiction*)的编委,目前住在纽约欢乐谷。

小伊斯特万·西克瑟瑞·荣莱(Istvan Csicsery-Ronay, Jr.):迪堡大学英语与世界文学教授,《科幻研究》合作编辑。著述甚丰,《科幻七美》(*The Seven Beauties of Science Fiction*)即将由

---

① 编者注:朝圣奖(SFRA's Pilgrim Award),由美国的科幻小说研究会设立。专门奖励个别科幻研究者在科幻小说研究领域所作努力,及为推动科幻小说发展所作贡献。由J.O.巴利的作品《时空朝圣者》一书而得名。朝圣奖在一九五一至一九五五年和一九五七年被颁发。国际朝圣奖每年奖励给最佳科幻或奇幻书籍和最佳非小说类令科幻读者感兴趣的书籍。

卫斯理大学出版社出版，一九九二年因论文《科幻小说理论：鲍德里亚与哈拉维》（*The SF of Theory: Baudrillard and Haraway*）获科幻小说研究会先锋奖（Science Fiction Research Association′s Pioneer Award）。

安迪·邓肯（Andy Duncan）：目前居住在亚拉巴马州北码头。他的小说《首席设计师》（*The Chief Designer*）（二〇〇一年）获斯特金奖[①]，《波特瓦特米巨人》（*The Pottawatomie Giant*）（二〇〇〇年）和长篇小说《贝鲁撒哈特奇及其故事集》（*Beluthahatchie and Other Stories*）（二〇〇〇年）均获世界奇幻奖。他创作的故事发表在《阿西莫夫》（*Asimov′s*）、《奇幻小说王国》（*Realms of Fantasy*）、《科幻小说》（*SciFiction*）、《星光 1》（*Starlight 1*）、《星光 3》（*Starlight 3*）、《怪谭》（*Weird Tales*）等刊物及各种年度最佳文集上，他的批评文章大多发表在《基地》《纽约科幻评论》和《科幻小说研究会评论》（*SFRA Review*）上，他和布莱特·考克斯（F. Brett Cox）一起编著文选集《十字路口：南方奇幻故事》（*Crossroads: Southern Stories of the Fantastic*）。

詹姆斯·冈恩（James Gunn）：堪萨斯大学英语名誉教授，著有《倾听者》（*The Listeners*）（一九七二年）、《流芳百世》（*The Immortals*）（一九六二年）等十二部小说，其中《流芳百世》被改编为电影和电视剧，还著有六部短篇小说故事集。最新作品有小说

---

① 编者注：斯特金奖，全称西奥多·斯特金奖（Theodore Sturgeon Memorial Award），由詹姆斯·冈恩和西奥多·斯特金的后人设立，旨在纪念这位短篇科幻小说巨匠的辉煌成就。由堪萨斯大学科幻研究中心主办。评选范围则是上一年度发表的，字数不超过一万七千五百字的科幻短篇小说。

《千年布鲁斯》(*The Millennium Blues*)(二〇〇〇年),故事集《人类之声》(*Human Voices*)(二〇〇二年)。他在科幻方面著述甚丰,作品《艾萨克·阿西莫夫:科幻小说的基地》(*Isaac Asimov: The Foundations of Science Fiction*)(一九八二年)、《交替世界:图文式科幻史》(*Alternate Worlds: The Illustrated History of Science Fiction*)(一九七五年)、《科幻小说创作中的科学》(*The Science of Science-Fiction Writing*)(二〇〇〇年)均获雨果奖。他还是许多书籍的编者,其中包括六卷本文集《科幻之路》(*The Road to Science Fiction*)(一九七七至一九八八年)。他还曾担任美国科幻作家与科幻研究会主席,荣获朝圣奖和伊顿奖。

沃罗妮卡·郝琳杰(Veronica Hollinger):加拿大安大略省特伦特大学文化研究副教授,《科幻研究》合作编辑,与乔恩·戈登(Joan Gordon)合作编写《血色阅读:当代文化中的吸血鬼隐喻》(*Blood Read: The Vampire as Metaphor in Contemporary Culture*)(一九九七年)、《未来之边缘:科幻小说与当代文化转换》(*Edging into the Future: Science Fiction and Contemporary Cultural Transformation*)(二〇〇二年)。她于一九九〇年首获科幻小说研究会先锋奖年度科幻最佳批评论文奖。

爱德华·詹姆斯(Edward James):雷丁大学历史学教授,二〇〇一至二〇〇三年曾在新泽西州罗格斯大学历史系任职,发表了很多关于中世纪法国和英国的研究文章,以及有关科幻小说史的文章,最新成果是《第一个千年中的不列颠》(*Britain in the First Millennium*)(二〇〇一年)。他的《二十世纪的科幻小说》(*Science Fiction in the Twentieth Century*)(一九九四年)获得伊顿奖科幻小说最佳评论奖，与人合编过三部科幻小说论文集，一九八六至二〇〇一年任《基地：国际科幻小说评论》(*Foundation: The International Review of Science Fiction*)编辑，现在仍为该刊编辑。

格温妮丝·琼斯(Gwyneth Jones)：科幻和奇幻小说作家，受众广泛，曾五次提名阿瑟·克拉克奖[①]，其中第四次被提名的小说是其“阿留申”(Aleutian)三部曲的第二部《北风》(*North Wind*)(一九九五年)。“阿留申系列”的第一部小说《白皇后》(*White Queen*)(一九九一年)因扩展了科幻作品的性别角色，而与他人共享小詹姆斯·提普垂奖[②]。二〇〇二年因《大胆的爱》(*Bold as Love*)(二〇〇一年)获克拉克奖，她的神话故事集《七个故事和一个寓言》(*Seven Tales and a Fable*)(一九九五年)获两项世界奇幻小说奖，她曾以安·哈莱姆(Ann Halam)为笔名为青少年创作，《恐怖的男人》(*The Fear Man*)(一九九五年)获得德拉库拉儿童学会莱特奖(Dracula Society's Children of the Night Award)，目前住在英国布莱顿。

伊丽莎白·安妮·伦纳德(Elisabeth Anne Leonard)：获俄亥

---

① 编者注：阿瑟·克拉克奖(Arthur C. Clarke Award)，由科幻大师阿瑟·克拉克于一九八六年设立的奖项，是英国科幻小说的最高奖项。

② 编者注：小詹姆斯·提普垂奖(James Tiptree, Jr. Award)，该奖项由科幻作家帕特·墨菲(Pat Murphy)和凯伦·乔·福勒(Karen Joy Fowler)合作创办，始于一九九二年，此后每年度在五月举行的世界女性主义科幻小说大会(WisCon)上颁发，旨在奖励那些在探索及加深两性相互了解上取得成绩的幻想文学作品，有着较为浓郁的女性主义色彩。奖项的名字来自女性科幻小说家爱丽思·谢尔顿(Alice B. Sheldon)的笔名，她以这个男性化笔名发表了多篇佳作。

俄州肯特州立大学博士学位，匹茨堡大学艺术硕士学位，编有《凝视黑暗：奇幻小说中的人种和肤色》(*Into Darkness Peering: Race and Color in the Fantastic*)(一九九七年)，目前住在加州北部。

迈克尔·利维(Michael Levy)：威斯康星大学斯托特分校英语教授，发表著作两部和大量有关科幻小说与儿童文学的学术文章、书评和文献书籍条目。目前正在撰写有关A.梅里特[①]《月池》(*The Moon Pool*)的评论文集，二〇〇二年一月一日，卸任科幻小说研究会主席，后又担任国际奇幻艺术协会副主席，最近被提名为《外推法》(*Extrapolation*)期刊编委。

肯·麦克劳德(Ken Macleod)：一九五四年生于刘易斯岛斯托罗威，在格拉斯哥大学学习动物学，在布鲁内尔大学研究生物力学时喜欢上了社会主义政治学。在信息技术界工作十年之后，于一九九七年成为专职作家。著有八部长篇小说、部分短篇小说和一些评论文章。一九九六年因《星摩擦》(*The Star Fraction*)(一九九五年)获普罗米修斯奖[②]，一九九八年因《石运河》(*The Stone Canal*)(一九九六年)再获普罗米修斯

① 编者注：A.梅里特(A. Merritt，1884年—1943年)，奇幻作家，美国《星期日》杂志的编辑。著有多部科幻和奇幻作品。

② 编者注：普罗米修斯奖(Prometheus Award)，由科幻作家尼尔·史密斯(L. Neil Smith)于一九七九年创办，旨在表彰那些弘扬自由主义精神的幻想小说，其后因资金问题停办。一九八二年"自由主义未来人"协会接手了这一奖项，并于一九八三年增加了名人堂(Hall of Fame)奖。普罗米修斯奖在历史上还曾经颁发过两次特别奖，第一次是一九九八年授予文集《自由空间》(*Free Space*)，第二次则是二〇〇一年以终身成就奖(Lifetime Achievement)的名义颁发给作家保罗·安德森(Poul Anderson)。

奖,还因《天路》(*The Sky Road*)(1999)获得英国科幻协会奖。目前住在苏格兰西洛锡安。

法拉·门德尔松(Farah Mendlesohn):英国密德萨斯大学美国研究高级讲师,一九九七至二〇〇三年担任科幻基地主席,二〇〇一年成为科幻基地杂志《基地》编辑,与人合编有关《巴比伦五号》(*Babylon 5*)和泰利·普拉切特(Terry Pratchett)的论文集,发表多篇科幻论文和评论,二〇〇一年出版《西班牙内战中贵格会的救援工作》(*Quaker Relief Work in the Spanish Civil War*)。

海伦·梅里克 (Helen Merrick):与苔丝·威廉姆斯(Tess Williams)合编《其他世界的女性:科幻小说和女权主义一览》(*Women of Other Worlds: Excursions through Science Fiction and Feminism*)(一九九九年),该书因科幻文学批评获澳大利亚威廉·阿瑟林奖(′William Atheling Jr.′ award)。她发表了一些有关女权科幻和科幻小说迷的文章,目前正在撰写《女权主义、科学和小说》(*Feminist/Science/Fictions*)一书。同时担任位于西澳大利亚的科廷科技大学网络研究课程教学工作,同时研究网络文化、虚拟社区、网络与科幻群体的比较史。

温迪·皮尔森(Wendy Pearson):澳大利亚卧龙岗大学英语研究博士生,拥有加拿大麦吉尔大学英语硕士学位,读博士前曾在特伦特大学讲授文化研究与英语十五年,发表文章多篇。《不同的密码机制:酷儿视角》(*Alien Cryptographies: The View from Queer*)二〇〇〇年获科幻小说研究协会先锋奖年度最佳批评文章奖。《作为药学的科幻小说:柏拉图、德里达、莱曼》

(*Science Fiction as Pharmacy: Plato, Derrida, Ryman*)于二〇〇一年获科幻小说基地研究生论文奖,该文发表于《基地》二〇一二年第86期上。

琼·斯隆茨斯基(Joan Slonczewski):在俄亥俄州凯尼恩学院讲授分子生物学,研究极酸性环境中大肠杆菌的存活。她的科幻小说主要讲述未来医药、纳米技术和外星人性观念等问题。《脑瘟》(*Brain Plague*)(二〇〇〇年)获星云奖①提名,故事讲述增强人类脑力的智能异形细菌。《入海之门》(*A Door into Ocean*)(一九八六年)获坎贝尔奖②,讲述海洋全覆盖的世界只有女性居住,她们用基因工程保护独一无二的生态系统。《艾丽西厄姆的女儿》(*Daughter of Elysium*)(一九九三年)讲述生物学家使人类寿命延长至数千年,然后却要面对一场完成这项工程的机器的反抗。目前在写作教材《微生物学:基因组视角》(*Microbiology: A Genomic Perspective*),内含科幻主题。

布赖恩·斯塔布莱福特(Brian Stableford):他的"未来历史"系列六卷本科幻小说由托尔(Tor)出版社出版,首卷为《地

---

① 编者注:星云奖(Nebula Award),由"美国科幻与幻想作家协会"所设立的奖项,每年度颁发一次。星云奖的奖杯为镶嵌在荧光树脂中的螺旋状星云,该奖即以此得名。首次颁发于一九六五年,是与雨果奖同样权威的科幻小说奖项。

② 编者注:坎贝尔奖,全称约翰·W.坎贝尔纪念奖(John W. Campbell Memorial Award),哈里·哈里森(Harry Harrison)和布赖恩·奥尔迪斯(Brian Aldiss)为纪念科幻界巨擘约翰·W.坎贝尔而设立的奖项,始于一九七三年。奖励上一年度在美国出版的优秀长篇科幻小说,每年七月在堪萨斯大学颁发,由詹姆斯·冈恩担任评委会主席。

球继承者》(*Inherit the Earth*)(一九九八年),其他有末日喜剧《元年》(*Year Zero*)(二〇〇〇年),曾翻译卡米伊·弗拉马里翁[①]的《流明》(*Lumen*)(二〇〇二年)。他拥有英国约克大学生物学学士学位和社会学博士学位,在雷丁大学、西英格兰大学、阿尔弗兰德国王学院从事教学工作。他从一九六五年起就是名非常活跃的职业作家,著有五十多部小说,二百多篇短篇故事,多部非小说类文学作品。作为高产作家,他的文章经常被用作文学史研究的参考文献。

盖瑞·威斯特法尔(Gary Westfahl):在加州大学河边分校从事教学工作,是英国科幻杂志《区间》(*Inter-zone*)双月专栏作家,有时为"轨迹在线"(Locus Online)网页撰写影评和评论,创作、编辑或合作编辑了十四部科幻小说和奇幻小说,有专著《宇宙工程师:硬科幻小说研究》(*Cosmic Engineers: A Study of Hard Science Fiction*)(一九九六年)、《太空之岛:科幻文学中的空间站主题》(*Islands in the Sky: The Space Station Theme in Science Fiction Literature*)(一九九六年)、《力学奇迹:科幻思想的创造》(*The Mechanics of Wonder: The Creation of the Idea of Science Fiction*)(一九九八年)。

盖瑞·沃尔夫(Gary K. Wolfe):人文英语教授,芝加哥罗斯福大学学院前任院长,有专著六部,论文评论数百篇,其新著是与艾伦·维尔(Ellen Weil)合作的《哈兰·艾里森:千钧一发》

---

① 编者注:卡米伊·弗拉马里翁(Camille Flammarion,1842年—1925年),法国作家、天文学家。出版过科普书籍和科幻小说。

(*Harlan Ellison: The Edge of Forever*)(二〇〇二年)。目前担任《轨迹》(*Locus*)杂志编辑和审稿人。曾获国际奇幻艺术协会杰出学者奖(一九九八年)、科幻研究协会批评学术朝圣奖(一九八七年)、科幻批评作品伊顿奖(一九八一)。他是地道的密苏里人,拥有芝加哥大学英语博士学位。

# 前　言

科幻小说研究会的第一次会议是一九七一年在多伦多皇家约克旅馆的一个房间召开的，这之前在纽约曾开过一次组织会议，我大约记得当时黛娜·布朗(Dena Brown)在会上发言说“让科幻走出象牙塔，回到该去的地方”。当时的她与查理·布朗(Charles Brown)是新婚燕尔，查理也才开始经营《轨迹》，这本杂志现在仍然是科幻界最重要的信息和评论杂志。那个年代，一些科幻迷甚至认为科幻靠近学术无异于死亡之吻。

当时在多伦多，我们首鼠两端，进退失措，一方面我们是那么热爱纸浆科幻传统，热爱埃德加·赖斯·巴勒斯[1]、默里特

---

① 编者注：埃德加·赖斯·巴勒斯(Edgar Rice Burroughs，1875年—1950年)，美国科幻小说作家，代表作有《人猿泰山》系列和《火星》系列等。

和史密斯博士,但同时我们也认识到科幻需要进一步提升,它值得人们去学习研究,甚至向学生传授。而且,《奇幻与科幻》杂志(*The Magazine of Fantasy and Science Fiction*)和《银河》(*Galaxy*),甚至《惊异》(*Astounding*)已经证明了它的文学价值。库尔特·冯内古特①正在向大家展示科幻小说能够打破一潭死水,从而被主流文学接受,甚至进入畅销书行列,获得人们的评论赞誉,当然,这也意味着科幻标志的日渐淡化。

当时出席多伦多会议的有作家兼编辑朱迪斯·默里尔(Judith Merril),还有科幻学术化的标志性人物评论家莱斯利·费德勒(Leslie Fiedler),杰拉尔德·约纳斯(Gerald Jonas)当时正给《纽约客》(*New Yorker*)写文章,他发表过科幻故事,后来成为《纽约时报》(*New York Times*)科幻书评编辑。罗伯特·斯科尔斯②大概参加了一个稍晚的会议,他也主张科幻和学术结合,他三年后在圣母诺特丹大学作过一系列很有洞见的讲座,后来结集成《结构化寓言》(*Structural Fabulation*)出版,这些讲座与金斯利·艾米斯③十年前在普林斯顿大学作的系列讲座有异曲同工之妙,金斯利那些打破坚冰的演讲后来结集出

---

① 编者注:库尔特·冯内古特(Kurt Vonnegut,1922年—2007年),美国黑色幽默作家,美国黑色幽默文学的代表人物之一。著有《五号屠宰场》《猫的摇篮》等。

② 编者注:罗伯特·斯科尔斯(Robert Scholes),美国文学理论家和文学批评家,以其"超小说"理论闻名。毕业于耶鲁大学,自一九七〇年起任布朗大学教授。

③ 编者注:金斯利·艾米斯(Kingsley Amis,1922年— ),英国小说家、诗人,批评家。他因第一部也是最著名的小说《幸运的吉姆》赢得"毛姆小说奖"。

版，称作《地狱新地图》（*New Maps of Hell*）。

出席会议的其他人我已记不清了，除了菲尔·克拉斯（Phil Klass），他的笔名叫威廉·泰恩[1]，曾和其他作家一道展示了科幻的潜力，但当时他已放弃写作，在宾州州立大学讲授英语。我清楚记得他在演讲中把自己与科幻的相知相遇与其在海登天文馆（Hayden Planetarium）参观太阳系模型相比，都是一种令人震颤的大彻大悟。但最让我记忆深刻的是我们一同站在旅馆房间窗前，望着外面的广场，菲尔说："我们最好形成一套准则，这样其他人就能有章可循。"

以上描述就是一九七一年的科幻研究，充满希望和期待，但几乎没有任何学术工具、参考文献、索引、历史、百科全书、研究和准则。因而，本书收录国际杰出学者的研究，并由历史上溯到中世纪的大学出版社出版，足以说明科幻研究三十年来发生的巨大变化。

那么，科幻的历史到底是怎样的呢？

其源头可以追溯到一八九六年弗兰克·芒西[2]创办"纸浆杂志"（Pulp Magazine，低俗杂志）。早期各种地方杂志和周报充斥着大量历险故事，一九一五年，随着《侦探故事月刊》

---

① 编者注：威廉·泰恩（William Tenn，1920 年—2010 年），美国科幻小说家，生于英国，从二十世纪六十年代中期开始于宾州州立大学教授比较文学至退休。于二〇〇四年获得一次雨果奖提名。

② 编者注：弗兰克·芒西（Frank A. Munsey，1854 年—1925 年），美国作家，杂志和小说出版商。

(*Detective Story Monthly*)的出现，杂志开始专业化，一九一九年《西方故事杂志》(*Western Story Magazine*)和一九二一年《爱情故事》(*Love Stories*)两份杂志相继诞生。从卢森堡移民来的雨果·根斯巴克[1]一直坚持出版载有科幻故事的科普杂志，一九二六年他整合资源凭借勇气创办了《惊奇故事》(*Amazing Stories*)。不久，其他类似杂志也开始出现，新的作家和粉丝蜂拥而至，于是，一个文学体裁就这样诞生了。

尽管科幻故事和科幻作家聚集了起来，但作家们写的并不全是科幻小说，甚至那时都没有科幻这个概念。凡尔纳(Verne)的历险小说被叫作“奇妙的旅行”(voyages extraordinaires)，威尔斯(Wells)的故事和小说叫作“科学浪漫故事”(scientific romances)。根斯巴克于一九二九年确定科幻小说名称，一直沿用至今。当时，许多评论家都说根斯巴克推动的新的文学体裁是个死胡同，并建议将其视作主流文学的变体。很难想象那时科幻要是听了他们的建议，怎么可能成为一种独特的文学体裁？又怎么可以产生见多识广的科幻读者群？更不用说将共同理念严格提升为规范并形成推动科幻向前向上发展的作者、读者、编辑的对话机制。

当然，这也正是评论家们攻讦的地方。他们认为科幻的独特性导致了封闭、褊狭、小圈子、自恋、规则、自行授奖等衍生

---

① 编者注：雨果·根斯巴克(Hugo Gernsback，1884年—1967年)，卢森堡裔美国发明家、作家、编辑、杂志出版商，出版了第一本科幻杂志，是科幻文学的先驱之一。年度科幻小说奖以他的名字命名为“雨果奖”。

物，所以，他们认为自由、不附属、主流下的个体性更好。

无论对错，科幻之路就顺着根斯巴克这个传统走下来了，其间不乏颇有影响的杂志编辑对这一传统进行了改进。首先是《惊异/类似物》(*Astounding/Analog*)的约翰·W.坎贝尔[①]，然后有《奇幻与科幻小说》(*Fantasy and Science Fiction*)的托尼·布彻(Tony Boucher)和弗朗西斯·麦克马斯(J. Francis McComas)，接着是《银河》的贺拉斯·戈尔德(Horace Gold)和弗雷德里克·波尔[②]，以及《新世界》(*New Worlds*)的迈克尔·莫考克[③]，正是他们形成了科幻的发展之路。这就是我们今天所面对的科幻，似乎主流文学也能接纳科幻的离经叛道，与根斯巴克一脉相承的作家们也能享有做自己想做之事的自由了。

一件非常重要但却为大多数人忽视的事情是，除了科幻杂志，其他纸浆杂志却都消失了，其原因我很早就发现是因为科幻杂志不同于那些纸浆杂志，因此，我的结论是科幻似乎只有部分属于纸浆杂志传统，科幻成长于科普运动，而非纸浆探险小说。即使今天，《类似物》里面仍然有“科幻小说与事实”的

---

① 编者注：约翰·W.坎贝尔(John W. Campbell，1910年—1971年)，被称为美国科幻小说“黄金时代”的开山鼻祖，主编《惊险科幻小说》杂志，培养了一大批科幻小说家。他的创作虽然不多，但对科幻小说的发展作出了很大贡献，在科幻小说界享有很高声誉。阿西莫夫就是深受其影响的科幻小说家之一。

② 编者注：弗雷德里克·波尔(Frederik Pohl，1919年—2013年)，美国科幻作家、编辑、科幻迷。二十世纪五十至六十年代担任《银河》杂志的编辑。

③ 编者注：迈克尔·莫考克(Michael Moorcock，1939年— )，英国作家，出版过八十多部小说和非小说书籍。得过星云奖、坎贝尔奖等奖项，二〇〇二年入世界奇幻名人堂。

定义。虽然其他纸浆杂志为电视所取代,但科幻小说却屡经沉浮而得以延续,甚至不为迅速发展的科幻电影、电视节目所困扰。

科幻小说的教学是由科幻迷发起的,萨姆·莫斯考维茨[①]一九五三年和一九五四年在纽约市立大学夜校教学。一九六二年,马克·希尔加斯(Mark Hillegas)在科尔盖特大学(纽约州)首开正规科幻课程,紧随其后,杰克·威廉森(Jack Williamson)在东新墨西哥大学,汤姆·克雷尔森(Tom Clareson)在伍斯特学院(俄亥俄州)相继开课,开课的系犹如雨后春笋,不仅有英语系,还有物理、化学、社会学、人类学、历史等系,而今这些课程日益成熟,井然有序。

科幻学术研究则经历了另一番沧桑。那时唯一的学术研究发表于一九四一年,是由菲利普·巴布考克·戈武(Philip Babcock Gove)完成的。二战以后,J.O.贝利[②]出版了《时空朝圣》(*Pilgrims Through Space and Time*),马约雷·荷普·尼克尔森(Marjorie Hope Nicolson)出版了《月球之旅》(*Voyages to the Moon*)。然而,大多数学术工具和战后科幻书籍的出版一样,是由业余人员与科幻迷完成的,他们当中许多人如唐纳尔德·塔克(Donald H. Tuck)、唐纳尔德·戴伊(Donald B. Day)、艾沃

---

① 编者注:萨姆·莫斯考维茨(Sam Moskowitz,1920年—1997年),早期科幻迷、作家,主编过《机器人的来临》等,晚年致力于研究整理科幻文学发展史。

② 编者注:J.O.贝利(J. O. Bailey,1903年—1979年),北卡罗来纳大学文学教授,研究爱伦·坡、科幻和乌托邦文学。

利特·布雷勒(Everett F. Bleiler)和萨姆·莫斯考维茨、新英格兰科幻协会(the New England Science Fiction Association)等，都达到了专业研究水准。

科幻学术杂志首先是由学术岗位上的科幻迷创办的，然后才是更多的传统学者。汤姆·克雷尔森于一九五九年创办了《外推法》，一九七二年在英国创办了《基地》，一九七三年又创办了《科幻研究》。这些杂志的编辑流动性很强，经常更换，然而，这些杂志却都坚持了下来，服务着各自不同的读者群。科幻学术会议在二十世纪五十年代后期只是现代语言学协会(MLA)会议的一个支派，后来发展成科幻研究协会年会，还有加州大学河边分校伊顿会议，劳德代尔堡(Fort Lauderdale)奇幻艺术国际会议，现在每年还时常举办更加专业的会议，近年来也有很多重要的会议在英国、法国、希腊及其他一些地方召开。

恰如主流出版商从科幻迷手中接过科幻的出版任务一样，学者们开始承担起他们传统的角色，为科幻研究带来更大的活力、更好的课题和更多的资源，但即使在学术领域，无论圈内圈外，都需要倾注对这个事业的热爱。一些科幻学术出版公司如阿德旺特(Advent)(科幻迷出版企业)、斯达尔蒙特图书公司(Starmont House)、博尔格出版社(Borgo Press)曾经组建，后来解散了，而格林伍德出版社(Greenwood Press)和麦克法兰德(McFarland)等出版社仍然活跃在科幻出版领域，还有很多大学出版社如牛津大学出版社也都接受科幻书籍的出版。牛津大学出版社可称得上是这方面的先锋,二十世纪六十年代它就出版了布鲁斯·富兰克林[①]的《完美未来》(*Future Perfect*)、克拉克(I. F. Clarke)的《战争预言之声》(*Voices Prophesying War*)和马克·希尔加斯的《噩梦般的未来》(*The Future as Nightmare*),八十年代又出版了科幻作家系列研究,一九九四年出版了爱德华·詹姆斯的《二十世纪的科幻小说》。今天,卫斯理和利物浦大学出版社也一直在出科幻专家系列丛书,剑桥大学出版社则承担了出版本书的任务。

现在,我们进入了一个新时期,科幻研究作为一个受人尊重的学术领域得到普遍承认,科幻电影广泛传播(电影票房收入排行榜前十位大多是科幻或奇幻电影),每年大约有两千部科幻和奇幻书籍出版(可以肯定地说,许多书籍都是畅销平装书)。我们现在有了我们需要的大多数基础批评学术工具,约翰·克卢特和彼得·尼克斯编辑了内容充实的科幻百科全书,哈尔·霍尔(Hal Hall)制作了科幻评论索引,威廉·康特恩托(William Contento)制作了科幻论文选集索引,英国的马歇尔·泰珉(Marshall Tymn)和迈克·阿什利(Mike Ashley)也有非常扎实的工作,学者们正在聚集。

詹姆斯·冈恩

① 编者注:布鲁斯·富兰克林(Bruce Franklin,1939 年—),美国文化历史学家,他的科幻研究在确立科幻作为一种文学体裁的问题上作出了重大贡献。

# 致　谢

编者感谢下列人员的大力帮助，布赖恩·阿美林根(Brian Ameringen)、奥斯丁·本森(Austin Benson)、保罗·巴内特(Paul Barnet)、吉姆·伯恩斯 (Jim Burns)、大卫·哈代 (David A. Hardy)、大卫·朗福特 (David Langford)、米歇尔·勒·布朗克(Michelle Le Blanc)、卡洛琳·木兰(Caroline Mullan)、科琳·奥戴尔(Colin Odell)、克劳德·佩尔森(Claude Pehrson)、罗杰·罗宾森(Roger Robinson)、吉姆·特拉尔(Jim Thrall)。同时,感谢本辑文章作者特别是约翰·克卢特和肯·麦克劳德的配合和协助。谨以此书献给乔治·哈伊 (George Hay)(1922 年—1997 年),向这位科幻基地的创立者及其为科幻不辞劳苦的工作得到英国学术界认可致敬。

# 科幻作品年表

1516　托马斯·莫尔《乌托邦》

1627　弗朗西斯·培根《新阿特兰蒂斯》

1634　约翰尼斯·开普勒《梦》

1638　弗朗西斯·戈德温《月球上的人类》

1686　伯纳德·德·冯特奈尔《论世界多样性》

1741　路德维格·霍尔伯格《尼尔斯·克里姆》

1752　伏尔泰《米克罗梅加斯》

1771　路易斯–塞巴斯坦·默希尔《二四四〇年》

1805　卡辛·德·格兰维尔《最后的人》

1818　玛丽·雪莱《弗兰肯斯坦》

1826　玛丽·雪莱《最后的人》

1827　简·维布·楼登《木乃伊，一个二十二世纪的故事》

1848　埃德加·爱伦·坡《我发现了！》

1865　儒勒·凡尔纳《从地球到月球》

1870　儒勒·凡尔纳《海底两万里》

1871　乔治·切斯利《多金之战》

爱德华·布尔沃-来登《未来种族》

1887　卡米尔·弗拉马利翁《流明》

W.H.哈德森《结晶时代》

1888　爱德华·贝拉米《回眸二〇〇〇至一八八七年》

1889　马克·吐温《康州美国佬在亚瑟王朝》

1890　威廉·莫里斯《乌有乡消息》

1895　H.G.威尔斯《时间机器》

1896　H.G.威尔斯《莫洛博士岛》

1897　柯德·拉斯维茨《两个星球上》

1898　H.G.威尔斯《世界大战》

1901　H.G.威尔斯《月球上的第一批人》

M.P.希尔《紫云》

1905　鲁德亚德·吉卜林《夜邮》

1907　杰克·伦敦《铁蹄》

1909　E.M.弗斯特《机器停下来》

1911　雨果·根斯巴克《拉尔夫 124C41+》

1912　J.D.贝尔斯福特《哈姆登郡奇迹》

嘉莱特·塞维斯《第二次泛滥》

埃德加·赖斯·巴勒斯《火星的月亮之下》

1914　乔治·艾伦·英格兰德《黑夜与黎明》

1915　夏洛特·帕金斯·吉尔曼《她的国》

杰克·伦敦《猩红色的瘟疫》

1918　亚伯拉罕·默里特《月池》

1920　卡莱尔·恰佩克《一个异想天开的传奇剧》

W.E.B.杜·波瓦《彗星》

大卫·林德赛《大角星之旅》

1923　E.V.奥德尔《发条人》

1924　叶夫根尼·扎米亚京《我们》

1926　雨果·根斯巴克创办《惊奇故事》

《大都会》(弗里茨·朗导演)

1928　E.E.史密斯《宇宙云雀》

1930　奥拉夫·斯塔普来登《最开始的和最后的人》

约翰·泰恩《铁星》

《惊异科幻》杂志发行

1932　阿道斯·赫胥黎《美丽新世界》

1934　墨里·莱因斯特《时间的侧面》

斯坦利·维恩鲍姆《火星之旅》

1935　奥拉夫·斯塔普来登《奇特的约翰》

1936　《未来事物》(威廉·卡麦隆·孟席斯导演)

1938　小约翰·坎贝尔(笔名唐·斯图亚特)《谁去了那里》

莱斯特·戴尔·雷《海伦·欧罗伊》

1939　斯坦利·维恩鲍姆《新亚当》

1940 罗伯特·海因莱因《机器路》

罗伯特·海因莱因《如果这继续》

A.E.范·沃格特《斯兰》(一九四六年成书)

1941 艾萨克·阿西莫夫《日暮》

L.斯普拉格·德·康普《黑暗不再》

罗伯特·海因莱因《宇宙》

西奥多·斯特金《微宇宙的上帝》

1942 艾萨克·阿西莫夫《基地》(一九五一年成书)

罗伯特·海因莱因《地平线外》(一九四八年成书)

1944 C.L.穆尔《没有女人出生》

1945 墨里·莱因斯特《第一次接触》

1946 格罗夫·康克林编《科幻最佳作品选》(选集)

雷蒙德·希利、弗朗西斯·麦克马斯编《时空历险》(选集)

1947 罗伯特·海因莱因《伽利略号火箭》

1948 朱迪斯·默里尔《那只是一个母亲》

1949 艾沃利特·布雷勒、T.E.狄克提编《最佳科幻故事》

乔治·奥威尔《一九八四》

H.比姆·皮普《他绕马而行》

乔治·斯图亚特《地球信守》

杰克·万斯《贼王》

《奇幻与科幻》杂志发行

1950 艾萨克·阿西莫夫《我,机器人》

雷·布拉德伯里《火星编年史》

朱迪斯·默里尔《灶台阴影》

《银河科幻》杂志发行

《登陆月球》(欧文·皮切尔导演)

1951 雷·布拉德伯里《绘图人》

约翰·温德姆《三尖树时代》

1952 菲利普·荷西·法默《情人们》

克利福德·西马克《城市》

西奥多·斯特金《完全失落的世界》

1953 阿尔弗雷德·贝斯特 《被毁灭的人》(获得首届雨果奖最佳长篇小说奖)

雷·布拉德伯里《华氏四五一》

阿瑟·克拉克《童年的终结》

哈尔·克莱蒙特《重力使命》

瓦德·穆尔《把银禧带来》

弗雷德里克·波尔、科恩布鲁斯《太空商人》

弗雷德里克·波尔编《星球科幻故事》(选集)

西奥多·斯特金《E 普鲁里伯斯独角兽》(汇编)

西奥多·斯特金《超人类》

1954 鲍尔·安德森《脑波》

艾萨克·阿西莫夫《钢穴》

哈尔·克莱蒙特《重力使命》

汤姆·戈德温《冷酷的方程式》

1955　詹姆斯·布利什《地球人,回家》

雷布拉·凯特《长长的明天》

阿瑟·克拉克《星》

威廉·泰恩《所有可能的世界》

1956　阿尔弗雷德·贝斯特《虎!虎!》(美国:《群星,我的归宿》,一九五七年成书)

阿瑟·克拉克《城市与群星》

罗伯特·海因莱因《双星》

朱迪斯·默里尔编《年度最佳科幻小说和奇幻小说》(选集)

《天外魔花》(唐·西格尔导演)

《禁忌星球》(弗雷德·威尔考克斯导演)

1958　布赖恩·奥尔迪斯《永不停止》(美国:《星舰》)

詹姆斯·布利什《事关良心》

伊凡·安东诺维奇·耶福莱莫夫《安德洛墨达公主》

1959　菲利普·迪克《动荡的时代》

罗伯特·海因莱因《星船伞兵》

丹尼尔·凯斯　《献给阿尔吉侬的花束》(一九六六年成书)

库尔特·冯内古特《泰坦星的海妖》

1960　波尔·安德森《高级圣战》

菲利普·荷西·法默《奇特的关系》

小沃尔特·M.米勒《莱伯维茨的赞歌》

西奥多·斯特金《金星+X》

1961　戈登·迪克森《裸向星球》

哈里·哈里森《不锈钢老鼠》

罗伯特·海因莱因《异乡异客》

珍娜·亨德森《朝圣：人民之书》

斯坦尼斯拉夫·莱姆《索拉利斯星》(一九七〇年翻译)

考德维那·史密斯《阿尔法拉尔法大道》

1962　J.G.巴拉德《沉没的世界》

菲利普·迪克《高堡奇人》

内欧米·密歇森《女太空人传记》

埃里克·弗兰克·拉塞尔《大爆炸》

1963　《神秘博士》开播

1964　菲利普·迪克《火星人的时光倒转》

罗伯特·海因莱因《法汉的赎身契》

1965　菲利普·迪克《血钱博士》

哈里·哈里森《阿矢科隆街道》

弗兰克·赫伯特　《沙丘》(获第一届星云奖最佳长篇小说奖)

杰克·万斯《太空歌剧》

唐纳尔德·沃尔海姆、泰利·卡尔编《世界最佳科幻小说：一九六五年》(选集)

1966　塞缪尔·德拉尼《巴别塔十七号》

哈里·哈里森《让开！让开！》

罗伯特·海因莱因《严厉的月亮》

戴蒙·耐特等编《轨道》(年度原创选集)

凯斯·罗伯茨《信号手》

《星际迷航》在美国首播

1967 塞缪尔·德拉尼《爱因斯坦交集》

哈兰·艾里森编《危险幻象》(选集)

罗杰·泽拉兹尼《光明王》

1968 约翰·布鲁纳《站在桑给巴尔之上》

菲利普·迪克《机器人会梦见电子羊吗？》

托马斯·迪什《集中营启示录》

斯坦尼斯拉夫·莱姆《索拉利斯星》

安妮·麦卡芙瑞《飞龙》

朱迪斯·默里尔编《英国节奏的科幻》(选集)

亚列克谢·潘辛《成年仪式》

凯斯·罗伯茨《孔雀舞》

罗伯特·西尔弗伯格《霍克斯比尔站》

《二〇〇一：太空漫游》(斯坦利·库布里克导演)

1969 迈克尔·克莱顿《天外来菌》

厄休拉·勒古恩《黑暗的左手》

1970 拉里·尼文《环形世界》

1971 泰利·卡尔编《宇宙 1》(年度原创选集)

罗伯特·西尔弗伯格《世界的内核》

1972 艾萨克·阿西莫夫《神们自己》

哈兰·艾里森编《再现,危险的幻想》(选集)

白瑞·马尔兹伯格《超越阿波罗》

乔安娜·拉斯《情况改变的时候》

阿卡迪、波利斯·斯特鲁加茨基《路边野炊》

吉恩·沃尔夫《塞伯罗斯的第五颗头》

科幻基地创立《基地》杂志

1973 阿瑟·克拉克《与拉玛相会》

托马斯·品钦《万有引力之虹》

马克·雷诺兹《从二〇〇〇年回溯》

小詹姆斯·提普垂《离家一万光年》(文集)

伊恩·瓦特森《嵌入》

《科幻研究》开始发行

1974 苏兹·麦基·查纳斯《走向世界末日》

乔·哈尔德曼《永世之战》

厄休拉·勒古恩《一无所有》

1975 塞缪尔·德拉尼《达尔格伦》

乔安娜·拉斯《女性男人》

帕米拉·萨金特编《奇迹女人:女作家写的女性科幻故事》(选集)

罗伯特·什亚、罗伯特·安顿·威尔森《先觉者!》

1976 塞缪尔·德拉尼《海卫一》

马奇·皮尔斯《走在时间边缘的女人》

小詹姆斯·提普垂《休斯敦,休斯敦,你听到了吗》

1977 马克·雷诺兹《乌托邦之后》

《第三类接触》(斯蒂文·斯皮尔伯格导演)

《星球大战》(乔治·卢卡斯导演)

1979 道格拉斯·亚当斯《银河系漫游指南》

奥克塔维亚·巴特勒《家族》

约翰·克罗利《引擎夏天》

弗雷德里克·波尔《通向宇宙之门》

库尔特·冯内古特《五号屠宰场》

《异形》(雷德利·斯科特导演)

1980 格里高利·本福德《时间景象》

吉恩·沃尔夫《拷问者之影》

1981 C.J.切里《向下的站台》

威廉·吉布森《根斯巴克连续体》

弗诺·文奇《真名实姓》

1982 布赖恩·奥尔迪斯《赫星纪元之春的骑士》

《银翼杀手》(雷德利·斯科特导演)

1983 戴维·布林《星潮汹涌》

1984 奥克塔维亚·巴特勒《血孩子》

塞缪尔·德拉尼《袋中繁星若尘》

加德纳·多兹瓦斯编《年度最佳科幻:第一辑》(选集)

苏泽特·海登·埃尔金《母语》

威廉·吉布森《神经漫游者》

格温妮丝·琼斯《神的忍耐》

金·斯坦利·罗宾森《好彩运》和《蛮荒海岸》

1985 玛格丽特·阿特伍德 《使女的故事》(一九八七年获英国第一届阿瑟·克拉克奖最佳小说奖)

格雷格·贝尔《血音乐》和《永世》

奥森·斯科特·卡德《安德的游戏》

刘易斯·谢纳、布鲁斯·斯特林《镜影里的莫扎特》

布鲁斯·斯特林《分裂矩阵》

库尔特·冯内古特《巨龟岛》

1986 路易斯·麦克马斯特·比约德《阿索斯的伊桑》

奥森·斯科特·卡德《死者代言人》

肯·格林伍德《重播》

帕米拉·萨金特《女人的海岸》

琼·斯隆茨斯基《入海之门》

1987 伊安·班克斯《回顾一下布莱巴斯》

奥克塔维亚·E.巴特勒《拂晓:异种生殖Ⅰ》

帕特·卡迪根《心灵操纵者》

朱迪斯·墨菲《彭特拉》

卢卡斯·谢帕德《战争时期的生活》

迈克尔·斯旺尼克《真空花》

1988 约翰·巴恩斯《原罪》

舍里·S.泰柏《通向女儿国之门》

1989 奥森·斯科特·卡德《民间边缘》

乔夫·莱曼《儿童花园》

丹·西蒙斯《海伯利安》
布鲁斯·斯特林《多利·邦斯》
舍里·S.泰柏《草》
1990 科林·格林兰德《取回普兰缇》
金·斯坦利·罗宾森《太平洋边缘》
舍里·S.泰柏《举起石头》
迈克尔·克莱顿《侏罗纪公园》
1991 斯蒂芬·巴克斯特《橡皮船》
爱玛·布尔《骨舞》
帕特·卡迪根《革命派遣》
格温莱斯·琼斯《白皇后》(“阿留申三部曲”第一部)
布赖恩·史特伯福特《性化学:基因革命的讽刺故事》
1992 格雷格·伊根《隔离》
莫琳·麦克休《中国山·张》
金·斯坦利·罗宾森《红火星》
尼尔·史蒂芬森《雪崩》
弗诺·文奇《深渊上的火》
康妮·威利斯《末日之书》
1993 艾琳娜·阿纳森《众剑之环》
尼考拉·格里菲斯《菊石》
彼得·F.汉密尔顿《心灵之星升起》
南希·克雷斯《西班牙的乞丐》
保罗·麦考利《红尘》

保罗·帕克《克莱斯提斯》

1994 凯思琳·安·古南《女王城爵士》

伊丽莎白·汉德《唤醒月亮》

麦克·雷斯尼克《罕有的设计奇迹》

梅丽莎·斯科特《麻烦和她的朋友们》

1995 格雷格·伊根《序列城市》

肯·麦克劳德《星摩擦》(秋季革命 1)

梅丽莎·斯科特《影子武士》

尼尔·史蒂芬森《钻石年代》

1996 奥森·斯科特·卡德《历史记录:克里斯托弗·哥伦布的救赎》

凯思林·安·古南《时间之骨》

玛丽·多利亚·拉塞尔《麻雀》

1997 威尔·麦卡锡《绽放》

保罗·麦考雷《河流的孩子》

1998 格拉海姆·乔伊斯、彼得·汉密尔顿《吃里丝面包》

凯斯·哈特曼《性、枪炮和浸礼会信徒》

纳洛·霍普金森《戴戒指的棕发女孩》

伊安·迈克里奥德《夏岛》

布赖恩·斯塔布莱福特《地球继承者》

布鲁斯·斯特林《精神错乱》

霍华德·瓦尔德罗普《我们》

1999 格雷格·贝尔《达尔文的收音机》

尼尔·史蒂芬森《编码宝典》

弗诺·文奇《天渊》

2000 纳洛·霍普金森《午夜劫犯》

厄休拉·勒古恩《真相大白》

肯·麦克劳德《宇航员的坚持》(光的引擎 1)

2001 泰利·毕森《破旧的十字架》

特德·姜《地狱没有上帝》

约翰·克卢特《苹果籽》

玛丽·金特尔《灰》

莫琳·麦克休《死城》

柴纳·米耶维《博迪多街车站》

琼·斯隆茨斯基《脑瘟》

2002 格雷格·伊根《希尔德之梯》

荣·柯特雷·格林伍德《阿凡提》

金·斯坦利·罗宾森《米和盐的岁月》

# 概论：科幻小说之阅读

法拉·门德尔松

《剑桥科幻文学史》旨在向读者介绍科幻文类及其相关研究，有鉴于此，本书分为三个部分：第一部分勾勒科幻历史，讨论主要作家、编辑以及形成科幻文学结构的人和市场力量；第二部分有关科幻批评研究方法；第三部分是论文集，这些论文探讨了评论家和作家公认的科幻本质问题。本书作者的母语都是英语，因而，所涉皆为主导了二十世纪科幻的英语科幻小说。

我们之所以对本书结构作出这样的安排，是因为我们相信读者非常了解科幻的内容，也清楚本书作者有着同样的研究水准，关于第二点大家可能会有些争议。事实上，科幻本身一直就处在争论之中，它的某些情节特点和比喻还有待人们进一步认识。本书的文章常常互为参考，有些是活跃在评论界的学者撰写的（我们尽可能多地反映这一类），有些则是支撑科幻市场的科幻迷撰写的。一般来说,读者都期待看到科幻小说描述的事件发生过程,而不是事件结果,当然,他们在阅读过程中也会用到相关批评工具,可这些批评性工具本身也是有争议的,因为在科幻领域科幻迷派别各异,评论家也是山头林立。在阅读本书的过程中,可能有些人会觉得主题性论文数量过多,还有些人会不同意某些论文中认为科幻出现于二十世纪的观点,他们倾向于把时间推到十九世纪或者更早。这些不同意见本质上还是源于科幻,因为文学和读者的标准及要求迥然有异,导致科幻写作模式大相径庭。尽管科幻电影场场爆满,但科幻文学却并不普及。此外,本书没有收录具体的文本分析,因为是讨论,收录"有代表性"的论文会适得其反,而且,太多的文章用科幻佳作来粉饰,不难发现某些论文中一些名词反复出现,我们的原则是只有围绕某一主题或模式的具体准则出现时,我们才会进行持续的文本分析。

不过,理解科幻的最佳途径就是把本书中许多评论家提出的理论和范文结合起来阅读。过去有关科幻特点的观点主要基于科幻经典小说,说法笼统,近来不时受到挑战,人们迅速发现那些文章大多数只能满足三分之二的科幻理论需求,因此,本书就用当代最佳作家之一格雷格·伊根[①]的《希尔德之

① 编者注:格雷格·伊根(Greg Egan,1961 年— ),澳大利亚著名科幻作家。伊根尤其擅长撰写关于数学和量子理论的硬科幻,包括意识的本质。获得过雨果奖(还有三次提名),坎贝尔奖最佳长篇小说奖。其作品经常发表在科幻杂志《交叉地带》和《阿西莫夫科幻小说》上。

梯》(*Schild's Ladder*)(二〇〇二年)(注 1) 来考察那些科幻理论。《希尔德之梯》是一部硬科幻太空歌剧,因为它本身含有科幻历史和批评话语思想,所以它对科幻的理论提出了质疑。首先让我们来看一个让大家困扰不已的观点, 即科幻是一种讨论或模式,而不是一种文类。

如果科幻是一种文类, 我们就可以随便拿起一本书轻松了解它的梗概了。譬如神秘小说,就一定会有某些东西等待发现;浪漫故事,就一定有两人相遇,发生冲突,然后恋爱;恐怖故事则会讲述某非正常物体的入侵, 但最终会被驯服或者消灭。伊根的《希尔德之梯》兼具上述三种模式,小说中科学家卡斯极力证明萨鲁姆帕特(Sarumpaet)数学方程能够成立,多年以后,奇卡亚则饶有兴致地探求起卡斯试验不能成立。如果说这还不足以称为神秘小说, 那就很有必要探寻谁是破坏太空空间站林德勒(Rindler)的人,可立马就有人说这样的小说属于"惊悚体"。其实,这些情节本身就令人恐怖。小说中的主人公吞噬了地球之后,他还能忍住不去消灭新宇宙吗?当然,这是科幻小说不是电影, 所以不一定非要来个好莱坞式的大团圆结局,这在科幻作品中十分普遍,例如,史蒂芬·巴克斯特[1]和约翰·巴恩斯[2]也都是以刻画人类大毁灭而著称的作家。小

---

① 编者注:史蒂芬·巴克斯特(Stephen Baxter,1957 年— ),英国硬科幻作家,在数学和工程学方面也多有建树。曾获约翰·坎贝尔奖和菲利普·迪克奖等奖项。

② 编者注:约翰·巴恩斯(John Barnes,1957 年— ),美国科幻作家,毕业于华盛顿大学,著有《百万打开的门》等作品。

说最后是奇卡亚和马里亚玛之间的浪漫爱情故事：青梅竹马的心上人分离了近七百年，这样的爱情故事在许多小说里面可能都是核心内容，不过，在科幻中这样的爱情故事写法大异其趣，后面我还要详加说明。

正是因为科幻小说乐于从其他类型小说中汲取情节结构，所以人们常常很难把这些小说归类于科幻。那么，科幻小说自己的叙事模式到底是什么样的呢？目前好像还没有确切的说法。不过，如果说最具科幻小说特色的东西，那就是“惊异感”了。

惊异感是科幻小说的情感核心，大卫·奈叶[①]曾说这种反应是对神奇的赞叹，自然如土星的光环，人工如空间站或者火箭船等(见本书第二章格温妮丝·琼斯所撰章节)(注2)。在科幻小说发展的前十五年(从二十世纪二十年代中期起)，美国杂志中大部分故事如杂志标题《惊奇故事》《惊异》《惊悚奇迹》(*Thrilling Wonder*)一样都含有惊异等字样。最早的科幻小说主要依赖新发明创造，或者到达一个新的地方，那个时候读者读到这些就够了；他们可以站着凝视飞行的城市，或者惊诧于超级武器的威力。小说以描述性为主，由不熟悉环境的主人公向读者进行讲述，或者以读者的名义旁听某个讲座。几乎所有的故事结局都是宇宙和平，或者某项发明和发明家遭到毁灭，之所以结局安排成这样，是因为作家也无法超越时代的局限，

---

① 编者注：大卫·奈叶(David Nye)，南丹麦大学美国史教授。

因而只能使用类似于“醒来是一场梦”的手法，也许目的就是为了避免结局感。约翰·克卢特认为秘密在于：

> 史密斯博士和他同时代的作家A.E.范·沃格特[①]踽踽而行，他们也许热爱构思未来，但同时他们又明显表现出对预示“真实”未来的东西有一种深深的不信任和恐惧，这种未来就是我们幼年时期的突变。“透镜人”(Lensmen)系列和其他优秀小说一样是逃避主义，我们因逃避主义而爱上那个系列，但它并未逃避一九三〇年，而是逃避未来。(注3)

结果是惊异感和表现主义的结合，惊异感这一核心让科幻继续壮大。《希尔德之梯》前三十五页是独立的，讲的是一个经典的小故事，可视作科幻早期成就，展示了惊异感在构建科幻小说内容方面的基本功能。在小说中，卡斯为了理论把思想装入自己高约两毫米的躯体内，它可以远达距离地球三百七十光年的地方。这个故事情节非常简单，卡斯寻求外星人的帮助测试萨鲁姆帕特数学原理在深层空间的安全证据。外星人比地球人年长，也更聪明，他们非常谨慎，把实验分解成十五个小实验。当最终整个实验得以实施的时候，还是出了错，最后的爆炸吞没了宇宙，“短篇故事”戛然而止。早期传统的科幻

---

① 编者注：A.E.范·沃格特(Alfred Elton Van Vogt，1912年—2000年)，美国科幻小说作家，生于加拿大，一九四四年迁居美国，是科幻小说黄金时期四大才子之一。一九三九年，以《猎犬号宇宙飞船》的第一部《宇宙的黑破坏者》一举成名。

中就有惊异感(数学上的概率)、智能外星人(不过在此称后人类)、盲目乐观、冷漠的宇宙方程式等,传统的科幻替代了神灵的惩罚物,扼制了人类的智慧。为使读者不致厌倦,一些小的惊异点如卡斯缩小的身高、靠光生活的身体和空间站本身不时在小说中出现。

当然,我推荐《希尔德之梯》还有其他理由。科幻小说不是静止不变的,诚如奈叶所言,惊异感是非常脆弱的,熟悉了就很难再称为惊异。尽管过段时间更大更好更复杂的发明和符号又可以出现,但厌倦无聊常常使人反胃。《希尔德之梯》之所以吸引人,是因为它准确地把惊异感和其他文学结构结合了起来,形成了惊异感之上的科幻小说模式。首先就是伊斯特万·西克瑟瑞·荣莱(Istvan Csicsery-Ronay)所称的"荒诞不经(grotesque)"(注 4),但我们想到的是"结局"。惊异感让人们惊叹蘑菇云的美,荒诞感则让读者和作者考虑到后果。自二十世纪三十年代后期以来,部分由于编辑奥林·特里梅因(F. Orlin Tremaine)和约翰·坎贝尔的努力(见本书第二章和第六章),科幻开始转向对结局的考虑,这一转向在《希尔德之梯》第二部分开篇有明确标记,即"要是……该怎么办"【达科·苏恩文[①]称此为新元素(注 5)】,这一思想实验对科幻至关重要,由此产生了科幻小说最流行的代名词:推测小说。从此,科幻小说

① 编者注:达科·苏恩文(Darko Suvin,1930 年— ),克罗地亚学者、批评家,一九六八年移居加拿大。致力于科幻文学研究。

大部分从当代文学中分离了出来,“思想”成为科幻小说的主角。

《希尔德之梯》以思想实验开场,主要检测萨鲁姆帕特理论,推动故事发展的似乎就是实验的结果。但是,贯穿整个小说的思想实验也产生了一些暗喻，物理成了打开宇宙之门的撬棍,保存智力和性格的密码,而宇宙、智力和性格本身就有一种崇高之美。《希尔德之梯》中的一个数字化人物这样讲道:“十岁时,我送给心上人一组投影,能将四维的旋转组转化为三球体主束。”(第97页)(她喜欢那些东西。)所有这些特点都来自于“要是……该怎么办”,也就是说,解放自我、脱离肉体现实的后果是什么?实际上,这个实验比初始威胁毁灭宇宙的实验更具有挑战性。这种结构就是科幻经典的双重威胁,思想实验套着思想实验,迫使读者关注历险、神秘或者爱情故事的背景。尽管许多科幻小说的原动力依赖某个具体的科学问题,但其结构和形式与背景是融为一体的。这是因为虽然第一个思想实验可能会有崇高感，但正是隐含的“要是……该怎么办”和初始思想实验的结合,才产生了达科·苏恩文所说的认知疏离,“情节的认知核心共同决定了小说疏离本身”。(注6)

认知疏离与科幻的编码性质如风格、词汇和嵌入有着天然联系,认知疏离是这样一种感觉,即小说世界的事物和读者的经验世界不相一致,表面上是时间、空间和技术场景的变换产生了这种差异,如果真是这样,小说作品会陷入说教和过度白描。早期科幻共同使用的技巧被贬为“信息倾销”(info-dump)，小说中的人物向他的听众们介绍他们应该知道但读者却不清楚的事,这种方法很难避免,就在批评性观点获胜、概念突破的时候(注 7),整个世界变得超乎我们的想象,这是作者传递信息的唯一工具。即使在《希尔德之梯》中伊根也无法避免,萨鲁姆帕特理论最终被推翻,伊根不得不让一个角色作长达两页纸的公开演讲(第 88 页至 89 页)。为缓和这种说教,作家有意识安排主角不熟悉材料,并把说教作为代表新理论"宽容"的托词,同时假定部分读者感到烦躁不安,这虽然带有诱导性质,但是在安排上还是比较巧妙的。

细节传递信息效果最佳。七十年来,科幻作家研制出了一套工具,不会使用这套工作就说明是外行(当然,也有专业作家自称发明了一种新文类,或者强烈反对科幻的分类)。新手能很快注意到也是最明显的特征就是科幻使用的语言，诚如格温妮丝·琼斯所言 (第二章):"阅读科幻故事常常是一个比较活跃的转换过程。"

科幻中的语言并不一定可信，暗喻有时就是它的字面意义。小说"他把他的手给了她"或者"他翻了个身"会在科幻读者脑海中引起无限遐想,也许是可拆卸的身体部件,抑或是电子植入。此外,科幻作者也会通过故意构建新的技术隐喻来形成疏离感。比如,"港口的天色就像没有节目的电视机,处处闪着雪花"。(注 8)不过,人们还是期望按字面意义来理解文字。不管是这样一句话,"他看到一片没有消化的牛肉，上面还留有最后一位居住者的毛发和肌肉组织"(《希尔德之梯》第 35 页),还是生造的一个词如"Qusp"。制造不和谐的效果的主要基础是读者或者会理解所写内容，或者会创造意义来弥补缺失的信息。这两个技巧对科幻十分关键，而且它们是交叉叠加的，科幻主要依赖词汇、结构和一套深深嵌入这种文类的共同思想的演化。例如，过去描述星际舰队长距离穿越需要好几页纸，现在只要简单提到“FTL”（比光速快）就可以说明问题了，这种对科学成果的利用是硬科幻的标志之一（参见第十三章凯瑟琳·克莱默所撰内容）。不过，科幻也有自己的隐喻，例如，勒古恩在《一无所有》（*The Dispossessed*）的开头这样写道：“有一面墙，看起来并不重要……即使一个孩子也可以轻松攀越……那是思想之界。然而，思想是真实的……墙内的东西和墙外的东西取决于你在墙的哪一侧。”（注 9）作为科幻读者，我们很清楚小说中的墙既是指探险的障碍，同时也是一种叙事隐喻，因此，勒古恩在小说的开头前五行就为我们创造了疏离和故事。

伊根还运用过去科幻小说中的概念来表达意义，将信息一点一点释放到他创造的世界之中。雅恩是个非肉身科学家，非肉身概念在威廉·吉布森[①]和弗诺·文奇[②]的“传统文本”（legacy texts）（注 10）中就有提到，他可以“随时将宇宙舰队调到林德勒空间站，在数百万吨副产品产生之前，宣布他们来拯

① 编者注：威廉·吉布森（William Gibson，1948 年— ），美国作家，是科幻文学的创派宗师与代表人物，被称作赛伯朋克运动之父。著有《神经漫游者》《明日之光》等作品。

② 编者注：弗诺·文奇（Vernor Vinge，1944 年— ），数学家、计算机专家、科幻作家，擅长写作硬科幻和赛伯朋克类型作品。

救宇宙”(《希尔德之梯》第52页)。虽然我们清楚我们应该了解非肉身概念的意义,但可能理解得并不到位。伊根的小说还提到了海因莱因(Heinlein)和其他作家的聚变火炬舰队,有关人体冷冻的假设,以及约翰·坎贝尔《惊异科幻》培养出来的地球霸权小说中的内容。宇宙科幻史可以一言以蔽之,但宇宙舰队再用五十页纸也难以说清楚,我们必须想办法作进一步探讨。

然而,我们也有被嘲弄的感觉,因为宇宙舰队本身就是科幻的一个传统,约翰·克卢特在本书第四章这样说道,“科幻过去概念的运用可以显示风格, 但并不一定要作实质上的提倡”。宇宙舰队为性和性别冲突思想所困,从一个星球到另一个星球寻找“未来核心故事”(本书第四章),由此说明叙事方式并无多大变化。伊根的宇宙舰队概括了小詹姆斯·提普垂的观点, 即那些声称保护我们的人经常以他们自己为摹本来虚构侵略者(参见第八章沃罗妮卡·郝琳杰所撰内容)。小说中的齐卡亚父亲年轻时也曾迷茫并且擅长撒谎, 宇宙舰队在遇到他之前,已遭到人类后代的嘲弄,他们给宇宙舰队讲自玛格丽特·米德时代起就用来愚弄人类学家的那类故事。在小说中,宇宙舰队还有一个功能就是用来挖苦科幻评论家, 那些人因为某一本科幻小说和他们的政治观点相左就对其进行无端指责,当然,这样的人不限于政治左派。

伊根除了用传统文本对他创造的世界进行分层以外,还创造了他自己的嵌入法。谁是宇宙舰队?他们是什么意思?我们逐步获得线索得以理解, 真正突破性的理解是在宇宙舰队讲述他们的动机的时候，而传统的写法往往是反派人物集中出现的时候。不过，伊根设法把我们和我们对小说主要角色的猜测分离开来，就好像猜测的那些人并不是我们。小说的主人公卡斯再造时直径仅两毫米，“密封在真空瓶中，以光为食”(《希尔德之梯》第 5 页)，不过，身体转移的概念是没有问题的，这是因为现代科幻小说中的主角大家都很熟悉，他们一般在自己的宇宙中能力超强，这都无须向我们解释，我们也不觉得有任何解释的必要(注 11)。这些人对“自我”有不同的认识，他们为了边界问题不停地协商，“当有办法马上不费力地把你自己转换成别的东西时，你要保持身份的唯一渠道是划定自己的边界。但是，一旦你错失良机，你则没有任何选择的余地，只能成为智人”(《希尔德之梯》第 6 页)。这条界线就此尘埃落定，那些人就不再是人类了。但是，我们对身体的文化理解并不是单一的，当然他们也不是，有些后人类选择生而具有的身体，有些则选择活跃的备件，还有的后人类认为备件只有在死亡时才有意义，更有许多人选择数字化的生活，身体的存在只是为了实现某种互动。因为在这种文化中，存在的方式不同，所以死亡的意义也千差万别。

他们也不像人类一样有性别之分。伊根沿用女权主义作家传统，保留了性别，但把性别和身体剥离开来，非常有意思的是，小说中男女性姓名都是以元音结尾的，这点有悖于西方传统习惯，这种不一致从下面这段倒叙的结尾部分可窥一斑。

他两腿间的皮肤红红的，有肿块……触摸有痒感……他还会改变想法和情感。一切都是自愿的，他父亲说，除非你深深地爱上某个人，并且那个人对你也有好感，否则，你们无法做爱……那些夫妻只能那样，这就像每对夫妻都有一个不同的孩子。(第77页至78页)

在这个阶段，故事听起来就像父母为保护孩子而讲的神话，最后的揭晓必须等到齐卡亚被拉司马带到床上。

"噢，瞧我们干的！我知道那一定很美妙，我想我有适合这里的东西，绝配。在这里，也许甚至……就这里！"

齐卡亚咬紧牙关，但他无法阻止她的手指在他身上四处游走，一个以前从没有人碰过的地方被人触摸，而且甚至你自己都没有见过或触碰过，这是一件多么要命的事。

自然从不想象，只是人们总会找到新的办法把它们联系起来。(第161页至162页)

但是，选择谁来联系？这种联系为什么不稳定？在小说的第一节，卡斯动摇了，因为她的肉身使她认识到性是最亲密的行为，但拉因兹却不这样认为，他是主动和她分享宇宙的。这时我们得考虑"性别"或者如第十章温迪·皮尔森所说的"酷儿"究竟意味着什么？如果两性身体构件相同，都能体验彼此的感受，性别更多的是肉体和非肉体的区别，而不是男性和女性的区别，那就绝对可以说《希尔德之梯》的整个人类话语都是酷儿。

他们是和我们完全不同的生物，只是没有明确罢了，诚如詹姆斯·冈恩在"前言"中指出的那样，正是分层、嵌入和特有的素描把科幻小说从说教当中拯救了出来，但说教并不完全是负面的，它也不是科幻独有的，只不过科幻更有意识地使用了它，正是这一基本技巧把科幻的叙事风格导向当代小说读者并不熟悉的方向。伊根为避免说教，把虚构的世界搬到了中心舞台，主流小说作家并不指望这样描写会有什么特点，但科幻作家通过认知疏离讲出了很好的故事（注 12）(见本书第十、十一章有关内容)。由此我们再来看科幻的另一个特点，早期科幻多误把古灵精怪作为故事场景，但有些作家则成功地将地点提升到了人物层次，他们做得直截了当，例如，墨里·莱因斯特[①]的《孤独的星球》(*The Lonely Planet*)(注 13）和朱迪斯·墨菲[②]的《彭特拉》(*Pennterra*)(一九八七年)都让星球有了生命。但更根本的是星球产生趣味性的方式，其故事对人们的生活方式至关重要，勒古恩的《黑暗的左手》(*The Left Hand of Darkness*)(一九六九年)和《一无所有》(一九七四年)与金·斯坦利·罗宾森[③]的“火星三部曲”一样都把政治制度和地形联系了起来。布赖恩·奥尔迪斯[④]的“赫星纪元”(Helliconia)三部曲

---

① 编者注：墨里·莱因斯特(Murray Leinster，1896 年—1975 年)，美国科幻作家，著有多部小说和电影电视剧本。

② 编者注：朱迪斯·墨菲(Judith Moffett，1942 年—)，美国作家、学者。出版过诗歌、散文、科幻小说，翻译过瑞典文学。

③ 编者注：金·斯坦利·罗宾森(Kim Stanley Robinson，1952 年—)著名科幻小说家、哲学博士，两届雨果奖、一届星云奖、世界奇幻奖和坎贝尔奖的获得者，先后六次摘得轨迹奖，著有长篇科幻小说“火星三部曲”系列等。

④ 编者注：布赖恩·奥尔迪斯(Brian Aldiss，1925 年—2017 年)，英国作家、科幻史家、科幻小说家。一九七九年曾作为费利克斯·格林率领的英国知名人士代表团的成员来华访问。著有《地球的漫长午后》等小说。

是这方面的杰作，生活在赫利康尼亚星球上的生物只是作为故事的生态面而存在，而主角则是星球。《希尔德之梯》中这一成分的出现比较晚，空间站虽然吸引人，但缺乏想象，而在另一方面，光明、带有温德克斯(vendeks)和气流花的真空调节器则吸引了读者和故事主人公的感官，甫一发现，小说的性质就发生了惊人的跳跃，再一次强化了科幻与主流文学的区别。

光明是齐卡亚和玛利亚马发现的，当时他们一起被困在太空舱，玛利亚马的"Qusp"，即储存的个性被嵌入了齐卡亚的肾脏。科幻喜欢把浪漫爱情和内脏扯在一起，因为在人的体内活动无疑是离那人最近的了。当然，科幻也喜欢模棱两可和空灵，没有身体就谈不上性，科幻是少有的几种文体把亲密关系处理成临界状态的，雅恩就因为相关神经太过粗糙无法正常对待性。性可以表示友谊和团体，但却不代表浪漫爱情，齐卡亚和玛利亚马不仅相互吸引，而且也为宇宙的荣耀、真正的爱情和宇宙的浪漫所吸引。也许科幻是浪漫小说真正最后的城堡，科幻的主人公常常和宏观世界陷入恋情。主流小说写到的多是人际关系的微妙，而科幻话语则往往是关于人与世界、人与宇宙的关系，主要突出伟大的事件(战争、登月、饥荒)和伟大的思想(演化、外星人接触、不朽)。《希尔德之梯》中齐卡亚和玛利亚马的爱情并不影响他们探险，但在进行宇宙探索时他们是排斥情感的，这种爱情逆转、坚持爱情外显而不是内在的观点常常为非科幻评论家所诟病，被指缺乏人物塑造和情感描写，比如，在小说发展到某个时刻时，人们一般都期望主人公投入各自的怀抱，然而科幻小说家却不屑于此,“没有什么堪比四千年的等待,也许原创理论除外”(第 246 页)或“一个宇宙的种子藏在排水沟里”。

然而,和惊异感纠结在一起的是孤独感,它和探险的快乐一样是科幻的一部分,它是冰冷的浪漫主义,爱情的目标永远不在其中。硬科幻中的“冷酷的方程式”(此处借用汤姆·戈德温[①]的科幻故事标题）概念就是这种孤独感即冷漠宇宙的明证,那些严苛的规则而无关乎爱情决定了我们的生死,宇宙是冷傲的情人。《希尔德之梯》正是依赖了文本的科学超结构释放的寒冷:齐卡亚和玛利亚马可能爱上光明,但它是没有情感的,和任何生态一样,如果他们不能适应,必然的结果就是死亡。

科幻还把孤独视作人物的中心要素，二十世纪四十年代到六十年代,科幻过度使用了孤独这个概念,孤独的个人被视作天才,很少有人质疑,它其实反映的是几代书生的焦虑。虽然现在科幻中的那种自负大大减弱，但其修辞力依然不减当年,孤独在《希尔德之梯》中跟在经典科幻范·沃格特的《斯兰》(*Slan*)(一九四〇年)中一样举足轻重。齐卡亚和玛利亚马都认为“不同”就是优越,他们少年时,相信自己的生活就是宇宙叙事的中心,从而导致他们对发现外星人这件事秘而不宣。成年后,他们遇到重新建构的智人,这些人已经把歪曲的自我叙

---

① 编者注:汤姆·戈德温(Tom Godwin,1915 年—1980 年),美国科幻小说作家,一生共创作了三部长篇小说和三十篇短篇小说。其中最有名的是有争议的硬科幻短篇小说《冷酷的方程式》,并于一九九六年被搬上银幕。

事发展成意识形态,他们表示愿意摧毁他者。马克思主义、女权主义和后现代主义(见第七章、第八章、第九章)的传统已经有能力讲述新的故事,将他者融入世界。伊根在《希尔德之梯》中的部分成就就是让新世界的声音响了起来。宇宙以其依然冰冷的方程式强有力地改变着宇宙舰队,我们再次明白情节和人物比任何主角更有生命力。

科幻的话语意义复杂多样,语篇可以进行多种解释,每一个解释都能生成一幅完全不同的画面,过去八十年来各种各样的学术规则和科幻迷准则就充分说明了这点。随着批评家越来越多地引用科幻迷的观点,过去在科幻迷所认为的经典海因莱因、阿西莫夫(Asimov)、克拉克和学者认为的经典迪克、勒古恩、巴拉德之间很严格的分界已模糊不清。本书各个作者都从不同角度引用了伊根的小说,有的从生物猜想角度把他的小说解读为太空歌剧和硬科幻,海伦·梅里克和温迪·皮尔森则发展了伊根关于性的二元论,超越了异性恋规则。激进的学者甚至还提出了现在的概念和命名机制无法接受的性规则。根据皮尔森的观点,酷儿理论强调流动性和阈限,而不是双重性或者多样性,故此,郝琳杰指出科幻小说创作都无法绕开女权主义。相对而言,我则认为这部小说会引起马克思主义和后现代主义批评家的兴趣,因为它没有受到任何生产方式和政治的影响。该书不涉任何肤色,故而可看作后人种主义小说,抑或我们可以就作品来谈谈我们的偏见(见第十九章伊丽莎白·安娜·列奥拉德)。《希尔德之梯》亦适合爱德华·詹姆斯和肯·麦克劳德(第十六和十七章),因为它的技巧性展示了形式和介绍纷争的生造情节的缺陷。甚至这本小说还可以看作历史演义小说(见第十五章),伊根讲述的不是我们的未来,他的核聚变舰队不可能来自拒绝人类空间探险的地球。最重要的是,布赖恩·斯塔布莱福特、布赖恩·艾特贝瑞、戴米安·布罗德里克和约翰·克卢特撰写的历史文章会对我们理解《希尔德之梯》及其他小说产生重要影响。科幻是在不断构建的文类,它有自己的历史,读过前面这几章,我们就会真正理解现在的科幻。

注释:

注 1.进一步讨论参见拉塞尔·莱特森《轨迹》二〇〇二年五月第 37 页、第 61 页;保罗·迪·菲利普,http://www.SciFi.Com;亚当·罗伯茨,http://www.thealienonline.net。

注 2.大卫·奈叶,《美国技术品格》(剑桥:麻省理工学院出版社,一九八四年),第 14 页至 15 页。

注 3.约翰·克卢特,介绍《银河巡航,灰头发的摄影师,第二阶段的摄影师,镜头中的孩子》,E.E.史密斯著(巴尔的摩:老地球书籍出版社,一九九八年),Ⅻ—ⅩⅢ。

注 4.伊斯特万·西克瑟瑞·荣莱,“论科幻中的荒诞不经”,载于《科幻研究》二〇〇二年第 29 期,第 71 页至 79 页。

注 5.达科·苏恩文,《科幻小说变形记》(纽黑文:耶鲁大学出版社,一九七九年),第 63 页。

注 6.同上，第 15 页。

注 7.彼得·尼克斯主张“概念突破”的中心地位，尼克斯主编《科幻小说百科全书》(伦敦：格兰雷达出版社，一九七九年)，第 134 页至 136 页。

注 8. 威廉·吉布森，《神经漫游者》(伦敦：格拉芙顿出版社，一九八六年)，第 9 页。

注 9.厄休拉·勒古恩，《一无所有》(伦敦：格兰茨出版社，一九七四年)，第 5 页。

注 10.这个短语受到肯·麦克劳德《航天员之堡》(二〇〇〇年)，第 27 页“传统代码”的影响，过去是一个信息技术术语，因为很难修改而保留了下来。

注 11.主角再创造和生活多样性直接来自卡米伊·弗拉马里翁的《流明》(一八八七年)(见布赖恩·斯塔布莱福特第 7 章)，科幻找到了实现再生幻想的技术方法，身体交换作为一个科幻概念是建立在毁坏各种相关工具基础上的。

注 12.约翰·克卢特关于霍华德·瓦尔德罗普的章节，理查德·布雷勒编《超自然小说作家：当代奇幻和恐怖小说》(纽约：查理·思科里布勒出版社，二〇〇三年)，第 952 页。

注 13.《孤独的星球》，J.J.皮尔斯编《墨里·莱因斯特最佳作品选》(纽约：戴尔雷出版社，一九七八年)，第 274 页至 307 页。

# 第一部分　历史篇

# 第一章 早期科幻小说

布赖恩·斯塔布莱福特

## 科幻小说的起源

现代意义上的“科学”认为可靠的知识必须有充分的证据，所有的感觉必须经历演绎推理的仔细审查和归纳实证的检验。十七世纪，作家们开始把应用科学方法可能带来的新发现和新技术写进推测小说。因为早期的小说必须在已有的叙事框架和风格内写作，所以作家发挥的空间不大。

能够接纳科幻推测作为一种风格的就是乌托邦奇幻，它的主要叙事形式就是幻想游记。科幻丰富的游记传统始自科学方法的鼻祖弗朗西斯·培根[①]的《新大西岛》(*New Atlantis*)(写于

---

① 编者注：弗朗西斯·培根(Francis Bacon，1561 年—1626 年)，英国唯物主义哲学家、思想家和科学家。

一六一七年,一六二七年出版)。当然,技术进步之于社会改革的重要性,约翰·凡·安德里亚(Johann Valentin Andreae)的《基督城》(*Christianopolis*)(一六一九年)和托马索·康帕内拉(Tommaso Campanella)的《太阳城》【*La Cittá del Sole*(*The City of the Sun*)】(写于一六〇二年,一六二三年出版)已早有认识。此后大多数乌托邦奇幻小说都会涉及一点儿科学技术,但所占比例微不足道,社会、宗教和政治改革问题仍是创作的中心话题。即使在小说中提到科学进步,作家们往往也是兴味索然。培根对科学的乐观激起了敌对势力的反扑,那些人感受到了宗教世俗化趋势和鼓吹物质技术对宗教价值观的威胁。

幻想游记也是尖酸刻薄的讽刺类奇幻小说的主要叙事形式,在玛格丽特·卡文迪什(Margaret Cavendish)《闪耀的世界》(*The Blazing World*)(一六六六年)和乔纳森·斯威夫特[1]的第三部游记《格列佛游记》(*Gulliver's Travels*)(一七二六年)中科学家成了被讽刺的对象,这些作品形成了"反科幻"传统。因为它们的主题和叙事技巧与科幻大体相近,所以,尽管它们反科幻,却还是常常为科幻所包容。鉴于怀疑和理论分歧对科学进步的重要性,还有"科幻小说"这个标签近似矛盾的特质,这种混乱完全正常。

更加极端的奇幻游记与宗教奇幻的标准形式——梦想故事多有重叠。无论十七世纪还是十八世纪,幻想游记要跨越星际空间那是易如反掌,所用设备也是变化无常,但直到十九世

---

① 编者注:乔纳森·斯威夫特(Jonathan Swift,1667年—1745年),英国作家,讽刺文学大师。著有《格列佛游记》《一只桶的故事》等作品。

纪晚期仍然只有梦境可以让人们到达未来。另一个科学革命先驱约翰尼斯·开普勒[1]率先发难,他的观点是哥白尼太阳中心说的典型代表,是一个卓有见识的观点,他还在《梦》【*Somnium*(*A Dream*)】(一六三四年)中天才般地想象月球上的生命如何适应更长的昼夜更替。

虽然早期月球幻游故事大多荒唐可笑,但是月球和其他行星属于另外世界的提法却成为日心说的争论焦点。基督教接受的是亚里士多德的地心说,在科学与宗教的争战中日心说战胜了地心说。弗朗西斯·戈德温[2]的荒诞故事《月中人》(*The Man in the Moone*)(一六三八年)与约翰·威尔金斯[3]颂扬《月球上发现一个世界》(*Discovery of a World in the Moon*)(一六三八年)的杂文一样都是科幻始祖,后者于一六四〇年进行了补充,谈到人类总有一天会登上月球。

尽管这种讨论在奉行新教的英格兰比在信天主教的法国风险要小得多,但皮埃尔·波莱尔[4]的《证明世界多样性的新话语》【*Discours nouveau prouvant le pluralité des mondes* (*A New Discourse Proving the Plurality of Worlds*)】(一六五七年)和西兰诺·德·伯格莱克(Cyrano de Bergerac)过分华丽的《另一个世

---

① 编者注:约翰尼斯·开普勒(Johannes Kepler,1571 年—1630 年),德国天文学家,发现了行星运动的三大定律,为哥白尼的日心说提供了可靠的证据。

② 编者注:弗朗西斯·戈德温(Francis Godwin,1562 年—1633 年),英国主教、历史学家,较早地接受了哥白尼和开普勒以及伽利略的新思想。

③ 编者注:约翰·威尔金斯(John Wilkins,1614 年—1672 年),英国牧师、自然哲学家和作家。英国皇家学会的创始人之一。

④ 编者注:皮埃尔·波莱尔(Pierre Borel,1620 年—1671 年),法国化学家、物理学家和植物学家。一生涉猎广泛。

界》【*L'Autre Monde*（*The Other World*）】片段分别于一六五七年和一六六二年出版，它们为伯纳德·德·冯特奈尔（Bernard de Fontenelle）喜闻乐见的《论世界多样性》【*Entretiens sur la pluralité des mondes*（*Discussion of the Plurality of Worlds*）】(一六九六年)作了铺垫。虽然冯特奈尔把经典对话改成轻松随意的“谈话”,本意在于化解批评,但他的这一革新却为更自然地推测小说的发展奠定了基础。然而,在整个十八世纪,推测小说因为缺乏能够开启时空想象疆域的叙事技巧而裹足不前。

尽管大多数讽刺作家满足于把月球作为地球以外的故事场景,但阿坦纳西欧斯·克齐耳(Athanasius Kircher)却领风气之先，他的《迷人之旅》【*Itinerarium Exstaticum*（*Ecstatic Journey*）】(一六五六年)把游记范围拓展到了宇宙空间。这种混合体游记包括人们已知的太阳系,充满宗教和科学奇幻,还常常夹杂乌托邦和来世幻象。游记中的宇宙只有太阳一个星球,即使太空旅游,游记只能采用幻想形式。例如,加布列尔·丹尼尔(Gabriel Daniel)的《笛卡儿世界之旅》【*Voyage au monde de Descartes*（*Voyage to the World of Descartes*）】(一六九二年)和克里斯蒂安·惠更斯[1]的《被发现的天上的世界》(*Cosmotheoros*)(一六九八年)都是在努力寻求合适的叙事形式。

十八世纪最具雄心的宇宙幻想据说发生在一七四三至一七四五年，瑞典神学家伊麦吕尔·斯韦登伯格(Emmanuel Swedenborg)在《属天的奥秘》(*Arcana Coelestia*)(一七四九至一

---

① 编者注:克里斯蒂安·惠更斯(Christian Huygens,1629 年—1695 年),荷兰数学家和科学家。在天文学、物理学和概率方面也有所建树。

七五六年)中有所记录,他的这本书受到他早期物理、地质和数学著作的影响。在法国,宇宙游记由于魔术技巧的应用而大行其道,这种技巧来自安托万·加朗(*Antoine Galland*)的译著《天方夜谭》(*Arabian Nights*),领奇幻小说风气之先。最大胆的当属玛丽–安·德·茹米尔–罗伯特(Marie–Anne de Roumier–Robert)的《西顿大人七星之旅》【*Voyages de Mylord Céton dans les sept planètes*(*Journeys of Lord Seton in the Seven Planets*)】(一七六五年),其摹本是舍瓦利尔·德·贝苏(Chevalier de Béthune)的《水银世界》【*Relation du monde de Mercure*(*The World of Mercury*)】(一七五〇年)。

地球表面的未知领域越来越少,这使得乌托邦小说和讽刺小说把想象的触角延伸到太空。不过,南半球的遥远地带对撰写《未知的南方土地》(*La Terre austral connu*)(一六七六年)的加布里尔·德·伏瓦涅(Gabriel de Foigny)和写作《飞人南方大发现》【*La Découverte australe par un homme volant*(*The Discovery of the South by a Flying Man*)】(一七八一年)的海斯提夫·德·拉·布里托尼(Restif de la Bretonne)仍然具有利用价值。路德维格·霍尔伯格(Ludvig Holberg)的《尼尔斯·克里姆》(*Nils Klim*)(一七四一年)则另辟蹊径,向地球内部开发,然而却少有作者追随,仅有探险小说《北极到南极旅行》【*Le Passage de pôle arctique au pôle antarctique*(*The Passage from the North to the South Poles*)】(一七八〇年)可勉强归入此类,并因此获得更多关注。有关宇宙游记主题的一个更重要的变体是伏尔泰的哲学故事《米克罗梅加斯》(*Micromégas*)(一七五二年),它把参观者从天狼星和土星带到了地球。

一七八七至一七八九年，查理·加尼叶（Charles Garnier）制作了三十六卷的“幻想游记”（*Voyages imaginaires*）系列，大多是翻印的法国作品，还有从英语翻译过来的小说。这个大制作本意是要定义科幻并用作品来印证，但由于爆发法国大革命而不得不中止，如果没有那场大革命，或许它的影响更大。即便如此，卡米伊·弗拉马里翁和儒勒·凡尔纳都把它视作科幻史上的重要标杆。前者在宇宙推测小说早期史《幻想世界与真实世界》【*Les Mondes imaginaires et les mondes réels*（*Imaginary Worlds and Real Worlds*）】（一八六四年）中收录了它的很多作品，后者将自己的作品集命名为《奇妙的旅行和其他》（*Voyages extraordinaires*）。

传统的叙事框架向严谨的推测小说转变并不容易，它存在以下几方面缺陷。一是旅行者故事即使用最正宗的乌托邦模式来叙写，一旦写到人迹罕至的地方，故事的风格就变得有些松弛，严谨不足。二是文学梦顾名思义，只是幻想，即使用最严肃的寓言模式来写，一旦梦醒，幻想随即破灭。道德寓言向伏尔泰式哲学故事的转变受到传统环境和人物斧凿的制约。随着哲学的进步，探索未来王国日渐成熟，以上这些问题变得更加突出。路易斯-塞巴斯坦·默希尔（Louis-Sebastien Mercier）率先创作《二四四〇年》【*L'An deux mille quatre cent quarante*（*The Year 2440*）】（一七七一年），乌托邦式推测进入“欧克罗尼亚”（euchronian）模式，随后大量有关未来的讽刺作品相继产生，例如卡辛·德·格兰维尔（Cousin de Grainville）《最后的人》【*Le Dernier Homme*（*The Last Man*）】（一八〇五年）。然而，唯一能代替梦走近未来的方式是长时间睡眠，这对于当代叙事者毫无用处。因此，为科学哲学故事设计合适的叙事框架不可避免地成为十九世纪比较突出的问题，而且不易解决。

## 科幻方法的试验

埃德加·爱伦·坡[①]是开启大范围试验科幻方法的第一人，他公开发表的最早诗歌《十四行诗——致科学》(*Sonnet - to Science*)写于十九世纪二十年代早期，诗歌散文《我发现了！》(*Eureka*)(一八四八年)达到其事业巅峰，它是一篇有关天文望远镜揭示最新宇宙特性的妙文。连起这两部作品的想象之线贯穿坡的整个创作生涯，随着他对科学发现的美学鉴赏能力不断提高，他努力尝试各种表达和赞美科学奇迹的文学形式，创新连连。

坡在重印月球旅游故事《汉斯·普法尔》(*Hans Phaal*)(写于一八三五年，一八四〇年改以"汉斯·普法尔无与伦比的冒险"为题)时，写过一篇有关文学作品逼真性是否必要的序言，他指出把旅行者故事延伸至地球表面以外所可能存在的问题。虽然气球已经能够让一些勇敢的飞行员离开地面，但它们毕竟不是地球外探险的安全办法。汉斯·普法尔想要胜过威廉·比尔德迪克(Willem Bilderdijk)的开山之作《一个关于太空旅行和发现

---

① 编者注：埃德加·爱伦·坡(Edgar Allan Poe，1809年—1849年)，十九世纪美国诗人、小说家和文学评论家，美国浪漫主义思潮时期的重要成员。其以神秘故事和恐怖小说闻名于世，是美国短篇故事的最早先驱者之一，又被尊为推理小说的开山鼻祖，进而也被誉为后世科幻小说的始祖。代表作小说《黑猫》《厄舍府的倒塌》，诗《乌鸦》《安娜贝尔·丽》。

新行星的短篇小说》【*Kort verhaal van eene aanmerklijke luctreis en nieuwe planeetokdekking*(荷兰语)】(一八一三年),小说主人公的愿望似乎令人无法相信,甚至连坡自己也不确信。虽然坡在序言中自嘲挖苦,但这个故事却成为现代科幻的第一个尝试性宣言。

坡对未来推测的新框架进行了实验。《艾洛斯和查米翁的交谈》(*The Conversation of Eiros and Charmion*)(一八三九年)是死者对话，主人公回忆了刚刚发生的彗星撞击毁灭地球事件;《墨诺斯和于娜的谈话》(*The Colloquy of Monos and Una*)(一八四一年)认识和强调了建立一种更加权威的科幻奇幻的必要性,接着,坡创作了《催眠启示录》(*Mesmeric Revelation*)(一八四四年)。他还在《崎岖山的故事》(*A Tale of the Ragged Mountains*)(一八四四年)和《瓦尔德马尔案的事实》(*The Facts in the Case of M. Valdemar*)(一八四五年)中运用催眠技术,后者更进一步用到模拟"科学论文"(scientific paper)的方法,当时"科学论文"文体才刚刚出现,这些实验为《我发现了！》作了很好的铺垫。

与坡同时代的几个英国作家也曾试图寻找适合科学推测的叙事框架,然而都无功而返。汉弗里·戴维爵士[①]死后出版了《旅游中的慰藉》(*Consolations in Travel*)(一八三〇年),主要是宇宙空想推断性回复的一系列对话。同年,坡出版了《我发现了！》,科普先锋罗伯特·亨特(Robert Hunt)出版了《科学之歌》

---

① 编者注:汉弗里·戴维爵士(Sir Humphry Davy,1778 年—1829 年),英国化学家,是发现化学元素最多的人,被誉为"无机化学之父"。

(*The Poetry of Science*),不过,亨特的小说《潘蒂雅》(*Panthea*)(一八四九年)中的超自然想象更多的是借鉴安德里亚为爱德华·布尔沃-莱顿(Edward Bulwer-Lytton)普及的"占星术浪漫故事",却并非是科学方法,当然,亨特为了科学方法后来放弃了他自己的罗曼蒂克写法。亨特的《科学之歌》激发了威廉·威尔逊(William Wilson)在《关于一个伟大的古老主题的诚挚小书》(*A Little Earnest Book Upon a Great Old Subject*)(一八五一年)中创造了"科幻小说"这个专有名词,可威尔逊能够找到的唯一科幻体小说是霍恩(R. H. Horne)的《可怜的艺术家》(*The Poor Artist*)(一八五〇年),它是一部寓言小说,讲述一位艺术家如何发现不同人视角下的世界奇迹。

现代科幻历史学家常常认为英国科学浪漫故事源自玛丽·雪莱[①]的作品,然而,《弗兰肯斯坦》(*Frankenstein*)(一八一八年)的哥特式陷阱使得它只能被归类为反科学小说传统,《最后的人》(*The Last Man*)(一八二六年)是一部宿命论灾难小说,它同样与哲学进步是对立的。这两部作品的影响并没有立即呈现,但它们却成了强大的幻想小说传统的模板。弗兰肯斯坦模式总是讲述一件难以驾驭的不幸人工产物带来制造者的毁灭,这种模式作为反科学小说的主要叙事形式,在十九世纪最后十年得以确立,而且至今地位不变。而《最后的人》则成为英国哀歌式灾难小说的始祖,更直接的灾难小说之父是写有《伦敦之

---

① 编者注:玛丽·雪莱(Mary Shelley,1797年—1851年),英国著名小说家,因其创作了文学史上第一部科幻小说《弗兰肯斯坦》(又译《科学怪人》)而被誉为科幻小说之母。

后》(*After London*)(一八八五年) 的理查德·杰弗里斯(Richard Jefferies)。源自《弗兰肯斯坦》的早期作品有简·维布·楼登(Jane Webb Loudon)创作的《木乃伊！一个二十二世纪的故事》(*The Mummy! A Tale of the Twenty-Second Century*)(一八二七年),然而,许多年里很少有探索未来的小说,即使有,也只是尝试性的。这个时期比较有名的小说有"黑尔曼·郎"(Herrmann Lang)的《空中战役》(*The Air Battle*)(一八五九年),不久之后在英国形成了未来战争小说体裁。匿名"克里索斯汤姆·特鲁门"(Chrysostom Trueman) 创作的《月球旅游史》(*The History of a Voyage to the Moon*)(一八六四年)运用"反重力"技术把它的主人公送到了一个月球乌托邦社会,这是对坡提出的星际小说需要更多"真实性"的回应。

坡的同时代作家纳撒尼尔·霍桑[1]在他的道德小说中描写过幻想科学实验,但是由于他对科学世界观的深刻怀疑,人们一般把他列入反科学派。他的《出生标记》(*The Birthmark*)(一八四三年) 和《拉伯西尼医生的女儿》(*Rappaccini's Daughter*)(一八四四年)是早期怀疑科学的典型代表,这两部作品对过度使用和曲解现在所称的"科学主义"进行了强烈谴责。其他追随坡的美国十九世纪作家也同样比较谨慎,菲茨-詹姆斯·奥布里恩(Fitz-James O'Brien)的《钻石透镜》(*The Diamond Lens*)(一八五八年)和安布罗斯·比尔斯(Ambrose Bierce)的《莫克松的主人》(*Moxon's Master*)(一九〇九年选) 通常被解读为保守的

---

① 编者注:纳撒尼尔·霍桑(Nathaniel Hawthorne,1804 年—1864 年),美国作家、小说家。著有《红字》《福谷传奇》《玉石人像》等作品。

道德小说，不过，后面这篇多少有些暧昧不明。爱德华·埃弗里特·海尔（Edward Everett Hale）的太空飞行讽刺小说《砖月球》（*The Brick Moon*）（一八六九年）虽说难以服众，但他却开风气之先，创作了第一篇小说化的杂文《放手！》（*Hands Off!*）（一八八一年）。弗兰克·斯托克顿（Frank R. Stockton）充分利用对科幻技巧的不断熟悉，在《水魔》（*The Water-Devil*）（一八七四年）和《负重力故事》（*A Tale of Negative Gravity*）（一八八四年）中运用这些技巧进行幻想飞行。

由于夏尔·波德莱尔[1]和翻译家的努力，坡的作品在法国的影响远胜于他自己的国家，正是法国兴起了找寻适合的科幻叙事框架的事业，而且进行得非常紧迫且富有冒险精神。儒勒·凡尔纳写过几个坡式短篇，之后很快他发现幻想游记可以为科学话语提供更大的空间。凡尔纳方法的精华是他谨慎地限制了当代技术的推断，并因应用假设动力技术于辛苦的探险和悠闲的旅游而闻名，他尝试在《从地球到月球》【*De la terre à la lune*（*From the Earth to the Moon*）】（一八六五年）中引入地球外旅游的真实性量度，令人诚服，但是他的良知阻止他让他的月球发射器着陆，因为他知道他没有办法让发射器返回地球，所以他书中那些争吵不休的旅行者最终只是《环绕月球》【*Autour de la lune*（*Round the Moon*）】（一八七〇年）旅行而已。

凡尔纳最早的《奇妙旅行》（*voyages extraordinaires*）中有几

---

① 编者注：夏尔·波德莱尔（Charles Baudelaire，1821年—1867年），法国诗人，象征派诗歌之先驱，现代派之奠基者，散文诗的鼻祖。代表作有诗集《恶之花》及散文诗集《巴黎的忧郁》等。

部非常大胆的幻想作品，其中最著名的当属《地心游记》【*Voyage au centre de la terre*（*Journey to the Centre of the Earth*）】（一八六三年）和《海底两万里》【*Vingt mille lieues sous les mers*（*Twenty Thousand Leagues under the Seas*）】（一八七〇年）。然而，他的成功却恰恰是他在书中对幻想的节制。他的出版商海特泽尔（Hetzel）并没有出版他十九世纪六十年代早期写成的有关未来二十世纪巴黎的探险幻想小说（直到一九九四年才出版）。凡尔纳对幻想的控制非常严格，晚期归于他名下的几部探险作品的幻想成分都是他的信徒巴夏尔·格鲁塞【Paschal Grousset，笔名安德烈·洛里（André Laurie）】或者他的儿子米切尔·凡尔纳（Michel Verne）加入的。不过，外星人奇幻小说《太阳系历险记》（*Hector Servadac*）（一八七七年）和飞行器故事《征服者罗比尔》【*Robur le conquérant*（*Robur the Conqueror*），也译作《云帆》（*The Clipper of the Clouds*）】（一八八六年）都是凡尔纳独立完成的。格鲁塞参与的最重要的创作是《蓓根的五亿法郎》【*Les Cinq cents millions de la bégum*（*The 500 Millions of the Begum*），也译作《蓓根的财富》（*The Begum's Fortune*）】（一八七九年），书中展示对比了技术发展带来的乌托邦和反乌托邦社会。米切尔和他父亲合作的最重要作品是历史复现奇幻小说《永恒的亚当》（*L'Eternel Adam*）（一九一〇年）。凡尔纳晚年还续写了坡的《亚瑟·戈登·皮姆的故事》（*The Narrative of A. Gordon Pym*）（一八三七年）和《斯芬克斯之冰》【*Le Sphinx des glaces*（*The Sphinx of the Ices*），也译作《南极秘密》（*An Antarctic Mystery*）】（一八九七年），不幸的是，凡尔纳把原作者书中的幻想全部排除在外，把所有的未来奇迹设计得十分平庸，接近自然现实状态。

坡的影响也反映在另一个科普先锋卡米伊·弗拉马里翁的作品中，弗拉马里翁也受到汉弗里·戴维的很多启发，他在幻想方面比凡尔纳还要雄心勃勃，但遗憾的是他并没有找到合适的叙事框架。他的《无尽的故事》【*Récits de l'infini* （*Sories of Infinity*）】（一八七二年）中最大胆的作品后来扩展单独发表，题为《流明》，讲述的是人与灵魂之间的对话，灵魂因为跑得比光快，所以能看到并记住各个不同世界的前身，这些生命形式可以随着物理环境的变化而进行调整。它是十九世纪最有惊异感觉的作品，而这些惊异都是天文学和地球科学揭示出来的。弗拉马里翁把《流明》的梗概融入火星说教化身，形成混合作品《乌拉妮娅》（*Uranie*）（一八八九年）。《世界末日》【*La Fin du monde*，译作《欧米伽：地球上的最后几天》（*Omega：The Last Days of the World*）】（一八九三年）也是一部混合作品，最后以狂想散文诗结尾。

海特泽尔希望在针对年轻读者的教育杂志上连载凡尔纳的小说，这更促使他限制凡尔纳的想象，从而大大削弱了凡尔纳在国内外的影响。虽然凡尔纳的读者既有成人也有儿童，但在法国、英国、德国迅速成长起来的“凡尔纳式”作家的主要读者通常是青少年。在法国他的信徒有高产作家皮埃尔·迪乌瓦（Pierre d'Ivoi）和古斯塔夫·鲁热（Gustave le Rouge）。在英国专写此类故事的凡尔纳式作家有弗朗西斯·亨利·阿特金斯（Francis Henry Atkins）【笔名弗兰克·奥布雷（Frank Aubrey）或丰敦·阿西（Fenton Ash）】和乔治·瓦利斯（George C. Wallis），而德国的凡尔纳式作家则以罗伯特·克拉夫特（Robert Kraft）和马德尔(F. W. Mader)为代表。

凡尔纳小说以同样的方式被介绍到美国,只是因为文化背景不同而略有差异。关于年轻发明家的故事被“廉价小说”出版商归为一种市场类型,与西部故事和侦探故事并驾齐驱。那个时候,许多系列故事都是专写发明家弗兰克·雷德(Frank Reade)和汤姆·爱迪生(Tom Edison Jr.)的,爱德华·埃利斯(Edward S. Ellis)的开山之作《草原上的蒸汽人》(*The Steam Man of the Prairies*)(一八六八年)也不例外,事实上,也可以把它归入西部故事一类。发明家小说与西部故事的混合强调了边疆神话的重要性,同时也说明美国人对待技术发展的态度,这两种文类的密切关系一直维持了上百年。

西部神话非常强大,那是一片未知土地,等待开发。很快,美国的凡尔纳小说开始超越雄心勃勃的欧洲凡尔纳作品,弗兰克·斯托克顿(Frank R. Stockton)的《战争辛迪加》(*The Great War Syndicate*)(一八八九年)、《萨迪斯巨石》(*The Great Stone of Sardis*)(一八九八年)和嘉莱特·塞维斯(Garrett P. Serviss)的《月亮金属》(*The Moon Metal*)(一九〇〇年)、《哥伦布的空间》(*A Columbus of Space*)(一九〇九年)为具有美国特色的流行科幻的发展奠定了基础。

## 科学浪漫故事的演化

一八七一年《布莱克伍德杂志》(*Blackwood's Magazine*)发表乔治·切斯利(George T. Chesney)的《多金之战》(*The Battle of Dorking*),英国推测小说一下子火了起来。《多金之战》讲的是德国入侵，英国战败。这个故事在创作界产生了巨大反响，多部作品一道形成了未来战争故事文类，而且这类故事非常多产，直到一九一四年真正的世界大战爆发。这类作品的作家偏好非小说讽刺形式，常常以切斯利为楷模，以回忆录的形式进行创作，经常使用“一个志愿者的回忆”作为副标题。不过，随着时间的推移，这些未来冲突的描写越来越多地以小说形式出现。一八七一年，另一个重要的事件是布尔沃–莱顿的超自然浪漫故事《未来种族》(*The Coming Race*)的发表，它起初是以匿名形式发表的。这个故事非常具有科幻特点，主要描写了技术先进的地下乌托邦。此外，塞缪尔·巴特勒[1]的《乌有之乡》(*Erewhon*)(一八七二年)语言华丽，是一部乌托邦讽刺小说，其中一个搞笑的情节是把达尔文进化论用到机械的发展上。它同第一次翻译成英语的凡尔纳小说《地心游记》一样，都对科幻在英国的发展产生了重大影响。

英国维多利亚小说的标准形式是三卷本小说，图书馆流通很喜欢这种形式。不过，如果不是这种形式，科学推测小说在英国会受到更多的欢迎。描写完全不同的世界，不管是未来世界还是外星人，需要付出很大的努力，但适合这种描写的是线条勾勒而不是精雕细刻。爱德华·梅特兰(Edward Maitland)的《不久以后》(*By and By*)(一八七三年)和安德鲁·布莱尔(Andrew Blair)的《二十九世纪编年史》(*Annals of the Twenty-Ninth

① 编者注：塞缪尔·巴特勒(Samuel Butler，1835年—1902年)，英国作家，著有长篇小说《众生之路》。萧伯纳曾赞美巴特勒是“十九世纪后半期英国最伟大的作家”。

*Century*)(一八七四年)都是三卷本未来奇幻小说,其厚重与位于另一极端的美国坡式小说的灵巧形成了鲜明对比。

切斯利兴起的未来战争故事让人们看到技术进步带来的惊世骇俗的变化,思想进步作家认为军事技术投入过大,成本太高,但这并不能阻止未来战争小说题材的发展。十九世纪九十年代,未来战争故事得以在一本新的通俗杂志连载,不再是过去的宣传小册子,这是它的演化关键点,从此,它进入了激烈的流通战。海军少将科隆(Rear-Admiral Colomb)等军事专家编辑了《一八九二年大战》(*The Great War of* 1892),于一八九一至一八九二年连载,这个故事比较平淡。不久,乔治·格里菲斯[①]出版《革命天使》(*The Angel of the Revolution*),清晰讲述了配备有飞船、潜艇和烈性炸药的"恐怖分子"的英雄事迹,这让"大战"黯然失色。与此同时,《革命天使》中的反帝国主义情绪引起了右翼分子道格拉斯·福塞特(E.Douglas Fawcett)在《无政府主义者哈特曼》(*Hartmann the Anarchist*)中进行反击。一八九三年上述三部作品都以著作的形式重印,从此,未来战争故事从涓涓细流发展成滔滔洪流。

格里菲斯在小说中偶然运用了尚未存在的武器装备,这一写法迅速成为战争小说创作的标准之一,而这些武器装备也不断升级,到一九〇六年格里菲斯撰写最后一部未来战争小说《劳动之王》(*The Lord of Labour*)(他死后一九一一年出版)时,他已在使用核导弹和粉碎光束了。一些记者在编辑的劝说下也加入了未来战争连载小说的写作行列,比如,路易斯·特拉西

① 编者注:乔治·格里菲斯(George Griffith,1857 年—1906 年),英国科幻小说家。

(Louis Tracy)写作了《最后的战争》(*The Final War*)(一八九六年),威廉·勒·戈(William Le Queux)写了《一九一〇年的侵略》(*The Invasion of 1910*)(一九〇六年),这些作家还创作了很多其他类型的科学浪漫故事。写作未来战争小说最具探险精神的当属希尔[①],他初期创作了《地球女皇》(*The Empress of the Earth*),后来重印命名为《黄色危险》(*The Yellow Danger*)(一八九八年),他还是坡在英国的主要信徒。

虽然未来战争文类进入更宽广的"科学浪漫故事",但推测小说系列并不是威尔斯(H. G. Wells)率先进行的,不过他参与了各种叙事框架有效性的试验。突然冒出来的新期刊为威尔斯进行推测试验提供了很好的平台,他最早是写报刊杂文的,这个时候他最富探险精神的作品是《人在百万年》(*The Man of the Year Million*)(一八九三年)。然而不久,当他想把杂文里的观点写成小说时,他发现了旅游者故事《巨鸟岛》(*Aepyornis Island*)(一八九四年)和奇幻小说《戴维逊眼睛的惊人案件》(*The Remarkable Case of Davidson´s Eyes*)(一八九四年)存在的缺陷。

一八八八年威尔斯发表了《顽固的亚尔古英雄》(*The Chronic Argonauts*)(一八八八年),这是他第三次试图建立适合地球生命未来演化推断的小说架构,他的确意识到了取代梦想作为未来探险方法的必要性,利用催眠来达到"真实幻想"已不再有任何价值。他利用亨敦(C. H. Hinton)《科学浪漫故事》(*Scientific Romances*)(一八八六年)中"第四维"时间观点,提出

① 编者注:希尔(M. P. Shiel,1865年—1947年),美国作家、编剧。著有二十多部长篇和短篇小说,大部分是奇幻罗曼史,代表作有《紫云》等。

了新的推进设备——《时间机器》(*The Time Machine*)(一八九五年)。他的这一幻想方法与凡尔纳外推动力技术完全不同,他并不刻意让读者感到时间机器似乎可能,而是期待读者认真对待时间机器,相信它实际是能够实现的,他清楚这个机器对于打开未来进行严肃推测观察是多么的重要。

威尔斯的时间机器打开了更远的时空,过去因为受到叙事框架的制约,作家对时空的探究不够理性全面,现在可以不再受叙事框架限制了。《时间机器》建立了全新的叙事技巧典范,威尔斯在《月球上的第一批人》(*The First Men in the Moon*)(一九〇一年)中用到的反引力技术显然和时间机器差不多,而且是必要的补充。这两部作品发表的时间间隔很短,但却是威尔斯创作的重要时期,一九〇一年以后他不仅没有再用到时间机器或反引力材料,而且也没有再发明或用到别的推进装置。

二十世纪一开始,出于对社会主义信仰的虔诚,威尔斯放弃了对无限的未来可能性进行更大范围的探索,转而发现和评价未来实际会有的特殊形式。阿纳托尔·法朗士[①]在专题研究未来小说可能性的第一部哲学小说《白石》【*Sur la pierre blache* (*The White Stone*)】(一九〇三年)中高度赞扬了威尔斯,他认为威尔斯是唯一一位思想开明的未来探险作家,而那些粗鄙的预言家只是把自己的希望或焦虑涂抹在白色帆布上,而随着时间的推移,最终被证明虚假荒诞。威尔斯运用他在《时间机器》

---

① 编者注:阿纳托尔·法朗士(Anatole France,1844 年—1924 年),法国作家、文学评论家、社会活动家。著有《金色诗篇》《波纳尔之罪》等作品。一九二一年获诺贝尔文学奖。

中创造的叙事技巧单枪匹马奠定了现代科幻小说独特的方法，他把传奇剧融于小说之中，比以前任何人都更有效地振兴了道德哲学故事的叙事框架。

虽然《莫洛博士岛》(*The Island of Dr Moreau*)(一八九六年)、《隐身人》(*The Invisible Man*)(一八九七年)和《世界大战》(*The War of the Worlds*)(一八九八年)都是道德寓言，但却写得有滋有味，而且异乎寻常的现实，技巧应用娴熟。其他的寓言小说《星》(*The Star*)(一八九七年)和《蚂蚁帝国》(*The Empire of the Ants*)(一九〇四年)表面上看是情景剧，实际上是道德寓言故事。不过，威尔斯还是愿意用传统的方式来写寓言，比如，《奇妙的参观》(*The Wonderful Visit*)(一八九五年)、《可显神迹的人》(*The Man Who Could Work Miracles*)(一八九八年)、《盲人国》(*The Country of the Blind*)(一九〇四年)。威尔斯在受到感动时也会直接使用幻想奇幻，比如《刀剑之下》(*Under the Knife*)(一八九六年)，不过，在《水晶蛋》(*The Crystal Egg*)(一八九七年)中他的确使用了某种推进设备。

威尔斯推测小说产生以前就有警醒故事，如格兰特·艾伦[①]的《波塞冬》(*Pausodyne*)(一八八一年)和《共产庄园的孩子》(*A Child of the Phalanstery*)(一八八四年)，扩展的哲学故事如哈德森(W. H. Hudson)的《水晶时代》(*A Crystal Age*)(一八八七年)和瓦尔特·贝赞特[②]的《内殿》(*The Inner House*)(一八八八

---

① 编者注：格兰特·艾伦(Grant Allen，1848 年—1899 年)，加拿大科学作家、小说家，进化论的坚定支持者。

② 编者注：瓦尔特·贝赞特(Walter Besant，1836 年—1901 年)，英国小说家、历史学家。

年)。但是,威尔斯在转变推测小说方法时引入了强有力的叙事能量和坚定的信念,因此效果立即显现。的确,在他短暂的狂热状态里,他揭示的潜力远胜于他的探索。至少一些道德学家还是比较欢迎他把道德寓言写成引人关注的暴力惊悚小说,然而,作家们从《莫洛博士岛》《隐身人》和《世界大战》中模仿的都是些传奇剧类的怪兽制造者、外星人入侵和犯罪科学手段的运用。

因此,威尔斯的作品受到行动探险小说作家和推测预言家的欢迎,他们因而可以在更大的舞台上以自然小说所能允许的更加奇特的方式进行创作。当然,不可避免的是,对未来超凡脱俗的服装剧感兴趣的作家和严肃探讨与科技进步相关的未来可能性的作家还是有区分的。不过,两者重叠的地方也确实不少,两者的艺术合作总能爆发出巨大的能量。

遗憾的是,威尔斯并没有继续使用他最有用的发明,不过也有一部中篇例外,那就是笨拙但比较大胆地讽刺自然主义的《未来日子的故事》(*A Story of the Days to Come*)(一八九七年)。在发表《时间机器》以后,威尔斯回到了更传统的表达方式,例如《当睡者醒来时》(*When the Sleeper Wakes*)(一八九九年)的了无生气,《梦》(*The Dream*)(一九二四年)的缥缈奇幻。他也没再用过太空旅游等新手段,而是回到凡尔纳太空发射器的老路上(他从来不相信火箭的潜力)。一九〇一年以后,他在《彗星来临》(*In the Days of the Comet*)(一九〇六年)中用到了伪科学推进器,但那也只是象征性地用用,漫不经心,可以说是对推进器的亵渎。

虽然威尔斯的作品与未来战争小说产生的背景相同,但他是后来者。在谴责战争可能带来的损害方面，他显得与其他推测小说作家格格不入。他在《牢不可破的土地》(*The Land Ironclads*)(一九〇三年)中对坦克战的预测以及随后在《大空战》(*The War in the Air*)(一九〇八年)中的描写，都表现了可能性的大规模死亡。现在看来这两部作品的意义远远不止预言了战争，小说的沙文主义观认为“以战争结束战争”理所当然，英国必胜，这为真实的第一次世界大战提供了口号，威尔斯也表示了赞同。他在核战争小说《解放世界》(*The World Set Free*)(一九一四年)中第一次对文明毁灭的远景表示了欢迎，因为他认为只有这样才能为社会主义重建扫清道路。虽然威尔斯本人并不愿意继续这方面的写作，但是却有很多的二十世纪作家雄心勃勃开始了威尔斯式小说的创作。

## 多产化和多样化

威尔斯在国内外的影响因为地区差异而各有不同。在英国，科学浪漫故事超出了未来战争小说的范围，未来战争小说作家弗雷德·简[①]和希尔利用这个延伸，创作了大灾难奇幻小说如《紫色火焰》(*The Violet Flame*)(一八九九年)和《紫云》(*The Purple Cloud*)(一九〇一年)。乔治·格里菲斯一直借鉴其他作家的观点，不久创作出《太空蜜月》(*A Honeymoon in Space*)(一九〇一年)，同时，他也是“因果报应浪漫故事”(karmic

① 编者注：弗雷德·简(Fred T. Jane，1865年—1916年)，战舰和飞机参考书的主编。

romances)的高产作家,这一文类得到埃德温·莱斯特·阿诺德[①]和亨利·莱特·哈葛德[②]的大力推广。

科学浪漫故事广袤的土地吸引了一大批新的辛勤拓荒者。罗伯特·克罗米[③]在星际浪漫小说《投入太空》(*A Plunge into Space*)(一八九〇年)中使用了和克里索斯汤姆·特鲁门(Chrysostom Trueman)一样的反重力技巧,他在《世界末日》(一八九五年)中演绎了达尔文进化论的意义。威廉·霍普·霍奇森[④]在《边境上的房子》(*The House on the Borderland*)(一九〇八年)中嵌入了宇宙幻想,后来又出版《夜晚陆地》(*The Night Land*)(一九一二年),对地球之逝的描述远胜于《时间机器》。地球之逝是凯尔文王(Lord Kelvin)的理论预测,主张太阳的热能是由引力崩溃产生的,只能持续几百万年。贝尔斯弗德(J. D. Beresford)根据精致的进化奇幻小说《汉普登郡的奇迹》(*The Hampdenshire Wonder*)(一九一二年),追踪他那个时代的超人生涯,创作了悲歌灾难小说《小鹅们》(*Goslings*)(一九一三年)和收集在《神迹奇事》(*Sings and Wonders*)(一九二一年)中的

---

① 编者注:埃德温·莱斯特·阿诺德(Edwin Lester Arnold,1857年—1935年),英国作家。

② 编者注:亨利·莱特·哈葛德(Henry Rider Haggard,1856年—1925年),英国维多利亚时代受欢迎的小说家,以浪漫的爱情与惊险的冒险故事为题材,代表作为《所罗门王的宝藏》。林纾翻译最多的是哈葛德的小说。哈葛德常年住在非洲,担任过南非纳塔尔省省长秘书。

③ 编者注:罗伯特·克罗米(Robert Cromie,1855年—1907年),爱尔兰记者、小说家。

④ 编者注:威廉·霍普·霍奇森(William Hope Hodgson,1877年—1918年),英国作家。著作颇丰,包括散文、小说等;题材广泛,包括恐怖小说、奇幻与科幻小说等。

一系列幻想哲学故事。

许多新周刊催生的新一代职业作家既涉足科学浪漫故事创作,同时也写侦探小说和探险故事,其中最有名的就是亚瑟·柯南·道尔①和拉迪亚德·吉卜林②。柯南的《拉夫尔斯·霍的所作所为》(*The Doings of Raffles Haw*)(一八九一年)属于前威尔斯作品,他后来的一系列有关查林杰教授探险的编年小说《失落的世界》(*The Lost World*)(一九一二年)、《有毒带》(*The Poison Belt*)(一九一三年)都远胜于斯。吉卜林的《夜邮》(*With the Night Mail*)(一九〇五年)和《易如反掌》(*As Easy as A.B.C.*)(一九一二年)想象了未来社会空中运输和空中力量带来的传奇变化。另外还有一些次要作家对科学浪漫故事的形成起到了促进作用,比如,卡特克里夫·海因(C. J. Cutcliffe Hyne)在他以笔名维泽拜·切斯利(Weatherby Chesney)发表的大量故事中运用了弗兰肯斯坦模式,还有灾难小说作家弗雷德·怀特(Fred M. White)。

随着通俗杂志渡过了试验期,它们发现其他文类的小说更受欢迎,读者群更大,于是乎科学浪漫故事的创作戛然而止,而第一次世界大战则给了它突然的致命一击,战争留下来的痛苦记忆比战争本身还要久远,这种对战争毁灭文明的恐怖预测都清晰地反映在了爱德华·尚克斯③的《废墟上的人们》(*The People*

---

① 编者注:亚瑟·柯南·道尔(Arthur Conan Doyle,1859 年—1930 年),英国医生、小说家。代表作品有《福尔摩斯探案集》《失落的世界》等。

② 编者注:拉迪亚德·吉卜林(Rudyard Kipling,1865 年—1936 年),英国小说家、诗人,出生于印度孟买。著有《丛林故事》和《基姆》等作品。长于描写印度的自然风光。

③ 编者注:爱德华·尚克斯(Edward Shanks,1892 年—1953 年),英国作家,一战时期的战争诗人,后来做学者和记者,也写文学批评、传记和科幻小说。

*of the Ruins*)(一九二〇年)和西塞莉·汉密尔顿[1]的《西奥多野人》(*Theodore Savage*)(一九二二年)中。一战后活下来的科学浪漫故事作家曾试图继续他们的创作，但他们发现非常困难。战后早期最冒险的科学浪漫故事是E.V.奥德尔(E. V. Odle)的《发条人》(*The Clockwork Man*)(一九二三年)、爱德华·赫伦·艾伦[2]的《花豹少女》(*The Cheetah Girl*)(一九二三年)、S.福勒·怀特[3]的《两栖动物》(*The Amphibians*)(一九二五年),但它们一投放市场即遭冷遇,这种状况一直持续到二十世纪三十年代。

在法国,坡、凡尔纳和弗拉马里翁的影响仍在持续,一些作家如史前小说先锋罗斯尼·安(J. H. Rosny aîné)迅速将他们和威尔斯元素结合起来,实际上,他已经在外星人访问故事《西配胡思》【*Les Xipéhus*(*The Xipehus*)】(一八八七年)中加入了更加冒险的推测,并在《可疑的传奇》(*La Légende sceptique*)(一八八九年)中使用了弗拉马里翁式幻想奇幻,不过,他把弗拉马里翁和威尔斯结合得比较成功的小说是《地球之死》【*La Mort de la terre*(*The Death of the Earth*)】(一九一〇年)和《无限航者》【*Les Navigateurs de l'infini*(*Navigators of Infinity*)】(一九二五年)。作家兼插图画家阿尔伯特·罗比达(Albert Robida)以嘲讽凡尔纳和未来战争小说成名，晚期的时间逆转奇幻小说《时代之钟》

① 编者注:西塞莉·汉密尔顿(Cicely Hamilton,1872年—1952年),英国女演员、记者、作家和女权主义者。

② 编者注:爱德华·赫伦·艾伦(Edward Heron-Allen,1861年—1943年),英国作家、科学家、博学者。翻译过波斯学者欧玛尔·海亚姆的作品。

③ 编者注:S.福勒·怀特(S. Fowler Wright,1874年—1965年),英国编辑、诗人和科幻作家,同时也写作电影剧本和神秘小说。

【*L'Horloge des siècles*(*The Clock of the Ages*)】(一九〇二年)也变得更加冒险。弗拉马里翁有关外星人连续再生的概念在法国推测小说中十分重要，它为约翰–安托瓦尼·洛（John-Antoine Nau）的第一个龚古尔奖[①]作品《敌军》【*Force ennemie*(*Enemy Force*)】(一九〇三年)中让人叹为观止的幻想奇幻提供了逻辑解释。但是,与威尔斯影响结合比较好的小说是奥克塔夫·荣克尔(Octave Joncquel)和西奥·瓦尔莱特(Théo Varlet)的火星史诗《天堂的巨人》【*Les Titans du ciel*(*The Titans of Heaven*)】(一九二一年)和《地球的烦恼》【*L'Agonie de la terre*(*Agony of the Earth*)】(一九二二年)。不过,法国同英国一样,世界大战阻碍了科幻的发展,增加了怀疑和悲观的成分。

欧洲其他地方受到的影响更大,因为在凡尔纳和威尔斯之前,科学浪漫故事传统在那些地方本来就没生根。虽然德国的威尔斯传人柯德·拉斯维茨[②]创作了三部推测小说,其中包括标志性的小说《两个星球上》【*Auf Zwei Planeten*（*On Two Planets*)】(一八九七年),还有保罗·什尔巴特(Paul Scheerbart)的《星际小说集》(*Astrale Noveletten*)(一九一二年),但是第一次世界大战及其余波将这些影响抹得一干二净。一九一七年的俄国革命也中止了那里正在迅速发展的科幻传统。如瓦莱里·

① 编者注:龚古尔奖,即龚古尔文学奖(Le Prix Goncourt),是法国文学奖。龚古尔兄弟是法国自然主义小说家,哥哥埃德蒙·龚古尔为纪念弟弟茹尔·龚古尔于一九〇三年设立的奖项,并指定福楼拜、左拉、都德等十名友好作家为第一届院士。龚古尔奖被称为法国的诺贝尔文学奖。

② 编者注:柯德·拉斯维茨(Kurd Lasswitz,1848 年—1910 年),德国作家、科学家和哲学家,被称为"德国科幻小说之父"。

布鲁索夫(Valery Brussof)的未来寓言《玉治纳沃克莱斯塔共和国》(*Respublika yuzhnavo kresta*)(一九〇五年)和首先描写火箭的康斯坦丁·奇奥尔科夫斯基(Konstantin Tsiolkovsky)突破性的外星人殖民小说《地球之外》【*Vne Zemli*(*Out of the Earth*)】(一九一六年)。阿·托尔斯泰[1]的《阿爱里塔》(*Aelita*)(一九二二年)的未来社会主义写作建立了一个完全不同的传统,米哈伊尔·布尔加科夫[2]停笔前还创作了精致的威尔斯讽刺小说《不祥的蛋》【*Rokovy´e yaitsa*(*The Fatal Eggs*)】(一九二二年)。

美国因为参加第一次世界大战较晚,而且距离战场也远,所以国内推测小说受到的干扰不大。更重要的是,战争对美国人之于技术进步的态度没有大的影响。同欧洲一样,美国十九世纪后期推测小说的发展受到叙事框架的制约。爱德华·贝拉米[3]的《海登霍夫的工艺流程》(*Dr Heidenhoff´s Process*)(一八八〇年)、《盲人世界》(*The Blindman´s World*)(一八八六年)和埃德加·福塞(Edgar Fawcett)的《索拉利昂》(*Solarion*)(一八八九年)、《盖塞尔幽灵》(*The Ghost of Guy Thyrle*)(一八九五年)都是探险小说,但它们的幻想奇幻模式削弱了对探险的尝试。贝拉米在其畅销书乌托邦浪漫故事《回溯过去:二〇〇〇至一八八七年》(*Looking Backward, 2000–1887*)(一八八八年)中克

---

① 编者注:阿·托尔斯泰(Alexei Tolstoi,1882 年—1945 年),俄国作家,著有小说《苦难的历程》和小说集《伏尔加河左岸》等。

② 编者注:米哈伊尔·布尔加科夫(Mikhail Bulgakov,1891 年—1940 年),俄罗斯小说家、剧作家,代表作有《大师与玛格丽特》和《不祥的蛋》等。

③ 编者注:爱德华·贝拉米(Edward Bellamy,1850 年—1898 年),美国小说家和记者,社会主义者。因乌托邦小说《回顾》而闻名。

服了这一缺陷，最后一章大胆地把梦传统搁置一旁。但福塞没能走出这一步，尽管他不厌其烦地在《盖塞尔幽灵》的序言中大胆提出了一个新的文类"现实浪漫故事"。

同英国一样，正是十九世纪九十年代新周刊的蓬勃发展，为杰克·伦敦[1]等作家的实验探索打开了市场空间，他的威尔斯式短篇小说《一千次死亡》(*A Thousand Deaths*)(一八九九年)和《影子与肉体》(*The Shadow and the Flesh*)(一九〇三年)为史前奇幻小说《亚当之前》(*Before Adam*)(一九〇六年)和预示大灾变的奇幻小说《猩红瘟疫》(*The Scarlet Plague*)(一九一二年)作了铺垫。伦敦同威尔斯一样是一个坚定的社会主义者，他的政治奇幻小说《铁蹄》(*The Iron Heel*)(一九〇七年)继承了伊格内修斯·唐纳利(Ignatius Donnelly)在反乌托邦小说《恺撒的纵队》(*Caesar's Column*)(一八九〇年)中创立的怀疑传统，它是对贝拉米关于从资本主义到社会主义和平演化论述的最极端回应。

美国的廉价纸张助长了"纸浆杂志"的快速扩张，这种杂志继承了廉价小说的商业性，主要刊登令人目眩的传奇剧。在众多新出现的次文类中有不受限制的外星人探险故事，先锋人物是埃德加·赖斯·巴勒斯，他的《火星的月亮之下》(*Under the Moons of Mars*)【一九一二年重印改名为《火星公主》(*A Princess of Mars*)】影响深远。这个故事完全是一个梦想故事，主人公不

---

① 编者注：杰克·伦敦(Jack London，1876年—1916年)，美国作家，作品大多具有浓厚的社会主义和个人主义色彩。代表作有《野性的呼唤》《热爱生命》和《铁蹄》等。

需要借助任何设备突然就到了火星，虽然故事中的火星也用到天文学家珀西瓦尔·洛威尔（Percival Lowell）在《火星是有生命的地方》（*Mars as the Abode of Life*）（一九〇八年）中的推测描述，但巴勒斯仅仅是把它们视作奇幻写作的背景信息。

虽然模仿《火星公主》的各色奇幻小说本质上几乎都是梦想故事，但也有少量作品用到了推进器，即使是巴勒斯本人，他在开始写有关金星的一个系列时，就屈尊用了太空船。许多作家读了 H.G.威尔斯的小说之后，也满腔热情地使用伪科学术语来支撑自己的推进器，有些甚至用那些语言来获得和定义新的幻想空间。吉希（J. U. Giesy）使用弗拉马里翁式重生变体把《狗星群的情感》（*Palos of the Dog Star Pack*）（一九一八年）中的主人公在星际之间来回运送。雷·卡明斯[①]混合模仿威尔斯和巴勒斯的作品《金色原子中的女孩》（*The Girl in the Golden Atom*）（一九一九年）创建了微宇宙浪漫故事写法。拉尔夫·米尔纳·法雷（Ralph Milne Farley）在《无线电广播员》（*The Radio Man*）（一九二四年）中引入无线广播材料传输的概念。在这类纸浆奇幻故事中，一旦主人公完成基本的旅行，他们就立即变成了古装戏中的模式化人物，和可笑的恶人怪兽战斗，从而赢得可爱的女主人公的芳心。

作为纸浆奇幻小说作家，巴勒斯的主要竞争对手是 A.梅里特。梅里特的小说华而不实，甚至不屑于给他的推进器套上科学名词的外衣，即便如此，梅里特具有突破性意义的小说《月

---

① 编者注：雷·卡明斯（Ray Cummings，1887 年—1957 年），美国科幻作家，被称为“纸浆科幻之父”。

池》(一九一八年)告诉民俗文学一个新的可能,那就是通过魔力入口人们可以到达一个更加奇幻的"平行世界",这个世界和我们的现实世界是并行的。梅里特的概念很快为其他纸浆奇幻小说作家所使用,最有名的就是弗兰西斯·斯蒂文斯(Francis Stevens)【真名是杰特路德·柏洛斯·本耐特(Gertrude Barrows Bennett)】,他在未来小说《刻耳柏洛斯的头》(*The Heads of Cerberus*)(一九一九年)中对梅里特的概念进行了细化。

雄心勃勃创作挑战道德小说的纸浆作家有杰克·伦敦和厄普顿·辛克莱[①],他们不得不以其他形式发表他们的政治奇幻小说,但是维克多·卢梭·伊曼纽尔(Victor Rouseau Emanuel)却能够用他以前的名字为笔名连载《圆柱体弥撒》(*The Messiah of the Cylinder*)(一九一七年),这是对威尔斯的小说《当睡者醒来时》的一个意识形态回应。乔治·艾伦·英格兰德(George Allan England)连载了政治寓言《黄金衰退》(*The Golden Blight*)(一九一二年),他后来出版了以《黑夜与黎明》(*Darkness and Dawn*)(一九一二至一九一三年,一九一四年收集成书)为首的后大屠杀浪漫故事三部曲,成为美国第三大纸浆奇幻小说作家。不过,英格兰德却没能够连载他愤怒谴责掠夺成性的资本主义的小说《虚假的信任》(*The Air Trust*)(一九一五年)。

正是在这种以创作华而不实和新奇为特点的纸浆小说,而非更真实的推测小说的背景下,雨果·根斯巴克提出了"科幻小

① 编者注:厄普顿·辛克莱(Upton Sinclair,1878年—1968年),美国小说家、"社会丑闻揭发派"作家。一九〇六年发表《屠宰场》,描写资本主义大企业对工人的压榨和芝加哥屠宰场的不卫生情况,引起人们对肉类加工质量的愤怒,由此制定了食品卫生检查法。一生共著有小说和社会研究著作八十余部。

说"新文类，不过，他发表自己观点的科普杂志如《电子实验员》（*The Electrical Experimenter*）和《科学与发明》（*Science and Invention*）都不是纸浆杂志。科幻原本是一项学术计划，意在激发人们对根斯巴克引进和销售的技术装置如无线电产生热情，虽然它从文学术语角度来看非常粗糙，对道德虚构也不比其他纸浆小说有更多兴趣，但它还是发展出了满足其学术目的的新叙事方法。

早期科幻作家找到的最有用的叙事形式是谈话，即高谈阔论逸闻趣事夹杂一些技术问题，这种类型的故事连载主要是写一些荒唐的科学家和发明家向好奇的听众讲解他们的新发明。比如，根斯巴克自己的《穆恩寿森男爵的科学新探险》（*Baron Munchausen's New Scientific Adventures*）（一九一五至一九一七年），克莱蒙特·费赞迪（Clement Fézandie）的"海肯少医生"（Doctor Hackenshaw）系列（一九二一至一九二五年）。他们用嘲弄喜剧的形式解释科幻小说里的大量想法，到一九二六年根斯巴克创建第一本科幻杂志《惊奇故事》时，一种新的叙事方法就建立起来了。不过，根斯巴克既是巴勒斯和梅里特的崇拜者，也对凡尔纳和威尔斯佩服得五体投地，因此，他鼓励美国的这两类作家创作更多的推测性作品并给予发表，当那些作家不热心时，他又鼓动别的作家参与进来。

因此，尽管尚处于孕育时期，美国科幻已经把欧洲科学浪漫故事和美国世俗新奇故事结合了起来，并融合了大量科学奇迹故事，不断地成长壮大。正是由此出发，视野拓展、社会推断和道德修炼一起推动了现代科幻的艰难行进和成功，开始了新的时代。

# 第二章　杂志时代：一九二六至一九六〇年

布赖恩·艾特贝瑞

把一九二六年到一九六〇年这段时期称作科幻历史的杂志时代是十分恰当的，虽说这时期许多著名科幻作品是以书、连环漫画、电影甚至广播剧形式出现的，但科幻杂志如《惊异科幻故事》(*Astounding Science Fiction*)是使得科幻成为独立文类的重要形式。

科幻不仅仅是一种故事讲述方式，对作者来说也是一份舒心的工作，对于出版商则是一种营销理念，而对于想法相同的个人，它则是视觉图像、风格的大集合，更是一个共同的精神家园。科幻的所有这些方面都能够在杂志中看到，杂志一统科幻半个世纪。杂志对科幻的形式和主题产生了重大影响，杂志出版和发行的性质特别是它的兴衰对于所读所写的内容同样影响深远。此外，大多数杂志出版社在美国所处的地理位置又让海内外人士把科幻与美国文化联系了起来。

## 科幻杂志的起源

第一份完全登载科幻内容的英文杂志是雨果·根斯巴克一九二六年创办的《惊奇故事》。十九世纪文学杂志如英国的《布莱克伍德》(*Blackwood's*)、《斯特兰德》(*Strand*)和美国的《普特南》(*Putnam's*)、《大西洋月刊》(*Atlantic Monthly*)有时也发表奇幻作品和带有更多现实元素的早期科幻作品。二十世纪早期，一些廉价期刊因为文字印在次等木浆纸上而被称作纸浆杂志，杰克·伦敦和埃德加·赖斯·巴勒斯就在那些杂志上发表异国探险科幻故事。巴勒斯的第一部小说《火星公主》就于一九一二年首先发表在纸浆杂志《故事会杂志》(*All-Story Magazine*)上。相当多的科幻故事和更常见的超自然探险故事一道出现在《惊悚书》(*The Thrill Book*)(一九一九年)和《怪谭》(一九二三至一九六五年,时断时续)上。世界其他地方也有几种把科幻和小说或科学文章结合起来的杂志,比如瑞典的《胡根》(*Hugin*)(一九一六至一九二〇年)就是。

但是,根斯巴克的《惊奇故事》是第一个不仅把小说内容限定在科学外推(extrapolation)故事和外空探险方面,而且试图对科幻进行定义的杂志，一开始编辑称之为“科学故事”(scientifiction),一九二九年才改称“科幻”(science fiction)。第一期编委会约稿希望接收“凡尔纳、威尔斯和坡创作的那种类型的故事,即把迷人的浪漫故事和科学事实以及预言幻想结合起来的故事”。根斯巴克通过选择和重印凡尔纳等作家的作品,把他们树为科幻作家的楷模,从而建立起科幻传统,他希望这些故事“提供的知识我们只能在科幻中才能得到……而且其形式让人赏心悦目”(注1)。换言之,就像他展望的那样,科幻首先是育人工具,但又要寓教于乐。

在科幻中注入科学内容的最好办法是给读者提供通俗小说的传统愉悦,约翰·卡维尔蒂[1]在有关通俗叙事模式的研究中,把那些愉悦故事归在探险、神秘和浪漫故事名下(注2)。探险故事里写的常常是人类与外星人之间的冲突,还有人类与外太空的不利环境作斗争。浪漫故事的形式则比较肤浅,通常是晕倒的女主角被恶人藏起来,然后在最后一刻回到男主人公的怀抱。早期科幻杂志的神秘故事形式最有特点,纸浆杂志的许多故事都是通过科学手段解决问题,科学信息常常是通过人物之间的互相解释来一点一点释放的,这个技巧存在美学缺陷,行动自然迟缓,不具有真实性。但是,想到科幻的科学神秘故事,读者和人物一起经历发现之旅,那些解释【科幻圈叫“信息结”(infordumps)或者称“说明模块”(expository lumps)】的作用就好像侦探故事的线索集,关于星球轨迹或原子引擎的每一个附加事实都会引导我们靠近“概念突破”(conceptual break-through),彼得·尼克斯在《科幻小说百科全书》中称之为中心行为和情感付出(emotional payoff)(注3)。

科幻杂志占主导的四十年间,科幻的复杂性和独特风格日渐彰显,二十世纪二十年代是史密斯博士(E. E. ‘Doc’ Smith)的射线枪和火箭冒险故事,到五十年代则发展成考德维那·史密斯[2]错

---

① 编者注:约翰·卡维尔蒂(John Cawelti,1929年— ),美国作家,写过侦探小说和西部小说。著有《间谍故事》等。

② 编者注:考德维那·史密斯(Cordwainer Smith,1913年—1966年),美国人,东亚学学者,心理战专家,也写科幻作品。

综复杂的启发性未来历史小说。不过,这两个不相关的史密斯所代表的两个极端正好体现了根斯巴克对科幻的基本描述,那就是青出于蓝而胜于蓝。

在科幻杂志的创办过程中,三个独立的发表传统走到了一起。首先是根斯巴克提到的文学模式,通常叫作"科学浪漫故事"(scientific romance),其典范是坡、凡尔纳、威尔斯,还有雪莱、霍桑、梅尔维尔(Melville)、布尔沃-莱顿、吐温(Twain)和吉卜林。其次是从廉价小说和纸浆杂志发展出来的通俗故事叙事形式。再次就是科学新闻(scientific journalism)。

科学新闻的历史总是和科幻紧密联系在一起,威尔斯最早就是从事科普的记者。一大批科学家从哈尔登 (J. B. S. Haldane)到卡尔·萨根(Carl Sagan)都曾通过发表杂志文章和科幻故事来向大众传播科学思想, 科幻杂志还定期出科学事实专栏。雨果·根斯巴克的发表生涯始于一九〇八年的期刊《现代电子学》(*Modern Electrics*), 它是一份讲述电子通信最新进展的杂志,主要激发读者对电气研究的兴趣。无线电在一九〇八年是热门的新技术,还有随后的火箭技术都成为有潜力的发明家和年轻工程师的嗜好。甚至二十年后,科幻杂志上还充斥着无线电相关的名词如"三极管""外差法"等,从新意来说,这些名词和二十世纪九十年代的 "虚拟现实"(virtual reality)、"赛伯格"(cyborg)等给人的感觉是一样的。

根斯巴克的第一份杂志不仅仅是有教育的目的,他还希望读者养成思考未来的习惯,因此,他把自己关于未来技术的预测整理成文,以《拉尔夫 124C 41+》(*Ralph 124C 41+*)为题于一九一一至一九一二年进行连载。一九一三年,因为对《现代电子学》的浓厚兴趣,他又创办了一个相类似的刊物《电子实验员》,一九二〇年改名为《科学与发明》,一九二三年八月这份杂志登载了"科幻小说"特刊。这些杂志虽然名头不同,但都杂糅了科学事实、方法文章和未来小说。《惊奇故事》也是同样的混合体,也许还有着同样的核心读者群,只是比例不同罢了。

## 纸浆杂志的小说准则

杂志上发表的那类小说所展示的科普和小说模式比其文学资源要明显得多,它的人物刻画比较肤浅,情节也常常是毫不掩饰的西方神秘或失落世界的浪漫故事,一些作家后来把这些古老的准则带入现在所称的"太空歌剧"(space opera)之中,其中著名代表是史密斯博士,他的"云雀"和"透镜"系列一版再版,经典情节是故事的主人公在沮丧中遇到太空船,单打独斗一伙太空强盗,然后和有些古怪但脾气温和的外星人交上了朋友,最终营救了佳人。史密斯的太空歌剧之所以在其同辈作家中独占鳌头,主要是因为他的故事情节环环相扣,向读者层层展示广袤无垠的远景。比如说,"透镜"系列始于地球上的地方冲突,终于神的善恶力量之间的宇宙厮杀。然而,当史密斯以书的形式出版"星球三部曲"(*Triplanetary*)第一册时,效果大大削弱,他还在书的前面加了一段引子,说明邪恶之神艾德里安斯和善良之神阿里西安斯之间的冲突。在这篇太空歌剧中,剧情的每一个阶段主人公都获得了更强大的技术和能量,以此面对更高层次的恶棍,史密斯设计的这些情节至今依然出现在电影电视的画面之中。

尽管根斯巴克感兴趣的是科幻的教育功能，但他也接受史密斯所写的故事，因为故事的科学成分虽然稀薄，但它却对实验和技术表示了适当的尊重。科幻的定义甚至可以宽松到包容坡式惊悚作家，洛夫克拉夫特[①]就是这样一位作家，他在读者中非常受欢迎。许多给早期科幻杂志投稿的都是经验丰富的纸浆作家，他们不善于科学推测，却愿意把他们为侦探、西部故事或一般探险杂志写作所积累下来的经验用到新的写作中去。

早期杂志强调科学教育，或者有时以其为借口，这就使得其他一些因素被编辑或者科幻迷忽略了。一方面，大多数小说风格还不成熟，结构比较凌乱，只是摆弄新玩意儿和装置招人眼球。另一方面，斯坦利·维恩鲍姆[②]和凯瑟琳·穆尔（C. L. Moore）等几位作家发现纸浆杂志可以自由探索真的"传奇"情景和非常规场景，维恩鲍姆以在《火星之旅》（*A Martian Odyssey*）（一九三四年）故事中描写了有同情心的外星人而闻名，穆尔则在《辉煌的幻觉》（*The Bright Illusion*）（一九三四年）中对异国情景和复杂感情进行了探索。虽然有时候写得有点夸大其词，但他们的作品与同时代纸浆作家作品甚至那些"虚华"杂志的作品相比，都少了很多的模式化。在纸浆科幻杂志里，只要故事出现未来机器或者薄雾笼罩的塔，作家就可以在人物和情节方面自由打破许多常规。

---

① 编者注：洛夫克拉夫特（H. P. Lovecraft，1890 年—1937 年），美国恐怖、科幻与奇幻小说作家，尤以怪奇小说著称。

② 编者注：斯坦利·维恩鲍姆（Stanley Weinbaum，1902 年—1935 年），美国科幻作家。1934 年因处女作《火星之旅》一举成名，不久死于肺癌。

这也就是说规范还是存在的，天分少或胆小的作家无论写什么故事总是讲年轻的科学家用一项大胆的新发明拯救了世界，赢得了导师的赞许，迎娶年长科学家的女儿通常更会增加这类故事的神奇色彩。作家通过这种基本的情节结构就可以介绍相关的小说元素如各种威胁（外星人、科学家竞争对手和自然灾害）以及发明（时间机器、促进演化的设计和死亡射线），小说氛围会很忧郁、欢乐或者滑稽，但结尾都是快乐的，年轻主人公的人品和读者的看法最后都得到了印证。如果有些故事结尾出现令人吃惊的大爆炸，作家经过精心安排也都能让主角幸免于难。

二十世纪三十年代的杂志插图与小说相得益彰，可爱的传送机器和超自然背景与温和的无明显特征的人类珠联璧合。虽然《惊奇故事》的第一个封面艺术家弗兰克·保罗（Frank R. Paul）并不擅长人物绘画，再加上纸浆的印刷质量很差，但是保罗能够对基地火箭船进行反复修改，从而画出让人信服的外星空间和外星人。他和继任者把作家的话语转化成图像，太空船、半球状的城市和有一双会转动的眼珠的生物现在仍然被用来在广告、电影电视中代表未来。

从某种角度来说，纸浆杂志中的艺术插图、科学文章还有差不多可以互相交替的故事以及广告汇成了有关未来技术的信息流。从头到尾阅读一本这样的杂志犹如观看一夜电视节目，没有什么突出的东西，也不应该有，一个故事的人物出现在另一个故事中，就像情景喜剧的星外来客，有时候他们也把名字从斯通教授换成布朗教授，有时候连名字都不换，因为作家清楚在连载中重复受欢迎的场景是读者允许的，比如阿米莉亚·R.龙(Amelia R. Long)写作的阿洛威西奥斯·欧弗兰尼根教授连载冒险故事就是这样。假如没有A.R.龙写的这类故事,读者也会从伊安多·宾德尔(Eando Binder)或者温特伯萨姆(R. R. Winterbotham)的故事中读到同样的情节。

《惊奇故事》的叙事模式受到了读者的欢迎。据最可信的杂志史学家迈克·阿什利记载,《惊奇故事》在几个月内发行量达到十万以上(注4)。这一成功极大地激发了其他出版商创办科幻杂志的热情,非常奇怪的是,《惊奇故事》的第一个直接竞争对手是由根斯巴克发起的。一九二九年,根斯巴克由于资金投入领域过多而破产,失去对《惊奇故事》的掌控。他的接任者是亚瑟·林奇(Arthur Lynch),然后是奥康勒·斯楼因(T. O´Conor Sloane)。就在这时,也就是一九二九年,根斯巴克很快连续创办了《科学奇迹故事》(*Science Wonder Stories*)、《空中奇迹故事》(*Air Wonder Stories*)和《科学奇迹季刊》(*Science Wonder Quarterly*),后来这三个刊物合并成《奇迹故事》(*Wonder Stories*)。其他开始出现的刊物如《惊异故事》(*Astounding Stories*)(一九三〇年)、《惊人故事》(*Astonishing Stories*)(一九三一年)、《令人吃惊的科学故事》(*Marvel Science Stories*)(一九三八年)和《令人吃惊的故事》(*Startling Stories*)(一九二九年)在标题上都受到了《惊奇故事》的影响,这些杂志大多属于发行整个纸浆杂志的芒西公司或者克莱顿公司。

## 坎贝尔时代的思想变异

新杂志《惊异故事》的编辑奥林·特里梅因用“思想变异故

事”(thought-variant story) 总结了所有纸浆杂志科幻故事的特点。所谓“思想变异故事”是指哲学推测和小说的特殊混合物。不过从某种意义上讲,二十世纪二十年代和三十年代杂志发表的所有故事都是思想变异故事,即关于熟悉主题的爵士般的即兴创作。虽然那些故事大同小异,但变异累积起来就形成了质变。一九三七年,约翰·坎贝尔取代特里梅因成为《惊异故事》编辑,他把杂志重新命名为《惊异科幻》(*Astounding Science-Fiction*)。

如果说根斯巴克是科幻杂志的第一代编辑,坎贝尔和他的《惊异科幻》则代表了科幻杂志的第二个时代,他担任编辑的那段时期常被称作科幻的黄金时代,许多著名作家的处女作都是在他的杂志上发表的。但是,应该说坎贝尔的成功是建立在根斯巴克的基础上的,《惊异科幻》无论小说内容还是标准格式都和《惊奇故事》一脉相承,它也有聊天式的社论,为无线电元件、科学出版物、函授课程、剃须刀以及养生之道做的广告等,也许最重要的是也有读者来信。一些科幻迷写信阐述他们对科幻历史和未来发展可能性的理解,他们的讨论代表了建立针对科幻的批评理论的首次尝试。一九二六年,读者佩顿·沃腾贝克(G. Peyton Wertenbaker)提醒编辑“科学小说”的实效不在于传授技术信息,而是要通过描写“大事件、大变动和难以理解的奇怪事情”来激发人们的情感(注 5)。

一九二八年,另一位读者迈尔斯·布罗尔(Miles J. Breuer)埋怨道:低劣的文学技艺对科幻的伤害是科学精确性难以弥补的(注 6)。沃腾贝克和布罗尔这两人都成为杂志的重要撰稿人和批评者。正是在《惊奇故事》和其他纸浆杂志的读者来信专栏，许多科幻迷如约翰·贝农·哈里斯（John Beynon Harris）【以笔名约翰·温德姆（John Wyndham）著称】和艾萨克·阿西莫夫才最终成为科幻作家。特里梅因曾把《惊异故事》的来信专栏改成纯技术的“科学讨论”栏目，但坎贝尔继任后就改回自由讨论的老栏目“言归正传”（Brass Tacks）。

通过鼓励反馈，这些杂志形成了一种读者可以帮助科幻成长的感觉，而根斯巴克早在一九一四年就在《电子实验员》上开展故事竞赛资助新作家，这一行动更加强了这种感觉。竞赛打破了职业作家和业余粉丝、作者和读者之间的藩篱，也超越了性别障碍，《惊奇故事》竞赛的优胜者克莱尔·文吉尔·哈里斯（Clare Winger Harris）成为纸浆科幻的第一个正式女性作家。

科幻读者和作者因杂志结缘，他们也开始相互写信，相约见面，这些非正式交流促成了当地粉丝俱乐部的建立。一九三四年，他们联合起来成立了科幻联盟。不久联盟就解体了，但盟员们仍然会面讨论，出版非专业杂志，这些人总体上更像平等的合作伙伴而非被动的消费者。他们形成了未来学派，其中包括很多下个时代的重要作家。例如，弗雷德里克·波尔（Frederik Pohl）、戴蒙·耐特（Damon Knight）、朱迪斯·默里尔、西里尔·科恩布鲁斯[①]、艾萨克·阿西莫夫和詹姆斯·布利什[②]。这些人当中，布利什、耐特和默里尔还是重要的评论家，他们主要指出科幻故事中的逻辑漏洞，赞扬作家通过引人入胜的叙述来体现

① 编者注：西里尔·科恩布鲁斯（Cyril Kornbluth，1923年—1958年），曾用过多个笔名，美国科幻作家。著有《蠢蛋进化论》等作品。

② 编者注：詹姆斯·布利什（James Blish，1921年—1975年），美国科幻、奇幻小说作家，同时也研究科幻文学批评。

科幻思想，正是他们的努力加上科幻迷探求小说新方向的意愿,促使科幻更加成熟。

约翰·坎贝尔本人就是从科幻迷成为作家和编辑的。他为《惊异》约法三章:一要避免神秘主义(男孩子们不喜欢神秘主义)(注7),二要记住读者是“有科学素养的成熟人士”(注8),三要相信读者是非常出色的精英群体,他们能根据宇宙规律行事，这些规定在二十世纪四十年代被奉为科幻的金科玉律,甚至数十年后依然很有影响。尽管坎贝尔在成为编辑后不久就停止了创作,但他找到了一大批作家来表达自己关于有序可知宇宙的观点,并为具有科学思想的人在科幻中找到了位置。罗伯特·海因莱因[1]为《惊异》的主人公设定了类型:一个坚强的、沉默寡言的工程师用理性和实践方法解决了看似无法逾越的问题,也许解决方案比较残酷。在海因莱因的早期作品《机器路》(*The Roads Must Roll*)(一九四〇年)中,主人公工程师盖恩斯负责高速公路复杂系统的运转，他面对的看似是机械故障,但实际上是工人们的怠工行为。海因莱因在小说中表明盖恩斯运用工程知识恢复了秩序。诚如约翰·亨廷顿(John Huntington)在《理性天才》(*Rationalizing Genius*)(一九八九年) 中指出的那样:“技术专家主人公的回报最准确,因为他们能够纯粹‘理性地’作出决定。”(注9)只要解决方案干净高效,人的成本(不由工程师自己承担)看来是值得的。整个故事美化了盖恩斯及其

① 编者注:罗伯特·海因莱因(Robert A. Heinlein,1907年—1988年),美国科幻作家,曾多次获得雨果奖。被誉为“美国现代科幻小说之父”“美国科幻空前绝后的优秀作家”“美国科幻黄金时代四大才子之一”。著有《异乡异客》《行船伞兵》和《严厉的月亮》等作品。

核心管理人员，而贬低了只注重个人且情绪化的罢工工人。

另一个有名的《惊异》故事是汤姆·戈德温写的，坎贝尔进行了重要润饰。它讲的是执行救援任务的短程飞行员发现一位年轻女士偷乘飞机，一九五四年的故事《冷酷的方程式》(*The Cold Equations*)中的物理法则规定不得救助偷乘者，为了完成任务他是可以处死那名女士的。整个故事中，飞行员都在想办法让那个女士活下来，但《惊异》编辑坚持认为飞行员和作者都被规则要了。当偷乘者了解事实后，她也逐渐接受了冷酷方程式的不可避免性，主动走出太空船船舱。故事结局出人意料，但却是个欢乐结局，令人称奇。故事重申了坎贝尔所称的"男孩子们"即科技精英的核心价值观，飞行员完成了使命，他的知识而不是那名女士使局面转危为安(注 10)。

二十世纪四十年代以来，杂志小说的一大创新就是想象性地把实验方法和技术革新应用于解决物理问题的同时，也用于解决社会和思想问题。如艾萨克·阿西莫夫有关哈里·谢顿的故事，这个故事后来收于小说《基地》(*Foundation*)及其续集中(一九五一至一九八六年)。故事从一九四二年的"基地"开始，描写了阻止未来黑暗时代的学会创办者谢顿。他的以统计学为基础的心理史学知识让他可以预测银河帝国的衰落，同时也可以减缓衰落的负效应。根据心理史学理论，社会中的人犹如流动的分子可以预测，虽然个体分子的轨迹难以预测，但群体分子的流动却可以有充足把握给予描绘。这一社会科学预测观点让阿西莫夫和很多作家开始更加认真地思考社会动态，创作强调政治、宗教和其他集体活动的故事。于是乎，这一时期的小说形式相比数十年前的超科学探险故事更加丰富多彩。

尝试把科学原理用于人类思维的结果更加稀奇古怪。在有关自然法则和社会趋势复杂调查的严肃故事中，二十世纪四十年代和五十年代的杂志也发表了许多关于心灵感应和其他超感官认知或称“特异功能”的故事。坎贝尔认为这些从科学角度来讲与任何有关外星环境或者火箭运载工程的推测一样有效。他最喜欢的超自然小说家是范·沃格特，不过沃格特却是坎贝尔时代科幻创作的反派人物。和阿西莫夫或者海因莱因不一样，沃格特的故事不是坎贝尔所鼓励的那种逻辑严密的故事，而是广受欢迎、如梦如幻般的《斯兰》（一九四〇年连载）中乔密·克洛斯（Jommy Cross）那种通灵超人故事。他的小说充满活力，生动形象，但常常缺乏连贯性，主人公更像神话里的主角，而不是海因莱因故事中能力超强的工程师。故事中的配角也大都是奇人异士，所谓的通灵物件就是许愿戒指和隐形披风。

另一位作家罗恩·哈伯德[①]的科幻小说趋于与奇幻小说混合。他既是《惊异》也是坎贝尔奇幻杂志《未知》（*Unknown*）的叫座作家，现在人们更多知道的是他第一个创立了“排除有害印象精神治疗法”（Dianetics）的心理学理论，他还开创了科学教（Scientology）。这两个理论的一个共同特点是他相信人的大脑有着未开发的能量，而这种能量的开发可以让普通人成为通灵超人，这也是哈伯德小说的主要主题。范·沃格特是哈伯德思想的追随者，坎贝尔也算是一个。坎贝尔写评论赞誉精神治疗法，但对宗教的怀疑习惯使他不能完全接受科学教。

---

① 编者注：罗恩·哈伯德（L. Ron Hubbard，1911年—1984年），美国科学幻想小说黄金时代的奠基人，一生著作颇丰，著有《地球使命》《最后停电》等小说。

尽管坎贝尔有关科学的观点有时似乎混淆了"魔法"和单纯简单的魔力，但在小说中描述可信的未来时，他有着很好的眼光和超强的编辑能力。他认为文章至少应该连贯简洁，人物应同高档杂志《星期六晚邮报》(*The Saturday Evening Post*)中的一样可信。他要求作者写关于未来的故事，就好像他们是在为生活在未来的读者写的，换句话说，不要任何解释，就让奇迹从故事的讲述中自然生发。海因莱因是这方面的高手，他往往只用一个词就打开了整个奇特世界。例如，在《来自地球的威胁》(*The Menace from the Earth*)(一九五七年)中，他仅仅让故事的叙述者提到用"滑动带"(slidebelt)旅行并把来自地球上的人称为"土拨鼠"(groundhogs)，就说明了月球殖民生活的状况。和早期大多数作家一样，海因莱因认为没有必要描写技术，因为技术就隐藏在"滑动带"里，或者"土拨鼠"总结出来的社会态度中，读者能够自己填补空缺，是因为他们对这种文类太熟悉了。

许多现在看来是科幻经典的小说要么全都在《惊异》上发表过，要么是从发表在那里的短篇故事扩展的。除了阿西莫夫的基地故事以外，还有亨利·库特纳(Henry Kuttner)的《突变体》(*Mutant*)(一九五三年)，后来分期出版的史密斯博士的"透镜系列"(一九四八至一九五四年)，哈尔·克莱蒙特[1]的《重力使命》(*Misson of Gravity*)(一九五四年)和弗兰克·赫伯特[2]的《沙

① 编者注：哈尔·克莱蒙特(Hal Clement，1922年—2003年)，美国科幻作家，擅长写作硬科幻作品。一九九八年入选科幻奇幻名人堂。

② 编者注：弗兰克·赫伯特(Frank Herbert，1920年—1986年)，美国科幻小说家，作家。作为美国最具影响力的科幻巨匠之一，赫伯特在科幻文学中的地位如同托尔金在奇幻文学中的地位一样，无人可以动摇。代表作为《沙丘》系列。

丘》(*Dune*)(一九六五年)。有些作家如库特纳和史密斯曾为根斯巴克写作过,但为满足坎贝尔的要求,他们洗心革面,又彻底翻新了自己。

《惊异》是二十世纪四十年代最有影响的杂志,这样说的另一个标志就是雷蒙特·希利(Raymond Healy)和弗朗西斯·麦克马斯编选的第一本重要的科幻选集《时空历险》(*Adventures in Time and Space*)(一九四六年)共有三十五篇故事,其中有三十二篇故事第一次都是发表在《惊异》上。其他战后幸存的杂志不过是拾取坎贝尔的牙慧,它们要么重印过去的材料,要么继续星际探险故事的老传统,或者发表一些品位和政治立场都与坎贝尔有冲突的作家的作品。

## 成年人的科幻:二十世纪五十年代

即使在《惊异》达到巅峰时期,一种新的科幻也已开始寻找途径进入那些次要杂志。二十世纪四十年代,一些作家开始试验新的风格和叙事技巧,这些尝试显然是不可能在《惊异》上发表的。雷·布拉德伯里[①]、阿尔弗雷德·贝斯特[②]和考德维那·史密斯的早期作品都是在其他一些期刊发表的。还有一些在《惊异》上已发表过作品的作家开始探索更能反映个人声音和视角的作品,这样他们就得寻找与他们意气相投的市场。大约一九五

① 编者注:雷·布拉德伯里(Ray Bradbury,1920年—2012年),美国科幻小说家,当代美国文学中著名文法家。著有《华氏四五一》《火星编年史》等作品。

② 编者注:阿尔弗雷德·贝斯特(Alfred Bester,1913年—1987年),美国科幻作家、电视电影编剧、杂志编辑。代表作《被毁灭的人》获一九五三年雨果奖。

〇年这样的市场突然爆发，一些新杂志出来挑战《惊异》的优势地位，还有一些出版商开始寻求出版科幻小说（开始大多是重印杂志上面的小说）。

要选一种杂志来代表这个新时代是比较困难的，一九四九年创办的《奇幻与科幻》杂志也许能算得上，它的编辑是安东尼·布彻（Anthony Boucher）和弗朗西斯·麦克马斯。还有一本杂志是《假设》（*If*），詹姆斯·布利什的推测神学小说《事关良心》（*A Case of Conscience*）（一九五八年）的第一部分就是一九五三年发表在这本杂志上的。第三本杂志就是老朽的《惊奇故事》，开始做助手后来成为主编的塞尔·戈德史密斯（Cele Goldsmith）一九五六年对它进行了很大的调整。这些杂志发表的主要科幻作品可能坎贝尔碰都不会碰。而那些编辑则都对新的作家给予鼓励，同时也倡导成名作家开拓新的方向，特别是布彻和戈德史密斯都十分重视故事主题的复杂性和文体的独特性。

乍看这些杂志发表的故事似乎都是二十世纪五十年代的精品佳作。小沃尔特·M.米勒[①]的《莱伯维茨的赞歌》（*A Canticle for Leibowitz*）从一九五五年到一九五七年在《奇幻与科幻小说》杂志上连载，这部有关原子弹大屠杀后文明重建的小说，不仅风格独特，情感深厚，而且有一种强烈的历史超前感。《奇幻与科幻小说》杂志还登载了珍娜·亨德森[②]怀念流放的外星人

① 编者注：小沃尔特·M.米勒（Walter Miller，1923 年—1996 年），美国天主教科幻小说作家。代表作《莱伯维茨的赞歌》获 1961 年雨果奖。

② 编者注：珍娜·亨德森（Zenna Henderson，1917 年—1983 年），美国科幻和奇幻中篇作家、小学教师。

的故事，以及丹尼尔·凯斯[①]最著名的故事《献给阿尔吉侬的花束》（*Flowers for Algernon*）（一九五九年），也包括非科幻主力作家金斯利·艾米斯和C.S.刘易斯[②]的作品，这些作品相对平衡了美国和其他国家在科幻的地位。

不过真正增强英国在科幻领域地位的杂志是本部设在伦敦的《新世界》，它一开始叫《新土地》（*Nova Terrae*），是由发烧友编写的杂志，一九四九年才改成美国模式的专业杂志。它的存在使得英国推测小说得以复兴。阿瑟·克拉克[③]的小说《童年的终结》（*Childhood's End*）（一九五三年）的第一部分就发表在《新世界》上，名字叫《守护天使》（*Guardian Angel*）（一九五〇年），在这个故事中克拉克试图把美国科幻的高效叙事方式和威尔斯的社会意识以及奥拉夫·斯塔普来登（Olaf Stapledon）的壮观幻想结合起来。《童年的终结》部分讲述乌托邦，部分以连环漫画形式讲述外星人侵略，故事的结局特别震撼人心，地球上的变异儿童抛下一切毁灭了整个世界。其他给《新世界》写稿的作家有布赖恩·奥尔迪斯、约翰·布鲁纳[④]和J.G.巴拉德[⑤]。然而很有意思的是，二十世

---

① 编者注：丹尼尔·凯斯（Daniel Keyes，1927年—2014年），美国作家，以写科幻小说为主，其中以《献给阿尔吉侬的花束》最广为人知，此外也以善于描写多重人格的人物而著称。

② 编者注：C.S.刘易斯（C. S. Lewis，1898年—1963年），英国作家、奇幻文学家。著有“纳尼亚传奇”系列和“空间三部曲”系列等。

③ 编者注：阿瑟·克拉克（Arthur Charles Clarke，1917年—2008年），英国作家、发明家，尤其以撰写科幻小说闻名。他与艾萨克·阿西莫夫、罗伯特·海因莱因并称为二十世纪三大科幻小说家。

④ 编者注：约翰·布鲁纳（John Brunner，1934年—1995年），英国多产科幻作家、诗人。

⑤ 编者注：J.G.巴拉德（J. G. Ballard，1930年—2009年），英国作家，一九三〇年生于上海租界，以上海龙华集中营的生活为蓝本写作的《太阳帝国》被斯皮尔伯格改编成同名电影。

纪五十年代英国最受欢迎的科幻作家是约翰·温德姆(John Wyndham),战前他主要在美国纸浆杂志上发表作品,而他五十年代成名主要靠的是平装本小说《三尖树时代》(*The Day of the Triffids*)(一九五一年)。自此以后,科幻作家可以直接出版平装书。

二十世纪五十年代最有代表性、也许是最重要的科幻杂志是《银河科幻》(*Galaxy Science Fiction*),它于一九五〇年由贺拉斯·戈尔德创办。《银河》故事的典型氛围是轻快、敏感、城市化,还有点偏执猜忌。核心人物大多是这样的类型:连续不停地吸烟,衣服皱皱巴巴的,醉酒醺醺的广告商,还扬言宁愿在乡下编辑周报。女性人物一般不怎么样:有些是化身的外星人,几乎所有女性人物的动机和感知都让人难以理解,虽然戈尔德曾试图在每一期登载"至少一个吸引女性的故事",但效果却差强人意(注 11)。《银河》故事很少有在太空发生的,故事的开场差不多是对《纽约客》的素描,一直到情节发展越来越古怪才有所变化。

詹姆斯·瑟伯(James Thurber)或者怀特(E. B. White)是讲述带有纽约背景的银河故事的作家中讲得最好的,也是最有技巧的。这种讲故事的方法对条件要求很苛刻,首先是天才编辑能提供最好的报酬,有一个能进行互相批评的封闭作家圈子,读者能够接受更加超前的风格和主题。读者群还包括长期的读者,他们经历了第一阶段的根斯巴克和第二阶段的坎贝尔,希望继续接受更高阶段的教育,当然也包括科幻的新读者。根据阿尔吉斯·布德里斯[①],戈尔德总是试图走向:

---

① 编者注:阿尔吉斯·布德里斯(Algis Budrys,1931 年—2008 年),立陶宛裔美国科幻作家、编辑、批评家。一九五二年起在《银河》等杂志发表作品,多次获得雨果奖和星云奖提名。

一个巨大的未曾开发的普通读者市场，对于那些读者，他始终认为他是《银河》杂志的编辑，而不是《银河》科幻小说编辑。在他每周五晚的牌桌上，不仅仅有弗雷德里克·波尔、鲍勃·舍克里(Bob Scheckley)【有误】，还有杰瑞·比克斯比（Jerry Bixby），更有现代作曲家路易斯·拜伦（Louis Barron）、贝比·拜伦（Bebe Barron）和约翰·凯基（John Cage），以及广播电视经理和主要时尚杂志的编辑工作人员。（注12）

牌友中有一位叫阿尔弗雷德·贝斯特(Alfred Bester)，是个电影剧本作者，亲自编过时尚杂志【《假日》(*Holiday*)】，二十世纪四十年代写过科幻。戈尔德试图说服他给《银河》写稿，据贝斯特讲，他曾很不情愿地对要写的故事提了几个想法：

这个时候他(戈尔德)的专业精神上来了，还经常打电话讨论那些想法，掰开，又组合上，和我一次又一次地讨论，我们的想法结合再结合。关键是我们互相尊重，接受或拒绝对方的建议，一点都不感到丢脸，也没谁发脾气，那真是非常理想的合作，于是就出了那本小说。（注13）

贝斯特提到的小说就是《被毁灭的人》(*The Demolished Man*)(一九五三年)，它是一部讽刺杰作，抒情奔放，风格活泼，乃经典科幻创新力作。《群星我的归宿》(*The Stars My Destination*)(一九五六年)是他另一部脍炙人口的佳作，它吸收了人们熟知的情节设计如太空抢劫和通灵超人，而且还把它们和威廉·布莱克[①]与亚瑟·兰波[②]所代表的文学试验结合在了一起。贝斯特的男主人公佳里·弗利的感觉错综复杂，正是兰波诗歌的风格，当弗利发展成向天庭挑战的反派人物，恰恰又直接出自布莱克的史诗。书中的碑文则摘自布莱克的《老虎》(*The Tyger*)。

除了贝斯特的两部经典小说之外，戈尔德还发表了波尔和科恩布鲁斯探究广告和消费的讽刺小说《太空商人》(*The Space Merchants*)(一九五三年)。出自《银河》的其他主要作品还有西奥多·斯特金[③]的《宝宝三岁》(*Baby Is Three*)，以及他有关进化和道德的小说《超人类》(*More Than Human*)(一九五三年)，雷·布拉德伯里的《消防员》(*The Fireman*)，即后来的《华氏四五一》(*Fahrenheit 451*)(一九五三年)。《银河》还发表了菲利浦·迪克、威廉·泰恩、玛格丽特·圣克莱尔[④]、阿夫拉姆·戴维森[⑤]、

---

① 编者注：威廉·布莱克(William Blake，1757年—1827年)，英国浪漫主义诗人和版画家。著有诗集《纯真之歌》《经验之歌》等。

② 编者注：亚瑟·兰波(Arthur Rimbaud，1854年—1891年)，法国早期象征主义诗歌的代表人物，超现实主义诗歌的鼻祖。著有诗集《地狱一季》《灵光集》等。

③ 编者注：西奥多·斯特金(Theodore Sturgeon，1918年—1985年)，美国科幻作家、恐怖小说家、批评家，科幻小说黄金时代的奠基人之一。著有《超人类》等小说。

④ 编者注：玛格丽特·圣克莱尔(Magaret St. Clair，1911年—1995年)，美国科幻女作家。著有《绿皇后》等作品。

⑤ 编者注：阿夫拉姆·戴维森(Avram Davidson，1923年—1993年)，美国作家，写作题材广泛，包括科幻、奇幻和批评小说等。获得过一次雨果奖和三次世界奇幻奖。

弗里茨·雷伯[1]、戴蒙·耐特和凯瑟琳·麦克莱恩[2]等人的主要作品。它特别注重培养年轻作家如埃德加·潘邦[3]、马克·克里夫顿[4]、库尔特·冯内古特(Kurt Vonnegut),其中最重要的当属柯德维勒·史密斯【即保罗·林白克(Paul Linebarger)】。

史密斯和《银河》的关系始于一九五五年他在《银河》上发表《鼠与龙的游戏》(*The Game of Rat and Dragon*),这种关系一直保持了十五年。《鼠与龙的游戏》中的老鼠也是龙,致命的捕食者潜伏在太空船必须经过的另一个维度空间,只有心灵感应才能感觉到龙的到来,但是单独的人类心灵感应不够快,无法及时射出光导弹消灭龙,因此他们必须寻找搭档。故事发展到中途,读者会意识到人类"大头针点火器"必须合作的高雅、残忍的小搭档就是普通的猫。故事的典型史密斯招牌是出人意料的并置捕鼠猫和太空武士,还有令人难以忘怀的取名,如猫叫默尔、梅女士和哇上尉,以及非常规主人公老牧师和小女孩,主人公为胜利所付出的个人成本,还有激起古怪想象的奇妙轻快的语言。

贝斯特和史密斯这一类作家的作品远不止技巧高超,甚至

---

① 编者注:弗里茨·雷伯(Fritz Reuter Leiber,1910 年—1992 年),美国科幻、奇幻作家、恐怖小说作者。著有《恐怖人间》《来自最深处的恐惧》等作品。

② 编者注:凯瑟琳·麦克莱恩(Katherine MacLean,1925 年— ),美国科幻作家,二十世纪五十年代以短篇小说闻名,作品多讲述科技进步对个人和社会的影响。

③ 编者注:埃德加·潘邦(Edgar Pangborn,1909 年—1976 年),美国作家,写作神秘小说、历史小说和科幻小说。著有"暗黑世界"等系列小说。

④ 编者注:马克·克里夫顿(Mark Clifton,1906 年—1963 年),美国科幻作家,曾获雨果奖。代表作有《我们做了什么》《星桥》等。

在数十年以后，他们的作品依然发人深省，催人反省，高雅睿智，清新可人，没有丝毫的矫揉造作，不带一丝过去纸浆模式的痕迹。两位作家的声音孑然独立，与科幻主流话语卓然有别。甚至史密斯故事中的每个段落都有他自己的烙印，他人不可复制。到五十年代末，最好的科幻杂志可比肩更传统的文学领域发表的小说，读者已能感受到下一个十年新浪潮的实验特点。

在杂志时代开始的时候，通俗科幻小说常常通过和文学小说对比来定义自己。一九三二年阿道司·赫胥黎[①]的《美丽新世界》（*Brave New World*）发表，《惊奇故事》的一位评论员首先看到的是它不符合杂志读者的期待。评论员（只知道名字缩写为C.A.B）在论文《高雅科幻小说》（*Highbrow Science Fiction*）中写道："从科幻迷的角度来看，这本书是一个绝对的失败。"他其中的一个反对意见是关于赫胥黎反乌托邦小说的大胆，因为那时在公开场合谈性必须被严格排除在科幻杂志之外。然而，更激烈的批评认为"赫胥黎先生要么是不喜欢科学，特别是不喜欢它未来可能的发展，要么是他不相信科学"。（注 14）让赫胥黎去预测克隆、人工授精、消遣性毒品等发明以及因此带来的社会变化是不够的，他创新的风格和大胆的人物塑造也算不上什么，他应该讲些令人振奋的科学，谈些伴随冒险、神秘和浪漫的情感故事，否则，他的小说就是文学，而不是真正的科幻。

然而，到了二十世纪五十年代，一些评论家如戴蒙·耐特和

① 编者注：阿道司·赫胥黎（Aldous Leonard Huxley，1894 年—1963 年），著名生物学家 T.赫胥黎之孙，毕业于牛津大学。著有《美丽新世界》《天才与女神》等作品。

詹姆斯·布利什都对趣味高雅的小说进入科幻表示了欢迎。布利什以小威廉·阿瑟林(William Atheling, Jr.)为笔名讨论了为科幻修辞带来清新空气的“圈外”作家赫胥黎、乔治·奥威尔(George Orwell)、伯纳德·沃尔夫(Bernard Wolfe)和库尔特·冯内古特。因为在科幻圈外发表作品,他们不必担心要从古老的情节设计中去寻找新的角度。相反,他们更多考虑的是通过小说“思考一些东西”。(注 15)耐特对欢迎业余文学作家进入科幻领域显得有些犹豫,但他还是把卡莱尔·恰佩克[①]的小说《鲵鱼之乱》(*War with the Newts*)(一九三七年)和尤金·扎米亚京[②]的反乌托邦杰作《我们》(*We*)(一九二四年)列入了科幻经典作品(注 16)。

正如《惊奇故事》早期吸收十九世纪科幻浪漫故事作家帮助创立了新的科幻传统,这些评论通过结合二十世纪超现实主义、讽刺和乌托邦式推测,进一步拓展和加深了科幻领域。评论家也认识到其他国家也能创作优秀的科幻作品,例如,英国的赫胥黎、俄国的扎米亚京、捷克的恰佩克。甚至稍稍近似标准科学探险故事的作品也被推荐给读者,奥拉夫·斯塔普来登穿越宇宙的幻想之旅《造星人》(*Star Maker*)(一九三七年)、托尔金(J. R. R. Tolkien)的奇幻史诗《指环王》(*The Lord of the Rings*)

---

① 编者注:卡莱尔·恰佩克(Karel Čapek,1890 年—1938 年),捷克著名剧作家、科幻文学家、童话寓言家。著有《罗素姆万能机器人》《鲵鱼之乱》等小说。《罗素姆万能机器人》首次使用了机器人“Robot”这个词。

② 编者注:尤金·扎米亚京(Eugene Zamiatin,1884 年—1937 年),俄国小说家、剧作家、讽刺作家。著有《我们》《洞窟》《岛民》等小说作品。

(一九五四至一九五五年)和马温·皮克[1]的《泰忒斯诞生》(*Titus Groan*)(一九四六年)都被认为与科幻领域拓宽和雄心扩展有关。

但这并不是说科幻与文学主流是没有区分的。科幻圈外的评论家很少关注科幻所取得的成就,而《美丽新世界》一类的作品尽管为科幻迷所钟爱,但科幻界却并不承认它。有一位评论家阿瑟·库斯勒[2]曾直言,"斯威夫特的《格列弗游记》、赫胥黎的《美丽新世界》、奥威尔的《一九八四》(*Nineteen Eighty-Four*)都是伟大的文学作品,因为这些作品中奇特的外星人世界只不过是社会信息的背景或者托词而已。也就是说,它们是纯粹的文学,而不是什么科幻"。(注 17)尽管到二十世纪五十年代末期科幻已经高度成熟,但是圈外人还是用廉价小说和怪兽电影来看待它,对科幻的认同则部分来自于它脱离起源的运动。

## 从杂志中崛起

到二十世纪六十年代,科幻杂志时代走到了尽头,也就是说,科幻不能再以杂志为其主要载体了。这种变化首先反映在杂志本身的形式改变,早期纸浆杂志看起来像连环画,而后来

---

① 编者注:马温·皮克(Mervyn Peake,1911 年—1968 年),英国作家、诗人、艺术家。因"歌门鬼城"系列而闻名。

② 编者注:阿瑟·库斯勒(Arthur Koestler,1905 年—1983 年),匈牙利裔英国作家、记者和批评家,犹太人。库斯勒是前共产党员,出于对苏联大清洗的反思,他的思想逐渐趋向自由主义,著有指斥大清洗、起诉斯大林主义的西方文学史上著名的政治小说《中午的黑暗》。

的杂志更像平装书。《惊奇》这种对开纸大小的页面和过分华丽的封面逐步退出市场，新的杂志以文摘形式出现，做工更加细腻。改变尺寸大小的第一份杂志是《惊异》，当时正是第二次世界大战，对纸张控制很严。虽然当时这种改变使得科幻杂志从报摊上消失了，但它产生了意想不到的效果，科幻杂志变得更加成熟，文学色彩更浓。五十年代所有主要杂志都以文摘形式出版，只有《惊奇故事》是最后一个改版的。《银河》因为是一个富有的意大利公司部分持股，所以它的外观做得非常时尚。在本质上来说，科幻选集的源头就是杂志的每月连载，改版的杂志向出版界展示了选集的魅力，以及科幻小说以书的形式出版所具有的活力。

这种新的可能性恰逢杂志市场的分化。五十年代末期，主要经销商美国新闻服务中心被宣布为垄断且要被迫分割所持股份，这直接导致二十家各类杂志纷纷倒闭，未倒闭的也遭到流通重创(注 18)。稍微富有点的杂志能够继续经营，但作为杂志形式的科幻就此停滞。各种短中篇小说不得不让位于长篇小说，甚至多卷本系列小说。用营销的术语来说，以《惊异》或者《银河》为品牌的科幻销售已不复存在，科幻被分门别类归入军事科幻、科学奇幻或者像海因莱因和阿西莫夫那样的个体作家。值得注意的一点是，二十世纪八九十年代的主要杂志被称为《艾萨克·阿西莫夫科幻杂志》(*Isaac Asimov's Science Fiction Magazine*)。

杂志向书的形式转变过程中也是有代价的。尽管编辑有时心血来潮，市场日益衰退，但杂志对出人意料的新主题、新形式和新技巧以及任何能够自圆其说的组合保持了宽容。规模相对较小的杂志市场也培养了艺术独立性，一份杂志就像一部小的独立电影，而非好莱坞大片那样必须满足尽可能多的读者期待。杂志有订阅者,在报摊上也或多或少有可以保障的空间,而书则要靠推销。现在即使过了杂志的鼎盛时期,但科幻领域的大部分创新都是在现存杂志或其同时代杂志一类的载体上产生的,这类载体包括小规模印量半专业的出版物和网络在线出版商。

这些载体是否足以培养狂热的天才和早期时代的任意转变,还有待观察。虽然纸浆时代的许多科幻小说比较古怪,容易被人遗忘,但有一些却成了永恒的经典。没有那些早期努力,科幻就不会取得如今的成就。

注释:

注 1.迈克·阿什利,《时间机器:从起源到一九五〇年的科幻纸浆杂志故事》(利物浦:利物浦大学出版社,二〇〇〇年),第 49 页至 50 页。

注 2.见约翰·卡维尔蒂,《冒险、神秘和浪漫》(芝加哥:芝加哥大学出版社,一九七六年)。

注 3.彼得·尼克斯编,《科幻小说百科全书》(伦敦:格兰纳达,一九七九年),第 134 页至 136 页。

注 4.阿什利,《时间机器》,第 51 页。

注 5.同上,第 57 页。

注 6.同上,第 57 页至 58 页。

注 7.《致威廉姆斯先生》,一九五三年三月二十三日,载于佩里·沙普德莱恩编纂的《约翰·坎贝尔书信全集》(胶片,富兰克林,田纳西州:A.C.项目,一九八七年),第四卷。

注 8.《致维兰德·A.豪斯博士》，一九五二年一月七日，同上，第三卷。

注 9.约翰·亨廷顿，《理性天才》（新布朗斯威克，新泽西：罗格斯大学出版社，一九八九年），第 74 页。

注 10.汤姆·戈德温的《冷酷的方程式》首次于一九五四年八月在《惊异科幻》发表，多次重印，收入罗伯特·西尔弗伯格编辑的《科幻名人堂》第一卷（纽约：阿文，一九七〇年），第 54 页至 569 页。

注 11.贺拉斯·戈尔德，《银河的金子》载于弗雷德里克·波尔、马丁·H.格林伯格、约瑟夫·F.奥兰德编《银河：科幻创新三十年》（芝加哥：花花公子出版社，一九八〇年），第 6 页。

注 12.阿尔吉斯·布德里斯，《回忆录：吐出的牛奶》，载书同上，第 169 页。

注 13.阿尔弗雷德·贝斯特，《贺拉斯，银河》，载书同上，第 424 页。

注 14.《高雅科幻小说》，载于《惊奇故事》，一九三二年四月，第 86 页。

注 15.小威廉·阿瑟林（詹姆斯·布利什），《眼前的问题》（芝加哥：阿德温特，一九七三年），第 142 页。

注 16.戴蒙·耐特，《搜寻奇迹》（芝加哥：阿德温特，一九六七年），第 11 页、第 17 页。

注 17.同上书，第 2 页。

注 18.白瑞·马尔兹伯格，《引言：五十年代》，载于白瑞·马尔兹伯格、比尔·普荣兹尼编《夏末：五十年代的科幻小说》（纽约：爱思，一九七九年），第 2 页。

# 第三章　新浪潮及其反拨效应：一九六〇至一九八〇年

戴米安·布罗德里克

二十世纪六十年代有些像世纪交替，像深不可测的千禧之年，人们既满怀期望，同时又惴惴不安。虽然核武器能力依然有限，但人们都感觉到了即将到来的世界毁灭，每天不得不压抑着原子弹爆炸带来的末日预感。那种恐惧以隐蔽的形式，在早期的科幻故事和电影中都有表现，怪兽、令人毛骨悚然的变异以及外星人入侵就是这种感觉的呈现。到一九六二年年末，世界实际上正面临着这种科幻般的威胁，古巴导弹危机，核战似乎一触即发，而且不可避免。两个画面集中体现了这一混乱无常的时代，一是一九六三年十一月肯尼迪总统被刺的镜头，二是一九六九年七月尼尔·阿姆斯特朗(Neil Armstrong)首次登月及来自月球的直播场面。而这些电视中的画面，就在四十年前，在记者的眼里还被鄙夷地称作“科学幻想”。

经过了刻板乏味的二十世纪五十年代，尽管怀着压抑的恐惧，六十年代就是超自然神的释放，人们把对政治的愤怒转化成自我放纵。十几岁、二十多岁的青少年追求个人风格，不修边幅，开始于流行音乐和其他娱乐媒体中寻求欢乐，以发泄对老一辈的不满，然后就是装深沉、约会。随越战一起到来的道德危机一直持续到七十年代早期美国战败从东南亚撤军。冲突各方希望以文学形式表达自己的看法，科幻作品就是在这样的剧变中创作发表，为人们所欣赏的。本章重点讲述西方即英、美、澳及其他英语国家的科幻。尽管苏联及其卫星国也有很好的科幻作家，如波兰的斯坦尼斯拉夫·莱姆①，特别是俄罗斯的斯特鲁加茨基（Strugatsky）兄弟，现在对他们的作品也进行了大量的翻译和出版工作，但他们对科幻主流的影响也只是近十来年的事。

人们一般以十年为一个阶段考察历史进程，而换一个角度也不错。一代人从出生到为人父母大约二十五年，每个人身上都会留下时代的烙印，尤其是破坏性的战争或者残酷的自然灾害影响更大，对西方而言，两次世界大战就是这样的事件。大战（一九一八至一九四五年）期间，许多人英年早逝，数百万人经年累月与家人离散，娶妻生子的常规遭到破坏。紧随两次大战而来的是生育高峰，尤其是后一次，赶巧碰上狂热的技术扩张增容。人们都期望新时代的孩子在青少年成长时期拥有自己的文化标记，于是科幻在四十年代兴起了。不过，由于军事干扰，人们所期望的模式略有走样，全盛的科幻黄金时期也因此推迟

① 编者注：斯坦尼斯拉夫·莱姆（Stanislaw Lem，1921年—2006年），波兰著名科幻作家、哲学家，二十世纪欧洲最多才多艺的作家之一，也是国际公认的科幻小说天才作家，一生著述甚丰。著有《伊甸园》《星际归来》《星际日记》等作品。

了几年。那个时期最优秀的西方科幻作家大多生于二十世纪二十年代，差不多一代人之后，四十年代中期，我们看到又一批科幻作家的诞生。

二战后成长起来的人都志向远大，情绪易怒。教育尤其是大学教育迅速扩容，后人造卫星时代（post-Sputnik）表现出对科学和工程方面的疯狂支持。当然，整个西方也扩大了人文类学生的招生数，人们的衣兜里装着平装书，披头士诵读着粗俗而愤怒的感性诗歌。因此，如果从政治角度来看，这个时代显得有些沉闷乏味，但它也同时充满着希望、努力和尝试。五十年代是科幻现代主义活跃的最高点，阿尔弗雷德·贝斯特充满生气的科幻散文以及其他见识高远的文学家如西奥多·斯特金和柯德维勒·史密斯成为五十年代末和六十年代初接受过大学教育的青年才俊仿效的对象，他们一边上着工程或者物理课，一边如饥似渴地读着约翰·韦伯斯特[①]、亚瑟·兰波（Arthur Rimbaud）、詹姆斯·乔伊斯[②]和杰克·凯鲁亚克[③]的书。这些作家的雄心壮志未必为大多数科幻读者所了解，但他们生动的语言、大胆的想象和对世界深刻的怀疑分析震撼了读者，甚至让传统的卫道士也惴惴不安，因为他们发现这些现代主义试验作品完全

---

① 编者注：约翰·韦伯斯特（John Webster，1580年—1634年），英国戏剧家，被称为“十七世纪的莎士比亚”。著有《马尔菲女公爵》等。

② 编者注：詹姆斯·乔伊斯（James Joyce，1882年—1941年），爱尔兰作家、诗人，二十世纪最伟大的作家之一，后现代文学的奠基者之一，意识流文学的代表作家。著有《尤利西斯》和《芬尼根的守灵夜》等作品。

③ 编者注：杰克·凯鲁亚克（Jack Kerouac，1922年—1969年），美国“垮掉的一代”的代表人物。他的主要作品有自传体小说《在路上》《达摩流浪者》《荒凉天使》《孤独旅者》等。他以离经叛道、惊世骇俗的生活方式与文学主张，震撼了二十世纪五六十年代美国主流文化的价值观与社会观。

背叛了科幻已有的原则。

## 新浪潮

这个突然出现的运动，就是后来闻名的新浪潮，名字取自一部同名的法国电影。这个运动是对科幻衰竭的一个自然反应，但它从不拘泥于形式，一些主要作家常常拒绝被贴上新浪潮的标签。作家让-吕克·戈达德(Jean-Luc Godard)和弗朗索瓦·特鲁弗(François Truffaut)二十世纪六十年代初就打破了传统的叙事方式，他们的故事时而跳跃，时而娓娓道来，重画面轻情节，让读者时而炫目时而迷惑。克里斯多夫·普利斯特[①]用"新浪潮"来说明六十年代中晚期英国科幻杂志《新世界》所表现出的科幻几遭破坏的状况，以及现存的忧虑和大胆的形式创新。

阿尔弗雷德·贝斯特率先对新浪潮提出认同。一九六一年二月，作为最有文学味的科幻杂志《奇幻与科幻》杂志的小说评论员，他以鄙夷的口吻对同行进行谴责，"当今科幻的写作质量不是一般的低下"。他指的并不是修辞能力，因为他说，"令人吃惊的是业余作家和专业作家对词的运用一样好"。他实际剑指思想、主题和效果，他这样讲道："许多科幻作家在作品中反映出自己是多么的愚蠢和幼稚，他们把科幻视作避难所，在这里他们可以无视现实，随意制定规则以适应自己的无能。"(注 1)

到六十年代早期，科幻领域笼罩着自满情绪，少量的比喻

---

① 编者注：克里斯多夫·普利斯特(Christopher Priest，1943 年— )，英国小说家、科幻作家。作品深受威尔斯的影响。

和观点往返重复，只是作些细微改动。五十年代科幻受到荒谬可笑、毫无价值的冒牌思想的小规模损害，那些思想在“宝瓶时代”（Age of Aquarius）（指和平的六十年代）发展壮大，形成从启蒙科学和价值中逐步退缩的基础，即新时代运动。奇怪的是，这正是罗伯特·海因莱因所预言和谴责的被称为“疯狂年代”的二十世纪末的特征。

这些疯狂的思想认为，如果反重力机器迪恩驱动（the Dean Drive）取出电阻器，只留下电路图，所谓的通灵希罗尼穆斯（Hieronymus）（指怪诞派绘画大师）机器可以运转得更好，他们甚至强词夺理倡导蓄奴，大放厥词的人正是约翰·坎贝尔。然而，他通常被认为是科幻黄金时代的创建之父和让迷信重返时代科技的无畏支持者。一九六〇年，为了赢得名望和有利可图的广告，他把声名显赫的杂志《惊异》改名为更加现实的《类似物》，但是他火爆的评论却故意违背自由精神，坚持鼓吹一些奇怪的观点，渐渐地他的杂志在年轻人中失去了市场。这份杂志变得古怪缺失理性，甚至采用化学自我疗法探求残酷世界的存在意义和超越。因此，它同样被嬉皮士和家庭主妇所抛弃，《时代》（*Time*）杂志甚至在一九六五年的一个著名封面故事里评论道：上帝死了。

亚列克谢·潘辛[1]和柯瑞·潘辛（Cory Panshin）认为黄金时代科幻的驱动力是“追求超越”（注 2）。这种追求在六十年代并没有动摇，反而得到加强。到了七十年代，这股热浪日渐退却，

---

[1] 编者注：亚列克谢·潘辛（Alexei Panshin，1940 年— ），美国科幻作家、批评家。曾写过多部评论和小说。代表作《成年仪式》曾获一九六八年星云奖。与柯瑞·潘辛是夫妻。

新浪潮的激进风格和海因莱因等人艰难探索的“未来生活”技巧日趋和谐,只不过尚需进一步完善。说来有些令人惊诧,这种持续追求超越的最早标志是海因莱因自己的获奖作品《异乡异客》(*Stranger in a Strange Land*)(一九六一年)。到六十年代末,它已成为最受推崇的校园内外畅销小说。托尔金的《指环王》三部曲(写于一九五四至一九五五年,一九六八年成卷)也是这个时期的畅销书,它是二十世纪经典的奇幻小说,严格按照外星人生活场景处置情节。一九六五年左右,弗兰克·赫伯特的《类似物》连载故事《沙丘世界》(*Dune World*)和《沙丘的预言》(*The Prophet of Dune*)(一九六三至一九六五年),修订成书取名《沙丘》出版,或许这是现代最著名的科幻小说。它极其巧妙地操纵了贝斯特极尽嘲弄的愿望,故事讲述一个少年渴望走进幻想世界,在这个故事中主人公在迷幻药的帮助下集勇敢、天赋和超灵于一身而最终获得胜利。《沙丘》及其续集对胜利进行了深刻讽刺,赫伯特说这样做的目的就是要破除范·沃格特式超级英雄的愚蠢形象。正是新浪潮在风格上的突破和超前发展,使得六十年代在科幻发展史上留下了烙印,而科幻则给整个世界留下了更大的烙印。

在一篇标题荒诞但吸引眼球的杂文《批注:布里什善吃螃蟹》(*Scholia, Seasoned with Crabs, Blish Is*)(一九七三年)中,评论家约翰·克卢特对詹姆斯·布利什的重要科幻文章《曼尼匹安式讽刺》(*Menippean satires*)进行了剖析,杂文题目取自诺斯洛普·弗莱(Northrop Frye)的《批评的解剖》(*Anatomy of Criticism*)(一九五七年)(注3)。公元前三世纪哲学家曼尼普斯(Menippus)设想了一种亦庄亦谐以思想而不是人物为中心的小说,这一设想在十九世纪得到完善，为二十世纪中叶的文学学者（甚至当今很多学者）接纳为唯一的版本。显然，海因莱因的《异乡异客》可堪候选，它的人物是模式化的，讲出的是一套一套思想，富有戏剧性。其“自由之爱”思想即使在六十年代早期仍然让人震惊，它是一种相对主义的宗教狂，对类似民主的教条存有轻蔑敌意。故事中的杨·瓦兰亭·迈克尔·史密斯（Young Valentine Michael Smith）由外星人单独收养，由于他会独特的火星语言，所以有机会接触火星的现实（根据本杰明·李·沃尔夫的语言学理论），现在他成了人类的救赎礼物。小说的人物有集体（共享一个“巢”，靠心灵感应联系在一起，神秘的火星语给予他们奇特的力量），有独裁（科幻的主要人物之一犹巴尔·哈肖快乐地在古怪“老板”手下干活，这理所当然是海因莱因的歪曲描写），也有自由论者。它是一个不稳定的组合体，酩酊大醉的嬉皮士通过读书把理想融入现实，但像预言的那样还是失败了，这和小说范式原始基督教和摩门教一样。遗憾的是，没有人用火星语思考问题。上帝之死留下来的空间仍然为渴望奇幻所充斥，哪怕只是令人眼花缭乱的一段时期。

海因莱因大概并不真正相信变化的语言习惯会产生神奇的力量，但是他的很多故事还是使用了这个手法。相反，弗兰克·赫伯特显然有意混淆一万年亚崔迪（Atreides）超人和妇女的顺序，把读者引入高级意识状态。赫伯特就像一个苏菲派或者禅宗大师，他希望帮助读者启蒙，获得心灵顿悟或者洞察力，从而远离机械常规、习惯以及五十年代的自鸣得意。令人遗憾的是，他的说教只起到了催眠效果。成千上万的读者，也可能是数百万陶醉于沙漠之星阿拉基斯或者沙丘继承人保罗·墨迪的历险，书中包含了：女性耶稣会（本·盖塞利特及其长达几个世纪的优生计划）；长得像阿拉伯人的神秘弗里曼，服了迷幻药眼睛变蓝；被幻觉和艺术神话驱使，像沙鲸一样野蛮的蠕虫；精神超人能够像计算机一样快速思考；银河阴谋和冲突……这部小说是一个令人困惑的混合体，如经适当加工，将把黄金时期科幻小说的航向引向神化。

赫伯特的愿望实现得秘而不宣，而且伪装巧妙，让编辑大吃一惊。拒绝了续集《沙丘救世主》（*Dune Messiah*），坎贝尔怒斥道："科幻写手的反应……在过去的几十年里已经持续清楚地表明他们需要英雄而不是反英雄人物，写强势人物的故事，用这些人影响别人，鼓舞别人，简直是令人难以置信的厄运！"（注 4）赫伯特非常狡猾，他真正的目的是颠覆那个容易做到但没有价值的模本，他的天资如果没有和老科幻迷发生共鸣，那就是和新浪潮作家们产生了共振。"消灭文明、社会或者人种的最好办法就是让人们把判断和决策的特权交给超人，然后使社会陷入狂野的动荡中。"（注 5）当然，在人们以数百万生命为代价推翻欧洲那几个自以为是的超人和低于人类文明的邪恶制度之后，那不过仅仅是一整代人而已，这个血的教训直到新浪潮作家开始揭开至高无上的科学能力和银河命运的意识形态面纱时才为科幻所接受。

## 内层空间

詹姆斯·巴拉德常常被认为是这个异端传统的第一个制造者或者至少是最突出的人，他讲述战时新加坡孩子被迫流落异乡，核武器在日本上空爆炸，恰似科幻闪现，戛然而止，这些都被斯蒂文·斯皮尔伯格（Steven Spielberg）于一九八七年拍入电影《太阳帝国》（*Empire of the Sun*）之中。

巴拉德发表作品的刊物是庄重死板的英国杂志《新世界》和《科学奇幻》（*Science Fantasy*），由约翰·卡内尔（John Carnell）主办，刊物的风格似乎与巴拉德格格不入，但是，就是这两份刊物，还不计成本地支持着布赖恩·奥尔迪斯、约翰·布鲁纳等一些自学成才的天才作家。严格来说，这几个英国的时髦革新家都是二十世纪五十年代的作家，真正成名成家却是在骚动的六十年代新浪潮时期。巴拉德刺痛直白的现实主义，清晰流畅的文字，反复出现的“场景”（空空如也的游泳池、毁坏的航天器、大灾大难而又神秘的环境），甫一开始就不见容于传统。然而，他的这一特点却凑巧吸引了美国人类学家朱迪斯·默里尔，她把他的作品列入《年度最佳科幻小说集》系列，并且不遗余力地宣传她称作“推测小说”的新写作方式。实际上，对于文学界来说这不过是旧瓶装新酒。和着奥尔迪斯、巴拉德、考德维那·史密斯让人紧张不安的故事，默里尔又推出博尔赫斯（Borges）、罗曼·加里[①]、多斯·帕索斯[②]、劳伦斯·杜雷尔[③]，以及文学天分甚

---

① 编者注：罗曼·加里（Romain Gary，1914 年—1980 年），法国外交家、小说家、电影导演和第二次世界大战期间法国空军飞行员。他是龚古尔文学奖历史上唯一一位两次获奖的作家（一次以本名获得，一次以笔名获得）。著有《根深蒂固的天性》和《如此人生》等作品。

② 编者注：多斯·帕索斯（Dos Passos，1896 年—1970 年），小说家。著有《三个士兵》《北纬 42 度》《1919 年》等小说。

③ 编者注：劳伦斯·杜雷尔（Lawrence Durrell，1912 年—1990 年），英国小说家、戏剧家和旅行作家。最著名的作品是“亚历山大”四部曲。

高的阿西莫夫、布拉德伯里、克拉克、珍娜·亨德森、阿尔吉斯·布德里斯等作家的作品。一九六〇年，她又十分完美地选出丹尼尔·凯斯的《献给阿尔吉侬的花束》，这是一个有关超人的苦乐参半的曲折故事，似乎根本不是科幻故事，更像是诺曼·梅勒（Norman Mailer）有关阿波罗登月的描写。到一九六五年，默里尔收集了托马斯·迪什（Thomas M. Disch）的荒诞作品《降阶》（*Descending*），罗杰·泽拉兹尼（Roger Zelazny）声名狼藉的诗歌《献给传道书的玫瑰》（*A Rose for Ecclesiastes*），巴拉德的经典《终点海滩》（*The Terminal Beach*）："在实验室他看到一张画有变异染色体的图表，于是，他随手把表格卷起，带到地堡，那些抽象的模型毫无意义，在他恢复的时候，他给他们取上合适的名字，自娱自乐，因此，那些表格都有了许多层联想意义。"（注6）这不正是巴拉德那些稀奇古怪的故事吗？一九六四年，卡内尔的《新世界》协议到期面临关门。这个时候，年轻的迈克尔·莫考克赶来解围，支付了资金，公开改变杂志的定位。现在，巴拉德成了守护神，在威廉·巴勒斯[①]的指引下，新浪潮开始席卷科幻古老的海滩。唐纳尔德·沃尔海姆（Donald Wollheim）发现诺曼·斯宾拉德（Norman Spinrad）的怪诞小说《杰克·巴伦窃听器》（*Bug Jack Barron*）在《新世界》连载，小说"讲述堕落，挖苦讽刺，公开惹人厌烦，完全是恶搞曾经的科幻主题"。（注7）当然，伴随新浪潮出现的东西并不一定都受到欢迎（注8），《新世界》

---

① 编者注：威廉·巴勒斯（William Burroughs，1914年—1997年），美国作家，与艾伦·金斯堡及杰克·凯鲁亚克同为"垮掉的一代"文学运动的创始者。巴勒斯晚年主要和金斯堡活跃在演艺界，创作了不少通俗歌曲，甚至被一些年轻人奉为朋克摇滚宗师。他还演电影，作画出售，并且为耐克运动鞋做广告。

上有一半人的名字现在都被人忘记了，比如，兰登·琼斯（Langdon Jones）、迈克尔·巴特沃斯（Michael Butterworth）、罗杰·琼斯（Roger Jones），还有一些化名，乔伊斯·丘吉尔（Joyce Churchill）的真名是约翰·哈里森（M. John Harrison），他是一名纯艺术家，虽然他已不再迷恋科幻，但他在 2002 年还是出版了一部新的科幻小说《光》（*Light*）。现在回顾起来特别引人注意的是新浪潮主要作家的影响深远，其赫赫威名经久不衰：巴拉德（不过他已基本放弃科幻）、奥尔迪斯、莫考克，还有六十年代旅美作家——才华横溢、风趣尖刻的约翰·斯拉德克（John Sladek）（二〇〇〇年去世）、帕米拉·左丽娜（Pamela Zoline）、塞缪尔·德拉尼（Samuel R. Delany）、托马斯·迪什、诺曼·斯宾拉德。罗伯特·西尔弗伯格（Robert Silverberg）以前是超常的写作机器，一九六七年后他的作品深度在新浪潮方向显著加强，他一九七三年因“优秀的写作”获得坎贝尔纪念特别奖。还有一位重要的作家、评论家詹姆斯·布利什高调宣布不再痴迷科幻，正是他宣布十年新浪潮运动结束的（注 9）。

新浪潮时间虽短，但其辉煌的荣光在几部选集中都有展示：默里尔突破陈见的《英国节奏的科幻》（*England Swings SF*）【一九六八年英国《时空杂志》（*The Space-Time Journal*）】，哈兰·艾里森[①]雄心勃勃融合新浪潮和美国式可为思想的《危险的幻觉》（*Dangerous Visions*）（一九六七年），斯宾拉德的《新的明天》（*The New Tomorrows*）（一九七一年），以及戴蒙·耐特十分

① 编者注：哈兰·艾里森（Harlan Ellison，1934 年— ），美国科幻小说大师，《星际迷航》最初的创作者之一，已获得过十次雨果奖和四次星云奖。

重要的新浪潮原著选集系列《轨道》(*Orbit*)(一九六六年及以后)。《轨道》里面收集的不全是新浪潮作品,但坚持的时间比较长。这个选集收录了一些不落俗套、非常重要的天才作家如拉弗提(R. A. Lafferty)、吉恩·沃尔夫[①]、乔安娜·拉斯[②]、凯特·威廉[③]和加德纳·多佐伊斯[④]的作品。艾萨克·阿西莫夫的辛辣评论完美地捕捉到了来自反对方不知所措的敌对情绪,爱思图书公司编辑唐纳尔德·沃尔海姆在默里尔展销书的护封上引用了这段话:“我希望新浪潮沉淀泡沫之后,科幻小说宽阔坚实的海岸会再一次呈现。”为了滑稽效果,沃尔海姆已经小心地拉开了自己的距离,他在护封背面用红色粗体大写字母写道:

这可能是本年度最重要的科幻书

在下面又用黑色小写字母写着:

---

① 编者注:吉恩·沃尔夫(Gene Wolfe,1931 年— ),美国科幻及奇幻小说作家。他以受到天主教信仰所影响充满暗喻的散文而闻名。曾分别获得两次星云奖与世界奇幻奖,四次获坎贝尔奖。曾多次获得雨果奖提名,一九九六年荣获世界奇幻奖所颁发的终身成就奖。

② 编者注:乔安娜·拉斯(Joanna Russ,1937 年—2011 年),美国作家、学者、女权主义者。著有大量科幻奇幻作品,一生获得八次星云奖提名,两次雨果奖提名。

③ 编者注:凯特·威廉(Kate Wilhelm,1928 年— ),美国作家。六十年代开始发表文学作品,其中包括《规划者》(一九六八年星云奖最佳短篇)、《坠入天空的女孩》(一九八六年星云奖最佳中篇),以及《永远的安娜》(一九八七年星云奖最佳短篇)等。长篇代表作《迟暮鸟语》获一九七七年雨果奖最佳长篇奖。

④ 编者注:加德纳·多佐伊斯(Gardner Dozois,1947 年— ),美国科幻作家、编辑。多次获雨果奖和星云奖最佳短篇小说奖。

（或者是最不重要的，你得自己判断！）

不过到一九六八年，沃尔海姆还是证实了自己是一名有胆识的编辑。不带偏见地说，他出版的一系列平庸的作品中还是有些出类拔萃之作：德拉尼浪漫多彩的《阿部达的珍宝》（*The Jewels of Aptor*）（一九六二年）、《巴别塔十七号》（*Babel-17*）和《帝国之星》（*Empire Star*）（一九六六年）、《爱因斯坦交集》（*The Einstein Intersection*）（一九六七年）。厄休拉·勒古恩最初的"瀚星"系列小说【《劳卡诺恩的世界》（*Rocannon's World*）（一九六四年）；《流放的行星》（*Planet of Exile*）（一九六六年）；《幻想的城市》（*City of Illusion*）（一九六七年）】由爱思公司印制。勒古恩的成功始于《地海巫师》（*A Wizard of Earthsea*）（一九六八年），她被认为是七十年代初思维缜密、文笔洗练的科幻奇幻人类学家，成名作《黑暗的左手》由同情新浪潮的爱思公司编辑泰利·卡尔（Terry Carr）印制，她因《一无所有：一个不确定的乌托邦》（*The Dispossessed: An Ambiguous Utopia*）（一九七四年）而确立了文坛地位。

人们在考虑这些发展轨迹时容易犯的错误是，认为文学运动是一个接着一个，好像进化寓言中的恐龙让位于哺乳动物，或者像回归寓言那样，艰难积聚的收获会因野蛮掠夺而失去。比喻中的这两个画面都是无效的，作家、读者、出版商的步调永远是不一致的，书在创作和销售后，最新版本到读者手中能够看到的"时髦"大约也就一年左右。除非地理位置非常集中，就像新浪潮作品大多集中在伦敦一样，否则，其相互影响是十分有限的。

而且,像科幻这种边缘文类,文类史是在图书馆和二手书店随意堆积出来的,最有热情阅读的是身无分文的年轻人。大约二十世纪六十年代初,刚刚涉猎科幻的青年可以读到巴拉德对资产阶级偏见的冷嘲热讽,或者泽拉兹尼(Zelazny)的贫民诗:“太阳失去光泽的地方,疾风劲吹,双月争辉的地方,沙的地狱让你点燃热望。”(注 10)然后就是黄金时代或更早的史密斯博士不太完整的“摄影师”系列,同时吸收阿西莫夫、海因莱因的作品和年度最佳科幻集及探险连环画。这里我们要用到史蒂芬·杰伊·古尔德[①]的进化论观点:每个时代大多数物种都是简单的生命形式,自始至终适应各种环境,并坚持不懈。经典科幻也是同理,至少直到最近,依然生机盎然。当然,六七十年代也是这样,许多出版商的存书目录为他们的年收入带来了可靠的经济来源。

新浪潮和传统之间的区分并不像悲观情绪和必胜信念之间的区分那样简单,它们的搭配在某种程度上碰巧交叉。一个不争的事实是,六十年代许多“实验”科幻是暗色调的,而持续的商业科幻主流则是鲜明的积极乐观,他们相信通过努力人类能够建立一个技术拯救一切的世界,这种区分一定会反映在两种对立的文本中吗?前者是破坏性的文本,要求用丰富的现代主义符号和词汇表达思想,后者则坚持写作的“窗明几净”理论。而更可能的是这种风格差异来自作者和教育。

即使经典科幻的科学常常是可笑的或者整个都是杜撰的,

---

① 编者注:史蒂芬·杰伊·古尔德(Stephen Jay Gould,1941 年—2002 年),美国古生物学家、科普作家。在博物学和进化论理论上成就突出。

它毕竟还是吸收了实验的重要成分，因为科学论文最重要的就是要排除主观性，用抽象的不受时间影响的理性声音报告结论（哪怕承认结论可能犯错，而且是临时的，需要接受质疑和挑战）。新浪潮作家和签约的成名中年作家如菲利普·荷西·法默[1]都以艺术主观性的叙事模式为蓝本，而在巴拉德的构想中，个性似乎是故意被抹杀的。从一开始人们都不会误会巴拉德枯燥的声音和好奇的妄想，“后来鲍威尔斯（Powers）常常想到惠特比（Whitby），生物学家在游泳池地面看起来是随意地开了一些奇怪的槽”。（注 11）或者在他尖刻的、没有逻辑规律的“缩写小说”中“自恋：这个时候世上很多事情占据了他的思想——形式的可塑性，错综复杂的图像，紧张症的高原现象，重新为 CNS 评分，母系声明，荒诞的事，就是说，宇宙现象论……”（注 12）

才华横溢、破坏偶像的菲利普·迪克从科幻垃圾中锻造出了一种有力的新观点，他称其为“kipple”[2]。迪克为商业利益所驱使，但当他令人捧腹、神经错乱的故事以平装书出版时，奇妙的事发生了，澳大利亚评论家布鲁斯·吉莱斯皮（Bruce Gillespie）指出科幻不仅仅是迪克作品中的窘困，也是一种成熟的但有些奇怪的令人惊讶的准文学：“一位甚至有些粗心的散文和情景剧纸浆作家何以打动读者？无论你把作品读了多少遍，你都会怦然心动。”他的部分答案是迪克不断地把我们“从虚假

---

① 编者注：菲利普·荷西·法默（Philip José Farmer，1918 年—2009 年），美国作家，因长于写作科幻和奇幻小说而闻名。

② 编者注：kipple 一词由菲利普·迪克生造，出自其名篇《机器人能梦见电子羊吗？》，指没用的物品，如垃圾邮件、旧报纸等。当周围没人时，它可以自我再生或复制。

的现实带向真实的现实”,或者极端地说,“滚筒雪橇不断向前,留下平凡的现实,进入另一个完全偏执狂的现实,在书的末尾,没有什么可信的东西留在这个世上”。(注 13)

## 熵机器

可以说正是当时的混乱造就了新浪潮,它有时被罩上熵的面纱,所谓熵就是所有有组织的物质和能量向无意义的噪音和虚无递减的趋势。许多传统科幻作家就是这么看待他们的对手的,当看到一九六七年《新世界》连载的托马斯·迪什《集中营》(*Camp Concentration*)中的喧哗狂欢和各种犯罪倾向,他们会进行批评。

> 有关日月的寓言
>
> 国王独自驾到,进入软体组织……软脑膜露珠滋润着它,一层一层熔化黄金,他把它交给毒菌,所有的东西都进来了,然后他脱去自己的外皮,写道:我是土星王。罪恶的矫正,土星拿着它,倾斜了,所有的东西都歪斜了,一旦给了他,就进入准备物质。噢,多么的堕落(重重地落在一块石头上)。(注 14)

这篇精神错乱的文章有好几页,要点是迪什巧妙呼吁假装圣洁的天才们要更聪明、有洞察力,不要受到遗传工程梅毒的有害影响。传统科幻读者对这个寓言或者表现冷漠,或者出离愤怒,甚至塞缪尔·德拉尼也发现这个故事“远远偏离了迪什的作品典范,大大延伸了新浪潮计划”(注 15)。迪什完全被雨果奖选民忽略了,那些选民都是年度世界科幻大会的自选科幻迷,甚至星云奖也一样,它的选民是科幻作家同行。迪什直到一九八〇年才得到承认,不过那时他的兴趣已不在科幻,转移到了别的地方。

当然,这类奖励既承认优秀作品,也褒奖天才作品。星云奖始于一九六五年,赫伯特的雨果奖作品《沙丘》、凯斯的《献给阿尔吉侬的花束》、德拉尼的《巴别塔十七号》和《爱因斯坦交集》都曾在六十年代获得该奖。只有一九六八年的星云奖授给合格但并不出众的亚列克谢·潘辛的《成年仪式》(*Rite of Passage*),而没有授给德拉尼大胆的《新星》(*Nova*)或凯斯·罗伯茨(Keith Roberts)的《孔雀舞》(*Pavane*),后者现在被认为是所有“历史演义”作品中最好的作品。获得雨果奖的有小沃尔特·M.米勒的《莱伯维茨的赞歌》(一九六〇年,部分在五十年代出版),故事讲述腐蚀的循环,追踪核大战后修道士守护的技术知识的恢复。获雨果奖的还有海因莱因的《异乡异客》、罗杰·泽拉兹尼的《光明王》(*Lord of Light*)(一九六七年)(是重塑印度教和佛教的神话创作)。克利福德·西马克[①]伤感而平淡无奇的《星际驿站》(*Way Station*)获得了雨果奖,而库尔特·冯内古特优美有趣的《猫的摇篮》(*Cat's Cradle*)则与雨果奖失之交臂。但是在另一种媒体,斯坦利·库布里克(Stanley Kubrick)导演的电影中,新老科

---

① 编者注:克利福德·西马克(Clifford Simak,1904 年—1988 年),美国科幻作家,其科幻作品中有一种浓郁的乡土气息,他开创了独树一帜的所谓“田园式”的科幻流派。著有《尤勃林禁区》《天外来客》等作品。

幻结合，熠熠生辉。一九六八年有阿瑟·克拉克的剧本《二〇〇一：太空漫游》(*2001: A Space Odyssey*)，库布里克一九七一年还执导了《发条橙》(*A Clockwork Orange*)，它们都是雨果奖作品，似乎一时间科幻走出了寒冬。

人人皆知不可以书的封面来判断一本书的好坏，但是科幻的商业现实就是如此，人们对此束手无策。也许从书的标题判断书要更可靠些吧？评估从二十世纪五十年代可怕的行动冒险到六十年代更加精良敏感的科幻转变，要考虑十年前那些笨拙的短篇故事和小说的标题，如《千阳之主》(*Lord of a Thousand Suns*)(一九五一年)、《遗失星舰的沼泽海》(*Sargasso of Lost Starships*)(一九五二年)、《散套利尼斯的战俘》(*Captive of the Centaurianess*)(一九五二年)、《翼人之战》(*War of the Wing-Men*)(一九五八年)、《敌星》(*The Enemy Stars*)(一九五九年)。

下面来看看一九九七年美国科幻大师奖获得者普尔·安德森(Poul Anderson)的作品题目：《机器神》(*Deus Ex Machina*)、《没有星星的世界》(*World of No Stars*)、《木星之路》(*The Road to Jupiter*)、《可靠的人》(*The Man Who Counts*)，还有从拉迪亚德·吉卜林处借过来的雅致哀婉的《我们来填海》(*We Have Fed Our Sea*)。可以感觉得出这些标题要晚一代，是六十年代中期革命形成的经典。然而，奇怪的现实是第二组标题正是安德森原来为那些忧郁的令人无法忘怀的故事精选的题目，后来却被编辑们粗暴地进行了重新命名，他们自以为这样可以取媚五十年代的投资商。毫无疑问，那些编辑错了，《散套利尼斯的战俘》的读者很喜欢安德森的抒情诗，还有那些极好的散文。总之，五十年代到六七十年代的科幻转变似梦非真，调整了愚笨的经营策略，减少了报摊杂志的粗野。

六十年代中期，雨果奖最佳短篇小说反映出公众比较喜好过度激烈的情绪，这从哈兰·艾里森的小说标题可见一斑，从《梯克托克曼说："忏悔吧，哈勒昆！"》(*"Repent, Harlequin!" Said the Ticktockman*)(一九六五年)到《漂离朗格汉斯小岛：北纬30度54分，西经77度0分13秒》(*Adrift Just Off the Islets of Langerhans: Latitude 30°54′N, Longitude 77°00′13″W*)(一九七五年)，这些标题和神经紧张的内容相一致，它们和《遗失星舰的沼泽海》一样揭示了公众的情绪，一九七八年艾里森因在《杰弗迪五岁》(*Jeffty is Five*)中用词简洁而获雨果奖，事情才渐渐平息下来。

六十年代惊鸿一瞥，佳作迭出，接下来的十年则波澜不惊，甚至令人失望，一般认为这是融合与停战的间隔。学者、重要科幻编辑大卫·哈特威尔(David Hartwell)买过赫伯特的《沙丘》，十五年后也买过吉恩·沃尔夫无与伦比的"新日"书及其续集，他谈道："七十年代和八十年代初，尽管科幻出版甚丰，却没有什么新书，没什么可看的，这是一个科幻得到巩固并为大众广泛接受的时期。"(注16)一九七一年坎贝尔去世，本·博瓦[①]通过激励乔·哈尔德曼(Joe Haldeman)等作家恢复了《类似物》杂志。七十年代末，彼得·尼克斯在其权威著作《科幻百科全书》(*The Encyclopedia of Science Fiction*)第一集中把六七十年代的作品放在一起，以说明作品的持续交互影响，"显而易见，无

① 编者注：本·博瓦(Ben Bova，1932年— )，美国多产科幻、奇幻作家，六次获雨果奖。

限多样性的出现是科幻作品达到如此健康和成熟的重要因素”。（注 17）

一九七七年，以前与世隔绝或饱受争议被边缘化的叙事模式最大限度地爆发了出来，《星球大战》（*Star Wars*）和《第三类接触》（*Close Encounters of the Third Kind*）两部电影获得了巨大成功，它们充满活力，甚至神秘莫测（同样以孩子的眼光来看），不加掩饰地唤醒和利用成千上万科幻迷的惊异感，其中也包括曾看过低劣的怪兽电影的观众，以及欣赏过一九六六年公映的《星际迷航》早期笨拙的插曲的人们。从某种程度上讲，这一成功离不开技术进步，是技术让经典科幻小说中总是以梦来完成的太空旅行、物理转变、纯发光体比喻成为现实。技术动力从未动摇，正是它使得科幻或奇幻（以一种相当简化的形式）达到了一个高度，同时也说明了过去二十五年里电影高票房收入的大部分来源。

## 新与旧的混合

但同时，新旧浪潮的混合通过吸收现代小说、神话、艺术和电影的技巧不断丰富，从而大大拓展了科幻的读者面。同大多数科学实验一样，许多实验失败了（有人会说其假说被证伪），但它们都将之引向了真正的进步。厄休拉·勒古恩庄重优美地诠释和体验的小说与早期商业科幻的原始冒险故事毫无共同点，但它们都没有许多精雕细琢的固定故事。在更大的世界里政治事件继续泛滥并加深，二十世纪六十年代中期女权主义回归，从性别角色置换和简单适应父权标准到乔安娜·拉斯真正的颠覆性小说和故事【尤其是她技艺炫目的《女性男人》(*The Female Man*)(一九七五年)】,在科幻中都找到了乌托邦和批判表达。可以说,安妮·麦卡芙瑞(Anne McCaffrey)始于一九六八年雨果奖作品《维乐搜索》(*Weyr Search*)的"波恩"(*Pern*)系列,重新将神话故事带入生态星球浪漫故事中。布赖恩·艾特贝瑞曾评论说,如果你问及"什么是女主角",会发现女作家麦卡芙瑞、琼·万吉(Joan Vinge)、马利恩·兹默·布拉德利(Marion Zimmer Bradley)会更有趣(注18)。

同时,同性恋作家塞缪尔·德拉尼则利用科幻来同偏见进行抗争,他本人也是黑人,这更让他无法进入主流。尽管五十年代起科幻就在为同性恋争取权利,但都没什么成效。这个时期德拉尼最有影响的小说是《达尔格伦》(*Dhalgren*)(一九七五年),销量上百万册,但大体而言,买书的人都不是科幻读者。他的《海卫一》(*Triton*)(一九七六年)甚至更不投科幻读者所好,故事讲述一位痛苦地厌恶女人的男人,在多样化的乌托邦中缺乏对自己苦恼的洞察,变性后情况越发糟糕。

对新可能性的调整反映到七十年代雨果、星云和坎贝尔纪念奖的投票中,新浪潮的东西基本都一一触及,这个时候该退潮了。布鲁纳的《站在桑给巴尔之上》(*Stand on Zanzibar*)(一九六八年)从多斯·帕索斯借用形式技巧,出奇创新,是一种新浪潮混合体,而且在《新世界》出了样本。勒古恩的《黑暗的左手》(一九六九年)探讨男女性,获雨果和星云大奖,随后一年拉里·尼文(Larry Niven)并不很细致的《环形世界》(*Ringworld*)(一九七〇年)也获两项大奖。在某种程度上,这是对五十年代海因莱因和波尔的直接承继,但可以说,也有海明威最简主义(即写作要直接简洁，少用形容词、副词）的烙印。海明威的影响还能在后来的乔·哈尔德曼的《永世之战》（*The Forever War*）（一九七四年）中看到，它也获得了雨果和星云双奖，作品中哈尔德曼把海因莱因有争议的《星船伞兵》（*Starship Troopers*）（一九五九年）糅入了自己越战的残酷经历。当然旧时代的作家也没有缺席，阿瑟·克拉克的《与拉玛相会》（*Rendezvous with Rama*）（一九七三年）和《天堂喷泉》（*The Fountains of Paradise*）（一九七九年）都获得了雨果奖，这正是他的老朋友阿西莫夫希望泡沫散尽后所看到的作品。同样，阿西莫夫的《神们自己》（*The Gods Themselves*）（一九七二年）也获得了雨果奖和星云奖，他把描写真的科学实践的讽刺自然主义与替代的相邻宇宙不那么妥帖地糅合了起来。

这种融合在七十年代末的几部获奖小说中还能看到，凯特·威廉的《迟暮鸟语》（*Where Late the Sweet Birds Sang*）（写于一九七六年，一九七七年获雨果奖），警示全球污染和人类克隆，当时那些观点是十分新颖的。弗雷德里克·波尔的《通向宇宙之门》（*Gateway*）（一九七七年获雨果、星云、坎贝尔三项大奖），冯达·迈克因泰尔（Vonda McIntyre）的女权主义作品《梦蛇》（*Dreamsnake*）（一九七九年获雨果奖和星云奖），还有格里高利·本福德（Gregory Benford）的杰作《时空悍将》（*Timescape*）（一九八〇年获坎贝尔奖），也许这是将科学和政治结合得最好的科幻小说，它阐述了一个非常特殊的观点，即因果关系破裂通过符号指向过去。

上面这些获奖者的作品在形式上都没有新浪潮科幻小说那样激进，只有吉恩·沃尔夫七十年代曾在戴蒙·耐特的选集系列《轨道》中尝试过超神秘小说，到八十年代初，他的新书首卷日臻成熟。不可避免的是，即使是科幻内部流行作家也未必欣赏当时最深刻或最具创新的作品，迪什的《乘着歌唱的翅膀》(*On Wings of Song*)(一九七九年)获坎贝尔纪念奖，而令人吃惊的是，白瑞·马尔兹伯格(Barry N. Malzberg)的《超越阿波罗》(*Beyond Apollo*)(一九七二年)则一无所获。曾经为我们这个世界带来快乐、文字流畅优美，但现在显然已被人们忘却的作品有弗斯特（M. A. Foster）关于突变体勒尔的故事《拂晓勇士》(*The Warriors of Dawn*)(一九七五年）及其传说故事《球迷玩家》(*The Gameplayers of Zan*)(一九七七年)。一九七四年，约翰·瓦利（John Varley）引入了更加详细和吸引人的超人太阳系，海因莱因对其进行了后新浪潮加工。杰克·万斯(Jack Vance)的"魔鬼王子"(*Demon Princes*)系列(一九六四至一九八一年)是奇异讽刺的太空歌剧，经常有嘲弄权威的描写。伊恩·瓦特森(Ian Watson)引人注目的处女作《嵌入》(*The Embedding*)(一九七三年)获坎贝尔奖第二名，小说大量用到乔姆斯基语言学、激进的政治和外星人入侵，从而成为七十年代最优秀的小说之一。另一个获二等奖的是约翰·克罗利(John Crowley)的《引擎夏天》(*Engine Summer*)(一九七九年)，他和沃尔夫一样不为科幻迷认同，但依然为混合形式日渐扩大的科幻所接受。

## 学界发现科幻

对科幻的理论批评以前少有耳闻，学术讨论始于六十年代对英国小说家兼学者金斯利·艾米斯在普林斯顿大学作的科幻讲座《地狱新地图》(一九六〇年)展开的争论,终于七十年代达科·苏恩文教授可怕的形式主义和马克思主义著作《科幻小说变形记》(*Metamorphoses of Science Fiction*)(一九七九年)以及一大批或清晰或隐晦的研究。当然,这些研究都没有达到随后几十年人们熟知的伪法语话语和矛盾歪曲的那种程度,这里要排除苏恩文本人的作品,还有詹明信[1]的作品,他的马克思结构主义论文为理解迪克、勒古恩等人的作品提供了新的视角。还有德拉尼的批评集《挂着珠宝的下巴》(*The Jewel-Hinged Jaw*)(一九七七年),他对迪什故事《美国海岸》(*The American Shore*)(一九七八年)的深入阅读受到罗兰·巴特(Roland Barthes)原型解构的影响。介于二者之间的是罗伯特·斯科尔斯,他杜撰了名词替代"结构化寓言",还没使用就消亡了。斯科尔斯是一个结构主义学家,逐渐偏向符号学和解构学,还和埃里克·拉布金(Eric Rabkin)一道编辑了《科幻小说:历史、科学和幻想》(*Science Fiction: History, Science, Vision*)(一九七七年)。

与这些学者不同,处在另一个极端的是编辑莱斯特·戴尔·雷(Lester del Rey)【《科幻世界》(*The World of Science Fiction*)(一九七九年)】和唐纳尔德·沃尔海姆【《宇宙制造者》(*The Universe Makers*)(一九七一年)】,他们的作品来自旧浪潮,但遗憾的是并没有多少影响力。约翰·哈里森认为沃尔海姆在七十

---

① 编者注:詹明信(Fredric Jameson,1934 年— ),美国著名左翼批评家。擅长以马克思理论作文化评论,及研究资本主义下的后现代主义文化发展。著名作品有《后现代主义:晚期资本主义的文化逻辑》。

年代初的努力似乎非常恶俗而且有误判，他十分尖锐地指出："这是一种非常糟糕的散文形式，就像从作者自己的语法深处升起的浓雾，让人无法看清主题和目的。"（注 19）沃尔海姆坚决抵制新浪潮，这与他早期支持德拉尼、勒古恩、泽拉兹尼，甚至默里尔形成了鲜明的反差。

这个时候，学术期刊开始出现，英国有《基地》（一九七二年创办），美国有《科幻研究》（一九七三年创办）。关于新浪潮的争论非常盛行，主要出现在科幻迷自己创办的一些临时性刊物上，特别是迪克·盖斯（Dick Geis）的《科幻评论》（*Science Fiction Review*）和弗兰克·拉内（Frank Lunney）的《碧波海马》（*Beabohema*）。或许值得一提的是，其他地区也出现了一些科幻迷杂志，上面敏锐的文章开始揭露科幻的自鸣得意：澳大利亚约翰·弗斯特（John Foyster）和布鲁斯·吉莱斯皮（Bruce Gillespie）有关奥尔迪斯、巴拉德、布利什、迪克和考德维那·史密斯的论文，德国弗朗茨·罗滕施泰纳（Franz Rottensteiner）有关海因莱因、斯坦尼斯拉夫·莱姆（直到那时仅在波兰有名）的文章，还有莱姆关于迪克的文章，首先是由澳大利亚科幻迷杂志《科幻评述》（*Science Fiction Commentary*）翻译的。

要理解二十世纪六七十年代科幻的起起伏伏，需要采用斯科尔斯教授在《文本力量》（*Textual Power*）（一九八五年）中提出的文学简化分析理论（转自罗兰·巴特）（注 20），那二十年差不多就是两代作家，一代逐渐衰退（但八十年代曾出现令人吃惊的复兴，像阿西莫夫、克拉克、海因莱因、赫伯特和波尔那时都是畅销书作家），而另一代则成长为主流。斯科尔斯教授提出了文本分析的三大要素：阅读、解释和批判。这每个要素都是理解小说创作的重要窗口，它们分别是自然现实主义、现代象征主义和后现代主义解构。（和这个相似的理论是乔安娜·拉斯的“幼稚”“现实”“仿拟”和“后现实主义”。）（注21）解构小说并不像听起来那么神秘，它清晰地体现在菲利普·迪克的小说和故事对现实的解剖中，他的小说和故事是很多广受欢迎的电影的核心内容。

根据上面所说的三步骤分析理论，可以说六十年代以前的科幻都是实验科幻或者以读者为中心的科幻，无论地点多俗或场地多大，你好像透过一面镜子，能够看穿故事中的一切。新浪潮带动科幻进入现代主义危机，而主流艺术早在半个世纪以前就已经受到影响，这需要对作品进行深入分析或者以作者为中心进行无穷尽解读。七十年代末以后，有先见之明的迪克要求新一代科幻作家关注后现代主义，即深层次类型学怀疑，对每一个现实观点提出深刻的质疑。

八九十年代以后的大部分科幻作品分析已不再使用这一理论，大众媒体的兴起把科幻推向普罗大众，从而忽视了它漫长的历史，科幻读者又从零开始不断积累。但是，对于最好的科幻作品，已接受的或大家都认可的现实版本已经成为进一步探索科幻的先决条件。如果没有新浪潮的狂热，就不会打开这个缺口，没有随后十年的勤奋巩固，可能会是迪克所说的：在富人的脚下吃狗食，拾人牙慧而裹足不前。

注释：

注1. 阿尔弗雷德·贝斯特，“对科幻的谩骂”，《奇幻与科幻杂志》，一九六一年五月，重印在理查德·罗茨编纂《再次摧毁》

(纽约:电子书,二〇〇〇年),第400页、第403页。

注2.亚列克谢和柯瑞·潘辛,《山外的世界》(洛杉矶:杰米·P.塔彻,一九八九年)。

注3. 约翰·克卢特,“布里什吃螃蟹”,《新世界季刊》6,(伦敦:斯菲尔,一九七三年),第118页至129页。

注4.被提摩西·奥雷利引用,《弗兰克·赫伯特》(纽约:弗雷德里克·昂加尔,一九八一年)第188页。

注5.同上,第5页。

注6.巴拉德,重印于朱迪斯·默里尔编《第十届年度科幻》(纽约:戴尔,一九六六年),第259页。

注7.引自M.约翰·哈里森,“安逸的文学”,《新世界季刊》1(伦敦:斯菲尔,一九七一年),第170页。

注8. 科林·格林兰德,“有用的分析和令人敬佩的研究”,《熵展览》(伦敦:鲁特来治和开根·保罗,一九八三年),强调了穆尔考克的地位。

注9.布利什(写作“小威廉·阿瑟林”),“造波”,载于阿瑟林《身边的更多问题》(芝加哥:阿德温特,一九七〇年),第146页。

注10.“献给传道书的玫瑰”(一九六三年), 载于默里尔编《第十届年度科幻》,第211页至248页。

注11.“时间的声音”,一九六〇年,载于巴拉德《四维恶魔》(一九六三年)(哈芒兹沃斯:企鹅,一九六五年),第11页。

注12.“你我和连续体”,一九六六年,重印载于《暴行展览》(一九六六年)(伦敦:美洲豹,一九七二年),第106页。

注13.布鲁斯·吉莱斯皮,二〇〇一年,受访弗兰克·波特兰

德,“我的一生和菲利普·K.迪克”:http://www.philipkdick.com。

注 14.托马斯·M.迪什,《集中营》,(伦敦:美洲豹,一九六九年),第 102 页。

注 15.塞缪尔·R.德拉尼,《挂着珠宝的下巴》(纽约:伯克利·温德豪沃,一九七八年),第 181 页。

注 16.大卫·G.哈特威尔,《奇迹的年龄》(纽约:麦克格罗-希尔,一九八四年),第 182 页。

注 17.彼得·尼克斯编,《科幻百科全书》,(伦敦:格兰纳达,一九七九年),第 287 页。

注 18.私人电子邮件交流。

注 19.M.约翰·哈里森,“对于星体的反句法驱动虚构”,《新世界季刊》5(伦敦:斯菲尔,一九七三年),第 236 页。

注 20. 罗伯特·斯科尔斯,《文本力量: 文学理论和英语教学》(新天堂:耶鲁大学,一九八五年),第 22 页。

注 21. 乔安娜·拉斯,“用尽文体材料”,《大学英语》,33:1(一九七一年十月);重印于《矢量》62(一九七二年十一月至十二月),第 16 页至 24 页。

# 第四章　一九八〇年至今的科幻

约翰·克卢特

首先来谈一个认知问题，二十世纪最后二十年的科幻本质上是一个经典的前景——背景问题(注 1)。从一个视角来看，科幻及一系列重要作品的成功让我们看到的是一个幻象，那些引起我们关注的未来开始逐渐成为过去；但从另一个视角来看，科幻作为形成幻象的高大形象和这些年的世界难解难分，它已有的概念逐渐为人们化解，使得它和它试图预言和区分的世界已浑然一体。根据前景——背景理论，这两个观点同时存在。

本章可以理解为同时支持上述两个观点。

在一九八〇到二〇〇〇年之间发生了很多事情。科幻读者群进一步拓宽扩大；科幻主要是用来阅读的或者是专门写给男性青少年朋友的观点已经过时(一九八〇年前这样说是没问题的)；书面科幻呈现的主要形式是书，杂志逐渐衰退。书面科幻本身已失去了它原有的地位,一个不容置疑的事实是,消费群体的科幻概念和崇拜的偶像都是通过电影电视和赛伯游戏获得的,事实上,他们根本不读科幻小说。我们发现那些还在继续以书面形式出现的科幻大部分都是以其他媒介形式第一次呈现的,像二十世纪八九十年代大量制作的《星际迷航》或《星球大战》衍生品的版权几乎无一例外地都在企业手中,书面科幻成了企业特定产品的供货商。

这些代表科幻农家小作坊工业化的衍生品本质上不同于声称描写世界未来变化的文学形式的科幻,衍生品并不关注思想实验的未来背景,也不关注文本的娱乐性,它们只追求商品广告,更多的是关注过去。如果说有什么科幻形式和我们生活的世界纠葛不清,那就是科幻衍生品,因此,虽然八九十年代的科幻大多事实上为公司所有,书面科幻都以企业为基础,但企业却不是书面科幻的根基,它们的基本功能就是推销,这点本章不再讨论。

对于科幻读者主体来说更重要的是,科幻因为老化不得不转型,所谓科幻的生命周期是指它从产生到成熟的过程。在二十世纪最后的二十年里,它在科幻作者、编辑、出版商、读者、科幻迷和评论家的想象中饱受折磨而难以为继。到一九九〇年左右,科幻近似次文化群已不再能孕育作为有机体的科幻本身了。科幻始于一九二五年左右,经历了大约一九四〇年前的青少年时期和黄金时代,在艾森豪威尔时代[①]成熟稳定。它现在已

① 编者注:德怀特·戴维·艾森豪威尔(Dwight David Eisenhower,1890年—1969年),美国陆军五星上将,一九五三至一九六一年担任美国第三十四任总统。此处指科幻的黄金时代二十世纪五六十年代。

不再拥有人的生命周期，因为科幻最初的那些男女追随者几乎都已不在人世了。唯一一位二十一世纪仍然活跃的科幻创立者是杰克·威廉森[①]。到二〇〇二年，他作为专业作家的发表生涯已经持续了七十四年。对于几乎整个二十世纪，科幻似乎曾经那样年轻，或者至少是内心年轻，现在它已承受不起"年轻"那样的比喻了。它的过去就是那些死文献，过气刊物，逝去的作家以及活的文字。过去的科幻在人们心中毫无疑问比现在要厚重。随着新世纪的到来，科幻不再有任何意义上的"生物性"，它比以前任何时候都要更复杂地融入现实世界。

从一九八〇年起，科幻和世界互相利用的关系已经发生了改变。因此，它们的关系已经无法辨认，区别于现实世界的科幻，也为了倡导一个更好的未来世界，到二〇〇〇年或成功或失败或者二者兼具，已经形成了一个讲述故事的机制，这一机制继续突出有用的未来，给读者带来愉悦，或者融于复杂的和未来的世界。通过追踪两种变化模式，我们也许能够抓住科幻双重描述的概念差别所在。

人们经常注意到的第一个变化动力是我们今天生活的世界和半个世纪前美国科幻所倡导的世界相似度越来越低。用漫画来描绘经典科幻就是一九八〇年科幻还在讲述世界会发展成什么样子，事实上是应该发展成什么样子。但我们应尽力避免那样的漫画，要承认十几个甚至数百个科幻故事也说不清未来的事实。不过，老科幻故事由于过去几十年的努力超越，还是

---

① 编者注：杰克·威廉森（Jack Williamson，1908 年—2006 年），美国科幻小说家。代表作有《永远的地球》《石柱门》《月亮孩子》。

比较容易识别的。这是第一世界观，所有故事是工业化西方世界写给他们自己看的，简单说就是有关美国梦的故事。

在美国梦中，进步是通过对自然的改造进而掌控来实现的；是通过应用科学抓住机遇制造奇迹来达到的；是通过拓荒人的坚持来实现的；是通过驯化外星人来达到的；是通过在整个银河系建立中央等级管制才得以实现的。即使到了二十一世纪，许多科幻作家仍然毫无争议地认为这种进步形式可以写进故事之中，他们认为战胜超越不可能仍然是有吸引力的好故事。一九八〇年之后的二十年里，许多重要作家都属于二十世纪科幻梦的成员，他们当中有美国的格雷格·贝尔[①]、大卫·布林[②]、切利(C. J. Cherryh)、丹·西蒙斯[③]、舍里·泰柏(Sheri Tepper)，英国的布赖恩·奥尔迪斯(他的科幻生涯很长，二十世纪八十年代因修正主义赫利康尼亚太空歌剧达到顶峰)、伊安·班克斯(Iain Banks)、史蒂芬·巴克斯特、格温妮丝·琼斯、保罗·迈考雷(Paul J. McAuley)、肯·麦克劳德。

无论今天是什么情况，经典科幻和未来幻想紧紧地联系在了一起，其构造包括工具、武器、技术、方法、军队、皇帝、资金流

---

① 格雷格·贝尔(Greg Bear，1951 年— )，美国科幻小说家，主流作家。著有《达尔文的收音机》等作品。共创作四十四部小说。

② 编者注：大卫·布林(David Brin，1950 年— )，美国著名科幻作家。空间科学博士，物理学家，NASA 顾问。大卫·布林擅长将浩渺的宇宙空间和各种外星生物独特的文化展现在读者面前。其长篇小说《星潮汹涌》《邮差》《提升之战》及短篇小说《水晶天》均获雨果奖。

③ 编者注：丹·西蒙斯(Dan Simmons，1948 年— )，全能型作者，创作领域跨越奇幻、科幻、恐怖、悬念、历史小说、黑色犯罪小说等。著有《海伯利安》《迦梨之歌》等作品。

和文化浪潮，闭上眼睛都能想到。科幻故事中几乎从来没有多重因果结构解释，因为在科幻故事里世界是要看得见的，但是人们深深热爱那个看得见的世界，即使它变成历史小说，仍然在人们心中留下了美好的记忆。八九十年代的科幻历史许多可视为对人们所看到的世界转变作不情愿的告别（像贝尔及其团队作品中反映的那样）。因此他们故意忽视晶体管，把计算机作为一个整体来描写，忽略掉细节，甚至都没有预测我们可能现在正在进入的纳米世界。但是，正是主题的可见性和人物形象的生动性掩饰了这样一个事实，即科幻形象的偶像意义已不再是它过去所意味的东西，在二〇〇〇年那些偶像只是风格的外溢，而不是实质性的倡导标志。

不过，掩饰并不是滴水不漏。因为对科幻作为认知和想象工具的兴趣缺乏安全感，科幻主题和技巧的回归情绪已经酝酿了好几年，现已产生了十分显著的效果。科幻"恐龙"如杰克·威廉森、罗伯特·海因莱因、艾萨克·阿西莫夫和弗雷德里克·波尔等，在一九五〇年前后就已声名赫赫，现在依然十分活跃。很多于二十世纪七十年代成名、八十年代进入鼎盛时期的作家却并没有走那条路，例如，奥克塔维亚·巴特勒[①]、塞缪尔·德拉尼、托马斯·迪什、厄休拉·勒古恩、乔安娜·拉斯、约翰·瓦利等或者比人们期待的写得要少，或者完全放弃了写作，他们尝试革新科幻的努力就像燃尽了汽油的引擎一样成为了历史。

---

① 编者注：奥克塔维亚·巴特勒（Octavia E. Butler，1947 年—2006 年），美国科幻小说作家。雨果奖和星云奖得主，也是在科幻界颇负盛名的一位非裔美籍女性。一九九五年成为第一位以科幻小说获颁麦克阿瑟奖天才奖的作家。

一九八〇年以后，科幻发展缓慢，许多有创造力的思想家都撤离了这个阵营，这种状况一直持续到信息爆炸开始剧烈地影响到我们八十年代的生活为止。科幻虽然在展望未来的许多方面有误导，但它从来没有过时。大约到一九九〇年，网络开始改变我们对真实世界性质的认识，科幻的观点和规则变得有些混乱，未来似乎模糊不清。赛伯朋克也许能够表达令人眩晕的新秩序的某些方面，这个术语是科幻作家布鲁斯·贝斯克[①]一九八三年杜撰的（取自控制论），用来指八十年代有关信息爆炸的小说和故事，它们大多刻画的是人口稠密混乱不堪的新城市，在这些城市里大多数人没有真正的权利（故名朋克）。不过，最早使用这个词的是威廉·吉布森，他在《神经漫游者》（*Neuromancer*）（一九八四年）中创造了一个内层空间的巨大城市，那里人口密集，个人和集体生活一成不变。赛伯朋克并没有制服未来，他把未来视作上帝。许多老作家对此颇有微词，他们认为赛伯朋克是对科幻故事的放弃，事实确乎如此，于是危机越来越深。

这样就产生了第二个变化动力，科幻迅速领会新的变化以作出调整，否则它的内核也会如其周遭一样死去。如上所讲，科幻已被周围衍生品占领，商业的功能不是理解新的变化，而是想办法拓展商业空间。信息世界并不是科幻作家们所能预测的东西，事实上，只有弗诺·文奇在《真名实姓》（*True Names*）（一九八一年）中预测了像网络一样的技术。因此，如果科幻作家要描绘已经存在的世界，他们必须与时俱进，可以说他们在很短

---

① 编者注：布鲁斯·贝斯克（Bruce Bethke，1955 年— ），美国作家，一九八三年以短篇小说《赛伯朋克》引领潮流而名声大振。

的时间里做到了。这是科幻作家自一九八〇年以来逐渐成熟的标志,他们实实在在地赶上了这个世界,改变了科幻,并且把科幻放在了信息时代的大背景下。

科幻渐渐发生改变,能够就信息理解世界,据单个故事描绘世界,就好像人们在“阅读”和使用信息。随着新世纪的到来,我们越来越认识到新科幻对信息世界的描写是真实的,我们创造的故事话语会成为操纵新世界的指导元件。信息就是力量,信息是有力量的语言,我们能够改变世界,科幻语言似乎有血有肉,成为变化的内在实质动力。

但是,讲出有关未来故事的想法和希望获得未来故事版权的资本企业发言人的行为之间还是有差别的。二〇〇〇年后,成功(理解我们所说的世界)和失败(说出所有者的规划)已经没有什么区分。作为一种不同于世界的认知,科幻能在不同思想色彩的世界存在吗?现在什么是前景?什么是背景?区别在哪里?任务又是什么?

恰如我们说明的那样,对二十世纪最后二十年科幻性质变化的大手笔描写忽略了大量一般科幻,它们的主要功能是为人们提供娱乐,通常是以系列的形式,它同样忽略了大量受雇佣而写的作品(常用科幻术语是“代笔”,它曾用来指佃农)。同时,它也没有承认这样一个事实,这一时期的许多最伟大的科幻故意避开了近未来。事实上,一九八〇到二〇〇〇年之间的许多伟大的科幻都是太空歌剧,这个描述也同样忽略了科幻的另一个概念——伟大作家。

在任何一个世界,任何一个年代,虽然很多人可以称得上重要，但鲜有人敢以伟大自诩。在科幻界，H.G.威尔斯可以算得上是伟大作家，同时他也是对科幻至关重要的作家。海因莱因和阿西莫夫都算不上伟大作家，但他们无疑对科幻十分重要。菲利普·迪克在伟大的边缘徘徊，理解他带给科幻的动力和他留下的脚印就可以感受到他的伟大，他对科幻的重要性虽然起初是间接的，但自一九八二年他去世后，影响日渐深重。

在一九八〇到二〇〇〇年之间，只有一位作家因为他的创造力和出版物众多堪称伟大，这个作家就是吉恩·沃尔夫。作为一个艺术作品有自主权的创造者，他是这个世纪里最伟大的作家，这是成千上万的作家努力争取的荣耀。但是，他远非这个世纪最重要的科幻作家，因为他没有能力确定科幻的走向。

从整体的角度考察科幻作家一定要结合他们的综合影响力，这和我们是否高度赞誉他们的作品没有关系，因为这些作家的作品在漫长的科幻对话中必然受到其他作品的影响。但是，这种综合评价在碰到比较怪异的伟大作家时可能会出现歪曲的现象。比如说本书，我们对一个领域或一个时代的考察涉及比较怪的科幻作家时也会出现偏差。

虽然吉恩·沃尔夫并不是这二十年里科幻的典范人物，但他的作品在科幻的发展中留下了深深的烙印。沃尔夫的那些作品绝对不能说超越了科幻（一个评论家如果认为一部作品出类拔萃，就必须超越其文类，那么这个评论家肯定是摆错了文类本身的位置，那完全是一种修辞逃避，是对文本的背叛，同时也是对艺术和故事摆出的一种居高临下的态度），但他的作品的确把科幻文类发展到了极致。

吉恩·沃尔夫的核心工作由三组多卷本小说组成，合在一起形成了一套元小说。第一组小说是新日之书，讲述阿波罗基督徒赛沃里安的“忏悔”，包括《拷问者之影》(*The Shadow of the Torturer*)(一九八〇年)、《和解者之爪》(*The Claw of the Conciliator*)(一九八一年)、《侍从之剑》(*The Sword of the Lictor*)(一九八二年)、《独裁者的城堡》(*The Citadel of the Autarch*)(一九八三年)，还有讲述赛沃里安晚年生活的《新日之地球》(*The Urth of the New Sun*)(一九八七年)。这组故事语言流畅，表述清晰，使用的指令和伏笔让人想起豪尔赫·路易斯·博尔赫斯[①]或者弗拉基米尔·纳博科夫[②]，而其中掺杂的黑色天主教情感又好像完全成熟的切斯特顿(G. K. Chesterton)。这组描写未来的故事产生了很多二十世纪的科幻隐喻，但它们却完全不同于其他任何一部作品，而是把其他作品的故事映射在了自己的作品之中。第二组小说是长日之书，故事是牧师希尔克的传记，与赛沃里安不大相同，希尔克努力讲述真相，阐释他出生的小宇宙。这组小说包括《夜面长日》(*Nightside the Long Sun*)(一九九三年)、《长日之湖》(*Lake of the Long Sun*)(一九九四年)、《长日之卡尔德》(*Calde of the Long Sun*)(一九九四年)和《逃离长日》(*Exodus from the Long Sun*)(一九九六年)。这组故事描述几百年前离开地球的星舰上几个人类小团体最后的日子，星舰在赛沃里安回家追寻超越俗世的上帝时到达了目的地。紧随这组小说之后的是短日之书，包括《蓝色水域》(*On Blue's Waters*)

---

① 编者注：豪尔赫·路易斯·博尔赫斯(Jorge Luis Borges，1899年—1986年)，阿根廷诗人、小说家、散文家和翻译家。代表作有诗集《老虎的金黄》等。

② 编者注：弗拉基米尔·纳博科夫(Vladimir Nabokov，1899年—1977年)，俄裔美籍作家，代表作有小说《洛丽塔》《普宁》等。

（一九九九年）、《绿色森林》（*In Green's Jungles*）（二〇〇〇年）和《回到漩涡》（*Return to the Whorl*）（二〇〇一年），前一组小说的回忆者在这组小说中成了主要人物，他在两个荒芜的星球寻找希尔克。这组故事的现代主义手法并不好理解，故事的叙述者成了被叙述的人，他写的书成了写他命运的书，希尔克是个真正难得的好人物，达到了神话的地步。在这个故事中我们对二十世纪最后这二十年一无所知，也不了解科幻的细微发展及其留下深刻印记的世界，但是，我们明白语言如何表达思想，艺术作品如何传递学者的灵魂，而灵魂又是如何闪耀在创作的万丈光芒之中。

我们还是回来谈谈处在这种惶恐不安的变化中的主要作家。八十年代初，出版了一些比较好的长篇小说，但真正能担当重新聚焦科幻目标和理解时代特点的小说则是弗诺·文奇的《真名实姓》。这是一部顶尖作品，其叙事手法和对主人公的简单刻画以及对技术的类似物风格的赞美，让读者好像回到了科幻黄金时代。但是，它对网络世界的勾画，加上技术女巫以小神统御俗众世界的野心，似乎穿透了真实世纪的末端。它描述了今天科幻作家的许多担忧，其真实性就像他们正面临资源循环与故事演变不融合的世界。澳大利亚作家格雷格·伊根把它作为一个问题来研究，写了受到较少关注的《一个不同寻常的角度》（*An Unusual Angle*）（一九八三年），但是他九十年代及以后的作品从《隔离》（*Quarantine*）（一九九二年）开始可以理解成纯粹的揭秘宇宙密码的模式。

完成《真名实姓》之后，文奇改变了对短期未来的关注，他的《深渊上的火》(*A Fire Upon the Deep*)(一九九二年)和《天渊》(*A Deepness in the Sky*)(一九九九年)是两部高度复杂的太空歌剧,表演场地银河系被植入故事之中,这让讲述完全不同于近未来地球的其他世界的故事成为可能。这个时期的科幻作家对太空歌剧和星球浪漫故事的结构都很注重,为分析和演示人类创造性想象的可能性提供了有趣的平台。吉恩·沃尔夫那些无情复杂的元小说可以部分理解为对太空歌剧和星际浪漫故事的探索,文奇的两部大作毫无疑问也是这方面的探索。不过,尽管文奇把太空歌剧带到了一个新的高度,但太空歌剧的形式并不是他发明的。另一方面,因为《真名实姓》还可以把文奇看作是赛伯朋克的教父。

不过,在《真名实姓》之后带来更多视觉和图像影响的是雷德利·斯科特(Ridley Scott)导演的电影《银翼杀手》(*Blade Runner*)(一九八二年)。这部影片是从菲利普·迪克的《机器人能梦见电子羊吗?》(*Do Androids Dream of Electric Sheep?*)(一九六八年)改编过来的,这样人们就能感受到来自威廉·吉布森在《神经漫游者》中创造的赛伯空间的深刻比喻的影响。吉布森以轻视电脑技术出名,他写小说时绝对没有使用过电脑,他在信息世界内部寻找可讲述的故事,实质上是文学的心灵鸡汤。赛伯空间是大量才华的文学暗喻,如果二〇〇三年的世界在某种程度上和神创造的世界相似,并且作家过度使用下载的反事实图像似乎可以把暗喻转换成可信的文章,那么可以说是因为这个世界和作家表达的世界模仿了吉布森,而绝不会是反方向的,事实已经证明,吉布森无力模仿世界。

《神经漫游者》描写的内部下载世界是一个多维梦想世界,

战斗在这里可以定义为高密度数据的输出，演员的定义不变，他们都追求众神的力量。但是,那些充满力量的主人公发现众神已经安顿下来，赛伯空间的内部世界并不是一个自由场地，而是一个上帝游戏,这个名词来自约翰·弗雷斯(John Fowles)的《巫术师》(*The Magus*)(一九六六年),小说中巫术师在幕后控制着整个世界的游戏。《神经漫游者》关于未来世界的这种双重直觉,给予我们巨大的能量,同时我们在本质上又是无力的,这可能是二十世纪八九十年代科幻作家建立起来的最深刻的比喻,它是整个世纪在千年中的积淀。

这种双重直觉处于整个赛伯朋克运动的核心,和大多数文学运动一样,那些貌似真实的参与者更多的是鼓动而不是投入其中,吉布森就否认他是这个运动的成员,而运动的实践者和他们写的文章深深地冒犯了那些在处理近未来小说时似乎变得糊涂的科幻卫道士。赛伯朋克作家是个很松散的定义,吉布森的同事和合作者布鲁斯·斯特林(Bruce Sterling)就是一位,他的《镜影:赛伯朋克选集》(*Mirrorshades: The Cyberpunk Anthology*)(一九八六年)表达了一个颇具攻击性的观点,就是赛伯朋克故事构成了一种冲击新世界的单元。这类作家还有帕特·卡迪根[1],他的《心灵操纵者》(*Mindplayers*)(一九八七年)、《合成人》(*Synners*)(一九九一年)、《傻瓜》(*Fools*)(一九九二年)描绘了一个极不稳定、有侵略性的碎片世界,这从任何传统意义来说都是非常危险的,因为人是有自主权的实体。大多数

---

① 编者注:帕特·卡迪根(Pat Cadigan,1953 年— ),美国科幻作家,赛伯朋克运动的代表作家。曾获雨果奖和阿瑟·克拉克奖等奖项。

确定性的赛伯朋克作品都写于二十世纪八十年代，到了世纪末，赛伯朋克场景已经是广告的陈词滥调，因此，吉布森、斯特林、卡迪根很早就脱离了赛伯朋克写作。

也许《神经漫游者》只在一种意义上回顾了早期的科幻，那就是科幻似乎占据了一种时空有机形态。吉布森的小说由爱思图书出版社发表在泰利·卡尔编辑的“爱思特刊”系列之二上面（系列之一于二十世纪六十年代出版）。这些爱思特刊系列都是以平装书原版面世的，主要是为优秀的新作家在熟悉的大学环境下发表提供一个渠道，也许这是最后一次年轻作家作为一个团体的成员受到如此形式的欢迎。

当然，威廉·吉布森并不是唯一一个获得这种家族形式发行和出版许可的作家，金·斯坦利·罗宾森的第一部小说《蛮荒海岸》（*The Wild Shore*）（一九八四年）也是以系列形式出现的，他从此开始了这个时期最显著的非赛伯朋克作家的写作生涯。【八十年代中期，以布鲁斯·斯特林为主的赛伯朋克作家和“人道主义者”如罗宾森之间煽动内斗，这场内斗引起科幻界自相残杀，人们一无所学，科幻之墙如果说没有坍塌的话，也是处于分崩离析之中。】罗宾森刻意把传统科幻的认知工具用到乌托邦和反乌托邦冷静的高度聪明的有时比较温和的想象中去，即用可释义的名词清晰描写世界，有意识地把主人公放入世界历史进程之中，技术革新被视作可视变化的实质性动力。《蛮荒海岸》及其两个主题续集《黄金海岸》（*The Gold Coast*）（一九八八年）和《太平洋边缘》（*Pacific Edge*）（一九九〇年）构成了美国近未来社区的推测三部曲，一是被其他国家控制的飞地，一是拥挤的、污染的、没有树木的美国奥兰治县，一是有清晰生态意识的小规模乌托邦社区。他的火星三部曲——《红火星》(*Red Mars*)(一九九二年)、《绿火星》(*Green Mars*)(一九九三年)、《蓝火星》(*Blue Mars*)(一九九六年)对人类的火星生活进行了详细描写,提出了地球毁灭、人类迁居火星的步骤,小说格调乐观,没有任何悲情别绪。

这当然是应该提倡的科幻,也让人联想到"大故事"作家如海因莱因和阿西莫夫,但是罗宾森显然不同于他的前辈,他对自己支持的东西毫不掩饰,并用清楚的系列模式来进行展示。他向人们展示出准确说明科幻文章主张的观点是十分重要的,表达要有力但也要诚实淳朴。正如我们上面讨论的那样,方方面面的相关利益很多。罗宾森也有这样的看法,到二十一世纪,他认为:"技术在方方面面的高速发展把我们整个社会现实变成了一部巨大的科幻小说,我们都在合作书写这段历史。"(注 2)

霍华德·瓦尔德罗普[1]的第一部小说《他们的骨头》(*Them Bones*)(一九八四年)以爱思特刊系列出版,这是二十世纪末穿越及历史演义故事早期流行的标志。这些故事拒绝近未来小说里的恐怖描写,把过去作为合法领地进行思想实验。这样做的危险是把过去变成了歌舞杂耍表演,随便给重要的人物赋予一个角色使其成为哑剧演员,瓦尔德罗普对这一危险进行了深沉的称颂。稍后,基姆·纽曼[2]在《德古拉纪元》(*Anno Dracula*)(一

---

① 编者注:霍华德·瓦尔德罗普(Howard Waldrop,1946 年— ),美国科幻作家,特别擅长短篇小说创作。作品融合了演绎故事、美国流行文化和摇滚乐等因素。曾获世界奇幻短篇小说奖。

② 编者注:基姆·纽曼(Kim Newman,1959 年— ),英国记者、电影评论家、作家。曾获英国科幻协会奖。

九九二年)中把歌舞杂耍表演变成了大木偶剧。康妮·威利斯[①]在《林肯之梦》(*Lincoln's Dreams*)(一九八七年)和《末日之书》(*Doomsday Book*)(一九九二年)中不是把穿越故事用作移动历史的起点,而是将它用作入口进入国民思维、个人悲剧、近未来野蛮骚动之路,尽管世界是可怕的,但也是互相关联和有形的。此外,勤奋的哈利·托特达夫[②]是大量历史演义的作者,他把过去固定成模板,从而达到娱乐目的。

卢卡斯·谢帕德[③]是继阿夫拉姆·戴维森之后现代美国科幻最有名的文学作家,他的第一部小说《绿眼睛》(*Green Eyes*)(一九八四年)也是在爱思特刊上发表的,小说融合了科幻、奇幻和恐怖小说的特点,这个技巧是数十年来人们逐渐发现的,通过这个手段小说重点讨论了一个封闭自恋怀旧的时代。自恋在世纪末的作品中是很常见的,这个时段历史就像一幅旧画一样让人沮丧,好像一切都到了极限,但是谢帕德从他资源丰富的《加里曼丹》(*Kallimantan*)(一九九〇年)中吸取了一种特别的强化剂,而《加里曼丹》则吸收了约瑟夫·康拉德(Joseph Conrad)《黑暗之心》(*Heart of Darkness*)(一八九九年)的成分。虽然谢帕德的作品没有对后来的作家如乔纳森·勒瑟姆

---

① 编者注:康妮·威利斯(Connie Willis,1945年—),美国科幻女作家。著有《烈火长空》《林肯之梦》《末日之书》等作品。

② 编者注:哈利·托特达夫(Harry Turtledove,1949年—),美国作家。写作题材广泛,包括演绎小说、历史小说和科幻奇幻小说等。著有《向东前进》《异星歧途》等小说。

③ 编者注:卢卡斯·谢帕德(Lucius Shepard,1943年—2014年),美国作家,长于科幻小说和科学小说创作。著有《美洲虎猎手》《战争时期的生活》《地球尽头》等作品。

(Jonathan Lethem)产生直接影响,但是他的范例为后来其他作品如勒瑟姆的《风景中的女孩》(*Girl in Landscape*)(一九九八年)打下了基础。勒瑟姆的故事讲述了取自约翰·福特(John Ford)著名的西部电影《搜索者》(*The Searchers*)(一九五六年)的星际浪漫故事。

迈克尔·斯万维克[1]的爱思特刊小说《漂浮中》(*In the Drift*)(一九八五年)尝试了一段史诗一段插曲(也称作补缀)的杂文写法,对灾后美国的混乱局面发表了系列看法。他后期的小说目的则更为明确,《真空花》(*Vacuum Flowers*)(一九八七年)探讨举步维艰的太阳系,通过生物工程和其他仔细核准的变化动机,定义什么是人,人应该在什么地方生活,以及人类社会如何才能有效运转等问题,这也许是成功地将赛伯朋克和基因工程引入传统科幻文类的第一部小说。《潮汛站》(*Stations of the Tide*)(一九九一年)提供了另一种科幻模式,它尝试把新生事物转换成故事形式,以回忆文艺复兴戏院的名义描写信息空间,的确捕捉住了我们所经历的世界和代表世界的语言之间的相互作用。

如果说伊安·班克斯是美国人而不是苏格兰人,那可以说他在英国也找到了一个家。他和泰利·卡尔(Terry Carr)一起在英国创作了一部科幻小说,之后他才出版了第一部小说《黄蜂工厂》(*The Wasp Factory*)(一九八四年)。《黄蜂工厂》不是科幻小说,而是名副其实的奇幻小说,它标志班克斯既能写科幻小

① 编者注:迈克尔·斯万维克(Michael Swanwick,1950 年—),美国科幻小说家。曾多次获得雨果奖、星云奖和世界奇幻奖等奖项。著有《地球龙骨》《永生》等作品。

说也能写奇幻小说。以班克斯名义发表的科幻小说虽然明明白白是由非常熟悉美国科幻形式的作者创作的，虽然它们获益于以情节为导向、充满活力的美国太空歌剧，但是他的小说还是对寡头统治的银河系太空歌剧主人公所享有的情节友好的创业自由理念进行了十分激烈的点评。班克斯最好的两部小说是《回顾一下布莱巴斯》(*Consider Phlebas*)(一九八六年)和《迎风而视》(*Look to Windward*)(二〇〇〇年)。小说中的银河系礼教松弛，臣民没有多少义务，这被称作后萧条礼仪。在地球相关的经济活动系统分析中，一方从稀有商品获利，那么这种稀有性就会加强，这已成为老生常谈，而班克斯及其好友提出了打破旧习的建议，无论什么时间和地点，只要能源能满足需求，稀有性就不会存在，显而易见这种论调虽然和当时的政治文化理念相悖，但却是健康科幻的真谛。

班克斯是英国第一个太空歌剧作家，不久，另有两位互不相同也不同于他的作家追随而至，他们之间的差异恰恰说明英国科幻的包容性非常之强。作家之一保罗·迈考雷八十年代的太空歌剧场景非常单调乏味，到了九十年代就变得丰富多彩。《永恒之光》(*Eternal Light*)(一九九一年)中是天体演化的各种奇异形式。汇流三部曲【《河流的孩子》(*Child of the River*)(一九九七年);《古老的岁月》(*Ancients of Days*)(一九九八年);《星之圣地》(*Shrine of Stars*)(一九九九年)】是唯一一部成功展示了吉恩·沃尔夫深刻影响的科幻小说，同时他也把对沃尔夫影响的担忧写进了小说。因此，这部小说既显示了迈考雷对沃尔夫的尊重，同时也对沃尔夫小说的瑕疵进行了大量指正评价。同新日之书一样，汇流三部曲也有一个情节主线，小说认为涉及人的事物是十分复杂多样的，作者开始的反应可能是陶醉，慢慢地就明白数千年前的热带雨林生活必须适应铁的法则，即生物、生态和熵的选择。最后，一个循环中繁荣的东西就成为下一个似乎要统治世界的根。显而易见，迈考雷的循环未来观完全不同于我们的正统观念，就是在现在的地球，我们仍然需要把我们的活动同时间挂起钩来。

班克斯的第二个追随者是史蒂芬·巴克斯特，他创作的方式非常独特。在“泽利”（Xeelee）系列中，从《橡皮船》（*Raft*）（一九九一年）到《真空图》（*Vacuum Diagrams*）（一九九七年），巴克斯特创造了一个硬科幻世界，它甚至比弗诺·文奇同时代的太空歌剧还要有破坏性，在那里人文很罕见，相对原始的物种伴随着银河系历史，注定永远不会走上前台。巴克斯特采用抽象但又很强烈的方式，把人文置于第三世界和高级物种行为之间的关系里。但是，最激进的第三世界科幻是两个美国人和一个英国人写的：保罗·帕克[①]的《克莱斯提斯》（*Coelestis*）（一九九三年）描绘的是无产者眼里的星际浪漫故事。莫琳·迈克休（Maureen F. McHugh）的小说从《中国山·张》（*China Mountain Zhang*）（一九九二年）到《死城》（*Nekropolis*）（二〇〇一年），都严重挑战我们的理念。他认为科幻可以代言整个世界，并已成为操纵定义世界术语的文学。荣·柯特雷·格林伍德（Jon Courtenay Grimwood）的小说挑战了剥削政治，首先是后拿破仑时期的替代未来小说《大红袍》（*redRobe*）（一九九九年），然后

① 编者注：保罗·帕克（Paul Park，1954 年— ），美国科幻和奇幻作家。在威廉姆斯学院讲授科幻阅读和写作课程。

是替代中东故事《帕沙扎德》(*Pashazade*)(二〇〇一年)和《阿凡提》(*Effendi*)(二〇〇二年)。

就在爱思特刊团队主导科幻的同时,两位美国作家二十世纪七十年代末进入科幻创作,到八十年代中期达到事业顶峰,他们是奥森·斯科特·卡德(Orson Scott Card)和格雷格·贝尔,尽管后来他们的影响没有原来那么大了,但是,他们创作的作品质量却没有下降。

《安德的游戏》(*Ender's Game*)(一九八五年)是奥森·斯科特·卡德创作的顶峰,这个故事讲述神童安德和他的同伴在军校接受模拟环境训练以便参加人类和虫族之间的战争,由于他天赋异禀,很快获得提升成为指挥官。当他为人类赢得战争的胜利之后,他发现原来所说的模拟战争是真实的战争(这是典型的八十年代科幻,现实和虚拟现实之间的差异需要打个问号)。在战争中安德和同伴消灭了所有的敌人,但是,他却发现虫族并不是有意侵犯人类,故事的这个结局有些出人意料,卡德后来在九十年代创作的大量续集都没有达到这个故事结局的效果。

格雷格·贝尔也因发表《血音乐》(*Blood Music*)和《永世》(*Eon*)于一九八五年达到事业巅峰。前者是有关蜂脑的神话故事,讲的是人类作为一个整体被美化成巨大的有机体,只对过去的肉身有少量生硬的悔意。后者也把有惊异感的人为现象神化为科幻故事,起初发现的巨大海星被证明比管道末端的活塞还小。这两个故事温和而客观的叙述散发出贝尔的认知力量,好像他在距我们很远的时空从事写作,这些故事所处的世界只是某个具体也许是很小的一个案例,从这个角度来说,贝尔关于当代历史的观点与主流理论是不同的,他认为我们现在所处的世界是终极的。

卡德和贝尔都采用太空歌剧和星际浪漫故事形式创作小说,但他们没有大卫·布林那样夸张,布林的“提升”(Uplift)系列把贝尔的冷峻人文化了;他们的小说也没有切利那样复杂,切利的许多太空歌剧融入了宏大系列,以表示目的的严肃性;他们也没有舍里·泰柏那样投入,泰柏的小说《女儿国之门》(*The Gate to Women's Country*)(一九八八年)、《草》(*Grass*)(一九八九年)、《六月舞》(*Six Moon Dance*)(一九九八年)把星际空间看成是可以居住的;他们的小说也没有洛伊斯·麦克马斯特·比约德[①]的那么容易理解;没有丹·西蒙斯的那样随兴。西蒙斯的海伯利安诗篇:《海伯利安》(*Hyperion*)(一九八九年)、《海伯利安的陨落》(*The Fall of Hyperion*)(一九九〇年)、《恩底弥翁》(*Endymion*)(一九九六年)、《恩底弥翁的崛起》(*The Rise of Endymion*)(一九九七年),可以说是天体演化歌剧,因为这些小说中的一切事情都至臻完满,这个系列作为整体可以看作是这里所谈到的有关太空歌剧方方面面的顶峰,比如作为戏剧的人类物件、表演术、极度的悟性和愚蠢以及神奇的实现等。

二十世纪九十年代大多数重要作家都是在八十年代开始他们的写作生涯的,九十年代开始创作的作家如特德·姜[②]或者

---

① 编者注:洛伊斯·麦克马斯特·比约德(Lois McMaster Bujold,1949 年— ),迄今为止获奖最多的女性科幻作家。一九八五年发表处女作《以物易物》,凭借中篇小说《悲悼的群山》荣获一九八九年的星云奖。

② 编者注:特德·姜(Ted Chiang,1967 年— ),美国当代最优秀的华裔科幻作家。共有八篇小说发表,其处女作是《巴比伦塔》。曾获星云奖、雨果奖和坎贝尔奖等大奖。

柴纳·米耶维[1]是在二十一世纪前十年开始被定位到奇幻小说的。当然，这两位作家及其同事还会继续探索这个还在分化的领域。关于奇幻的探索始于九十年代迈克尔·斯万维克的《铁龙神女》(*The Iron Dragon's Daughter*)(一九九三年)，但是，有关奇幻文学流派的讨论是在二十一世纪才成为热点的。

九十年代的最后两部小说可以让我们回到最初有关科幻的讨论，它们表明科幻在过去几十年的发展或转变过程中依然能够清晰描绘未来世界。

布鲁斯·斯特林的《精神错乱》(*Distraction*)(一九九八年)似乎过激地否定了经典科幻的中心法则。比如真相会水落石出；在科幻故事的首尾之间，蒙蔽我们双眼使我们无法了解真相的幻觉和无知面纱会被除去；面纱的互为主体性和吸引比唯一真相的真实性要小。在《精神错乱》的世界里，一九八〇年前的科幻核心原则受到嘲弄和毁灭性的打击，故事的主人公是一个狡辩老手，他认为编码组成的世界有无限延展性，你所看见的即面纱是世界选择的脱落，十分深刻的是，你所看到的(也即你的编码)就是你得到的，这个对我们生活其中的世界编码的理解只有通过科幻推测法的知识才能表达出来。

因为场景设定在非历史演义的过去，尼尔·史蒂芬森[2]的《编码宝典》(*Cryptonomicon*)(一九九九年)被一些评论家视作

① 编者注：柴纳·米耶维(China Miéville，1972 年— )，英国奇幻小说作家、学者。以“新怪谭”风格奠定国际声誉。代表作品有《鼠王》《伤痕》《城与城》等。作品屡获雨果奖、世界奇幻奖、克拉克奖等重要国际幻想文学奖项。

② 编者注：尼尔·史蒂芬森(Neal Stephenson，1959 年—)，美国赛伯朋克科幻小说家。著有《大学》《雪崩》《钻石时代》等作品。

"宇宙"小说,实际上,这是一部关于现实世界的小说,它对二战以来的历史进行了重塑,对过去的资料提出了反对意见。可以说任何有关现实世界的小说都和科幻故事有着相同的结构,科幻故事说准确点是支持我们所生存的世界,是支持我们世界的一个方面而已,很重要、很可能但不一定的是,那个观点传播的结果还没有变成现实。《编码宝典》将时间设在过去并不重要,正确理解它,可以看到这个世界所遵循的一套指令。

这些小说都是纯粹的科幻小说，通过表达世界来提升世界。它们证明了经过检测的可靠的科幻工具还是有用的。它们依附于潜在的科幻规则,并同科幻的未来进行对话。要推动科幻的发展,正如那些小说清楚表明的那样,答案是,勾画科幻的正确办法就是去创作科幻。

注释:

注 1."前景——背景"或"前景和背景"指的是模棱两可的绘画,同一个部分既可以看成前景也可以看成背景,这是由格式塔心理学家发明的。也可参考耐克魔方。

注 2. 金·斯坦利·罗宾森,"引言",《二〇〇〇年星云奖秀》(纽约:洛克,二〇〇二年),第 1 页至 2 页。

# 第五章 电影与电视

马克·布尔德

## 科幻电影:第一个五十年

韦切尔·林德赛①在一九一五年完成的电影理论著作中,把现代美国描绘成一个永久的世界博览会展区,他写到的最重要的未来技术就是电影,他说“预言奇才会向世界呈现一组新的未来画卷”。这一论断甚至超越了儒勒·凡尔纳、爱德华·贝拉米和 H.G.威尔斯(注 1)。显而易见,林德赛的这一番表述是对根斯巴克科幻理论关于娱乐、教育和预言之间关系的一个回应,但是作为一类新的电影的声明,却少有认同者,这是因为科幻电影自卢米埃尔(Lumière)兄弟的《自动香肠店》【*Characuterie*

---

① 编者注:韦切尔·林德赛(Vachel Lindsay,1879 年—1931 年),美国诗人。他被认为是现代吟唱诗歌之父。

*méchanique*(*The Mechanical Butcher*),一八九五年】之后一直在朝着不同的方向发展。《自动香肠店》是一部场景单一的一分钟短片,画面里一头猪被送入机器,不久就出来一块一块的肉。当然,也有反过来拍摄的电影——《狗工厂》(*Dog Factory*)【鲍特(Porter),一九〇四年】(注 2)就用这种技术拍摄机器把一截一截的香肠重组成顾客需要的任何种类的狗。

科幻电影的第一个二十年主要都是这种类似的一卷式恶作剧电影,主要运用快慢速记录摄影机、银幕分割、消融、定格动画和反转连续镜头来制造基本的特殊效果,电影记录的内容有X射线、长生不老药、巨大的昆虫、飞行自行车、生发营养品、超级跑车、飞船、看不见的电的神秘力量、催眠术和猴腺等。摄影师有詹姆斯·斯图尔特·布莱克顿①、瓦尔特·布斯(Walter R. Booth)、赛冈多·德·仇门(Segundo de Chomon)、费迪南·齐卡②和乔治·梅里爱③。提到梅里爱,人们想到最多的是他的舞台魔术师身份,其最早的科幻短片有机器人喜剧《小丑和机器人》【*Gugusse*

---

① 编者注:詹姆斯·斯图尔特·布莱克顿(J. Stuart Blackton,1875年—1941年),二十世纪初美国最伟大的动画家、电影家,一九〇六年他制作的动画《滑稽脸的幽默相》被誉为动画历史上第一部真正的动画片,因此也被称为"美国动画之父"。布莱克顿熟练地运用了"停机再拍"的技术,并用于一九〇七年的影片《闹鬼的旅店》中,由此开创了"电影特效"的先河。

② 编者注:费迪南·齐卡(Ferdinand Zecca,1864年—1947年),法国导演。一九一〇年以后导演了许多由勒普朗斯主演的影片,一九一四年任百代公司美国分公司经理,一九二〇年后担任"百代儿童影片公司"的经理。

③ 编者注:乔治·梅里爱(Georges Méliès,1861年—1938年),法国导演。原是喜剧演员、戏剧导演、魔术师、摄影师,后从事电影。他是世界电影导演第一人,他对电影技艺作出了极大的贡献,创造了快动作、慢动作、停机再拍、叠印、淡出、淡入等特技摄影。他把电影技艺变成了电影艺术,并引入了戏剧因素,创造了戏剧电影。

*et l'automaton*（*The Clown and the Automaton*），一八九七年】和移植喜剧《一位二十世纪的外科手术医生》【*Chirurgien americain*（*A Twentieth Century Surgeon*），一八九七年】，但都没有保留下来；其最有名的电影是《月球之旅》【*Le Voyage dans la lune*（*A Trip to the Moon*），一九〇二年】，同许多文学作品描写的月球旅行一样，这部电影对人类的社会关系和组织进行了温和的讽刺，不过，对于了解科幻电影性质和发展更为重要的是它"故事只为展示电影魔力的可能性提供了框架"的理念。（注3）

在很长一段时间里，早期电影的核心是两大对抗美学理论之间的冲突，即以卢米埃尔为代表的现实主义和以梅里爱为代表的奇幻主义之间的冲突，甚至到最近，冈宁（Gunning）发现这一冲突还在继续。一九〇八至一九一四年左右，叙事电影出现，电影制作最关心的问题仍然是在卢米埃尔喜欢的场景和事件与梅里爱发起的戏法电影之间作艰难选择。冈宁把非叙事电影叫作魅力电影，他认为这种"表面上不同的方法……合起来向观众呈现一系列观点，这些观点很迷人是因为它们的虚幻力量"。（注4）真实电影最极端的版本是系列电影《黑尔的旅行》（*Hale's Tours*），拍摄非叙事旅游片段一直持续到一九〇六年，一般都是在火车上拍的，电影设计模拟车厢，有乘务员和音响效果。而早在一八九五年，罗伯特·保罗（Robert Paul）和H.G.威尔斯就申请专利建造更加复杂的带有展览空间的摄影设备，来模拟威尔斯《时间机器》里所描写的奇妙穿越。虽然他们的计划后来没有付诸实践，但是他们得到的经验要比拍摄《黑尔的旅行》丰富多了。再后来的发明（宽银幕、3D、IMAX、摄影棚）都是在重复他们的努力，只不过是把展示空间变成了巨大的场景。

电影《头脑风暴》(*Brainstorm*)【特鲁姆布(Trumbull),一九八三年】、《移魂都市》(*Dark City*)【普罗亚斯(Proyas),一九九八年】和《黑客帝国》(*The Matrix*)【沃卓斯基兄弟(Wachowski brothers),一九九九年】都吸收了尖端电影技术,来探求遗传自魅力电影的可能性。从歌舞数量、追打序列和特效表演来看,叙事电影并没做到独占鳌头,它也永远消除不了非叙事电影的魅力或者完全对场景叙事化。

场景在一九一五年左右出现的长片叙事科幻电影中有着特殊的地位,《海底两万里》(*Twenty Thousand Leagues under the Sea*)【帕敦(Paton),一九一六年】在其片名上就写着"第一部在海底拍摄的电影故事",它告诉观众"威廉森的发明使得海底情景在这个制作中成为可能,威廉森兄弟揭开了海底拍摄的秘密,他们成功导演了海底场景"。电影第一段是威廉森兄弟脱帽向摄像机鞠躬致意,然后故事叙述展示海床和海洋生命,包括真实的鲨鱼和伪造的巨型章鱼。《疯狂射线》【*Paris qui dort*(*The Crazy Ray*)】【克莱尔(Clair),一九二三年】讲述一位科学家开发了一种能够定格并让世界进入睡眠的射线,电影展示的场景片段并不需要很复杂的技术,除了壮观的巴黎和埃菲尔铁塔镜头外,动画图像还刻画了射线的传播,电影定格代表了睡眠的世界,虽然特效不多,但还是展示了科幻电影重效果和场景的特点。射线切断后,有一个巴黎醒来的蒙太奇,虽然射线的效果应该是全城同时醒来,但镜头拍摄是在城市一部分醒来后另一部分再醒来的,巴黎定格的蒙太奇也同样是摇晃的,因此,这些序列的时间是人为延长的,这是用违反时间逻辑的方式来让观众欣赏场景。《晶兵总动员》(*Small Soldiers*)【丹特(Dante),一九九八年】中的电磁脉冲高潮效果也是延长一系列片段而形成的。《迷失世界》(*The Lost World*)【霍特(Hoyt),一九二五年】里冗长而精巧的特效序列被置于电影叙事结构中,为了和道尔的小说相契合,电影利用定格动画来延长银幕时间，这一模式也被搬入《金刚》(*King Kong*)【库伯(Cooper)、思科德赛克(Schoedsack),一九三三年】中。虽然特效技术改变了,电影《侏罗纪公园》(*Jurassic Park*)【斯皮尔伯格，一九九三年】和《星际传奇》(*Pitch Black*)【特沃(Twohy),二〇〇〇年】的逻辑和结构依然未变。

在无声电影时期,科幻电影虽然没有意识到自己独特的体裁形式,但它的确有几个不同的次体裁形式出现。列奥·斯托蒙特（Leo Stormont）一九〇九年拍摄的多媒介表现形式的电影《入侵英国》(*England Invaded*)开启了一轮未来电影热。一九一〇年的哈雷彗星催生了第一部灾难片《彗星》(*The Comet*)(导演不详,一九一〇年)的制作。系列电影如《伊莲的故事》(*The Exploits of Elaine*)【加斯尼尔(Gasnier)和赛茨(Seitz),一九一四年】、《巴福尔女士和达克公爵》(*Lady Baffles and Detective Duck*)【柯提思(Curtis),一九一五年】则讲述了科学侦探的探险故事。和平主义电影《天上的船》【*Himmelskibet*(*The Airship*)】【马德森(Madsen),一九一七年】和讽刺电影《阿爱丽塔》(*Aelita*)【普罗塔赞诺夫(Protazanov),一九二四年】介绍了星际探险。《一百年之后》(*One Hundred Years After*)(导演不详,一九一一年）和《地球上最后的人》(*The Last Man on Earth*)【布莱斯通(Blystone),一九二四年)】讽刺了性别平等。二十世纪二十年代大量电影和系列片讲述疯狂的科学家，如《盲目的契约》(*A Blind Bargain*)【沃斯雷（Worsley），一九二二年】;《阿尔劳娜》

【*Alraune*(*Unholy Love*)】【佳林(Galeen),一九二八年】。或者犯罪，如《死亡射线》【*Luch Smerti*（*Death Ray*)】【库莱斯霍夫(Kuleshov)，一九二五年】;《苏格兰院的布莱克》(*Blake of Scotland Yard*)【希尔(Hill),一九二七年】。还有关于返老还童的电影《年轻的戴安娜》(*The Young Diana*)【卡佩拉尼(Capellani)和威哥诺拉(Vignola),一九二二年】、《穿绸着缎的罪人》(*Sinners in Silk*),【亨雷(Henley),一九二四年】。

无声电影时期,大量作家参与改编科幻,如玛丽·柯来丽[①]、盖伊·杜莫里哀[②]、汉斯·亨兹·艾沃斯[③]、卡米伊·弗拉马里翁、威廉·勒·奎克斯[④]、莫里斯·雷纳德(Maurice Renard)、玛丽·雪莱、罗伯特·路易斯·斯蒂芬森(Robert Louis Stevenson)、阿·托尔斯泰、凡尔纳、威尔斯等。此外,还有很多大导演参与了科幻电影制作,如迈克尔·柯提兹(Michael Curtiz)、格里菲斯(D. W. Griffiths)、弗里茨·朗(Fritz Lang)、珍妮·雷诺阿(Jean Renoir)、莫里斯·特纳(Maurice Tourneur)、保罗·韦格纳(Paul Wegener)、罗伯特·维内(Robert Wiene)等。导演中,朗是推动科幻电影发展最为重要的人物,他的《黄金湖》(*Der Goldene See*,一九一九年)和《钻石船》(*Das Brilliantenschiff*,一九二〇年)是未完成的四集电影《蜘蛛》【*Die Spinnen*(*The Spiders*)】的前两部,讲述爱

① 编者注:玛丽·柯来丽(Marie Corelli,1885年—1924年),英国女科幻作家。

② 编者注:盖伊·杜莫里哀(Guy du Maurier,1865年—1915年),英国军官、剧作家。

③ 编者注:汉斯·亨兹·艾沃斯(Hans Heinz Ewers,1871年—1943年),德国演员、诗人和哲学家。也写作短篇故事和小说,作品题材广泛。

④ 编者注:威廉·勒·奎克斯(William Le Queux,1864年—1927年),英国作家、记者。著有《入侵一九一〇》《情报处的达克沃斯·杜鲁》等作品。

好运动探险的主人公在自助游当中如何阻止了全球犯罪组织的阴谋。《间谍》(*Spione*,一九二八年)也是一部历险片,主人公独抗国际间谍群,异国场景、紧张的叙事情节、科幻陷阱这些早期的惊悚片技巧为《奇兵勇士》(*Doc Savage*)和詹姆斯·邦德(James Bond)的拍摄奠定了基础。朗还导演了两部重要的反乌托邦电影,一部是《赌徒马布斯博士》【*Doktor Mabuse, der Spieler*(*Dr Mabuse, the Gambler*),一九二二年】,它刻画了魏玛时期德国的荒淫堕落,剧中诸多人物受到马布斯的催眠,而让他有机会操纵国家金融。这种噩梦般的社会堕落也反映在《马布斯博士的遗嘱》【*Das Testament des Dr Mabuse*(*The Testament of Dr Mabuse*),一九三三年】中,这是一部模棱两可的反纳粹电影,整个社会甚至在马布斯发疯暴死之后还处于恐怖之中。《马布斯博士的一千只眼》【*Die tausend Augen des Dr Mabuse*(*The Thousand Eyes of Dr Mabuse*),一九六〇年】是朗的最后一部电影,片中反乌托邦一览无余,警察监督系统和犯罪分子一样关心过宽,时不时地侵犯别人的权利。朗的另一部电影是《大都会》(*Metropolis*,一九二六年),它描写了现代城市的崛起,场面壮观,城市以阶级剥削为基础,到处高楼林立机器轰鸣,一切都表现出理性的胜利。然而,麻木工人的痛苦、救星似的宗教和对女性的癔症不仅表明非理性前现代形式的残余,而且为现代性敲响了丧钟。故事结尾老板儿子娶了个工人(以此说明心灵的结合可以突破阶级差异)饱受批评,它更多的是矛盾无法解决的象征意义,而不是幻想的缺失。《月里嫦娥》【*Die Frau im Mond*(*The Girl in the Moon*),一九二九年】再次使用特效技术弥补叙事的不足,讲述第一次登月的故事。这部影片的重要性在于它对程序细节和科学精确性——朗聘请了威利·雷(Willy Ley)和赫曼·奥伯斯(Hermann Oberth)为科学顾问——的重视，这种陈腐的方法后来反复出现在科幻电影《登陆月球》(*Destination Moon*)【皮切尔(Pichel),一九五〇年】和《二〇〇一:太空漫游》中,并且在盖里·安德森[①]制作的各种新技术作品中变得奇怪的色情化,例如《雷鸟神机队》(*Thunderbirds Are Go*)【雷恩(Lane),一九六六年】的开场。

二十世纪二十年代末三十年代初的科幻大片都受到朗的直接影响，最典型的就是片中的巨型建筑，如《重大叛国罪》(*High Treason*)【埃尔维(Elvey),一九二九年】、《滑稽的想象》(*Just Imagine*)(巴特勒，一九三〇年)、《太空船》【*Kosmitchesky Reis*(*The Space Ship*)】【朱拉夫莱夫(Zhuravlev),一九三五年】、《笃定发生》(*Things to Come*)【孟席斯(Menzies),一九三六年】等都有对大都市的表现。《F.P.1.没有回答》【*F.P.1. Antwortet Nicht* (*F.P.1 Doesn't Answer*)】【哈特尔(Hartl)也拍成了法语和英语版,一九三二年】就是讲用来着陆和加油的某中大西洋平台的建设和怠工故事的。《隧道》(*Der Tunnel*)【伯恩哈特(Bernhardt),一九三三年】有法语版,一九三五年被埃尔维重拍,主要讲一条跨大西洋隧道的建设。《黄金》(*Gold*)【哈特尔,有法语版,一九三四年】是关于能把铅变成黄金的原子反应堆的故事。但是,人们期待在这类电影里看到对现代机器年代的颂扬,却为一种人与自然分离的忧虑所笼罩,这种忧虑集中反

---

① 编者注:盖里·安德森(Gerry Anderson,1929 年—2012 年),英国电视和电影制作人、导演和作家。

映在《大都会》(*Metropolis*)和《感觉丧失》【*Gibel Sensaty*(*Loss of Feeling*)】【安德雷埃夫斯基(Andreievsky),一九三五年】中的男性机器人身上。也许这个时期真正现代意义上的仅有的科幻电影就是前卫短片《机器人的诞生》(*The Birth of the Robot*)【赖叶(Lye),一九三五年】和《方程式:x+x=0》(*Equation:x+x=0*)【费尔索恩(Fairthorne)和索尔特(Salt),一九三六年】。当然,《世界末日》【*La Fin du monde* (*The End of the World*)】【甘斯(Gance),一九三〇年】和《洪水》(*Deluge*)【菲斯特(Feist),一九三三年】中出现巨大灾难影响地球也不足为奇。

在有声电影出现的最初十年,科幻带有典型的现代美国电影风格,即电影里经常出现歌舞表演,《想想,活着多好》(*Just Imagine, It´s Great to Be Alive*)【沃克(Werker),一九三三年】、《一九三六年的黄金播音员》(*The Big Broadcast of 1936*)【陶罗格(Taurog),一九三五年】、《一九三八年广播大会》(*The Big Broadcast of 1938*)【莱森(Leisen),一九三八年】中都有体现。在《康州美国佬》(*A Connecticut Yankee*)【巴特勒,一九三一年】中威尔·罗杰斯在坦克碾过亚瑟王宫时对新政插科打诨,在《幽灵帝国》(*The Phantom Empire*)【布罗沃(Brower)和伊森(Eason),一九三五年】中唱歌的牛仔吉恩·奥托立发现超科学的地下城市。但是,三十年代这种充满活力互动的科幻电影形式应该属于疯狂科学家电影,现代和前现代手法一起出现在舞台布景,《弗兰肯斯坦》【维勒(Whale),一九三一年】和《科学怪人的新娘》(*Bride of Frankenstein*)(维勒,一九三五年)中出现了令人难以置信的电子实验设备的嗡嗡声和破旧的哥特式塔楼里发出的噼里啪啦声。在《隐形人》(*The Invisible Man*)(维勒,一九三三年)中,尖端科学研究在乡下的画室和锈迹斑斑的公共出租屋中进行，给人感觉社会转变是由大众传播媒介带动的。在《亡魂岛》（*The Island of Lost Souls*）【肯顿（Kenton），一九三三年】中，莫洛博士在一个周围森林密布的小单间里做着解剖实验，那永远漆黑的森林里潜伏着野蛮的半人半兽怪物，理性文明的外衣下其实深藏着虐待狂殖民主义的心理性暗流。与此类似的还有电影《黑猫》（*The Black Cat*）【乌尔默（Ulmer），一九三四年】，影片充斥不正当的性、心理妄想、邪恶崇拜和报应。故事发生在一个带有明显现代建筑风格和装饰的房子里，房子建在曾经发生过战时大屠杀的匈牙利山上，它比当时的任何科幻或恐怖电影都更多地表达了第一次工业化战争带给人们的创伤。这种典型的哥特式场景和模式常常会在关键时刻插入移动摄像，电影很清楚这是违背典型现代观的，这点明显反映在《化身博士》（*Doctor Jekyll and Mr Hyde*）【马目里安（Mamoulian），一九三二年】里，它开场大概有三分半钟是在讲述杰吉尔的观点，这种场景是二十世纪四十年代科幻电影的主流。

从一九一四年到一九五五年一共有九十部科幻或类似科幻的电影系列，这些系列一般分十二或十五集，情节简单，穿插历险故事，对象主要是青少年观众。但由于预算缩减，整个二十世纪四十年代到五十年代中期，系列电影一直处于长期缓慢的衰退状态。有声电影时期最有名的科幻电影系列是《飞侠戈顿》（*Flash Gordon*）【斯蒂芬尼（Stephani），一九三六年】，它改编自阿莱克斯·雷蒙德[1]的连环漫画。这部电影预算三十五万美元，

① 编者注：阿莱克斯·雷蒙德（Alex Raymond，1909年—1956年），美国卡通画家。代表作《飞侠戈顿》曾被拍成系列电视剧和系列电影。

是系列电影平均成本的三倍，堪称史无前例。它的舞台、道具、模特、片长和音乐都是从其他电影借来的，最后却获得了巨大的票房收入。思乡回忆逐渐代替性叙事、拜物教男主角和令人窒息的女主角，也有其他系列电影试图模仿太空歌剧，有名的有《海底王国》(*Undersea Kingdom*)【伊森和凯恩(Kane)，一九三六年】、《巴克·罗杰斯》(*Buck Rogers*)【比布(Beebe)和古德康德(Goodkind)，一九三九年】。但更为典型的是，科幻成分放在当代场景中，因此成本会低些，例如，《战斗恶魔犬》(*The Fighting Devil Dogs*)【惠特尼(Witney)和英格丽什(English)，一九三八年】、《神秘的撒旦博士》(*The Mysterious Dr Satan*)(惠特尼和英格丽什，一九四〇年)、《飞天火箭人》(*King of the Rocket Men*)【布兰伦(Brannon)，一九四九年】。由于赞助商的热情时高时低，经费不稳定，系列电影常常采用纸板人物、情景剧场景、重复结构和不苟言笑的表演等方式以降低成本，这个时期的科幻和电影一般都不纳入历史评论和讨论范畴，它们最大的特点就是矫揉造作。

三十年代曾有导演对卡莱尔·恰佩克、亨利·莱特·哈葛德、詹姆斯·希尔顿(James Hilton)、雷纳德(Renard)、萨克斯·儒默[1]、雪莱、科特·西奥德马克[2]、斯蒂芬森、威尔斯和菲利普·怀列

① 编者注：萨克斯·儒默(Sax Rohmer，1883 年—1959 年)，英国作家，以创造出神秘小说中最邪恶的角色——魔鬼博士傅满州(Dr. Fu Manchu)而享誉文坛。在长达六十年的创作生涯中，萨克斯·儒默对推理小说最大的贡献，其实是塑造了多种虚构侦探的类型。

② 编者注：科特·西奥德马克(Curt Siodmak，1902 年—2000 年)，美国小说家、电影剧作家。在好莱坞的恐怖电影和科幻电影界享有盛名。

(Philip Wylie)等人的作品进行过改编,但四十年代则没有什么有名的科幻电影。

## 五十年代热潮及以后

二十世纪五十年代的科幻电影以美国为中心迅速兴起,当然欧洲、亚洲和拉丁美洲也产生了一批重要作品。好莱坞大大小小的摄影棚对科幻电影都有涉足,但大部分科幻电影还是由独立制片商完成的。科幻电影潮始于乔治·帕尔(George Pal)制片的《登陆月球》,这部电影改编自海因莱因一九四七年发表的小说《伽利略号火箭船》(*Rocketship Galileo*),海因莱因本人也参与了电影改编。这部电影类似于文献片,十分平淡无奇地讲述了第一次登月任务,和早期科幻电影哥特式表达一样,电影最后的字幕写着"这是开始的结局",这可以看作是真正科幻电影的开始。但是,除了它的平视风格,后来的电影很少有模仿它的。事实上,另一个更好的科幻电影潮起点可以从《X-M 火箭船》(*Rocketship X-M*)【纽曼(Neumann),一九五〇年】算起。为了像《登陆月球》那样迅速获利,《X-M 火箭船》匆匆投入制作,而且,它是先获得发行许可证的,因此,它的制作带有急功近利性质,也不够老练,不过,比较重要的是它对核战争提出了预警。

虽然一九五一年出现了一批科幻电影如《地球停转之日》(*The Day the Earth Stood Still*)【崴兹(Wise),一九五一年】、《不明之物》【*The Thing (from Another World)*】【奈比(Nyby),一九五一年】、帕尔制作的《当世界毁灭时》(*When Worlds Collide*)【马特(Maté),一九五一年】,但一九五二年唯一重要的科幻电影是《妙药春情》(*Monkey Business*)【霍克斯(Hawks)】,从此电影潮就推开了。华伦认为一九五二年全力宣传且获得极大成功的《金刚》使面临垂死的科幻电影起死复生,大大推动了怪兽电影《原子怪兽》(*The Beast From 20,000 Fathoms*)【鲁里(Lourié),一九五三年】和《X 射线》(Them! )【道格拉斯(Douglas),一九五四年】的制作(注 5)。其恐怖场景和城市毁灭堪比帕尔制作的《世界大战》【哈斯金(Haskin),一九五三年】,后者改编自威尔斯小说,它用飞碟替代了火星三足机器人。其他使用飞碟的电影还有《火星人入侵地球》(*Invaders from Mars*)【孟席斯(Menzies),一九五三年】、《飞碟征空》(*This Island Earth*)(纽曼,一九五五年)、《禁忌星球》(*Forbidden Planet*)【威尔考克斯(Wilcox),一九五六年】、《外星人第九号计划》(*Plan 9 from Outer Space*)【小伍德(Wood, Jr.),一九五六年】。

美国五十年代的科幻电影主要强调反共产主义和核焦虑主题,后者出现在许多比喻当中。例如:群体性毁灭场景;放射生成的怪兽、变体和巨型昆虫;军事科学合作的重复效度;外星人对大量核武器进入太空的担忧;外星人文明被核冲突消灭;令人慰藉的宗教潜台词,等等。虽然这个时期反共产主义电影如《入侵美利坚》(*Invision USA*)【格林(Green),一九五二年】、《红色星球》(*Red Planet*)【霍勒(Horner),一九五二年】、《第二十七天》(*The 27th Day*)【阿西尔(Asher),一九五七年】受到竭力宣传,但是许多科幻电影中弥漫着共产主义妄想狂,制作平庸,难以为继。

下面用《鞭子手》(*The Whip Hand*)(孟席斯,一九五一年)来说明这类电影。这部电影讲述主人公落难到了一个偏僻的村庄,发现一些共产主义分子正在谋划一场生物战争。事实上,这部电影一九五〇年就完成了,片名叫《他找到的人》(*The Man He Found*)。这个流产的版本是写主角找到了纳粹第五十五纵队,虽然后来正式上映的电影由纳粹变为共产主义,但它们描写的都是恐怖丛生、没有思想、墨守成规的等级社会,表明这个时期的宣传和意识形态对组织化和灭绝人性产生了深深的担忧,而其源头可以在艾森豪威尔执政的十年里轻易找到。在这方面,当时美国最重要的科幻电影是《天外魔花》(*Invasion of the Body Snatchers*)【西格尔(Siegel),一九五六年】,片中没有情感的外星人秘密替代了人类,一般认为这是一个共产主义渗透的寓言故事,但电影却并不支持这样的解读。相反,自动化技术和妇科形象说明的是生育和繁殖的问题。故事主要讲一对性生活活跃的未婚伴侣和一对富裕自满、快乐无子的已婚夫妻,这些"异己分子"遭到同小镇墨守成规的"恐怖分子"的追捕与迫害,而且,电影里道德败坏和灭绝人性的形象也切中那个时代的话语,其中涉及群众文化、大麻、哺乳期、麦卡锡主义、同性恋、民权、青少年犯罪和摇滚等,不一而足。

五十年代美国最重要的科幻电影导演是杰克·阿诺德(Jack Arnold),作品有《魔星》(*It Came from Outer Space*)(一九五三年)、《黑湖妖谭》(*Creature from the Black Lagoon*)(一九五四年)、《塔兰图拉狼蛛》(*Tarantula*)(一九五五年)、《奇怪的收缩人》(*The Incredible Shrinking Man*)(一九五七年)、《空间小孩》(*The Space Children*)(一九五八年),这些电影基本上都是同情怪兽的。阿诺德常常在场景中不安排人物,在抒情中加入白描手法。罗杰·柯曼(Roger Corman)则是五十年代末期真正带来科幻电影转型的导演，他的电影预算超低，主要对象是青少年。随着哈默尔（Hammer）的《科学怪人的诅咒》（*The Curse of Frankenstein*）【费希（Fisher），一九五七年】和《恐怖吸血鬼》（*Dracula*）（费希，一九五八年）以及电视屏幕三十年代宇宙恐怖电影的上演，柯曼在恐怖电影的重新崛起中起到了重要作用。除了《X——带有 X 射线眼睛的人》（*X - The Man with X-Ray Eyes*）（柯曼，一九六三年）、《鲁滨逊太空历险》（*Robinson Crusoeon on Mars*）（哈斯金，一九六四年）、《弗莱什普瓦德人的罪恶》（*Sins of the Fleshapoids*）【库查（Kuchar），一九六五年】以外，美国六十年代后期很少再有有影响的科幻电影，大多是些喜剧如《飞天老爷车》（*The Absent-Minded Professor*）（斯蒂芬森，一九六一年）、《肥佬教授》（*The Nutty Professor*）【杰瑞·刘易斯（Jerry Lewis），一九六三年】，或者核战警示片《海滨》（*On the Beach*）【克拉默（Kramer），一九五九年】、《核子战争》（*Fail Safe*）【卢美（Lumet），一九六四年】，或者詹姆斯·邦德模拟片《谍海飞龙》（*Our Man Flint*）【曼（Mann），一九六五年】、《沉默者》（*The Silencers*）【卡尔森（Karlson），一九六六年】。

在英国，疯狂科学家电影都是喜剧形式，《完美女人》（*The Perfect Woman*）【诺尔斯（Knowles），一九四九年】是一场滑稽剧，涉及机器人、身份误会和对女性内衣的盲目崇拜。《白衣人》（*The Man in the White Suit*）【马肯德里克（Mackendrick），一九五一年】捕捉到了保守分子对革新的恐怖情感。英国五六十年代科幻电影大多是外星人入侵、核威胁和科学失控，例如，《夸特马斯实验》（*The Quatermass Xperiment*）【盖斯特（Guest），一九五五年】、《X 未知》（*X the Unknown*）（诺曼，一九五六年）、

《魔童村》(*Village of the Damned*)【里拉(Rilla),一九六〇年】、《混账东西》(*The Damned*)【娄希(Losey),一九六一年】、《地球失火之日》(*The Day the Earth Caught Fire*)(盖斯特, 一九六一年)、《心灵杀手》(*The Mind Benders*)【迪尔登(Dearden),一九六三年】、《天劫骑士》(*No Blade of Grass*)【王尔德(Wilde),一九七〇年】。同这些比较严肃的电影相比,英国科幻电影也常有哈默尔的"弗兰肯斯坦"系列令人吃惊的色彩和"詹姆斯·邦德"系列的异域风光。

这个时期日本生产了三种科幻电影:怪兽电影如《哥斯拉》(*Gojira*)【本田(Honda),一九五四年】;太空歌剧如《地球防卫军》【*Chikyu Boeigun*(*The Mysterians*)】(本田,一九五七年);反核警示片如《最后的战争》【*Dai sanji Sekai Taisen - Yonju-Ichi no Kyofu*(*The Final War*)】【日高(Hidaka),一九六〇年】。法国这一时期的科幻电影有《口袋里的女儿》【*Un amour de poche*(*A Girl in his Pocket*)】【卡斯特(Kast),一九五七年】、《没有脸的眼睛》【*Les Yeux sans visage*(*Eyes Without a Face*)】【弗兰居(Franju),一九五九年】、《堤》(*La Jetée*)【马克(Marker),一九六二年】、《阿尔法城》(*Alphaville*)【戈达德(Godard), 一九六五年】、《华氏四五一》【特鲁佛(Truffaut),一九六六年】、《我爱你,我爱你》(*Je t'aime, je t'aime*)【雷斯乃(Resnais),一九六七年】。墨西哥、西德和西班牙主要制作了一批外科手术科幻电影,例如,《抢尸者》【*El Ladrón de Cadáveres*(*The Robber of Corpses*)】【门德(Méndez),一九五六年】、《头》【*Die Nackte und der Satan*(*The Head*)】【特里瓦斯(Trivas), 一九五九年】、《可怕的奥勒弗》【*Gritos en la Noche*(*The Awful Dr Orloff*)】【弗兰克(Franco)，一九六二年】。苏联有星际探险电影《金星历险记》(Planeta Burg)【克鲁尚茨叶夫(Klushantsev)，一九六二年】。捷克的卡莱尔·齐曼[①]把凡尔纳小说改编成电影，代表作是《毁灭性发明》(*Vynález Zkázy*)(一九五八年)。意大利的流行经典电影有《巴巴蕾拉》(*Barbarella*)【瓦迪姆(Vadim)，一九六七年】和《德伯里克》(*Diabolik*)【巴瓦(Bava)，一九六七年】，后来制片人迪诺·德·劳伦蒂斯[②]在此基础上创作了《金刚》【贵勒敏(Guillermin)，一九七六年】、《飞侠戈顿》【郝治斯(Hodges)，一九八〇年】、《沙丘》【林奇(Lynch)，一九八四年】。

## 电视科幻的起源

斯塔布莱福特曾经说过科幻历史可以分三个阶段：一九三〇年到一九六〇年是科幻在纸浆杂志上出现和发展的阶段；一九六〇年到一九九〇年是科幻书籍出版阶段；一九九〇年后科幻主要出现在电视(他将之归于电影类)上(注6)。虽然这个分类还存在不足，但它的确说明了一个趋势，那就是科幻在各类媒介都得到大量发展。这很大程度上是现在主导媒体业的跨国公司追求全球化、集群化和分工化的结果，他们的一个主要策略就是通过附属公司或者特许经营权，用尽可能多的不同媒介

① 编者注：卡莱尔·齐曼(Karel Zeman，1910年—1989年)，捷克导演，动画片作家。

② 编者注：迪诺·德·劳伦蒂斯(Dino De Laurentiis，1919年—2010年)，意大利著名电影制作人，欧美电影界泰斗人物。一生致力于电影事业，共拍摄了近五百部电影，为二战后意大利电影业的复兴作出了重大贡献。

和产品形式把开发的概念和包装销往全世界。这一策略的经典案例就是《星际迷航》特许权的扩张,至今它已生产了五部实景真人连续剧、一部动画连续剧、九部电影、数百部小说和其他书及各种周边商品。其成功的秘诀就是粉丝,特别是那些虽然有些咋咋呼呼但真正有创造力有组织的影迷。尽管没有科幻系列达到《星际迷航》那样的规模,但围绕电视剧如《神秘博士》(*Doctor Who*)(一九六三至一九八九年)、《巴比伦五号》(一九九三至一九九八年)、《X 档案》(*The X-Files*)(一九九三至二〇〇二年)的同样产业成长起来了,谁也没料到电视科幻能在全球媒体发展方面产生如此大的作用。

电视科幻始于二十世纪四十年代末五十年代初,当时许多节目都是直播的,虽然现在看来还相当业余,但却让电视这一领域不再让人感到不可思议。在美国,电视科幻是从太空歌剧如《电视游侠》(*Captain Video and His Video Rangers*)(一九四九至一九五五年)、《汤姆·科贝特, 太空实习生》(*Tom Corbett, Space Cadet*)(一九五〇至一九五五年)开始的,这些电视剧的主角一般都刚直正派,循规蹈矩不惧邪恶。这类角色在电视科幻中仍然相当普遍,例如《X 档案》或者《七天》(*Seven Days*)(一九九八至二〇〇一年)的主人公无论多么讽刺或怀疑美国,但他们都支持美国的价值观和制度。在这些太空歌剧当中,《汤姆·科贝特,太空实习生》鹤立鸡群,因为它不仅质量高,而且因为科学顾问威利·雷(Willy Ley)的指导,科学准确性也很高。然而,大多数电视节目仿效《电视游侠》的热闹场面,而对科学可行性重视不足。

到五十年代中期,电视科幻开始得到更多的重视。华特·迪士尼[1]与雷(Ley)、海因茨·哈勃[2]、沃纳·冯·布劳恩(Werner von Braun)合作制作了三部有关太空探险现实的节目【《太空里的人》(*Man in Space*)(一九五五年)、《人与月球》(*Man and the Moon*)(一九五五年)、《火星和火星以外的地方》(*Mars and Beyond*)(一九五七年)】。《科幻剧院》(*Science Fiction Theatre*)(一九五五至一九五七年)产生了一些主题比较单一的戏剧,《人与挑战》(*The Man and the Challenge*)(一九五九至一九六〇年)和《进入太空的人》(*Men into Space*)(一九五九至一九六〇年)为准备太空探险制作了相对比较现实的戏剧。科幻也开始定期出现在一些很有声望的戏剧选系列中, 例如,《西屋电影制片厂》(*Westinghouse Studio One*)、《电视剧场》(*TV Playhouse*)、《德希露剧院》(*Desilu Playhouse*)、《好年电视剧院》(*Goodyear Television Playhouse*)。这种节目和它们讲述的故事倾向于把科学归于历险、肥皂剧、时事话题(有时甚至相当严肃)一类,它们也构成了美国电视科幻的重要参数,这些参数在下面的节目中都可以看到:《阴阳魔界》(*The Twilight Zone*)(一九五九至一九六四年)、《外星界限》(*The Outer Limits*)(一九六三至一九六五年)、《航向深海》(*Voyage to the Bottom of the Sea*)(一九六四至一九六八年)、《太空迷失》(*Lost in the Space*)(一九六五至一九

① 编者注:华特·迪士尼(Walt Disney,1901 年—1966 年),美国著名动画大师、企业家、导演、制片人、编剧、配音演员、卡通设计者,迪士尼公司创始人,是世界上获得奥斯卡奖最多的人。他和他的职员一起创造了许许多多著名、受世人欢迎的卡通角色,包括那个被无数人喜爱的经典卡通形象、华特·迪士尼的好友——米老鼠。

② 编者注:海因茨·哈勃(Heinz Haber,1913 年—1990 年),德国物理学家、科学作家。因写作电视节目和物理与环境书籍而闻名。

六八年)、《星际迷航》(一九六六至一九六九年)、《时空怪客》(*Quantum Leap*)(一九八九至一九九三年)、《旅行者》(*Sliders*)(一九九五至二〇〇〇年)。与这种风格不同的是六十年代奇幻家庭情景喜剧,《摩登家族》(*The Jestons*)(一九六二至一九六三年)利用喜剧形式刻画了一家无视世界巨大变化、墨守成规的人,而《外星人报道》(*My Favorite Martian*)(一九六三至一九六六年)的喜剧性则建立在对文化冲突的颠覆性理解上,这两个节目刚好提供了电视科幻喜剧的两个基本模板。模仿前者的节目有《银河系漫游指南》(*The Hitchhiker's Guide to the Galaxy*)(一九八一年)、《红矮星号》(*Red Dwarf*)(自一九八八年)、《飞出个未来》(*Futurama*)(自一九九九年)。模仿后者的有《默克与明蒂》(*Mork and Mindy*)(一九七八至一九八二年)、《住家外星人》(*ALF*)(一九八六至一九九〇年)、《晚安宝贝》(*Goodnight Sweetheart*)(一九九三至一九九九年)、《歪星撞地球》(*Third Rock from the Sun*)(一九九六至二〇〇一年)。

在英国,电视科幻的诞生与电视剧的出现交织在一起。进入二十世纪五十年代,BBC 搞过一场美学辩论,大家认为电视营造了一个舒适温馨的环境,一家人围着九到十五英寸的电视屏幕,灯光调得暗暗的,一派和睦亲密的氛围。和电影不同,电视演员都是连续直播表演;也不同于戏剧舞台,摄像机可以把观众拉得很近,演员有更多特写镜头,表演更加柔和。剧作家尼盖尔·尼尔(Nigel Kneale)和导演兼制片人鲁道夫·卡提尔[1]想

---

[1] 编者注:鲁道夫·卡提尔(Rudolph Cartier,1904 年—1994 年),奥地利电视导演、电影制作人、剧本作家。

尽办法调换一种风格，以求百花齐放之效，他们采用快速移动的叙事方法，戏中人在做事，大量的事把人引向科幻。其矛盾之处在于人们希望故事要多（危险的星球、其他世界的入侵），但同时要有个人行为以彰显人性化。这种矛盾关系反映在尼尔和卡提尔合作的三部十分成功的六幕夸特马斯历险剧中：《夸特马斯实验》（一九五三年）、《夸特马斯 II》（*Quatermass II*）（一九五五年）、《火星人地球大袭击》（*Quatermass and the Pit*）（一九五八至一九五九年）。二人还合作改编了《一九八四》（一九五四年），但却引来无数争议。想象和技巧之间的矛盾是英国科幻的主要特点，有时候不仅仅是预算的问题，例如，《神秘博士》让人印象最为深刻的一出戏是“达莱克斯的起源”（Genesis of the Daleks）（一九七五年）：神秘博士被要求在其主要敌人出生时就把他们杀死，他因此受到道德的折磨——为了阻止未来战争和种族大屠杀，他应该发起大屠杀吗？但是，电视场景、服装、重复性剧情和道德陈词都破坏了那一刻的庄严。

## 从非主流到《星球大战》

二十世纪六十年代末以来，虽然其他国家也一直在制作科幻电影，但美国仍是这个领域的大户，《活死人之夜》（*Night of the Living Dead*）【罗梅罗（Romero），一九六八年】、《人猿星球》（*Planet of the Apes*）【沙夫纳（Schaffner），一九六八年】、《狂野街头》（*Wild in the Streets*）【巴里·希尔（Barry Shear），一九六八年】、《五百年后》（THX 1138）【乔治·卢卡斯（George Lucas），一九七〇年】、《葛伦与兰达》（*Glen and Randa*）【麦克布莱德

(McBride)，一九七一年】、《杀出狂人镇》(*The Crazies*)(罗梅罗，一九七三年)等电影引起了对于核武器、美国入侵占领越南、商业与政府间的反民主关系、民权和青年政治等反文化担忧的强烈共鸣。这点在《星际迷航》的各个情节中也能看到，事实上，有关《星际迷航》的评论基本都集中在这些担忧方面，例如，捍卫自由思想、平等未来的人常常会关注非裔美国妇女乌乎拉中尉的鼻梁，而那些指责该节目没有充分想象这样一个理想社会的人则指出乌乎拉中尉作为着迷你裙的外来接线员被持续边缘化了。同样，一些人认为博格人是联邦政府的黑对头，而另一些人则探讨它们之间惊人的相似性，它们都墨守成规并且努力同化别的文化。而关注参政权的人则尖锐地批判自由话语的局限性。

这种时代关联感还反映在生态主题电影里，例如《天外来菌》(*The Andromeda Strain*)【崴兹，一九七〇年】、《宇宙静悄悄》(*Silent Running*)【特鲁姆布，一九七一年】、《活着》(*It's Alive*)【柯亨(Cohen)，一九七三年】，但是很快大量灾难片和复仇片出来了，如《青蛙》(Frogs)【默考万(McCowan)，一九七二年】和《第四阶段》(Phase IV)【巴斯(Bass)，一九七三年】。完全走出反文化担忧但仍然受到普遍欢迎的电视节目是英国盖里和西尔维尔·安德森(Sylvia Anderson)夫妇制作的"超级木偶动画"(Super Marionation)电视系列。《超级跑车》(*Supercar*)(一九六一至一九六二年)、《雷霆战机 XL5》(*Fireball XL5*)(一九六二至一九六三年)、《霹雳艇》(*Stingray*)(一九六四至一九六五年)、《雷鸟神机队》(一九六五至一九六六年)、《乔九〇》(*Joe 90*)(一九六八至一九六九年)偏于赞美"技术的白热化"和父权结构。其中最黑暗的影片是《超空人》(*Captain Scarlet and the Mysterons*)(一九六七至一九六八年),似乎与不合作运动和反帝国主义游击战争相一致,不过,这个系列自然是支持军事全球化和欧洲冷战的。

六十年代的主要导演有约翰·弗兰克海默(John Frankenheimer)【执导影片有《满洲候选人》(*The Manchrian Candidate*)(一九六二年);《五月里的七天》(*Seven Days in May*)(一九六四年);《第二生命》(*Seconds*)(一九六六年)】和彼得·瓦特金斯(Peter Watkins)【执导影片有《战争游戏》(*The War Game*)(一九六六年);《权利》(*Privilege*)(一九六七年);《和平游戏》(*Gladiatorerna*)(一九六九年);《惩罚公园》(*Punishment Park*)(一九七一年)】。但是,他们二人在制作科幻电影方面都没有斯坦利·库布里克成功,库布里克的《奇爱博士》(*Doctor Strangelove*)(一九六四年)和《发条橙》,特别是《二〇〇一:太空漫游》展示了黑色喜剧思想,以及对技术的怀疑,和与此相适应的对电影制作及其工具的探索决心。尽管导演雷德利·斯科特、特里·吉列姆[1]、吕克·贝松(Luc Besson)和让-皮埃尔·热内[2]为科幻电影带来了独特的视觉风格,但只有安德雷·塔可夫斯基(Andrei Takovsky)在《飞向太空》(*Solaris*)(一九六二年)、《潜行

① 编者注:特里·吉列姆(Terry Gilliam,1940年— ),英国电影导演。出生于美国明尼苏达州,后来加入英国国籍。早期从事杂志设计编辑工作,后转向电视电影制作领域。他是喜剧小组"蒙提·派森"(Monty Python)的一员,并且是其中唯一一位出生于美国的成员。

② 编者注:让-皮埃尔·热内(Jean-Pierre Jeunet,1953年— ),法国导演,作品通常以幻想与现实交错为故事的主线,代表作有《天使爱美丽》等。

者》(*Stalker*)(一九七九年)和《牺牲》(*Offret*)(一九八六年)中体现了科幻的智慧和严密。

七十年代科幻继续见证了电影在时代关联性方面的成功尝试,例如《西部世界》(*Westworld*)【克里奇顿(Crichton),一九七三年】、《复制娇妻》(*The Stepford Wives*)【福布斯(Forbes),一九七四年】、《终端人》(*The Terminal Man*)【郝治斯(Hodges),一九七四年】、《天外来客》(*The Man Who Fell to Earth*)【罗志(Roeg),一九七六年】。但是,更鲜活的材料可以在探讨性的影片——《飞侠戈顿》【本威尼斯特(Benveniste)和兹姆(Ziehm),一九七四年】、《思博姆拉》(*Spermula*)【马顿(Matton),一九七六年】和黑人电影《化身黑博士》(*Dr Black, Mr Hyde*)【克莱恩(Crain),一九七六年】以及儿童电影《蛋头机器人》(*Egghead's Robert*)【米洛·刘易斯(Milo Lewis),一九七〇年】、《卡冬》(*Kadoyng*)【尚德(Shand),一九七二年】中看到。这十年,在喜剧里也越来越多地看到科幻,如《夏洛克》(*Schlock*)【兰蒂斯(Landis),一九七三年】、《傻瓜大闹科学城》(*Sleeper*)【艾伦(Allen),一九七三年】、《暗淡的星》(*Dark Star*)【卡朋特(Carpenter),一九七四年】、《夺命狂奔二〇〇〇》(*Death Race 2000*)【巴特尔(Bartel),一九七五年】。另外,野营片中科幻元素也在增多,如《菲普斯博士归来》(*Dr Phibes Rises Again*)【福斯特(Fuest),一九七二年】和《洛基恐怖秀》(*The Rocky Horror Picture Show*)【沙曼(Sharman),一九七五年】。毫不奇怪,后两部都是英国片,如果说《神秘博士》没有将科幻从奇幻中区分出来,是六十年代英国流行文化的反映,那么下面这些电视剧多少都有科幻的成分——《复仇者》(*The Avengers*)(一九六一至一九六九年)、《侦探西蒙》(*The Saint*)(一九六二至一九六八年)、《亚当坚不可摧的生命》(*Adam Adamant Lives!* )(一九六六至一九六七年)和《贾森王》(*Jason King*)(一九七一至一九七二年)(《贾森王》带点伦敦流行野营味道)。这一系列中最重要的就是《囚犯》(*The Prisoner*)(一九六七至一九六八年),剧中有意识地使用了与众不同的幽默感、科幻、间谍故事和现代形象,保持独立风格,最后转喻逃避,揭示出现代过程的荒谬性。七十年代,英国电视是典型的黑色调,比如泰利·纳雄[1]的后大屠杀戏《苟活者》(*The Survivor*)(一九七五至一九七七年)和血腥的太空歌剧《布莱克斯七号》(*Blake's 7*)(一九七八至一九八一年)。

## 改变的时候:《星球大战》及以后

《星球大战》和《第三类接触》(斯皮尔伯格,一九七七年)是美国电影的转折点,同时证明了以《大白鲨》(*Jaws*)(斯皮尔伯格,一九七五年)为先锋的特效驱动、跨市场、重商业、知识含量高的新风格的潜在获利性,以及这种青少年故事吸引全球观众的能力。它们成功的关键是制作设计和特技效果的美观细致,还有就是始终坚持的一本正经的表演,《飞侠戈顿》(郝治斯,一九八〇年)的票房失败也说明了这一点。为重新抓住观众,一些电影复制他们的成功经验,例如,《超人》(*Superman*)【唐纳(Donner),一九七八年】、《黑洞》(*The Black Hole*)【尼尔森(Nel-

---

① 编者注:泰利·纳雄(Terry Nation,1930年—1997年),威尔士电视剧作家、小说家。《神秘博士》的编剧。

son)，一九七九年】、《星际迷航——无限太空》(*Star Trek - The Motion Picture*)【崴兹，一九七九年】、《世纪争霸战》(*Battle Beyond the Stars*)【村上·吉米 (Jimmy T. Murakami)，一九八〇年】,还有电视连续剧《太空堡垒卡拉狄加》(*Battlestar Galactica*)(一九七八至一九八〇年)和《二十五世纪的巴克·罗杰斯》(*Buck Rogers in the 25th Century*)(一九七九至一九八一年)。《异形》和《银翼杀手》定位更年长的一部分观众,也获得了同样的成功,因而经常被用来作为后来主导许多文化研究领域的后现代性、象征性和身份的成功范例。

继《星际迷航》续集和《外星人 E.T.》(*E.T. - The Extraterrestrial*)(斯皮尔伯格,一九八二年)成功之后,八十年代科幻电影继续以青年为对象，重视感情戏，同时常常伴有喜剧倾向,如《回到未来》(*Back to the Future*)【泽美吉斯(Zemeckis)，一九八五年】、《魔茧》(*Cocoon*)【霍华德 (Howard)，一九八五年】、《冲向天外天》(*Explorers*)【丹特(Dante),一九八五年】、《摩登保姆》(*Weird Science*)【休斯(Hughes),一九八五年】,这些电影说明科幻思想和形象已经融入人们的一般想象当中,同时也说明八十年代科幻电影已从社会问题转向个人问题,这也许是新好莱坞经济、制作变化的必然结果,同时也是七十年代后期植根于西方的右翼政治紧缩的表达和意识形态的神秘化。

虽然科幻电影因为追求视觉效果制作成本日益增高,但仍有一批电影坚持低预算制作,而且它们的才华抱负、政治修养或者叙事创新性一点也不逊于大预算制作。喜剧如《大混乱》【*Der Grosse Verhau*(*The Big Mess*)】【克鲁治(Kluge),一九七〇年】和《马杜菲风味之钢铁面包》(*Iron Bread*)【裴(Pei),一九七〇年】讽刺了“严肃”科幻电影的虚伪,还有些电影如《死亡登山者旅馆》【*Otel ´U Pogibshchego Alpinista*(*The Dead Mountaineer Hotel*)】【克罗马诺夫(Kromanov),一九七九年】、《时空之轮》(Chronopolis)【凯姆勒(Kamler),一九八二年】、《火焰中诞生》(*Born in Flames*)【波登(Borden),一九八三年】、《异星兄弟》(*The Brother from Another Planet*)【希尔斯(Sayles),一九八四年】、《等待方舟》【*O-Bi, O-Ba - Koniec Cywilizacji*(*O-Bi, O-Ba - The End of Civilization*)】【苏尔金(Szulkin),一九八五年】、《友谊之死》(*Friendship´s Death*)【沃伦(Wollen),一九八七年】、《寻找楚门》(*Incident at Raven´s Gate*)【德希尔(de Heer),一九八八年】则表明科幻电影可以实现更典型的文学目标,即陌生化、惊奇、连贯推理、政治评论和组织更紧密的世界创造。自七十年代晚期起,低成本电影制作也产生了许多更具创造性的动作冒险科幻电影,例如《食人鱼》(*Piranha*)(丹特,一九七八年)、《大鳄鱼》(*Alligator*)【缇歌(*Teague*),一九八〇年】、《疯狂的麦克斯 2》(*Mad Max 2*)【乔治·米勒(George Miller),一九八一年】、《报信的人》(*Repo Man*)【考克斯(Cox),一九八四年】、《终结者》(*The Terminator*)【卡梅隆(Cameron),一九八四年】、《末世威龙》(*Trancers*)【班德(Band),一九八四年】、《异形大灾难》(*The Stuff*)【柯亨(Cohen),一九八五年】、《奇遇》(*Zone Troopers*)【比尔森(Bilson),一九八五年】、《异形魔怪》(*Tremors*)【昂德武德(Underwood),一九八九年】、《变形黑侠》(*Darkman*)【莱米(Raimi),一九九〇年】、《梅格威尔》(*Megaville*)【莱纳(Lehner),一九九〇年】。

这一背景下最重要的导演就是大卫·柯南伯格[1],他制作了很多科幻恐怖混合片，例如《毛骨悚然》(*Shivers*)(一九七四年)、《狂犬病》(*Rabid*)(一九七六年)、《灵婴》(*The Brood*)(一九七九年)、《扫描者大决斗》(*Scanners*)(一九八〇年)、《苍蝇》(*The Fly*)(一九八六年)、《孽扣》(*Dead Ringers*)(一九八八年)等。柯南伯格使用医药、创伤、性欲望、外科手术、器官等来对人类化身和个性进行不间断的质询,他的主要成就是《录像带谋杀案》(*Videodrome*)(一九八二年)，通过令人不安的图像和不连贯的叙事,创造了一个混乱的空间,奇幻、欲望、无所不在的媒体、赛伯技术、意识形态和宣传交织于其中,钩心斗角,构成一幅生动的政治画面。

自八十年代中期以后，电影科幻似乎一直由下面一批导演掌控着:斯蒂芬·斯皮尔伯格——《侏罗纪公园》(一九九三年,一九九七年和二〇〇一年)、《人工智能》(*A.I. - Artificial Intelligence*)(二〇〇一年)；卡梅隆——《异形续集》(*Aliens*)(一九八六年)、《深渊》(*The Abyss*)(一九八九年)、《终结者2:末日审判》(*Terminator 2: Judgment Day*)(一九九一年);保罗·范霍文[2]——《机械战警》(*RoboCop*)(一九八七年)、《全面回忆》(*Total Recall*)(一九九〇年)、《星船伞兵》(一九九七年)、《透明人》(*The Hol-*

① 编者注:大卫·柯南伯格(David Cronenberg,1943年— ),加拿大导演,曾获金球奖和奥斯卡奖提名。代表作《欲望号街车》。

② 编者注:保罗·范霍文(Paul Verhoeven,1938年— ),荷兰籍导演,凭借《机器战警》《宇宙威龙》《本能》等作品培养了不少忠实的影迷,是一位擅长执导好莱坞商业片的导演,也执导出《黑皮书》这样堪称大师级的电影作品。

*low Man*)(二〇〇〇年);罗兰·艾默里奇[1]——《再造战士》(*Universal Soldier*)(一九九二年)、《星际之门》(*Stargate*)(一九九四年)、《独立日》(*Independence Day*)(一九九六年)、《哥斯拉》(一九九八年); 约翰·卡朋特[2]自《逃离纽约》(*Escape from New York*)(一九八一年)和《怪形》(*The Thing*)(一九八二年)之后活力衰退。在这些大名鼎鼎的导演制作的影片以及制作昂贵但却失败的影片如《未来水世界》(*Waterworld*)【雷诺尔兹(Reynolds), 一九九五年】、《邮递员》(*The Postman*)【考斯特纳(Costner),一九九七年】存在的同时,这个时期还有一批获利丰厚的电影系列。例如,《异形》(*Alien*)、《回到未来》《蜘蛛侠》《黑客帝国》《黑衣人》《碟中谍》《忍者神龟》《X 战警》等。也有未及完成的系列,如《特警判官》(*Judge Dredd*)、《复仇者联盟》(*The Avengers*)。还有些形成了电影圈,最受欢迎的有《外星人》模仿群、赛伯群、后屠杀公路勇士等,全球电影都被新好莱坞这种特殊的制作、派送和影展方式操纵着,他们希望通过这样的方式在多个市场以不同的形式反复销售,预售影名、可利用的内容和形象以及混合叙事等来吸引各个观众群体,已经成为他们的目标。

科幻电影和电视的另两个最新趋势也可以追溯到文化产

---

① 编者注:罗兰·艾默里奇(Roland Emmerich,1955 年— ),原籍德国,导演。一九七七年重返校门,到慕尼黑电影电视学院学习制片与导演,毕业作品 *The Noahs Ark Principle* 在一九八三年获选为柏林电影节的开幕影片,也是德国有史以来制作成本最高的一部学生作品,艾默里奇因此声名大噪。代表作有灾难大片《后天》《二〇一二》等。

② 编者注:约翰·卡朋特(John Carpenter,1948 年— ),导演、编剧、作曲家和演员。代表作有《异形》三部曲和《V 字特工队》等。

业的新组织。首先，电影与电视互动关系频繁，很多电影由电视剧改编而来，如《杰斯顿斯：电影》(*Jestons–The Movie*)【汉娜(Hanna)和巴伯拉(Barbera)，一九九〇年】、《太空迷失》【霍普金斯(Hopkins)，一九九八年】、《外星人报道》【佩特里(Petrie)，一九九九年】。还有电影翻拍，如《肥佬教授》【沙德亚克(Shadyac)，一九九六年】、《人猿星球》【波顿(Burton)，二〇〇一年】。也有从电影拍成电视剧的，如《时空特警》(*Timecop*)(一九九七年)、《星际之门：SG–1》(*Stargate SG–1*)(自一九九七年始)。还有各种动画和真人实景《机械战警》的衍生品，以及"电影人"制作的电视剧，如奥列弗·斯通(Oliver Stone)的《野棕榈》(*Wild Palms*)(一九九三年)、卡梅隆的《黑色天使》(*Dark Angel*)(自二〇〇〇年始)。除此以外，还有与赛伯游戏业相关的系列。第二个趋势是利用科幻电影的特技制作非科幻电影，从而吸引更大的观众群体，例如《阿波罗 13 号》(*Apollo 13*)(霍华德，一九九五年)、《泰坦尼克号》(*Titanic*)(卡梅隆，一九九七年)、《拯救大兵瑞恩》(*Saving Private Ryan*)(斯皮尔伯格，一九九八年)。由此产生了一系列带有家庭情景剧的科幻电影，如《天地大冲撞》(*Deep Impact*)【莱德(Leder)，一九九八年】、《世界末日》(*Armageddon*)【贝(Bay)，一九九八年】、《火星任务》(*Mission to Mars*)【德·帕尔马(De Palma)，二〇〇〇年】。

但是，这种跨国公司对媒体的广泛控制并没有挤走那些边缘化的制作，斯图亚特·戈登(Stuart Gordon)继续制作朴实无华的实景历险科幻电影，如《魔鬼武器》(*Fortress*)(一九九二年)、《星河叛变》(*Space Truckers*)(一九九七年)。日本动画片如《光明战士阿基拉》(*Akira*)【大友(Otomo)，一九八八年】、《王立宇宙军》【*Oneamisu No Tsubasa*(*Wings of Honneamise*)】【山贺(Yamaga),一九八七年/一九九四年】、《攻壳机动队》【*Kokaku kidotai*(*Ghost in the Shell*)】【押井(Oshii),一九九五年】。还有特摄电影,如《机战兵团》【*Ganheddo*(*Gunhed*)】【原田(Harada),一九八九年】、《铁男》【*Tetsuo*(*The Iron Man*)】【冢本(Tsukamoto),一九八九年】、《铁男 II: 血肉横飞》(*Tetsuo II: Body Hammer*)(冢本,一九九一年)等,这些电影在国际上都获得了成功。新酷儿电影有《毒药》(*Poison*)【海因斯(Haynes),一九九一年】,还有中国香港的近未来真人奇幻电影如《东方三侠》【*Dongfang San Xia* (*The Heroic Trio*)】(杜琪峰, 一九九二年)、《神雕侠侣》【*Gauyat Sandiu Haplui*(*Saviour of the Soul*)】(王家卫,一九九二年)、《妖兽都市》【*Yaoshu dushi*(*The Wicked City*)】(麦大杰,一九九二年)。其他幻想电影还有《末日终结者》(*Miracle Mile*)【德甲纳特(DeJarnatt),一九九〇年】、《蜡,蜂群中电视的发现》(*Wax, or The Discovery of Television Among the Bees*)【布莱尔(Blair), 一九九一年】、《蜡网》(*Waxweb*)(一九九九年)、《铁面战警》(*Acción Mutante*)【德拉伊格莱舍(de la Iglesia),一九九三年】、《异次元杀阵》(*Cube*)【娜塔莉 (Natali), 一九九八年】、《死亡密码》(*Pi*)【阿伦诺夫斯基(Aronofksy),一九九八年】、《阿瓦隆》(*Avalon*)【奥西(Oshii),二〇〇〇年】、《大学路雏妓之杀人机器》【*Daehakno-yeseo maechoonhadaka tomaksalhae danghan yeogosaeng ajik Daehakno-ye Issda* (*Teenage Hooker Became Killing Machine in Daehakno*)】【纳姆(Nam),二〇〇〇年】等,这些电影的重要意义就在于它们证明了科幻电影的持续活力。

现在,电视科幻主要依赖肥皂剧式的各种类型的人物互动,而系列电视变体有限,趋向传统保守。二十世纪七十年代以来,科幻在电影业大爆炸中起到了十分重要的作用,同时也因为无视人物塑造、叙事连贯性和主题细化等传统问题受到批评,因此其产品也趋于保守。同样,电脑游戏因为技术考量似乎也对创新大加掣肘,当然,这并不是说低成本电影制作在故事讲述和讲述的方式方面就不保守，而是说正是因为经费不足，他们才锐意创新以节约成本。上面所列电影并不都是人物、叙事或主题连贯性的范本,但它们在成功协调叙事和场景的关系方面还是有可取之处的,它们让多样化的、充满挑战性的、独特的视听科幻看到了希望。

注释:

注 1.瓦谢尔·林德赛,《电影艺术》(一九一五年;纽约:现代图书馆,二〇〇〇年),第 183 页。

注 2.下面所有列在片名后的名字都是导演的名字。

注 3.汤姆·冈宁,《D.W.格里菲斯和美国叙事电影的起源:早期》(厄巴纳:伊利诺伊大学出版社,一九九四年),第 41 页。

注 4.同上,第 41 页。

注 5.比尔·华伦,《望着天!》(杰弗逊,密苏里州:莫发兰,一九九七年),第 14 页。

注 6.布赖恩·斯塔布莱福特,"科幻第三代",《科幻研究》23(一九九六年),第 321 页至 330 页。

# 第六章 科幻小说及其编辑

盖瑞·沃尔夫

无论是在出版界还是流行小说领域，科幻的编辑和出版商从一开始就在科幻演化和意识形态及其读者群中有着举足轻重的地位。当然，有时他们的地位也会引起争议。正是杂志和书籍的编辑对文章进行了筛选，甚至经其手才形成了某种小说类型，可是很少有读者会意识到那些编辑的存在，比如说侦探小说和浪漫故事之类。但科幻则不然，科幻编辑自科幻文类创始就地位显著，且经常受到赞美。因此，美国侦探小说奖以埃德加·爱伦·坡的名字命名为埃德加奖（Edgar Award），而最为公众知晓的科幻奖雨果奖，是以编辑和出版商雨果·根斯巴克的名字命名的。由粉丝投票选举并在国际科幻大会授予的雨果奖自 1973 年起还设立了最佳专业编辑奖。但埃德加奖没有设立编辑奖，尽管它的埃勒里·奎因奖（Ellery Queen Award）原意是奖励合作的，有时也颁给编辑和出版商，但它毕竟没有这类专项奖。科幻编辑常常是科幻迷大会的嘉宾，相当多的读者在追溯自己如何爱上科幻时，都会提到朱迪斯·默里尔、加德纳·多佐伊斯，老一代的会提到根斯巴克、约翰·坎贝尔或贺拉斯·戈尔德等。同等重要的是，持续的对话思想和越来越多的风格以及形式构成了科幻独有的身份，这在很大程度上是编辑以观点评述和声明的形式有意干预的结果。当然，这并不是说科幻是或者已经是“受管控的文学”，但它的确是经常并时而高声声明责任感的文学，这种责任通常是通过编辑来表达和推动的。

早在一八六四年，儒勒·凡尔纳的出版商皮埃尔·海特泽尔（Pierre Hetzel）就开始在其《教育与娱乐杂志》（*Magasin d'éducation et de recréation*）上建立自己的读者群。在随后的几十年里，凡尔纳在这本杂志上连载了好几部小说，其中就包括《海底两万里》，从而建立了凡尔纳“科幻之父”的声誉。十九世纪末，出版商弗兰克·图赛（Frank Tousey）和弗兰克·芒西出品的著名纸浆杂志的早期版本就面世了，前者有《弗兰克读者图书馆》（*The Frank Reader Library*），后者有《芒西杂志》（*Munsey's Magazine*）和《故事汇》（*The All-Story*），《故事汇》主要登载埃德加·赖斯·巴勒斯和梅里特及其他人的早期作品。显然，这个时期的编辑和作家都感到正在奔向新小说形式的路上，因此编辑尽量为作家提供机会发表他们的作品，并且想尽办法为新的科幻作家建立范本和市场。终于，通过有选择地重印过去的作品，科幻杂志编辑在形成经典故事的一致性原则方面起到了关键作用，这些原则又得到后世编选者不断提炼，直至后来科幻成为主要小说形式，并在商业出版行业站稳了脚跟。现在，为出版社工作的编辑们仍然在继续把握着科幻的方向。

## 杂志

一九二六年，一般认为的第一本科幻杂志《惊奇故事》正式诞生，编辑和出版商雨果·根斯巴克此时已经在更老的杂志如《科学与发明》上培养了一批读者。在整个编辑职业生涯中，根斯巴克都把科幻视作自己的私人领地，创建科幻迷组织，给编辑写信，对科幻迷的兴起贡献显著。因此每年国际科幻大会读者选出的奖项就以他的名字命名，以示尊重。即使根斯巴克在科幻界享有如此传奇的地位，人们还是清醒地记得他作为编辑产生重要影响的时间也不过十年，编辑《惊奇故事》也不过三十七期。一九二九年，他因破产而对《惊奇故事》失去了控制，但很快他又创办了一份类似杂志《科学奇迹故事》(即后来的《奇迹故事》)。然而当时《惊奇故事》已经确立了科幻的市场地位，科幻概念深入人心，读者对科幻精髓已经达成共识(它的头两期就是分别重印的凡尔纳、坡和威尔斯的作品)，对于科幻究竟是什么已经了然于心，即科幻本质上是披着简单历险故事外衣的科学教育。具有讽刺意味的是，根斯巴克做《惊奇故事》编辑时发表的最成功的作品是E.E.史密斯的《宇宙云雀》(*The Skylark of Space*)，而这部小说的内容和科学教学根本就没有关系。不过这部小说却因此建立了太空歌剧的模板，成为科幻迷最珍爱的科幻分支流派，当然它也是圈外人士指责科幻是次流文学的重要依据。

《惊奇故事》的成功很快催生出了其他科幻杂志，这就是所谓的“纸浆时代”(pulp era)。同时也促使了各种市场竞争策略的产生，间接地反映了人们对这个新领域的认识过程。在这些新市场面前，根斯巴克的坚持开始受到冲击，因为他所付稿酬甚低，作家受到新市场的引诱，流行作家如埃德加·赖斯·巴勒斯和洛夫克拉夫特都遭到分化，甚至《宇宙云雀》也被以每词七分之一美分购买。随着根斯巴克的离去，《惊奇故事》在根斯巴克的前任主编、时年八十高龄的奥康勒·斯楼因的无为下日渐衰败。但是，一九三〇年一月另一份杂志登上了历史舞台，即《超级科学惊异故事》(*Astounding Stories of Super-Science*)，后改为《惊异故事》，然后再改为《震撼科幻小说》，数十年后又改为《类似物》，这份杂志最终被证明是所有杂志中最有影响力的。

在杂志前编辑哈利·贝茨(Harry Bates)和颇有影响的助理编辑戴斯蒙德·霍尔(Desmond Hall)的初步编辑下，《惊异》从域外场景快节奏历险故事的角度对科幻进行了定义，他们曾用安东尼·吉尔莫(Anthony Gilmore)作笔名合作创作过非常流行的"鹰简达恒"(Hawk Carse)系列，并把它用作这类小说的模板。在他们眼里，科幻只是历险小说的一个次类，这点与根斯巴克古板的美学观相矛盾。然而当一九三八年，前科幻迷雷蒙德·帕默尔(Raymond Palmer)就任《惊异》编辑时，买下了该杂志并把其纳入兹夫——戴维斯(Ziff-Davis)杂志集团旗下。翌年，帕默尔创办了另一份杂志《奇幻历险》(*Fantastic Adventures*)，它和新的《惊奇故事》一起建立了科幻纸浆杂志苍白幼稚的铅版制版法。(几年后，帕默尔在《惊奇故事》和其他一些杂志中，进一步歪曲科幻的可信度，把科幻与崇尚失踪的大陆和不明飞行物等伪科学连在了一起。)

但就在同时，第三个美学观进入科幻领域。一九三三年，纸浆杂志老编辑奥林·特里梅因代替贝茨接任《惊异》编辑，他宣布每期杂志将收入至少一篇"思想变体"故事,故事可以是完全新的思想,也可以是对熟悉故事的大胆改编。虽然今天没有多少人知道那些"思想变体"故事【最有名的例子是墨里·莱因斯特的《时间的侧面》(*Sidewise in Time*)(一九三四年),是较早涉及平行宇宙主题的故事】,但是这个政策比较早地认识到了科幻的潜力很大程度上在于推测内容,而不是作为实景故事或科学教育的平台。当这份杂志最受欢迎的投稿人约翰·坎贝尔取代戴斯蒙德·霍尔成为助理编辑,并于一九三七年取代特里梅因成为编辑时,推测思想就成了科幻的灵魂。

坎贝尔做了三十四年的《惊异》杂志编辑(具体细节参见布赖恩·艾特贝瑞撰写的有关章节),他不仅是科幻杂志史上任期最长的编辑,同时也是最有影响的编辑。坎贝尔承袭根斯巴克的传统,要求科幻要有一定程度的科学可行性,而且故事人物要可信细致,场景要真实,罗伯特·海因莱因的"未来历史"(future history)系列就是以此标准为模式写作而成。实际上,坎贝尔还栽培了年轻的艾萨克·阿西莫夫,使他按照他所认为的科幻模式去写作。不过,他也发表E.E.史密斯创作的太空歌剧,范·沃格特和罗恩·哈伯德的多动症患者历险故事,亨利·库特纳的乡下幽默故事。尽管他无休止的评论处处是直白的而且常常是右翼技术专家式的意见,但他仍然接受发表人文主义者甚至是情感作家如西奥多·斯特金和克里福德·西马克的作品。事实上,在一些读者眼里,"坎贝尔科幻"就是"科幻黄金时代"的同义词,坎贝尔培养的作家比之前的大多数纸浆作家要严谨得多。但是,这个"黄金时代"同此前的根斯巴克时代一样,实际上只持续了十年多一点。到二十世纪五十年代早期,由于坎贝尔本人对罗恩·哈伯德的戴尼提理论（即排除有害印象精神治疗法）产生了特别的兴趣(一九五〇年第一次在《惊异》上介绍)，加之安东尼·布彻和弗朗西斯·麦克马斯的《奇幻与科幻》杂志【一九四九年创办，题名为《奇幻杂志》(*The Magazine of Fantasy*)】和戈尔德的《银河科幻小说》(*Galaxy Science Fiction*)(一九五〇年创办)的崛起，《惊异》逐渐丧失了领导地位。

二十世纪四十年代，其他一些科幻杂志继续活跃，办刊目的也更加清晰。马尔考姆·雷斯(Malcolm Reiss)自一九三九至一九五五年编辑的《星球故事》(*Planet Stories*)主要发表太空歌剧。《惊奇故事》和《奇迹故事》(*Wonder Stories*)从其各种各样的前身中存活下来，后者还有一份成功的平行杂志《惊人的故事》(*Startling Stories*)。坎贝尔本人还帮助推销流行奇幻杂志《未知》(一九三九至一九四三年)【后来改为《未知世界》(*Unknown Worlds*)】。《未知》或多或少对科幻的发展也产生了一定的影响，因为很多在这份杂志发表作品的作家也在《惊异》上发表小说，如杰克·威廉森、西奥多·斯特金、弗里茨·雷伯等，这有助于淡化科幻各支派之间的界限。事实上在后来的几十年里，这种界限越来越模糊。总之，在一九三九至一九五〇年期间，产生了三十多种科幻杂志，许多都有清晰的定位，其中一份值得特别注意的被定位为重印杂志，那就是一九三九年芒西公司发行的《著名奇幻神秘小说》(*Famous Fantastic Mysteries*)，它的编辑是玛丽·格内丁格尔(Mary Gnaedinger)。起初主要是重印老芒西杂志的故事，随着其平行杂志《奇幻小说》(*Fantastic Novels*)的出现，它不仅把过去的叙事传统带入纸浆杂志市场，而且还向新一代科幻读者介绍梅里特、雷·卡明斯和其他作家的

"经典"。唐纳尔德·沃尔海姆编辑的《艾文奇幻读者》(*Avon Fantasy Reader*)(一九四七至一九五二年)也是大量重印威尔斯、邓萨尼(Dunsany)、梅里特、威廉·霍普·霍奇森等作家的经典,其本质上是一部系列小说选集,而不是杂志。它的平行杂志《艾文科幻读者》(*Avon Science Fiction Reader*)仅仅延续了三期。这些重印的经典让读者感受到了科幻的历史深度及其与其他奇幻小说的联系,因此有助于形成以历史上重要作家为基准的科幻写作规范。

二十世纪五十年代,新一代科幻编辑开始宣扬一种社会更自由、文学更宽泛的科幻观,远远超出根斯巴克或者坎贝尔的想象。戈尔德亲任主编的《银河》主要登载社会、经济讽刺小说,最初几年发表了阿尔弗雷德·贝斯特的《被毁灭的人》(有历史学家认为这是他与戈尔德合作撰写的小说,戈尔德参与痕迹很重),罗伯特·海因莱因的《异形杀机》(*The Puppet Masters*)等,这些故事后来成为弗雷德里克·波尔与科恩布鲁斯的《太空商人》以及雷·布拉德伯里的《华氏四五一》的素材。安东尼·布彻和弗朗西斯·麦克马斯的《奇幻与科幻》杂志风格高雅,主要翻印科幻经典,同时也发表新小说和文学奇幻与科幻混合的小说。五十年代,科幻杂志空前繁荣,十年里出现了六十多种,但它们大多以《银河》和《奇幻与科幻》杂志为主要标杆。可能戈尔德并不是唯一把讽刺小说引入科幻的人,但正是他这方面的兴趣才使罗伯特·谢克里[①]在《银河》上发表了大量的尖刻故事,也

---

① 编者注:罗伯特·谢克里(Robert Sheckley,1928年—2005年),美国科幻作家,作品以短篇见长,以机智幽默著称。著有《幽灵五号》《人手难及》《宇宙市民》等作品。

才有 C.M. 科恩布鲁斯的黑色讽刺小说《蠢蛋进化论》(*The Marching Morons*)、弗雷德里克·波尔的荒诞经济寓言故事《米达斯瘟疫》(*The Midas Plague*)。因此,库尔特·冯内古特的第一篇科幻故事出现在《银河》上也就不足为奇了。戈尔德乐于纳新,才有了理查德·马特森(Richard Matheson)早期故事的发表。也许最引人注目的是"考德维那·史密斯"(即保罗·林白克),他激进的话语和语言深奥的小说影响深远。一九六一年弗雷德里克·波尔继任《银河》以及成本不高但更受欢迎的平行杂志《如果》的编辑,要求变革的感觉似乎愈加强烈,这些杂志不仅登载了考德维那·史密斯的其他故事,而且也发表来自哈兰·艾里森、罗伯特·西尔弗伯格[1]、拉弗提、菲利普·迪克、罗杰·泽拉兹尼等人的非正统新小说。这些作家多年来一直在发表科幻小说,但对埃里森和西尔弗伯格而言,《银河》的故事则是新的自由声音的代表。与此同时,尽管波尔从编辑的角度反对新浪潮运动,但《如果》还是把传统经典科幻作家(海因莱因、范·沃格特甚至 E.E.史密斯)和"新浪潮"相关作家(巴拉德、德拉尼、埃里森,埃里森以"我没有嘴,但我必须呐喊"而闻名)放在了一起。

"新浪潮"作为一个至少可以定义的运动,是由作家和编辑共同发起的,为方便起见,人们一般从一九六四年迈克尔·莫考克就任英国杂志《新世界》作为这场运动的起点。但实际上《新世界》的前身一九三九年就存在了,中间几经波折,一九四六年

---

① 编者注:罗伯特·西尔弗伯格(Robert Silverberg,1935 年— ),美国科幻作家,曾多次获得雨果奖和星云奖,著有《荆棘》《乘客》《变化之时》等作品。

约翰·卡内尔做编辑时它就在发表科幻作品,之后两年,作家和科幻迷定期在伦敦酒馆聚会交流【阿瑟·克拉克的《白鹿故事集》(*Tales from the White Hart*)对此有回忆记载】,最终形成了杂志出版公司,因此成为第一个成功摆脱连锁出版商限制的科幻杂志。布赖恩·奥尔迪斯、约翰·布鲁纳、金奈斯·布尔默(Kenneth Bulmer)都是撰稿人,后来加入的还有巴拉德、科林·凯普(Colin Kapp)、詹姆斯·怀特[①]。一九六三年《新世界》开始衰败,准备关门,出版商大卫·华博顿(David Warburton)出手相救,在卡内尔的建议下,提名穆尔考克做编辑。很快,穆尔考克宣布"复兴"杂志,他让巴拉德撰文树立美国小说家威廉·巴勒斯为新科幻典范。刚开始穆尔考克收录了大量传统科幻作品,加上他自己、巴拉德、奥尔迪斯更冒险的小说,还有美国作家如托马斯·迪什和罗杰·泽拉兹尼的著作,但很快这些作家就形成新旧两个阵营,争议日渐突出。

这段时期,美国杂志尽管没有公开宣布革命,但也出现了相类似的对立。除了波尔以外,推动这场运动最得力的编辑应该是塞尔·戈德史密斯,他一九五八年就任《惊奇故事》和《奇幻》编辑,不但发表迪什、泽拉兹尼、奥尔迪斯和巴拉德的作品,也发表厄休拉·勒古恩、菲利普·迪克和大卫·邦奇[②]等人的作

---

① 编者注:詹姆斯·怀特(James White,1928年—1999年),北爱尔兰科幻作家,长于短篇小说创作。二○○○年以其名字设立的詹姆斯·怀特奖,专门奖励非职业作家创作的短篇小说。

② 编者注:大卫·邦奇(David R. Bunch,1925年—2000年),美国短篇科幻作家、诗人。题材集中在科幻、讽刺和超现实主义等类型上。曾获菲利普·迪克奖提名。

品。现在回头来看,这些编辑可能比较冷静,态度比较折中,而不是简单冲动。以此为示范,加德纳·多佐伊斯长期担任《艾萨克·阿西莫夫科幻杂志》编辑,并成为过去几十年里最重要的科幻杂志编辑,他的混合文学故事(有时仅包含少量科幻)杂糅了科幻材料、"新浪潮"以及少有争议的传统敏感性。同英国的《区间》(*Interzone*)【一九八二年编委会集体创办,后来由大卫·普林格(David Pringle)一人任编辑】一样,《艾萨克·阿西莫夫科幻杂志》的故事融入了科幻史上差不多所有时代的元素,这也许表明科幻的各种历史运动和风格并没有如其归类那样被完全摒弃。

## 选集的编者

尽管现代科幻历史可以而且常常已经被写成杂志编辑的历史,但是选集编者六十多年来对于这个领域规则的形成也起到了良好的推动作用,他们保住了那些可能只是短时存在的故事,帮助建立了一套核心主题和风格。因为前几十年大多数科幻小说仅限于杂志发表(只是偶尔以连载形式发表),因此,把科幻带入书店,流通于图书馆,最终进入教室,选集的形式举足轻重。现在人们能找到的第一本科幻选集是唐纳尔德·沃尔海姆编纂的《科幻小说袖珍手册》(*The Pocket Book of Science Fiction*)(一九四三年),它也是把科幻和当时处于发展初期的平装书产业联系起来的重要纽带。不久以后,格罗夫·康克林(Groff Conklin)、雷蒙德·希利、弗朗西斯·麦克马斯、约翰·坎贝尔、奥古斯特·德勒斯(August Derleth)等人在四十年代和五十年代早期编纂出大批精装选集,这些书不仅进入了书店和图书馆,还获得了如皇冠、兰登书屋、西蒙、舒斯特等主流出版商的支持,以前这些出版商是绝不会考虑出版科幻小说的。安东尼·布彻曾经估计一九四九到一九五二年间以科幻为题发表的小说超四成是选集或故事集,大约占到以神秘小说为主体出版领域的百分之五。

同等重要的是,后代读者因为太年轻而无法理解三四十年代的纸浆小说,而选集编者为他们提供了培养科幻历史感的机会,使他们了解思想和技术之间的持续对话以及重要作家和故事提出的科幻准则。举例来说,《惊异》的历史重要性由于一九四六至一九五二年间选集的出现毫无疑问得到了加强,雷蒙德·希利和弗朗西斯·麦克马斯的《时空历险》【一九四六年,后来改名为《著名科幻故事》(*Famous Science Fiction Stories*),长期存于兰登书屋现代图书馆】的三十五个故事中有三十二个是取自《惊异》杂志。此外,还有格罗夫·康克林编选的四本皇冠选集【《最佳科幻小说》(*Best of Science Fiction*)(一九四六年);《科幻小说宝库》(*Treasure of Science Fiction*)(一九四八年);《科幻小说大全》(*Big Book of Science Fiction*)(一九五〇年);《科幻小说选》(*Omnibus of Science Fiction*)(一九五二年)】,约翰·坎贝尔的《惊异科幻小说选集》(*Astounding Science Fiction Anthology*)(一九五二年)等。这些选集中,差不多有一百四十个故事都是从《惊异》杂志摘选而来。康克林率先编选主题选集,仍然从《惊异》中选文,以此阐释作者是如何就某些反复出现的修辞开展对话的,例如《地球入侵者》(*Invaders of Earth*)(一九五二年)、《方圆之间的科幻历险》(*Science Fiction Adventures in Dimension*)(一九五三年)、《科幻思考机器》(*Science Fiction

*Thinking Machines*)(一九五四年)、《突变中的科幻历险》(*Science Fiction Adventures in Mutation*)(一九五五年)等。

在当时众多的选集中，只有奥古斯特·德勒斯坚持更为中庸的观点，他从《怪谭》一类杂志中选择小说，强调选集的历史性。例如，《时空之外》(*Beyond Time and Space*)(一九五〇年)既有柏拉图、卢西安[1]、开普勒、弗朗西斯·戈德温的作品，也有威尔斯、斯塔普来登、斯特金、海因莱因和布拉德伯里的作品。在某种程度上，科幻的第一个短小说准则就是通过五十年代选集运动锤炼而成的。罗伯特·西尔弗伯格编选的《科幻名人堂》(*The Science Fiction Hall of Fame*)是由美国科幻作家协会成员投票选择的最佳科幻故事集，在二十六个故事当中有不少于十四个曾经在一九六〇年前被至少三个选集或者作家作品集选过，阿瑟·克拉克的《神的九十亿个名字》(*The Nine Billion Names of God*)曾经被选多达五次。至少从学术意义上来说，《科幻名人堂》很快证明了它对科幻准则的影响：《科幻研究》杂志一九九六年进行的一项调查表明，美国和加拿大科幻文学课上使用最多的一个选读文本就是《科幻名人堂》，当然还有一些选集是为大学课程特别设计使用的。

选集还在其他一些方面对科幻准则的形成有所裨益，一九四九年艾沃利特·布雷勒和狄克提(T. E. Dikty)出版了该年度《最佳科幻故事集》(*The Best Science Fiction Stories*)，从此开启了每年编选"最佳"科幻选集的传统。也许此后形式不同，编辑不同，但从未间断。到了一九五六年，朱迪斯·默里尔继承传统，并开始

---

① 编者注：卢西安(Lucian，公元前125年—180年)，希腊雄辩家、讽刺作家。

了一项史无前例的工程——她进一步扩大科幻的范围，把约翰·斯坦贝克[1]和欧仁·尤内斯库[2]的故事甚至瓦尔特·凯利[3]的POGO连环漫画也收录了进去，这大大扩充了“年度最佳”的内涵，不仅仅是对优秀的肯定，也是对科幻的某一特殊观点和可能性的支持，这项工程一直持续到一九六八年。到七十年代中期，每年差不多有四种这类选集面世，它们对科幻是什么或者应该是什么都有自己的看法。从一九七七年开始，加德纳·多佐伊斯成为担任这类选集工作时间最长的编辑，一个系列从一九七七年一直编到一九八一年，另一个系列从一九八四年开始，到九十年代都是由他编选的。但在一九九六年，大卫·哈特威尔向他提出了挑战，指出他的年度最佳选集对科幻界定不清，从此哈特威尔开始了自己的编选系列。

选集编者们还以另一种方式改变了科幻市场的性质，那就是扩大了科幻出版的种类。一九五一年，雷蒙德·希利和弗朗西斯·麦克马斯出版了《时空历险》，号称“原版选集”，里面都是以前没有发表的故事【不过，其中唐纳尔德·沃尔海姆的一篇《眼神饥饿的女孩》(*The Girl with Hungry Eyes*) 一九四九年曾在《艾文》(*Avon*) 上面发表过】。这一趋势在五十年代一直持续，产生了弗雷德里克·波尔深有影响的《星科幻》(*Star Science*

---

① 编者注：约翰·斯坦贝克(John Steinbeck，1902年—1968年)，美国文学家，一九六二年获诺贝尔文学奖。代表作有《人鼠之间》《愤怒的葡萄》《伊甸之东》等。

② 编者注：欧仁·尤内斯库(Eugene Ionesco，1909年—1994年)，罗马尼亚裔法国剧作家，荒诞派戏剧代表作家。著有《犀牛》《秃头歌女》等。

③ 编者注：瓦尔特·凯利(Walt Kelly，1913年—1973年)，美国卡通漫画家，以连载漫画POGO系列闻名。

*Fiction*)系列(一九五三至一九五九年)。波尔的系列选集由巴兰坦图书出版社出版,这也证明了原版选集系列的潜力,作者可以直接联系图书出版,在付酬较低的杂志市场之外又多了一个选择。六七十年代,原版选集成了杂志最主要的竞争对手,著名的有约翰·卡内尔的《科幻新作》(*New Writings in SF*)(一九六四至一九七八年,一九七三年后和金奈斯·布尔默一起编辑),以及戴蒙·耐特的《轨道》(一九六五至一九八〇年),泰利·卡尔的《宇宙》(*Universe*)(一九七一至一九八七年),罗伯特·西尔弗伯格的《新维度》(*New Dimensions*)(一九七一至一九八一年)。

选集也帮助科幻领域的文学运动进行了聚焦,如果说英国的新浪潮运动是杂志编辑迈克尔·莫考克一手发动的,那么美国的这一运动则是从三本重要的选集显现出来的。首先是朱迪斯·默里尔的《英国节奏的科幻》(*England Swings SF*)(一九六八年),书名让人耳目一新,显然它被视作"英国入侵"的先锋,堪比稍早时候的摇滚音乐。然后有哈兰·艾里森的《危险幻象》(*Dangerous Visions*)(一九六七年)和《又一个危险幻象》(*Again, Dangerous Visions*)(一九七二年),埃里森和撰稿人在序跋中宣称的革命至少和故事本身所表达的一样多。尽管埃里森和波尔一样很鄙视"新浪潮"这个概念,但她实际上用了一个和这个意思一样的法语词,也叫"新浪潮",她把《危险幻象》视作"推测写作'新浪潮'"的展示(注 1)。数十年后,布鲁斯·斯特林在《镜影:赛伯朋克选集》(*Mirrorshades: The Cyberpunk Anthology*)的引言中以相同的声明定义了八十年代的赛伯朋克运动。澳大利亚九十年代的"科幻复兴"引起了广泛关注,也正是多亏了以下这些原版选集：杰克·丹恩[①]和嘉宁·韦博[②]的《梦想澳大利亚》(*Dreaming Down-Under*)(一九九八年)，它实际上是对埃里森《危险幻象》的一个有意识的回应。还有就是乔娜坦·斯特拉罕(Jonathan Strahan)和杰里美·布赖恩(Jeremy Bryne)一九九七年开始编纂的澳大利亚"年度最佳"系列,以及大卫·哈特威尔和戴米安·布罗德里克的《人马座：澳大利亚最佳科幻选》(*Centaurus: The Best Australian Science Fiction*)(一九九九年)。

## 图书编辑

随着二十世纪五十年代科幻小说市场的出现,继杂志和选集编辑之后的第三类编辑即图书编辑日显重要。在四十年代，为推动科幻和奇幻小说以书的形式出版,几家专业出版社如阿克海姆出版社、沙斯塔和奇幻出版社应运而生,但为这些出版社工作的大多是因为敬重作家而热情相助的人或者是科幻迷，几乎没有职业编辑。一九四九年,情况发生了变化,两家商业出版社即弗雷德里克·菲尔和双日出版社决定参与科幻项目,菲尔主要出版选集【布雷勒(Bleiler)和狄克提的《最佳科幻故事集》、唐纳尔德·沃尔海姆的《儿童科幻图书》(*Every Boy's Book of Science-Fiction*)等】,而双日出版社的新任科幻编辑瓦尔特·布拉德伯里(Walter Bradbury)则着力从富有潜力的作家中开

---

① 编者注:杰克·丹恩(Jack Dann,1945 年— ),美国科幻作家、编辑、写作教师,长于写作恐怖、科幻短篇等题材。

② 编者注:嘉宁·韦博(Janeen Webb,1951 年— ),澳大利亚作家、批评家,主要研究科幻和奇幻领域。

发新的宝藏，仅在第一年，他就支持艾萨克·阿西莫夫完成了《苍穹微石》(*Pebble in the Sky*)(之前曾劝说双日出版社董事会投资基地系列,但没有成功),同时他还建议雷·布拉德伯里（此二人没有亲属关系）把纸浆杂志发表的各种火星故事收集起来以《火星编年史》(*The Martian Chronicles*)(一九五〇年)为题出版。据雷·布拉德伯里说,《文身人》(*The Illustrated Man*)也是在同一天卖给瓦尔特·布拉德伯里的。在瓦尔特·布拉德伯里的领导下,双日出版社迅速成为五十年代科幻精装书的主要出版商,其地位只有以出版平装书为主的巴兰坦图书公司可以与之匹敌。

巴兰坦图书公司由伊恩·巴兰坦（Ian）和贝蒂·巴兰坦(Betty Ballantine)于一九五二年创办(起初公司总部就设在他们纽约的公寓里)，在建立科幻与平装书之间的联系方面可以说它是最重要的公司。伊恩·巴兰坦还是伦敦经济学院学生时就写过一篇有关平装书出版的学术论文,一九三九年他率先在美国发行英国企鹅平装书。美国曾自吹的"平装书革命"始于一九三九年罗伯特·德·格拉夫（Robert de Graff）的袖珍图书公司,事实上,英国企鹅公司一九三五年就开始出版平装书了,整整比美国早了四年。二战一度使得英国平装书停止供货,于是布拉德伯里开始了自己的发行计划，他仅使用企鹅原版封面，加上封面插图,印刷自己的小说。这一行为让企鹅原版出版商艾伦·雷恩(Allen Lane)大为恼火,于是巴兰坦公司于一九四五年从企鹅公司中分离出来,当年八月,巴兰坦和匆匆忙忙召集起来的编辑、经理们就成立了班坦图书公司,很快人们发现这家公司成了德·格拉夫袖珍图书公司的主要竞争对手。但到五十年代早期，平装书产业的过度生产和不利宣传（它和连环画一起成为臭名昭著的美国众议院黄色材料筛查委员会的焦点），导致了一系列危机，一九五二年六月巴兰坦从班坦分离出来单独经营。虽然巴兰坦最初计划同时出版精装版和平装版图书，但它很快就以出版平装书而闻名。一九五三年，巴兰坦图书公司出版了弗雷德里克·波尔和C.M.科恩布鲁斯的《太空商人》，此后主打科幻，出版了阿瑟·克拉克、西奥多·斯特金、雷·布拉德伯里等人的作品。巴兰坦选择用理查德·鲍沃斯（Richard Powers）的半抽象超现实主义艺术作品作为大部分科幻图书的封面，使科幻摆脱了低俗联想，也脱离了美国平装书早期可怕的历史。

就在巴兰坦公司大力宣传科幻推测和文学模式的同时，爱思图书公司的唐纳尔德·沃尔海姆则在着力保持纸浆故事丰富多彩的历险传统。爱思公司一九五三年由崴因（A. A. Wyn）创办，主要特色是图书封面艳丽，常由艾德·瓦里戈斯基（Ed Valigurski）设计，还有就是引入了“爱思倍增”概念，即把两本短篇小说装订在一起，然后玩买一赠一的噱头。沃尔海姆曾于一九四七年到一九五二年在艾文公司做科幻编辑，当时就才华毕现，他善于用大众化的包装来推广比较晦涩深奥的作品，刘易斯的《沉寂的星球》（*Out of the Silent Planet*）三部曲就是他在艾文公司以平装书系列介绍给普通读者的。在爱思公司，他主要推销混合主题选集（他自己编选）、纸浆太空歌剧和一些新作家的作品，哈兰·艾里森、塞缪尔·德拉尼、厄休拉·勒古恩等人的第一本平装书就是以爱思买一赠一方式出版的。一九六四年，泰利·卡尔加入爱思公司，他同沃尔海姆一样精明，甚至更加富有创新精神。他引入了“爱思特刊”系列，其间中断过几年，后又恢复，现在的经典著作勒古恩的《黑暗的左手》和威廉·吉布森的《神经漫游者》就是那时第一次出版的。卡尔还和沃尔海姆合作出版“年度最佳科幻小说集”系列（但他们后来分开出版各自的年度最佳，形成竞争局面），卡尔发起出版了重要的宇宙原版选集系列。

一九七二年，沃尔海姆离开爱思公司成立了他自己的科幻出版公司，即DAW（他名字的首字母缩写）图书公司，新公司继续出版神气活现的科幻历险故事，还有大量奇幻故事以及一系列怀旧作家作品集。在他公司出版作品的新作家中，最重要的就是切利。DAW图书公司是科幻领域用编辑名字作为品牌版权标记的首例，其黄色书脊、封面艺术和印刷样式都增强了它的品牌效应。五年之后即一九七七年，戴尔·雷图书公司成为又一家以编辑名字命名的公司，它的印刷样式同巴兰坦图书公司一样。朱迪–琳·戴尔·雷（Judy–Lynn del Rey）是一九七三年也就是伊恩和贝蒂·巴兰坦离开巴兰坦公司后出任巴兰坦编辑的，她在该公司取得了不同寻常的成功，其中最有影响的成就是她不仅吸引了新老天才作家，而且找到了以科幻书名吸引读者使之成为畅销书的方法，斯蒂芬·唐纳尔德森（Stephen R. Donaldson）的奇幻三部曲《异教徒托马斯·考文特历代记》（*The Chronicles of Thomas Covenant the Unbeliever*）就是一例。（虽然她嫁给了科幻作者和编辑莱斯特·戴尔·雷，但公司版权标记仍然以她的名字命名。）同沃尔海姆和卡尔一样，戴尔·雷也来自科幻界而不是一般性职业编辑群体，她的营销悟性和其背景和专业直接相关，这大大提升了职业科幻图书编辑的内涵，和早期编辑如瓦尔特·布拉德伯里等形成了鲜明的对比，毕竟早期编辑是被分配去“处理”科幻编辑事务的。

在英国，直到一九六一年才由维克多·格兰茨（Victor Gollancz）制定了正式的科幻出版计划，当时的编辑是格兰茨的侄子希拉里·鲁宾斯坦（Hilary Rubinstein）。实际上，格兰茨一九二八年成立公司时就对奇幻文学表达了兴趣，但一直没有付诸实现，最终他雇请马尔考姆·爱德华兹（Malcolm Edwards）作为公司编辑，于是，爱德华兹成为英国七十年代及以后最重要的编辑。五十年代早期，只有少数几个出版公司通过编辑个人表示对科幻的支持，据说，法波与法波公司的查理·蒙泰斯（Charles Monteith）就是从“一堆烂泥”中挖出了威廉·戈尔丁[①]的《蝇王》（*Lord of the Flies*）（一九五四年）。后来他不仅出版了布赖恩·奥尔迪斯的第一本书即非科幻小说《布莱特方特日记》（*The Brightfount Diaries*）（一九五五年），而且还出版了奥尔迪斯的第一本科幻小说《永不停止》（*Non-Stop*）（一九五八年）。其他出版商如威登菲尔德（Weidenfeld）、尼科尔森（Nicolson）与格雷森（Grayson）也都出版科幻书籍，但他们并没有大张旗鼓地宣传。迈克尔·约瑟夫（Michael Joseph）（曾于一九五一年出版约翰·温德姆的《三尖树时代》）一九五五年第一个出版了“未来小说”系列，由当时六十七岁高龄的小说家克莱门丝·戴恩[②]编辑，其

① 编者注：威廉·戈尔丁（William Golding，1911 年—1993 年），英国作家，于一九八三年获诺贝尔文学奖。代表作有《继承者》《蝇王》《纸人》等。

② 编者注：克莱门丝·戴恩（Clemence Dane，1888 年—1965 年），英国小说家、剧作家。

中比较有特色的作家是约翰·克里斯托弗[1]。在平装书领域，非常不幸的是，五十年代英国出版科幻的公司都是些不入流的生产线小说公司如柯提思·华伦和贝杰图书公司，写科幻的作家都是公司内部作家，常常使用匿名发表。

到二十世纪八十年代，人们发现某些科幻作品也可以采用一些策略使其成为畅销书，把小说和电影电视联系起来可以扩大销售量（如《星际迷航》或《星球大战》），逐渐成为主流的连锁书店加大出版商的压力，这些都激化了出版界长期存在的文学价值和市场生存之间的矛盾。从历史角度来说，科幻由于其相对狭小可依赖的市场，受到的影响没有主流小说那么大，但是时过境迁，科幻领域这一矛盾也日趋突出。因此，七八十年代的图书编辑面临着新的挑战，科幻的文学性和复杂性日益增强，但市场却只回报最熟悉的模式类小说。这一两难处境最有名的例子是时景图书公司（Timescape Books）的命运，这家公司带有西蒙、舒斯特和袖珍等图书公司的痕迹，大卫·哈特威尔一九八一至一九八四年在该公司任编辑。自从七十年代早期，哈特威尔就在好几家出版社提倡科幻的文学性，他在时景公司任期虽短，却出版了一些重要作品，最有名的是吉恩·沃尔夫的新日之书四部曲，还有格里高利·本福德、迈克尔·毕肖普[2]和菲利普·迪克等人的作品。虽然时景制品在科幻界声名卓著，但它出版

---

① 编者注：约翰·克里斯托弗（John Christopher，1922 年—2012 年），英国当代科幻作家，写过许多涉及生物发展的科幻小说。主要作品有《苏格拉底》《威尔历险记》《彗星年》《草之死》等。

② 编者注：迈克尔·毕肖普（Michael Bishop，1945 年— ），美国作家，著作颇丰，长于科幻和奇幻文学创作。

的作品却没有在市场上获得畅销书地位,加上八十年代早期经济收缩,导致最有智力的现代科幻图书系列胎死腹中。而哈特威尔依然是一位有影响、有创新精神的编辑,他大部分时间在托尔图书公司(Tor Books)上班,该公司聘请的其他重要编辑还有贝斯·米查姆(Beth Meacham)、泰利·温德灵(Terri Windling),托尔图书公司后来成为美国最重要的科幻出版商。而后,一些有能力的编辑建立了专业的有时是半独立的科幻公司,如楼·阿罗尼卡(Lou Aronica)一九八五年在班坦建立的班坦斯贝克特拉公司,金·巴恩(Jim Baen)一九八四年建立的巴恩图书公司,英国马尔考姆·爱德华兹在格兰茨建立的科幻图书公司,约翰·加罗尔德(John Jarrold)为西蒙和舒斯特出版公司建立的地光图书公司(Earthlight),提姆·霍尔曼(Tim Holman)为小布朗建立的轨道图书公司。但是,出版和图书发行的新经济学重新定义了编辑的作用,认为他们是科幻扩张文学可能性的倡导者,而市场压力似乎要求更加依赖已经证明的模式。到本世纪初,主要重量级作品或特许权作品很少被编辑,一些最有创新精神的作家主要根据图书公司的声誉和影响来选择在哪家公司出版自己的著作。虽然有理由说科幻在文学领域的边缘地位是科幻形成过程中编辑需要或固执导致的结果,但差不多可以肯定的是如果没有最优秀编辑的大力坚持和提倡,科幻不可能达到现代的深刻程度和多样性。

注释:

注 1.哈兰·艾里森,载于埃里森编《危机幻象》(果园市,纽约:双日,一九六七年),第X X页。

# 第二部分　批判方法

# 第七章 马克思主义理论与科幻

小伊斯特万·西克瑟瑞·荣莱

## 马克思主义、科幻小说和乌托邦

马克思主义理论在科幻小说批判方面发挥了重要作用，尤其是在二十世纪最后的三十余年中更是如此。从二十世纪六十年代以来，许多关于科幻小说的高深研究或者明确表明以马克思主义为研究方向，或者受到了采用马克思主义概念的女权主义、人种批评主义、酷儿理论和文化研究的影响。尽管科幻中公开声明是马克思主义忠实追随者的评论家和作家相对较少，但科幻小说及与其密切相关的乌托邦小说都受到了马克思主义和社会主义思想的影响。简而言之，科幻小说和乌托邦小说都会想象比现实更加进步的情形，常常暗含了对当下的批评和当今社会趋势下未来可能发展结果的猜想。特别是科幻小说预想整个人类种族将要发生的变化(注 1)，常常是人类将其科学发现和发明应用到自身社会变革的必然结果，这些变化也是马克思主义乌托邦和社会幻想所关心的内容。

马克思主义理论体系结合了对资本主义经济体系的批判和作为人类历史发展目标的普遍公平民主生活方式的想象，资本主义经济体系是人类自身建设辩证过程的历史概念。尽管随着苏联解体、多民族资本主义占主导这一世界格局的形成，马克思主义作为一种政治实践和预言模式的作用被削弱了，但其核心概念却被其他社会运动和分支学派吸收了。人种批评和女权主义思想借用了马克思主义的历史模型，用有色人种和女性替代了马克思主义中的工人阶级。因为资本主义生产方式是人种歧视和父权体制的模型，所以人种主义和性别主义常被类比于资本主义。随着无产阶级进步意识逐渐觉醒和揭示理论与实践矛盾的行为被边缘化，文化研究用马克思主义基本概念追溯社会集团间的辩证关系，通过文化媒介来确立权威(注 2)。

从最早的形式开始，乌托邦小说就在描绘一个理想中公平理性的社会来代替现实中的剥削社会。人们都知道马克思不愿意描述无产阶级革命成功后的乌托邦社会，只在《共产党宣言》(*Communist Manifesto*)的结论中用模糊的语言一带而过，当然他还是肯定了乌托邦社会作为一个历史目标的重要性。马克思也认为技术是人类解放的重要工具，他认为在一个公正合理的社会中，技术创新是人类摆脱繁重劳动的保障，而在剥削制度下它却是奴役大众的手段。这些马克思主义观点和科幻小说中关于社会和技术解放的基本故事模式密切相关。

乌托邦社会主义思想是十九世纪末对科幻小说影响最大的思想观念之一，尤其在英语世界和俄国。从十九世纪八十年代中期到第一次世界大战初期三十年间，以英语为母语的科幻发展中最重要的人物如爱德华·贝拉米、威廉·莫里斯[①]、H.G.威尔斯和杰克·伦敦都是社会主义者。尽管只有伦敦公开声明自己是马克思主义者，但他们都认为科学和乌托邦浪漫故事要结合社会改造不道德、放任自由的资本主义。在西方，威尔斯在科幻领域的影响远胜于马克思，他在作品如《现代乌托邦》(*A Modern Utopia*)(一九〇五年)、《自由的国度》(*The World Set Free*)(一九一四年)和《神一样的人》(*Men Like Gods*)(一九二三年)中都写到乌托邦，在国际上享有很高的声望。他的技术专家治国模式，即国家由开明的科学家和工程师管理，在二十世纪三十年代前主导了左派对于社会的想法。

由于马克思主义是苏联的官方哲学，人们一般会认为马克思主义对苏联的科幻概念有显著影响。一九一七年前乌托邦科幻小说在激进分子中是政治空想的一个重要类型，十月革命初期在人民大众中广为流行。然而从二十世纪二十年代早期开始，苏联作家被阻止创作可能会提高民众期望并暗讽现状的乌托邦空想作品，因为在斯大林的"扩大化政策"(doctrin of near limits)下，阻止变成了积极的镇压，作家们被迫歌功颂德，科幻小说和乌托邦小说在社会主义社会不再有容身之地。因此，直到一九五三年斯大林逝世，苏联都没有出版过严格意义上的科幻小说，更不要说科幻批评和理论了(注3)。

---

① 编者注：威廉·莫里斯(William Morris，1830年—1896年)，英国设计师、诗人、社会主义活动家。著有诗集《地上乐园》。

二十世纪五十年代后期，在伊凡·耶福莱莫夫[1]突破性的《安德洛墨达公主》(*Andromeda*)(一九五九年)的激励下,大规模的社会主义乌托邦科幻创作卷土重来。二十世纪五十年代后期到六十年代初,所谓的“解冻时期”(thaw)之后出现了科幻创作高潮,代表人物是斯特鲁加茨基兄弟[2]。耶福莱莫夫和斯特鲁加茨基兄弟都因为偏离了党的原则而受到批判,批判耶福莱莫夫的理由是他抛弃了“社会主义者”的形象,把主人公描绘成了半人半神,而斯特鲁加茨基兄弟创作的人物则不够英勇,无法代表“社会主义者”(注 4)。由于反应愈演愈烈,二十世纪七十年代到八十年代，苏联科幻小说作家受到越来越多的批评,他们的作品常常只能由地下出版社出版(私下复制,地下出版)。人们都不欣赏用马克思主义语言来辩护评论科幻,在这种情况下,也就没有形成用马克思主义术语来架构的严肃科幻理论。

在美国，科幻通过纸浆杂志发展成为强大的流行文学形式,一战以后几乎未受社会主义思想影响,威尔斯仍然是最受欢迎的楷模,美国科幻小说作家主要从他那里吸收了支持技术专家治国论的理由。美国科幻小说的典型主人公不是从事科学重建人性工作的社会主义科学家,而是以天才发明家爱迪生为代表的博学工程师、冒险家和企业家(注 5)。俄国革命后,美国科幻小说作家群体不仅愈加反共,而且反社会主义。二战及其余波过后,美国反共思潮大行其道,马克思主义思想遭到唾弃,

---

① 编者注:伊凡·耶福莱莫夫(Ivan Yefremov,1908 年—1972 年),苏联古生物学家、科幻作家、社会学者。

② 编者注:斯特鲁加茨基兄弟(Strugatsky brothers),俄罗斯科幻小说作家兄弟,哥哥阿尔卡季(1925 年—1991 年)、弟弟鲍里斯(1933 年—2012 年)。

少数作家如弗雷德里克·波尔、西里尔·科恩布鲁斯和社会主义者马克·雷诺兹[①]仍坚持创作反资本主义的讽刺小说，但大部分科幻小说作家（他们中很多如未来派在二十世纪三十年代还是左倾同情派）都变成了反社会主义者，他们把放任自流的资本主义和个人主义描述成未来发展的自然秩序。科幻电影通过寓言化麦卡锡歇斯底里症成为新的流行形式，“乌托邦”一词在大众思维中即等于苏联共产主义，所以战后时期的科幻小说主要以反乌托邦为主题。

这种反激进、反乌托邦氛围在二十世纪六十年代发生急剧变化。争取民权的斗争，许多欧洲殖民地的突然独立，资本主义民主制度前所未有的经济和技术进步，使得国际性的论辩式的文化同资本主义国家的机构和政策公开对立，这场运动的目的多种多样，但有两个共同特点：一是尊重马克思主义思想，二是尊重伊塔洛·卡尔维诺[②]所说的“乌托邦责任”（a utopian charge）（注 6），这是一个强有力的未成形的愿望——在世界范围内消灭马克思主义理论定义的贫困、种族主义、性别压迫和经济剥削等罪恶，这种结合也对科幻小说产生了巨大的鼓舞作用。知识分子和学生发动群众想象能取代冷战时期两极非理性军事化秩序的世界，人们尝试了各种团体方式，文化生活越来

① 编者注：马克·雷诺兹（Mack Reynolds，1917 年—1983 年），美国科幻作家，有多个笔名。对乌托邦社会多有建树。

② 编者注：伊塔洛·卡尔维诺（Italo Calvino，1923 年—1985 年），意大利当代最具有世界影响的作家，生于古巴哈瓦那，随父母移居意大利。早期创作多为现实主义作品，后转向幻想小说和寓言小说。著有《通向蜘蛛巢的小径》《宇宙连环图》《树上的男爵》等作品。

越多地从解决现有问题的想象立场出发批评现状，当然，问题能否解决还不确定。科幻小说成为这股思潮得天独厚的表达工具，弗兰克·赫伯特的《沙丘》、罗伯特·海因莱因的《异乡异客》、库尔特·冯内古特的《猫的摇篮》和《泰坦族的海妖》(*Sirens of Titan*)(一九五九年)受到了史无前例的追捧。

乌托邦责任的表现形式有很多种，如哲学无政府主义、左翼尼采主义、原始绿色运动、迷幻自由主义，其中最有影响的可能是赫伯特·马尔库塞[①]发布的所谓弗洛伊德——马克思主义，它是弗洛伊德压抑分析与马克思主义批判压迫的结合，这一组“主义”勉强可以分为两个方面，一方面是新左派从商品化角度强调乌托邦批判和自由；另一方面是国家、民族、阶级反抗的反殖民、革命的、准列宁式政治。前者强调文化的批评意识，而对后者来说阶级意识是暴力反抗和革命的先决条件，两者主要在批判资本主义方面相互重叠。

随着时间的推移，幻想替代和形成幻想批评的一般愿望仅限于文化理论。一九六八年，在世界范围内兴起的充满希望的学生运动并没有对资本主义国家的结构产生实质性的改变，也没有因为布拉格之春[②]影响到共产主义国家。在欧洲和美国，极端主义运动以列宁主义革命的名义把暴力政治付诸实践，使越来越多的民众针对镇压运动的政府。在英国，马克思主义思想还

---

① 编者注：赫伯特·马尔库塞(Herbert Marcuse，1896年—1979年)，德裔美国哲学家和社会理论家，法兰克福学派成员。被西方称为“新左派哲学家”。

② 编者注：布拉格之春，始于一九六八年一月五日捷克斯洛伐克国内的一场探索符合本国国情的社会主义道路运动。因苏联和华约成员国武装入侵而告终，造成十万多人的难民潮。

是以贸易联盟激进主义为基础，马克思主义文化理论在阶级文化的实用社会学背景下发展，几乎接触不到乌托邦理论，自然也就没有在那里产生马克思主义科幻理论（不过，唯物主义文化研究的领军人物雷蒙·威廉斯[1]间或对科幻小说表现出兴趣）（注7）。

## 美国的新马克思主义批评

相反，在美国不仅左派学者和学生，大众对科幻小说的兴趣都空前高涨，催生了一种新的有艺术追求、政治老到的科幻，代表人物有菲利普·迪克、乔安娜·拉斯、厄休拉·勒古恩和塞缪尔·德拉尼，激进科幻理论形成的前提条件已经具备了。

二十世纪七十年代中期，科幻的马克思主义理论家发现他们陷入了进退两难的局面，一方面，科幻小说被受过教育的读者（包括大部分马克思主义理论家）认为几乎不具有艺术性；另一方面，由于大部分科幻小说是为娱乐大众而写，它们明显地避开了社会批评，支持资产阶级个人主义的主流意识形态，这种情况在创作、销售科幻小说最多的美国尤其突出。对一些马克思主义批评家来说，科幻是意识形态与已经建立的资本主义利益串通密谋的典型案例，美国布鲁斯·富兰克林的作品就着重突出了这一点，如《罗伯特·海因莱因传》（一九八〇年）指出了臭名昭

① 编者注：雷蒙·威廉斯（Raymond Williams，1921年—1988年），二十世纪中叶英语世界最重要的马克思主义文化批评家，文化研究的重要奠基人之一。被誉为“战后英国最重要的社会主义思想家、知识分子和文化行动主义者”。

著的个人主义作家和美帝国主义在持续的越南战争中的狼狈为奸。在之后的论文和《战争之星》(*War Stars*)(一九八八年)一书中，富兰克林更加令人信服地论证了科幻是大规模杀伤性武器产生和发展的主要推动力和想象动力，所以科幻应对历史罪行负重大责任。在与之类似的有关科幻小说和越南战争的作品中，富兰克林用一个反叛的批评家的急切和愤怒昭示了科幻小说这一看似无害的娱乐形式中潜藏的意识形态的力量(注8)。

但是，主流科幻理论发展走的却是另一条路径。一九七三年，达科·苏恩文和马伦(R. D. Mullen)创办了《科幻研究》杂志，它成为科幻小说新马克思主义批评的主要阵地。这份杂志不只专于一个方向，它发表了很多马克思主义作家的重要研究(马伦本人并不是马克思主义者)，成了一批马克思主义理论批评家的大本营，这些作家有相似的思想基础并相互拓展思想观点，他们当中除了苏恩文，还有詹明信、彼特·费亭(Peter Fitting)、汤姆·默兰(Tom Moylan)、马克·安格诺特(Marc Angenot)和卡尔·费德曼(Carl Freedman)，虽然把这些人称为《科幻研究》"派"有些误导，但他们大多数的确依靠并详细阐述"批判乌托邦"概念，将之作为科幻想象的核心。

"批判乌托邦"来自传统的黑格尔马克思主义重要观点，主要体现在T.W.阿多诺[①]、瓦尔特·本雅明[②]、恩斯特·布洛

---

① 编者注：T.W.阿多诺(Theodor Wiesengrund Adorno，1903年—1969年)，德国哲学家、社会学家、音乐理论家，法兰克福学派第一代的主要代表人物，社会批判理论的奠基者。

② 编者注：瓦尔特·本雅明(Walter Benjamin，1892年—1940年)，德国思想家、哲学家和马克思主义文学批评家，出版有《发达资本主义时代的抒情诗人》《单向街》等作品。

赫[1]、安东尼奥·葛兰西[2]和雷蒙·威廉斯的作品当中。乔治·卢卡斯的作品把文化作为阶级统治的一个方面来分析,目的是构建有纪律的反抗意识。这个方向在某种程度上抛弃了马克思主义珍视的一个前提：对即将到来的工人阶级解放运动的信仰。在纳粹、苏维埃共产主义和国家资本主义成功操纵了群众之后,这些思想家重新构思乌托邦,以代表一种解放思想的模式,维持人们对社会公平正义的期望。几乎全由布洛赫描述的乌托邦,既是一个幸福光明社会的美好梦想,同时又是辨别和攻击乌托邦实现的意识形态障碍的工具。

在《科幻的蜕变》(*Metamorphoses of Science Fiction*)(一九七九年)一书中,苏恩文介绍了一些在科幻小说批评中仍然处于核心地位的观点:认知疏离(cognitive estrangement)、新生事物(the novum)以及科幻小说与乌托邦的渊源。在认知疏离概念中,苏恩文合并了两个早期文学理论中不同但又相互联系的概念：俄罗斯形式主义的陌生化【ostranenie (de-familiarization)】和贝尔托·布莱希特[3]的间离效果【Verfremdungseffekt (alienation effect)】。形式主义者认为通过推翻和“粗化”(roughening)人们日常生活中的习惯性反应,艺术往往以极度

---

① 编者注:恩斯特·布洛赫(Ernst Bloch,1885年—1977年),二十世纪德国著名的哲学家,是第二次世界大战后德国最有独创性的马克思主义哲学家和对马克思主义传统作出创新的人物。布洛赫的著作是具有包罗万象性质的形而上学体系。

② 编者注:安东尼奥·葛兰西(Antonio Gramsci,1891年—1937年),意大利共产主义思想家、共产党创始者和领导人之一。

③ 编者注:贝尔托·布莱希特(Berthold Brecht,1898年—1956年),德国戏剧家、诗人。著有《四川好人》《大胆妈妈和她的孩子们》等戏剧。

新鲜的方式让接收者意识到现实。布莱希特把形式主义者的观点运用到戏剧中，他认为疏离应该是明确的政治性行为，它让观众注意到他们看到的精彩表演只是一种幻想，激励人们认识自己作为被动接受者的处境，进而反思自己在资产阶级统治的人为操纵的幻想世界里的相似处境。

苏恩文认为科幻小说通过一个新的角度向读者“暗示一套新的准则”（注9），从而使读者对现实的经验认识“变得陌生”，这种对熟悉事物的重铸有一个“认知”目的，那就是激发读者对现实的认识，从而获得对社会现状的理性理解。科幻疏离的功能就像科学建模，通过理性推测熟悉的（自然的）情况来揭示隐含的原则和前提（例如，维多利亚阶级体系反射在《时间机器》中莫洛克斯族和伊洛族的幻想演变）；或者把熟悉的情形置于陌生的事物中去，以便从新的角度重新审视，比如在《世界大战》中，英帝国主义被作者安排去侵略火星。科幻小说和其他疏离体裁如奇幻小说明显的区别在于科幻小说的移位（displacements）必须逻辑连贯、讲究方法，事实上，它们的科学性必须达到模仿、加强并阐示科学认知过程的程度。

苏恩文的新生事物概念在科幻小说理论中的影响比认知疏离更大。新生事物是指历史性的新发明或者新奇事物，它是小说世界和读者世界最重要的区分，根据定义，它是理性的，不同于奇异故事、鬼故事、主流奇幻和其他玄幻体裁中的超自然力入侵。在实践中，新生事物就像是一个发明或发现，人物和场景以一种令人信服、有史可考的方式围绕着它组织起来。新生事物是物质过程的产物，在物质社会，它的原因导致的结果是符合逻辑的，就历史逻辑而言，不管是技术科学史还是社会制度史，它都貌似是合理的。

苏恩文是从恩斯特·布洛赫作品中接受新生事物概念的，对恩斯特·布洛赫来说，这一概念代表真实历史中具体的创新，这些创新把人类的集体意识从静止状态中唤醒，使人们意识到历史是可以改变的，因此，新生事物激发了人们对积极的历史变革充满希望。这样一个关于未来取向的哲学范畴对科幻小说理解的价值显而易见，因为科幻小说这一体裁依赖读者期望想象或多或少貌似合理的日常改变，不管这些改变会带来更大的自由、技术专制，语言学上难以想象的超越，抑或仅仅是另一个不同的平凡世界。

就布洛赫应用新生事物这一概念的情况来看，它和认知疏离共同形成了科幻小说和乌托邦的思维模式特点，它们都批评经验现实，想用别的概念来替代它，因为这个原因，苏恩文认为真正的科幻小说和乌托邦文学是一脉相承的。布洛赫认为所有文化的表现，即便是毫无艺术价值的逃避主义形式，只要因为它们否定了自身并且激发人们把生活变得更美好的愿望，它们都属于乌托邦。这种批评否定和愿望实现的结合在科幻小说中非常活跃，因为它关系到在表面理性的原则上构建幻想世界。

卡尔·费德曼的《批评理论和科幻小说》(*Critical Theory and Science Fiction*)(二〇〇〇年) 与苏恩文的著述如出一辙。书中指出，苏恩文的狭隘标准把许多普遍意义上来说是科幻小说但没有多少“认知”价值的作品，排除在了科幻小说范畴之外(如《星球大战》和《E·T》)。因此，对苏恩文来说，“科幻小说”既是一个描述性名词，又是一个评价性名词，即不好的科幻不是科幻小说。苏恩文评判科幻美学价值的标准同样更加侧重社会真理知识名词而非艺术名词。费德曼建议把科幻看作能够引起真正认知意识的修辞构建即“认知效应”，而非真正的认知，那么苏恩文的分类就是有效的。费德曼指出即使以坚实的科学原理为基础，读者通过阅读科幻小说获得的知识也完全是想象出来的。在其他方面，费德曼的科幻概念涵盖了苏恩文的概念：即使没有在叙述中清晰地提及，科幻小说还是暗含了批判乌托邦。费德曼还进一步指出，这种批判乌托邦的功能是康德以后所有批评理论的特点，尤其是马克思主义理论更具此特色。从这个意义上来说，科幻的精髓就是批判乌托邦想象，所以，即使非小说类文学作品批评理论也应作为科幻小说的一种形式，由此科幻小说和科幻替代性的概念包含了哲学理论，超越了文学体裁的界限。

与《科幻研究》及后来的《乌托邦研究》（*Utopian Studies*）相关联的马克思主义学者的大多数批评作品都有两个实用目的，一是识别能够示范批判乌托邦的双重功能，即批评现状和提供可能选项的最新科幻作品，由此提醒读者哪些是有潜在破坏性的作品，并培育强烈的灵感。部分作家和作品完全符合这些要求，他们首先在科幻中启迪了批判乌托邦思想，其中最重要的有勒古恩的《一无所有》、拉斯的《女性男人》、德拉尼的《海卫一》和马奇·皮尔西[1]的《走在时间边缘的女人》（*Woman on the Edge of Time*）（一九七六年），这些小说不仅疏离了经验现实，而且也疏离了乌托邦概念本身，用默兰的话说就是“拒绝把它当作蓝图而

① 编者注：马奇·皮尔西（Marge Piercy，1936 年— ），美国诗人、小说家、社会活动家。

把它作为梦想保留下来”(注10)。第二个目的是在复杂的科幻文章中识别和细化批判乌托邦的内容，那些文章揭示了资产阶级意识形态无法排除的矛盾，同时它们也在试图遏制和解决那些矛盾。菲利普·迪克是其中的代表,他用到的马克思主义分析比其他任何科幻作家都要多,他受到马克思主义批评家的启发,做了一些精彩的文本批判。在迪克身上人们看到一个作家虽然反对任何形式的政治理论,却仍然反思着他所处社会中的偏执、不安和混乱等真实状况，可以说这些作品形成了衡量一流作家作品的标尺。在《要求不可能的事》(*Demand the Impossible*)(一九八六年)中,默兰把这一地位给了上面提到的四本书。在后来的《没有污染的天空碎片》(*Scraps of the Untainted Sky*)(二〇〇〇年)中,他把标尺扩展到包括“批判反乌托邦”作品。下面列出的作品都是反乌托邦作品，现在断言它们会不会成为批判乌托邦作品那样的标杆还为时尚早，这些作品有金·斯坦利·罗宾森的奥兰治县三部曲【《蛮荒海岸》(一九八四年)、《黄金海岸》(一九八六年)、《太平洋边缘》(一九九〇年)】，奥克塔维亚·巴特勒的寓言书【《索沃寓言》(*Parable of the Sower*)(一九九三年)、《人才寓言》(*Parable of the Talents*)(一九九八年)】,马奇·皮尔西的《他、她和它》(He, She and It)(一九九一年)。

## 詹明信:难以想象的未来

詹明信走的路与众不同,他可能是以英语为母语的国家中最有洞察力和影响力的马克思主义文化理论家。他从“文类不连贯”(generic discontinuities)、世界递减(world reduction)和社会空间化(spatialization)等角度研究科幻小说,后来这些成为他后现代主义写作的主题。詹明信对科幻作为批判乌托邦的源头没什么兴趣,他更在意用科幻来分析形式、风格、人物和场景等美学问题,当代科幻小说正是这样解决了现代后期世界观的基本意识形态问题。因为詹明信研究方法的间接特点,他挑选了一些稀奇古怪、断然不合规矩的作品,有布赖恩·奥尔迪斯的《一站到底》(美国《星舰》)、勒古恩的《黑暗的左手》(而不是"合乎常规的"《一无所有》)、迪克的《血钱博士》(*Dr Blood-money*)(一九六五年)【而不是《犹比克》(*Ubik*)】和冯达·迈克尹太尔(Vonda McIntyre)的《流放等待》(*The Exile Waiting*)(一九七五年),这些作品无法用乌托邦来解释,更不要说用马克思主义思想了。

詹明信二十世纪八十年代的作品脱离了乌托邦马克思主义科幻小说批评的主线,马克思主义科幻批评极力主张把科幻的正面、启蒙、传播希望的潜能作为在黑暗的集权资本主义时代历史意识的载体,而詹明信则集中在负面整体概念,用科幻来辩证地反对乌托邦,从这个意义上来说,整体是世界从属于资本主义关系的整体系统概念。在他最有影响的科幻理论论文《进步和乌托邦》(*Progress versus Utopia*)(一九八二年)(注 11)中,詹明信认为科幻小说是用幻想方式把现在的意识形态矛盾转移到未来,科幻主要的反思性作品最多让我们意识到乌托邦变革是我们无法想象的。《进步和乌托邦》预示了詹明信最有名的关于霸权超民族资本主义整体认知映射的极端困难和必要性概念,这一概念后来在《后现代主义:晚期资本主义的文化逻辑》(*Postmodernism, The Cultural Logic of Late Capitalism*)(一九九一年）得以详细阐述（注 12）。

詹明信用科幻小说来帮助完成认知映射的兴趣不止于此，在《后现代主义》中他用迪克和 J.G.巴拉德代表现代主义时空的完结。他的这一兴趣还反映在即将发表的关于火星三部曲的论文中，火星三部曲的作者金·斯坦利·罗宾森是极少数相信马克思主义和乌托邦思想在未来具有生命力的科幻作家。

## 后现代主义和赛伯格社会主义

马克思主义科幻理论的乌托邦批判思潮尽管很深刻，但涉及范围太窄，因而受到批评（注 13）。科幻受到文类概念标准的限制，倾向于寻找理想类型和范例，这样可以获得典范地位。由于很多科幻小说在意识形态和美学上是妥协的，乌托邦马克思主义理论家避免处理最符合大众口味的作品的优点，实际上他们是从上到下构建科幻类型的，他们不再坚持把科幻当作一种文化机制或者现存文类的突变和混合物来讨论。沿袭欧洲传统的当代马克思主义理论被指对科技创新改变全球社会生活的方式重视不够，对科技创新改变生产方式、世界模式、文化价值和人类身体的潜力重视不足。在关于后现代主义和第三世界电影业的作品中，詹明信勉强接受了这一挑战，但是他对这一领域的兴趣主要还是科技对艺术的影响，他都是从精品艺术当中总结世界思潮，从负面整体的角度快速浏览技术变化，几乎不关心占据科幻小说读者、作家和具备科幻思维的各阶层人士注意力的现象，即那些因迅速而混乱地投入带来新知识和社会变革可能性的新技术。

詹明信的理论和女权主义相去甚远，乌托邦批判理论家虽然在制定科幻准则时收录了一些女权主义作品（主要是皮尔西和拉斯的作品），但他们对女权主义理论并无多少兴趣，实际上，女权主义理论在它们的一些声明当中成了科幻批评的摆设。这样一来，女权主义思想渐渐远离了马克思主义分析，尽管马克思主义曾是它的历史性进步楷模。唐娜·哈拉维[①]则是一个重要例外，她对赛伯格的概念重建影响深远，她将科幻小说想象、历史唯物主义和女权主义融合了起来。对哈拉维而言，现代科技是使以前认为天然不可违抗的分类瓦解的决定性力量，比如性别之间、动物与人类之间以及人类和机器之间，由于分类被打破分散，本来创造出来作为资本主义统治延伸工具的关系网，讽刺性地创造出一种新的社会存在即赛伯格，哈拉维对赛伯格的运用侧重于无产阶级和父权制度下的女性；它们是有阶级意识的被剥削阶层，具有破坏性，最终能够控制科技网络。

哈拉维的世界远景很明显来源于科幻小说，在科幻小说中她改变了赛伯格的概念，把它变成历史变革的积极代言人，她大胆提出"科幻小说和社会现实的界限是一种视觉幻象"（注14）。她用她的模式解读奥克塔维亚·巴特勒、乔安娜·拉斯和其他女权主义作家的作品（注15）。哈拉维的作品在很多方面比乌托邦批评家更接近后现代文化盛行的科技语言，成为科幻小说作家的创作潮流。此外，作为政治网络理论，赛伯格理论暗含了激进主义形式，这种激进主义经常以科幻小说的"讽刺神话"

① 编者注：唐娜·哈拉维（Donna Haraway，1944年— ），美国作家。著有多篇关于科幻和女权主义的论文与随笔。

名义来设想自身。同时需要指出的是,哈拉维对科幻小说作为一种文化实践没有半点兴趣,她仅涉足有关赛伯格女权主义的文章。

显而易见,马克思主义科幻理论最重要的两个方面互不涉及对方作品,因此马克思主义科幻理论面对激进的后现代现实已不具有充足的解释力,或者说开始整合一个综合观点将有助于“映射”赛伯格科学和科幻的繁荣。

注释:

注 1.詹姆斯·冈恩,前言,载于冈恩编《科幻之路,第六期:世界周围》(克拉克斯顿,佐治亚州,一九九八年),第 17 页。

注 2.参见卡里·奈尔森等,“文化研究:前言”载于劳伦斯·格罗斯伯格等编《文化研究》(纽约:鲁特来治,一九九二年),第 5 页。

注 3.见雷奥尼德·海勒,《苏联科幻》(日内瓦:人的时代,一九七九年),第 52 页。

注 4.同上,第 66 页至 69 页,第 78 页。

注 5.论“爱迪生式”的发明故事,见布鲁克斯·兰登,《一九〇〇年后的科幻》(纽约:特瓦因,一九九七年),第 42 页至 49 页。

注 6.伊塔洛·卡尔维诺,《文学的用途》(纽约:哈库特,一九八二年),第 247 页。

注 7. 威廉姆斯早前没有印制的一九五六年论文“科幻小说”,见网址 http://www.depauw.edu/sfs/documents/williams.htmes-says。他的“乌托邦与科幻”载于《科幻研究》5:3(一九七八年十一月)，第203页至214页。

注8.H. 布鲁斯·富兰克林，《越南时代的星际旅行》，载于《科幻研究》21:1(一九九四年三月)和“作为美国科幻和奇幻的越战”，《科幻研究》17:3(一九九〇年十一月)。

注9.达科·苏恩文，《科幻的蜕变》(新海文，康涅狄格州：耶鲁大学出版社，一九七九年)，第6页。

注10.汤姆·默兰，《要求不可能的事》(伦敦：默苏恩，一九八六年)，第61页。

注11.《科幻研究》9:2(一九八二年七月)，第147页至158页。

注12. 我关于詹明信认知映射的讨论受益于汤姆·默兰的《没有污染的天空碎片》(布尔德，科罗拉多州：西景，二〇〇〇年)，第56页至62页。

注13. 参见帕特里克·帕林德，《重访苏恩文的科幻诗学》，载于帕林德编《学习别的世界》(利物浦：利物浦大学出版社，二〇〇〇年)，第36页至50页。

注14.唐娜·哈拉维，《类人猿、赛伯格和女人》(纽约：鲁特来治，一九九一年)，第148页。

注15.哈拉维在“赛伯格宣言”中讨论了赛伯格的科幻基础，该文载于《类人猿、赛伯格和女人》，第176页至181页。

# 第八章　女权主义理论与科幻

沃罗妮卡·郝琳杰

男孩遇见女孩。男孩失去女孩。男孩缔造女孩。

（匿名,《最短的科幻故事》）

想到正在创作的故事让她信心倍增,新的故事,自由的故事,这就是写作的意义。

【苏兹·麦基·查纳斯[①]】(注1)

## 女权主义阅读

和大多数理论课题一样,女权主义思想创造了多种概念模

① 编者注:苏兹·麦基·查纳斯(Suzy McKee Charnas,1939年— ),美国小说家,短篇小说作者,长于科幻和奇幻小说创作。曾获雨果奖和星云奖。

式,因而产生了独特的阅读技巧,这些技巧包含多种多样有时甚至相互矛盾的视角(注2)。许多女权主义学者采用人文主义方向的文学分析,而马克思主义与社会女权主义的唯物批评和法国女权主义的哲学解构则对这些相对直接的阅读方式发起了挑战,近期酷儿女权主义者如特丽莎·德·洛里提斯①和朱迪斯·巴特勒②对主题和性别构建的批评最为有力(参见本书温迪·皮尔森和海伦·莫里克所撰相关章节)。赛伯理论家唐娜·哈拉维和凯瑟琳·海尔斯③提出的批评模式引起了科幻的兴趣,这二人主要关注当代科学技术发展,如生育和通信技术进步是如何影响女性生活的。但是不论基于什么理论,所有女权主义理论都反对一直以来以自身作为全人类代言的男权主义文化中的自我代表意识。启蒙运动以来的历史表明,全世界"人"的主角往往是中产阶级白人男子,在以男人为主角的叙事中,女性常常作为男性的"附属物",扮演配角。即男性代表理性思维,女性则代表情感肉体;男性代表文化,女性则代表自然,女性很少作为独立的主体代表自己。

---

① 编者注:特丽莎·德·洛里提斯(Teresa de Lauretis,1938年— ),意大利人,美国加利福尼亚大学教授。在符号学、电影理论、文学理论、科幻和女权主义方面都有建树。

② 编者注:朱迪斯·巴特勒(Judith butler,1956年— ),美国耶鲁大学哲学博士,加州大学伯克利分校修辞与比较文学系教授。巴特勒是当代最著名的后现代主义思想家之一,在女性主义批评、性别研究、当代政治哲学和伦理学等学术领域成就卓著。其所提出的关于性别的"角色扮演"概念是酷儿理论中十分重要的观点,她也因此被视为酷儿运动的理论先驱。

③ 编者注:凯瑟琳·海尔斯(N. Katherine Hayles,1943年— ),美国学者,杜克大学教授。在后现代文学批评、美国文学方面都有建树。著有《我们如何变成后人类》。

和其他一些理论观点如解构主义或现象论不同，女权主义已发展为具有明显政治性的课题。很简单，女权主义就是要为女性争取社会公平，旨在废除父权体制，因为父权的支配地位意味着对作为男性“附属物”的女性的不公和压迫，换言之，女权主义就是要改变世界。所以，女权主义读物不只是关于女性的读物，更是专门为女性而写的读物。在一些情况下，女权主义读物或多或少与文章本身的兴趣和重点保持一致，但是在某些情况下，女权主义读者就是朱迪斯·菲特利①所说的“反抗型读者”（注3），即对一篇文章中的细枝末节吹毛求疵，在这种情况下，女权主义阅读常常相当于对一篇特定文章叙述问题进行批判。

在早期科幻里，男权主义倾向非常明显的例子是莱斯特·戴尔·雷的故事《海伦·奥洛》（*Helen O'Loy*）（一九三八年）。这个故事的主角海伦是一个受程序操控的完美女性机器人，作者给她取名“海伦”就是为了让读者联想起特洛伊的美丽贵妇海伦，故事叙述者把海伦形容为“美貌、梦想和科学”的结合体（注4）。这个故事是一个相当传统的人造生命的权力幻想故事，不用太复杂的解读，我们就可以看到它是如何参与西方文化中长期边缘化女性的。像很多类似的小说，结果都是“女人”按照男人的要求被制造出来，实际上没有个性或者力量，只是技术成功的产物（注5）。虽然这个故事中的科学实验和十九世纪早期

---

① 编者注：朱迪斯·菲特利（Judith Fetterley，1938年— ），生于加拿大。专注于女权主义和女性研究。著有《抗拒的读者：评美国小说的女性主义方法》等作品。

玛丽·雪莱所写的浮士德式聪明反被聪明误的人——维克多·弗兰肯斯坦所做的实验类似,但雪莱的主角为他在“垃圾制造车间”(注6)所完成的东西付出了沉重代价——他在失去所有亲人之后悲惨地死去。与此截然相反的是,戴尔·雷小说中的科学家,那个特定国家特定历史时期对飞速发展的科技潜力持更加幼稚更加乐观态度的产物,却和他制造的完美“女人”过上了幸福的生活。

尽管科幻常常被称为“变化的文学”,但很多时候它对我们关于性别身份与欲望、性别化行为和男女“自然”角色等观点的历史可能性和文化规则感知迟钝。《海伦·奥洛》把性别作为人性的基本特征,它认为由男人和女人所扮演的“男”“女”两种社会角色与历史进程是无关的,即便在遥远的未来也会基本保持不变,女权主义解读不仅注意到戴尔·雷作品中真正女性角色的缺失,同时也评判填补这种缺失的人工替代品所模拟的完美情人和完美妻子的特征。

把《海伦·奥洛》和广受欢迎的黄金时代作家C.L.穆尔晚期发表的《没有女人出生》(*No Woman Born*)(一九四四年)放在一起则让人感到振奋(注7)。穆尔的故事写的是世界著名演员、歌手、“人间尤物”迪尔德丽(注8),因为剧院发生火灾身体被毁,于是就用科学家马尔策为她设计的闪闪发光的金属躯壳重振事业。这个故事三分之二的内容都是围绕迪尔德丽是否还是女人,甚至是否是人的问题展开,“真实”的女人和“仿造”的女人,自然的身体和技术制造的身体,这些对立制造了身残志坚、希望重启演艺事业的迪尔德丽和她最亲近的两个人——她的“制造者”马尔策和她的经纪人哈里斯之间的矛盾。“她头朝后仰，晃动身体，抖动肩膀，笑声像银铃般响彻整个剧院……现在她又是女人了，她的身上散发出人性的光辉。”（注 9）迪尔德丽越是想向他们证明她仍然可以驾驭观众，他们越是担心她已经变成了一个怪物。虽然马尔策自责地把自己比作雪莱笔下的弗兰肯斯坦，但迪尔德丽和海伦不同，她说：“我不是弗兰肯斯坦用尸体造出来的怪物，我就是我自己，活生生的人，我也不是必须遵守装入我体内程序命令的机器人，我是一个有自由意志和独立的人，而且……我是人。”（注 10）

《海伦·奥洛》展现的是科幻对男女作为不同性别、不同愿望和不同社会角色个体定义和构建的潜在变化的传统盲目性，相反，《没有女人出生》展现的是科幻打破女性构建特别是一般化的性别体系构建的潜力，它巧妙地利用了常见于男性作家所写的科幻小说中的手法，明显是一个持男性观点的角色及女性与怪物的联想（注 11）。通过赛伯格人物，穆尔的故事避免了单纯构建自然身体和机械身体之间的简单对立，它还对作为基本定义范畴的“女人”以及“是女人”和“做女人”之间的区别提出了质疑。

虽然科幻作为与生俱来的男权主义概念仍很流行，但是女权主义读者很有兴趣进一步发掘代表不同和多样性的性别主题幻想所表现的潜力。诚如特丽莎·德·洛里提斯所言，女权主义课题的一个重要方面就是“新故事要把以前看不见、听不到、不可言说（而且是想不到、难以想象、‘不可能’）的现实人物、事件和解决方案刻画出来”。（注 12）

## 乌托邦和陌生化

《海伦·奥洛》是一部关于科学影响性别的奇幻小说，它在二十世纪六七十年代英语世界女权主义运动对科幻领域产生重大影响前几十年就已写成，但是，这并不是说女性在这些剧变之前的岁月里没有作为读者、作者和粉丝积极参与科幻活动（注 13）。很多读者把玛丽·雪莱的《弗兰肯斯坦》作为科幻小说的起源，这部作品很适合从女权主义视角进行解读。二十世纪三十到五十年代广受欢迎的作家有莱斯利·斯通（Leslie F. Stone）、弗兰西斯·斯蒂文斯、凯瑟·琳穆尔、内欧米·密歇森[1]、雷·布拉克特[2]、梅恩·哈尔[3]、安德烈·诺顿[4]和马利恩·兹默·布拉德利，他们的作品形成了一种传统，在某种程度上促成了二十世纪七十年代女性写作的爆发，著名的有厄休拉·勒古恩在《黑暗的左手》中关于性别控制人类文化的开创性研究，乔安娜·拉斯在《女性男人》中对女性主体性的正式实验解构。这个时期同时也是女权主义作家重新定义乌托邦小说文类的时期，

---

① 编者注：内欧米·密歇森（Naomi Mitchison，1897 年—1999 年），苏格兰小说家，诗人。一生著有九十多部作品。

② 编者注：雷·布拉克特（Leigh Brackett，1915 年—1978 年），美国女作家，长于写作科幻小说，同时也创作电影剧本。代表作有电影《夜长梦多》《漫长的告白》等。

③ 编者注：梅恩·哈尔（E. Mayne Hull，1905 年—1975 年），加拿大女科幻作家。作家范·沃格特的第一任妻子。

④ 编者注：安德烈·诺顿（Andre Norton，1912 年—2005 年），美国科幻奇幻小说女作家。有多个笔名。进入世界科幻奇幻名人堂，被称为“科幻教母”。过世后设安德烈·诺顿奖，奖励年轻人的科幻与幻想小说创作。

产生了一系列经典，如马奇·皮尔西的《走在时间边缘的女人》，小詹姆斯·提普垂的《休斯敦，休斯敦，你听到了吗》，苏兹·麦基·查纳斯的“霍德费斯特”系列（Holdfast Chronicles）的前两部小说：《走向世界末日》（*Walk to the End of the World*）（一九七四年）和《母域》（*Motherlines*）（一九七八年）。另一个不可忽视的现象是许多对传统男女关系的挑战都集中在对这些关系的偏激批评上，批评的基础就是阿德里安尼·里奇（Andrienne Rich）率先认识到的“强制性异性恋”（注 14）的不公，那些有影响的女同性恋、酷儿女权主义科幻小说和乌托邦小说就是明证，它们包括拉斯简要描写全女性星球怀厄维六百年来第一次有男性到访的小说《情况改变的时候》（*When It Changed*）（一九七二年），还有收录在《飞杯碟舞：科幻与奇幻中的性别探讨》（*Flying Cups and Saucers: Gender Explorations in Science Fiction and Fantasy*）（一九九八年）中的获奖故事（注 15）。

跟女权主义阅读类似，女权主义科幻小说不只是关于女性的科幻小说，无论个体作家定义的利益多么多样化，科幻都要从女性利益出发进行写作，女性利益是女性幻想课题的有力工具，而课题是进行文化社会转型必要的第一步，转型则是女权主义政治事业的目标。正如乔安娜·拉斯在一篇关于女权主义乌托邦里程碑式的论文中所写的那样，“乌托邦”不是全人类价值的体现，它只是一种反映，就是说，小说中呈现的是作者所认为的社会和（或）女性，此时此地却是缺失的。故事中强调的正面价值向我们揭示的是在作者眼中我们的社会出了问题的地方（注 16）。例如，在提普垂的《休斯敦，休斯敦，你听到了吗》中，布鲁女士解释了为什么她未来的女儿国“容不下”三个来自过去的男性宇航员。

> 不用说我们很享受你们(男性)的发明,也很赞赏你们(男性)的进化角色。但你们必须看到这样一个问题,据我了解,你们所保护的人主要是其他男性,难道不是吗?……但是战斗早已结束了,我认为你们行动的时候它就结束了,我们……无法为你们这样有情感问题的人提供必要的生存条件。(注 17)

随着女权主义理论模式即主题、表征和性别差异的抽象构建在具体化的科幻想象世界中变得具体,科幻可以通过叙事实验表达和探索这些模式。在持续的抽象和具体的辩证关系中,女权主义理论继续影响着新世界和科幻新未来的发展。当然,由此产生的故事不仅仅是特定理论观点的写照,而是把相关观点同幻想世界中想象出来的人物的生活行为结合在一起,使其接受具体的小说检验。用勒古恩的话说,就是这类故事是“思想实验”,其目的“不是预测未来……而是描绘现实,描写眼下的世界”。(注 18)

女权主义理论同不承认“他者”的父权文化的主流表述针锋相对,和其他批评话语一样,它努力创造观察者和被观察者之间的批评距离,使现实世界中某些被认为理所当然的方面“陌生化”,将历史不公和压迫的情况“非自然化”,如果我们对那些不公给予足够关注,它们会不可避免地出现在我们的面前。当然,陌生化这一概念,既让原本熟悉的事物变得陌生,也和科幻的关系源远流长(注 19)。奥克塔维亚·巴特勒的获奖作品《血孩子》(*Bloodchild*)(一九八四年)呈现了虚构的人类生育的陌生化,它和玛丽·雪莱描写的人工创造生命一样冷漠,书中的主人公甘是刚从地球奴隶制度下逃脱出来的人群中的一员,却又陷入了特里克外星人更为复杂的监禁中。特里克人很长寿,长得像蜥蜴。甘出于对外星人提加特瓦的深厚感情和他作为从属物种的弱势无权,同意在自己的身体里孕育后代。“分娩”不仅带来身体上的疼痛,还有可能产生致命的危险。和之前的很多人一样,甘把自己的身体贡献给提加特瓦的外星人繁衍系统,以此守护他的家庭在这块“保留地”上有限的自由。甘用巴特勒的语言对女性生育既自由又奴役的矛盾体验进行了精彩讨论,他觉得自己既是一次“生育过程”的全程参与者,同时又像一个“寄主”(注20)。在《血孩子》中,本应是“女性”特有的“自然”生理现象被陌生化了,它被赋予一个男性角色,嵌入到一个使人类的天性带有了政治色彩的陌生环境中。像许多女作家的科幻小说一样,《血孩子》打破了我们把某些人类天性和经历归为“男性所有”或“女性所有”的阅读习惯,它反对把任何强加的文化意义上的不同性别行为和生理上的性别混为一谈,用小说的语言表达就是《血孩子》从理论上承认性别是地位而不是身体。

作为为数不多的黑人科幻作家,巴特勒还呈现了人类与外星人之间复杂的互动,戏剧性地描写了我们的性和性别体验如何与种族经历形影不离地交织在一起(见本书伊丽莎白·安娜·列奥拉德撰写的有关章节)。和巴特勒颇受赞誉的异种生殖三部曲(Xenogenesis trilogy)中的故事相同,在《血孩子》中,人类与外星人发展了一种不稳固的共生关系:人类在“保留地”需要外星“主人”的保护，外星人需要人类的身体作繁衍的寄主。但是，正如现实世界里发生过无数次的性别、种族事件一样，权力总是掌握在其中一方的手中。在巴特勒的小说里，人类处在受压迫的地位，所以要充分利用有限的一切可利用资源，甚至为了存活而妥协。

另一种陌生化可见于爱玛·布尔[①]的《骨舞》（*Bone Dance*）（一九九一年）中，它是对二十世纪八十年代赛伯朋克小说中女权主义的修正，小说的副标题是“技术魔的奇幻”（A Fantasy for Technophiles），故事的背景为后世界末日（post-apocalyptic），它犀利的文笔和清晰的结构受到威廉·吉布森的经典朋克小说《神经漫游者》的影响（见本书约翰·克卢特所撰有关章节）。小说主人公斯帕罗是一个靠清洁、修理、出售世界末日前技术产品为生的卑微商人，小说的叙事基调和早期朋克小说一样非常悲情，但是，和《神经漫游者》中的外推测“现实主义”相反，《骨舞》的故事以解读塔罗牌为背景，描写了物质世界中有效影响事件的共同信仰体系伏都教。这部小说类属的不确定性和主人公性别的不确定性相辅相成，斯帕罗有时被其他人物当作男性，有时又被当作女性，书中的一个人物是这样抱怨的，“你就像一条变色龙，跟女人在一起的时候你像女人，跟男人在一起时你又像个男人”（注 21）。

斯帕罗是一匹用基因工程制造出来的“马”，是用来给骑兵骑的，那些骑兵也是未来军事技术的订制品，所以，斯帕罗有一

---

① 编者注：爱玛·布尔（Emma Bull，1954 年— ），美国科幻奇幻小说作家，以“橡树战争”系列闻名。

个中性的身体，既可以是男性又可以是女性，既是“自然”的又是“技术”的。作为一匹有独立意识的“马”，斯帕罗也是众多女作家科幻小说里的怪物之一，如果小说没有很确切地表达它是雌性的，那么小说一般会给以暗示。其作为一个形象避开了标签，打乱了人们的预期，也提供了塑造角色的新方法。《骨舞》把“硬”科幻和奇幻故事结合起来，从通用约定角度来看是一个异类，就像布尔塑造的多性别角色斯帕罗也是异类一样。斯帕罗身上带有后现代思想主体多重性和矛盾性的印记，所以他既是雄性又是雌性，其性别认同依赖于批评者、读者的先入之见，不受任何实际身体上的乔装打扮的影响。《骨舞》是一个好例子，它的叙述打破了现实主义的约束，它包含了当代女权主义理论提出的一些关于主体的复杂的理论性比喻，从而把女权主义陌生化课题从抽象的理论层面延伸到饱含趣味的类型小说中。

## 女权主义表现

尽管科幻被证明可以用来阐述和探索女权主义理论模型，许多女权主义理论家和批评家却倾向于对它视而不见，认为它仅仅是缺乏美感甚至是与政治相关的逃避现实主义流行小说。不过这一状况在二十世纪最后二十年里逐步得到了改善，很多女权主义科幻小说的重要研究和论文纷纷出现(注 22)。另一批对科幻小说感兴趣的评论家就是当代赛伯理论家如唐娜·哈拉维和凯瑟琳·海尔斯，他们关注的焦点是科技的发展，他们把读科幻小说作为一种有针对性的“思想实验”，来探索科技对人们个体生活的影响。用哈拉维的话说，就是“科幻小说模糊了有

疑问的自我和不确定的它者的界限，同时又在跨国技术科学搭建的环境中探索世界的可能性”。（注23）

许多研究都注意到女性作家特别是女权主义作家大量使用两种“怪物”形象——外星人和机器人——来研究霸权文化中传统“他者”的观点和体验，艾琳娜·阿纳森（Eleanor Arnason）的《众剑之环》（*Ring of Swords*）（一九九三年）就是一个精彩的娱乐范例，故事中外星人被用来探究“有疑问的自我和不确定的他者”在互动中出现的差异问题。《众剑之环》讽刺性地修改了罗伯特·海因莱因关于人类与外星人之间战争的经典著作《星船伞兵》。海因莱因的小说是传统男权主义小说，虫族对人类来说如此陌生，唯一应对它们的办法就是战争。

> 两个种族（人和虫族）都很坚强、机智，都想要相同的生存空间……但是人类拥有在宇宙中繁衍生息的“特权”吗？人类就是想存活下来的一类生物，（到目前为止）有对抗所有竞争的能力……以后宇宙会告诉我们人类是否有发展壮大的“权利”。（注24）

同《星船伞兵》一样，《众剑之环》中人类和怀哈斯族（hwarhath）都是好斗的民族，战争一触即发，如果说这两个民族有什么不同的话，那就是怀哈斯族比人类更具有道德优越感。海因莱因的小说是根据人类同外星人战争中发生的事件顺序来组织的，而阿纳森的小说则是按一系列外交事件组织结构的，讲述了主人公为避免全面战争而进行的诸多谈判。在海因莱因的小说中，人类和虫族之间巨大的差距使他们的关系不可能缓和，而阿纳森的小说中，可能导致战争的却正是人类和外星人种族的相似点。在这部讽刺喜剧中，一位人类谈判者承认："我们希望找到和我们不同的外星人，真正不同的外星人。我们不希望找到的外星人跟我们有几处显著的差别，其他的地方却很类似，这会让我们失衡。"（注 25）

这些极少的重大差异包括怀哈斯人突出的男女性别差异，不仅比真实世界人类文化中的差异要极端得多，而且还有一些令人困惑的、意想不到的差异。比如：怀哈斯族的男人都是战士，而女性则都是谈判者，她们几乎控制着怀哈斯人文化和政治中非军事的方方面面。因为怀哈斯人文化中男女生活完全隔绝，所以同性发生性关系是很正常的，但阿纳森的小说并不是简单地通过描写外星人同性恋习俗来重新审视现实人类文化中理所当然的异性恋观念。《众剑之环》通过描写人类尼古拉斯·桑德斯和怀哈斯第一勇士艾亭·戈瓦哈同性但不同种的肉体关系，引发了对同性恋和异性恋的双重思考，这似乎也是此书最初的意图。因此，阿纳森的小说同时对女权主义读物和酷儿理论读物做出了重大贡献（见本书温迪·皮尔森所撰相关章节），这说明在她的小说世界里人类性别差异以及人类与外星人之间的差异是同时存在的，我们越熟悉怀哈斯人的政治文化规则，就越认识到这些规则是多么的虚假，也进而让我们思考人类文化规则同样是多么的虚伪。

一九八五年，哈拉维发表了非常有影响的"赛伯格宣言"（Manifesto for Cyborgs），它对不可避免影响西方当代生活的技术文化进行了强有力的社会女权主义审视，从此以后，赛伯格形象成为科学技术女权主义研究的专用理论符号（注 26）。对哈拉维来说，女权主义科幻作家就是“赛伯格理论家”，科幻本身就是一个特别有价值的想象领域，可以在其中思索科技如何打破并修正有关人类主观性和具体化的常规观念，用哈拉维的话来说，就是“赛伯格在女权主义科幻小说中的出现使男性、女性、人类、人工制品、种族成员、个人身份或身体的地位发生了问题”（注27）。

C.L. 穆尔的迪尔德丽是女性科幻作家塑造的主要赛伯格形象中比较早的一个代表，而这类故事中最悲惨的可能是提普垂的《被插上插头的女孩》（*The Girl Who Was Plugged In*）（一九七三年）的主人公，这部赛伯朋克原型小说比哈拉维的“赛伯格宣言”早发表十年，作者提普垂是最擅长黑色讽刺的科幻作家，他的故事告诉我们即使赛伯格身份也无法挣脱性别的束缚，即使赛伯格也会由于太过女性化而陷入麻烦，主人公博克是“世界丑人”（注28），她那卑贱的身体必须藏起来，她宁愿让自己怪异的身体置于高科技壁橱中，而她的思想则通过远程控制美丽但没有灵魂的德尔菲的克隆躯体来体现，德尔菲被形容有“天使般的容颜”，但如果没有人远程控制，她“不过就是一株植物”（注29）。博克学会了怎样远程“控制”一个漂亮女人的身体，但她自己必须隐身，只能用电线把自己连接在系统内。后来她的培训师乔爱上了她的控制头脑，但不是整个人，他称赞她“是自己所知道的最伟大的赛伯系统”（注30）。博克愿意牺牲一切以“拥有”那个美丽的躯体，因为在注重形象的未来社会里（注31），躯体就是一切。随着这个未来主义童话故事的展开，博克爱上了一个可爱的年轻人，而这个年轻人把她当成了美貌的德尔菲，也爱上了她。但是，当博克没有通过技术手段而向那个年轻人直吐心声时,年轻人一下子惊呆了,最后,有头脑的博克和有美貌的德尔菲只能郁郁而终。

女权主义科学评论家如哈拉维把科幻解读为,创造性地想象了科技形成的人类作为当代赛伯格的生活,他们认识到女性参与未来表达的政治紧迫性。在当下这个历史时刻,科技焦虑和乐观前所未有地紧密交织在一起, 使女权主义思维模式、叙事方式和女作家的科幻小说之间的联系空前密切。琳达·简丝(Linda Janes)经过对哈拉维所描述的科幻进行认真思考后,这样总结道:

> 也许科幻以其有特色的未来主义"明天世界"的表现已经成为后现代性的典型类型,那个"世界"里住着外星人、怪物和机器人,引起人们对人工智能、仿真学和"他者"身份构建的关注。科幻通过对差异的关注和对固有身份范畴的挑战(这正是后现代主义理论的特点),为女权主义分析和实践提供了肥沃的土壤。(注 32)

注释:

注 1. 苏兹·麦基·查纳斯,《征服者的孩子》(霍德菲斯特组曲,4)(纽约:托尔,一九九九年),第 50 页。

注 2.本章得惠于海伦·莫里克的历史研究,以及所有经年来对女权主义科幻发展作出贡献的女权主义作家、粉丝和学者的作品。

注 3.朱迪斯·菲特雷,《反抗的读者:美国小说的女权主义方法》(布鲁明顿:印第安纳大学出版社,一九七八年)。

注 4.莱斯特·戴尔·雷,《海伦》,重印于罗伯特·西尔弗伯格编《科幻名人堂》(纽约:埃文,一九七一年),第 62 页至 73 页,位于第 62 页。

注 5.这种移位在西方故事讲述中有很长的历史传统,关于“机器女人”形象的具体历史批判,参见安德里亚斯·会森的“荡妇和机器:弗里茨·朗的《大都会》”,载于《大分裂之后:现代主义、大众文化和后现代主义》(布鲁明顿:印第安纳大学出版社,一九八六年),第 65 页至 81 页。

注 6.玛丽·雪莱,《弗兰肯斯坦》(纽约:班坦,一九八一年),第 39 页。

注 7.也见苏珊·古巴,《C.L.穆尔和女性刻画的规则》,载于《科幻研究》7(一九八〇年三月),第 16 页至 27 页。

注 8.C.L.穆尔,《没有女人出生》,重印于莱斯特·戴尔·雷编《C.L.穆尔精品集》(纽约:巴兰坦,一九七五年),第 236 页至 288 页,位于第 236 页。

注 9.同上,第 265 页。

注 10.同上,第 278 页至 279 页。

注 11.关于女性科幻作家掩饰作者性别,见珍妮·L.唐娜沃斯《弗兰肯斯坦的女儿》(雪城,纽约州:雪城大学出版社,一九九七年),特别是第 109 页至 176 页。小詹姆斯·提普垂的获奖故事发表了十多年后,人们才在二十世纪七十年代末知道其“真”名是爱丽斯·哈斯汀·布拉德雷·谢尔顿。

注 12. 特丽莎·德·洛里提斯,《女权主义研究及批判研究:问题、术语和背景》,载于德·洛里提斯编《女权主义研究及批判研究》(布鲁明顿:印第安纳大学出版社,一九八六年),第 1 页至19页,位于第11页。

注13.见海伦·莫里克的《幻想对话》,载于安迪·索叶和大卫·西德编《话说科幻》(利物浦:利物浦大学出版社,二○○○年),第52页至68页,有对科幻早年女性参与的复杂历史的精彩分析。科幻作家兼编辑帕米拉·萨金特在其第一部编选集《奇迹女人:女性写作关于女人的科幻故事》前言中最早就科幻中的女性作了概述。

注14. 阿德里安尼·里奇,《强制性异性恋和女同性恋的存在》,载于《符号:文化与社会中的女性杂志》5:4(一九八○年),第631页至660页。

注15.德比·诺特金和神秘的女权主义者卡巴尔编的《飞杯舞碟:科幻和奇幻中的性别探讨》(剑桥,马萨诸塞州:艾治伍德出版社,一九九八年)是提普垂奖获奖作品选集,自一九九一年后每年收录有关探讨、扩展和挑战人们关于性别观念的故事。

注16.乔安娜·拉斯,《最近的女权主义乌托邦》,载于马琳·S.巴尔编《未来女性:批评选集》(博林格林,俄克拉荷马州:博林格林州立大学出版社,一九八一年),第36页至98页,位于第96页至97页。

注17.小詹姆斯·提普垂,《休斯敦,休斯敦,你听到了吗》,载于冯达·N.迈克尹太尔和苏珊·詹尼斯·安德森编《曙光:平等之外》(格林尼治,康涅狄格州:福赛特,一九七六年),第36页至98页,位于第96页至97页。

注18.厄休拉·勒古恩,"前言",《黑暗的左手》(纽约:爱思,一九七六年),没有编页。

注19.达科·苏恩文的定义载于《科幻的蜕变》(新天堂,康

涅狄格州:耶鲁大学出版社,一九七九年),伊斯特万·西克瑟瑞·荣莱曾在本书进行过讨论。

注 20.奥克塔维亚·巴特勒,《血孩子》(一九八四年),重印于帕米拉·萨金特编《奇迹女人:当代岁月》(一九九五年),第123 页至 140 页,位于第 132 页和 134 页。

注 21. 爱玛·布尔,《骨舞》(纽约:爱思,一九九一年),第143 页。

注 22.例如,见以上注释和进一步阅读材料中巴尔、唐娜沃斯、拉巴莱丝提尔、勒法奴、罗伯茨和沃尔玛克的文章标题。

注 23. 唐娜·哈拉维,"怪兽的承诺:不适合他者的再生政治",载于劳伦斯·格罗斯伯格、卡里·奈尔森和宝拉·特雷奇勒编《文化研究》(纽约:鲁特来治,一九九二年),第 295 页至 337 页,位于第 300 页。

注 24.罗伯特·海因莱因,《星船伞兵》(一九五九年)(纽约:爱思,一九八七年),第 147 页。

注 25.艾琳娜·阿纳森,《众剑之环》(纽约:托尔,一九九三年),第 250 页。

注 26.唐娜·哈拉维,"赛伯格宣言",重印于伊丽莎白·韦德编《协商》(纽约:鲁特来治,一九八九年),第 173 页至 204 页。

注 27.同上,第 197 页和 201 页。

注 28. 小詹姆斯·提普垂,《被插上插头的女孩》(一九七三年),载于提普垂《温暖世界及其他》(纽约:巴兰坦,一九七五年),第 79 页至 121 页,位于第 80 页。

注 29.同上,第 85 页和 86 页。

注 30.同上,第 120 页。

注 31. 见朱迪斯·巴特勒关于主题和性别构建的书:《重要的身体:关于“性”的语篇局限》(纽约:鲁特来治,一九九三年)。

注 32.琳达·珍妮丝,“第二部分前言”,载于基尔·克卡普等编《性别赛伯格:读者》(伦敦:鲁特来治,二〇〇〇年),第 91 页至 100 页,位于第 92 页。

# 第九章　后现代主义与科幻

安德鲁·M.巴特勒

鉴于科幻小说极难定义，后现代主义（通常）也不去给它下绝对的定义，所以任何关于后现代主义和科幻小说的探讨都有可能因为这两者自身的不确定性而功亏一篑。本章主要梳理几个后现代主义理论，考察后现代主义和科幻小说之间的互相影响，并对后现代主义作简要评论。也许，很多后现代主义作品本身读起来就像科幻小说。

## 定义

后现代主义作为一种批评方法受到关注得益于詹明信的一篇文章（注 1），并就此迅速成为科幻最常用的批评方法之一。在詹明信之前，“后现代主义”主要用来表示建筑领域的艺术形式，这种艺术形式摒弃了现代主义的野兽派风格，倾向折中主义，吸收了以前的艺术风格和各类美学形式。

二十世纪六七十年代，一批一九四五年以后活跃起来的作家开始使用“后现代”这个名词，他们的作品通过不同的方式展示自己的虚构手法：或者吸引大家注意叙事的创造性过程，或者采用故事套故事的形式，或是打破作者与人物之间的界限。这类作家有贝克特（Beckett）、巴勒斯和博尔赫斯等。库尔特·冯内古特或许是把自己刻画成科幻小说中的角色最彻底的一位作家，他化身基尔戈尔·特洛特参与小说中关于科幻的辩论。更突出的是他在《五号屠宰场》（*Slaughterhouse-5*）（一九六九年）等故事中的参与，他把盟军轰炸后自己在德累斯顿的经历写进了小说。在《冠军的早餐》（*Breakfast of Champions*）（一九七三年）中，特别是结尾部分他让小说中的人物都获得了自由。这里需要强调的是冯内古特只是小说中的一个人物而已，就像《啄木鸟的静物写生》（*Still Life With Woodpecker*）（一九八〇年）中和打字机作战的作家汤姆·罗宾斯①，还有《选择》（*Options*）（一九七五年）中为了叙事更加合理的罗伯特·谢克里。

在菲利普·迪克的《瓦利斯》（*VALIS*）②（一九八一年）中，叙述者费尔·迪克向读者讲述了发生在他朋友豪斯拉夫尔·法特身上的怪事，迪克说这些事曾真实地发生在自己身上（注2）。罗伯特·加尔布里斯（Robert Galbreath）曾令人信服地论证了迪

① 编者注：汤姆·罗宾斯（Tom Robbins，1932年— ），美国作家，著有畅销书《情景喜剧》，也常常写作具有强烈的社会背景和哲学意味的作品。

② 编者注：VALIS全称为Vast Active Living Intelligence System，可译为“巨型自动化活性智能系统”。

克选择凯文和大卫这两个人物名字的缘由，实际上，它们正是来源于作者英文名字的首字母。金·斯坦利·罗宾森和斯蒂夫·布朗（Steve Brown）在评论《神圣的入侵》（*The Divine Invasion*）（一九八一年）时都指出，“那么，我们会说《神圣的入侵》是豪斯拉夫尔·法特所写，而《提摩西弓箭手的转生》（*The Transmigration of Timothy Archer*）则是‘菲尔·迪克’所写了”。（注3）迪克在写《瓦利斯》之前一直在尝试描写分裂的主人公，他把自己的遭遇分别安置到《警察说：流吧，我的眼泪！》（*Flow My Tears, the Policeman Said*）（一九七四年）的主人公，以及《盲区行者》（*A Scanner Darkly*）（一九七七年）的主人公罗伯特、弗雷德身上，这个故事表现了主人公的精神崩溃。

这些精心构思的元小说抹掉了虚构和现实之间的界限，也许在读者中引起了一定程度的不安。在罗伯特·海因莱因的《野兽的数量》（*The Number of the Beast*）（一九八〇年）中，科幻作家也作为小说人物被写入：更滑稽的是，杰克·麦克戴维特[①]的小说《古老的海岸》（*Ancient Shores*）（一九九六年）的高潮阶段，科幻作家和科学家作为特遣部队都参与到了故事情节之中，从而使局势转危为安。似乎这种自我参与一直延续到了后现代时期，这样，自我参与和娱乐的界限就变得非常模糊。

这个包含元小说的（文学）后现代主义次定义把后现代主义推到了美学历史上继现实主义、现代主义之后的下一个阶段，从小说的意义及其规则来看，可以说所有的类型小说都是

---

① 编者注：杰克·麦克戴维特（Jack McDevitt，1935年— ），美国科幻小说家，多写作与外星种族、考古学和异种移植有关的作品。

后现代的，不只是科幻小说。当读者遇到同一类材料，首先就会想到以前读过的熟悉的故事结构和主题，这是阅读过程的一部分。丹·西蒙斯的《海伯利安》是根据两部其他小说构思而成的，一部来自上流文化，即《坎特伯雷故事集》[①]，它是朝圣者为打发时间在朝圣途中所讲故事的集合；另一部来自通俗文化，叫《绿野仙踪》（*The Wizard of OZ*）（一九〇〇年），讲的是四个人物为了实现愿望而踏上旅途。乔夫·莱曼（Geoff Ryman）的《曾是……》（*Was...*）（一九九二年）也受到《绿野仙踪》的启发，它把一位想演稻草人的演员朱迪·加兰的生活和“真实的”桃乐丝·盖尔的悲惨经历结合在一起，使得这个人物在有魔法的绿野中无路可逃。

后现代主义是现代主义更极端的版本，现代主义是发生于十九世纪九十年代到二十世纪三十年代的一场运动，在文学、音乐、舞蹈、绘画等美学领域全面开花，并且在一战的余波中达到巅峰。随着达尔文进化论、弗洛伊德精神分析法和爱因斯坦相对论的出现，人不再是动物与天使之间的一种存在，人在宇宙中的存在感被打破，需要建立新的主体性，要把大都会的成长、新的社会形式和人群中成千上万孤立个体的矛盾现象考虑在内。艾略特[②]和詹姆斯·乔伊斯等作家不断吸收高雅艺术和通

---

① 编者注：《坎特伯雷故事集》（*The Canterbury Tales*），诗体短篇小说集，叙述朝圣者一行三十人一同踏上朝圣之途，并开始讲故事的故事。作者是英国诗人杰弗雷·乔叟。

② 编者注：艾略特（T. S. Eliot，1888 年—1965 年），英国诗人、评论家、剧作家，其作品对二十世纪至今的文学史影响深远。一九四八年获诺贝尔文学奖。著有《荒原》《四个四重奏》等长诗。

俗文化的养分,试图寻找新的表达方式,但是在追随现代主义的后现代主义版本中,民主意识超过了和现代主义相关联的精英主义。

## 让－弗朗索瓦·利奥塔

法国哲学家让-弗朗索瓦·利奥塔（Jean-François Lyotard）在《后现代状况》(*The Postmodern Condition*)(一九七九年)中描述了一种不同的后现代主义，这里的后现代是指现代之后,而不是现代主义之后,他所谓的“现代”是指十八世纪法国启蒙运动时期,那时为建立理性国家人们起草了一批宪法,有名的有美国宪法和法国宪法。这样一来,公民可以通过公共形式参与国家事务,协商国家可以行使的权力,人们通过知识获得解放和自由。

利奥塔认为后来启蒙运动戛然而止,主要原因是理性国家导致了各种形式的极权主义，知识以信息的形式成为一种商品。另外,国家的地位下降,多国集团行使越来越大的权力,疆域概念被打破,后现代变成了后工业的同义词,或者说是社会各个方面的全面工业化。后现代的特征就是“对元叙事的怀疑”(an incredulity toward metanarratives)(注 4)，也就是对规范一个社会生活方式的圣人立言如犹太——基督教或伊斯兰教传统的怀疑。科学通过可重复实验获得了合法地位,但这种实证主义在混沌理论、末日说、量子物理等科学领域却遭到了失败。证据将如何证明呢?

总体来说，科幻小说的确坚持了经过多方验证的科学真理，虽然科学的准确性千差万别。科学的概念和应用逐渐打破国家界限成为一种国际“语言”的过程，也许就是二战后国家被描述为过时之物的原因之一，比如《星际迷航》中以银河系为中心的政府，尼尔·史蒂芬森《雪崩》（*Snow Crash*）（一九九二年）中的美国或者肯·麦克劳德《星摩擦》中的英国割据政权。国家在具有后现代性的科幻小说中被多国集团代替：在杰克·沃马克[①]的《气垫车》（*Terraplane*）（一九八八年）中，不是美国对抗苏联，而是为了维护自身经济利益、势力触角遍及全世界的德莱克（Dryco）。在很多赛伯朋克惊险小说中，信息成为一种货币，它的外在表现形式仅仅是它的一种载体，这在电影《捍卫机密》（*Johnny Mnemonic*）（一九九五年）中得到了很好的诠释。

利奥塔在《后现代状况》中讨论的是后现代性，同时他在其他地方构建了“后现代主义”概念，尽管此处用“后”一字有些问题。他认为“现代美学是崇高的美学，但是有些怀旧”（注5）。换言之，现代主义的特点是意识到社会核心的道德、政治和个人主体性的缺失，但认为黄金时代必将在社会崩溃时孕育而出。那些突出缺失的小说通过利奥塔所谓的“好形式”获得平衡，这些“好形式”也就是个体面对生活挑战的传统叙事方式，而后现代美学是拒绝这些形式的，它“力求新的表现形式，目的不是为了喜欢，而是为了表达不登大雅之堂的奇异感觉”（注6）。因为各种新形式从来没有统一过，所以也就谈不上分崩离析。有趣的是，似乎后现代在某种程度上超越了现代，但这种超越是否

① 编者注：杰克·沃马克（Jack Womack，1956年— ），美国推理小说作家。

是由于新的表现形式逐渐为大家所熟悉，艺术家继而在表现不登大雅之堂方面又获得了新的形式或者突破，尚不十分清楚。

科幻在表现宇宙无限性、外星人主体性和纯任意性的程度方面尚有不足。所谓纯任意性就是一码归一码，比如宗教改革发生了，或者外星人赢了第二次世界大战等。《二〇〇一：太空漫游》中的星际之门系列就表现了人物不仅面临这种不足而且迎难而上的经历，这让导演斯坦利·库布里克有机会抓住难以言表的人类意识新阶段，之所以说难以言表是因为它已经超出了我们的理解能力。同样，在J.G.巴拉德二十世纪六十年代的灾难小说《旱灾》(*The Drought*)(一九六五年)的结尾，主人公勇敢地面对灾难而没有选择逃避。

作为经典文学之外的非文学形式，科幻理所当然地拒绝了好形式，但是，它坚持的惊悚小说叙事形式、旅行探险或者关于世界真相的侦探式揭秘，也为利奥塔等不认可后现代的人提供了一点安慰。

## 弗莱德里克·詹明信

弗莱德里克·詹明信因为一九八四年发表的一篇论文和一九九一年的论文同名选集成为最有影响的后现代主义理论家，他还是一位科幻小说批评家，多年来一直是《科幻研究》编委会成员。詹明信在转向更权威的文本之前，至少有一次用科幻小说来试验自己的理论，比如他从符号语言学角度解读迪克的《血钱博士》(注7)。他在《后现代主义》(*Postmodernism*)开篇即写道："在此，为本书缺少赛伯朋克一章表示遗憾，因此对于我们很多人,最高文学形式如果不是后现代主义,那也是资本主义晚期本身。”(注8)这是一个巨大的疏漏,如果后现代主义是资本主义晚期的文化逻辑成立,那么赛伯朋克就成为理解这一时期的关键。

作为一个马克思主义思想家,詹明信追溯了经济学和文化之间的平行发展轨迹,实际上是整个社会的轨迹。正如资本主义社会催生了现实主义艺术,资本主义发展的第三阶段即资本主义晚期则导致了后现代美学的产生,他把二十世纪五十年代末到六十年代初作为现代与后现代的分水岭。

对于詹明信来说,后现代小说批评的不是真实的现实,它是一件没有原本之物的摹本。对于后现代小说,风格和形式比内容更重要,外表比内涵更重要,艺术家们不是真诚地表达情感,而是含有讽刺意味地表演,他们失去了自我认同,只是在模仿拼凑别人的风格,其结果就是精神分裂,字与字、形象与形象之间的意义联系遭到破坏,充其量是暗指的弹性范围,但却可能是让人困惑的各种声音碎片的拼集,最终,后现代小说的崇高感走向过度兴奋、歇斯底里的歧途。

对威廉·吉布森的《神经漫游者》作简要剖析就可以解释这些元素。这部作品的语言高度凝练,吉布森对风格的关注也许让读者几乎看不到小说的任何缺点,有时让我们感到我们和小说人物以及作者对那些人物所感知的东西距离很遥远,小说里面很多是模仿,同汤姆·沃尔夫[①]的新闻、威廉·巴勒斯、达希尔·

---

① 编者注:汤姆·沃尔夫(Tom Wolfe,1931年— ),美国记者、作家,新新闻主义的鼻祖。他的报道风格大胆,以使用俚语、造词和异端的标点为特征,对新闻运动影响深远。

哈米特[1]、雷蒙德·钱德勒[2]等人的风格如出一辙,或者也可以说它是黑色风格和一般情节的模仿("拙劣的模仿……没有职业责任感")(注9)。可怜的主人公凯斯身陷危机不知所措,来自蛇蝎美人的危险和他无法抗拒的神秘的比格斯先生的邀请。这种文本的拼接正是精神分裂写作的典范。

雷德利·斯科特的《银翼杀手》也是一部标志性的后现代作品。和《神经漫游者》一样,它也受到多方影响:大量套用布莱克的预言诗,改编电影《马耳他之鹰》(*The Maltese Falcon*)(一九四一年)和《夜长梦多》(*The Big Sleep*)(一九四六年),从其他电影中借鉴场景和灯光效果以及满大街的不同文化背景的群众演员。在《银翼杀手:导演剪辑版》(*Blade Runner: The Director's Cut*)(一九九二年)中,戴克的旁白被去掉了,那些旁白曾让戴克显得很有威严,使得复制品也很有力量,那些叙述不再属于戴克。旁白向我们揭示了戴克的过去,让我们更好地了解他现在的性格,去掉旁白后他成了一个没有过去没有感情的躯壳,既是一个偏执狂又像一个杀人魔。毕竟,泰利尔的侄女蕾切尔,复制杀人魔的主要设计者,没有意识到她自己就是杀人魔,因此固有的

---

① 编者注:达希尔·哈米特(Dashiell Hammett,1894年—1961年),美国侦探小说家。从二十世纪二十年代初起,他接连创作了多部侦探小说,其中的三部《马耳他之鹰》《玻璃钥匙》和《瘦子》都拍成了电影。而《瘦子》又为后来的侦探故事片《大侦探聂克》提供了故事情节。一九三一年与派拉蒙影业公司签订合同,先后创作了《十字街头》《守望莱茵河》等电影剧本,后者获得该年最佳电影剧本金像奖的提名。

② 编者注:雷蒙德·钱德勒(Raymond Chandler,1888年—1959年),推理小说作家。他对现代推理小说有深远的影响,尤其是他的写作风格和看法,在过去六十年间为相当多的同行所采用。钱德勒的主角菲力普·马罗,成了传统冷硬派私家侦探的同义词。

身份概念崩塌了，死亡的主体使自身这一主题被突出出来。

詹明信在《后现代主义》中折回来又谈到菲利普·迪克的作品，首先介绍了《末日危机》(*Now Wait For Last Year*)(一九六六年)(注 10)，然后用一章的三分之一讲《动荡的时代》(*Time Out of Joint*)(一九五九年)。詹明信在讨论电影《蓝丝绒》(*Blue Velvet*)(一九八六年)和《散弹露露》(*Something Wild*)(一九八六年)时，指出二十世纪五十年代黄金时代的乌托邦意象和暴力并存，称迪克在小说中塑造的五十年代是对想象中九十年代的一种逃避。他怀疑五十年代是否真是一个田园牧歌时代，是否我们总是要按照我们的需要来塑造过去，他补充说："这一时期的伟大作家中，只有迪克算得上货真价实的桂冠诗人。"(注 11)其实，迪克小说中的五十年代是虚拟的，是对现在的一种追忆。

我们无法确定詹明信在多大程度上认同主流文化，抑或仅仅是描述它。当其他批评家还沉湎于后现代的困惑之中时，詹明信已担心"最新的太空变异即后现代超太空最终成功超越了一个人的载容量，在感觉和认知上把它周围的一切定位到可以定位的外部世界"(注 12)。詹明信在这里并不是要避开深入探讨，而是想找到描绘这个美丽新世界的途径。

## 让·鲍德里亚

让·鲍德里亚[①]也把后现代主义同主体性和独立的个体概

---

① 编者注：让·鲍德里亚(Jean Baudrillard，1929 年—2007 年)，法国哲学家，现代社会思想大师，后现代理论家，知识的"恐怖主义者"。撰写了一系列分析当代社会文化现象、批判当代资本主义的著作，是享誉世界的法国知识分子。

念联系了起来。如果说大都市的发展速度疏离了现代主义个体，那么后现代主义个体在生活呈几何级增长，到处充斥着图像、信息及其他交流手段的环境中也岌岌可危。

> 当出现内在的混乱和各种信息交流网络不断互相连接时，今天的我们已经进入了一种新的精神分裂形式，没有歇斯底里症，也没有投射性的狂躁症等一切症状，而是全民恐慌……一切都过分邻近，一切困扰从骨子里混乱纠缠不休，没有光环，没有氛围，甚至连他自己身体的气味也不存在……【个体】对一切开放。（注 13）

我们无法体验自己的生活，只能穿插交错于同样受到攻击的“个体”之间，望着当地咖啡吧里多频道电视、网络和数十种可供选择的排列组合，个体和宇宙的一切遭到狂轰滥炸。

这种恐慌在菲利普·迪克的写作中可以看到蛛丝马迹，例如，《幻影》（*The Simulacra*）（一九六四年）中理查德·康戈洛申担心被彻底搜查。看过该书的鲍德里亚在分析后现代太空时就受到迪克的影响，他的分析可以用来在更大的范围内理解科幻。

> 新宇宙是“反万有引力的”，或者说，如果存在万有引力，它应该是在幻想的洞口，而不是真实的洞口……【迪克的】读者从一开始就处于没有起源、过去或未来的完全模拟之中，即各种合作（思维、时空和符号）的波动之中，它不是一个平行空间的问题，或者双层空间的问题，也不是非真非假的问题，它是一个高度现实的问题。（注 14）

威廉·吉布森的《神经漫游者》开场白巨大的信息密度让读者直接体验到重负,他是这样描写这个世界的:

拉策正照看着酒吧,在往托盘里的杯子倒麒麟啤酒时,他那条假胳膊单调地抽搐着。看见凯斯,他笑了笑,露出褐色的龋齿,那是东欧网状钢材的杰作。凯斯在吧台边找了个座位,刚好夹在一个朗尼·佐手下有着浅棕色脸蛋的妓女和一个身穿皱巴巴的海军服、颧骨上有着一排排清晰的部落印记的高大非洲人之间。(注 15)

杰克·沃马克的小说密度更大:

离开百老汇我们驾车朝着布朗克斯往回开,透过烟雾缭绕的窗户看到三个建筑工人正在拆卸哈莱姆和华盛顿高地之间的围墙,而北边曼哈顿更高的部分在进行着翻修……我小时在那里住过,我和朱迪、可怜失踪的劳拉一起在华盛顿高地长大,刺探消息,街头玩耍,一瞬也不放过世界的一切。离开那里后,我又重新做人。(注 16)

鲍德里亚的幻影理论就是,图像历史意味着复制品变得越来越受欢迎,图像和交换概念相关,一个图像交换一个概念。比如说在经济学历史里,货币交换比物物交换好,世界大战后图像成了一切,尤其是没有原物的复制品,模型代替了实物,民意调查比选举还要重要,日常生活变得越来越不真实,货币价值成了赛伯里无数个零和一的组合。对鲍德里亚而言,这种不真实感染了整个美国生态,但是美国居民对这种感染一无所知,因为它已遭到屏蔽,鲍德里亚提出建议:

> 迪士尼掩盖了“真正”的国家,搞得好像“真正”的美国就是迪士尼似的……迪士尼呈现出亦真亦幻的景象,让我们相信剩下的也都是真的。事实上,整个洛杉矶及其周围都不再真实,只不过是高度写实和模拟,毫无疑问那都是现实(意识形态)的虚假代表,只不过掩盖了真实已不再真实的事实,从而挽救了现实原则。(注17)

这让科幻成为后现代时代的预言,或者是鲍德里亚分析的另一个病症原因。

## 后现代主义和科幻历史

科幻作为一种类型出现的时候,文学现代主义全盛时期正在成为过去,也许这同哥特式小说出现在十八世纪后期,即现实主义小说成长的时期一样,因此,人们很想把科幻视作另一种文学形式,或者说它也是随着文学变化而变化的,只不过是变化推迟了而已。二十世纪六十年代伦敦有各种各样的作家群体,号称(英国)新浪潮,特点是进行风格实验,力求出新,迈克尔·莫考克是核心人物,巴拉德则是特聘人才,新浪潮提供了持续四十年的现代主义运动神秘形式,而作为新浪潮的感性回应,赛伯朋克则在科幻领域发起了后现代运动。

但是，科林·格林兰德[①]在有关新浪潮最重要的作品中谈道："英国新浪潮科幻是混乱不清运动的一个案例或者说多个案例，评论家试图贴上'荒诞主义''滑稽——末日''后现代主义'标签，或者称之为'后当代'小说、'超小说'和'虚构症'。"(注 18)不得不承认，格林兰德著作的原稿(作为博士论文)在创作时，后现代主义概念已大大不同，因为后见之明，格林兰德增加了这样的话：

> 在《熵展览》(*The Entropy Exhibition*)中，我的出发点是错误的，我盲目地认为在所有证据面前我已对科幻类型的局限性作了回应，事实上不对，我甚至还没有进入对话，只有穆尔考克【和巴拉德、郎登·琼斯及查尔斯·普拉特(Charles Platt)】有足够的能力对后现代主义复杂的问题进行回答，后现代主义不属于任何类别，它就是它自己。(注 19)

不过，格林兰德不是唯一一个用科幻运动讲述后现代主义叙事方式的评论家，美国评论家弗莱德·普菲尔(Fred Pfeil)在《另一个要讲的故事》(*Another Tale to Tell*)中提出了另一个科幻历史模型，他把新浪潮作为科幻"迅速成为现代主义"(注 20)的起点。一九六〇年以前的科幻要么是严肃的乌托邦或反乌托邦小说，要么是供心理年龄在十三岁的读者意淫的惊悚小

① 编者注：科林·格林兰德(Colin Greenland，1954 年— )，英国科幻作家，曾获阿瑟·克拉克奖和菲利普·迪克奖等奖项。

说。当严肃文学的科幻耗尽了真气，新浪潮作家如乔安娜·拉斯、厄休拉·勒古恩、菲利普·迪克、托马斯·迪什，最重要的是J. G. 巴拉德使科幻走上现代主义道路，没有这个无与伦比的运动，就不会有吉布森、布鲁斯·斯特林和奥克塔维亚·巴特勒，他们是普菲尔所说的新时代写作的创造者，“曾经的‘劣质品’‘廉价品’，现在比所谓的新浪潮的早期作品精致得多，甚至更加自由”(注 21)。我们可以质疑普菲尔的观点(注 22)，但他的观点也许说明了后现代主义概念的不易把握，他列举的现代主义“新浪潮”写作的例子是迪什的《商人》(*The Businessman*)(一九八四年)，但他以前评论时则称之为“真正的后现代文学作品”(注 23)，而利奥塔则说过如果一部作品要成为现代作品，那它首先必须是后现代作品。

布赖恩·麦克黑尔(Brian McHale)曾有两部著作参与后现代主义论战，他指出，“科幻……之于后现代主义就如曾经的侦探小说之于现代主义”(注 24)。麦克黑尔的评论之所以重要，是因为他对待菲利普·迪克等作家的态度非常认真，他把这些作家和大家公认的文学巨匠如纳博科夫、斯巴克(Spark)和博尔赫斯放在了一起进行讨论。在《后现代小说》(*Postmodern Fiction*)中，他把科幻和后现代主义小说置于既相平行又有重叠的地位，他的《构建后现代主义》(*Constructing Postmodernism*)试图把科幻作为后现代文学的范式，“科幻公开并明确宣称是有类型的，也即是说，和‘主流’后现代主义写作一样，它是有自我意识的‘世界构建’小说，把自己完全置于小说世界创造的过程中”(注 25)。

后现代主义美学应用的高潮出现在麦克黑尔两部书出版

之间，相关评论可以在《密西西比评论》(*Mississippi Review*)43/44（一九八八年）特刊看到，后来扩充为《现实工作室风暴》(*Storming the Reality Studio*)，还有斯卢塞（Slusser）和什佩(Shippey)编选的二〇〇〇年利兹小说会议论文集（一九八九年六月二十八日至七月一日），卢克(Rucker)等人编辑的《符号篇章》【*Semiotext(e)*】(一九八九年)科幻专刊，《科幻研究》(一九九一年十一月)“科幻和后现代主义”特刊，以及斯科特·巴卡特曼(Scott Bukatman)的《最终的身份》(*Terminal Identity*)(一九九三年，但写得更早)。在这些文章中，吉布森和斯特林的分析与巴勒斯和品钦[1]的研究你中有我，我中有你，利奥塔、鲍德里亚和詹明信的理论既用来研究科幻文章，也用来研究艺术家如斯代拉克(Stelarc)或奥兰(Orlan)的表演。在科幻研究中，后现代主义首先和赛伯朋克联系了起来，当然，后者也参考了后现代主义。后现代主义还出现在太空歌剧模仿作品中，如西蒙斯的《海伯利安》、班克斯的《回顾一下弗拉巴斯》(*Consider Phlebas*)(一九八七年）和格林兰德的《伤害的方式》(*Harm's Way*)(一九九三年)，还有吉恩·沃尔夫、帕特·墨菲[2]和乔夫·莱曼的元小说游戏中，只不过没有引起评论家的注意。

这些作品中还有很多是讽刺小说，后现代主义批评拒绝对小说划分等级，分析只局限在很小的范围内，一段时间只涉及

① 编者注：品钦，托马斯·品钦(Thomas Pynchon，1937 年— )，美国后现代主义作家，著有《万有引力之虹》《葡萄园》等小说作品，数次获诺贝尔文学奖提名。

② 编者注：帕特·墨菲(Pat Murphy，1955 年— )，美国科幻奇幻作家，曾获菲利普·迪克奖和世界奇幻奖。

《银翼杀手》和《神经漫游者》。赛伯朋克小说曾被设想成很短暂的东西，却是真正的后现代顶尖作品，还没等大多数人注意到它，就宣布消亡了（大约在一九八六年）。但实际上它还在继续发展，例如赛伯朋克、后赛伯朋克、基于季节的赛伯朋克（注26），甚或是赛伯朋克风格的小说（笔者本人对精神失常的批判）（注27）。就在吉布森和斯特林的小说形式经过后现代批评的认真讨论之后，为大家所接受时，这些作家却正在相继离开科幻。

回想起来，关于后现代主义到底是描述性的还是规约性的争论正是它没落的表现。左派关于碎片世界的批判似乎让右派获得了正统地位，后现代主义提出了有用的非中心主体性分析，即打破男女、黑白、同异性恋、统治阶级工人阶级的等级，但是这个新的主体性在里根经济和撒切尔意识形态牺牲集体强调个体的关键时刻，却使得分享社会身份和意识感成为一地鸡毛。杂合概念也许很有效，但是如果每一个人的观点都只是相对的，那么白人男性异性恋统治阶级的霸权地位就不会改变。卡尔·费德曼曾提出赛伯朋克也有同样的激进主义失败，“最后转化为没有批评性的保守主义”（注28）。

二十世纪八十年代美国和其他各国的后现代主义分析基本上是正确的，但是，颂扬驶向深渊的美学却没有找到解决方案，詹明信可能一直在寻找认知映射，其他人早已放弃了。鲍德里亚关于海湾战争没有发生（注29）的微妙后冷战修辞，并不比否认海湾综合征的不公或中东政治的更广阔画面重要。不过，斯代拉克对自己作品的探讨可以作为仍然坚持后现代范式研究的象征。

然而，后现代主义关于表象、歇斯底里、崇高、模仿作品、历史终点、情感衰减和对原始作品的模拟分析等打开的局面还没有被完全发掘出来，尤其是非赛伯朋克科幻的分析更是如此。地缘政治从北大西洋转移到环太平洋正好发生在八九十年代，一些所谓的老虎经济的衰退和尼尔·史蒂芬森作品中描写的亚洲部落未受质疑的种族主义都还需要进一步分析探讨，反恐战争的政治需要质疑，特别是科幻中预想或代表的恐怖分子更需要仔细甄别。评论家是时代思潮的先锋，对于他们而言，科幻始于《银翼杀手》终于《神经漫游者》，他们已经转移到了下一个浪潮，与此同时，科幻的受众却越来越广泛和精明。

注释：

注 1.《新左派评论》(一九八四年七月至八月)，第 53 页至 94 页。

注 2.参见劳伦斯·苏婷，《神圣的入侵：菲利普·K.迪克传》(纽约：哈莫尼，一九八九年)，第 208 页至 233 页。

注 3.罗伯特·加尔布莱斯，“拯救知识：《瓦利斯》和《飞往路西弗》中的讽刺的诺斯替教”，载于加利·K.沃尔夫编《科幻对话》(芝加哥：学院，一九八二年)，第 115 页至 132 页，位于第 119 页；斯蒂夫·布朗，《菲利普·迪克的两篇论文》，载于《科幻评论》10:2(一九八一年)，第 11 页；金·斯坦利·罗宾森，《菲利普·K.迪克的小说》(安阿博，马萨诸塞州：UMI 研究出版社，一九八四年)，第 III 页。

注 4. 珍妮–弗朗西斯·利奥塔，《后现代状况：关于知识的报告》(曼彻斯特：曼彻斯特大学出版社，一九八四年)，第ＸＸⅣ页。

注 5.同上,第 81 页。

注 6.同上。

注 7.詹明信,《世界末日善恶大战之后:〈血钱博士〉中的人物体系》,载于《科幻研究》2(一九七五年),第 31 页至 42 页。

注 8.詹明信,《后现代主义:晚期资本主义的文化逻辑》(德汉姆,北卡罗来纳州:杜克大学出版社,一九九一年),第 419 页。

注 9.同上,第 17 页。

注 10.同上,第 118 页。

注 11.同上,第 280 页。

注 12.同上,第 44 页。

注 13.詹妮·鲍德里亚,《交流忘形》(纽约:符号篇章,一九八八年),第 26 页至 27 页。

注 14.鲍德里亚,《模拟和科幻》,载于《科幻研究》18(一九九一年),第 309 页至 313 页,位于 311 页。

注 15.威廉·吉布森,《神经漫游者》(伦敦:格拉芙顿,一九八六年),第 9 页。

注 16.杰克·沃马克,《埃尔维西》(伦敦:哈勃考林斯,一九九三年),第 24 页。

注 17.鲍德里亚,《模拟》(纽约:符号篇章,一九八三年),第 25 页。

注 18.科林·格林兰德,《熵展览》(伦敦:鲁特来治和开根保罗,一九八三年),第 203 页。

注 19. 格林兰德,《科尼利厄斯和柯莱特棒球禁赛》, 载于《墨西哥第四代程序手册》(哈罗门: 墨西哥 4), 第 9 页至 13

页,位于第 11 页。

注 20.弗莱德·普菲尔,《下一个要讲的故事:后现代文化的政治和叙事》(伦敦:弗索,一九九〇年),第 85 页至 86 页。

注 21.同上,第 84 页。

注 22.见安德鲁·M.巴特勒,"科幻建模:弗莱德·普菲尔的尴尬",《基地》72(一九九八年),第 81 页至 88 页。

注 23.普菲尔【托马斯·M.迪什评论。《商人:恐怖故事》】,《明尼苏达评论》23(一九八四年),第 188 页至 191 页,位于第 188 页。

注 24.布赖恩·麦克黑尔,《后现代小说》(伦敦:梅休恩,一九八七年),第 16 页。

注 25.麦克黑尔,《构建后现代主义》(伦敦:鲁特来治,一九九二年),第 12 页。

注 26.乔夫·莱曼,"《沃特》评论",《基地》61(一九九四年),第 90 页至 92 页。

注 27.安德鲁·M.巴特勒,《赛伯朋克》(哈彭登:坡克特·伊森手,二〇〇〇年),第 17 页至 18 页。

注 28.卡尔·费德曼,《批判理论和科幻》(汉诺威,新罕布什尔州:卫斯理大学出版社,二〇〇〇年),第 198 页。

注 29.鲍德里亚,《海湾战争没有发生》(悉尼:权力,一九九五年)。

# 第十章　科幻与酷儿理论

温迪·皮尔森

真理一：每个人都是独特的。

令人吃惊的是，可以用来讨论这一不言而喻的事实的权威概念方法少之又少，当代批评和政治思想煞费苦心留下来的一小撮分类粗糙得不可思议，可以用得上的区分就只有性别、种族、阶级、民族和性取向了。

【伊芙·科索夫斯基·塞吉维克[①]，《暗柜认识论》(*The Epistemology of the Closet*)】(注 1)

“我们必须藏起来，”对方温柔地说，“你还在抹杀任何不同的东西。”

---

① 编者注：伊芙·科索夫斯基·塞吉维克（Eve Kosofsky Sedgwick，1950 年—2009 年），美国学者，从事性别研究、酷儿理论研究和批评理论研究。著有《男人之间》等书。

【西奥多·斯特金，《性对立》（*The Sex Opposite*）】（注2）

## 科幻与性观念

鉴于科幻在利用未来探索当代现实和虚拟方面的潜力，人们可能会认为它是研究两性问题的理想之选。科幻评论家普遍认为科幻小说属“观念文学”（literature of ideas），的确，对许多人来说，科幻的主要特征就是它的观念内容，性也是一种观念，在这个意义上，人们会期望发现科幻作为体裁和性问题探讨之间内在的兼容性。然而对许多人来说，性，特别是异性恋问题，只能在“自然”范畴内去思考，他们认为性绝不是观念性的，恰恰相反，它是本能的、有感知的和动物性的。因此，在繁衍性的表面逻辑里，它既是“常识”又匪夷所思，因为即使表面上的繁衍性也涉及情感、地位、行为和欲望，而这些又都有不尽合理的地方，即使是欢愉的率性而为，也常常令人感到恐怖而不敢深思。不过，即使是这些人，性在他们眼里也是一种观念，因为它毕竟是一种意识形态，是当代西方社会既竭尽全力扩散又想尽办法控制的意识形态。

这是一个有关科幻描写性的潜力的争议，其中既涉及正常的性也有虚拟的性。这个争议源自性学研究方法，这些研究都归在“酷儿理论”（注3）麾下。酷儿理论可以告诉我们科幻小说是如何探讨性的，但在研究之前，我们先来看看科幻对虚拟性描写的相关讨论。二十世纪八十年代，当科幻中的性主题开始引起批评界关注的时候，批评家普遍谴责科幻中对虚拟性正面描写的缺失。科幻在性学方面需要思考的问题之一，是科幻小说是否是或已经是这样一个领域,即人类全方位幻想不仅可以带来人类生存的技术,而且还可以加剧人类社会的复杂性。换言之，我们可能要问传统科幻是否更擅长幻想机器及其结合物,而非身体以及与身体相关的东西。

这个问题的答案也许有些模棱两可,虽然常有科幻故事以想象往往是寓言的形式触及性的话题,但是直到最近才出现大量故事视由来已久、持续兴盛的异性恋规范惯例，如约会、结婚、核心家庭等为理所当然。值得注意的是,很早的时候科幻中就有性的描写了(尽管有人宣称二十世纪六十年代前的科幻作品中没有性的描写)(注 4)。不过,那只是当时规范下本能的生育行为,例如,E.E.史密斯博士给了主人公一个未婚妻,就是为了推断当代西方性习俗的自然性。因此,研究科幻中的性问题不仅仅要看它对同性恋的正面或负面描写,还要理解传递性关系描写信息的话语。的确,同情同性恋的故事中并不一定要涉及异性恋体系尚未解决的问题;同时,调查社会性结构其他可能性的故事也不一定要对其他性关系表示同情。罗伯特·海因莱因的作品为这两类叙事提供了绝佳的范例，在《星期五》(*Friday*)(一九八二年)中,美丽的女主人公同时跟男人和女人保持性关系,但他们丝毫没有破坏社会的异性规范结构;另外,小说对“真正”的同性恋者态度比较轻蔑,人们区分同性恋的标准主要是根据他们愿不愿意扮演自己的性别角色。《严厉的月亮》(*The Moon is a Harsh Mistress*)(一九六四年)则展示了后一种叙事方式,月球社会在当今大多数西方文化普遍接受的一夫一妻制基础上,允许选择多种婚姻模式,但这些婚姻关系无论涉及多少人,他们都必须是绝对的异性恋。

如果说对科幻小说中性取向的态度是自相矛盾的，那么对这个问题的批评关注几近于无，一个例外就是对女同性恋女权主义乌托邦的批评，但批评的焦点常常不在性本身。用MLA数据库检索“科幻小说”得到四〇九一条结果，其中只有三十四条是和“性”有关的。在同一个数据库检索“同性恋”有二〇八一条结果，而加上“科幻小说”，符合要求的就只有八篇文章，其中仅两篇是一九九〇年之前发表的。科幻中关于性的作品仅有唐诺·帕伦坡（Donald Palumbo）的《性爱宇宙》（*Erotic Universe*）和《想象中的性爱》（*Eros in the Mind's Eye*）（二者均于一九八六年出版）。詹姆斯·里默（James Riemer）为《性爱宇宙》撰写的稿件，是第一篇关于科幻小说中同性恋问题的严肃批评分析，里默还为艾瑞克·嘉博（Eric Garber）和林·帕里奥（Lyn Paleo）关于科幻替代性的注解文献、充满奇幻和恐怖的《天国世界》（*Uranian Worlds*）（一九八六年）第一版作了介绍。在《科幻百科全书》（一九九三年）中，“性”这一词条简要概括了科幻小说中性描写的历史态度；但是讨论同性恋的一段话只提到塞缪尔·德拉尼、托马斯·迪什、《天国世界》和Gaylactic Network[①]，最明显的是遗漏了乔安娜·拉斯和马利恩·兹默·布拉德利等女性作家。

如果说科幻确实是观念文学，那么为什么批评家在这么久之后才开始考虑科幻小说中的性观念问题，尤其是科幻的性别史已相当清楚地表明了科幻更适合探讨社会问题而不是技术

---

① 编者注：Gaylactic Network在1998年设立Gaylactic Spectrum Award，这一奖项专为表彰那些对同性恋、双性恋、变性人，即LGBT群体进行了正面描写的科幻、奇幻、恐怖小说。

问题，这颇值得我们深究。相同的情况还出现在种族问题方面，尽管不充分，但科幻小说试图描绘一个不同的种族化未来已有相当长时间了。然而性描写不可同日而语，尽管科幻小说作家中的同性恋、双性恋越来越多，科幻作品中酷儿主人公还是相对少见，因为那些作者并不承认自己是酷儿。可以看到，这种情况正在发生改变，比如，莫琳·迈克休的《中国山·张》中就有一个男同性恋主人公，厄休拉·勒古恩的《真相大白》(*The Telling*)(二〇〇〇年)则刻画了一个喜欢女人的女人，这两部小说中性都不是主题。不过，科幻对种族、性别的处理与性问题的处理之间还是存在着有趣的历史分歧。

这样，用酷儿理论作指导，就可以提出一系列关于科幻中性的表现尤其是其他性的重要问题，我们可以问科幻小说中描写了什么样的性？这些描写是如何构建的？它们是寓言型的？说明型的？外推型的(extrapolations)？诸如此类(注5)。我们还可以问异性规范下性的描写确实是未来有意识的外推吗？或者没有幻想出基于性准则下不同社会安排的世界？我们可以研究性与社会性和生物学之间的关系，探究当代科幻中性描写的发展走向，还可以通过酷儿理论考察学术批评文章如何才能解决科幻中性描写的问题。

## 性科学

当谈到科幻中其他的性表达时，我们一般是指对同性恋的描写，但用同性恋来描写性可能是有问题的。酷儿理论的精髓之一是，在特定文化时期，同性恋和异性恋在性的二元认识论中是完全对立的。在提出这一观点时,酷儿理论遵循了米歇尔·福柯[①]的著名论断,即我们对同性恋的理解——我们之所以称某些人是同性恋,是人类性历史概念具体而激进演化的结果。福柯说:

> 根据古代文明和权威准则,鸡奸属禁止行为范畴;违反者必定会受到法律制裁。十九世纪,伴随着不严谨的解剖学和可能比较神秘的生理学,同性恋成为私事,成为过去的事,不过是一件历史过案,很久远的事情,同性恋成了一种生活类型、一种生活方式和一种形态。

"鸡奸曾是一时的失常行为,而同性恋现在则是指一类人"(注 6),福柯的这一说法被理解为,他认为过去人们并不觉得同性恋者与自己有什么不同。事实上,文化和亚文化认识论之间有一个重要的区别,当福柯谈到同性恋变成一类人时,他指的不是少数同性恋文化的自我理解,而是主流文化群体的论断。伊芙·塞吉维克则深化了福柯的观点,她突出了概念转变的特殊性,不仅对身体能做什么进行了分类,而且对什么类型的身体可以有什么行为进行了新的分类。塞吉维克指出,十九世纪历史的独特之处就是同性恋及异性恋二元论成了我们理解性取向的方法,而实际上描写人们的性活动和欲望如何不同有很多种其他可能的方法(注 7)。

这种新的分类造成了多种后果,同性恋作为一类人,新人

---

① 编者注:米歇尔·福柯(Michel Foucault,1926 年—1984 年),法国哲学家、社会思想家、文学理论家,著有《性史》等专著。

群的肉体和精神都成为研究、规范、治疗和惩罚的对象。到了一八七〇年,同性恋已开始成为医学、精神治疗法和刑法学的对象,男同性恋在一八八五年的英国可以入罪。同性恋归入疾病、变态和违法群体造成的影响一直持续到二十一世纪。这一时期科幻小说中对同性恋和双性恋的描写自然反映了社会对不同性取向的态度,嘉博和帕里奥这样写道,"不论是'灵魂病态的女同性恋人',女里女气的漫画,仇视男人的女性男人,还是嗜杀的吸血鬼,同性恋的形象完全是歪曲的和单一的"(注8)。试图用同情或者客观的方式表现同性恋的做法常常遭到抵制,二十世纪五十年代西奥多·斯特金想要发表《完全失落的世界》(*The World Well Lost*),某科幻编辑"不仅拒绝这个故事,还号召其他科幻杂志编辑不要接受"(注9)。

在英国,同性恋直到一九六七年才免受歧视,而在美国有关同性恋的刑法各州不同, 许多州仍用鸡奸罪定罪同性恋,英国和美国都有禁止同性恋"传播"的法律,美国精神病协会直到一九七三年还把同性恋归入精神疾病范畴,这一分类的残余仍然保留在当代"性别身份紊乱"的诊断中,尤其是面向儿童的时候更是如此。虽然医学已大面积中止了通过阉割、激素疗法和其他干预治疗同性恋的努力,但是二十世纪八十年代早期男同性恋和艾滋病的最初关联让医学界、宗教界和公共话语界又起微澜,认为同性恋有遗传病源基因。也许和科幻最为相关的是,目的在于找出同性恋原发病因的医学科学研究都将焦点放在了激素、大脑结构和寻找"同性恋基因"上。

这正是凯斯·哈特曼(Keith Hartman)的《性、枪炮和浸礼会信徒》(*Sex, Guns and Baptists*)(一九九八年)所要探讨的内容。

一种子宫内的基因测试法被发明出来之后，许多在母体内的畸形胎儿被流产掉，已经出生的非正常儿童则被丢弃到政府收容所。天主教教义成了同性恋的行为准则，因为同性恋私家侦探德鲁·帕克(Drew Parker)向害怕同性恋的浸礼会信徒解释说，"在过去的二十三年里，没有多少同性恋浸礼会教徒出生，包括卫理公会派教徒、摩门教徒和长老会会员，莫不如此。关于反对堕胎，你们都抱怨不已，但到了真正解决问题的时候……你们又说'特殊情况'，天主教就不是这样的"(注 10)。哈特曼在故事中想象的美国近未来是根据当代科学和当代社会政治话语作出的推断：原教旨主义基督教徒对政治进程产生了相当大的影响，尤其影响到与性相关的问题(同性恋、堕胎、卖淫、色情和"家庭"的含义)。在这样的政治氛围里鉴定同性恋基因造成的负面后果不难预见，一些遗传学家自己都认为胎儿试验将是基因发展的第一个实践结果。哈特曼的故事清楚地表明，如果有确凿的科学证据证明同性恋有致病源，那么这一发现带来的后果不可能是中立的。一方面，像小说中一样，"同性恋基因"可能会被用来消灭同性恋；另一方面，这一发现可以用来证明同性恋和色盲、左撇子一样是天生的特性，因此，他们应该被社会接纳并受到人权法的保护。

哈特曼的作品着眼于调查同性恋的基因成因与右翼政治氛围的契合，而格拉海姆·乔伊斯[①]和彼得·F.汉密尔顿[②](注 11)

---

① 编者注：格拉海姆·乔伊斯(Graham Joyce，1954 年—2014 年)，美国推理小说作家，曾获欧·亨利短篇小说奖。

② 编者注：彼得·F.汉密尔顿(Peter F. Hamilton，1960 年— )，英国作家，长于太空歌剧题材作品的写作。

的《吃里丝面包》(*Eat Reecebread*)(一九九八年)则探究改变人类性生物学基础带来的后果。越来越多的“双性人”出生,社会对双性人的态度变得越来越恐惧和不能容忍,反双性人的法律获得通过,攻击“双性人”的案件不断增多,一些警官积极合谋阻止警察干预反双性人犯罪。同哈特曼的故事一样,《吃里丝面包》也是当代科研的一个推断,其基础是越来越多的雌雄同体鱼事件的报道。《吃里丝面包》中双性人的回应是把基因科学的矛头转向那些折磨他们的人,通过故事中的巨无霸汉堡即里丝面包释放出导致两性畸形的质粒携带病毒基因。《吃里丝面包》中双性人的待遇和同性恋差不多,比如酷儿遭到攻击甚至谋杀仍然普遍存在。我们可以用这个故事来考察我们对性身体二元属性的文化设想(几乎所有文化都自然而然地认为人类非男即女,尽管已知大约有百分之一点七的人生来是双性的),同时也从侧面探究酷儿所面临的社会困境。

这种对生理性别和性取向在当代语境下的双重攻击,把性的历史文化意义和性别概念的关联度置于了显要位置。在很多情况下,性取向更多地被看作性和性别间的错位,而不是一种性的欲望或行为,再极端一点,这种性与性别的错乱可以看作是酷儿背叛性别的形式。艾琳诺·阿纳森的《众剑之环》,是十年来对性和性别探讨最富智慧的作品之一,它描写了一个视同性恋为正常的外星人社会。小说通过把两个人类主角之一的尼基·桑德斯刻画为逃到怀哈斯的叛徒,提醒读者同性恋与性别背叛和真实背叛长期混淆不清的历史,例如德国纳粹和美国众议院非美活动委员会制造的那种混淆。但是,这两个先例都假定了生物基础差异,而《众剑之环》则把性看作是社会期望构建而成的，尽管两个社会都认为各自的性观念是固有的和天然的。特别是考虑到桑德斯“在二十年前是一个再正常不过的异性恋人”(注 12)，人类很难理解他是如何与一个怀哈斯人享受长期同性恋关系，同时又与众多男性进行一系列滥交的：以及一个“正常的”异性恋人类是如何成为毛茸茸的灰色外星酷儿的？因此，《众剑之环》提出了很多本质主义者(认为人的性取向是天生的)和构建主义者(认为人类性的意义和表达是文化的产物)争论的问题；这部小说描写的人类和外星人的性观念都是复杂的、难以解释的，特别是从一个特定文化来看就更难理解了。桑德斯试图把自己的性观念命名为“类同性恋”而不是“同性恋”，故而，阿纳森也十分重视语言在不同文化历史时期表达不同性概念的重要性。

## 酷儿科幻

“同性恋”一词一八六八年才被创造出来，一八六九年首次公开使用，而“异性恋”这个名词第一次使用是在一八八〇年。不过，虽然十九世纪七十年代以前“异性恋”这个词还没有出现，但可以肯定的是过去的人们都是按照自己的性别承担不同性角色的。为避免受到历史的局限，酷儿理论通过寻找其他术语取代过去的“男、女同性恋”来表明同、异性恋二元论是一个文化理念，因此，“同性性”“其他性”和“性异议”等都曾用来表示现在归入“男同性恋”或“女同性恋”或“酷儿”名下的各种各样的性行为。同性恋和酷儿等观念的语义文化特性说明，任何对描写未来可能会产生的性行为真正感兴趣的人都需要思考认识论、术语和实际行为，性的范围只会受到逻辑推断和作者想象力的局限。例如，马奇·皮尔西的《走在时间边缘的女人》描写了一个未来世界，所有的人类都是自然双性人，男女之间的社会生物区分变得无关紧要。而塞缪尔·德拉尼在《海卫一上的麻烦》（*Trouble on Triton*）（一九七六年）描绘的世界里，人们自然而然地认为人类应该有多种性、性别和性观念，儿童最好的抚养方式是由“性取向各不相同”（注 13）的五位成年人来照顾。

如前所述，科幻中关于“另类的”性的描写到二十世纪六十年代才零星出现一些，而且一般还都是负面描写。传统上，一般认为西奥多·斯特金的《完全失落的世界》如果不是对异性规范本身的挑战，就算得上是过渡到正面表现同性恋的作品，嘉博和帕里奥认为斯特金“单枪匹马开启了科幻描写男同性恋形象的新时代”（注 14）。这个故事重点描写了一对德巴奴外星人夫妇，刚开始地球人十分羡慕他们，但当发现他们是同性恋时，就把他们驱逐出境了。但是，地球当局为了与德巴奴星球协会开展贸易，决定尊重德巴奴星球的意愿不驱逐那两人，可是，那对夫妇已经在返回德巴奴星的途中了。在他们乘坐的太空船里有一个叫格朗提的人知道夫妇二人的秘密，然后，这个故事转而从很多方面着重描写格朗提对船长路茨的单相思。因此，这不仅是一个关于宽容的故事（那对外星人夫妇从恐惧同性恋的德巴奴星逃到同样恐惧同性恋的地球），而且是一个关于欲望的故事。当然，作者对格朗提性观念相对同情的描写并没有让读者感到满意，因为故事讲得非常隐晦。也许具有讽刺意味的是，这个故事体现了不同类型酷儿之间的相互同情，因为格朗提没有任由那对外星人夫妇毁灭性的宿命继续发展，而是给了他们救生艇，还他们以自由之身。最后，这个故事还探讨了正常的和令人恶心的性形式这一荒唐话题，故事说德巴奴星坚决拒绝和人类的任何接触是因为人类男女相似的外形让他们觉得人类是酷儿种族。总之，这个故事在很多方面关于性问题的探讨比以往科幻作品更奇特，也更发人深省。

如果说二十世纪后半期科幻对其他性向问题越来越感兴趣，那么我们还是要问酷儿理论如何才能阐释正在进行的工作，有一点必须在此说明：酷儿理论用于科幻的主要目的不是恢复男女同性恋历史，尽管这是科幻性取向综合研究的重要基础。它的目的是考察各种性向描写可能性的概念基础，酷儿理论也倾向于质疑把形象看作固定身份的认识论。这样，视身体、性别和性向易变的科幻就与颂扬流动性、阈限的各种方法和其他解构死板的二元身份分类的激进手段更加协调一致了。虽然一些酷儿理论家看到的是使用身份政治策略获得的短期法律政治益处，但酷儿理论的真实目的是打造这样一个未来，即为了取消固定身份，解构笛卡尔非黑即白、非男即女、非异性恋即同性恋的二元论，社会需要激进重组。

约翰·瓦利就是经常幻想这种流变（fluid）未来的科幻作家，在他的幻想世界里甚至连身体都是可以随时变化的，我们传统上认为固定不变的特点如生物性可以像发型一样轻而易举地进行改变。例如，《垮掉的一代巴友》(*Beatnik Bayou*)(一九八〇年)就是有关青少年性取向的小说。在小说中的社会，性不需要任何规范，它犹如身体本身一样富有韧性，随时可以改变。瓦利的另一篇月球(Luna)故事《附近的野炊》(*Picnic on Near-*

*side*)(一九七四年)表达的是同样的社会性话语。在这个故事中,少年月球人遇到了一位年龄很大的老人,老人是自己选择从月球流放到地球的幸存者,少年们意外发现那个老人沉湎于乱伦,这是他们闻所未闻的事,所以感到无法理解(注 15)。瓦利故事中的性取向和性别身份不再是一个不着边际的分类问题,它已经发生变化,差不多只是纯粹的表演,在首次变性者中夸张表现女性或男性的人都很支持这个概念。

梅丽莎·斯科特[①]的酷儿赛伯朋克小说《麻烦和她的朋友们》(*Trouble and her Friends*)(一九九四年)中性取向也是作为表演(performative)来构建的,麻烦的前女友塞利丝在网上和一个名叫希尔克的女人发生了虚拟性关系,结果后来她发现希尔克是一个少年男孩的化身。在这个故事里,不是身体的韧性,而是虚拟现实的无限潜能打破了固定身份作为必要或期望特点的观念,性取向自由通过与"真实"世界的对比得到加强。在现实世界中,麻烦"总是身处局外,无法融入群体网络之中,脑线虫、性别和情人的抉择将他和现实世界分开"(注 16)。麻烦在现实中的死板也反映到虚拟世界中,但同时虚拟世界也提供了物理身份以外的空间,这些身份就是我们理解的肉体、肤色、生物性和有望识别性取向的不确定身体标记。但是和瓦利对身体潜能的颂扬不一样,赛伯朋克与肉体的关系却存在诸多问题,即使身体是"肉"这种对肉体存在的蔑视也只有在身体和精神、现实和虚拟之间找到结合点之后才能发生效用。在这个有限的

---

① 编者注:梅丽莎·斯科特(Melissa Scott,1960 年— ),美国科幻和奇幻小说家,其作品中的人物多为 LGBT 群体。

空间里，主体是多元的，少年黑客可能变成美丽的希尔克，“她”和塞利丝之间的性就像幻想的一样真实，而且这种表演只要机器信号存在，想要维持多长时间都行。

表演这个概念是对包括赛伯朋克在内的后现代科幻形式进行酷儿理论分析最有用的工具之一，表演理论主要吸收了朱迪斯·巴特勒的观点，即所有性别都是既不情愿也在某种程度上总不完美的表演，这是因为我们无法达到“男性”和“女性”那些不着边际的理想。性取向也是如此，比如说那些被证实是男同性恋的人会不可避免地按照同性恋话语规范的男同性恋特点行事，虽说一个人可以改变既定的性取向行事方式，但性取向本身并不会发生变化。作为分析赛伯朋克中性取向和性别的工具，表演也许不言自明，不过，用它来分析结构复杂的后现代作品如乔夫·莱曼的《儿童花园》(*The Child Garden*)(一九八九年)也同样有效。在主人公米莱那作为演员无法在莎士比亚剧中进行表演的同时，表演本身特别是音乐和全息歌剧的表演突显了出来。莱曼运用隐喻本义展示表演功能达到炉火纯青的地步，《儿童花园》是一个没有选择的世界，米莱那是一个不会被感染的、天然的女同性恋，她用错误表演的可能性改变了那个世界。

酷儿理论仅仅只是开始提供看待科幻的新方式，它说明性取向不是不重要，而绝对是我们可能创造的潜在未来和我们对现实思考的重心，在这个意义上，将酷儿理论用于科幻可以用塞吉维克的观点来作指南。他说：“如果不结合现代同、异性恋定义的批判分析，对西方文化任何方面的理解一定是不完整的，不仅如此，而且会伤及本质。”(注17)的确，因为科幻史和现代性取向历史的巧合，科幻几乎无法逃避泯然于无形的性取向认识论文化的影响。科幻的任务通常是把限制人类潜力的盲目假设呈现出来。性取向认识论和科学认识论一样，对于建设未来社会都是不确定的，但却同样意义重大，那么，看到科幻和酷儿理论共享针对现在的反乌托邦观点和针对未来的乌托邦希望，即希望至少我们不会自动抹杀不同，也就不足为奇了。

注释：

注 1.伊芙·科索夫斯基·塞吉维克，《暗柜认识论》(伯克利：加利福尼亚大学出版社，一九九〇年)，第 22 页。

注 2.西奥多·斯特金，《性对立》，载于斯特金，《E 普鲁里伯斯独角兽》(一九五一年)(伦敦：美洲豹，一九六八年)，第 127 页。

注 3. 特丽莎·德·洛里提斯一九八九年在加利福尼亚大学的一个会议上首次使用"酷儿理论"，简要介绍参见安娜玛丽·加戈兹的《酷儿理论：前言》(纽约：纽约大学出版社，一九九六年)。

注 4.例如弗朗茨·罗滕施泰纳在《科幻图书》中关于科幻中性的讨论(伦敦：泰晤士和哈德森，一九七五年)，第 116 页至 117 页。

注 5.关于介绍各种性取向方式的讨论见笔者的"外星人解密：酷儿视角"，《科幻研究》26(一九九九年)，第 1 页至 22 页，位于第 4 页至 5 页。

注 6.米歇尔·福柯，《性史，第一册：概况》(纽约：万塔奇，一九九〇年)，第 43 页。

注 7.塞吉维克，《暗柜认识论》，第 8 页至 9 页。

注 8.艾瑞克·嘉博和林·帕里奥,《天空世界》(波士顿:G.K.霍尔,一九九〇年),第X页。

注 9.塞缪尔·R.德拉尼,上书的“前言”,第XX页。

注 10.凯斯·哈特曼,《性、枪炮和浸礼会信徒》,载于尼考拉·格里菲斯和斯蒂芬·帕格尔编《弯曲场景:科幻》(伍德斯托克:欧沃劳克,一九九八年),第 13 页至 25 页,位于 14 页。

注 11. 格拉海姆·乔伊斯和彼特·F. 汉密尔顿,《吃里丝面包》,载于德比·诺特金编《飞杯舞碟》(剑桥,马萨诸塞州:艾治伍德,一九九八年),第 177 页至 197 页。

注 12.艾琳诺·阿纳森,《众剑之环》(纽约:托尔,一九九三年),第 79 页。

注 13.塞缪尔·R.德拉尼,《海卫一上的麻烦》(一九七六年以《海卫一》出版)(米德莱镇,康涅狄格州:卫斯理大学出版社,一九九六年),第 254 页。

注 14.嘉博和帕里奥,《天空世界》,第X页,《完全失落的世界》载于斯特金的《E 普鲁里伯斯独角兽》,第 53 页至 68 页。

注 15.约翰·瓦利,《垮掉的一代巴友》载于《附近的野炊》(纽约:伯克利,一九八〇年),第 146 页至 181 页;“附近野炊”,同上,第 236 页至 260 页。

注 16.梅丽莎·斯科特,《麻烦和她的朋友们》(纽约:托尔,一九九四年),第 188 页。

注 17.塞吉维克,《暗柜认识论》,第 1 页。

# 第三部分　科幻分支流派和主题

# 第十一章　科幻的符号

格温妮丝·琼斯

就某种意义而言，各类科幻的共同特点就是构建一个不同的世界，这个世界可能是另一个星球（甚至是另一个宇宙），或者可能是一个环境已经发生天翻地覆变化的“未来世界”，但是无论是什么新的环境或者条件，比如外星人入侵、火星人殖民、长生不老药等，作家都要标出这些变化，而读者要能理解这些标志的意义，因此阅读科幻故事总是一个积极的诠释过程（注1）。那么，通过这些奇异的假象、场景、关系、产业和习俗作媒介，故事要告诉我们什么样的人物、政治和幻想世界的社会环境呢？所谓科幻符号就是宣示文类的符号，它们告诉读者这是一个不同的世界，同时这些符号也组成了那个不同的世界。

有别于其他任何小说，科幻小说的幻想场景是其主要特点，这些高度突出描写的不真实的物体、习俗、亲缘关系和时尚合在一起构成了场景，而且读者可以对那些标志轻易识别和解码。“符号”一词源于希腊语，原意是图像，它是通过拜占庭艺术进入英语的，在拜占庭艺术中，“符号”具体指的是风格化的救世主代表或者其中的某一个圣人。同样，科幻符号表示的是超自然（或至少非世俗）、艺术规范化（因为某些特点是强制的）但显然属于公共领域的东西。正如玛丽·雪莱的弗兰肯斯坦博士构建了而不是“发明了”怪兽，要想追根溯源找到某一科幻符号是某一作家发明的，必将无果而终。在布莱姆·斯托克[1]的《德古拉》（*Dracula*）之前，吸血鬼已广泛流传于民间故事中。“机器人”第一次用作现代人所共知的意义之前，人们早知道有机器人概念了。同样，因为符号是由特定文化决定的，在某种程度上，每一部科幻小说或每一个故事就是一种文化，所以为表达作者的特定意图，每一部小说或故事都有它自己的变体符号（一个设计不同的机器人，一种快过光速的独特驾驶方式等）。要识别或说明这些重要意象的全部核心内容并考察它们的意义还是可能的，这些意义不仅为科幻读者所熟知，二十一世纪的普罗大众也都十分了解。

## 火箭、宇宙飞船、宇宙殖民地和虚拟环境

火箭形似男性生殖器，向上推力强劲，飞行速度惊人，它不可避免地被用来表示能量和逃离。同时，火箭也是武器（第一次

---

① 编者注：布莱姆·斯托克（Bram Stoker，1847 年—1912 年），爱尔兰小说家，以小说《德古拉》闻名于今。他曾担任欧文爵士（Sir Henry Irving）的私人助理和隶属于欧文爵士的兰心大剧院的主管。

使用是在中世纪中国的战场），抑或是不会带来任何伤害的场景壮观的烟火。虽然正是星际旅行的科幻梦想激发了现代火箭理论专家齐奥尔科夫斯基（Tsiolkovski）的灵感，但是火箭理论是在德国研发V-2超级武器时才得以应用的。在现实世界和科幻中，火箭的双重身份是其最重要的特点。美国战后小说家托马斯·品钦的《万有引力之虹》（*Gravity's Rainbow*）（一九七三年）是对现代科幻深有影响的小说，它把火箭这个二战末期出现的致命符号植入了丰富而复杂的神话源头，火箭既是现代文明的最高成就，也是现代文明的死亡象征。在《万有引力之虹》中，泰罗恩·施罗斯洛普追求最精设计，这是一个集英雄事迹、技术说明和经典科幻伟大浪漫的神秘推测于一体的故事，同时也有现代科幻对阴谋论、令人神往的机械、爱情故事和强力武器的坚持。

火箭载人是《万有引力之虹》的最高意象（注2）。在现实世界中，直接把一样东西送上太空仍然是不切实际的，唯一的办法是把它放在装满炸药的巨大V-2顶上，也就是说，要借助蓝色点火纸。但是在科幻作品中，火箭作为逃离地球的象征早已废止，现在的宇宙飞行科幻小说中很少有星际发射，奋力逃离地球已成为遥远或逝去的过去【史蒂芬·巴克斯特的《远航》（*Voyage*）（一九九六年）精妙并充满感情地描述了火星之旅，是一个有趣的例外】，宇宙飞船取代了鳍形、男性生殖器状的锥形物体，它的设计不是用作抛物线试验，而是运送物资和人员。为了长期占领太空，宇宙飞船（无论是否载有殖民者或入侵者，或隐蔽处藏有怪兽）成为火箭的另一个替代品，它本身就是一个世界。

因为太阳系的广袤无垠,任何有希望的着陆旅行任务都非常艰巨,战后科幻作家很快认识到星际旅行即使以最匪夷所思的速度也需要多年甚至许多代人的努力。亚列克谢·潘辛的《成年仪式》(*Rite of Passage*)(一九六八年)是整个星河战队小说的成功范例。在这部作品里,社会工程、城市规划、教育计划和探险故事地位相当,人们离开飞船进入恐怖的未知世界,原本以为危险在于飞船铁壳外的深渊,但是事实却出人意料,恰恰是飞船内部噩梦般的场景激起了人们强烈的脆弱感,这一点也反映在了雷德利·斯科特一九七九年的电影《异形》中。实际上,早在一九五八年,杰罗姆·比克斯比[①]在短篇故事《外星恶客》(*It - The Terro From Beyond*)中就有预示。

在布鲁斯·斯特林的史诗《分列矩阵》(*Schismatrix*)(一九八五年)中,宇宙殖民地的脆弱性到了令人胆战心惊的地步,甚至大规模杀伤性武器的使用已经成了公开的禁忌,即使是在没有法律、四分五裂的人类未来也是这样(注3)。虽然有二〇〇一年库布里克电影里最著名的科幻意象——易碎的巨大宝石在黑暗中飘浮,背景是小孔钻石,但虚拟的太空飞船常常是避难、安全、稳定的地方。在切利的"商人"系列里,可居住星球之间使用的大飞船有其自己的巴洛克封建文化,就像西班牙美洲殖民地的私掠船,飞船的工作人员摆脱了同遥不可及的任何星球的联系。在太空站即枢纽中心,所有飞船可享有服务,成为多层城市,有异域市场、区间法律、阶级区分、贫民窟和公共用地等。旅

---

① 编者注:杰罗姆·比克斯比(Jerome Bixby,1923年—1998年),美国短篇故事作家、编辑、电影编剧,长于创作科幻故事。代表作有《这个男人来自地球》等。

程没有尽头(就像吉恩·沃尔夫的“长日之书”系列),所有的目的地概念都没有了,飞船居民只有在神话里才能回忆起他们原来旅行的目的。更加接近可预见未来的故事反映了真实世界太空飞行的军事目的,《星际迷航》的进取号星舰可以解读为“美国海军核潜艇在太平洋漫无目的的巡航,推行冷战不稳定时期自由主义时代的道德原则”(注4)。关于海军远征主题还有很多类似的故事,甚至更现实的有宇宙殖民地变成了巨大的购物中心,它还可以停在郊区的任何地方,飞船就是巨大的有机体【像电视剧《遥远星际》(*Farscape*)中的怪兽莫亚】,或者像笔者创作的小说《白皇后》中的镂刻小行星。不论飞船是什么形状,它们都展示了人与人之间的关系,测试了冲突与依赖的思想,也让人们回想起了中世纪愚人船的景象。太空船劈波斩浪,独辟蹊径,成了这样一个世界:脆弱而且环境封闭,这与火箭给人以逃离地球的希望相矛盾,那种希望通过技术应用摆脱人类环境的想法已经转变为不同的形式。

虚拟环境能成为科幻符号吗?无论是现实还是小说当中,到达虚拟世界还没有确定的可以看得见的远景,最接近的等同就是全球公认的鳍形锥物火箭,或者闪闪发光的星河战舰,令人恶心的装尸袋或者软泥桶(就像网络电影《黑客帝国》里描写的那样),网络宇航员要体验完全虚拟的世界必须被沉入装尸袋或泥桶之中。在帕特·卡迪根感觉令人满意(但同样令人恶心)的变体形式中,人们要拿掉眼球,然后通过光神经才能接通虚拟世界(注5)。也有作家发现在后脑骨插上调制解调器的插头,就可以进入虚拟世界。在《序列城市》(*Permutation City*)(一九九五年)中,格雷格·伊根把虚拟空间视作殖民世界,网络宇航员可以放弃“真世界”和“真身”,把他们的个性下载到电脑软件里。在一九九七年的小说《凤凰咖啡》(*Phoenix Café*)中,笔者逆时而为,把未来录像游戏的虚拟环境以滴眼剂的形式装上分子密码,这样虽然人的大脑没有进入虚拟世界,虚拟世界却进入了大脑,每天的情景就像布满了阳光(也许这是目前最接近市场现实的科幻思想)。无论我们选择什么样的媒质,当我们进入没有任何漏洞的数字世界,我们的肉身还在(注 6),这个新概念让我们联想起过去科幻中超强但却荒诞脆弱、脱离肉体的大脑。这场争论还将继续,因为内层空间在科幻和现实世界都在成为银河探险和银河帝国浪漫故事的替代者,而不管我们选择什么样的运载工具,关键问题是谁将陪同我们来进行这场科幻之旅。

## 机器人、仿生人及女仿生人;半机器人和外星人

机器人(Robot)一词来自捷克语,意思是工人。这个名词出自卡莱尔·恰佩克的戏剧《罗萨姆的万能机器人》(*R.U.R.*)(一九二〇年),剧中讲机器人本来是工人,但它变得日益强大,最后取代了主人。也许最确定能够看得见的机器人是罗比,它是一九五六年电影《禁忌星球》中金属盒子为身、眼睛乱转的好仆人。而真正发展机器人概念的是艾萨克·阿西莫夫,他在一九五〇年至一九七〇年间的一系列故事里集中讨论了这个概念(注 7),提出了机器人三定律,也就是写入机器人“正电子大脑”中三条不可违背的道德准则,因为这些准则在小说创作中非常重要,我们全录如下:

一、机器人不可伤害人类，或者通过不作为方式使人类受到伤害；

二、机器人必须遵守人类下达的命令，但如果这些命令有违第一条准则，机器人可以不服从；

三、机器人必须保护其自身存在，条件是不得与第一条和第二条准则相冲突……

虽然真实世界中机器人的设计丰富多彩，“机器智能”（智能洗衣机?）的问题变得日趋模糊，但阿西莫夫的“好仆人”机器人形象却有着永久魅力，三定律已经被认定为科幻的圣典。在笔者的第一本科幻小说《神的忍耐》（*Divine Endurance*）（一九八四年）中，赵是一位“磁性女仿生人（gynoid）”，她是非常完美的机器，根据阿西莫夫定律，她遭到了残余人类无意识的惩罚，大师所说的话“我们的机器是无辜的，但他们还是可能毁灭我们”成为这个悲剧爱情故事的基调。在阿西莫夫的故事情境里，三定律保护人类从思想和肉体上优于机器人的事实是非常清楚的。但是在安东尼·布彻的《请求圣阿奎因》（*The Quest for St Aquin*）中（注 8），自由主义科幻偏好的好机器人形象从传奇故事进入了神学浪漫故事。故事里，牧师疑神疑鬼，在有感知的机械战马的信仰感召下，他才恢复了昔日的风度。反技术科幻作家菲利普·迪克也带着同情和信念在《机器人能梦见电子羊吗?》中写起了“复制者”的反抗，现在这方面最有名的就是雷德利·斯科特的电影《银翼杀手》。

完美的“智能机器”将会有人类或准人类形式这个信念（有

来自机器人神经科学的支持)显然引发了道德问题,虽然机器人(mechanical men)可能会向近人类发展,但它们还是由人工定义的,且常遭贬谪,被视为未来的下等阶级(《神的忍耐》之后的小说中,“女仿生人”无一例外地都被写成妓女)(注 9)。复制者(replicant)或“类人者”(andy)寿命短得荒唐,这没有受到任何指责,一个具有人类性格的软件实体,智力超群,合乎三定律,却被像反叛奴隶一样处死(注 10)。那么,基因工程生物人类的存在状态又是什么样的呢?或者说,一个有生命的人,谁可以选择用她的部分或全部身体部件进行交换?或者在非人类身体中植入更能适应外部环境的部件? 真实世界中,医疗技术正在制造半机器人,即人类完全依靠机器部件插入身体,体外受精技术已经淡化了自然生产的孩子和订制的孩子之间的界限,克隆人的人性问题存在极大的争议。科幻中这些情景一再受到考验,积极转变的科幻技术已经让读者和作家把明显怪异的后人性两难问题构建成了大家十分熟悉的社会控制、人种和种族等道德问题,于是问“克隆婴儿有灵魂吗”就像问十九世纪美国奴隶的孩子这个问题一样,让人感觉五味杂陈,不是滋味。

人类将分为基因富人和基因穷人也许已经不可避免,或者分为生物自然人和生物机器人【这一未来历史在南希·克雷斯[1]的《西班牙乞丐》(*Beggers in Spain*)(一九九二至一九九六年)系列小说和一九九七年的电影《变种异煞》(*GATTACA*)中都有反映】。同样不可避免的是机器智力会等于甚至超过我们自己

---

① 编者注:南希·克雷斯(Nancy Kress,1948 年— ),美国科幻作家,曾获雨果奖和星云奖。

的智力，毫无疑问“其他物种”符号即智能外星人定会跨越小说和暮光区（twilight-zone）谵妄而成为事实。科幻中“外星人”的生涯反映了真实世界的变化和发展，十九世纪末二十世纪初就有关于其他星球生命和生态的达尔文式严谨推测，H.G.威尔斯在《世界大战》中进行了很好的修正，外星人成了竞争者，因此是我们致命的敌人。在二战后全面压抑、人民精疲力竭的岁月里，特别是六十年代越战溃败和民权运动，和平成为主流，外星人得到同情、尊重和保护，但银幕上依然有怪兽入侵，战争场面也更加引人入胜。近来科幻外星人的形象更加饱满（因为方便，常以机器人形象出现），电视科幻和奇幻节目如《星际迷航》《吸血鬼猎人巴菲》（*Buffy The Vampire Slayer*）和《天使》（*Angel*）中的外星人或魔鬼扮演着各种话题和戏剧角色：移民、少数民族、无权无势的外来工人和诡计多端的外交对手。但是，到目前为止，外空科学探险并没有对不明飞行物研究者的真诚信仰和搜索外星人智力的希冀提供任何支持证据。科幻界最不妥协的现实主义诗人格雷格·伊根在他的小说《希尔德之梯》中描绘了一幅让人遗憾的画面——在遥远的未来，一个男孩在花园发现一块很小的黏菌，它很可能是个真正的外星人，可花园里并没有什么宇宙飞船降落，小男孩大惊失色：“灯火映照着彩虹光泽，他一抬眼，恰恰看见一小块不规则的发光体……齐卡亚走上去用指尖碰了碰那东西，有些黏，他移开手指时，粘上了一毫米大小的一块……”（注 11）

尽管场面的确不够壮观，但是因为整个银河帝国外星人生命都极为罕见，故需要把这个殖民化地球形状的星球全部撤空，使之成为自然保留地。因为巨大的沉寂还没有打破，真正的

“外星人”可能会沿着火星运河和金星沼泽从我们的幻想中消失，但是，后人类物种会身着奇装异服搬入那里，遥远的未来依然会为地球前殖民地之间的竞争和冲突故事提供空间，只要我们周围还有别人（特别是看起来有点怪的人），“外星人”这个名词提供的其他物种意象就依然会存在。

## 动物、蔬菜和矿物

在貌似合理的科幻等级中，技术控（technophile）外推法完全处于领先地位，火星人建的运河或者说很久前建的运河和金星上森林密布的沼泽一样星罗棋布，当他们听到我们邻近的星球环境大大改善的消息后，心情大为失落。同样，完全幻想的外星人生态距离我们遥不可及，其存在有时让人将信将疑，难道这不正是世俗形成的奇幻吗？这只不过是披上科幻外衣的纳尼亚传奇而已。但当我们用外星人概念讨论人类异种的社会、政治和心理突变时，外星人星球、人工制品和星球（或者宇宙）是同等重要的，也许这是科幻带给读者和作者的最伟大的美学礼物，让我们以最近的距离体验科学创造的浪漫故事。重要的是，在同宇宙造物主面对面的交流中惊异感被激发出来了，而这种感觉完全摆脱了“真实”科学的经济政治局限，那些科幻故事塑造出来的最可爱形象并不是偶然的。阿瑟·克拉克的《与拉玛相会》也许是其中最著名的作品，书中五十千米长的外星人制品或者太空探测仪让人叹为观止，至今仍然神秘莫测。同类故事如弗雷德里克·波尔的杰作《通向太空之门》及其续集中，消失的外星人拥有了智力，或者像杰克·麦克戴维特的《上帝的引擎》(*The Engines of God*)(一九九四年),抑或阿拉斯泰尔·雷诺兹[①]的《太空启示录》(*Revelation Space*)(二〇〇〇年)中对埃尔德外星人生命的考古,最后发现隐含着至关重要的信息。但是,故事的惊悚情节有些牵强,表面上很体面,实际落入俗套,这些故事的中心过于宽泛,不近人情的主权无法见容于人类。

现实世界的外空探险为深空遭遇提供了真实可信的模板,这是科幻最不虚构的地方,外星人考古学的理论和实践可以不作任何改变,从一百年前埃及或伊拉克的情况进行外推。最让人佩服的鲜活幻想世界可能仍然是弗兰克·赫伯特的《沙丘》,沙漠星球阿拉吉斯是银河生成的人类组织的一部分,它的贫瘠和荒芜攫住了读者的想象,相反,奇幻的强权政治情节则稍觉逊色了。罗杰·泽拉兹尼的《光明王》也属于这个时期,即科幻的自由主义时代,他和赫伯特使用宗教和阿拉伯沙漠一样,大量吸收了印度神话和文化,泽拉兹尼的鼓动性更强,叙事则略显逊色,他这样写道:"阿兰迪尔市附近有一片茂密的蓝皮小树林,紫色的树叶像羽毛,它以美丽和树荫圣地般的宁静而闻名。"(注 12)

看到这些文字,一九七〇年曾在曼彻斯特上六年级的笔者一下子被迷住了,事实上,每一代读者都会读到有关他们星球的难以置信的多样性,只是不知道罢了,这正是科幻的魔力。随着世界的联系越来越紧密,信息革命和长途旅行的普及驱除了

---

① 编者注:阿拉斯泰尔·雷诺兹(Alastair Reynolds,1966 年— ),英国科幻作家,擅长写作硬科幻和太空歌剧作品。

以前的无知，科幻迷们对这些引用就了然于心了（注13）。今天你可能会发现作家公开声明替代的星球含有地球的影子，故意重构为民族和文化的怀旧，例如，奥森·斯科特·卡德的“屠异”（Xenocide）系列，约翰·巴恩斯的《百万打开的门》（*A Million Open Doors*）（一九九二年），或者纳洛·霍普金森[1]的《午夜劫犯》（*Midnight Robber*）（二〇〇〇年）。因此，我们可以看到二十世纪加勒比特色的人类移民区，距离“中世纪法国”的娱乐也不算远。但是，最令人惊诧的幻想世界是把高度“真实”的生态和同样高度的作家意图结合起来，而不是虚假的真实。弗兰克·赫伯特之所以成功在于沙漠星球的故事是关于稀缺的故事，而正是稀缺才产生了那种文化，赫伯特当时还涉及了环境科学及人们对环境的恐惧。舍利·泰柏的《草》同样是一部幻想生态小说，故事把外星球想象成没有居民或者气候单一的可怕草原世界，意在展示原住动物的大集合，以及那里非常明确的合乎逻辑但令人吃惊的生命循环结构。《草》的居民从完全动物幼虫阶段经过无情的、毁灭性的攻击性感知阶段，最后到达成虫阶段，几乎超出人的理解。这种并置人类扩张的无情、毁灭和攻击的文化，和阿瑟·克拉克的《童年的终结》有异曲同工之妙。如果科幻是一项教育计划，那么人类的报告卡上总是要有“做得更好”这句话，不过，只要这些鼓励人坚持、催人奋进的信息披上奇迹、欢乐和游戏的外衣，就会吸引更多的科幻读者回来。

---

① 编者注：纳洛·霍普金森（Nalo Hopkinson，1960 年— ），牙买加科幻和奇幻作家，曾获坎贝尔奖和世界奇幻奖。

## 疯狂的科学家和沮丧的少女

人们常说科幻没有令人信服的人物塑造，实际上不管科幻作家写作技巧如何，他们在小说中都没有深入拓展人物的空间，因为他们必须突出幻想世界、动作冒险和机械发明。当然也有很多例外，不过科幻其实和其他流行小说一样，也依赖能够识别并具有象征意义的形象，就像是哑剧或者意大利即兴喜剧中的人物一样。科幻中也有无数英雄故事和许多青年冒险者的浪漫故事，尽管其中不少人碰巧是科学家，但他们在自己的专业领域以外也展现出精英的素质，比如印第安纳·琼斯教授。格里高利·本福德的《时间景象》是一个罕见的例外，它对待时间旅行非常认真，结构也非常完整。也许具有讽刺意味的是，浮士德这个人物讨论起来比较困难，他追求知识，挑战上帝，却毁于和魔鬼签约，对于宣扬和赞美人能战胜物质世界的小说来讲，他并不是个理想的主人公。玛丽·雪莱的弗兰肯斯坦博士野心勃勃，想用不同人的身体部件重新组建生命，竟至疯狂，小说别有风味。格雷格·贝尔是受人尊敬的科幻作家，他的早期作品《血音乐》也能找到精彩的人物疯狂的例子，小说中沃吉尔·乌拉姆是位聪明的怪人，有人要求他毁掉智能淋巴细胞殖民地（白血球在工程中拥有自我意识，进化中自然上升扩张，然后统治世界），但是他拒绝了。

他看了注射器几分钟，知道自己在考虑一件紧急的事情。他在心里默念道：直到现在你真正有了它……没有严格的测试，不用紧张，也不需要使用我给你的东西。

那么他要做什么呢？让它们在自然环境下工作？将它们注入体内，这样他就可以把它们带出高压整流管了……（注14）

就这样沃吉尔犯下了愚蠢的灾难性的故意伤害罪。

在厄休拉·勒古恩的《一无所有》中，谢维克是一个爱因斯坦式的人物，他的故事令人深思：科学家被视为才华横溢的有创造力的艺术家，为环境所迫必须面对“纯研究”的人文意义。谢维克战时单方面决定完成一项为人类所用的重大非凡的技术时，听到了许多反对的声音，在那些人眼里，他和沃吉尔·乌拉姆一样疯狂危险之至。谢维克的决定是以生命为代价的，尽管没有达到《血音乐》那样的灾难程度，但是以这样的代价换来一个全新的世界值得吗？显然，对于勒古恩和贝尔，“疯狂的科学家”并不是妖怪或者卡通人物，作为小说人物，还是不错的，不过他代表着一种思想，代表对责任的讨论，同时也是争议话题的代表。

关于女权主义和性别问题本书有专章讨论，考察科幻符号如果不提科幻杂志封面轻纱罩身的妙龄女郎显得有些不完整。女性是科幻冒险故事一个绕不开的话题，很多英雄故事通常都有主人公获得回报，这个回报就是他通过不断的努力最终抱得美人归，至少男性读者从最初的纸浆科幻起就有这样的期待，他们过去从没有为此失望过。纸浆科幻的封面艺术并不完全只靠性感女郎，虽然女权主义一直在表示抗议，但经典作家们在主观上通常对小说中的女性人物都从正面角度去描写，表现得非常大度。阿西莫夫的《我，机器人》（*I,Robot*）中的科学家就是一个女性人物，实话说她对自己的机器婴儿有些焦虑担忧，但她作为女性人物是客观存在的。

现代科幻的一个最显著的发展就是女性人物符号的出现，这些女性人物抓住了一代男性作家的心，比如乔斯·韦登[1]的《吸血鬼猎人巴菲》和艾多思[2]的《古墓丽影》(*Lara Croft*)。评论家认为这些能力超强的年轻女性被男性作家描写得入木三分，恰如其分，女性在这些小说中是男人的另一个自我而不是对手(注 15)，她们外表刚强坚定，内心则温柔似水。有趣的是，阿拉斯泰尔·雷诺兹的太空歌剧《太空启示录》受到热捧，其中的女性被描写成骨感光头，毫不妥协的动作人物，作家的网页上还增加了这个人物的可爱指数。主人公伊莉雅·沃莱奥瓦雌雄同体，有些孩子气，没有陈腐气，在棱角分明灰扑扑的机器世界里，他(她)只是巨大设计中的一粒尘埃，也许伊莉雅·沃莱奥瓦是新世纪科幻符号的最佳候选(注 16)。

## 传统与挑战

二十一世纪，许多经典科幻符号的神圣地位都在发生改变，火箭和空间站对大多数人来说仍然显得有些陌生，但全球

---

① 编者注：乔斯·韦登(Joss Whedon，1964 年— )，美国作家、影视剧导演及监制，打造过不少脍炙人口的电视系列剧，诸如《吸血鬼猎人巴菲》《天使》《萤火虫》等，被称为电视界的乔治·卢卡斯。除此之外，还编写过不少电影剧本及系列漫画。

② 编者注：艾多思(Eidos)，一家总部位于英格兰的电脑游戏发行公司，成立于一九九〇年。代表作品有《古墓丽影》《喋血双雄》《中途岛战役》等。

通手机(在人类工程学而不是前科学方面有些像《星际迷航》版本)已然进入普罗大众手中,半机器人、虚拟环境、基因工程动植物甚至人类、人工智能、灾难性气候变化、思维阅读机器、量子计算等一切创新,似乎随即进入科幻情节之中。同时,流行印刷小说阅读受到娱乐媒体快速发展的挑战,过去只能由读者和作者用心灵创造的宏大场面和惊心动魄的虚拟现实,B 级片①是难以望其项背的,现在则不同了,那样的日子已经一去不复返。但是,符号既能展现场面也有意义,科幻符号总能唤起读者对文字的记忆,那是一种话语交流而不是视觉讨论,这些未来和人类希望的图像以它们原本的形式值得人们流连,可能它们的画工不够精确(现实的侵入常常表明科幻科学的荒谬),但它们拥有自己的一席之地,它们不是来自自然,或者援引自概念性的自由"奇幻",它们是想象和机器的理性糅合。

注释:

注 1.格温妮丝·琼斯,《结构星舰》(利物浦:利物浦大学出版社,一九九九年),第 6 页。

注 2.托马斯·品钦,《万有引力之虹》(伦敦:皮卡多/潘,一九七五年),第 758 页至 760 页。

注 3.布鲁斯·斯特林,《分裂矩阵》(一九八五年)(哈蒙兹沃

---

① 编者注:B 级片(B-movie),指低成本影片。其普遍布景简陋、道具粗糙,剧情也趋于公式化,质量低下。因预算的限制,通常没有大明星参演,但都挑选大众喜欢的类型,如与牛仔、情欲、黑帮、恐怖、神怪、科幻有关的题材,也会抄袭当下流行的剧情模式。B 级片中大部分是恐怖片类型,虽不能让大众所接受,但常在次文化中引起广泛讨论,具有举足轻重的影响力。

斯:企鹅,一九八六年),第79页至80页。

注4.格温妮丝·琼斯,《结构星舰》,第6页。

注5.帕特·卡迪根,《脑玩家》(纽约:班坦,一九八七年),第4页。

注6. 威廉·吉布森,《神经漫游者》(一九八四年)(伦敦:格拉芙顿,一九八五年),第12页。

注7.艾萨克·阿西莫夫,《我,机器人》(希克斯维尔,纽约:哥诺姆出版社,一九五〇年);《剩下的机器人》(纽约:双日,一九六四年);《双百人》(纽约:双日,一九七六年)。

注8.安东尼·布彻,《圣爱琴的请求》,载于雷蒙德·J.希利编《时空新故事》(纽约:亨利·霍尔特,一九五一年)。

注9. 参见 http://www.sorayama.net/Gynoids/gynoids.htm/,十八岁以下读者不得入内。

注10.梅丽莎·斯科特,《梦幻之舰》(纽约:托尔,一九九二年)。

注11.格雷格·伊根,《希尔德之梯》(伦敦:格兰茨,二〇〇二年),第70页。

注12. 罗杰·泽拉兹尼,《光明王》(一九六七年)(纽约:艾文,一九六九年),第96页。

注13.格温妮丝·琼斯,《机器的轮回》《科幻研究》24(一九七七年),第4页。

注14.格雷格·贝尔,《血音乐》(一九八四年)(伦敦:阿罗,一九八五年),第24页。

注15.卡罗尔·J.克罗沃,《男人、女人和电锯》(普林斯顿:普林斯顿大学出版社,一九九二年)。

注16.见 http://members.tripod.com/~voxish/Home.html。

# 第十二章　科幻与生命科学

琼·斯隆茨斯基　迈克尔·莱维

因为人类天生的生物性，加之大多数科幻作品对人或其他生物生命形式的关心，科幻作家不可避免会作出生物假设，即他们虚构的太空旅行者所访问的星球会有充分的重力和空气，还有带有适当数量染色体进行交配的异域土著人。这种假设在所谓的“硬科学”故事里普遍被视作理所当然，这些故事关注的是太空旅行或星际战争的物理现象。然而，在过去的十年里，作家们纷纷转而把生物学作为未来的“硬科学”前沿，对外太空的探索让位于基因组，人类最大的敌人不再是外星人，而是来自内部的敌人如癌症、艾滋病和生物武器，还有基因操纵产生的意外结果，以及正在毁灭生物圈的我们的生活方式。未来的工程挑战不在于机器替代活的有机体，而是机器如何模拟生命的复杂性。

生物学进入推测小说最早是帕米拉·萨金特在选集《生物未来》(*Bio-Futures*)(一九七六年)序言中发人深省的描写(注

1)。十九世纪和二十世纪早期,作家们面临着人类或自然环境有意或无意的生物变化问题，这方面的奠基之作就是玛丽·雪莱的《弗兰肯斯坦》。弗兰肯斯坦博士企图利用死尸器官创造生命以夺取自然之力，这个想法是从当时已知的科学推断得来的,即对坏死肌肉的电刺激可以激活生命。弗兰肯斯坦成功地创造了生命,但是那个生命却是个怪兽,不是我们“正常”标准所期望的生命形式。今天的读者依然很喜欢那个故事,但有些人会问那个“怪兽”真的是坏人吗?还是它仅仅不同于创造者而被称为怪人?这就像小孩不同于父母是一个道理。今天有关克隆人的问题也是这样让人困惑不解,克隆小孩会是个“坏”小孩吗?或者它仅仅是不同而已?又或许令人哭笑不得的是没有什么大的“不同”?

早期科幻对生物学的处理手法一般比较隐晦，这很大程度上是因为生物学的发展落后于物理科学,直到发现 DNA 和基因密码,生物学才赶了上来。甚至到了二十世纪七十年代,一些科学家还认为生命系统的理论基础是不同于物理或化学法则的特殊“活力论”(vitalistic)或“突现”(emergent)原理,这一时期的科幻反映了这种矛盾心理,例如,弗兰克·赫伯特的《沙丘》详细描写的生命生态系统和当代生态科学是一致的，但是它同时写了具有超感能力和过去生活记忆的人,这是有违基本科学原理的。在后来的几十年里，随着医学研究逐渐表明人体和大脑是一个生理化学系统,科幻就转向“赛伯朋克”写作,描写人机混合体。

在过去的一个世纪里,与生物学相关的某些主题至今仍然引人注目,例如:

智力和大脑。人类智力或大脑功能的增减或变化从根本上改变了人类的性质。

变异和演化。变异是所有生物变化的基础,包括自然演化的戏剧性场面。

基因工程。基因操纵改变了个体、人群或整个人种的生理或行为。

性和生育。性和生育的变化机制改变了人际关系的性质,并重构了社会。

环境和生物圈。濒危物种和环境,甚至整个生物圈的确面临被人类技术毁灭的危险。

## 智力和大脑

科幻作家长期高度关注的一个主题就是人类智力的属性及其与大脑之间的生理关系。威尔斯的《时间机器》对智力存续表示了悲观,但二十世纪早期大多数作家都渴求增强或超越人的脑力,在贝尔斯弗德的《汉普登郡的奇迹》(一九一一年)、奥拉夫·斯塔普来登的《奇怪的约翰》(*Odd John*)(一九三五年)、A.E.范·沃格特的《斯兰》(一九四〇年;一九四六年)等作品中,这种智力提升主要来自自然演化或变异。在电影《禁忌星球》(一九五六年)中,一位探险队员使用"IQ 增强剂"以超越邪恶科学家的智力,但他却因为想要提升脑力而毙命。在普尔·安德森的《脑波》(*Brain Wave*)(一九五四年)中,因为地球移出了智力限制的辐射带,动物智商提升到以前智障人的水平,而普通人的智商则提升至超天才水平,继而整个社会就毁灭了。弗诺·

文奇的《深渊上的火》也是这类题材，在小说中，银河系的一种原生力控制了智力水平，根据则是距离银河系核心的远近。

冷战和越战让许多作家对人类智力的价值感到悲观，迈克尔·克莱顿[①]的《天外来菌》（一九六九年）描写了美国一批最聪明的医学家力抗外空间致命瘟疫时所犯下的错误，克莱顿最后用了一篇很好的杂文结束了小说，这篇文章把人脑比作寄生虫，因为用血过度而导致我们犯下不可避免的错误。库尔特·冯内古特的《巨龟岛》（*Galápagos*）（一九八五年）也反映了脑力的无用感，它是《时间机器》的优秀更新版，讲述了人种的自我毁灭：在一座孤零零的岛屿上最后只留下了几个人，这时他们的智力对他们的存活没有任何意义，因为无法对智力后代进行自然选择，于是发生了退化，人类逐渐变成没有思维能力的海洋生物。书中对基因选择和演化的机制作了详细描述，同时用嘲讽的口吻对“星球大战”年代的政治和道德准则进行了剖析。

人的思维和大脑生理之间的关系是科幻的常见主题，直到二十世纪七十年代，人们对大脑的工作机制仍然知之甚少，一些机构如杜克大学支持进行所谓的超感感觉研究（ESP），把思维看作是存在于可检验科学之外的现象，于是就在十九世纪末二十世纪初产生了一批研究特异功能的术士如布拉瓦茨基（H. P. Blavatsky）和查理·福特（Charles Fort）等，反映在小说里有贝尔斯弗德的《汉普登郡的奇迹》、范·沃格特的《斯兰》、西奥多·

① 编者注：迈克尔·克莱顿（Michael Crichton，1942 年—2008 年），美国著名畅销书作家、影视导演、制片人。作品科技成分浓厚，被冠以“科技惊悚小说之父”的称号。代表作有《侏罗纪公园》《刚果惊魂》等。

斯特金的《超人类》(一九五三年)和乔安娜·拉斯的《混沌已死》(*And Chaos Died*)(一九七〇年),即使是以科学为本的作家如弗兰克·赫伯特也在小说《沙丘》和《多赛迪实验》(*The Dosadi Experiment*)(一九七七年)中认为超感感觉和超自然力量是理所当然的,虽然ESP在后期通俗历险小说和电影,如《星球大战》中仍然时有出现,但它在当代硬科幻中相对少多了。

因为物理和化学成像技术已经表明大脑的内部运作机制,所以科幻作家们抛下了不足可信的ESP概念,转而探索大脑的生化前沿,例如,南希·克雷斯的《西班牙乞丐》(一九九三年)及其续集就描写了一群被修改了基因的人,他们的大脑可以一直工作,不用睡眠(这是睡眠研究者正在探索的可能性)。奥森·斯科特·卡德的《屠异》(一九九一年)和弗诺·文奇的《天渊》(*A Deepness in the Sky*)(一九九九年)都考虑通过改变人脑从而引起强制性紊乱,让高级工人们只想到手头的工作来加强工作效率。在《死城》里,莫琳·迈克休(Maureen McHugh)设计了一个程序,工人使用后会从情感上痴迷雇主,从而保证对雇主的忠诚。在《天使女王》(*Queen of Angels*)(一九九〇年)和《倾斜》(*Slant*)(一九九七年)中,格雷格·贝尔描绘了未来的美国,公民要定期接受生化理疗来提高他们的思维稳定性。克雷斯的《奥里特监狱之花》(*The Flowers of Aulit Prison*)(一九九六年)及其续集《概率月球》(*Proability Moon*)(二〇〇〇年)讲述一些外联大脑的人,虽然这是大家熟悉的科幻题材,但克雷斯从空气传播化学神经传递素的角度进行了解释。琼·斯隆茨斯基的《脑瘟》基于现有关于大脑分子路径的知识,讲述了利用神经传递素多巴胺控制人类快乐的微生物操作。

## 变异和演化

变异是生物进化的最高形式，也是科幻的永恒主题。变异导致演化，这是科幻里的重要原理。最早使用变异概念的作家，特别是在法国，不仅受到达尔文的影响，而且受到拉马克[①]和亨利·柏格森[②]的影响，例如天文学家卡米伊·弗拉马里翁的《世界末日》(*La Fin du monde*)(一八九三至一八九四年)被译成《欧米伽：地球上的最后几天》，罗斯尼安妮(J-H.Rosny aîné)的史前奇幻小说《火的任务》(*La Guerre du feu*)(一九〇九年)于一九八一年拍成电影《火种》(*Quest for Fire*)。威尔斯的《时间机器》仍然是这个主题的经典之作，它悲观地描写了人类及其两个敌对次物种的近未来，威尔斯对自然选择的结果和埃洛依人的退化描述得十分具体，不过，他没有区分基因演化和社会演化，而在DNA发现后这个关键区分日渐清晰。

《时间机器》对之后的几部名作影响重大，其中有大卫·莱克(David Lake)的《爱上摩洛克族的男人》(*The Man Who Loved Morlocks*)(一九八一年)，稍近的有史蒂芬·巴克斯特的《时间船》(*The Time Ships*)(一九九五年)，这两部作品都极力反对威尔斯的悲观主义，摩洛克族人成了准乌托邦人。尽管威尔斯既

---

① 编者注：拉马克(Lamarck，1744年—1829年)，法国博物学家，其《动物哲学》一书系统地阐述了进化理论，及通常所说的拉马克学说。达尔文在《物种起源》中曾多次引用其观点。

② 编者注：亨利·柏格森(Henri Bergson，1859年—1941年)，法国哲学家，著有《创造进化论》《物质与记忆》等。一九二七年获诺贝尔文学奖。

写了摩洛克族和埃洛依人的阶级区分又写了他们的进化，但他的主导思想还是人类的各个种族之间是不可能和平共处的。有关这类主题的早期例子在前面已讨论过，例如斯塔普来登的《奇怪的约翰》和范·沃格特的《斯兰》，最近的例子有格雷格·贝尔的《达尔文的收音机》(*Darwin's Radio*)(一九九九年)、奥克塔维亚·巴特勒的异种生殖三部曲(一九八七至一九八九年)以及冯内古特的《巨龟岛》，它们都反映了威尔斯的担忧，即人脑最终会一无是处，逃脱不了退化的命运。

一直以来有观点认为变异可能会引起突然的进化，全新的物种会在一夜之间出现。约翰·泰恩(John Taine)的进化奇幻故事《铁星》(*The Iron Star*)(一九三〇年)和《生命的种子》(*The Seeds of Life*)(一九三一年)就是反映这类观点的重要早期作品。最近，随着斯蒂芬·古尔德(Stephen J. Gould)等人对进化概念的有力传播，短期内会发生变化的理论又引起了人们的兴趣，一些科幻作家也用到这个主题，例如贝尔的《达尔文的收音机》中，病毒DNA藏在没有编码的人类基因（即所谓的垃圾DNA)序列里，怀有不可告人的目的，那就是要引起人类新物种的突然演变。格雷格·伊根的《特拉内西亚》(*Teranesia*)(一九九九年)讲述某热带岛屿的蝴蝶发生无法解释的变异，它意味着我们的世界即将发生骤变。

但“骤变”故事一般都忽略了一个重点，那就是，即使是“间断平衡论”[①]，也要求自然选择，包括大量“不适”个体的消亡，需

① 编者注：间断平衡论(punctuated equilibrium)，一种二十世纪七十年代兴起的，反对达尔文“渐变论”的进化学说，认为生物进化不是渐变的，而是渐变与骤变交替出现的过程。

要采取许多连贯步骤产生真正的物种分离。而且，这些故事以及其他外星人生态系统故事只写了一两种分离而没有描写许多相关生命形式的分离，比较有名的例子是赫伯特的《沙丘》，它只描写了适应沙漠生存的沙虫。当然也有写到多物种分离的，例如克莱顿的《侏罗纪公园》（一九九〇年）（里面有许多恐龙物种）。斯隆茨斯基的《海洋之门》（*A Door into Ocean*）（一九八六年）中有各种各样的与鱿鱼和章鱼相关的"鱿鱼群"。他的《儿童之星》（*The Children Star*）（一九九八年）描写的整个生态系统由动物、植物和微生物组成，微生物的身体是环形的。与此类似的还有罗伯特·查理·威尔森[①]的《达尔文》（*Darwinia*）（一九九八年），作品描写现代欧洲的整个生态已经被疯狂分离演化的生命形式所代替。在格雷格·贝尔的小说《遗产》（*Legacy*）（一九九五年）所描写的外星人世界中，每块陆地的生态就是一个活的有机体，叫作"小生态"，然后还有各种"子生态"。伊恩·麦克唐纳德（Ian McDonald）的《白桦茸》（*Chaga*）【一九九五年，在美国出版的名字叫《进化的海岸》（*Evolution's Shore*）】描写了外星人的复杂生态在非洲的扩散，以及它们与地球人筛选地球生命形式的合作。

自威尔斯的《世界大战》开始，微生物生命形式的扩散和变异已经成为科幻的重要题材，它常常是以致命的瘟疫形式表现

---

① 编者注：罗伯特·查尔斯·威尔森（Robert Charles Wilson，1953年— ），加拿大科幻小说作家。自一九八六年凭长篇小说《隐匿之地》入围菲利普·迪克奖后逐渐被人们认识，凭《穿越时空的巨石碑》等作品获四次雨果奖及一次星云奖提名，凭长篇小说《时间回旋》于二〇〇六年一举夺得雨果奖最佳长篇小说奖。

的，具有讽刺意味的是，《世界大战》中把人类从火星入侵者手中拯救出来的正是来自地球的瘟疫。但在大多数瘟疫故事中，人类就没有如此幸运了。康妮·威利斯的《末日之书》从医学和人物角度来看对瘟疫的描写精彩绝伦，时间旅行者碰巧回到黑死病时期，他们发现即使现代医学知识也无法挽救十四世纪的那场灾难。金·斯坦利·罗宾森在《米和盐的岁月》(*The Years of Rice and Salt*)(二〇〇二年)中把黑死病写得更加严重，它提到欧洲百分之九十九的人都被那场灾难夺去了生命。也许最著名的瘟疫故事是迈克尔·克莱顿的《天外来菌》，故事讲述地球外微生物几乎杀掉了所有的人，直到它突变成长在人体外的形式，这个场景恰恰反映了瘟疫流行的自然过程，它不可能很快，这是因为致命的病原体趋于进化成能让病原载体活的时间更长的毒性不强的细菌。

彼得·沃茨[1]在《海星》(*Starfish*)(一九九九年)和《大漩涡》(*Maelstrom*)(二〇〇一年)中描绘了由于人类企图驾驭地热能而导致原始微生物在深海的突然释放，给地球其他生命带来了恐怖的影响。保罗·迈考雷在《生命的秘密》(*The Secret of Life*)(二〇〇一年)中也写到人们从火星把毁灭性的生命形式带到了地球。还有作家创造了基因工程瘟疫，例如斯蒂芬·金[2]的《末

---

① 编者注：彼得·沃茨(Peter Watts，1858 年— )，加拿大科幻小说家，海产哺乳动物学家。

② 编者注：斯蒂芬·金(Stephen King，1947 年— )，美国畅销书作家、编剧、专栏评论家、电影导演、制片人以及演员。作品包括科幻小说、奇幻小说、短篇小说、非小说、影视剧本及舞台剧剧本。大多数作品都曾被改编成其他形式。在二〇〇三年获得美国文学杰出贡献奖章。代表作有《闪灵》《肖申克的救赎》《魔女嘉莉》等。

日逼近》(*The Stand*)(一九七八年),弗兰克·赫伯特的《白色瘟疫》(*The White Plague*)(一九八二年),乔夫·莱曼的《儿童花园》。更近的有凯思琳·安·古南[①]的《女王城爵士》(*Queen City Jazz*)(一九九四年)及其续集,她在书中描写了激进改变地球生命的基因工程瘟疫。

近期的几位科幻作家甚至故意模糊生物生命和人工生命的区别,这里又要提到格雷格·贝尔的重要作品《血液里的音乐》,威尔·麦卡锡[②]的《绽放》(*Bloom*)(一九九八年)和琳达·娜迦塔[③]的《视野的局限》(*Limits of Vision*)(二〇〇一年),这些作品都提到人工创造的生命形式比生物物种更容易进化和分离。在麦卡锡的小说中,这些"麦考拉"(mycora)接管了整个太阳系内层,可以根据需要不停地创造新的形式,而不加改变的人类只能保卫摇摇欲坠的小行星和木星的卫星间的立足点。斯隆茨斯基的《脑瘟》描写了能操纵纳米技术并能抑制人类循环系统的智能微生物,和《世界大战》一样,这些微生物给人类带来了意想不到的潜在好处。

瘟疫题材的危险延伸就是生物战争和生物恐怖主义题材。在《天外来菌》中,克莱顿认为来自外层空间的致命微生物实际上可能是冷战时期政府制造生物武器时不小心泄漏的细菌,这可以解释为什么细菌突变得那么快,它的致命任务一旦完成就

---

① 编者注:凯思琳·安·古南(Kathleen Ann Goonan,1952 年— ),美国科幻作家,曾被提名星云奖,获得坎贝尔奖。

② 编者注:威尔·麦卡锡(Wil McCarthy,1966 年— ),美国科幻小说家、出品人。

③ 编者注:琳达·娜迦塔(Linda Nagata,1960 年— ),美国推理作家、科幻和奇幻小说作家,曾获星云奖。

变成无害的了。在切尔西·奎恩·亚布罗(Chelsea Quinn Yarbro)的《第四个牧马人的时间》(*Time of the Fourth Horseman*)(一九七六年)中,瘟疫是为解决人口过剩问题而故意设置的。更近一些的作品有理查德·普莱斯顿[①]的《眼镜蛇事件》(*The Cobra Event*)(一九九七年),故事讲述一位生物恐怖分子制造了一种能够诱发令人恐怖的自我毁容综合征的病毒。二〇〇一年现实生活中的炭疽热激发出更多这类作品,事实上,人们对生物战争和突发疾病的持续担忧,加上非小说类畅销书如普莱斯顿自己的《高危地带》(*The Hot Zone*)(一九九四年)和劳里·加勒特[②]的《即将来临的瘟疫》(*The Coming Plague*),引发了大量以生物学为基础的惊悚科幻小说和电影的产生。例如,改编自早期罗宾·库克[③]小说的电影《大爆发》(*Outbreak*)和查尔斯·佩雷格里诺[④]的惊悚小说《尘埃》(*Dust*)(一九九八年),都是这类题材。

## 基因工程

基因工程就是人类对变异和演化的操纵,它曾经令人恐惧,

① 编者注:理查德·普莱斯顿(Richard Preston,1954 年—),美国作家。《纽约客》写手、畅销书作家。作品中多涉及疾病、生化危机、红杉木等主题,多取材于大量事实调查和采访。

② 编者注:劳里·加勒特(Laurie Garrett),畅销书作家,一九九六年美国普利策奖得主。

③ 编者注:罗宾·库克(Robin Cook,1940 年— ),美国著名畅销书作家,同时也是一位有成就的医学博士。代表作有《入侵》《紧急传染》等。

④ 编者注:查尔斯·佩雷格里诺(Charles Pellegrino,1953 年— ),美国作家。代表作有《回到索多玛与蛾摩拉》等。

前途未卜，而现在则是数十亿美元的大产业。二十世纪后五十年累积的进步在科幻里找到了表达方式，例如，詹尼·卡根[1]的《米拉拜尔》（*Mirabile*）（一九九一年）关注基因工程动物（包括弗兰肯猪），据称在其DNA非功能部分藏有灭绝物种的基因组。克莱顿的《侏罗纪公园》是这类小说的高峰，它是一个有关恐龙克隆的故事，克隆的基础是琥珀中石化的血吸虫的微量DNA。当年克隆濒危生物还不可能，然而，现在《侏罗纪公园》中的DNA检测方法却已成为法庭生物学和考古学的常规方法，人类克隆在现实中已经成为可能。虽然克隆在科幻中出现的历史比较长，一些作品如范·沃格特的《空值A的世界》（*The World of Null-A*）（一九四八年）已提到克隆，但没有或者说还没有严谨的科学依据，近年来的小说如帕米拉·萨金特的《克隆的生命》（*Cloned Lives*）（一九七六年）和凯特·威廉的《迟暮鸟语》才更加接近现实一些，C.J.切利的《赛亭星》（*Cyteen*）（一九八八年）也许是这些作品当中最突出的。更近一些的是罗伯特·索叶（Robert Sawyer）的《移码》（*Frameshift*）（一九九七年），书中已在试图克隆尼安德特人（Neanderthal）。

生物技术革命尽管给人们带来了希望，但是，那些希望不是一下子就能实现的，这样就产生了很多担忧，其中之一就是新技术的费用，它们会导致社会基因贫富分化吗？电影《变种异煞》（*GATTACA*）（一九九七年）大胆探讨了根据每个人的基因组测序来确定其在生活中的位置，社会如果在“完美DNA”方

---

① 编者注：詹尼·卡根（Janet Kagan，1946年—2008年），美国作家，著有两部科幻小说和一部科幻选集。获得过两次雨果奖，得到一次星云奖提名。

面走得太远将会有怎样的问题。斯隆茨斯基的《艾丽西厄姆的女儿》讨论了在一个社会里一些人变老死去而另一些人可以运用基因工程达到长生不老所可能出现的问题。许多小说进行了这类主题的探讨，例如布鲁斯·斯特林的《圣火》(*Holy Fire*)(一九九六年)、布赖恩·斯塔布莱福特的《地球继承者》(*Inherit the Earth*)(一九九八年)及续集和肯·麦克劳德的《宇航员的坚持》(*Cosmonaut Keep*)(二〇〇〇年)及续集，斯特林的《精神错乱》则以嘲讽的眼光审视了近未来政治对基因工程的渗透。

帮我们实现克隆可能的基因技术还延伸出了更深奥的技术，如培植胚芽干细胞，从而可以生产人工器官，把成人染色体插入干细胞进行培植，在理论上就意味着未来有永不枯竭的器官供应。但这种技术就像克隆婴儿一样，也会给我们带来危险。科幻小说充斥着克隆人和身体器官的故事，拉里·尼文是经常写这类题材的作家，他在《交错轮流的人》(*The Jigsaw Man*)(一九六七年)和《器官贩子》(*The Organleggers*)(一九六九年)中谈到这类技术在法律之外是丑陋的贩酒新形式，在法律之内则可以判为犯罪。这个观点很快进入了主流惊悚小说，最有名的就是罗宾·库克的《昏迷》(*Coma*)(一九七七年)，小说中做微创手术的病人被麻醉，他们的器官被割掉用于移植。迈克尔·马歇尔·史密斯[①]在《替代者》(*Spares*)(一九九七年)中也写了这样一个主题，富人克隆自己，把多余的身体藏在监狱里，然后根据

① 编者注：迈克尔·马歇尔·史密斯(Michael Marshall Smith，1965年— )，英国科幻作家，多次获英国奇幻文学奖和菲利普·迪克奖。代表作有《稻草人》《天使之血》《入侵者》等。

需要替换自己的身体器官。

## 性和生育

彼得·尼克斯在《科幻百科全书》的“性”条目下对性的心理层面进行了详细说明，但实际上“性”的生物层面也是很有意思的，科幻作家很早就迷上描写创造人类生命的新途径了。玛丽·雪莱在《弗兰肯斯坦》中探讨了把人的身体零件缝制起来，然后用闪电来启动的可能性。自此以后，成百上千的科幻故事受到她的小说影响，创造了机器人、赛伯格、克隆人和其他人工制造的有机的生命形式，从电影《终结者》到马奇·皮尔西《他、她和它》中情感复杂的机器人，再到保罗·迈考雷《仙境》(*Fairyland*)(一九九五年)中的“玩偶”，还有斯特林《精神错乱》中的克隆政客奥斯卡·瓦尔帕雷索。阿道斯·赫胥黎在《美丽新世界》中创造了一个完整的文明，性和生育已经被完全分割，婴儿从人工子宫出生，怀孕期间这些婴儿就已经准备接受他们未来的职业了。这个想法现在还能在马奇·皮尔西、洛伊斯·麦克马斯特·比约德、奥克塔维亚·巴特勒的作品中看到。比约德在她的“沃考斯根”(Vorkosigan)系列里讲述了一个完整的银河系文明，人工子宫十分普遍，顾客可以很容易根据自己的需要买到基因材料。比约德还在《阿索斯的伊桑》(*Ethan of Athos*)(一九八六年)中描写了一个星球，那里的同性恋社会把人工子宫用作生育的专门方式。巴特勒在异种生殖三部曲的首篇《拂晓》(*Dawn*)(一九八七年)中更进一步，外星人把他们自己种族的DNA和其他物种的DNA结合起来就可以制造适合需要的新生命了，连技术协助都免了。

虽然早期作家如西奥多·斯特金在《金星X+》(*Venus Plus-X*)(一九六〇年)中就采用了改变人体结构特别是性生育方式的想法(有些作家是厌恶女人的人,比如L.斯普拉格·德·康普[①]一九五一年《红女皇》中的母系社会)。但是,更有趣的描写人类性观念的小说是随着女权运动的爆发和更多女性参与科幻而产生的。厄休拉·勒古恩的《黑暗的左手》可能是这类作品中最重要的,故事发生在史前的一个星球上,外星人种掌握了人类的DNA,然后让居民进行单性繁殖。还有一部作品也很重要,但它是一部学术专著,那就是哲学家舒拉米斯·费尔斯通[②]的《性的辩证法》(*The Dialectics of Sex*)(一九七〇年),它描写了好几个不同于人类现实世界的女权主义和乌托邦世界,这部著作对一些作家产生了直接或间接的影响,例如,苏兹·麦基·查纳斯的《走向世界末日》(*Walk to the Edge of the World*)(一九七四年),乔安娜·拉斯的《女性男人》,马奇·皮尔西的《走在时间边缘的女人》,塞缪尔·德拉尼的《海卫一》。拉斯和德拉尼的小说都认同技术可以改变如哺乳一类的基本生物功能。皮尔西的小说深受费尔斯通的影响,在小说中人工子宫被用来解放女性,使其不再忍受生育之苦。查纳斯在夏洛特·帕金斯·吉尔曼[③]的《她的国》(*Herland*)(一九一五年)和其他早期女权主义作家的基础上创作了《走向世界末日》与《母域》和另两部续集,在这

① 编者注:L.斯普拉格·德·康普(L. Sprague de Camp,1907年—2000年),美国科幻和奇幻作家、传记作家。著有一百多部小说。

② 编者注:舒拉米斯·费尔斯通(Shulamith Firestone,1945年—2012年),加拿大女权主义者,专注于激进女权主义研究。

③ 编者注:夏洛特·帕金斯·吉尔曼(Charlotte Perkins Gilman,1860年—1935年),美国女权主义者、社会学家和小说家。著有《黄壁纸》等作品。

些作品中她构建了一个被摧毁的世界,一些女人是古代科学实验遗留下来的后代,她们不需要男人可以进行单性生育,主要使用马的精子诱导生育而不参与生产。小詹姆斯·提普垂在其经典短篇小说《休斯敦,休斯敦,你听到了吗》中也用到了同样的概念。更近一些的作家如琼·斯隆茨斯基在《艾丽西厄姆的女儿》和卡洛琳·伊维斯·吉尔曼(Carolyn Ives Gilman)在《半途人》(*Halfway Human*)(一九九八年)中还在继续探讨人类性学物理变化的可能性。

与生育和生命轮回相关的题材是寄生现象,即异形生物在人体内寄生,《异形》系列电影受到热捧证实了人们对这一恐怖现象的痴迷。《异形》是这类题材的第一部电影,它很好地阐释了生物寄生现象的实际原理,那就是,把卵蛋送入不情愿或一无所知的宿主体内,喂食幼虫,等到生物出来时则不假思索地将宿主毁掉。奥克塔维亚·巴特勒的获奖故事《血孩子》更加细致地描述了宿主和寄生虫之间的关系,故事中一个昆虫异形请求人类宿主为其孵蛋,表示它愿意供养宿主,并且大功告成后它不会杀害人类。评论家认为这些作品间接讨论了"男性怀孕"的观点,也就是说,如果男人怀孕,我们怎么来看待这个问题?

## 环境和生物圈

蕾切尔·卡逊[①]的《寂寞的春天》(*Silent Spring*)(一九六二

① 编者注:蕾切尔·卡逊(Rachel Carson,1907年—1964年),美国海洋生物学家,她的作品《寂静的春天》引发了美国以至于全世界对环境保护事业的关注。

年)发表后,环保运动兴起,科幻作家面临人类影响生物圈的两难困境,最明显的例子就是末日小说如内维尔·舒特(Nevil Shute)的《海滩》(*On the Beach*)(一九五七年),或者拉塞尔·霍班[1]的《漫步者雷德利》(*Riddley Walker*)(一九八〇年),抑或是预测环境即将崩溃的小说如大卫·布林的《地球》(*Earth*)(一九九〇年)和丹尼斯·丹佛斯[2]的《第四世界》(*The Fourth World*)(二〇〇〇年)。还有其他例子就是大规模描写整个星球和多种社会,以期解决"环境改造"问题,即生物圈要经过多少改变才能满足人类需要。

第一部大规模星球生态小说是弗兰克·赫伯特的《沙丘》,这部小说规模宏大,情节复杂,但在畅销之前却遭到十六家出版社的拒绝。它描写了意欲控制沙漠星球的各种文化政治集团,那是一个水资源匮乏的生态系统,小说对系统的食物链作了详细有趣的描述,包括能够产生特殊"香料"的沙虫的复杂生命循环都有细节描写。阿拉吉斯土著弗里人面临两难境地,一方面他们要改变星球把水引进来,另一方面他们要避免能够带来无价香料的沙虫的灭绝,不难发现,《沙丘》向我们展示了自然资源短期利用和长期保护之间的痛苦挣扎。

《沙丘》的成功促成了其他构建世界的宏大叙事小说的出版,例如斯隆茨斯基《入海之门》中的生态系统也许是小说中最复杂的,它在某种程度上是对《沙丘》的直接回应:世界的核心

---

① 编者注:拉塞尔·霍班(Russell Hoban,1925 年—2011 年),美国作家,创作题材广泛,包括奇幻、科幻、主流文学、诗歌和儿童读物等。曾获坎贝尔奖。
② 编者注:丹尼斯·丹佛斯(Dennis Danvers,1947 年— ),美国科幻奇幻小说家。

问题不是缺水而是缺少陆地。海洋世界“沙拉”的生态系统布满了生物体，包括生产者、一手及二手消费者和共生微生物，鱿鱼类生命形式的不同物种进行着演化分离。如果说《沙丘》预示了生态毁灭，那《入海之门》则展示了毁灭的活力：一个物种怪物海燕的消失让处于食物链的其他物种烦恼不已，沙拉人拒绝改变他们的星球，他们宁愿被活活吃掉也不愿伤害自然平衡。但事实上沙拉人是高级基因工程师，他们能主动调节物种数量，因此，沙拉人的角色模棱两可：他们真的是生态中的非分裂对象吗？还是那个世界的最终基因调节者？在人类的第三个千年里，越来越多的环境保护者发现他们被迫扮演后一种角色，成为我们日渐萎缩的生态圈令人讨厌的管理者。

金·斯坦利·罗宾森的《红火星》把环境改造拉得离我们更近（或者至少回到了我们的太阳系），这部小说是迄今为止描写火星场景最为引人入胜的小说。火星寒冷干燥，到处是高耸的火山或深深的峡谷，不怕寒冷和宇宙辐射的微生物是火星上的第一批生命体，还有其他物种如蓝藻为环境提供氧气。人类殖民者对环境改造的好处进行了广泛的讨论：可以让火星地质更加紧密；为让大规模人类居住，需要实行科学控制管理以及星球改变不可避免和无法控制的政治观点。一九九八年罗宾森在小说《南极洲》（*Antarctica*）中对偶然性环境改造的危险进行了更加引人入胜的描写，他认为南极洲生态几近破坏主要是全球变暖和其他人类相关活动引起的。

随着克隆和全球变暖成为每日新闻标题，作为科幻题材已经过时，那么新千年的生物科幻将何去何从？具有讽刺意味的是，《侏罗纪公园》之类的小说本意是悲观主义，但实际效果却激发了一代乐观主义科学家。基因克隆科学家是生物工程的先锋，他们克隆干细胞来治疗衰老，而新的技术生态学家则构造温室气体释放模型，发起复杂的政治战役来挽救我们的生态圈。《X档案》的“后现代普罗米修”这一集中描写的进化版“弗兰肯斯坦”怪兽是基于当代果蝇实验的基因技术生成的，经过许多破坏之后，压抑不住的FBI二人组解放了怪兽，他们在午夜俱乐部翩翩起舞。新千年后的科幻中，乐队为基因工程师奏乐表演，赞美我们在人类克隆和干细胞研究方面的突破。但是，这一切也为我们留下了生物战争的担忧，我们不禁要问过去几千年的道德传统是否能经受住现代技术的挑战。

注释：

注1.帕米拉·萨金特编，《生物未来》(纽约：万塔奇一九七六年)，第XI—XXXV页。

# 第十三章　硬科幻

凯瑟琳·克莱默

## 眼见为实

硬科幻是科学导向性最强的一种科幻，受到读者和作家的普遍喜爱，但却并不为评论家所重视，我们很少看到有关硬科幻的评论，即使有也只是有关它的定义，主要方便人们对其作历史研究。评论家把硬科幻从科幻次文类中排除出去，要么是罔顾事实，要么是存在态度问题（后者尤为不堪）。

在科幻界，作者、读者和编辑都反对对科幻及其次文类进行定义，一九九九年，约翰·坎贝尔的后任、《类似物》的老编辑斯坦利·施密特（Stanley Schmidt）这样讲道：

> 最近我一直在讲我希望大家不要提“硬科幻”这个名词，太多的人使用了这个名词的狭义意思，我认为它的意

思要广泛得多……科幻小说仅仅是一种小说,推测是根本而且必须的要素,没有推测,故事就讲不下去了,作者也在尽力让推测貌似合理,满足不了这些条件,就根本谈不上科幻小说。所以,我认为根本没有必要单独搞个“硬科幻”来区分其他科幻。(注 1)

这种反对给科幻定义划界的观点非常普遍,部分原因是人们认为定义是出版商强加在作者头上的营销分类。在施密特看来,编辑和出版商就是读者和发行系统强加的不必要分类。

而且正如施密特所言,单独划分出硬科幻会引起定义不清。科幻其他子类如赛伯朋克或女权主义科幻都是从政治或美学角度划分的,而硬科幻作为整体和科幻并没有什么区分,只是二十世纪五十年代后期人们感到有必要才取了这样一个名称,不过要研究硬科幻,言下之意我们就得接受这样一个科幻子类及其相关内容。

文学门类是作者之间交流的一种形式,因此,找到那些自称写作硬科幻的作家并观察他们所为所言不失为有用之策,这意味着那些并不创作硬科幻的作家也会被搜罗进来,这些人的态度不一定端正(即他们并不怎么相信科技,对科技也没有什么热情),他们还可能使用非常之道把科学和小说生拉硬套在一起。因此,搜罗硬科幻作家的方法有时会让纯硬科幻作家恼羞成怒,因为这种方法使得硬科幻杂乱无序(注 2)。但是,这种方法毕竟忠实再现了硬科幻的一系列文学活动,对硬科幻作家的采访以及这些作家偶尔写的杂文一道构成了有关硬科幻研究最有用的二手资源。在过去的二十年里很多这类访谈发表在

《轨迹》上，越来越多的访谈也出现在作者的主页上（注3）。如果浏览这些访谈和杂文，便知这些作家的思考，显然，他们在硬科幻是什么，或应该是什么及如何写的问题上众说纷纭，这种差异正是一个文学门类成长的肥沃土壤。

研究硬科幻的另一个经验法则就是去了解它所反映主题的历史，包括主要成分、观点和一直在细化或发展的题材。硬科幻中一直不断地有科学名词出现，所以要经常看其他作品是怎么用这个名词的。诚如格里高利·本福德所言："根据我的经验，'硬科幻的东西'都有些相同的地方，它们对科学都持国际理想主义态度，交流方式类似科学家。"（注4）主题是公开的，所以有时一个主题会同时出现在许多作品之中，比如二十世纪九十年代出现了许多有关火星的硬科幻小说，就是因为老布什总统宣布二十一世纪要启动人造火星任务。再如艾伦·斯蒂尔[1]的《历时空间》（*Chronospace*）（二〇〇一年），就和以前的时间旅行科幻大相径庭，而且讨论还在继续。因此，如果抓不住主题脉络，就无法理解硬科幻交流的主要内容。

那么，如果大家对硬科幻这个科幻分支一直争执不休，我们如何才能避免武断地给其下定义呢？我们还是先来看看硬科幻的传统定义：如果一部作品的核心内容与科技有关并对科技知识作了大量介绍，即为硬科幻作品。这类作品的特点是它们对待科学的态度在以前的硬科幻作品中也能看到，但它们的态度或者是相悖的，或者是有争议的，或者就是态度之间的对话。总之，定义硬科幻作品最主要的方法就是看作品与科学的关系。

---

① 编者注：艾伦·斯蒂尔（Allen Steele，1958年— ），美国记者，科幻作家。

大卫·哈特威尔在《硬科幻》（*Hard Science Fiction*）一文中罗列了识别硬科幻的一些标准：第一，"硬科幻是关于真理的美……是关于描写和面对科学真相的情感体验"；第二，"当故事讲述方式在科学上合乎逻辑的时候，有经验的读者会认为硬科幻是真实的"；第三，"在故事的某一节点上，硬科幻依赖说明散文而非文学散文，其目的在于描写特定现实的属性"；第四，"硬科幻依赖故事外部的科学知识"；第五，"硬科幻主要是通过传递信息，事实上是通过教导来达到它的影响的"（注5）。

正如笔者在其他地方谈到的一样（注6），一个文本使用了科学观点和公式，但数学运算引用不甚恰当，那么这个文本就需要参考其他恰当引用了数学运算的文本。在科学融入硬科幻之前，必须要剔除数学公式，否则即使再精确，科学在这些文本中也是神话。科学给予硬科幻的是一批提供了现实主义和理性主义幻想的隐喻。硬科幻享誉科学小说是因为它能正确表述科学，有一个严谨的态度（注7），它的情节和背景来自哈尔·克莱蒙特《重力使命》的传统，态度则来自罗伯特·海因莱因的传统。

格里高利·本福德认为硬科幻"坚持事实……但能不囿于理论"（注8）。作家不必认为提出的理论都是正确的，也不应该为了故事的戏剧效果而罔顾事实，如果确实需要，也要以读者无法察觉的形式表达出来。《物质的终结》（*Matter's End*）和《畸形人》（*Anomalies*）是体现本福德谨慎处理事实和巧妙把握理论推测的两个故事，前一个故事中一位印度物理迷最终发现量子机械是正确的，后者有关波及整个宇宙的数学纠错（注9）。这虽不是科学融入硬科幻的唯一方式，却是最经常讨论的方式。

硬科幻在名义上属于坎贝尔式科幻，即约翰·坎贝尔宣传的小说模式(这里的坎贝尔是理想化的人物,真人实际上痴迷于超感官知觉和罗恩·哈伯德的排除有害印象精神治疗法)(注 10)。硬科幻以隐晦的方式表示对政治不感兴趣,即使作品中出现政客,通常都是些无知的傻瓜或者彻头彻尾的坏蛋,这反映了科学家的实际生活体验,例如,哈尔·克莱蒙特的作品几乎无一例外都表现出对政治不感兴趣,他鄙视政治话语,崇尚科学用语。

最常用来讨论硬科幻态度的例子就是汤姆·戈德温的《冷酷的方程式》,这是一个有争议的故事,它讲述偷乘飞船的女孩被赶出充气的飞船舱门之外,"因为这关乎许多人的生命"(注 11)。坎贝尔式道德就是宇宙不会提供给我们所希望的幸福结局,这种态度体现在粗糙的、实用的、通常是男性化的表达方式里,但它也是理想主义的,常常是不切实际的,因此又有点幻想的成分,而这些方面常会成对出现——出自科学精确的态度和来自正确态度的科技精确。但是,过度关注态度不仅将大多数女性作家挡在硬科幻门外(注 12),而且也难以让我们欣赏到硬科幻的妙处。

硬科幻传统定义的严格应用实际上把许多硬科幻作品排除在外,不仅"事实"会老化,而且那些最值得记忆的故事也会让理论更多地屈从于它们的目的,硬科幻态度的科学基础会被完全摧毁,只剩下对硬件尤其是军事硬件的盲目崇拜,作家艾茵·兰德[①]直言硬科幻作家都被归入自由论者了。更重要的是,

---

① 编者注:艾茵·兰德(Ayn Rand,1905 年—1982 年),俄裔美国哲学家、小说家。她的哲学理论和小说开创了客观主义哲学运动,同时也著有《源泉》(*The Fountainhead*)、《阿特拉斯耸耸肩》(*Atlas Shrugged*)等数本畅销小说。

许多硬科幻的例子要么不按规则使用科学，要么缺乏硬科幻态度。严格的构建主义定义不仅排除了厄休拉·勒古恩之类的作家，甚至也不见容于她最有实地观察精神的作品【如《总是回家》(*Always Coming Home*)(一九八五年)】，而且如汤姆·西佩[①]指出的那样，如果认真一点，还得把艾萨克·阿西莫夫从硬科幻中剔除，尽管他本人声称写的是硬科幻，而且严格的构建主义评论家也一致认为他属于硬科幻这个圈子(注 13)。

关于在作品中如何运用科学和技术，作家们的意见并不一致，而且他们对表达作者声音的态度也看法各异，这让事情变得进一步复杂化。评论家定义硬科幻的一个主要依据就是看作家们是如何创作的，即使是最典型的硬科幻作家，他们的个别作品也能发现破坏规则的地方，或者以另一种方式违反了作品整体应该遵循的原则。文类界定之所以重要，在很大程度上是因其为集体艺术创新的目标。

“硬科幻”曾被用作“科幻黄金时代”的代名词，总是让人回想起“真科幻”逝去的年代(注 14)，但是通过它和当代科学的联系，其意义也发生了变化，所以硬科幻作为一种文学形式，批评考察仍颇有难度。

## 在硬科幻中找寻科学

硬科幻的价值来自它与科学的独特关系，在《奇迹的提升》

---

① 编者注：汤姆·西佩(Tom Shippey，1943 年— )，英国中世纪文学学者，是研究托尔金的学者中的佼佼者。

中，大卫·哈特威尔和笔者根据各个故事使用科学的主要方式对其进行了分类(注 15)。阿瑟·克拉克的《地球凌日》(*Transit of Earth*)(一九七一年)和普尔·安德森的《凯瑞》(*Kyrie*)(一九六九年)都使用了科学意象:克拉克通过展示星球探索的正确态度对新浪潮进行了驳斥,特别是对巴拉德的垂死宇航员故事如《沙笼》(*The Cage of Sand*)(一九六三年)进行了批判,安德森还用黑洞原理阐释了基督教神学。格雷格·贝尔的《正切》(*Tangents*)(一九八六年)和弗诺·文奇的《书虫，快跑！》(*Bookworm, Run!*)(一九六六年)在描写人物时使用了科学概念:贝尔的主人公是一个聪明的男孩,由于无法适应环境,他退到了第四空间,而文奇的主人公则是一个拥有技术能力的大猩猩。这两个故事都使用科技概念来描写聪明绝顶之人的困境。鲁迪·卢克[①]的《平面国》(*Message Found in a Copy of Flatland*)(一九八三年)和格里高利·本福德的《相对效果》(*Relativistic Effects*)(一九八二年)两个故事发生在两个不同的科学环境里,科学是故事存在和发展的基础。厄休拉·勒古恩的《相思树种的作者》(*Author of the Acacia Seeds*)(一九七四年)中的文学观则体现在由蚂蚁写成的人类学报告之中。在亨利·库特纳和穆尔的《密西是波洛高利》(*Mimsy Were the Borogroves*)(一九四三年)中,对立的人物观点推动着故事情节的发展:一些人物感受到的物理维度比另一些要多。在弗雷德里克·波尔的《一日百万》(*Day Million*)(一九六六年)中,加速的叙事节奏标志着

① 编者注:鲁迪·卢克(Rudy Rucker,1946 年— ),美国数学家、计算机科学家,科幻作家和哲学家。赛伯朋克运动的创始人之一。

加速变化的未来。

鲍勃·肖(Bob Shaw)的《往昔之光》(*Light of Other Days*)(一九六六年)是一个大创意故事:光花了数年穿过慢透光镜,让观者看到过去(这是做不到的,但肖的故事把我们带到了过去)。最后是解决问题的硬科幻故事,它们非常注重故事情节,例如,拉里·尼文的《洞人》(*The Hole Man*)(一九七三年)是有关谋杀犯的故事,故事中用到的武器就是量子黑洞(这个创意现在已为人们抛弃)。在埃德加·爱伦·坡的《卷入大漩涡》(*A Descent into the Maelstrom*)(一八四一年)里,主人公运用科学知识把自己从漩涡中救了出来。大创意故事和问题解决故事在分类中最容易识别,是纯粹派或保守派眼中"真正"的硬科幻。

比较和对比使用相同科学策略但效果不同的故事会产生对硬科幻的有趣批判,但因为评论家很少考虑这些故事当初用到的策略,所以此类批评文章很少。不过我们可以看到,这些可能性在作家身上依然存在。

一九八六年,大卫·布林在许多科幻会议上就"硬科幻已死还是即将死去"作小组发言,并就硬科幻材料资源是否已经枯竭发表评论。他说道:"科学科幻即与现实属性有关的硬科幻可能进入了艰难时期,好的原始创意永不枯竭已成老生常谈,只靠这种老生常谈明智吗?"(注16)一九九四年,布赖恩·斯塔布莱福特指出,即使有创意也不足以保证硬科幻能够起死回生(注17)。

二〇〇三年,硬科幻形势却一片大好,这是因为老生常谈依然可靠吗?或者是其他原因在起作用?当然,在某种程度上,老生常谈是对的,网络和其他通信技术作为一种社会力量的兴起,生物和信息科学以及天文学的快速发展,产生了众多可以用来写作的素材，作家迎难而上，新作迭出。有格雷格·伊根的《王的地毯》（*Wang's Carpet*）（一九九五年）（小说中自然发生的计算机程序中的虚拟生活意象让人记忆深刻）、《快乐的理由》（*Reason to Be Cheerful*）（一九九七年）（故事中主人公运用技术手段来选择让他快乐的东西）、琼·斯隆茨斯基的《微生物》（*Microbe*）（一九九五年）（作者选择了现有的DNA形式，即原核生物的螺旋状染色体，然后推断出整个培植世界的空白都被那种类型的有机体填充）、保罗·迈考雷的《基因战争》（*Gene Wars*）（一九九一年）（这是一个异位故事：生物技术革命导致社会变化，和波尔《一日百万》的故事一样）。还有弗诺·文奇的《费厄芒特中学的流星岁月》（*Fast Times at Fairmont High*）（二〇〇一年）（信息革命催生了中学的杀人狂）（注18）。

正如史蒂芬·巴克斯特所观察到的，硬科幻吸收了很多星球探险令人沮丧的发现，即我们已经开始欣赏星球的本真面目（而不是我们曾经希望的星球形象）。

> 月球看来是死寂一片，太空飞行在那里十分困难，而且也没什么意义。火星现在对我们来说几乎是不可接近的，而且紫外线使得那里贫瘠荒芜。金星就是一个危险之地。这些都是我们在过去几十年里了解到的，它们打碎了我们以前盲目轻信的幻想。你知道第一个火星探测器水手4号曾被送到火星吗？曾几何时，人们希望那里有运河……可那里只有吓死人的火山口。苏联的第一个金星探测器曾装备齐全准备到那里的海洋漂流。现在，在某种意义上说，我们已经都经历了。（注19）

金·斯坦利·罗宾森引领星球科幻创作方向,一九八五年他率先写作了中篇小说《绿火星》,后来演变成他的火星三部曲:《红火星》《绿火星》和《蓝火星》,还有《火星人》(*The Martians*)(一九九九年)作品集。罗宾森在小说中进行了大量的共产主义政治讨论,但同时他也公开强调科学,描写了工作中的科学家。和阿瑟·克拉克一样,他还饱含深情地描写了星球的自然场景。紧随罗宾森之后出现了一波火星探险小说热潮,例如格雷格·贝尔的《移动中的火星》(*Moving Mars*)(一九九三年),本·博瓦的《火星》(*Mars*)(一九九二年),杰弗里·兰迪斯[①]的《穿越火星》(*Mars Crossing*)(二〇〇〇年),等等。

当探索虚拟成为时髦时,罗宾森仍然坚持现实是故事的真正源头,他没有去讨论多层虚拟世界和上传思想(uploaded minds),而是幻想人们把火星变为殖民地后将如何相处,他并不像埃德加·赖斯·巴勒斯的"巴松"(Barsoom)系列、斯坦利·维恩鲍姆的《火星之旅》、雷·布拉德伯里的《火星编年史》或者菲利普·迪克的《火星穿越》(*Martian Timeslip*)(一九六四年)等传统科幻小说那样把火星看作是可以居住的地方,而是从真实的角度去描写火星。从某种意义上来说,罗宾森处理火星的方法来自克莱蒙特的《重力使命》,他不是构建一个世界,而是用有力

---

① 编者注:杰弗里·兰迪斯(Geoffrey A. Landis,1955年— ),美国科学家、科幻小说作家。美国国家航空航天局(NASA)约翰格伦研究中心的光电能及太空环境研究专家,火星探路者计划的参与人之一、火星二〇〇三年探测漫游者计划的入选成员。二〇〇〇年出版了自己的第一部长篇科幻小说《穿越火星》。

的场景来讲有趣的故事。由此,新的星球探险故事成了二十世纪九十年代北美硬科幻复兴的特色。

硬科幻的另一个变化来自杂志,英国科幻杂志《区间》的影响已经盖过美国的老牌杂志《类似物》,那正是态度的转变,说得具体点就是政治的转变。

## 政治和硬科幻

自然科学中的许多学科都适合硬科幻,尤其像物理学和天文学这种大尺度的科学则更适合。物理和天文学都是研究宇宙最基础的东西,表面上看它们是最纯粹的科学,但随着二十世纪历史的发展,它们都不可逆转地政治化了:火箭不仅仅是飞抵月球的运载工具,而且也是大规模破坏的工具。团结硬科幻的政治力量提倡太空旅行,而分裂硬科幻的力量则主张偏向军事方面,其分裂性对硬科幻作家特别是美国作家有着几乎不可抗拒的诱惑,作家们都想探讨如何才可能从技术上解决核武器问题,把核妖怪塞回魔瓶。

二十世纪八十年代早期, 杰里·普尔奈尔[①]召集罗伯特·海因莱因、格里高利·本福德、普尔·安德森、拉里·尼文、迪恩·茵[②]等人组成了一个正式的科学顾问委员会即公民国家空间政策

---

① 编者注:杰里·普尔奈尔(Jerry Pournelle,1933 年— ),美国科幻作家、记者,一九七三年获美国科幻和奇幻作家奖。

② 编者注:迪恩·茵(Dean Ing,1931 年— ),美国作家,擅长写作科幻和科技恐怖题材。

顾问委员会，他们向当时的总统罗纳德·里根提供建议咨询并推动战略国防项目(媒体称“星球战争”)。格雷格·贝尔在二〇〇一年科幻国际会议嘉宾演讲中这样说道:“科幻作家帮助火箭专家阐明他们的思想，并用罗纳德·里根能够理解的文字进行整合,他也读科幻,所以,他认可了。”

格里高利·本福德已经讨论过硬科幻内部的政治分裂,主要原因是委员会对战略国防项目的提倡(注 20)。阿瑟·克拉克和罗伯特·海因莱因为此在委员会的一次会议上大吵一架,因为克拉克认为战略国防项目是一个坏主意,它是二十世纪七十年代开始的美国硬科幻右翼政治化的结果,这个时候则象征着美国硬科幻和英国硬科幻在八十年代的分裂。美国科幻作家也出现分裂，艾萨克·阿西莫夫因为 L–5 协会①不反对战略国防项目而退出理事会。布鲁斯·富兰克林讨论了几十年来科幻对美国军事政策的影响,这些事件后来都写入他的著作《战争之星》里。

出版界也发生了同样的分裂，编辑金·巴恩先在托尔图书公司任职,到一九八四年他创立了自己的贝恩图书公司,这期间他主要出版和宣传右翼军事硬科幻和太空歌剧。杰里·普尔奈尔的“大战在即”选集系列就是这类出版物的试金石:“硬科幻卷入右翼对军事硬件的权力幻想，人类使用重武器杀生。”(注 21)到一九九五年,贝恩公司更是出版了《一九四五》,它是

① 编者注:L–5 协会是美国为了实现吉拉德·奥尼尔的太空殖民地设想于一九七五年创立,后与国家航天学院合并成为国家航天学会。

科幻作家威廉·福斯钦[1]和国会保守派主要发言人纽特·金里奇[2]合作撰写的有关超级武器和第三帝国的科幻小说。

《类似物》的政治观点相对温和一点，到了二十世纪八十年代中期，主要持看好技术发展的自由主义观。《类似物》对技术持如此乐观的态度，很多人甚至怀疑戈德温的《冷酷的方程式》若在今天是否还能在这份杂志上发表。如果说它曾经是坎贝尔式硬科幻的经典范例（注 22），那么那个范例现在的确已不存在了。

反对硬科幻的典型特征就是优秀作家都不再写硬科幻了，硬科幻的存在岌岌可危，此时，一些作家和编辑积极行动起来，试图把硬科幻拉回到他们认为正确的轨道上来。

二十世纪八十年代早期，布鲁斯·斯特林成为文学尘暴的核心，他化名文森特·奥姆尼阿弗里塔斯（Vincent Omniaveritas）出版了科幻同好杂志《廉价的真理》（*Cheap Truth*）（注 23）。第一期主要攻击奇幻，“和卑鄙麻木的美国科幻一样，它的难兄难弟奇幻也像壁虎一样爬行在了各个书摊上”。大约有四五期，斯特林对他不满的小说进行了鞭笞，而对下列小说则给予了褒奖：他说拉弗提的《过去的主人》（*Past Master*）是“可读性最强的科幻小说”，说拉里·尼文的《不合时宜的世界》（*A World Out of Time*）“振奋人心，尼文摆脱了整个艺术崩溃”。最后，斯特林

---

① 编者注：威廉·福斯钦（William Forstchen，1950 年— ），美国历史学家、作家。

② 编者注：纽特·金里奇（Newt Gingrich，1943 年— ），美国政治家。一九七八年当选佐治亚州国会众议员，后成为国会保守派共和党领袖，终结了民主党四十二年在众议院的统治地位，二〇一二年参加总统竞选，中途宣布退出。

运用他最拿手的雄辩术,使《廉价的真理》成为后来赫赫有名的赛伯朋克运动的宣传喉舌。在第六期里,他把《区间》第八期(一九八四年夏)大卫·普林格和科林·格林兰德的社评直接剪贴了过来,原文如下:

> 上期我们把《区间》描述成激进的科幻和奇幻杂志,现在我们应该更进一步,我们更希望在这本杂志看到的故事类型是激进的硬科幻(虽然有些急躁),我们希望发表更多受到科学启发的小说,它们能创造性地使用科学语言,可以是稀奇古怪的、超现实的、"不合逻辑的",但要成为激进的硬科幻,多少要探讨点当代科技开启的观点,有人认为新的电子机械正在替代铅字,如果真是这样,作家应该反击,必要时可以运用游击策略渗透到敌人的领地。

那时斯特林是美国少数几个订阅《区间》的作家,他开始在美国宣传这份杂志,所以在《廉价的真理》第六期社论里,他用剪刀加糨糊把原文修改如下:

社评:激进的硬科幻

看到新的事物即将来临——

新技术赐福的新小说

用当代科学开启的观点和游击策略进行反击

新信息系统带来了新科幻

为了"电子时代"

因此在美国,"激进的硬科幻"是"赛伯朋克"的早期名称。几年之内,赛伯朋克的特点就成了特定态度、具体文学类型和对新技术的盲目崇拜,而在早先也就是在斯特林的观念里,它主要是指硬科幻革新。在所有与早期赛伯朋克有关联的作家中,斯特林是对科学最感兴趣的一位,只有他和鲁迪·卢克一直对硬科幻保持着浓厚的兴趣。

与此同时,《区间》在硬科幻的激进改革中越发成功,培养了一批引领硬科幻进入现在健康发展的作家,最有名的就是英国作家史蒂芬·巴克斯特和保罗·迈考雷,还有澳大利亚作家格雷格·伊根。史蒂芬·巴克斯特是硬科幻回到不问政治轨道的代表,这些作家对官僚主义和太空探险都十分鄙视。

相反,保罗·迈考雷则是激进硬科幻的代表,他们这样理解科幻:

> 科幻根植于核心传统,但也引领时代潮流,它应该有全面的人物、前沿的科学和表达复杂世界的愿望,它通过伟大的技术变革即纳米技术、长生不老技术和生物技术来回应传统科幻过滤未来的方法,如果说我们从二十世纪学到了什么,那就是变革是无止境的,而且它是以不同形式在向前发展。(注 24)

格雷格·伊根是九十年代最富创新精神,同时也是最有争议的作家,他在采访中这样说道:"我小说中发生的一切介于科学和玄学之间:原本似乎完全是玄学的问题,根本就不在科学研究领域之内的东西,实际上却是物理的一部分。我正在创作把科学延伸到曾经被认为是玄学的领域，绝对不会放弃或‘超越’科学。”（注 25）硬科幻的再次繁荣让我们得以有机会对它进行批评审视，硬科幻的新旧形式相融共生，更加丰富多样。作为读者我们正处在这次繁荣的第二阶段，作家们也在根据科技的快速发展随时更新他们的科学知识。

注释：

注 1. 杰姆·布拉什克对斯坦利·施密特的采访，科幻网址 http://www.sfsite.com/07a/sts84.htm。

注 2.在大卫·哈特威尔和凯瑟琳·克莱默合编的《奇迹的提升》（纽约：托尔，一九九四年）中，大卫·塞缪尔森在“硬科幻概念的软化”第 409 页对这个方法评论道，“（它）反对真实的事物，水浇得太多，实际上破坏了体裁的一致性”。

注 3.阿拉斯泰尔·雷诺尔兹把许多硬科幻作家的网站和他自己的一篇论文链接在了一起：members.tripod.com/~voxish/sf_hard_authors.html。

注 4.格里高利·本福德，《真实科学，幻想世界》，载于哈特威尔和克莱默合编的《奇迹的上升》，第 16 页。

注 5.大卫·哈特威尔，《硬科幻小说》，载于哈特威尔和克莱默合编的《奇迹的提升》，第 30 页至 34 页。

注 6.克莱默，《科幻和球形奶车的历险》，载于《纽约科幻评论 1》（一九八八年九月），第 1 页，第 3 页至 5 页。

注 7. 乔治·斯卢瑟和埃里克·拉布金：“硬科幻故事的方法要符合逻辑，技术手段和结果要客观无情。”参见斯卢瑟和拉布金合编《硬科幻》序言（卡本达尔：南伊利诺伊大学出版社，一九八六年),第Ⅶ页。

注 8.本福德,《真实科学,幻想世界》,第 16 页。

注 9."物质的终结", 载于楼·阿罗尼卡等编《全谱 3》(纽约:班坦·斯贝克特拉,一九九一年);"畸形人",载于阿尔·萨兰托尼尔编著的《红移》(纽约:洛克,二〇〇一年)。

注 10.盖里·威斯特法尔,《宇宙工程师》(西码头,康涅狄格州:格林伍德,一九九六年),第 9 页。

注 11.戈德温的故事多次再版,包括收录于哈特威尔和克莱默合编的《奇迹的提升》。有关这个故事诠释的争论从六十四期(一九九三年十二月)开始在《纽约科幻评论》风行了好几年,参与评论的有约翰·克瑟尔、戴蒙·耐特、阿尔吉斯·布德里斯、布赖恩·斯塔布莱福特、萨姆·莫斯科维茨、大卫·德拉克和迈克尔·斯万维克。

注 12.在《科幻研究》硬科幻专刊介绍中,大卫·塞缪尔森声称"C.J.切利可能是唯一一个写硬科幻得心应手的女作家",但他又说"科学背景"影响了包括琼·斯隆茨斯基在内的几位女作家的作品,《科幻研究》20(一九九三年),第 146 页。

注 13.汤姆·西佩,书评威斯特法尔的《宇宙工程师》,载于《纽约科幻评论》97(一九九六年九月),第 4 页。

注 14."硬科幻"名称的使用至少可以追溯到一九五七年十一月,P.舒勒·米勒在《惊异》的《文献图书馆》专栏介绍性文章中用过,参见布赖恩·斯塔布莱福特《最后的巧克力棒和真理的尊严》,载于《纽约科幻评论》71(一九九四年七月),第 1 页。

注 15.我们的分类引自 E.M.福斯特的《小说的方方面面》,作了适当修改,参见哈特威尔和克莱默合编的《奇迹的提升》,

第 989 页至 990 页。

注 16.大卫·布林,《推测缺陷的枯竭:硬科幻危机?》,载于斯卢瑟和拉布金合编的《硬科幻》,第 13 页。

注 17.斯塔布莱福特,《最后的巧克力棒》,第 16 页。

注 18.故事重印于哈特威尔和克拉默的《硬科幻复兴》(纽约:托尔,二〇〇三年)。

注 19. 斯蒂芬·巴克斯特的采访, 一九九五年,http://www.sam.math.ethz.ch/~pkeller/BAXTER/Interview.html。

注 20.本福德,《老传说》,载于格雷格·贝尔和马丁·H.格林伯格合编的《新传说》(纽约:托尔,一九九五年),第 279 页至 280 页。

注 21.克莱默,《论科学与科幻》,载于哈特威尔和克莱默合编的《奇迹的提升》,第 26 页。

注 22.在《宇宙工程师》第 81 页,威斯特法尔怀疑是否曾有真正的范式。

注 23.《廉价的真理》, 过刊见 http://www.io.com/~ftp/usr/shiva/SMOF-BBS/cheap.truth。

注 24.《硬科学,激进的幻想》,尼克·盖沃斯对保罗·迈考雷的采访,《无穷+》,一九九一年,http://www.iplus.zetnet.co.uk/non-fiction/intpmca.htm。

注 25.《事情就是那样》, 卡洛斯·帕冯对格雷格·伊根的采访,首次以西班牙文发表在《吉加麦什》,一九九八年七月,重印于 http://www.netspace.net.au/~gregegan/INTERVIEWS/Interviews.html#noise。

# 第十四章　太空歌剧

盖瑞·威斯特法尔

太空歌剧是最普通但又常为人忽视的科幻形式，二十世纪二三十年代它在杂志上的流行促使科幻成为一种独立的文类，即使受到博学的评论家的嘲弄，仍然有欣赏它的读者。对很多人来说，太空歌剧是科幻的同义词。直到今天，如果让普罗大众给科幻下个定义，他们都会说，“噢，那就是《星际迷航》与《星球大战》一类的东西”，即太空歌剧。而且，虽然太空歌剧因为缺乏价值和破坏了科幻的声誉而受到严惩，它依然坚持了下来，并且还在发展壮大，越来越多经验丰富的作家和学者开始留意这种形式，茫然中带着喜爱，甚至是由衷的赞美之情。

即使人们的态度有变化的迹象，但很少有评论关注太空歌剧，只有几个学者尝试过给它下个严格的定义(注 1)，可以肯定的是，因为关注不多，所以任何人若讨论太空歌剧的属性、特征和历史，最终都会有所突破。

威尔森·塔克①一九四一年率先给太空歌剧下了定义："在这些编造词汇的狂热日子里，我们也来贡献一个。西部片叫'马的歌剧'，让多愁善感的家庭主妇潸然泪下的叫'肥皂剧'，那些陈旧过时臭名昭著折磨人的太空船故事或者与此有关的拯救世界的故事，我们都统称为'太空歌剧'。"（注2）塔克认为可以用三个特征来定义太空歌剧。

第一，太空歌剧一定与"太空船"有关，和航海小说一样，太空歌剧借用航海小说的术语和修辞来描写未知之旅，即使是在外星人星球上，也一定会有太空港，人们由此往来于不同的世界。那些不能进行太空旅行的故事，或者使用神秘手段到达别的星球的故事最好称为星球浪漫故事（注3）。

第二，太空歌剧是令人兴奋的探险故事，典型的是整个世界都是人类或者外星人航天员，他们有的很友好，有的则怀有敌意。太空歌剧是冲突性文学，通常都靠武力解决事端。就在塔克杜撰出"太空歌剧"的那一年，《惊异科幻》中的一封读者来信把史密斯博士的故事称作"科学情景剧"，这正是太空歌剧的缩影（注4）。一些学者对太空歌剧激动人心的宇宙幻想大加称赞，但大多数学者则强调太空歌剧"冥顽不化，逃避现实"，说它是"纯粹娱乐"，没有什么有意义的目的（注5）。

第三，太空歌剧像西部小说和家庭剧一样变得"陈腐过时"，常常屈从于程式化的情节而且十分平庸，几乎所有受到好评的太空歌剧都有续集，很多都是同样的人物在同样的情境里进行着永无止境的探险，即使是不成序列的故事也都和以前的

① 编者注：威尔森·塔克（Wilson Tucker，1914年—2006年），美国神秘小说作家、科幻作家。

故事大同小异。早在一九三二年，雨果·根斯巴克就对这一现象表示了不满，“情节只是用一场战争把两个星球联系起来，到处都是射线和屠杀”（注6）。塔克在批评它的僵化和糟糕质量的同时，开始使用它的形式。科幻小说本身很看重新颖和原创，要保持太空歌剧的前沿地位，就必须不断革新。因此，由于一种形式的太空歌剧已失去青睐，转向并不很重要的地方如少年读物、电影电视、连环画、漫画和录像游戏，针对有鉴赏能力的读者的另一种形式的太空歌剧出现了。

关于太空歌剧的源头一直存在争议，这是因为太空探险故事要早于科幻杂志诞生，评论家认为以下作品都是早期的太空歌剧：嘉莱特·塞维斯（Garrett P. Serviss）的《爱迪生征服火星》（*Edison's Conquest of Mars*）（一八九八年），罗伯特·柯尔（Robert W. Cole）的《帝国的挣扎》（*The Struggle for Empire*）（一九〇〇年），乔治·格里菲斯的《太空蜜月》。不过，第一部建立和普及太空歌剧的作品是史密斯的《宇宙云雀》，他一九一五年开始与朋友的妻子李·霍金斯·加贝（Lee Hawkins Garby）合作创作，李主要负责故事的浪漫成分，一开始是作为共同作者参与的，但是李的贡献很小。也许是预感到读者不会要求他描写比较敏感的男女爱情，史密斯最终独立完成了小说。经过无数次碰壁之后，史密斯的故事终于被科幻杂志《惊奇故事》接受，在那里受到了热烈欢迎。

现代读者可能觉得这部小说并不完美，因为很多篇幅都集中在地球上的恶作剧、冗长的科学空话和笨拙的对话上面，但是小说里面有关太空飞船冲向未知世界的故事则让人十分振奋。想想那个场景，凶恶的尤迪肯带着三名乘客被弹射出去，开创了人类的第一次太空旅行，距离地球数千光年，途中发现燃料用尽，飞船快速沉向“死亡星”，这可以说是太空歌剧人物感受的第一个危机。

> 因此，时间消耗殆尽，柏金思死了，玛格丽特处于昏迷之中，多萝西躺在座位上，只能在心里默默祈祷，支撑她的唯有对上帝的信念和对情人的忠贞。尤迪肯抽了很多烟，心里冷静下来，他敏捷地思考着最让人绝望的问题，要坚强抗争直到生命最后一刻，然而，没有能量的太空飞船以惊人的速度沉落，越来越快，沉向那寒冷荒芜的天空怪物。（注7）

多萝西的情人西顿和朋友克莱恩赶来救了他们，这些人一起来到奥斯诺姆星球，在那里调解了和平国家和入侵之敌之间的冲突。看到这些太空历险故事，读者就不会有热情去读实验室里科学家的故事，他们期盼更多的是根斯巴克所说的“星际故事”（注8）。不久，这些故事出现了，其中包括《宇宙云雀》的两部续集。

二十世纪三十年代是经典太空歌剧的黄金年代，故事所涉内容十分广泛，一个极端是有关近未来太阳系的故事，里面只涉及少量科学进展，类似航海文学、侦探小说或西部故事。故事内容有太空强盗抢劫客船，星际特工追捕犯罪分子直至未知月球，探矿者搜寻黄金之星。这些作品有时也会引起人们的注意，例如，罗斯·洛克林[①]的警察抓罪犯的故事，那个罪犯把曾经帮

---

① 编者注：罗斯·洛克林（Ross Rocklynne，1913年—1988年），美国科幻黄金时代的作家。

过自己的对手置于有趣的科学陷阱,如巨大空心球体的"重力中心",或者凹镜无摩擦的镜面(注9)。但是,尽管这类故事数量众多,却多不为人欣赏,很少有入选小说集的。这些故事的另一个重要目的是:因为太空是一个相对较新的小说场景,属于文学尚待开发的领域,所以作家用熟悉的故事情节来处理这些领域是切合实际的,比如通过海洋、地下犯罪和荒芜的西部来介绍宇宙,可以让读者觉得靠谱,让能够展示更多想象的作品留下深深的足印。

在这些太空歌剧中也能看到更具雄心的故事,常常让人联想到未来战争小说,来自附近星球的险恶的外星人,通常外表像人类,但带有异域色调,或者像某种可憎的生物,它们和人类开战,而人类则得到友好的、招人喜爱的外星人的帮助。太空歌剧中,一般都有巨大无比的力量,能将整个星球摧毁或移走。比如在莱斯利·斯通(Leslie F. Stone)的《水星的陨落》(*The Fall of Mercury*)(一九三五年)中,善良的土星人帮助人类战胜了邪恶的水星人,然后将它们的星球扔进了太阳系。因为这类故事反映了科幻的"惊异感"特征,所以它们经常出现在科幻回顾选集中,例如,杰克·威廉森的《太阳的诞生》(*Born of the Sun*)(一九三四年)中,人类得知地球只是一个蛋,一个巨大的生物即将从中孵化并且要毁掉这个蛋,于是人们搭乘太空之舟逃离了地球。

在太空歌剧系列的另一端,诸如史密斯的故事都扩展到了银河系甚至更远, 主要特色是英雄天才面对巨大的外星人帝国,研究出力量越来越强的超级科学武器。约翰·坎贝尔的"阿考特、韦德和莫雷故事"受到史密斯云雀故事的启发,主人公拥有"宇宙力量",能够在一闪念间完成任何任务,排除可能出现的冲突，终结系列行动，他们就用这种“宇宙力量”在地球大气层探险，跨越整个宇宙（注 10）。这类故事实在太多，大多悄然无声，史密斯的棱镜人系列因其结构缜密，代表了经典太空歌剧的最高成就。在宏大的六卷本《文明史》的第一卷，史密斯一开始就说“大约二十亿年前两大银河系发生了碰撞”（注 11），接着他描写了银河系善良的阿里申人和邪恶的艾多里安人之间的战争，最后人类也参与了进去，金博尔·吉尼森运用超能量“棱镜”，和艾多里联军作战，成为众多英雄人物之一，在最后一战中，吉尼森的孩子打败了艾多里安人。这些惊悚的系列故事一直再版并被改编成动画电影，它们对无数太空歌剧类文学和电影包括乔治·卢卡斯的《星球大战》系列都产生了十分重要的影响。

尽管史密斯及其同辈如坎贝尔、威廉森、雷·卡明斯和克利福德·西马克成就显著，但最多产、最突出的经典太空歌剧作家是艾德蒙·汉密尔顿[①]。他特别喜欢写有关星球遭到威胁或者炸成碎片的故事，因此获得“世界救星”和“世界清障工”称号。塔克在对太空歌剧下定义时提到“拯救世界”，指的就是汉密尔顿。不过汉密尔顿也能写更顺从更怀旧的太空歌剧，例如，在《逝去的星球》（*The Dead Planet*）（一九四六年）里，太空探险者听到有关逝去已久的外星文明的全息证明，那个文明是因为要拯救银河系才牺牲了自己，最后，我们知道那些外星人实际上就是人类。汉密尔顿也创办了第一份太空歌剧特许权杂志《领袖未来》（*Captain Future*），据说因其描写太空船船长和其船员机器人、智

---

① 编者注：艾德蒙·汉密尔顿（Edmond Hamilton，1904 年—1977 年），美国科幻作家。著有《太空突击队》等系列科幻小说。

能人和无身体大脑的探险故事，而成为《星际迷航》的预演。

太空歌剧迅速过渡到视觉媒体：连环画《巴克·罗杰斯》和《飞侠戈顿》都是有关太空探险的故事，它们都受到与地球相关的故事的启发。地球故事主要是讲一个冬眠数百年的人突然醒来，发现来到了亚洲人占领的未来美国（注 12）。这些故事成为一九三六年到一九四〇年间四部系列电影的素材。受到特效不足的制约，电影在呈现太空旅行时只能一闪而过，用的都是粗糙的太空船模型，或者将表演限定在星球表面和太空船内部。早期的电视系列也是这样模仿的，例如《船长录像》（*Captain Video*）（一九四九至一九五六年）和《汤姆·克贝特，太空实习生》（*Tom Corbett, Space Cadet*）（一九五〇至一九五五年）。二十世纪五十年代，科幻电影效果有所进步，《飞碟征空》《禁忌星球》和《外星恶客》都是令人无法忘怀的太空歌剧。当然，太空歌剧要在银幕兴起，还需要进一步努力。因为漫画书没有这方面的制约，所以大量太空英雄如奇侠亚当、彗星船长、太空游侠、霍金斯星和罗沃斯星成了读者的最爱。

就在经典太空歌剧拥有了报纸、剧场、电视和漫画等新读者（观众）之时，它却遭到科幻杂志的抛弃，大编辑坎贝尔提倡用更成熟的方法来处理太空歌剧。歌剧重点放在宇宙征服，但征服宇宙后，新的问题又出现了，例如，怎么治理宇宙？或者说怎样在宇宙中求生？艾萨克·阿西莫夫和罗伯特·海因莱因等作家曾经在故事中谈到过这些问题，他们有过发人深省的讨论和对未来前景的描绘，但没有什么行动。而且，战后计划准备把人类送到太空轨道上，似乎要求更多有关太空先行者的真实故事，以此来让人们了解和推动诸如阿瑟·克拉克《太空序曲》

(*Prelude to Space*)(一九五一年)一类的项目。尽管阿西莫夫、海因莱因、克拉克等作家进行了一些重要的社会科学推断,但他们却退而申明他们的作品只是太空歌剧。二十世纪四五十年代,星球浪漫故事和经典太空歌剧在一些不太有名的杂志如《星球故事》(*Planet Stories*)上仍然十分活跃,四十年代的雷·布拉克特和范·沃格特、五十年代的阿尔弗雷德·贝斯特和柯德维勒·史密斯都给人们留下了较深的印象,但是,科幻的主流声音却越来越趋于实际,老于世故,和太空歌剧形成了鲜明对比。

然而,在这种氛围里却培养出了新一类太空歌剧故事。在太空居民区,有些是独立的公国,有些则是更大帝国的封地,新的探险者可以在遥远的星球寻求回报,诸如有利可图的谈判或者结盟等,这些故事的主人公不仅要有强健的体魄,而且在和充斥着奸商、腐败官员的外星人社会打交道时要能言善辩,时刻保持高度警惕。因为密谋故事在充满幻想力的欧洲国家被叫作罗尼塔尼亚(Ruritanian)浪漫故事,所以这些故事又被称作罗尼塔尼亚太空歌剧,特别是它们经常把中世纪或现代早期欧洲的骗局用到星球文化当中(但也许另一个名称“太空歌剧”更有诱惑力)(注 13)。

罗尼塔尼亚太空歌剧似乎没有太空强盗故事重要,但是它微妙的讽刺风格和生动的细节描写却别有风味,杰克·万斯[①]的马格纳斯·里多尔夫是这些探险故事中流氓的代表,小说《贼王》

---

① 编者注:杰克·万斯(Jack Vance,1916 年—2013 年),原名约翰·霍尔布鲁克·万斯(John Holbrook Vance),美国科幻作家,以《濒死的地球》一书开始了自己的写作生涯。其作品涉及星际游记、魔法传奇、战史画卷、田园牧歌四类。代表作有《龙主》和《最后的城堡》等。

(*The King of Thieves*)的开场白是这样介绍这些流氓的。

> “在莫里塔巴这里会找到很多财富，”乘务长说道，“有上好的皮料，珍稀红木，你看过珊瑚吗？紫红色，他娘的在火光下闪闪发光！但是……人们只关心电报，他们永远也不会找到的，那个贼王，老康迪特，实在太狡猾了。”
>
> 马格纳斯·里多尔夫慢慢踱到码头，放眼朝莫里塔巴望去。
>
> 格拉波拉是这个星球的主要城市，蜷缩在山脉和沼泽之间，市里有一个联邦监控办公室，一个文化统一事务委员会，一座百货大楼，一间学校，几栋居民楼，所有建筑都用原木，波纹金属作框架，连接楼房的狭窄走道看起来摇摇欲坠。
>
> 马格纳斯·里多尔夫从眼前茫然压抑的环境中看到了美丽的景致。

在这样一个世界里，每个人都随身带着财物以防被盗，里多尔夫却利用来自另一个星球的“气类生物”把贼王的皇冠偷了来，自己当起了贼王，因为他比原贼王智胜一筹，所以从水晶开采中获得暴利（注14）。万斯还写了小说《太空歌剧》（*Space Opera*）（一九六五年），内容和《贼王》相似，实际讲的是歌剧团旅行穿越太空的故事。

普尔·安德森是另一个讲这类故事的大师，他创造了两个有名的人物，一个是在伯莱索特克尼克联盟领导下的银河系扩张时代的商人尼古拉斯·冯·日金，另一个是恩赛因·多米尼克·弗朗德里，后者在几百年后为取代联盟的特朗帝国工作。【安德森之所以引起关注，主要是因为他写了真正意义上的中世纪太空歌剧《高级圣战》(*The High Crusade*)(一九六〇年),小说写十四世纪英国的外星入侵者被罗杰·德·杜尔奈维尔爵士的骑士击败,然后他们强占了外星人的太空船,建立了骑士风范的银河系基督帝国。】不过,真正无所不在的探险人物是凯斯·劳默[①]笔下不屈不挠的外交官杰姆·莱提夫,他在几十个故事和小说中往来穿梭,解决不同世界的复杂争端。《王子和强盗》(*The Prince and the Pirate*)(一九六四年)是一个特别的罗尼塔尼亚故事,说的是莱提夫被投进地牢之前捕猎恐龙,它和英国猎狐丝毫不差。尽管这些人物被学者和主流读者所忽略,但他们却为科幻迷所推崇,每一部续集都让人急不可耐。

罗尼塔尼亚太空歌剧中的人物典型的有商人、间谍和外交官,但也有其他职业的,如万斯的歌剧演唱演员,弗兰克·贝克纳普·朗[②]的破密植物学家约翰·卡斯戴尔斯,还有罗伯特·什克雷(Robert Sheckley)的在 AAA 级爱思星际净化服务中心干零活的工人,以及最近什拉·芬奇[③]的变异协会的语言学家。另一个比较有名的人物类别是太空旅行医生,默里·莱因斯特[④]写了几个有关医疗服务的故事。詹姆斯·怀特是医学科学小说大师,

---

① 编者注:凯斯·劳默(Keith Laumer,1925 年—1993 年),美国科幻作家,多部短篇小说获得星云奖和雨果奖。

② 编者注:弗兰克·贝克纳普·朗(Frank Belknap Long,1901 年—1994 年),美国多产作家,擅长写作恐怖、奇幻、科幻等题材小说,也写作诗歌、创作漫画。曾获世界奇幻奖终身成就奖。

③ 编者注:什拉·芬奇(Sheila Finch,1935 年— ),美国科幻作家,凭借《读骨》(Reading the Bones)获一九九八年星云奖最佳中篇小说奖。

④ 编者注:默里·莱因斯特(Murray Leinster,1896 年—1975 年),美国科幻小说和演绎小说作家。出版过一千五百多部短篇和作品。

小说中的医生以巨大的空间站十二区总医院为基地，四十年里治疗了无数的外星病人。

在二十世纪六十年代，新一代作家一般都避开太空歌剧，但偶尔他们也写着玩玩，于是就产生了太空歌剧的新形式，即讽刺性太空歌剧。这类歌剧的最早作品可能是哈里·哈里森[1]的小说，主人公狡滑的吉姆·迪格里兹又称不锈钢老鼠，是一名星际警察，他和以前的罗尼塔尼亚警察很相似，只是多些虚心假意的幽默。布赖恩·奥尔迪斯特别欣赏《不锈钢老鼠》(*The Stainless Steel Rat*)(一九六一年）中迪格里兹遭遇落后星球火力驱动机器人的场景(注 15)。哈里森的《比尔，银河系英雄》(*Bill, the Galactic Hero*)(一九六五年)和《银河骑士之星际加速器》(*Star Smashers of the Galaxy Rangers*)(一九七三年)的讽刺性甚至更加公开。大约同时在波兰，斯坦尼斯拉夫·莱姆关于太空旅行者伊雍·提奇和飞行员博克斯的故事幽默地批评了西方的太空歌剧(注 16)。奥尔迪斯整理了一个太空歌剧故事集之后，也写起了这种轻松的探险故事《八十分钟的小时》(*The Eighty-Minute Hour*)(一九七四年)。在故事集中，罗伯特·谢克里的小说里一句"泽恩逃出生天，金科宫殿失火，雍·威斯特雷死去"(Zirn Left Ungrarded, the Jenghik Palace in Flames, Jon Westerley Dead)(一九七二年）总结了对经典太空歌剧和罗尼塔尼亚太空歌剧的嘲弄。

---

① 编者注：哈里·哈里森(Harry Harrison，1925 年—2012 年)，美国著名科幻作家。代表作有《死亡世界》系列、《不锈钢老鼠》系列和《伊甸园》三部曲等。曾担任第一任世界科幻小说协会主席。

梅更斯的卑劣势力长期处于休眠状态，但由于具有读心术能力的查理·英格斯特罗姆输给他们血清，突然开始四处扩张。雍·威斯特雷从秘密任务中被紧急召去见安格斯二世。由于威斯特雷的忠实伙伴奥克佩提斯·马恩被诱进入漂移镜大厅，他的大脑被熵协会领袖兼叛徒桑西斯控制，而威斯特雷对此毫不知情。在马恩的无意背叛下，威斯特雷在黑势力圈中最终遭遇不幸。（注 17）

讽刺性太空歌剧的杰出典范是道格拉斯·亚当斯（Douglas Adams）的《银河系漫游指南》，曾在英国广播公司以广播剧形式播出（一九七八年），后以三部曲形式出版（一九七九至一九八二年），并被拍成英国广播公司电视连续剧（一九八一年）。亚当斯的成功表明太空歌剧成为流行文化的一部分，人们接受了这种温和的玩笑，所以地球的毁灭并不是有人恶意为之，而是星际公路建设产生的无意负效应。外星人沃冈斯害怕的不是可怕的武器，而是糟糕的诗歌。英国广播公司的电视连续剧《红矮星号》遵循太空歌剧的规则，取得了同样的效果。

虽然有零星的讽刺剧，但六十年代以来太空歌剧最显著的发展是连续剧《星际迷航》及其后续故事，这些故事涉及整个太空。对科幻读者来说，该系列似乎不过是老故事陈腐情节的概述，它既反映了经典太空歌剧的影响【比如《恐怖平衡》（*Balance of Terror*）和《末日机器》（*The Doomsday Machine*）中的太空战役】，同时也有罗尼塔尼亚太空歌剧的影响【比如《巴别塔之旅》（*Journey to Babel*）和《特洛瓦尤斯的伊兰》（*Elayn of*

*Troyius*)中的外交阴谋】。不过,《星际迷航》对太空歌剧的新贡献在于浪漫小说的主题和敏感性,它不是夏玻尔护士对史波克单相思的简单重复，也不是有几集里讲的男星坠入艳妇爱河，而是柯克、史波克和麦考伊超越嘲弄和友情的紧密的个体联系【但科幻迷走得更远,用了“同人小说”(slash fiction)这个词,投射出柯克和史波克之间的同性恋关系】。似乎史密斯计划把男性科学探险故事和加贝的女性浪漫故事结合的设想终于实现了,事实上可以说《星际迷航》采用了经典三角恋浪漫小说的深层结构,描写了冲动的女主人公柯克与迟钝的邻居男孩麦考伊和极度神秘的陌生人史波克之间纠缠不清的感情(注18)。

即使有人不同意这个解释,《星际迷航》也因为营造了足够的浪漫小说的氛围,绝对可以称之为浪漫太空歌剧,并成为第一部吸引大量女性读者的太空歌剧,与之相关的电视剧、电影、商品和无数星际小说也因此保持了令人称奇的长盛不衰。它吸收或扬弃了几十年前的太空歌剧,而且作家们似乎更加注重吸引女性读者。一九八〇年以后,他们越来越多地用女性作为太空探险的主人公,急于表现女性和男性同胞一样坚强,女性抛弃她们温柔的一面,这点让人记忆深刻。丹娜·施塔贝诺[1]《第二星》(*Second Star*)(一九九一年)的开场白集中体现了冒险和温柔的结合:“我全名叫爱思希尔·娜塔莎·斯文司多特,但如果你想活命,可以叫我星,星就是爱思希尔的意思,它曾是我说过的第一个单词,当我感到比较浪漫的时候,我喜欢说群星之间就

---

① 编者注:丹娜·施塔贝诺(Dana Stabenow,1952年— ),美国作家,擅长写作科幻、神秘、悬疑推理类小说。

是我生活的地方。"（注 19）其他还有梅丽莎·迈克尔斯（Melisa C. Michaels）的空中飞人，克里斯·克拉丽蒙特的尼克尔·什亚，威尔（S. L. Viehl）的星博士，她们和斯文司多特星一起成为太空歌剧的新女性代表，但太空歌剧最重要的女战士是大卫·韦伯[①]的昂诺·哈灵顿，她在几部小说中热情勇敢地投入到太空拿破仑战争之中（注 20）。

同那些直接翻版过去有关英雄反叛残暴太空帝国史诗的故事相比，《星际迷航》和《星球大战》更加成熟，并且更有新意。而且，太空歌剧中的外星人、机器人和参与决斗的星际飞船让人印象深刻，过去纸浆杂志用来娱乐科幻迷的东西现在竟然活灵活现。《星球大战》之后出现了一批模仿作品，例如《黑洞》《星际撞车》（*Starcrash*）（一九七九年）、《世纪争霸战》，还有电视连续剧《太空堡垒卡拉狄加》《二十五世纪的巴克·罗杰斯》；卢卡斯的续作《帝国反击战》（*The Empire Strikes Back*）（一九八〇年）、《绝地归来》（*Return of the Jedi*）（一九八三年）、《魅影危机》（*The Phantom Menace*）（一九九九年）和《克隆人的进攻》（*Attack of the Clones*）（二〇〇二年）；独特但同样时髦的《异形》至今已经有了多部续集。

《星球大战》在太空歌剧进入新的媒介录像游戏后进一步发挥了作用，在其太空战争的启发下，先锋游戏《太空侵略者》[②]产

---

① 编者注：大卫·韦伯（David Weber，1952 年— ），美国科幻、奇幻小说作家。著有多部科幻和奇幻小说系列作品。代表作有"昂诺·哈灵顿"系列等。

② 编者注：《太空侵略者》（*Space Invaders*），一款历史悠久的经典射击游戏，玩家操作以 2D 点阵图构成的太空船，在充满外星侵略者的太空中进行一连串的抵抗任务。

生了，它和类似的《小蜜蜂》[1]游戏一样要求玩家击毁没完没了的太空舰队来赢得高分。录像游戏和赛伯游戏的叙事框架与视觉效果更加复杂，后来《星球大战》和《星际迷航》都被改编成了游戏。和角色扮演游戏《龙与地下城》类似的科幻游戏也诞生了，名字就叫太空歌剧，后来同样非常流行。的确是这样，上网搜“太空歌剧”，大多可能是讨论那个游戏的，而不是科幻的分支体裁太空歌剧。《星球大战》的其他可视衍生物还有日本动画太空歌剧，如机动战士高达系列，美国也受此启发制作了动画电影《冰冻星球》（*Titan A.E.*）（二〇〇〇年）。

纵观近期的太空歌剧文学，人们会看到无数基于特许经营权的宇宙小说，还有格雷格·贝尔、格里高利·本福德、大卫·布林和拉里·尼文等人颇受尊崇的作品。C.J.切利和洛伊斯·麦克马斯特·比约德是最值得关注的传统太空歌剧的新缔造者，他们详细描写未来宇宙的小说非常畅销，而且赢得了无数大奖。切利创造的太空地区中，地球是一个由很多刚愎自用的人形成的联盟，组织结构松散，为了权力和地位钩心斗角。比约德的“迈尔斯系列”[2]小说按年表记录了一位五短身材但非常迷人的战士兼外交官的冒险经历。这两位作家的小说是经典太空歌剧和罗尼塔尼亚及浪漫太空歌剧的混合体，太空战争渗入了对政治的精密解读以及对人际关系令人信服的描写。

如果说有一种新的太空歌剧形式正在形成，那就是有些文

---

① 编者注：《小蜜蜂》（*Galaga*），红白机（FC）上的一种射击游戏。敌人会成群结队地拥过来，然后分批次发起进攻，玩家在躲避敌人的同时还要消灭他们。

② 编者注：迈尔斯系列，是美国小说家洛伊斯·比约德的科幻系列小说，主人公是迈尔斯·佛科西根（Miles Vorkosigan）。

章偶尔提到的后现代太空歌剧。我们可以临时用一些共同但并不普遍的特征来描述这些作品的特点。这些故事追求经典太空歌剧史诗般的眼界，但可能又掺杂尖刻的愤世嫉俗，它们比罗尼塔尼亚太空歌剧的自私自利实用主义要来得深刻，甚至对人类未来抱有沉重的悲观主义情绪。除了人类和类人外星人，作家们还采纳了进化、技术或生物工程带来的其他智力生命形式，如人类、外星人、机器或它们的结合体。在其他作品描写的宇宙里人类并不是主体，使用的交通工具也不是星舰，小说里用到大量文学和文化典故，明显的严肃意图和拖延的逃避主义历险氛围并驾齐驱。这些特征是否契合学者定义的“后现代主义”尚且存疑，因为“后现代”可能主要是“深奥微妙”的同义词，于是，另一个描写这种初期形式的术语就有可能出现。

和后现代太空歌剧有关联的作品表明了所探讨的观点和方法的多样性，在布鲁斯·斯特林的《分裂矩阵》和《分裂矩阵+》(*Schismatrix Plus*)(一九九六年)中，机械师通过与捍卫生物技术的沙珀斯进行技术斗争来改变人类。迈克尔·斯万维克的《真空花》主要角色是起义的宇航员，他们可以创造新的性格并移植到自己身上，然后和控制地球的蜂群思维人作战。丹·西蒙斯的“海伯利安”系列有《海伯利安》《海伯利安的陨落》《恩底弥翁》和《恩底弥翁的崛起》，这个系列想象了一个银河系政府，被不可思议的心灵传输(teleportation)联系在了一起，为了从阴险的人工智能人手中拯救人类，政府把这个绝妙的工具毁掉了。科林·格林兰德的普兰缇(Plenty)三部曲包括《取回普兰缇》(*Take Back Plenty*)(一九九〇年)、《普兰缇的四季》(*Seasons of Plenty*)(一九九五年)和《普兰缇的母亲》(*Mother of Plenty*)

(一九九八年),写了一位女性冒险家乘坐一艘巨大的外星太空船进入宇宙探险。约翰·克卢特的《苹果籽》对宇宙作了详细的刻画,讲述一位旅游商人在那里碰到了人工智能人【“制作的思维”(Made Minds)】和神一般的外星人。

伊安·班克斯的文化小说也常常被归为后现代太空歌剧(注 21),他的第一部文化小说《回顾一下弗拉巴斯》读起来就像充满活力的标准太空歌剧,当变形代理商为爬行的伊迪安人提取文化开发的人工智能时,发现似乎整个乌托邦太空帝国都被这些文化思想所掌控。然而,它的小说标题却取自 T.S.艾略特的《荒原》(*The Waste Land*) 诗节,原句是描写漩涡中的尸体,暗示潜在的冷漠,那就是人类永远也无法反抗的优越的机器智力,他们千年来的努力以失败告终。也许太空歌剧本身是建立在膨胀的未来乐观主义基础上的,但由于残酷的现实,不得不面对毁灭。

与其说这些小说达到了太空歌剧光荣传统的顶峰,毋宁说它们是太空歌剧枯竭的预兆,有些作家可能也感觉到了,不仅班克斯的系列小说,“海伯利安”系列和《苹果籽》都流露出了伤感的情调。对于倾注在太空歌剧里的全部创造力,实际上也预示了这样一个结果,他们虽然出色地完成了任务,但却对人类在宇宙的注定命运缺乏强烈的信念,这正是区别于经典太空歌剧的地方。

不过,后现代太空歌剧还相对较新,有能力进一步发展形成自己的理念,而且读者还在抗议传统太空歌剧,天才作家也在不断拓展它的范围。因此,此时宣布太空歌剧的死亡为时尚早。从太空歌剧在杂志上出现一直到今天,科幻小说承担了很多重要的职责，比如引导科学家、帮助市民了解未来、分析社会问题和模仿文学杰作等，那些明确谈到这些职责的作品都引起了人们极大的关注，但是太空歌剧由于只是呈现令人激动的探险，似乎毫无意义，继而受到轻视。尽管早期珍视声誉的作家并不喜欢太空歌剧这个标签，今天的主流作家都很愿意亲近它，也许科幻即将走完一个循环，默默承认装腔作势目的掩盖下的真实的兴高采烈，又重新欣赏太空歌剧各个形式提供的“纯娱乐”的意义和价值。

注释：

注 1.参见帕特里西亚·蒙克的《不仅仅是宇宙的诡计》，载于《外推法》33(一九九二年)，第 295 页至 316 页；盖里·威斯特法尔，《逻辑和识字之外》，载于《外推法》35(一九九四年)，第 176 页至 188 页；威斯特法尔编著《宇宙之外》(西码头，康州：格林伍德，二〇〇〇年)，特别是大卫·普林格的文章《太空歌剧是什么》(第 35 页至 47 页)对本章写作帮助巨大。

注 2.威尔森·塔克，笔名鲍勃·塔克，《公寓内部》，载于《僵尸》(一九四一年一月)，第 8 页。

注 3.参见约翰·克卢特，《星球浪漫故事》，载于约翰·克卢特和彼得·尼克斯合编《科幻百科全书》(伦敦：轨道，一九九三年)，第 934 页至 936 页。

注 4.斯蒂尔森·雷，书信，《铜钉》，载于《惊奇科幻》(一九四一年五月)，第 129 页。

注 5.布赖恩·奥尔迪斯，《概述》，载于奥尔迪斯编辑《太空歌剧：回顾未来选集》(花园市，纽约：双日和公司，一九七四年)第

XI页；特里卡尔，“概述”，载于卡尔编辑《奇迹星球：太空歌剧宝藏》（纳什维尔和纽约：托马斯·奈尔森，一九七六年），第10页。

注6.“想要更多的情节”，载于《奇迹故事季刊》（一九三二年夏），第437页。

注7.E.E.史密斯博士，《宇宙云雀》（一九二八年）（纽约：金字塔，一九六二年），第70页。

注8. 雨果·根斯巴克，“给我们读者的好消息”，《奇迹故事季刊》（一九三二年秋），第5页。

注9.提到的故事是洛克林的《重力之心》（一九三六年）和《人和镜子》（一九三八年）。

注10.阿考特、韦德和莫里故事以《黑星经过》为题出版（里丁，宾州：奇幻出版社，一九五三年），《太空岛》（里丁，宾州：奇幻出版社，一九五七年）和《来自无限的入侵者》（里丁，宾州：奇幻出版社，一九六一年）.

注11.E.E.史密斯博士，《三星球》（一九四八年）（纽约：金字塔，一九六五年），第II页。小说（没有这段开场白）第一次于一九三四年发表在《传奇故事》上。

注12. 菲利普·弗兰西斯·诺兰的《公元二四一九世界末日》，载于《传奇》（一九二八年）和《汉的飞船》，载于《惊奇》（一九二九年）。

注13.普林格，《太空歌剧》，第40页。

注14.杰克·万斯，《贼王》（一九四九年），重印于万斯《马格努斯里道尔夫的许多世界》（纽约：爱思，一九六六年），第82页至83页，第100页。

注15. 布赖恩·奥尔迪斯和大卫·温格罗夫，《亿万年大狂

欢》(伦敦:格兰茨,一九八六年),第319页至320页。

注16.英文本见《星日记》(纽约:西百利、康提妞姆,一九七六年),《一位太空旅游者的回忆录:进一步纪念伊雍缇奇》(纽约:哈库特·布雷斯·约瓦诺维奇,一九八二年),《飞行员皮尔克斯的故事》(纽约:哈库特·布雷斯·约瓦诺维奇,一九八〇年)和《飞行员皮尔克斯的更多故事》(纽约:哈库特·布雷斯·约瓦诺维奇,一九八二年)。

注17.罗伯特·谢克里,《泽恩逃出生天,金科宫殿失火,雍·威斯特雷死去》,载于奥尔迪斯编辑《太空歌剧》,第7页。

注18.参见威斯特法尔,《以前没有市场的地方》,载于《外推法》37(一九九六年)第291页至301页。

注19.丹娜·施塔贝诺,《第二颗星》(纽约:爱思,一九九一年),第I页。

注20.太空飞人梅拉查·任戴尔第一次出现在迈克尔的《比赛》里(纽约:托尔,一九八五年);尼科尔·什亚出现在克莱尔蒙特的《第一次飞行》(纽约:爱思,一九八七年);星博士切利雍·格雷·威尔出现在威尔的《星博士》(纽约:企鹅、洛克,二〇〇〇年);荣誉哈灵顿出现在韦博的《在巴西里斯克站》(纽约:巴恩,一九九三年)。

注21.迄今为止的文化小说有班克斯的《回顾一下弗拉巴斯》(巴辛司多科:麦克米兰,一九八七年),《游戏玩主》(巴辛司多科:麦克米兰,一九八八年),《艺术之国》(伦敦:轨道,一九八九年),《武器的使用》(伦敦:轨道,一九九〇年),《过度》(伦敦:轨道,一九九六年),《倒置》(伦敦:轨道,一九九八年),《顺风看去》(伦敦:理投,布朗、轨道,二〇〇〇年)。

# 第十五章　历史演义小说

安迪·邓肯

“历史演义小说”是一个不太准确但却常用的标签，指代那批数量虽小却十分有趣的小说。历史演义小说与历史根本无关，它完全是一种小说，为了喜剧效果常常带有讽刺意味，这类小说对我们所熟知的历史作了很大的改变。

历史演义小说常常改编历史记载，改编后的事件时间或结局与历史记载完全不同。这类故事或小说乍看似乎是传统历史小说，替代的人物和事件与人们熟知的历史事实交织在一起，但是，读者一般看过几页就会分辨出来。

下面以金·斯坦利·罗宾森的《好彩运》(*The Lucky Strike*)(一九八四年)为例加以说明。

战争培养了士兵奇怪的消遣方式。一九四五年七月，在北太平洋的提尼安岛上，上尉弗兰克·建纽利爱上了在拉索山顶堆鹅卵石石碑的游戏。每当一架B–29起飞，他就在山顶放一块鹅卵石，执行一次任务就立一块碑，最大的石碑里有四百块石头，那是一种无意识的消遣，和玩扑克别无二致。（注1）

因为大家都知道二战结束前几个月，美国驻太平洋军队准备向日本扔原子弹，所以在小说前几页里，建纽利上尉的经历似乎有真实的背景，即美军在二战时期的确曾在太平洋驻军。但很快，背离史实的时刻来到了，惊恐万分的建纽利看到了一架出事的飞机。

也许它在尝试南半岛的短跑道，但是提尼安岛太小，飞机太沉……它在火光中爆炸了，听到爆炸声的时候，所有人都明白机上人员一定无人幸免……“他要以他母亲的名字命名那架飞机，”斯科尔斯低着头说，“他告诉我就在今晨，他准备将那架飞机命名为伊诺拉·盖伊。”（注2）

伊诺拉·盖伊撞毁就是故事背离历史记载的时刻，这个故事表明《好彩运》不是历史小说而是历史演义小说，因为我们都知道历史上伊诺拉·盖伊是在广岛投掷原子弹的飞机。很多历史演义小说读者把这种时间安排称为“我们读者的时间表”，显而易见，广岛原子弹爆炸这个历史事件不可能发生在建纽利的时间表上。但是在小说中，轰炸任务交给了昵称“好彩运”的飞机上的建纽利及其同事。这样一来，读者就不知所措了，他们既不知道建纽利会有什么事，也不知道炸弹、广岛、战争和世界会怎样。历史演义故事一般认为读者不仅对中心人物的变化和发展感兴趣,而且对世界的变化和发展同样有着浓厚的兴趣。

历史演义小说并不总是从历史事件发生的那个时间进行改编,它通常是从事件发生之后的很多年改变历史记载。这样读者就立刻进入一个完全不同的世界,不仅惊喜地发现将要发生的事情,而且也煞有介事地探索起过去的事件,所以,“替代的世界”在小说里俨然成为一体。

凯斯·罗伯茨的《信号手》(*The Signaller*)就是这样的例子,年轻的拉夫·比格兰德躺在草地上,几小时几小时地望着身边工作着的信号站。

> 信号灯在山顶的杆子上,很高,在蔚蓝的夏日天空里,它发出的微弱的咔嗒声好像非常遥远……它在说话,对此他毫不怀疑。它时而喃喃私语,时而噼里啪啦,传递着信息,也接受其他地方传来的信息,这样的网络遍布全英国,无所不至,无处不在。(注3)

故事描写拉夫在信号手行会学徒的经历,同时它也向读者介绍了奇特的二十世纪的英国,那时没有电波,信号灯是长距离快速通信的唯一工具。英国当时是政教一体的,全国的牧师和士兵、检察官都严格遵循着天主教的教义,国家的经济由中世纪贸易商会操控,首都还是伦蒂尼厄姆。在《信号手》的时间表中,读者逐渐明白西班牙无敌舰队于一五八八年以教皇的名义拿下了英国,结果英国不仅进行了改革,而且还实现了文艺复兴。罗伯茨后来把“信号手”及相关故事汇入小说《孔雀舞》,

许多人都认为它是最好的历史演义小说。

对于《好彩运》和《信号手》是历史演义小说，应该没有什么争议，但它们是否属于科幻则是一个比较复杂的问题。许多科幻作家都写过历史演义小说，很多由科幻杂志和出版社予以发表和出版，然而，也有许多历史演义小说是在非科幻机构出版的。尽管越来越多的社会科学家在严谨的大学出版社书籍里发表“反事实”论文，比如菲利普·泰特洛克[1]和阿郎·贝尔金(Aaron Belkin)编辑的《世界政治的反事实思想实验》(*Counter-factual Thought Experiments in World Politics*)(一九九六年)里就有这样的论文，但是这些论文并没有提升美国科幻和奇幻作家的地位。而约翰·坎贝尔作为《惊异》杂志的长期编辑，仍然对美国科幻的发展有很大的影响，他喜欢把自己以前发表的故事看作是思想实验。历史学家尼尔·弗格森[2]在告诉《纽约时报》“反事实作家们”(counterfactualists)意在“重温经验的无秩序属性”和展示“没有确定结果”时(注4)，就好像科幻作家一样。因此，科幻小说和历史演义小说都是充满变化、各种可能性和不确定性的文学形式。

当今最受欢迎的历史演义小说作家，声誉良好的科幻作家协会会员哈利·托特达夫很好地阐述了科幻和历史演义故事之

---

① 编者注：菲利普·泰特洛克(Philip E. Tetlock，1954 年— )，美国心理学教授，宾夕法尼亚大学管理人员，也创作政治心理学纪实小说。著有《狐狸与刺猬：专家的政治判断》等作品。

② 编者注：尼尔·弗格森 (Niall Ferguson 1964 年— )，英国著名历史学家，哈佛大学历史系教授、牛津大学耶稣学院高级研究员、斯坦福大学胡佛研究所高级研究员，罗斯柴尔德家族史研究权威。他是极少数能横跨学术界、金融界和媒体的专家之一。二〇〇四年被《时代》周刊评为“影响世界的一百人”之一。

间的联系：

> 构建历史突破点……只是历史演义小说创作的一半游戏，对我而言更有意思的是另一半，那就是想象改变历史记载后会有什么情况发生。正是在另一半游戏中，科幻小说和历史演义小说走到了一起，他们都寻求合乎逻辑地推测已知世界的变化。大多数形式的科幻着眼于目前或近未来的变化，想象对更遥远的未来的影响；而历史演义小说想象的是遥远过去的变化，并考察这种变化对稍近的过去和现在所产生的影响。二者所用技巧相同，区别仅在于时间上的不同。（注5）

无论是改编事件发生变化的时间，还是只改编事件发生那一刻所产生的结局，诸如《好彩运》和《信号手》之类的历史演义小说都称得上是“纯粹的”或“重要的”历史演义故事，它们描写的时间表正好和读者头脑中的时间表完美吻合，不依赖于任何明显的科幻或奇幻要素。

有些历史演义小说主要描写历史上血腥而混乱的破坏场面，帕特·卡迪根的《革命派遣》（*Dispatches from the Revolution*）（一九九一年）通过一系列支离破碎的文献回顾一九六八年在芝加哥召开的民主国民大会。根据故事的时间表，总统林登·约翰逊[①]及所有民主党总统候选人都被枪杀，全国宣布戒严，从此

① 编者注：林登·约翰逊（Lyndon Johnson，1908年—1973年），一九六三至一九六九年就任美国第三十六任总统。著有回忆录《高瞻远瞩》等。

国家再也没有搞过任何选举,三十年后,民权在表面上已不复存在。故事中的文献片段都贴着没有写字的标签来表明事件的证据。“那些文献是一九九八年十月十三日第三次南美战争期间美国军队从厄瓜多尔监狱一个匆忙撤空的房间里发现的”(注 6)。伊恩·迈克劳德(Ian R. MacLeod)的《夏岛》(*The Summer Isles*)(一九九八年)的主题和《革命派遣》相似,但语气和效果却大不相同。故事讲述一战失败后英国实行法西斯专政,把犹太人用牛车运往不吉祥的目的地,主人公是一个有些倒霉的垂死的牛津大学教师,他因失恋而伤感,但仍决心进行最后的也许是无望的抗争,他很像另一个英国反法西斯寓言故事,即乔治·奥威尔《一九八四》中的主人公。

另外一些历史演义小说更加戏谑,主要对更不起眼的历史事件进行改编,有时甚至是对历史事件进行恶作剧式的改编。霍华德·瓦尔德罗普的连环漫画《迈克的艾克》(*Ike at the Mike*)(一九八六年)中德怀特·艾森豪威尔[①]和乔治·巴顿[②]成了著名的爵士音乐家,而埃尔维斯·普雷斯利[③](“猫王”)则成了美国议员。在威廉·桑德斯(William Sanders)的《未发现的人》

---

① 编者注:德怀特·艾森豪威尔,二战时期,军中的士兵都称呼他为艾克(Ike)。

② 编者注:乔治·巴顿(George S. Patton,Jr.,1885 年—1945 年),美国陆军的一位上将,以在第二次世界大战欧洲战场先后指挥美国陆军第七集团军和第三集团军而闻名。

③ 编者注:埃尔维斯·普雷斯利(Elvis Presley,1935 年—1977 年),美国摇滚乐歌手与演员,是二十世纪最受欢迎的音乐家之一,常被称为“摇滚乐之王”。每当他演唱情歌时,总会吸引一众女性歌迷,就像公猫会吸引一众母猫,因此昵称猫王(The Hillbilly Cat and King of the Western Pop)。

(*The Undiscovered*)(一九九七年)中,一位著名的伊丽莎白时代的剧作家航行到新世界,与切诺基人共度余生,部落中的"长矛挥动者"(Spearshaker)写下了一部真正跨文化的戏剧:"曾经一位伟大的战争领袖被他自己的兄弟谋害了。"(注7)约翰·克赛尔[①]的《特许权》(*The Franchise*)(一九九三年)是有关棒球的故事,世界职业棒球大赛决赛在著名的投球手和失败的击球手之间展开, 他们分别是菲德尔·卡斯特罗[②]和乔治·赫伯特·沃克·布什[③]。在故事的时间表里,他们放弃了政治上的纷争,至少暂时为了哥哥和父亲,转向职业棒球比赛。为了体现历史上二人难以调和的斗争,故事中的他们还为年轻人制定了各不相同的雄心勃勃的计划。布鲁斯·斯特林的《多利·邦斯》(*Dori Bangs*)(一九八九年)挑选了两位美国真实的反文化英雄,漫画家多利·赛达[④]和摇滚音乐评论家莱斯特·邦斯[⑤]作为故事的主人公,并让两人坠入爱河,随后结婚,而且活得时间很长。这些故事对周围世界的影响其实是很小的。也许最细致的历史演义

---

① 编者注:约翰·克赛尔(John Kessel,1950 年— ),美国科幻和奇幻作家,擅长写作未来和恐龙题材作品。

② 编者注:菲德尔·卡斯特罗(Fidel Castro,1926 年—2016 年),古巴前领导人,马克思主义者,无产阶级革命家、政治家、思想家、军事家,于二十世纪五十年代领导古巴革命,推翻了巴蒂斯塔政权,将古巴转变为社会主义国家。

③ 编者注:乔治·赫伯特·沃克·布什(George Herbert Walker Bush,1924 年— ),美国右翼政治家,第四十一任总统。常被称为老布什,以便与同样担任美国总统的长子小布什作区别。老布什任内最为人知的政绩是一九九一年的海湾战争。他成功打败伊拉克,并向后者实施经济制裁。

④ 编者注:多利·赛达(Dori Seda,1951 年—1988 年),美国漫画家,先锋派漫画的代表人物,这一流派在二十世纪六七十年代的美国非常流行。

⑤ 编者注:莱斯特·邦斯(Lester Bangs,1948 年—1982 年),美国音乐家、音乐记者、作家,被称为最伟大的摇滚乐评人。

小说是约翰·克赛尔的另一个故事《水牛》(*Buffalo*)(一九九一年)，故事想象威尔斯的忠实粉丝即克赛尔自己的父亲和伟大的威尔斯本人有一次简短的会面，小说描写得非常生动形象，开篇也很大胆，它这样写道:"这是一个从没有发生过的会面的故事。"(注 8)

不过大多数历史演义小说气势都很恢宏，他们倾向描写曾经可能会有的糟糕的社会，因此，许多历史演义小说都会问到这样两个问题，"要是希特勒赢了，会怎样"和"如果(美国南北战争时期的)南方邦联赢了，会怎样"。可以说就这两个问题写得最好的小说都在二十世纪中期，菲利普·迪克的雨果奖作品《高堡奇人》(*The Man in the High Castle*)(一九六二年)对几个"普通"美国人作了细致全面的考察，这些人分别是名声不好的古玩商、柔道教练和卡车司机，他们都住在日本人占领的美国西海岸（东海岸为德国人占领）。在迪克的小说里非常普遍的是，替代世界的现实性常常遭到质疑，其实，我们所生活的真实的世界又何尝不是如此？瓦德·穆尔[1]的《引达大赦之年》(*Bring the Jubilee*)讲的是年轻人霍治·伯克美克的故事，美国自 1864 年北方联邦卑躬屈膝地向南部邦联投降后一蹶不振，到了二十世纪四十年代整个经济完全崩溃，年轻人霍治看不到未来，他和共和国大军(现在是恐怖组织)的狂暴老兵结盟，与海地外交官结为朋友，经历了数次饱受折磨的爱情，最终逃到学者们的农业飞地(enclave)。这部小说之所以在历史演义小说中地位突出，主要是它哀伤自嘲的叙事方法和大量的性爱描写。

---

① 编者注：瓦德·穆尔(Ward Moore，1903 年—1978 年)，美国作家。

《引达大赦之年》的普通之处在于它部分是时间穿越故事，只是有些姗姗来迟。很多历史演义小说通过科幻手法明确比较现实时间表和替代时间表，并且把它们交叉叠加起来，特别是在时间穿越小说中更为常见。较早的例子是马克·吐温[①]的《康州美国佬在亚瑟王朝》（*A Connecticut Yankee in King Arthur*）（一八八九年），小说中爱管闲事的主人公发现自己来到亚瑟王宫所在地卡默洛，然后开始实现那里的现代化，他揭露梅林是个搞阴谋诡计的骗子，劝说骑士们不要骑马而骑自行车，建立基于工厂和电力的工业经济。但是，他的这些行动却引发了震惊和屠杀。在小说简单的前言后记中，美国佬向明显是英国维多利亚时期的马克·吐温讲述了他的故事，言下之意是他误闯亚瑟王宫并没有破坏叙事的时间表，他假定误闯是真实发生了的事情，只是他自己遗忘了而已。小说生动地描写了越变越糟的过去，是实实在在的历史演义小说。

此后，无数虚构时间穿越的小说有意无意地回到过去，改变历史进程，有的成功了，而有的则失败了。例如，在斯普拉格·德·康普[②]的《黑暗不再》（*Lest Darkness Fall*）（一九四一年）中，机智的二十世纪考古学家马丁·帕德威发现自己来到了六世纪的罗马，宣传印刷术、阿拉伯数字和哥白尼天文学，成功阻止了

---

① 编者注：马克·吐温（Mark Twain，1835 年—1910 年），美国的幽默大师、小说家、作家，著名演说家。威廉·福克纳称马克·吐温为“第一位真正的美国作家，我们都是继承他而来”。著有《百万英镑》《哈克贝利·费恩历险记》《汤姆·索亚历险记》等。

② 编者注：斯普拉格·德·康普（L. Sprague de Camp，1907 年—2000 年），美国科幻和奇幻小说作家，也写作非文学作品和传记。著有一百多部作品。

黑暗时代(Dark Ages)的到来。

德·康普的小说比吐温的小说要乐观得多，结论也不那么模棱两可，例如：

> 意大利全国都有信号电传系统，如果他有时间作必要的实验的话，终有一天会被真正的电子电传代替。马上要建一个公共邮局，佛罗伦萨、罗马和那不勒斯都有出版社印制大量书籍、小册子和报纸。不管他出了什么事，这些都能继续，它们的根基是非常扎实的，不会轻易被毁掉。毫无疑问，历史已经改变，黑暗不会降临。(注 9)

刘易斯·谢纳[①]和布鲁斯·斯特林的《镜影里的莫扎特》(*Mozart in Mirroshades*)(一九八五年)出现较晚，可以解读为对干预时间旅行故事长期传统的一个讽刺。故事中贪婪的企业主发现他们可以改变过去，而在他们自己的时间表里不会受到任何影响，他们掠夺财富，坑蒙拐骗，甚而出卖自己的祖先，在这个过程中，他们创造、利用、抛弃一个又一个历史演义，换历史就像换纸杯一样轻而易举。“你不需要报名参加时间旅行计划，”主人公赖斯小心地说，“除非你想要尝尝不和谐的滋味。”(注 10) 赖斯的缔造者用这样的话满足了那种滋味：“玛丽·安特瓦耐特(Marie Antoinette)穿着黑蕾丝内衣，四仰八叉躺在粉

① 编者注：刘易斯·谢纳(Lewis Shiner，1950 年— )，美国早期赛伯朋克运动的成员之一，科幻小说家。后来，以写作主流小说为主。

色绸缎床单上，翻看着《时尚》[1]。”（注 11）

时间穿越是最常见的使历史演义小说合理化的科幻手法，同时也有其他手法存在。许多故事和小说都预设背离历史的更多的“平行世界”可以同时存在，这样人物就可以像上下班换乘火车的人一样有目的地或偶然地从一个时间表转换到另一个时间表，这就是“穿越”（timeslip）。

例如，比姆·皮普[2]的《他绕马而行》（*He Walked Around the Horses*）（一九四八年）就用穿越来解释神秘的时间差，故事前言是这样总结的：

> 一八〇九年十一月，一个叫本杰明·巴图斯特的英国人无缘无故彻底消失了，他是在从维也纳前往汉堡的途中消失的。长期以来他是英国政府驻拿破仑留下来的奥匈帝国法庭的代表，在普鲁斯柏勒堡的一个小客栈里，当时他在检查他的马车，然后就漫不经心地走出了秘书和男仆的视线，没有人看到他离开客栈院子，从此就没有人再看到他了，至少，在这个时间连续体里是这样……（注 12）

随后的故事是通过两个神秘官员之间的一系列书信往来

---

① 编者注：《时尚》（*VOGUE*）杂志，创刊于一八九二年，是世界上历史悠久广受尊崇的一本综合性时尚生活类杂志，由全球首屈一指的期刊出版商美国康泰纳仕集团出版发行。杂志内容涉及时装、化妆、美容、健康、娱乐和艺术等各个领域，被誉为“时尚圣经”。

② 编者注：比姆·皮普（H. Beam Piper，1904 年—1964 年），美国科幻作家，长于写作历史演义小说。代表作有“恐怖人类未来史系列”（Terro-Human Future History）和“平行时空系列”（Paratime）小说等。

讲述的，这时人们才搞清楚在马的另一侧，巴图斯特穿越到了另一个一八〇九年的欧洲，当时美国革命失败，法国革命没有什么实质性成果，法国君主原地不动，拿破仑是一位有才华的炮兵部队指挥官，忠于国王，但升迁很慢。处于困境中的巴图斯特余生郁郁寡欢，对于这个世界，他的突然消失是个谜，而对于那个世界，他的突然造访同样是个谜。

还有作家把巴图斯特作为一个整体来创作，想象出影响很多人而不是一个人的大规模时间穿越，例如，默里·莱因斯特的《时间的侧面》中，“时间风暴”打乱了平行地球的秩序，人们一不留神来到了受完全不同规则管制的隔壁领地：俄国旧金山，弗吉尼亚的罗马省，二十世纪的南方邦联。

和穿越故事相关的是“轮回”(time loop)故事，这是一种非常私人的演绎故事，主人公的某时段生活不断重复，变化很小，最好的例子就是肯·格林伍德[1]的《重播》(*Replay*)(一九八六年)。这部作品曾获世界奇幻小说奖。故事始于一九八八年四十三岁的杰夫·温斯顿心脏病突发去世，虽然他在小说第一句就死了，但仍是主人公。他死而复生，发现自己来到一九六三年，这时他十八岁，住大学宿舍，所有的记忆都是未来二十五年的事情。在这轮生命里他作了很多不同的选择，更加富有，也对自己更加满意。但到四十三岁时他又死了，醒来又是一个年轻人，至此他已经有两轮生命记忆了。随着故事发展越来越复杂，温

① 编者注：肯·格林伍德(Ken Grimwood，1944年—2003年)，美国科幻与奇幻经典小说大师，与史蒂芬·金齐名。曾担任广播电台记者，出版过五本小说。

斯顿的生命不断“重播”,他体验了他能够创造的每一种替代时间表,甚至包括自杀。

还有的历史演义小说描写几个时间表,但是不让主人公意识到他们平行的自己。例如霍华德·瓦尔德罗普的《我们》(*US*)(一九九八年),想象著名的跨大西洋飞行员的儿子小查理·林白的三个不同生命,第一个生命中,他成了阿波罗宇航员;第二个生命中,他是先锋派流行艺术家;在第三个生命中,他成了被外界遗忘的小镇怪人。故事中还用括弧注释提醒读者在我们自己的时间表里小查理·林白因企图绑架失败被杀,尽管这四个平行故事每一个都比较平淡,但其累积效果则非常感人,它的标题也让读者浮想联翩。

很多最近的历史演义小说作家利用这种文类在科幻和奇幻读者中的人气,把从龙到太空旅行的所有文类元素都融进来,有些则扩展成了流行的多卷本形式,在哈利·托特达夫的四卷本世界大战系列小说(一九九四至一九九六年)中,二战被装备有核武器的外星入侵者打断了,轴心国和同盟国必须联合起来抵抗共同的威胁。在奥森·斯科特·卡德的四卷本“阿尔文创世者传说”(Tales of Alvin Maker)系列中,故事以世界奇幻奖作品《哈特拉克河》(*Hatrack River*)(一九八六年)和小说《第七子》(*Seventh Son*)(一九八七年)开局,拥有魔术天赋的欧洲人因其魔力遭到起诉,于是大量迁到了殖民地美国,这样就和当地的魔术师发生了冲突。

尽管自《星球大战》以来科幻电影蓬勃发展,带有历史(或至少准历史)场景的电影如《角斗士》(*Gladiator*)(二〇〇〇年)受到了普遍欢迎,但电影制片商到目前为止似乎对历史演义没有多少兴趣。凯文·布朗洛[①]和安德鲁·莫罗[②]编剧和导演的《纳粹暴行录》(*It Happened Here*)(一九六六年)是个例外，它以文献纪录片的形式描写了纳粹对英国的成功入侵，其预算非常低廉，实际上就是一部家庭电影。改变历史的穿越故事主题在主流制片商中更加受到欢迎，它们成功地出现在《回到未来》三部曲和许多《星际迷航》连续剧中，包括经典片段《永恒边缘的城市》(*The City on the Edge of Forever*)(一九六七年)和电影《星际迷航:第一类接触》(*Star Trek: First Contact*)(一九九六年)，但是这些历险故事描写的变化无一例外都很短暂，因为电影主人公又把历史拉回到了正确的轨道。

更有意思的是，就在一九九八年《我们》发表的那年，两部电影也同时公映，一部是彼得·豪伊特[③]编剧导演的《滑动门》(*Sliding Doors*)，另一部是汤姆·提克威[④]编剧导演的《劳拉，快跑》(*Run Lola Run*)，这两部电影的主人公都很忙，故事都有两个平行的结局。电影评论家罗杰·埃伯特[⑤]在讨论《劳拉，快跑》时认为这类故事天生适合拍电影:“电影是表现替代和平行时

---

① 编者注:凯文·布朗洛(Kevin Brownlow，1938 年— )，英国电影历史学家、电影编剧、制作人。在默片电影时代享有盛名，曾获奥斯卡奖。

② 编者注:安德鲁·莫罗(Andrew Mollo，1940 年— )，英国军装研究专家。

③ 编者注:彼得·豪伊特(Peter Howitt，1957 年— )，英国演员和导演。代表作有《滑动门》《抗拒重力》《危险的停车场》《反托拉斯行动》等。凭借《危险的停车场》获二〇〇七年东京电影节最佳导演奖。

④ 编者注:汤姆·提克威(Tom Tykwer，1965 年— )，德国电影导演、编剧，一九九三年拍摄了处女作《致命的玛丽亚》，获得德国电影评论协会的最佳电影奖，巴伐利亚电影节最佳新人导演奖。代表作有《香水》和《云图》等。

⑤ 编者注:罗杰·埃伯特(Roger Ebert，1942 年—2013 年)，美国影评人、剧本作家，普利策奖获得者。一九九九年，他开始举办以自己名字命名的一年一度的“罗杰·埃伯特最受忽视电影节”(Roger Ebert′s Overlooked Film Festival)。

间表的理想形式,一点不用夸张,我们看到劳拉在跑,于是我们就接受那个现实,即使每个故事中她跑过的街道和遇见的人都是不同的。”(注13)翌年,轮回成为电视《X档案》的经典片段“礼拜一”的主题。但是,最好的轮回电影仍然是哈罗德·雷米斯[①]执导、雷米斯和丹尼·鲁宾[②]编剧的《土拨鼠日》,它是对《重播》主题的回应,电影中电视气象播报员通过无限重复2月2日来获得启迪。

格里高利·本福德的故事标题《我们可能做得更差》(*We Could Do Worse*)很好地总结了许多演绎故事的主题,无论这些幻想多么混乱,它们的效果都是积极向上的;无论读者的现实处境多么糟糕,他们看完这些故事后都能感觉良好。的确,很多历史演义小说似乎都在回应伏尔泰的讽刺小说《老实人》(Candide)(一七五九年)中的人物潘格罗斯不断重复的那句“这是各种可能性中最完美的了”,其实大量证据可能说明事实恰恰相反。(注14)

同一般的通俗历史一样,历史演义小说也对军国主义持宽容态度,把战争看作是改变历史的工具,容忍历史学家托马斯·卡莱尔[③]一八四一年说的那句有缺陷的话:“世界历史是伟人的历史。”(注15)这两种趋势在流行选集系列《勇士演绎》(*Al-*

---

① 编者注:哈罗德·雷米斯(Harold Ramis,1944年—2014年),美国导演、作家和演员。表演代表作《捉鬼敢死队》和《条纹布》,他也是两部电影的编剧。

② 编者注:丹尼·鲁宾(Danny Rubin,1957年— ),美国演员、演讲家和电影剧本作家。

③ 编者注:托马斯·卡莱尔(Thomas Carlyle,1795年—1881年),苏格兰评论家、讽刺作家、历史学家。作品在维多利亚时代甚具影响力。代表作有《法国革命》《论英雄》《过去与现在》等。

*ternate Warriors*)(一九九三年)、《暴君演绎》(*Alternate Tyrants*)(一九九七年)和《将军演绎》(*Alternate Generals*)(一九九八年)中都很明显,这些高度形式化的小说中还是有一些有影响的故事。事实上,和平与战争意义都很重大,你我的日常生活和拿破仑、希特勒的生活对历史都很关键,只不过这些常常被历史演义小说作家忽略了而已。

为什么会这样呢?有人推测可能有些历史演义作家的确是军国主义者,他们的确和卡莱尔意见一致。历史学家尼尔·弗格森发现反事实计划必定是右翼"反马克思主义",强调个人主义而非不同阶级之间的必然斗争(注 16)。但很多历史演义小说作家都是左翼,更好的答案在于历史演义小说的效果取决于读者对变化的理解这样一个简单的事实。

历史演义的一个不变原则是替代时间表和真实时间表之间的差异必须让读者一看就明白。比如,有关十九世纪中国人移民加利福尼亚的历史演义可能比替代美国内战的结局要难写,这是因为很少有读者了解中国人移民加利福尼亚的情况,所以,艾萨克·阿西莫夫曾就此问题这样写道:

> 有种故事很少有人能够处理得好,你得了解那个时代,不仅要能清晰呈现,貌似合理,而且还要追溯细微变化所产生的结果,并把结果明确合理地表现出来。尽管我写了很多历史书籍,但我对自己没有足够的信心来写那种故事,我从没有写过,而且也从没有动过念头去写。(注 17)

这就可以理解为什么这么多的作家在写历史演义小说时

将目标集中在美国内战、二战和一些能够产生共鸣的历史人物如林肯和丘吉尔的身上。但是,也有无数科幻小说写籍籍无名的科学原理,对其进行适当解释,于是更多的历史演义故事最终效仿,探索新的领地,也就是新的老领地。

最好的历史演义小说包括上面提到的那些,不仅关注战争演习,而且重视每个个人的日常奋斗,只要那个人存在过,事物就有所不同,他们在读者脑中的形象要比其他小说人物的生活更加鲜活,这是因为我们也通过每天的行为来创造和毁灭我们自身的不同版本。布鲁斯·斯特林在《多利·邦斯》结尾处真挚地表达了这一奇特小说类型的必要性和无效性:

> 多利·赛达从没见过莱斯特·邦斯,人类关注的两种简单的现实行为可能会在适当的时候救了他们,但当那些时刻来临时,他们救不了任何人,甚至相互都无法救援,于是他们就像溜冰人一样冲破真实世界坚硬闪亮的表面滑向黑暗,今天我就用这白纸梦来掩盖他们曾经留下的空白。(注 18)

最佳状态的历史演义小说会告诉我们,我们所有人改变了世界。

注释:

注 1.金·斯坦利·罗宾森,《好彩运》,载于马丁 H.格林伯格编辑《不同的方法:伟大的科幻历史演义故事》(纽约:西塔戴尔特·外来特-卡罗尔,一九九六年),第 320 页。

注 2.同上,第 324 页至 325 页。

注 3.凯斯·罗伯茨,《信号手》,载于《孔雀舞》(一九六八年)(哈蒙兹沃斯:企鹅,一九八四年),第 55 页至 56 页。

注 4.威廉·霍楠,《历史学家加温"要是……该怎么样?"游戏》,载于《纽约时报》,一九九八年一月七日。

注 5.哈利·托特达夫,《前言》,载于麦肯雷·康拓的《如果南方赢了内战》(纽约:弗奇,二〇〇一年),第 7 页至 8 页。

注 6.帕特·卡迪根,《革命派遣》,载于加德讷·多兹瓦斯编《年度最佳科幻小说:第九届年度集》(纽约:圣马丁公司,一九九二年),第 230 页。

注 7.威廉·桑德斯,《没有发现的》,载于加德讷·多兹瓦斯编《年度最佳科幻小说:第十五届年度集》(纽约:圣马丁公司,一九九八年),第 238 页。

注 8.约翰·克赛尔,《水牛》,载于《纯品》(纽约:托尔,一九九七年),第 282 页。

注 9.L.斯普拉格·德·康普,《黑暗不在》(一九四一年)(纽约:戴尔雷-巴兰亭,一九七四年),第 208 页。

注 10.布鲁斯·斯特林和刘易斯·谢纳,《镜影里的莫扎特》,载于斯特林编《镜影:赛伯朋克选集》(纽约:阿波书屋,一九八六年),第 223 页。

注 11.同上,《莫扎特》,第 231 页。

注 12.H.比姆·皮普,《他绕马而行》,载于艾萨克·阿西莫夫和马丁·H. 格林伯格编《艾萨克·阿西莫夫出品伟大科幻故事 10》(一九四八年)(纽约:DAW,一九八三年),第 28 页。

注 13.罗杰·埃伯特,评论汤姆·提克威编剧导演的《劳拉,快跑》，见《芝加哥太阳时报：电子版一九九一》http://www.sun-times.com/ebert/ebert_reviews/1999/07/070203.html。

注 14. 伏尔泰，《老实人》（一七五九年），《可能性中最完美的》，埃里克·约纳斯一九九九年编，http://www.ericjonas.com/features/candide/fulltext/default.asp。

注 15. 托马斯·卡莱尔，《关于英雄和英雄崇拜》（一八四一年）《古藤伯格项目》荣柏吉编，一九九七年十一月，二〇〇二年六月九日，ftp://ftp.ibiblio.org/pub/docs/books/gutenberg/etext97/heros10.txt。

注 16.霍楠，《历史学家加温》。

注 17.艾萨克·阿西莫夫，《他绕马而行》的《前言》，第 28 页。

注 18.布鲁斯·斯特林，《多利·邦斯》，载于《全球之首》（一九九二年）（纽约：班坦·斯伯克特拉，一九九四年），第 338 页至 339 页。

# 第十六章　乌托邦与反乌托邦

爱德华·詹姆斯

一五一六年托马斯·莫尔爵士出版了《乌托邦》，不经意间创造了乌托邦文类，但是到了二十世纪，当理想主义消失时，乌托邦文类也消失了，成了二十世纪悲观主义和犬儒主义[1]的牺牲品。因此，有人说是二十世纪出现的世界大战、种族大屠杀和集权主义毁掉了作家幻想美好生活的能力。但本章的主要观点是乌托邦并没有消失，它在科幻领域只是变成了与古典乌托邦很不相同的东西。

① 编者注：犬儒主义(cynicism)，古希腊四大学派(犬儒主义学派、斯多葛学派、伊壁鸠鲁学派、新柏拉图学派)之一。一般认为是苏格拉底的弟子安提斯泰尼创立的，另一人物第欧根尼则因为住在木桶里的怪异行为而成为更有名的犬儒主义者。当时奉行这一主义的哲学家或思想家，他们的举止言谈行为方式甚至生活态度与狗的某些特征很相似，旁若无人、放浪形骸、不知廉耻，却忠诚可靠、感觉灵敏、敌我分明、敢咬敢斗。于是人们就称这些人为“犬儒”，意思是“像狗一样的人”。

霍达·扎吉（Hoda M. Zaki）的《凤凰涅槃》(*Phoenix Renewed*)(一九八八年)是唯一一部公开出版的科幻乌托邦专著，眼看她就要认识到科幻乌托邦并没有消失时，却戛然而止。作为政治学家，她仍然徒劳地在寻找着古典乌托邦，最后她总结道："二十世纪乌托邦文学的消失令人吃惊""这个问题对整个政治学都有重大意义"。她的研究基础是一九六五至一九八二年间的星云奖获奖小说，她总结说，虽然几乎所有这些小说都有乌托邦元素，但它们都不是真正的乌托邦小说。这是因为这些小说虽然很多对当代世界进行了批判，但它们都没有合乎逻辑地提出一个未来更高级的、值得期待的社会形态，因此现代科幻里并不存在乌托邦，只有"乌托邦传统的煽情碎片"(注1)。然而，我们也可以用同样的证据得出下面完全不同的结论：如果说几乎所有小说里都有乌托邦元素，那么这只能表明乌托邦已经深深渗入了科幻，这些"煽情碎片"不仅使科幻成为乌托邦文类的重要组成部分，而且也是推动乌托邦文类朝更新的方向发展的重要组成力量。

我们有必要了解科幻所反对的内容，在托马斯·莫尔出版《乌托邦》之后的数百年里，产生了大量古典乌托邦的各种版本，这些不同版本里都有一个旅行者，也许还有一小队同伴，旅行者一般在遥远的岛屿或无人发现的陆地上岸。最近的乌托邦小说里旅行者登陆的地方都是某一个星球或某个未来，他(几乎无一例外是男"他")受到当地居民的欢迎，那些人急不可耐地向他介绍自己的社会，很快他会遇见一位老人，然后整个小说余下的部分就是老人向他讲解当地社会的乐趣，有时旅行者会在回应中对比这个理想社会和他自己社会的制度，但是，大多数情况下，这种对比需要读者自己去领悟。

这些理想社会的框架发展了很多年，并非偶然出现，莫尔的乌托邦社会类似本笃会修道院，不过，在乌托邦社会里，男女同处，没有单身，所有的居民都穿修道服，一起吃饭，一起劳作，所有的工作都是为了共同的利益，大家相互监督，以免违法。莫尔是个天主教徒，他认为原罪必须用严格的法律加以制约。但到了十九世纪晚期，大多数乌托邦提出了各种社会主义学说。对于十九世纪乌托邦主义的追随者查尔斯·傅立叶①和罗伯特·欧文②来说，人并不是天生邪恶的，其本性是善的，只要资本主义带来的扭曲效应被消灭，善就会表现出来。

但是，无论乌托邦成员是天主教徒、新教徒还是社会主义者，其根本特征明显相似，关键的就是在小村庄式的社区里共同生活。大多数乌托邦成员要求消灭金钱或私有财产，这样一下子就去除了贪婪、偷盗、嫉妒和市民冲突的主要原因。他们认为理性和善良可以充分保证社区的和平和谐，乌托邦作家也几乎一致认为需要消灭律师这个寄生职业，从十九世纪起，公众普遍认为牧师并不见得比律师好，于是这两个群体宣布和解，和平共处。事实上，他们之间仍然钩心斗角，蝇营狗苟，自谋私利。但是，乌托邦作家们认为通过各种方式提供充分的工作机

① 编者注：查尔斯·傅立叶（Charles Fourier，1772年—1837年），法国著名哲学家，经济学家，空想社会主义者。著有《宇宙统一论》《新世界》《虚伪的工业》《论商业》等。

② 编者注：罗伯特·欧文（Robert Owen，1771年—1858年），英国空想社会主义者，也是一位企业家、慈善家。现代人事管理之父，人本管理的先驱。著有《新社会观》《新道德世界书》等作品。

会和个人的充分自由可以推动宣传乌托邦社会的幸福与自足。

在二十世纪,乌托邦的这类观点受到两方面的攻击,参与攻击的人认为许多这类乌托邦在现实中实际上是“反乌托邦”,也就是压迫社会。这一方面是因为专制相对于个人意志是比较“完美”的体系,另一方面是因为阻止个人或精英凌驾于大多数或少数人之上是十分困难的。乌托邦评论家一般认为那些作家为未来社会制订的蓝图滑稽可笑并且不切实际,他们应该做的是用小说这种形式对当代体制进行有力批判。不过,这种批评太轻松了,它只要把乌托邦主义和社会主义、共产主义联系起来,因此就与苏维埃集团挂上了钩,也就是和专制独裁扯到了一起。所以,大多数科幻作家最后总结说资本主义尽管存在诸多缺点,但它比集权主义给了人们更多的自由。但是,即使是早期科幻里幼稚的资本主义乌托邦,虽然总是宣传先进技术会给所有人带来幸福,其危险的一面也已有所显露。威廉·吉布森的反乌托邦故事《根斯巴克连续体》是一个历史演义故事,八十年代的主人公幻想体验三十年代的纸浆杂志工作，当时的社会“充满希特勒青年军宣传的危险成果”,到处是自命不凡的白人人种。当故事主人公回到“我们生活的人类准乌托邦社会”时,一位报纸销售商对他说:“我们生活在地狱……但可能更糟吗？”然后他回答道:“是的,或者甚至更糟的是,它可能是完美的。”(注 2)这个故事的主人公可能会同情考德维那·史密斯的《阿尔法·拉尔法大道》(*Alpha Ralpha Boulevard*)(一九六一年)中的远未来叙述者，那篇小说写到了再次发现人类的最初几年,当时“四下里男女一起疯狂工作就是为了建设不完美的世界”。(注 3)如果科幻作家看到自我标榜的乌托邦,他们就必须消灭它们，就像宋妥·苏查理特库尔(Somtow Sucharitkul)的检察官一样，他们是银河系文明的统治者，主要负责消灭乌托邦，他们的誓言是："消灭快乐是智慧的起点。"在苏查理特库尔的第一个故事《第十三个乌托邦》(*The Thirteenth Utopia*)中，检察官桐·达瓦理玉什摧毁了十二个有缺陷的乌托邦，但他发现有一个社会由于与太阳有共生关系，是一个真正的乌托邦，而以前他曾被告知这是根本不可能的事。(注4)

阿瑟·克拉克在他最著名的两部小说《童年的终结》和《城市与群星》(*The City and the Stars*)(一九五六年)中表达了经典科幻对乌托邦的反对意见，他在这两部小说中描写了一个经典的乌托邦，然后指出了它的致命缺陷。《童年的终结》以大灾难结局，地球和大多数人遭到毁灭性的打击，但因此产生的能量被有精神天分的孩子们利用而成为纯洁的思想。小说中克拉克详细讲解了整个科幻文类中最细致最吸引人的乌托邦未来，然而那是一个死胡同，因为乌托邦的世界非常无聊，它是"创造性艺术的实质性终结"(注5)。小说的乌托邦结尾并不是地球上一个理想社会的诞生，而是人类从地球摇篮中站立起来变成了别的东西。在《城市与群星》中，戴亚斯巴("天堂")的居民"也许和世界所知道的其他种族一样非常满足，他们以自己的方式过着幸福的生活"(注6)，没有疾病，没有犯罪，没有贫穷，没有冲突，也没有物质欲求，居民以魔术般的能力控制着他们的环境，然而，主人公阿尔文和克拉克认为他们的存在毫无意义(注7)，这是因为人类对周围的世界有着天生的好奇心，并且希望学习了解(也就是掌控)它。但是，这个具体的文化概念并没有得到承认，也没有人发现它不一定适合戴亚斯巴绝大多数人的心理，那些人已习惯性地接受了环境，比克拉克及其同时代人接受其处境更甚。于是，阿尔文拆毁了这个“乌托邦”，强迫它走出孤芳自赏。言下之意，未来将向外扩张，战胜群星，这正是人类的真实命运。

科幻作家反对的不仅仅是“完美”这个思想，那正是乌托邦作家所希望的一个庞大的稳定社会应有的感受，社会可以朝着更加完善的体系温和前行，但不可以有冒险，也不可以承担风险，更不要在空间或技术上进行扩张。“也许我们不是为天堂而造，”柯克舰长在《星际迷航》中《天堂的这侧》（*This Side of Paradise*）一集结尾小心地说道，“可能我们得自己冲出去……我们不能和着鲁特琴的琴声漫步，而要踏着鼓声前进。”不仅科幻作家渴望变化，为了持续斗争和进步，人们也拒绝乌托邦。从某种意义上来说，二十世纪科幻作家的计划是同古典乌托邦对立的，但是，笔者在后面还会讨论，他们这种形式本身可能就是乌托邦主义，我们可以称作“技术乌托邦主义”（注 8）。

另一个反对古典乌托邦的形式来自纯粹的文学土壤。大多数古典乌托邦远远不能满足小说家期望的标准，那些小说里常常没有人物刻画：主人公仅仅完成他们必要的角色任务，或是访客——听众，或是乌托邦人——讲解者，甚或只是符号化的女性。大量乌托邦“小说”可以说是科幻作家所称的“信息倾销”，即一个人物煞费苦心地解释着他那个世界的细节。故事的情节非常简单，访客一到就被带着看乌托邦社会的方方面面，或者只是听些口头上的介绍。乌托邦故事中没有任何可定义的冲突，这对流行小说作家来说是个严重的问题，因为他们自打写小说起就认为冲突是故事情节的精华。另外，完美的乌托邦可能无法让人产生兴奋，而不断向更好的世界奋斗则提供了大量故事情节。

一方面，科幻作家对乌托邦怀有敌意；另一方面，我们看到编辑约翰·坎贝尔向埃里克·弗兰克·拉塞尔（Eric Frank Russell）写信说，“科幻作家们的一个共同之处就是对创造一个更好的世界怀有真挚而深切的期待”（注 9）。其实这并不矛盾，“更好的世界”和“理想的世界”有所不同，“科幻作家们”大多可以通过科学教育或者替代可能性的表达来实现更好的世界，那些替代可能性大多与技术革命而非政治革命有关，宪法建设和政治布局这些古典乌托邦的题材对大多数科幻作家没有任何吸引力。当然这其中也有例外，下面我们从三代不同的科幻作家来谈谈这个问题，他们分别是埃里克·弗兰克·拉塞尔、马克·雷诺兹和金·斯坦利·罗宾森。

拉塞尔是英国人，因在小说中娴熟运用美国成语，很多读者都以为他是美国人。他的小说大多发表在坎贝尔的《惊异》上，很多故事涉及无政府主义思想，也许最典型的就是一九五一年六月发表在《惊异》上的中篇故事《无人生还》（*...And Then There Were None*），后来收入《大爆炸》（*The Great Explosion*）（一九六二年）（注 10）。拉塞尔的反威权主义幻想在这里预设调查失落地球殖民星球的军事官僚和甘地派之间的冲撞，甘地派的政治哲学来自托尔斯泰和甘地的无政府主义，他们对权威的态度可以用三个字母总结，即 F.I.W.（自由——我不要）（Freedom—I Won't），他们的社会不需要任何领导（当然，这在军事指挥官常说的“带我去见你们领导”时就会出现问题）。因为古典乌托邦是没有私有财产和货币的，所以经济运行就是个体互相交换服务，每个人都有“义务”，比如 A 为 B 做了事情，那么 B 就得为 A 做事以尽义务。“甘地社会”的两大原则是平等合作和任何人都没有凌驾于他人之上的特权。当他们听到军事官僚的言论，大为惊恐，因为在他们看来穿制服和服从命令都是令人憎恶的。他们的社会吸引了船上的水手，那些人相继离开，指挥官本人最后也宣布放弃，踏上不归路……于是那些人无一生还。

拉塞尔的小说对政治进行了探讨，常常带有浓浓的幽默色彩，但与马克·雷诺兹的作品相比，则相形见绌。雷诺兹曾被《银河》和《如果》两份杂志的读者选为最流行的科幻作家，他可能也是所有时代最多产的乌托邦作家，从一九七二年到一九八三年去世之前，他创作了十二部乌托邦小说，大量的短篇故事也都和乌托邦有关。他一生奉行社会主义，这在美国科幻作家中是非常独特的，他的一个目标就是让美国人认识到美国曾是社会主义的重要追随者，他的《从二〇〇〇年起回顾》（*Looking Backward, From the Year 2000*）（一九七三年）和《二〇〇〇年的平等》（*Equality in the Year 2000*）（一九七七年）都是爱德华·贝拉米《回眸二〇〇〇至一八八七年》和《平等》（*Equality*）（一八九七年）的升级版。

贝拉米的《回眸二〇〇〇至一八八七年》无疑是所有美国乌托邦小说中最有影响的，它不仅成了畅销书，而且激发了一个政党的产生。这部小说的预设就是非常科幻的，富裕的波士顿人朱莉安·韦斯特被人施了催眠术，经过一系列貌似合理的巧合，在二〇〇〇年人们发现他时他还活着，并被人叫醒。小说大部分由韦斯特的向导李特博士关于二十世纪最后一年波士顿奇迹的演讲构成。在波士顿，人们的收入没有什么区别，大家都在工业部队工作，和平富足，四十五岁退休。贝拉米还强调了效率，所有人在公共餐厅用餐，在百货商店买衣服，这不仅高效，而且还培养了大家的集体意识。十九世纪危险的个人主义是用一幅人人撑把伞走在雨中的油画来表达的，而二〇〇〇年的波士顿人则无须打伞，因为人行道都有雨篷保护。

马克·雷诺兹赋予贝拉米小说新的内容，他把小说背景置于二十世纪晚期或稍后一点以显示未来，并保留了贝拉米的许多思想，最有名的就是收入平均思想，"一字不落地用了贝拉米的各个篇章"(注 11)。但是，雷诺兹的公元二〇〇〇年里没有工业部队，他的问题是如何解决群体性失业，工业效率特别是自动化的大量使用意味着少量管理者和工程师就可以为所有人提供充足的食物和货物了，如果所有人都在保障年度收入(也称最低收入补贴)的制度下安逸地生活，不用谋生，他们能实现幸福吗？这是他从不同角度反复探讨的问题。他还在其他乌托邦小说里设置了不同的场景，如《公元二〇〇〇年公社》(*Commune 2000 AD*)(一九七四年)中的近未来美国，或者《拉格朗日五》(*Lagrange Five*)(一九七九年)中的太空住所，同时对上述问题进行研究。在二十世纪七十年代早期的现实世界中，一些美国太空热衷者把太空住所捧为高空边疆，是美国接下来应该扩张的地方，L-5 协会至今还在宣传高空住所的可能性，他们认为地月重力系统中以十八世纪数学家拉格朗日命名的某一个稳定点可以住人。(注 12)

有意思的是，雷诺兹尽管热衷贝拉米式的社会主义和传统乌托邦，但他也接受科幻作家同事对乌托邦的批评。一旦实现了乌托邦，接下来会怎样？古典意义的乌托邦里没有欲求、不公、不平等和冲突等，但它有自己的问题，其中一个就是后工业社会的过度安逸。那么，除了解决面包和马戏的现代均衡外，如何解决过度安逸问题呢？雷诺兹在《时间角斗士》(*Time Gladiator*)(一九六六年）中指出现代均衡和罗马帝国时期的均衡大同小异。第二个问题是如何预防乌托邦社会新的非民主精英为自己谋求权力，关于这点雷诺兹在《明日之后》(*After Some Tomorrow*)(一九六七年)和《洛尔镇》(*Rolltown*)(一九七六年)等作品中进行了讨论。第三个是进步和目标的必要性问题，在《乌托邦之后》(*After Utopia*)(一九七七年)中，李特博士向来自过去的访客特拉西·考格斯维尔解释说他们已经实现了任何乌托邦能够期望的一切，“民主达到最高形式，物质极大丰富，基于各种实用目的，结束了国家、种族和个人之间的争斗”(注 13)。由于物种因缺乏目标和方向而日渐消亡，考格斯维尔决定制造外星人威胁，“为了团结种族，就要把他们推回到进步和扩张的道路上去”(注 14)。这个情节动机其他科幻作家也用，雷诺兹本人将它用在小说《银河荣誉奖章》(*Galactic Medal of Honor*)(一九七六年)和《太空访客》(*Space Visitor*)(一九七七年)中，同时，他也用另一个标准的科幻技巧来打破乌托邦的桎梏，即把边疆推到太阳系甚至更远。在《拉格朗日里的混沌》(*Chaos in Lagrangia*)(一九八四年)结尾，雷诺兹太空住所的居民更加雄心勃勃，他们因此不满现状，计划乘坐时代船前往其他星球，该书的一位少年科幻迷指出这些人就像海因莱因《宇宙》(*Universe*)(一九四一年)中的人。

雷诺兹的乌托邦小说大多写于二十世纪七十年代，碰巧这个时候出现了大量颇受好评的科幻乌托邦小说。七十年代科幻乌托邦小说的复兴主要是六十年代后期女权主义的再现，当然，民权运动、新左派、生态运动、七十年代早期反战抗议和同性恋运动也起了很重要的作用。汤姆·默兰在《要求不可能的事》(*Demand the Impossible*)(一九八六年)中讨论这些小说时集中提到四部作品，厄休拉·勒古恩的《一无所有》、乔安娜·拉斯的《女性男人》、塞缪尔·德拉尼的《海卫一》(再版更名为《海卫一上的麻烦》)和马奇·皮尔西的《走在时间边缘的女人》。他把这些小说称作"批判乌托邦小说"，因为这些作家都意识到表现乌托邦蓝图的危险，他们不仅用小说批判社会，而且也批判乌托邦替代社会。默兰没有讨论雷诺兹，也许他应该探讨一下，因为雷诺兹也是"批判乌托邦小说作家"，他在小说中反映了七十年代一些同样的问题。

默兰讨论的四部作品受到的批判性评论比其他任何乌托邦小说都要多，勒古恩的小说通过理论物理学家舍维克为知识自由而斗争的行为，探讨了建设真正的无政府主义社会的问题，舍维克的发现直接威胁到阿纳里斯乌托邦对其社会的保护。拉斯的小说对四个不同女性或者说生活在四个不同社会的同一女性进行了完整的漫画式讨论，故事中的全女性社会具有古典乌托邦的大量特点，书中对全女性社会和三个反乌托邦社会(其中之一就是二十世纪七十年代的现实社会)进行了比较。德拉尼借用福柯的术语"一个模棱两可的异托帮"，大胆尝试表现社会如何做才能满足各种文化和性需求，这和讲求统一、反对多样化的标准乌托邦形成了鲜明对照。皮尔西关注的是康妮的反乌托邦世界，康妮是一个被锁在精神病院的西班牙女人，她幻想(也许不是幻想)未来的马萨诸塞州没有种族、阶级和性别的障碍。

二十世纪最后三十年的乌托邦小说关注的都是单一问题，

比如，欧内斯特·卡伦巴赫[1]的《生态乌托邦》(*Ecotopia*)(一九七五年）关心环境问题，帕米拉·萨金特的《女人的海岸》(*The Shore of Women*)(一九八六年)和舍利·泰柏的《通往女儿国的大门》(*The Gate to Women's Country*)(一九八八年)则关注的是性别关系。有几个作家如苏格兰的伊安·班克斯(文化小说)和肯·麦克劳德(秋季革命小说)都写过不止一本乌托邦小说。而有意识从事乌托邦小说创作的最著名的科幻作家是金·斯坦利·罗宾森，他的《太平洋边缘》假定从二十世纪进行环境和法制改革，到二十一世纪中叶，基于乌托邦理想的乌托邦社会就会出现。他的火星三部曲可能是二十世纪九十年代美国科幻最伟大的成就，处处考虑星球殖民化过程中的乌托邦可能性，整个三部曲都有关于如何在火星上创造新社会、避免地球社会弊病的讨论。这些讨论在《蓝火星》达到顶峰，主要描写了新星球乌托邦宪法的缔造(注 15)，正如人们对九十年代宪法的期待，这部宪法不仅有一套政治安排，还列有人的权利和义务以及对火星环境的保护。

上面所述小说都是清晰可辨的乌托邦小说，尽管它们提出的问题多于解决方案，但是，科幻未来乌托邦小说中的大量场景是人类进步的自然结果。我们已经看到，克拉克公开反对古典乌托邦回到二十世纪五十年代，他在《三〇〇一：太空漫游》(*3001: The Final Odyssey*)(一九九七年)中向我们展示了一个近似乌托邦的社会，其中很多二十世纪的精神病理学(包括宗教信

---

① 编者注：欧内斯特·卡伦巴赫(Ernest Callenbach，1929 年—2012 年)，美国作家、电影评论家、编辑，当代著名环保作家。代表作为《生态乌托邦》，另著有《生态乌托邦之诞生》等书。

仰)都已消除。克拉克七十年代以来的大多数小说表明,他相信随着科学进步和人类向其他星球扩张,社会也将不断进步。

这种活力本身即伴随视野拓展和潜力发掘的人类扩张就是一种潜在的乌托邦状态,而科幻作家改变乌托邦主义属性的主张并没有停滞不前。传统乌托邦是对地球人类社会再组织方式的幻想,其手法是立法、教育或制度变革,偶尔也有技术或环境管理的变革。但是,科幻作家并不打算接受这样一个人类发展的有限观点,为什么我们不可以用技术来消除苦工、满足所有的物质需求呢?中世纪的农民梦想在考科恩煮熟的鸭子飞进自己的嘴里,还有享用不尽的美酒,这些情节被用在了《星际迷航》中——当皮卡德舰长告诉电脑他想要的东西时,茶杯里立马出现了格雷伯爵茶。近来,科幻作家已经表明纳米技术(分子水平上的机器)的空想可能性,它和克拉克的名言"充分发展的技术不逊于魔术"不谋而合:微型机器也能制造产品和治伤,简直不可思议。传统乌托邦把有限的资源作为假设的前提,而如今伊安·班克斯文化系列中的后匮乏未来并不把它视为理所当然。传统乌托邦把人类条件作为假设,希望通过立法和教育让人类适应乌托邦,而现代乌托邦则认为更完美的社会是人类演化和技术发展的结果。

科幻作家还提出了百年前乌托邦作家根本不会想到的问题,为什么人类生理学或心理学一直没有什么变化?人类从现在起重新组织成乌托邦社会,一千年后我们还能认出那时的乌托邦吗?格雷格·贝尔的《血音乐》,宣称"二十世纪八十年代的《童年的终结》"讽刺性地幻想了"乌托邦",巨大的生物(科学家在实验室偶然创造的)吞噬掉了所有人类,从而终结了人类冲突,迎来了完美和谐与理解。弗雷德里克·波尔在《杰姆:一个乌托邦的制造》(*Jem: The Making of a Utopia*)(一九七九年)中幻想人类殖民者在另一个星球通过抛弃或改变人性、与当地生命形式共生来创造“乌托邦”。舍利·泰柏的很多小说从八十年代末起就描写人类自由在面临压迫尤其是君权压迫时所取得的胜利,《举起石头》(*Raising the Stones*)(一九九〇年)和《附属事件》(*Sideshow*)(一九九二年)表现了一个强调人类同情情感的霉菌共生的乌托邦社会,它实际上是“一个让你了解别人感受和所思所想的沟通网络”。在对重大问题即人类的终极命运经过几十年的研究后,得出的结论是这个命运就是“停止做人”,然后开玩笑地说新的重大问题是“如果我们不再是人类,我们会变成什么”(注16)?

现代科幻的大量主题也许应该都是乌托邦计划的一部分,例如,回到二十世纪五十年代,最有名的就是杜克大学的赖因[①]进行的传心术和其他形式的ESP研究,那些都是严肃的科学工作,因此,这方面的推测被认为是科学而非奇幻。如果所有的思想全部开放,完美和谐与理解得以实现,这是自莫尔以来的乌托邦作家的目标,那么将会出现一个什么样的社会呢?好像还是有很多的问题。如果医学和生物科学高度发展,疾病消失或者创造出不朽的东西,那又会是怎样一番情景?人体电子化(人与机器、电脑的混合)会给人体带来什么样可能的变化?当人们想象这些变化时,想到乌托邦结果的同时还可能想到许多反乌托邦的结果,普及传心术会带来精神的和谐,但也有可能

① 编者注:赖因(Joseph Banks Rhine,1895年—1980年),美国超心理学研究专家。

带来政治控制和隐私的终结。长生会延长人类繁衍和发展，但也会带来无聊、精神的反复无常和危险的人口过剩。

大多数乌托邦小说没有谈到但却是很根本的一个问题是："生命的意义是什么？"或者："什么是人类的命运？"今天，除了神学家和科幻作家，这些问题几乎无人问津。在思考了六天六夜之后，勒古恩在《黑暗的左手》中说"禁欲者们全都精神紧张，小丑都死了"(注 17)。科幻作家通过提出这些无法回答的问题，拓展了乌托邦的视野，帮助其适应未来超出托马斯·莫尔想象的充满各种可能性和不确定性的世界。

注释：

注 1.霍达·M.扎吉，《凤凰涅槃》(默塞岛，华盛顿州：斯塔蒙特，一九八八年)，第 112 页至 113 页。

注 2.威廉·吉布森，《根斯巴克连续体》(一九八一年)，引自吉布森《燃烧的铬》(伦敦：格拉芙顿，一九八八年)，第 47 页，第 50 页。笔者在"甚至更糟的是，它可能很完美"把这个故事放在了"反乌托邦"的语境里(见下文，第 283 页)。

注 3. 考德维那·史密斯，《阿尔法·拉尔法大道》(一九六一年)，载于史密斯《人的重新发现》(伦敦：格兰茨，一九八八年)，第 283 页至 314 页，位于第 284 页。

注 4.首次发表在《类似物》(一九七九年四月)，第 144 页至 164 页，这个故事后来组合进了四部检察官小说的第一部，《声上之光》(纽约：班坦，一九八六年)。

注 5.阿瑟·克拉克，《童年的终结》(一九五三年)(伦敦：潘，一九五六年)，第 64 页。

注 6.克拉克,《城市与群星》(一九五六年)(伦敦:克奇,一九五七年),第 70 页。

注 7.同上,第 34 页。

注 8.塞加尔用在《美国文化的技术乌托邦主义》中的一个术语(芝加哥:芝加哥大学出版社,一九八五年),美国技术对社会进步乐观依赖的研究。

注 9.一九五二年十一月三十日信件:埃里克·弗兰克·拉塞尔档案,科幻基地集,利物浦大学。

注 10.关于这些故事的讨论,参见笔者的"一个'双染色过滤干扰器'",《无政府主义研究》7(一九九九年),第 155 页至 170 页。

注 11.马克·雷诺兹,《从二〇〇〇年起回顾》(纽约:爱思,一九七三年),前言,第 4 页。

注 12.关于用于乌托邦的太空站和住处,参见索引威斯特法尔,《天空里的岛屿》(三伯纳迪诺,加利福尼亚:博尔戈出版社,一九九六年)。

注 13.雷诺尔兹,《乌托邦之后》(纽约:爱思,一九七七年),第 53 页至 55 页。

注 14.同上,第 250 页。

注 15.宪法本身和评论印于罗宾森的《火星人》(伦敦:航海者,一九九九年),第 226 页至 239 页。

注 16.舍利·泰柏,《附属事件》(一九九二年)(纽约:班坦,一九九三年),第 420 页、第 478 页、第 480 页。

注 17.勒古恩,《黑暗的左手》(一九六九年)(伦敦:美洲豹,一九七三年),第 62 页。

# 第十七章　政治与科幻

肯·麦克劳德

乌托邦社会里不存在政治，同样，在反乌托邦社会中，由事务管理取代了人民政府。对很多观察家而言，这种状态就是自由，没有政治辩论，没有隐私，也没有无休无止的道德说教，那就是厄休拉·勒古恩的无政府主义经典小说《一无所有》中描写的压倒一切的安纳瑞斯共产主义社会。可是，当小说主人公发现自己与所处社会发生冲突时，他却没有地方申诉，没有办法找到与自己处境相同的人一诉衷肠，反而他个人的事却变成了他与其他个体之间的冲突，他就像极权政府中的异见者一样被孤立了起来。

西方政治思想传统始于亚里士多德(Aristotle)，之后呈多元化发展，有保守派哲学家埃德蒙·伯克[1]、激进哲学家托马斯·

---

① 编者注：埃德蒙·伯克(Edmund Burke，1729 年—1797 年)，爱尔兰政治家、作家、演说家、政治理论家和哲学家，常被视为英美保守主义的奠基者。他最为后人所知的事迹包括他反对英王乔治三世和英国政府、支持美国殖民地和后来的美国革命的立场，以及他后来对于法国大革命的批判。

潘恩[①]、自由派哲学家马考雷公爵(Lord Macaulay)、共产主义者安东尼奥·葛兰西、社会主义者托尼·波兰(Tony Polan)和社会民主派伯纳德·克里克[②]。政治为自由的人民(大多是成人,当然也并不总是成人)和平解决集体利益冲突提供了平台,对于上面提到的思想家,这个平台和市场、法庭一样是自由社会的中心结构,政治、经济和法律互动是公众生活的灵魂。

从这个意义上来说,政治在科幻内有两个地方不同于乌托邦和反乌托邦:一是在考虑政治过程本身或将其作为主题的故事中;二是某一政治哲学结论在情景或情节中受到检验的故事中,前者并不常见。政治是同盟与妥协、冲突与强制的实用艺术,它要求有不同于大多数科幻读者和作家的思维框架和优先权,而科幻读者和作家的思维侧重经济、技术和科学,用马考雷的话说就是“逻辑是不允许妥协的,而政治的精髓就是妥协”(注 1)。所以,科幻自有的思维特色倾向于逻辑和不妥协,但是,通过把意识形态加于不妥协逻辑结论的思想实验,“工程思维”或通常所说的对政治不感兴趣的思维反而可以让政治哲学戏剧化。在反乌托邦传统中,这方面的代表人物是乔治·奥威尔,他对政治的兴趣以及他在政治方面的资质可以忽略不计,但他对政治哲学含义的兴趣和想象捕捉则是极为深刻的,他曾用“无政府主义理想潜在压抑性阴暗面”这样一句话总结了勒

---

① 编者注:托马斯·潘恩(Thomas Paine,1737 年—1809 年),英裔美国思想家、作家、社会活动家、理论家、革命家、激进民主主义者。著有《常识》《美国危机》《理性时代》《人权论》等。

② 编者注:伯纳德·克里克(Bernard Crick,1929 年—2008 年),英国政治理论家、民主社会主义者。

古恩《一无所有》的主要内容。

科幻本质上是进步文学,它的政治哲学也基本上是开明自由的,大多数(虽然不是全部)持久流行的科幻一定都在西方自由思潮范围之内。人们最近的思想是,通过知识和工业增长,人定胜天是可能的,也是人们所期待的。自由包括政治自由、个人自主、思想自由和物品交换自由,它本身也是人人期盼的,而且是实现人定胜天目的的重要手段。“提高人定胜天的能力和废除人人相斗的能力”是布尔什维克党的列夫·托洛茨基[①]和自由主义者约翰·杜威[②]都认可的社会利益构想,尽管他们二人在道德方面存在严重分歧。人民自由和科学进步之间的联系在概念和实践上都非常接近,道格拉斯·亚当斯把科学态度概括为“任何思想都可受到攻击”(注2)。在政治和社会事务中破除偶像崇拜是自由思想的延伸和前提,这个观点不仅很新,而且还不常见。柏林墙倒后,自由思想的全球霸主地位似乎可以放心了,然而,伦敦塔的倒掉效果就差很多。

罗伯特·海因莱因是写作科幻政治小说的主要作家, 承认这点并不一定就同意他的观点。如果说社会学是与马克思的对话,那么科幻政治小说可以说就是与海因莱因的对话,但是这

---

① 编者注:列夫·托洛茨基(Leon Trotsky,1879年—1940年),俄国与世界历史上最重要的无产阶级革命家之一,列宁最亲密的战友,二十世纪国际共产主义运动的左翼领袖,工农红军、第三国际和第四国际的主要缔造者。以对古典马克思主义“不断革命”和“世界革命”的独创性发展闻名于世。

② 编者注:约翰·杜威(John Dewey,1859年—1952年),美国哲学家和教育家,实用主义的集大成者。其著述颇丰,涉及科学、艺术、宗教伦理、政治、教育、社会学、历史学和经济学诸方面,使实用主义成为美国特有的文化现象。代表作有《哲学之改造》《民主与教育》等。

个对话并不是通过科幻小说来进行的。这里要提一下戈登·迪克森[①]的《裸向星球》(*Naked to the Stars*)(一九六一年),它显然是对《星船伞兵》的回应,算是一个少有的例外(值得一探究竟)。海因莱因对几代读者都产生了相当大的影响,他们中有些人后来也成了作家。海因莱因的自由主义(指上面所讲的意义)与他从民主派发展成为精英派的经历相一致,他的早期作品相信"普通人"(the common man),后期作品则相信精英。他的作品有的对现实政治很敏感,有的则不,但是,他的作品的确象征着政治哲学的想象外露,前者的最好例证是《双星》,后者则是《星船伞兵》。《严厉的月亮》意在兼备两者,结果两者都没有做到。他的《如果这继续》(*If This Goes On*)(一九四一年)写的是反抗未来美国神权政治的起义,主人公约翰·莱尔加入了地下革命秘密组织(实际上就是共济会[②]),第一次有机会读到未经审查的历史。虽然故事中的革命政治是典型的海因莱因式的自上而下的密谋叛变,但是民主政治的有效性得到了肯定。

> 起初我很难承认所读东西的可能性,我认为,国家对其子民能做的所有事情当中,歪曲历史可能是最有害的了,例如,我第一次了解到美国在第一个倡导者愤而起义

---

① 编者注:戈登·迪克森(Gordon R. Dickson,1923 年—2001 年),加拿大科幻作家。二〇〇〇年入选科幻奇幻名人堂。

② 编者注:共济会(Freemasons),最早出现于十八世纪的英国,至今已经遍布全球。共济会是一种准宗教的兄弟会,基本宗旨为倡导博爱和慈善,追求个人美德与完善社会。会员包括众多著名人士和政治家,申请者必须是有神论者,相信存在着一位神。而其反对者则认为共济会主要是富人和权贵的阴谋组织,其有着不为人知的统治世界的秘密计划,比如世界新秩序等。

之前并没有被撒旦嗜杀的使节统治过，它是一个自由人的团体，可经和平协议决定自己的事情。我的意思并不是说第一个共和国是《圣经》里的乐园，但它也的确不像我在学校里学到的那样。（注3）

《双星》在科幻里非常独特，因为它饱含同情而又非常现实地呈现了议会民主的运作，甚至更不一般的是，小说中的民主是威斯敏斯特模式的君主立宪制，这一模式从荷兰帝国扩张到太阳系，绝非巧合的是，皇帝的名字和房屋与另一位威廉即奥兰治的威廉一样。产生于一六八八年英国光荣革命的政治形式被证明能够经受得住反复改革，而其自由本质不变，历久不衰，全球扩散。鉴于这一达尔文式的成功，可以合理推测未来太阳系联邦可以学习日不落帝国的政治机构。小说中的威廉只是一个象征，他的首相面临的艰巨任务是要把所有地球外生命纳入帝国子民。故事情节偶尔采用的荒诞手法对我们来说并不难理解，书中最吸引人的地方就是主人公的转变和政治觉醒，政治作为过程的感觉和等待选举结果的经历在生活中时有发生，但在科幻中却非常少见。小说结尾再次回应并没有被精英主义和唯我论削弱的自由声明，这在海因莱因的作品当中也是不多见的。

海因莱因对《星船伞兵》的讨论要广泛而热烈得多，这与他对《双星》的讨论形成了鲜明的对比。在《双星》中，智能人无论什么身体形式都有共同的道德架构，他们总是让人联想到和平，但是，在《星船伞兵》中，小说的理论基础就是伪达尔文主义（pseudo-Darwinian rationale），即物种之间无休无止互相对抗的霍布斯（Hobbesian）战争。人们不是去想象扩大非暴力方式获得并经历史检验的政治系统，而是认为新的政治秩序可以建立在第三次世界大战摧毁现有文明的废墟上。从阿伯丁的一队退役治安老兵开始,只有老兵有选举权的民主形式扩散到了各个星球,如果像海因莱因的代言人物雷德上尉所说的那样,“选举权是武力,是赤裸裸的枪和斧头的力量”(注 4),那么这个权力应该留给那些已经表明愿意在岗位职责上献出生命的人。枪杆子里面出政权,只有那些出生入死的人在道德上才适合参与选举,他们已经表明为了更大的利益,愿意置生死于度外,这是只属于他们的公民美德。这些论点基本上毫无关联,体制的合理性在于维权命令能够“有效”,老兵体制的优点在于整齐和严格,并通过服从道德条款得以加强,但是那些道德条款都不是落在纸上的。对于一部小说，大量公民信息和野蛮训练描写远远超出单薄而不紧张的战斗场景,《星船伞兵》能够做到引人入胜,实属奇特。它所捍卫的体制远不是它偶尔指控的法西斯主义，任何能够理解那个誓言的人,无须考虑他们其他的素质或能力,都可以服役。这个政治体制保护的公民社会是一个没有战争的社会，人民有许多个人自由,人人都很富裕,如有人鄙视政府,他可以公开表达,无所畏惧。不过,这部小说的影响是比较温和的,很多人因此对政治和道德哲学发生了兴趣,而不是转变为故事所提倡的那些人。

海因莱因《严厉的月亮》的政治影响虽小但很直接,主要对大卫·弗里德曼[①]和其他无政府资本主义(现代自由主义的重要

---

① 编者注:大卫·弗里德曼(David D. Friedman,1945 年— ),诺贝尔经济学奖得主米尔顿·弗里德曼之子,美国自由意志主义的思想家和经济学家,是发展当代无政府资本主义理论的主要人物,在一九七三年出版《自由的机制》一书,成为其代表作。

分支)理论家产生了影响,一个不太直接的证据就是小说的主人公兼叙述者不经意间流露出他自己是罪犯,他在月球某殖民地精心策划了一场革命,以与地球自由贸易为名建立了民主国家,消灭了殖民者很享受的典狱官远距离统治下的资本主义无政府状态,他们已经有了自由。但是没人知道,最后,优秀的自由主义者无所事事,只好搬到小行星地带新的疆域。为什么这个转变交代不清楚呢?这实际上说明了这部小说存在两大缺陷。一是对叙事者曼妮所在的体制交代过快,事出偶然,其中一个关键的场景是这样的:曼妮在一个资金案中担任临时法官,陪审团成员都是酒吧的酒鬼,案件的地方色彩可能使得审判很容易通过,但是在一个以稳定生活方式为基础的社会,为什么出现这个疆域案件,小说从未认真讨论过,相反,这些问题在小说中则用一种非常简单的伪达尔文写作手法一笔带过,即那些滥用体制的人迟早会被赶出太空船舱,而且不让他们穿压力服,那实际就是死路一条。再者,小说中反叛革命的进展情况是故事的主线,但这个主线却是按从上到下的方式操作的,海因莱因的代言人物拉帕兹教授把这个技巧归因为列宁的布尔什维克党,这是对十月革命的误读,没有叛乱民主的激烈回应,布尔什维克也会和其对手一样孤立无援,同样,没有前几十年的派系斗争,布尔什维克党自身也不会为革命行为做好准备。为海因莱因反叛者提供首批干部和环境的"第五国际"在意识形态上也是多元的,实际上跨越了看得见的各个政治层面,但可以相信他们是潜在的革命先驱。

罗伯特·西尔弗伯格的《玳瑁车站》(*Hawksbill Station*)(一九六八年)里的革命政治描写更加令人信服,美国法西斯武装迫使小说主人公进入地下活动长达十年之久,他发现他和同志们为之奋斗的革命从他的脑海中渐渐淡去,革命是他每天都做的事情,总是有下一张传单要写,要去会见另一个人,贴下一张标语,专制最终被推翻也让革命者大吃一惊,这些都是现实主义的描写。

对于二十世纪末二十一世纪初期的读者和作家,革命成了熟悉的电视画面,共和广场喜气洋洋、愤愤不平的人流,火光冲天的议会大楼,秘密警察档案被从内务部破碎的窗户扔出去,雪花般飘洒在空中,全副武装的学生在国家电视台读着新闻……这些画面非常普遍, 就像晚间新闻有关战争的画面:巡游导弹在第三或第二世界毫无屏障的首都上空爆炸,发出危险的绿色火光。

对叛乱的解密和熟悉影响到了科幻的描写,二十世纪九十年代前半期,彼得·F.汉密尔顿的《心灵星崛起》(*Mindstar Rising*)(一九九三年)和笔者的《星摩擦》都把未来英国在反革命中推翻的左派共和党政权作为故事背景,两部小说中都明显提到东欧叛乱。《心灵星崛起》是汉密尔顿的格雷格·曼戴尔图书的第一部,这些小说都把温和的爱国保守主义作为隐含的政治观点,远离左派"常识"和自由激进主义,显得别具一格(对科幻而言),而又品行高洁。

九十年代政治科幻的高点是金·斯坦利·罗宾森的火星三部曲,里面可以看到革命,近期的影响可以说是个令人吃惊的例外,吃惊是因为作品讲了革命,同时也讲了环境改造。小说里红星球是个新世界,新社会在一系列革命中相互推翻,甚至场景也发生了转换。然而,罗宾森的政治幻想似乎受到现有社会主义失败的惊吓。早期的共产主义倡导志愿劳动,自由分配,但是科学界的生活方式扩展并没有跟上,相反,火星议会最后采纳了既不是自由社会主义也不是束手束脚的资本主义的经济体制。东欧政权最有希望的遗产是他们通过政策的方式,即通过群众和平普遍的抗议来达到目的,但这并没有在三部曲中反映出来。相反,罗宾森的革命过程画面采纳了六十年代新左派模式,即以捣乱和游击战为背景的公众讨论,这些讨论事无巨细,穷尽一切,非常真实。

以上谈到的局限无碍罗宾森的巨大成就,火星第一次在科幻中成为一个陆地,一个它自己的世界,故事一经公开,地图上的名称立即产生了历史共鸣和关于描写火星的共鸣。在影射未来方面,一连串的政治形式(像马克思提到的巴黎公社的激进民主)不仅“终于被发现了”,而且在某种程度上得到了改进,“劳动力得到充分解放”(注 5),直到最后,作为一个整体的太阳系中,革命成了永恒。

在苏联和东欧社会主义国家,科幻不可避免地扮有政治角色。在西方读者看来,它们对社会的批判常常是比较隐晦的。在意识形态以乌托邦和未来为导向的社会中,政治和科幻的关系必然让人忧心忡忡,太空探险的重要性,加上作为工人阶级特殊(和特权)部分的宇航员,无疑对苏维埃科幻的独特特点贡献巨大。在苏联的科幻中,宇宙环境无论险恶还是友善都被看作地球的特点一样进行处理。太空时代最奇妙的就是 UFO 现象,对此苏维埃也是把官方否认和秘密调查结合起来,苏联公众对 UFO 现象的痴迷在情感和象征意义方面同西方人是不一样的,对苏维埃集团非人世界和未来的这些不同但又密切相关的反映形式的分析早就应该完成了。

从把政治看作过程转向看作结果，弗兰克·赫伯特的《沙丘》及其续集反映出科幻宽泛的自由主义共识的例外情况。赫伯特书中银河系的机构基地是奥斯曼帝国，采用欧洲封建命名，且具有很强的误导性，他的星球总督都叫公爵，领地叫封邑，总督和辖地保持欧洲原样不变，在这里自由和进步之间的联系是负面的，巴特勒式的护教战争（巧妙提到塞缪尔·巴特勒的《乌有之乡》）阻止了长久的进步，消灭了所有的电脑，反对让“机器僵化人们思维”的苛评依然要严格遵守（注6），政治和宗教被用来操控人民，唯一的进步就是进化，是由本吉斯特姐妹会的秘密长期生育计划实现的，在护教战争的血雨腥风中基因被随意混合而成。小说大篇幅描写的世界和大多数科幻隐含的价值观一致，没有受到任何外界批评。

针对科幻一般性进步精神的更麻烦的例外似乎是女权主义科幻，有些女权主义科幻的确排斥作为典型男权幻想的进步和宇宙征服，它们自我封闭，读者量极少，但是，并不是所有女权主义科幻甚至最激进的女权主义科幻都持那种观点，乔安娜·拉斯的《女性男人》的标题就发出了好战的信息。英语表示人类的词和表示男性的词是一样的，其隐含之意便把人类另一半从诸如征服太空等成就当中排除了出去，这是一个古老的问题，一些女权主义作家否认那些成就以作回应，但拉斯则认为那些成就应该都是女人的，她认为没有男人，女人也可以成为人。拉斯对自由和成就发表了强烈的感言，在她幻想的怀厄维（Whileaway）未来世界中是没有男人的，世界的生成是一个生物事故，在那个世界里女人做所有男人做的事情，也做女人做的事情,包括地球工业化和宇宙探险。

帝国扩张作为逃避工具概念是科幻中的隐喻:帝国始于压迫扩张,终于破坏。银河帝国自阿西莫夫基地三部曲以来就是科幻的主题,他的罗马帝国及其抛物线发展轨道为许多类似于欧洲封建主义和资本主义上升的后帝国主义多样化和衰落故事提供了模板。真正的封建政治并不是无限的专制,这点在洛伊斯·麦克马斯特·比约德的"迈尔斯系列"得到强调,她的《贝拉亚》[1]出自数百年封闭的银河无政府主义,有皇帝、伯爵及其武装人员,从男爵战争和王朝武装政治逐渐过渡到握有参政大权的大员不得不考虑平民观点和利益的政治,这为她日益成熟的主角冒险和密谋提供了背景。其他可能的秩序如塞塔甘达的优生学人类修复、贝塔殖民地的社会民主美丽新世界和杰克逊霍尔星球的无政府资本主义专制都有鲜明的勾画和老到的讽刺。

大多数科幻都自称是自由主义,如果自由是进步的发动机,那么,通过星际距离或技术自足形成的个体或志愿集体自治,逃避政治就成为可能。普尔·安德森《最后的派遣者》(*The Last of the Deliverers*)(注 7)中就有这样一个未来社会,小而廉价的核聚变电站使得人口和能量分散成小而自足的社区成为可能,最后的共产党员和最后的资本主义狂热分子相逢一笑泯恩仇,显而易见,阶级斗争已成过去,但国家的冲突并没有终结,不言而喻的意识形态盲点也没有完结。

这种社会自治的实现是多元主义的延伸,形式最为保守,

---

① 编者注:《贝拉亚》(*Barrayar*),比约德的代表作,一九九二年获雨果奖最佳长篇小说奖。

比如，彼得·汉密尔顿的《夜的黎明》(*Night's Dawn*)三部曲(一九九六至一九九九年)，就描写了资本主义框架内多种多样的星际秩序，他的多元联邦是帝国、同盟和文化的有力竞争者。

多元主义的进一步发展在埃里克·弗兰克·拉塞尔的《大爆炸》中得到展现，十几个分散殖民地被赶入地球官僚帝国，混合成功。在故事《无人生还》中，一船官僚和越来越多的叛乱水手面临高度个体化的无政府状态，他们的"秘密武器"就是甘地不合作运动，这既是运作的原则(如果说合作是自愿的，那么退出就是有效的强制方式)，也是革命的策略。

不太理想的退出方式就是逃税，或者沉溺于受到禁止的娱乐、性和毒品。在西里尔·科恩布鲁斯的《官员》(*The Syndic*)(一九五三年)中，金融资本主义和福利国家由于与黑市竞争而崩溃，不是国家抛弃了人民，而是人民抛弃了国家。

国家同公司或犯罪团伙一样自私自利，这一质疑自肯尼迪被谋杀就已渗入美国文化深处，在这个流行妄想狂的背景下，罗伯特·什亚(Robert Shea)和罗伯特·安顿·威尔森[1]的《先觉者》(*Illuminatus!*)(一九七五年)三部曲作为寓言传达了比较微妙的洞察，读者看到一个接一个的密谋说法，通过揭露背后的神秘人物，一个密谋揭开，然后还有更神秘的人物，在彼特伯格、三边分子和其他嫌犯后面是共济会，共济会后面是先觉者，先觉者后面则是法学家、卡里特派教徒和诺斯替教徒……直到事件的最后操纵者前寒武纪元的洛夫克劳夫式怪兽曝光。最

---

① 编者注：罗伯特·安顿·威尔森(Robert Anton Wilson，1932年—2007年)，美国小说作家、散文家、心理学家和编辑。

后，读者终于抓到了要点【《X 档案》盘根错节的迷宫也许并没有意识到那个要点，安伯托·艾柯[①]的《福柯的钟摆》(*Foucault's Pendulum*)(一九八九年)则完全意识到了】，即这些密谋理论转移了政治权利所有者和竞争者的注意。

多元主义的极端就是无政府主义，人们平常经历的无政府主义最接近的类比就是网络，最近的科幻对这个类比已经作过探讨，但还不全面。尼尔·史蒂芬森的《雪崩》把美国政府削减成众派中的一派，印制万亿美元大钞("里根元")作为零钱，它生动地反映了网络先锋时代的自由社会思潮，研究人员、自由主义者、无政府主义者、劳工和人权活动家、大屠杀修正主义者和色情作品作者这些互相怀有敌意的"在线社团"都以逃避审查为共同事业，极客文化中一句玩世不恭的话是"记录一个错误，就意味着发现一项功能"。斯蒂芬森兴奋地把这个方法用于明显地抗议无政府主义：带有个人核武器的恐怖分子受到极其礼貌的对待。大香港作为高速公路服务区的一个环节，黑手党作为比萨派送经销商【"你家中有一位朋友"(You have a friend in the Family)】，新南非白人聚居区的人们炫耀他们的反坦克火箭筒，数字空间的无政府主义已经反映到国家的分裂，像托马斯·霍布斯警告的那样，没有政府的社会可能因为相互战争而导致分裂。当然，它并不总是被视作决定性因素，人人为战带来无休无止的爱和分离，霍布斯也说过，幸福就是向前奔。

---

① 编者注：安伯托·艾柯(Umberto Eco，1932 年— )，哲学家、符号学家、历史学家、文学批评家和小说家。《剑桥意大利文学史》将其誉为二十世纪后半期最耀眼的意大利作家，并盛赞他那"贯穿于职业生涯的'调停者'和'综合者'意识"。作品包括随笔、杂文和小说，还有大量论文、专著和编著等。

弗诺·文奇的《深渊上的火》不仅把网络用作他的银河通信网“百万谎言网”的模型，而且用作银河社会中的社会，文奇过激地抹去了公众和私人之间的区分，对他而言，无政府主义不是一个计划，它就是现实的描述。在他的世界里，有国家主义者，但没有国家，权威对合法性的宣称可以被推翻或受到攻击，文奇和政治哲学家罗伯特·保罗·沃尔夫(Robert Paul Wolff)一样，都认为世界上没有合法的权威(注8)，直言陈谏者总是受到压制，阿谀奉承者总是得到提升。任何人无论其继承者还是上司都不会从本性出发，他们从没有也不可能这样做。没有全面霸权，没有上诉法庭，没有上帝。文奇的宇宙里神学是应用科学，他认为世上确实有神，但他们是超人，而不是超自然神灵，他们比万神庙的神灵还要混乱。权力、歪曲和“超越权力的权力”使得“天堂吸引力”成为可能，只是那地方太危险，是一切的最后归宿。因此，文奇实现了政治哲学，就像海因莱因达到了建设世界的一切：接受一切，无须解释。与海因莱因作品不同的是，文奇很少有作家代言人详述故事。

网络之所以如此吸引人，成为无政府主义合作的模式，是因为它极大地延伸了私人的主动权和公共空间，而公民乌托邦不能提供公共辩论，笔者的《卡西尼环缝》(*The Cassini Division*)(一九九八年)的太阳联盟也不例外。笔者在秋季革命系列丛书中探讨了其他无政府主义问题：《星摩擦》讨论了社区和个体自治之间的冲突；《石运河》讨论的是不平等和自由之间的冲突；《天路》则是法制和人文、稳定和发展之间的冲突。在所有这些作品中，笔者用到了也许是过量用了真正的第四国际(英国极左派大多数分支的起源地)，把它作为革命政治的模式。不过，我们得承认这个启示的晦涩和轻率是并行存在的，然而，笔者相信近未来比如二十一世纪任何故事都得承认“革命和战争年代”远远没有结束。

科幻政治主题的未来在某种程度上依赖现实世界的政治发展，就在写本文时政治也在发生着大量的变化，后政治未来勾画出了二十世纪八十年代赛伯朋克的轮廓，在财阀操控的集团权力和日本武士杀手维护治安的情况下，政府无关紧要，似乎画面又是一片雪花。作家如布鲁斯·斯特林、保罗·迈考雷和阿拉斯戴尔·雷诺兹呈现了新的政治问题和新技术可能性在生命延伸与人类自我改进的其他形式的结盟，他们的机械师、美容师、无政府民治主义者和激进的艺术家都指向后现代和后人类政治领域，它们不以自由和权威问题来分极。笔者在一开始就提到了这些西方传统问题，这说明集体分歧可以进行辩论，政治约定没有公众或私人强迫存在，如此则在科幻中赋予最具颠覆性的信息：人类或者继承者存在的时间可以比国家长。

注释：

注 1.托马斯·麦考雷，《英国史》卷 II 第 10 章（人人教育，伦敦，J.M.邓特，一九〇六年），第 184 页。

注 2.道格拉斯·亚当斯，载于《一九九八年即兴演讲》，引自理查德·道金斯《是站起来的时候了》，载于《自由思想者》122：1（二〇〇二年一月），第 8 页。

注 3.罗伯特·海因莱因，《如果这继续》（一九四〇年），载于海因莱因《穿过明天的过去》（一九六七年）（纽约：爱思，一九八七年），第 498 页至 499 页。

注 4. 海因莱因,《星船伞兵》(一九五九年)(伦敦:NEL,一九七〇年),第 155 页。

注 5.卡尔·马克思,《法国内战:将军议会演讲》,载于 D.费恩巴赫编《第一国际及以后》(哈蒙兹沃斯:企鹅,一九七四年),第 212 页。

注 6.弗兰克·赫伯特,《沙丘》(伦敦:新英语图书馆,一九七七年),第 495 页至 496 页。

注 7.普尔·安德森,《最后的派遣者》(一九五八年),载于哈里·哈里森编《星星的背景》(一九六八年)(伦敦:NEL,一九七五年),第 27 页至 40 页。

注 8. 参见罗伯特·保罗·沃尔夫的《保卫无政府主义》(纽约:哈勃和洛,一九七〇年)。

# 第十八章 科幻中的性别

海伦·莫里克

传统上一般认为科幻主要属于男性领域,关注的重点主要是科学和技术,"自然"就把女性排斥在外,言下之意也就不考虑性别问题了。但事实上,科幻对于性别的社会文化理解和探讨有着良好的氛围,只是程度有所不同罢了。笔者这里用到的"性别"一词比较模糊,指的是社会从历史和文化方面赋予生物性身体的属性和角色功能。本章不对男性和女性的表征作过多说明,主要探讨科幻参与性别问题研究的潜力,强调破坏或挑战正常文化理解的小说(注1)。

尽管科幻的男性属性概念具有压倒一切的优势,但以"性别"为标志的问题空间对科幻幻想则最为关键,即使在大多数以技术为核心的纯科学科幻里,"女人"的出现,是否是实际上的胁迫或象征性的代表(例如通过外星人或"地球母亲"来表示),都反映了人们天生的对各种"另类"的文化焦虑。"性别"表示的系列“自我、他人”二元概念如人类、外星人，自然、技术，有机、无机也是众多科幻吸收的科学文化核心内容（但常常没人承认这点）。至少一些科幻小说认为完全省略女性是合理的，它们的观点来自这样一个概念，即科幻貌似真实的主题（科学和技术）是天生男性化的，这些观点不仅干脆回避了科学技术的社会文化关系，而且模糊了（西方）科学“世界观”积极强化的以男性为主的文化。正如布赖恩·艾特贝瑞所说，“科学的叙事手法总是带有性别特征，科学代表知识、革新，甚至是男性感觉，而人类探索的被动目标自然则是以女性名词来表示的”（注 2）。

“科学”的叙事手法含有一系列关于主体性、知识、“自然”和性别的文化假设，科幻的中心问题“要是……该怎么样”最终也无法回避类似问题如“那么，我们又会变成什么样呢”，我们可以用什么样的方式（再）幻想人类？科幻作家用了很多办法来回答这些问题，在这个过程中，有时会揭示、改变或颠覆性别的正常理解。最早的阶段是揭露把人等同于“男人”的男权主义，通过否定差异（“女性男人”）或重新评价“女性”的女性中心主义来显现受压迫或遭漠视的女性，努力幻想一个更平等的性别体系，这样男女可以互补，合起来就是“人类”。另外，混淆性别二重性的人采取了许多“雌雄同体”的办法，一是把二重性合并为一“性”（两性体）；二是完全拒绝对性别进行分类，这样自然破坏了性别的两重性；三是提出性别有多重性，以此颠覆性别的二重对立。

考察挑战传统性别概念的工作需要以更广泛的“男性为中心”的科幻为基础，因此，必须考虑有什么样的男性表征和构建，以及隐含的性别理解意味着什么？二十世纪三十年代到五十年代科幻很强大的男性形象是“超人”，这类人物的超人素质常常在于他们拥有知识和科学的优越性，而不是传统意义上的男性身体，这类故事得益于达尔文进化论，采用了高度性别化的性选择叙事手法。在斯坦利·维恩鲍姆的《新亚当》(*The New Adam*)(一九三九年)中，艾德蒙·霍尔的超人能力主要是指他的知识而非其超男性身体，的确对他身体"敏感性"的描写使得他的男性特质进一步复杂化，甚至暗示了"编码的"同性恋。这些超人故事发展的"人文"观点来自于与男性相关的某些具体特质的演变，或许因为这类故事和比喻的力度，以及科学文化联系"性别编码"的重要性，甚至以男性为中心的科幻也突出了性别架构文化"故事"的方式。

但是，科幻领域也并不是完全没有"女性"主题，严格来说，关于科幻中女性和女性人物代表角色的争论从纸浆杂志创立时起就已经存在了。"科幻中的女性"问题主要经历了以下几个发展阶段，二十世纪二十年代晚期有意(无意)放大的"科幻中的性"问题，到六十年代的性解放，再到七十年代与女权主义叙事的交叉(和部分被女权主义叙事所吸收)，然后再到现在。早期关于科幻故事中出现"性"是否合适的争论与科幻中女性人物的地位及"女性"和"男性"的文化构建紧密相关，"外星人"对于西方中产阶级男性青年来说意味着"其他"一切包括女人、有色人、其他民族、阶级和性。外星人和男性之间的互动本质上常常是生来就有的性关系，只是比较隐蔽罢了，而且打着纯洁科幻的旗号，男性科幻迷、作家和编辑采用排除法把女性人物排除在科学和科幻男性领域之外，大部分人认为性在科幻逻辑、科学、"理智"主题中没有地位，而事实上则是没有"女人"的地位。

其实，科幻中也存在"女性"扮演中心角色的长期传统，那就是在传统性别等级社会被推翻和"女人统治"的故事当中，这些“女人当道”或用乔安娜·拉斯的话说就是“性的战斗”(Battle of the Sexes)故事(注 3),比大多数科幻以更明显的方式揭示了有关性别秩序的潜在担忧,这些故事反映了人们担心女性挑战性别等级和“异性恋经济”,那些自给自足的母系社会形象正是对性别等级和“异性恋经济”的威胁。这些故事至少隐晦地表明要有一个更平等的性别社会秩序,这种可能性因为勾画女性对更大平等的追求而遭到破坏。

这些故事清楚地表达了支持科学(和进化)故事的性别假说,认为母权制无力建立“科学”功能的进步社会,托马斯·加德纳(Thomas Gardner)的《最后的女人》(*The Last Woman*)(一九三二年)提到,在全是男性的“科学文明”里只有一个女人,最后还被处决了。这个可能的同性社会利用“长生不老药”强化了异性恋为基础的男性社会模式,“原来用于性和情感方面的能量现在全部用来思考和工作”(注 4)。不仅女人,甚至所有“女性”的象征性形象都通过排除“情感”干扰势力而得到根除。

也不是所有两性战争小说都排除女性统治的可能性,有些早期故事描写了成功的母系社会,后来的故事也通过讽刺性的角色逆向解构了负面的“女性统治”故事,弗朗西斯·斯蒂文斯的《朋友岛》(*Friend Island*)(一九一八年)描写的社会中女人就是更高级的性别。另一个特殊的例子是玛格丽特·鲁伯特(Magaret F. Rupert)的《穿越赫维特射线》(*Via the Hewitt Ray*)(一九三〇年),故事中的卢西尔·赫维特旅行到达另一个维度社会,其中女性占主体,只有几个“育种男性”,这个故事的独特之处在于提到妓女的“逆向”身体,即“体形美”的男人往往是留下来满足女人的“生物本能”的。在莱斯利·弗兰西斯·斯通

(Leslie Francis Stone)的幽默故事《格拉的征服》(*The Conquest of Gola*)(一九三一年)中,母系星球成功抵御了男性侵略,主要原因是侵略者无法相信那个星球是由女人统治的。

C.L. 穆尔是最早在科幻杂志发表作品也是最成功的女性作家,她的作品展示了性别处理的其他重要发展。穆尔不仅刻画了亚马逊式的女英雄"处女战士"(Jirel of Joiry)(从一九三五年起),还在《宇宙魔女》(*Shambleau*)(一九三三年)中描写了女外星人,刻画了必须遏制的蛇发女外星人的威胁,强调了"女"性的力量,至少暂时让小说中的"英雄"诺斯维斯特·史密斯女性化,使他失去力量,变得温驯。就性别而言穆尔最有趣的故事是《没有女人出生》,通过剥离"女性"和女人的肉体,对化身、女性美、力量、"人"是什么意思等问题都表达出其真知灼见。小说中机器人迪尔德丽(Deirdre)拥有女性高雅美丽的气质,还会跳舞,但是她的金属身体有一种超人的力量和敏捷的"超男性"素质,男叙事者担心她"金属壳里光芒四射的镇定思想"的"脆弱"以及她"非人"的外表,他的感觉和迪尔德丽对她新身体潜力和力量的欣赏形成了鲜明对照。

二十世纪五十年代是科幻参与包括性、性别角色、种族和生态等社会文化问题讨论的重要时期。从四十年代后期到五十年代,一批重要的女性科幻作家成长起来(例如,米尔德里德·克林哲曼[①]、米利亚姆·艾伦·德福特[②]、玛格丽特·圣克莱尔、卡

① 编者注:米尔德里德·克林哲曼(Mildred Clingerman,1918 年—1997 年),美国科幻和奇幻作家,在《科幻和奇幻杂志》发表过多篇文章。

② 编者注:米利亚姆·艾伦·德福特(Miriam Allen deFord,1888 年—1975 年),美国作家。

罗尔·安什维勒[①]、安德烈·诺顿、吉特·里德[②]、威尔玛·什拉斯[③]和凯特·威廉)(注5),她们的作品常常偏离传统科幻主题。菲利普·荷西·法默的《情人们》(*The Lovers*)(一九五二年)一直被评论家视作科幻对性的态度成熟的分水岭,是最早打破性禁忌的作品,也是科幻新进步的证据。后来的女权主义评论家指出异族结婚以女外星人的毁灭作终结,是对女人的厌恶。(注6)

五十年代也有很多作家通过某种平等形式解决“性的战斗”,例如罗伯特·西尔弗伯格的《女人的世界》(*Woman's World*)(一九五七年)和弗雷德里克·波尔和西里尔·科恩布鲁斯的《搜索天空》(*Search the Sky*)(一九五四年)。这类作品最有名的则是菲利普·怀利[④]的《消失》(*The Disappearance*)(一九五一年)和约翰·温德姆的《考虑她的方式》(*Consider Her Ways*)(一九五六年)。在《消失》中,女人神秘地从男人生活中消失,反之亦然,虽然最后男女世界统一了起来,但女性对分离处理得比男性好,不过,异性恋经济被保留下来,只有“性”的不平等凸显出来。《考虑她的方式》通常被认为是偏女权主义的作品,讲的是一个女人被带到未来母系社会,在那里一场病毒带走了所有男人的生命,故事集中批判五十年代女人被事先安排好角

---

① 编者注:卡罗尔·安什维勒(Carol Emshwiller,1921年— ),美国先锋作家、科幻作家,曾获星云奖和菲利普·迪克奖。

② 编者注:吉特·里德(Kit Reed,1932年— ),美国作家,曾三次获得小詹姆斯·提普垂奖。

③ 编者注:威尔玛·什拉斯(Wilmar H. Shiras,1908年—1990年),美国科幻作家,代表作《躲藏》,入选科幻名人堂。

④ 编者注:菲利普·怀利(Philip Wylie,1902年—1971年),美国多产作家。作品从纸浆科幻、神秘小说到社会讽刺与核危机,涉猎广泛。

色，然而这个母系社会在很多方面和以前的例子一致，以“蜂巢”(hive-like)社会为模板，完全忽略女人的性关系。

这类角色互逆故事甚至通过“以新眼光看老面孔”的科幻修辞来模仿或批判当代性别规范，还有就是假定一套男女可用的“人类行为”，描写女“角色”有能力做“男人的活”。艾萨克·阿西莫夫的罗伯特系列描写的女科学家苏珊·卡尔文就是某种意义的“女性男人”，但是，卡尔文表现的男性特质最终损害了她的身份，她“冷漠”、感情封闭和坚持理性显然有违她作为女人的“自然”身份。罗伯特·海因莱因的作品里可以看到更多女性人物解放的范例，他也是最早把性引入科幻的作家之一。比较独特的是，海因莱因描写的女性人物一般都比较独立、能干而且聪明，最有名的就是他关于青少年的作品如《穿上航天服去旅行》(*Have Spacesuit Will Travel*)(一九五八年)、《空中隧道》(*Tunnel in the Sky*)(一九五五年)(里面还有一个非洲女性人物)和《火星的鲍德凯恩》(*Podkayne of Mars*)(一九六三年)，但是，海因莱因作品中的女性还是在正常性别秩序内的，因为她们都希望得到男性的欣赏，也就是说，这些女性“在性上有依赖”而“在道德上是优越的”。(注 7)

海因莱因的作品也说明了科幻参与性别问题讨论的广泛性，即技术和男性表征的复杂性。因为技术发展使得生命体划界成为难题，这样就威胁到了表现物理力量的质量，而力量正是男性社会构建的标志，因此，科幻中的“技术”既可以解读为男性标志，也可以说明性别的文化焦虑性。在海因莱因的《星船伞兵》中，修复性(prosthetically)加强的战士可以解读为“超级男性”，是对高科技环境里的“男性进攻性过度膨胀”的反映。为了突出数字空间的“女性化”，太空船和发射电子管的画面含有女性怀孕和生育的隐喻，“关在船内，身着宇航服，只能听任一个女人的摆布，海军陆战队队员通过技术加强的身体成了巨大焦虑和不确定性的地方”（注 8）。

二十世纪五十年代涌现出一大批女性科幻作家，她们通过聚焦女性人物或从默里尔所说的“女人视角”（注 9）写作，使女性在科幻中“显现”出来，这些以女性为焦点的故事受到了当时和后来女权主义的严厉批评，它们被称作“甜蜜的小家庭故事”“尿片小说”或“妇女杂志小说”，故事中甜蜜、温柔、率性的女主人公通过拾遗补阙或在其伟大的英雄丈夫失败后做同样的家务来化解星际危机（注 10）。但是，这个简单化的处理没有考虑到把“女性星球”置于享有科学、太空旅行或英雄远征特权的科幻的中心所带来的破坏性潜力，在珍娜·亨德森的“小组委员会”（Subcommittee）中，一位在家庭野炊时发现外星人真正需求的高官夫人在权力政治和军事情报失败的情况下，阻止了一场银河之间的战争，这个故事远非简单赞扬女人的“直觉”，它“批评了权力结构和权力语言……并对性别作了研究”（注 11）。把焦点转移到“男权”（公共）势力范围内的技术、政治和军事的社会结局同样是有破坏性的，正如作家康妮·威利斯指出的那样，朱迪斯·默里尔的《那只是一个母亲》（*That Only a Mother*）（一九四八年）“并不属于家庭故事，它是一个关于辐射、杀婴和绝望自欺的故事，同时还伴有尖酸和恐怖”（注 12）。

由于女性作家数量的提升，她们引入的女性人物也越来越多，到六十年代一些小说不再满足于仅仅表达女人的“存在”或者基于否定差异的有限平等，人物刻画越来越复杂，女人被描写为完整的“人”而不是“女性男人”，也不是男性的附属物或对照物。一些作家开始构建不受生物性道德规范约束的人类社会，这在那些设想科学文化能够接纳甚至欢迎基于更广泛人类经验知识的作家的作品中尤为明显，凯瑟琳·麦克莱恩是最早把“硬科幻”和知识女性结合起来的女性作家之一，她意识到了伴随这类“解放”女性的文化局限而来的缺点。同样，内欧米·密歇森的《女太空人传记》特别有先见之明，它构建了一个未来社会，生育的生物限制和女人选择从事业到为人父母的权力毫无瓜葛，故事中的航天通信专家玛丽向读者展示了一个这样的科学“未来历史”，女人和有色女人参与各个科学门类将是理所当然的，和小詹姆斯·提普垂、爱丽丝·莱特纳（Alice Lightner）一样，密歇森的作品非比寻常，就在于她科学讲述了性别和种族的交叉。

从二十世纪六十年代起，许多科幻小说把性别焦点从“性的战斗”转向更多的平等方案，虽然这些作品仍然在和以前的作品对话，但是，它们提出了更加激进的方案，即打破性别角色，形成“复合”性，从而向生物性差异的约束发起挑战。西奥多·斯特金的《金星 X+》提出只有去除生物性差异才能实现平等，在故事中那个平等而宽容的未来社会里，莱多姆在生物上兼有男女两性，性别单一，都能生育。当代性别关系还不及莱多姆，批判了主要通过性别差异识别来剥夺“另一方”权力的男性社会构建概念。

在《黑暗的左手》中，厄休拉·勒古恩用雌雄同体社会的“思想实验”澄清了以前对隐含性别假设的挑战，格森星球的格森人除了在卡玛时期或男或女外，其他时间都是中性，因此所有的格森人都能生育和做一个孩子的父亲。勒古恩直面社会化差异和生物性差异的问题，正如小说中人类叙述者真力·艾所承认的"把天生差异和学来的差异分开异常困难"(注13)。在这个社会中,"人文"被定义为大家都可以触摸分享的一套价值、属性和行为，它们清晰地区别于仅仅基于性别特征的自我随意和不确定概念,但是,正如勒古恩本人后来承认的那样,她用男性代词指格森人，可以将他们的社会理解为全部是男人的社会，"从传统男性观点来看,进出雌雄同体是安全之旅"(注14)。

在七十年代,科幻参与性别话题的讨论达到高潮,拉斯的一套后来被称作"女权主义乌托邦"的重要作品得以出版,这些自觉的女权主义作品坚持挑战和破坏可感知的性别"自然性"，把比较有害的性别秩序的操作和生产深深置于当代社会的政治文化制度之中,虽然每部作品都提出了性别问题的不同解决方法,但虚拟社会仍有大量值得注意的共同点。性别(在大多数情况下)被视作"社会产物",因此需要挑战加强性别对立的理所当然的结构，扩展家庭或共同生活是核心家庭的其他方式，抚养可由或男或女的众多"母亲"共同进行,这些社会也宣传包括同性恋在内的性表达自由,目的是为了"把性从所有权、生育和社会结构等问题中分离出来"(注15)。

在马奇·皮尔西《走在时间边缘的女人》中，玛塔坡伊塞特是一个"文化上雌雄同体的"社会,相信平等主义,生态上可持续发展,因为使用人工子宫,所以没有人需要生育,但男女都可以做"母亲"(和哺乳)。勒古恩的《一无所有》也描述了生物性不再产生性别等级的世界,就像其中一个人物所说:"人们根据兴趣和才能优势选择工作,和性别有什么关系呢？"(注16)大多数女权主义科幻“乌托邦”通过把女人等同于人来看待打破了性别等级，很多时候都是只有女性的世界，这样女人就可以全面体验人的经历和情感了。拉斯的《情况改变的时候》和《女性男人》在某种程度上代表了科幻和性别参与的最高交集，它们对女性偏见和男性科幻修辞进行了强有力的批判，并解构可接受的，自由的“整体”，改变了后现代主义的女性“自我”感。在怀厄维的乌托邦世界中，我们看到最明显、最严格、最幽默的“女人”等于人类的观点，没有男人，她们照样工作、生活、恋爱和生育。在莎利·米勒·吉尔哈特[1]的《奇境》（*The Wanderground*）（一九八〇年）、苏兹·麦基·查纳斯的《母亲线》（*Motherlines*）（一九七八年）和提普垂的《休斯敦，休斯敦，你听到了吗》中，女人等于人类的公式需要通过构建没有男人的社会才能成立，正如查纳斯观察的那样，如果没有关于性别角色根深蒂固的假设，她的女性人物“可以拥有完整的人类行为，在平等的社会中她们有适合社会关系的新角色，这样她们就可以真正像人一样简单行事”（注 17）。探索这些根深蒂固的性别角色分类最有名的作家无疑是小詹姆斯·提普垂，她二十世纪七十年代中期以“男性”作家闻名，一九七七年人们才知道她是爱丽丝·希尔顿（Alice Sheldon），她的第二个笔名是拉库纳·希尔顿（Raccoona Sheldon），她是这个时期对传统性别角色最有力的批判者。其作品有《男人看不见的女人》（*The Women Men Don't See*）（一九七三年）和《蝇之灾》（*The Screwfly Solu-*

① 编者注：莎利·米勒·吉尔哈特（Sally Miller Gearhart，1931 年— ），美国科幻作家，女权主义者，政治活动家，同志权益活动家。

*tion*)(一九七七年),前者中女人选择外星人而非男人,后者中为了消除烦人的房地产,外星人制造了达到致命标准的性暴力链接。

在诸如德拉尼《海卫一》之类的作品中,男性并没有被取缔,性别的社会显示概念是多样的,以至于扩散到失去意义的程度,各种各样的性别差异都得到赞美。在《海卫一》里,社会结构中有多达四十多种“性别”,双性、同性、异性及独身关系都同等地得到承认和宽容。在约翰·瓦利的《钢铁海滩》(*Steel Beach*)(一九九二年)(和其他八个世界故事)中,改变性别并完全具备生育能力非常普遍,在这些场景中,性和性别之间的社会关系融洽多样,没有任何意义,“性别”仅仅是一种符号,不是性的决定因素。另一个以同样方式破坏性别二元性的作家是奥克塔维亚·巴特勒(第一个以创作科幻为职的非裔美籍作家),在她的异种生殖三部曲(一九八七至一九八九年)中,外星人昂卡里有一个第三性,即促进昂卡里基因交换“机体技术”的传感器。巴特勒的作品总是关心种族和性别的破坏性效果,在异种生殖中,为建设真正的人类社会,需要进行激进突变,所有人物通过与昂卡里传感器交配成为非人类。

二十世纪八十年代,科幻从“雌雄同体”作品转向通过反乌托邦幻想、角色互逆和把男女分成单独社会等方式批判和探讨性别的作品。八十年代是一个保守和回潮的时期,社会生物学再现,苏瑟提·哈顿·埃尔金[1]以《母语》(*Native Tongue*)(一九八

---

① 编者注:苏瑟提·哈顿·埃尔金(Suzette Haden Elgin,1936年— ),美国科幻作家,应用心理语言学博士,阿肯色州奥萨克语言研究中心的创立者。

四年）为始的三部曲和玛格丽特·阿特伍德[1]的《女仆的故事》（*The Handmaid's Tale*）（一九八五年）就是这种保守氛围下的作品【还有C.J.切利的《查勒的自豪》（*The Pride of Chanur*）（一九八二年）、杰奇·卡尔的《利维坦深渊》（*Leviathan's Deep*）（一九七九年）、辛西娅·菲利斯（Cynthia Felice）的《双神曲》（*Double Nocturne*）（一九八六年）】。独立派作品如舍利·泰柏的《通往女儿国的大门》和帕米拉·萨金特的《女人的海岸》是在女权主义批判生育技术的背景下产生的作品，两部小说中人工受精由女性掌控，男人不是"耕耘"卵子，而是被"压榨"精子。尼古拉·格里菲斯[2]的《菊石》（*Ammonite*）（一九九三年），描绘的是一个近期不太多见的全是女性的世界，病毒感染了星球所有的人，并杀死了全部男人，病毒对吉普原著居民的影响之一就是感知甚至影响生物化学的能力，包括"雌核生殖"即女性控制生育技术的发展过程，这类作品表明，女权主义针对科学叙事的斗争七十年代还在继续，而不是"没有"达到更公开的女权主义乌托邦的革命潜力。

二十世纪八十年代有关性别特别就男性而言的另一个关注焦点就是赛伯朋克，它被形容为"白种男人的城市空想故事"，赛伯朋克的"键盘牛仔们"要求回到"纯"硬科幻形式，从表面上看，好像小说没有认识到女权主义这类激进社会运动的影

---

① 编者注：玛格丽特·阿特伍德（Margaret Atwood，1939年— ），加拿大著名女性小说家、诗人、文学评论家。曾四次提名英国布克奖，二〇〇〇年终于以小说《盲刺客》摘得这一桂冠。著有《女仆的故事》《猫眼》《别名格雷斯》等作品。

② 编者注：尼古拉·格里菲斯（Nicola Griffith，1960年— ），英国人，编辑、作家和随笔作家，曾获星云奖、世界奇幻奖和小詹姆斯·提普垂奖等奖项。

响，赛伯朋克的身体表征和人类主体性总结了老人文主义的超越梦想，即“肉体和精神”梦想。尽管有逃避身体的潜在自由承诺（性别主体性的现代概念）和强势女性人物，但是赛伯朋克中占主导地位的精神与肉体二元主义则加强了相关性别的二元性。唯一和赛伯朋克运动有“正式”接触的女作家帕特·卡迪根提出了不同的观点，她认为即使在虚拟环境中也应该把化身的性别（和种族）属性放在中心地位，例如，《合成人》批判了“男性”和技术的某些关系，特别是逃避“肉监狱”的超越欲望。梅丽莎·斯科特的《麻烦和她的朋友们》、玛丽·罗森布拉姆[1]的《奇姆拉》（*Chimera*）（一九九三年）、莫琳·迈克休的《中国山·张》和劳拉·米克森（Laura Mixon）的《玻璃房》（*Glass Houses*）（一九九二年）都走出了赛伯朋克异性恋的范围，书中皆有女同性恋、男同性恋或者双性人物，在“精神”（男性化）高于“肉体”（女性化）的空间里正视了化身的性别问题。

在过去的几十年里，对性别越来越细致的探讨涉及各类科幻体裁，例如，破坏“硬”科幻和军事科幻“男性”叙事传统的小说，很多作家设计的未来中，“科学”也包括西方技术文化中的“非科学”领域。传统认为交际是女性特质，但在布拉德利的“黑暗之极”（Darkover）系列小说（一九六二至二〇〇一年）、舍利·泰柏的《长长沉默之后》（*After Long Silence*）（一九八七年）、苏瑟提·哈顿·埃尔金的《母语》、什拉·芬奇的《三合会》（*Triad*）

---

① 编者注：玛丽·罗森布拉姆（Mary Rosenblum，1952 年— ），美国科幻和神秘小说作家，曾获康普特·克洛科奖。

（一九八六年）和珍妮特·卡根[1]的《地狱火花》（*Hellspark*）（一九八八年）中交际都被视作“科学”。

军事太空歌剧和未来战争科幻中的传统男“主人公”也被改写，对男性概念发起了挑战，洛伊斯·麦克马斯特·比约德的迈尔斯系列（一九八六年起）的主要特点就是使主人公迈尔斯·沃考西根高度“女性化”，他不正常的身体、逃避暴力以及和女人的关系都表明他不是传统的男性。伊丽莎白·穆恩[2]的“瑟拉诺”（Serrano）系列（一九九三至二〇〇一年）戏说军事的男性空间，将女人（和一些年迈的“婶婶”）置于政治权力中心进行“捕猎”。乔·哈尔德曼的《永远的和平》（*Forever Peace*）（一九九七年）通过考察如果没有暴力人类会怎样这个主题，从不同视角强有力地解构了战争和性别概念以及他一九七四年的小说《永世之战》。

从二十一世纪的角度来看，二十世纪七十年代女权主义科幻小说发现的问题都被吸纳进了更广泛的带有后殖民理论、生态政治和（西方）科学激进批判的性别问题之中，为了反映和鼓励这类发展，一九九一年凯伦·乔伊·福勒[3]和帕特·墨菲创建了小詹姆斯·提普垂纪念奖，专门用来奖励“拓展或探索对性别理解”的科幻小说（注 18），各类作家如拉斐尔·卡特[4]、西奥多·罗

---

① 编者注：珍妮特·卡根（Janet Kagan，1946 年—2008 年），美国科幻作家，曾在《阿西莫夫科幻小说》等出版物上发表作品，获过一次雨果奖。

② 编者注：伊丽莎白·穆恩（Elizabeth Moon，1945 年— ），美国科幻和奇幻作家，凭借《黑暗的速度》获得二〇〇三年星云奖。

③ 编者注：凯伦·乔伊·福勒（Karen Joy Fowler，1950 年— ），美国科幻和奇幻作家。作品题材大多集中在十九世纪的女性与异化上。

④ 编者注：拉斐尔·卡特（Raphael Carter），美国科幻作家。

斯扎克(Theodore Roszak)、詹姆斯·帕特里克·凯利[1]、南希·斯普林格[2]和金·斯坦利·罗宾森都曾获得过这个奖，这充分说明科幻和性别交叉的多样性和复杂性。这些“提普垂”小说有些完全根除了性别，如格温妮丝·琼斯的“白皇后”三部曲和她的“无性别”阿留申人，还有伊恩·麦克唐纳德的《傻瓜的牺牲》(*Sacrifice of Fools*)(一九九六年)。其他的如梅丽莎·斯科特的《影子武士》(*Shadow Man*)(一九九五年)，幻想多重性别或者通过看不出男女的人物来拒绝性别；还有凯莉·艾斯克里奇(Kelly Eskridge)《撒勒姆跳舞》(*And Salome Danced*)(一九九四年)和爱玛·布尔《骨舞》中的叙述者。提普垂奖的成功充分表明科幻作为探讨性别和人文、淡化文化规则约束的工具是合适的，科幻为作家提供了严肃讨论凯伦·福勒所言挑战的空间：“问下你自己，如果没有人教我们做女人，我们会怎样？(即使你是男人，你也可以问自己这个问题，不要偷换概念。)”(注 19)

注释：

注 1.笔者的讨论必定是不完整的，譬如关于科幻男性构建还有很多批评工作要做，因为这个主题放在本书“女权主义”一章，所以笔者只是简短地提到女权主义科幻作家的开创性工作。

注 2.布赖恩·艾特贝瑞，《科幻和性别知识》，载于安迪·索

---

① 编者注：詹姆斯·帕特里克·凯利(James Patrick Kelly，1951 年— )，美国科幻作家，是科幻领域的重要人物之一。

② 编者注：南希·斯普林格(Nancy Springer，1948 年— )，美国作家，写作科幻、奇幻和儿童文学作品。著有“岛”系列等作品。

叶和大卫·斯德编《话说科幻》(利物浦:利物浦大学出版社,二〇〇〇年),第134页。

注3.乔安娜·拉斯《阿莫尔·万西·佛米纳姆》,载于《科幻研究》7(一九八〇年),第2页至15页;参见贾斯汀·拉巴赖斯提尔《科幻中的性别战斗》(中镇,康州:卫士廉大学出版社,二〇〇二年)。

注4.托马斯·加德纳,《最后的女人》,载于塞姆·莫斯科维茨编《女人统治时》(纽约:沃克公司,一九七二年),第131页至148页。

注5.参见帕米拉·萨金特编《奇迹女人:经典岁月》(纽约:哈库特布拉斯,一九九五年),有这些作家写的故事样本。

注6.例如,见罗宾·罗伯茨《新物种》(乌尔巴纳:伊利诺伊大学出版社,一九九三年),第152页。当代评论家中仍对此"突破"持怀疑态度的是安东尼·布彻,参见他的《科幻图书:一九六〇年》,载于朱迪斯·默里尔编《最佳科幻故事集》(一九六一年)(伦敦:五月花,一九六三年),第379页。

注7.法拉·门德尔松,《科幻中的女人》,载于《基地》53(一九九一年秋),第66页。

注8.斯蒂芬·汉克,《外科手术医生罢工和假肢战士》,载于《科幻研究》25(一九九八年),第499页。

注9.朱迪斯·默里尔,个人通信,引自贾斯汀·拉巴赖斯提尔和海伦·莫里克《反叛的家庭主妇》,载于《帕纳多夏》18(二〇〇三年六月),第136页至156页。

注10. 乔安娜·拉斯,《科幻中的女性形象》(一九七一年),《顶点》1:6(一九七四年二月),第55页。

注 11.法拉·门德尔松,《性别、力量和冲突解决》,载于《外推法》35(一九九四年),第 120 页至 129 页。

注 12.康妮·威利斯,《嘉宾评论:女性科幻看不见》,载于《阿西莫夫科幻杂志》(一九九二年十月),第 8 页。

注 13.厄休拉·勒古恩,《黑暗的左手》(一九六九年)(伦敦:格兰纳达,一九七三年),第 200 页。

注 14.厄休拉·勒古恩,《性别区分必要吗?回家》,载于她的《在世界边缘跳舞:关于词汇、女人和地点的思考》(伦敦,帕拉丁,一九九二年),第 16 页。

注 15.乔安娜·拉斯,《最近的女权主义乌托邦》,载于马林·S.巴尔编《未来女性》(博林格林,俄亥俄州:博林格林州立大学流行出版社,一九八一年),第 76 页。

注 16.勒古恩,《一无所有》(一九七四年)(伦敦:格拉芙顿,一九七五年),第 22 页。

注 17.苏兹·麦基·查纳斯,《一个女人出现了》,载于巴尔编《未来女性》,第 106 页至 107 页。

注 18.参见该奖官方网站:heep://www.tiptree.org。

注 19.凯伦·乔伊·福勒,《提普垂奖:个人历史》,载于《威斯康星州二十纪念书》(马蒂森,威斯康星州:科幻 3,一九九六年),第 109 页。

# 第十九章　科幻中的种族和民族

伊丽莎白·安娜·列奥拉德

到目前为止，科幻和科幻评论对种族和民族问题都不太重视，非裔加勒比作家纳洛·霍普金森这样评说她的科幻小说《戴戒指的棕发女孩》(*Brown Girl in the Ring*)(一九九八年)："我把自己这本小说看作是对一类科幻小说的颠覆，虽然有很多小说写到被隔离的经历，但鲜有被隔离的人自己写的小说。"(注1)大多数英语科幻是白种人写的，虽然有一些非裔美籍作家的作品含有奇幻或魔幻成分，但它们一般都不被归入科幻或奇幻类别，无论是出版界还是评论界都把它们划归非裔美国文学。带有魔幻现实主义成分的墨西哥、美国本土或印第安次大陆文学也不被作为推测文学出版或评论，例如，萨尔曼·鲁西迪[①]的小说

① 编者注：萨尔曼·鲁西迪(Salman Rushdie，1947年— )，印度裔英国作家，因一九九八年出版的小说《撒旦诗篇》引起极大争议。

《午夜的孩子》(*Midnight's Children*)(一九八〇年) 通过一群天生异禀的孩子中的一个小男孩的眼睛,探讨印度独立和教派之间的紧张争斗,而它一般也不被当作科幻小说。塞缪尔·德拉尼和其他黑人作家包括查尔斯·桑德斯①和沃尔特·莫斯利②都写关于种族问题的科幻小说,但一开始德拉尼受到种族主义老卫道士白人作家的冷遇,加之科幻没有实质性的黑人读者,所以有关种族的科幻小说及其评论都没有达到性别科幻作品那样突出的地位。(注 2)

科幻作家可以幻想一个现实社会问题得到解决的世界,也可以假想一个问题被放大或延展到冷酷的未来反乌托邦的社会,但同时他们又受制于其他因素如文化经历以及出版商和目标读者的期待,能够发表自己的作品在很多方面是基于权力地位,包括教育和写作时间等。因此,最受压迫的人往往是最不可能写作科幻的人。而且,对于少数民族和多数民族或主流文化而言,种族主义的形式往往是不一样的,白人作家或读者认为有社会进步意义的作品,可能有色人种读者恰恰认为涉及种族问题,或者是对价值的输出和对少数民族文化的关切。无论白人还是非白人科幻作家写到种族问题,都陷入了一个尴尬的境地,一方面有些读者会感到作品对社会文化弊病分析不够深入,而另一方面有些读者又认为他们的作品太过离谱。

至今大多数科幻作品处理种族问题的方式就是忽略它,很

---

① 编者注:查尔斯·桑德斯(Charles Saunders,1946 年— ),非洲裔美国作家、记者,曾创作小说、电影剧本。

② 编者注:沃尔特·莫斯利(Walter Mosley,1952 年— ),美国小说作家,擅长写作犯罪小说,曾获得欧·亨利奖。

多书中要么不提人物的种族,可能设定为白种人;要么即使提了,也和故事毫不相关,仅仅说些发色或身高之类的东西。还有科幻作品假设一个世界,种族已经实质性混合,人物都有多种族祖先,这类写作通过幻想没有种族和肤色问题的世界来处理种族问题,这可能是未来社会的理想模式,或者作家兴趣根本就不在种族问题方面,只是表明"政治正确"而已。但这两种方式都逃避了以下问题,即非种族主义社会是如何形成的?少数文化成员或民族群体如何保存它们的文化?诺贝尔文学奖获得者托妮·莫里森[①]把许多美国小说看作是对无处表达的黑人的回应,通过他们不是什么来定义自己(注 3)。与很多作家和读者对有色人种视而不见,就像一般性美国人民无视种族问题不同,托妮·莫里森继续写作有关种族问题的作品。舍利·托马斯[②]用"暗物质"比喻表达了同样的种族漠视,她说所谓"暗物质"就是在宇宙中这种物质无法用肉眼直接看到,只能根据其重力进行推论,她认为非洲人和非裔美国人虽然遭到漠视,但他们依然影响着周围的世界(注 4),所以,即使科幻没有明确参与种族问题讨论,它还是比较关心那些问题的。

这方面最近的一个例子是迈克·雷斯尼克[③]的《罕有的设计

---

① 编者注:托妮·莫里森(Toni Morrison,1931 年— ),美国黑人女小说家。其作品情感炽热,简短而富有诗意,并以对美国黑人生活的敏锐观察闻名。主要作品有《最蓝的眼睛》《苏拉》《所罗门之歌》《黑婴》等。她所主编的《黑人之书》,记叙了美国黑人三百年历史,被称为"美国黑人史的百科全书"。一九九三年获诺贝尔文学奖。

② 编者注:舍利·托马斯(Sheree R. Thomas),美国作家、图书编辑、出版商。

③ 编者注:迈克·雷斯尼克(Mike Resnick,1942 年— ),美国科幻作家,多次获得雨果奖和星云奖。

奇迹》(*A Miracle of Rare Design*)(一九九四年)。它用人类和外星人之间的冲突故事替代了西方文化与非洲文化之间的冲突，故事开始讲一个叫夏维尔·威廉·勒诺克斯的人试图在戈洛托马纳星球观察叫作萤火虫的戈洛托马纳人。因为萤火虫禁止人类接近它们的城池，所以夏维尔一开始就违背了规定，他悄悄溜进一个宗教典礼，结果被抓，饱受折磨，受到警告后被迫离开。这个事件后，他因为一项外交任务又回到戈洛托马纳，目的是希望人类共和国获得在戈市的钻石开采权。在勒诺克斯问如果他们拒绝会采取何种措施的问题后，他和这位外星人事务部代表的一番对话非常有趣：

> “那么海军和大量部队将开入安抚当地居民，保护我们的矿产资源。”
>
> “安抚，”勒诺克斯重复道，语气中按捺不住鄙视，“那不过是种族大屠杀的礼貌委婉语罢了”(注5)。

虽然勒诺克斯为了观察典礼仪式违反了萤火虫文化，认为他们“原始愚昧”(注6)，但他却并不认同种族大屠杀。

勒诺克斯后来返回萤火虫星球，做了外科手术，外形酷似戈洛托马纳人。作为萤火虫，他受到人类士兵的不公正待遇，他对指挥官说：“如果这就是你们对待手无寸铁的萤火虫的方式，那它们要把你们从这个星球上赶尽杀绝就不足为奇了。”(注7)他通过生物变形开始理解外星人的世界观了，但是，当他告诉指挥官他之所以变形是为了阻止种族大屠杀时，指挥官则说“他做什么也无法阻止其他外星人种的灭绝”(注8)。勒诺克斯之所以愿意做这样激进的手术,完全是因为他对其他文化的好奇,而不是为了更好地服务那些文化。

这就是小说人物和主题的驱动力,勒诺克斯接受人类共和国的命令,不断整形,参观了好几个星球,但是种族大屠杀威胁似乎是他文化干预的唯一借口。外星人种族刻画得都比人类落后,没有问他们是否有权利不让人类来到他们的星球或利用他们的资源,换言之,他们和人类是不对等的,就像在很多人印象中非洲人和欧洲人不对等一样。雷斯尼克的意图似乎是要表明其他人种有和人类一样特殊而重要的能力,但是这个意图因为勒诺克斯不断的变化而遭到损坏,这种变化挪用了非裔美国人"表决"的动机。虽然勒诺克斯的兴趣在于他所遇到的不同外星人的故事、宗教、语言和音乐等文化现象,但他始终是一个殖民者,他从一个文化到另一个文化选取他想要的东西,小说从没有超出主流种族观点,或者试图想象对两种文化冲撞所产生的问题提出解决方案。文化冲撞只是勒诺克斯寻找下一个兴趣的借口,因为勒诺克斯处于人类社会边缘,小说逃避了对边缘化和后殖民冲突的任何有意义的考察。

雷斯尼克的小说是科幻如何回应西方和非洲文化冲突历史的范例,但是它对少数文化如何形成主流文化却保持了沉默。为更进一步理解科幻中这类文化形成的问题性质,需要考察能清晰处理种族关系的科幻,稍早的故事是黑人作家W.E.B.杜波依斯(Du Bois)创作的《彗星》(*The Comet*)(一九二〇年),杜波依斯在二十世纪早期的美国以有关黑人的写作出名。《彗星》中,地球经过彗星尾部,所有的纽约人都要因此而死,一个叫吉姆的黑人被送进了危险的银行地下室。吉姆发现的唯一一个活人是上流社会白人名媛，他想这个女人若不是因为灾难,是绝不会看他一眼的。这个年轻女人也难以想象吉姆竟然会是她的救命恩人,因为“他生活的世界离她如此遥远,可以说是无限遥远,他甚至不会进入她的想法当中”(注9)。在没有任何其他人的情况下,他们一起搜寻亲人和幸存者,这时她开始把他看作人。后来她的父亲救了她,她感谢吉姆,当她父亲说吉姆总是“喜欢你们这样的人”(注10)时,她并没有看着吉姆,而是给了吉姆一些钱，这一行为表明她仍然把吉姆划入仆人之列,把他打回到低贱的地位。

杜波依斯的故事是一个思想实验,他研究社会对种族差异的形成有多大的影响,种族差异只有当吉姆和名媛认为在这个世界上别无他人的情况下才能得到克服，一旦有外人进入,关于种族的传统法则和信仰系统就又复原。美国白人不把非裔美国人当人看，即使他们需要这些人维持社会的运转也是这样，这种观念在文化中根深蒂固，只有巨大的自然灾害才能改变它,相较于个人信仰,杜波依斯认为种族主义更深植于文化传统中。

科幻中探讨种族关系最有名的经典作品之一是雷·布拉德伯里的短篇故事《半空中的路》(*Way in the Middle of the Air*),它是《火星编年史》的一部分,《火星编年史》通过人类入侵火星并定居讨论了殖民主义和种族的关系问题。《半空中的路》具体考察非裔美国人和美国白人,白人通过黑人的生命来定义自己存在的方式。

故事中,美国南方所有黑人都去了火星,主要人物是一个名叫塞缪尔·提斯的五金店白人店主,他声称黑人“应该受到重视”，他和其他白人坐在五金店的门廊上，望着“缓慢平稳的黑流”（注 11）离开城镇，他们不知道谁能够做黑人男女曾做过的工作。提斯试图阻止两个黑人离开，因为他们对他还有未尽的责任，但是，一个黑人的债务由其他黑人偿清了，另一个黑人的工作合同则由一个白人接手，这样，那个叫希利的年轻黑人就可以走了。提斯讥笑地问火箭船是否有宗教名称，希利并没有立刻回应他的嘲笑，但当他乘的车驶远后，他吼道："提斯先生，你晚上会做什么？"（注 12）提斯想了很久，慢慢地他意识到希利是在问没有黑人留下来承受私刑，他可怎么办？提斯不仅靠黑人为他工作，而且黑人也是他的牺牲品。人们会想象白人种族主义者会很高兴看到黑人离开这个世界，但是那些种族主义者却又不得不依赖他们所憎恶的那些黑人，提斯和他的白人同伴不仅在经济上依赖黑人，更依赖黑人来证实他们自己的存在，没有黑人，提斯几乎什么都不是。尽管故事把时间设定为二十一世纪早期，但它描述的却是真实的二十世纪中叶的美国南方，布拉德伯里写的不是未来，就是现在。

尽管布拉德伯里毫无畏惧地描写了白人种族主义，不仅写有私刑，而且还有人物语言和评论，有人说“白人唯利是图，就是那样”，但是这个故事没有完全把非裔美国人作为人来表现，而是用非裔美国文化偏见来揭示他们的缺席。故事以隐喻的方式描写离开的黑人进入了一条河流，沉默代替了歌声和欢笑，“黑人小孩跳进清澈的河水”，地里是“没有采摘”的西瓜和空荡荡的窝棚（注 13）。布拉德伯里有效地利用科幻生动地描写了白人种族主义，但是故事却没有利用这个机会重构独立于白人感觉的黑人文化，所以故事也就没有继续描写非洲移民在火星的生活。

科幻为杜波依斯和布拉德伯里提供了考察美国白人对黑人既依赖又鄙视的生活方式的机会,在传统的主流故事中无法想象的东西可以在科幻中描写，使看不见的东西能够浮现出来,哪怕只是在阅读故事的那一刻也行。在这些故事中,科幻不是因为预测或幻想才重要,而是因为它能够揭示故事创作的那个时代。在暴露种族主义的过程中,故事直面白人读者自己的文化和信仰,甚或创造了读者隔离的暂时体验。

但是，布拉德伯里并不是幻想黑人人物的唯一白人作家，罗伯特·海因莱因的小说《法汉的赎身契》(*Farnham´s Freehold*)(一九六四年)需要和《半空中的路》一起来解读。海因莱因的小说是关于一个白人家庭来到未来的故事,在未来美国,黑人统治着整个国家,实行奴隶制、一夫多妻制和同类相食。故事写于美国民权运动早期,看上去是对美国社会秩序所发生变化的一个反映。在一段重要的对话中,曾经是白人家庭仆役的黑人约瑟夫对主人公休·法汉说:“作为‘黑奴’,你曾乘车经过阿拉巴马吗？”当休回答说没有时,约瑟夫说:“闭嘴吧,你都不知道你在说什么。”(注 14)这表明海因莱因在某种程度上明白美国南方黑人遭受到了多么大的非人暴力,但是,他对黑人文明依赖奴隶制和同类相食的描写却延续了非人化的进程,依然把黑人看作另类。在他幻想的世界里,黑人和白人相处并不平等和自由,而只能是一方统治着另一方。海因莱因的其他作品中也有非白人主人公，他充分认识到种族主义作为社会问题的重要性,然而,在《法汉的赎身契》中,他没能超越自身的经历,用更有意义的形象来取代缺席的黑人。

文化离不开历史，上面讨论的作品中的美国社会种族冲突部分出自非洲奴役史，科幻也可以通过历史演义或穿越情节讲述过去，一些二十世纪小说就利用这些技巧描写种族问题和奴隶制。奥克塔维亚·巴特勒的小说《家族》(*Kindred*)(一九七九年)写的就是一个二十世纪的女人穿越回到十九世纪早期的马里兰种植园。奥森·斯科特·卡德的小说《历史记录：克里斯托弗·哥伦布的救赎》(*Pastwatch: The Redemption of Christopher Columbus*)(一九九六年)则把欧洲对美洲的征服作为小说创作的历史框架。

《家族》的主人公是一个叫达纳的女黑人，小说写道，只要种植园主的儿子拉夫思·维林遇到危险，达纳立马就被拉进她的先祖时代，她从家庭圣经里了解到白人拉夫思长大后将是她祖母的父亲，她推测自己被及时拉回就是为了确保她的家族完整无缺，就是让她来营救拉夫思。一次，她在白人丈夫凯文·富兰克林的陪同下回到过去，她的丈夫是她的主人，当她暂时回到二十世纪时，她的丈夫还在过去滞留了五年。小说没有解释穿越技术，达纳只是感到眩晕，然后就按拉夫思的需要被拉回了过去，她回到自己的年代是因为恐惧或致命的危险。

巴特勒的故事还讲了达纳和凯文的关系史，她不仅对过去也对一九七六年美国的情况进行了评述，达纳的家人对她和凯文的婚姻并不满意：因为凯文是白人，所以达纳的叔叔很失望，凯文妹妹的偏执也让他感到吃惊。达纳婶婶希望她最好嫁给黑人，不过她高兴的是他们将来生的小孩肤色可以浅些。关于二十世纪种族观点所能说的一切就是过去发生在达纳和凯文身上的一切。

凯文在种植园待了一段时间，他这样评论道："这个地方出乎我的想象，没有监工，工作比较轻松……"（注 15）他正在适应奴隶制。作为白人，他没有看到达纳在奴隶区所做的事情，当然，他也没有去寻找。他从不认为奴隶制好，在他滞留的时段里，他看到了一些超乎他想象的糟糕的事情，但是，作为奴隶主，他的背景并不能完全和眼前的变化相提并论。达纳从行为到心理都成了一个奴隶，尽管女奴爱丽丝很恨拉夫思，她还是劝说爱丽丝与拉夫思媾和。达纳不断地原谅拉夫思的背叛，她想："我做错什么了吗？为什么我还要做这样一个以德报怨的人的奴隶？为什么我还要继续让他打？为什么……为什么我现在如此恐惧？一想到那些就感到惊恐，我又要逃了吗？"（注 16）当她面对真正的奴隶制环境时，她在二十世纪接受的教育、历史知识和经验对她毫无用处。这个故事回应了杜波依斯的作品，它告诉我们即使一个人在他的人际关系和日常生活中将现有的肤色障碍置之度外，一旦进入种族主义制度，这些障碍又会死灰复燃。

卡德的小说《历史记录》对过去的种族主义处理方式略有不同，这部小说的人物民族背景各不相同，卡德在情节中对历史作了局部改变，改变了克里斯托弗·哥伦布在加勒比和美国与当地人的接触。故事始于二十三世纪，塔吉丽是一位"种族融合相当成功"的女性（注 17），她用一种可以让人了解历史事件的设备观察过去的非洲母系社会，当她看到她观察的一位非洲女人的小孩被阿拉伯奴隶贩子抓获出卖，便启动了观察全世界奴隶生活的项目。她的项目引起了哈桑的注意，哈桑正在观察西班牙人到来之前的加勒比海岸的加勒比和阿拉瓦克印第安人,当他们一起观察时,一些他们观察的人看到了他们,他们被视作终止奴役的神。

后来的研究表明,哥伦布本意是继续东征阻止宗教的扩张,但是却被一批来自未来(不同于塔吉丽和哈桑的未来)的人引导转向寻找新世界。一位名叫胡纳福·玛塔莫洛的墨西哥青年参与了南美和中美前哥伦布文明的研究,他发现中美特拉斯卡人为防止欧洲占领举行了起义,正是这场起义导致了美洲的奴隶制和殖民主义。胡纳福一旦说服奴隶制项目其他人,美洲文明也可以这样发展。他和另外两人,一个是迪克,即塔吉丽和哈桑的女儿,另一个叫克马尔·阿克亚兹,他们是发现阿特兰蒂斯迷失世界的土耳其人,一起走入过去进行另一场干预,这次是让哥伦布向西航行,通过多种方法让哥伦布把非白人当人看待,希望阻止对土著人民的奴役和屠杀,终止中美的杀人行径。

种族和民族问题贯穿整部小说,从胡纳福与其兄弟们的不同感觉(因为他的父亲是玛雅人,而他兄弟们的父亲则有西班牙血统)到不同文化世界的各个宗教代表都有体现,但是,直到小说的最后部分,迪克、克马尔和胡纳福及时回来,种族问题才最清晰地表达出来,卡德通过迪克讲述海地的情况后哥伦布的转变写出了这一点。哥伦布认为:

> 直到我和她谈话,我才开始质疑白人统治黑人的权利,当她向我灌输对基督教奇异的诠释时,我开始明白印第安人对奴隶待遇的默默反抗……上帝来到这里,不是来开化野蛮人,而是向他们学习,这可能吗?(注 18)

迪克通过与白人哥伦布对话，开始明白过去的肤色差异，甚至过去的文化差异,明白泰诺及其他加勒比部落和他一样都是人,西班牙人和泰诺人开始互相接纳各自的语言和习俗。哥伦布的干预,致使带有哥伦布文化和教养预设与偏见的未来地带的形成。最终,迪克与哥伦布结婚,育有一女,后来成为加勒比亚新国女王,殖民主义和奴隶制被与欧洲国家平等的独立强大的新世界帝国取代,通过引入不同的世界观,就可以改变作为意识形态的种族主义。

卡德的小说也不完全是简单的:通过部分替换基督教放弃了人类牺牲,胡纳福和迪克在组织和统一当地人民的工作中用他们自己的方式把一种文化强加于另一种文化之上,在新国家的形成过程中引入改进的基督教可能是更好的选择,其他方式如对新世界的历史奴役和殖民或者人类牺牲践行者征服欧洲的假设都不太合适，但它依然是一种文化对另一种文化的塑造,是技术先进的人民对于如何管理另一个社会的判断。迪克和其他人无法肯定他们的干预是否也会影响到将哥伦布送往西方所呈现的未来,但是,决定让迪克和其他人穿越历史进行干预的人如果成功,他们的现在就会被抹去,这种干预正是一种牺牲和对他人的关心,完全不计较个人得失。

《历史记录》比《家族》更充满希望,因为它表明黑人如何才能影响白人并预防奴隶制,而《家族》则表现的是奴隶制对人民的摧残和使人失去人性。巴特勒采用穿越和历史来突出二十世纪种族宽容的脆弱,而卡德则用它们来强调不同种族背景的人如何才能一起工作，这种差异可能与他们自己的生活有关,一个不属于被压迫群体的一员很容易对压迫的结局怀有希望(注

19)。不过，尽管有所不同，这两部小说都找到了表达弱势群体声音的方式，巴特勒是让黑人女性来发出这种声音，而卡德则是突出种族主义和压迫，他们都激发读者审视自己的过去和现在，思考他们想要的未来。

关于种族和文化身份问题的科幻小说越来越多，说明这一体裁正在由过去的封闭走向开放，其作者境遇和二十世纪七十年代女性作家相辅相成。霍普金森的《戴戒指的棕发女孩》详细叙述了多伦多的情况，白人和中上阶层放弃了市中心，那里到处是贫穷、犯罪和易货贸易经济。主人公提·珍妮用非洲——加勒比魔术与毒王作战。凯思琳·安·古南的《时间之骨》(*The Bones of Time*)(一九九六年)吸取了住在夏威夷的波利尼西亚人的信仰和历史，其人物取自夏威夷岛亚洲人、夏威夷人和白人的混血儿。凯思琳有关纳米技术的其他小说也有非裔美国人和加勒比人物。尼尔·史蒂芬森在《钻石年代》(*The Diamond Age*)(一九九五年)中把纳米技术的未来设定在中国，在那个社会里，人们来自五湖四海，儒教和新维多利亚文化并存，城市充斥高级武器和不法分子。最近的科幻电影和电视也很少有全是白人人物的，《星际迷航：深空九号》(*Star Trek: Deep Space Nine*)里有一个平行世界里的黑人上校西斯科，他写作科幻却不能发表，因为没有人相信世上曾有一个黑人上校(注20)。科幻小说是一个不断发展的文类，随着它的读者和作者范围越来越广，来自少数族裔或者关于少数族裔的作品不会再让人感到受到颠覆或非同寻常，这也是科幻成为强大的文学变体的重要特质。

注释：

注 1.纳洛·霍普金森，《戴戒指的棕发女孩》（纽约：华纳，一九九八年）。

注 2.他们的论文收于托马斯编的《暗物质》（纽约：华纳，二〇〇〇年）。

注 3.托妮·莫里森，《黑暗中玩耍》（纽约：万塔奇，一九九三年）。

注 4.托马斯，《暗物质》，第Ⅻ页。

注 5.迈克·雷斯尼克，《稀有设计的奇迹：超越的悲剧》（纽约：托尔，一九九四年），第 51 页至 52 页。

注 6.同上，第 22 页。

注 7.同上，第 110 页。

注 8.同上，第 112 页。

注 9.W.E.B.杜波依斯，“彗星”（一九二〇年），重印于托马斯的《暗物质》，第 5 页至 18 页，在第 9 页。

注 10.同上，第 17 页。

注 11.雷·布拉德伯里，《火星编年史》（纽约：双日，一九五〇年），第 117 页，第 118 页。

注 12.同上，第 127 页。

注 13.同上，第 123 页，第 129 页。

注 14. 罗伯特·海因莱因，《法汉的赎身契》（一九六四年）（纽约：西格耐特，一九六五年），第 208 页。

注 15.奥克塔维亚·巴特勒，《家族》（一九七九年）（波士顿：比肯，一九八八年），第 100 页（巴特勒的省略部分）。

注 16.同上，第 177 页。

注 17.奥森·斯科特·卡德,《历史记录:克里斯托弗·哥伦布的救赎》(纽约:托尔,一九九六年),第 16 页。

注 18.同上,第 356 页。

注 19.卡德虽然是摩门教徒,但他会说摩门教有自己的创建故事,卡德处理早期美国的一个要素可能是摩门传统,即美国土著人来自以色列丢失的十个部落。

注 20.《星际迷航:深空九号》的片段"远在星球以外";电视剧:伊拉·斯蒂文·贝尔和汉斯·贝姆勒;故事:马克·斯考特·兹克里(UPN,一九九八年)。

# 第二十章　宗教与科幻

法拉·门德尔松

科幻对宗教信仰和宗教仪式的迷恋主要体现在两个方面，首先，科学浪漫故事赋予了科幻及其作品一种宇宙的宏大感和惊异感，E.E.史密斯博士的太空歌剧、大卫·林德赛(David Lindsay)的精神旅行【《大角星之旅》(*A Voyage to Arcturus*)(一九二〇年】和奥拉夫·斯塔普来登的未来学都从科学浪漫故事汲取营养。虽然科学浪漫故事并不支持宗教对世界的诠释，但它还是沉迷于非物质，给予科幻超越的愿望，这种未来观表明了科幻的精神追求。其次，科幻在纸浆杂志发展的时期，就倾向于对宗教的更物质和更形式化的理解，至少在表面上，这已成为科幻面对宗教的主流模式。

美国宗教科幻始于二十世纪二十年代，笔者在本章所写的内容都是这一具体文化现象的产物，这一时期对美国的大多数肤浅描述都采用排他主义的方法，从此，美国进入了二十世纪初的科学政治理性主义。然而大多数美国人还是深信宗教的，从一九二六年起，虽然法庭对案件的审判看上去更加趋于把教育从宗教中分离出来，但限制传授科学知识和方法的法规还是悄悄地被取消了(这一现象直到五十年代后期俄罗斯发射人造地球卫星引发课程改革才为公众所知)。到一九六〇年，宗教与教育分离的观点或至少大多数宗教信仰的自由诠释为美国提供了表面上处于支配地位的知识传统，基于这一传统和源自早期科幻小说的帝国主义探险故事，新兴的科幻世界认为那是世俗主义未来的声音，它们以略显礼貌的蔑视对待宗教：宗教实质是“另类”，是落后和原始，它在科幻中的作用要么是破坏，要么是表明某外星人文明已经达到的程度。

科幻小说发展过程中主要的情节有三个：不可思议的发明、未来战争和异想天开的旅行。三个中最后一个为探讨宗教和信仰提供了可能。早期杂志里最常用的“奇异”方法是把一个相当普通的探险故事放在被人遗忘的或无人发现的地方，故事的主人公常常被推进器送到那些神秘的地方，这些历险故事反映了美国中产阶级对其他宗教文化价值越来越感兴趣，神秘主义在他们中间也越来越流行。唯心主义随着原教旨主义的兴起在二十世纪二十年代开始复苏，表面上它和基督教形同陌路，但是它在圣公会信徒和主教派会员中却很受欢迎，在科学浪漫故事中也很有影响力，《大角星之旅》的开头部分就是降神会。

虽然这些早期故事对科幻的出现至关重要，但它们从内心并不在意科学或未来推测，到一九四〇年，奇幻小说的发展足以支撑科幻与奇幻分离，那些可以甄别为奇幻(没有任何科学元素)的故事被坎贝尔放入未知类。虽然科幻选择了超脱尘世的场景，一般通过火箭船到达那里，但它仍然相信科学地球人与其他众神之间存在竞争，影响这些故事的主流奇幻历险小说的传统对“另类”的异化非常依赖，“宗教”被归入另类文化，几乎完全和“原始”联系了起来。

对奇异的聚焦导致对宗教仪式的关注，科幻和人类学、宗教研究一样，它倾向于关注行为而非信仰，这也许可以解释布赖恩·斯塔布莱福特指出的为什么科幻作家经常选择写有关耶稣受难的小说（注1），但重要的是，改革派和天主教的活力在于拒绝仪式和信仰之间以及意识和意义之间的联系。根植于同样的二元对立的现代主义延伸了这种联系：科幻充斥着解释击败迷信的故事，以及非物质力量终被驯服等。在埃德加·赖斯·巴勒斯的巴松故事中，约翰·卡特被愿望之梦送到新阿拉伯火星，遇到并征服了伊苏斯神（注2），因为这个神是唯物主义者，所以是假的。甚至在宗教（摩门教）作家用的现代版的比喻中，也只是利用而不是拒绝唯物主义。在奥森·斯科特·卡德的《死者代言人》（*Speaker for the Dead*）（一九八六年）中，外星坡其尼奥人即“猪仔”看似非常理性和科学，但实际上他们迫害了人类的一个人类学家，整个故事情节似乎故意循规蹈矩，用解释来说明人类的理性。相反，人类神秘主义加上理想主义、科学和救赎等概念使得坡其尼奥人的科学真理变得模糊，迫害则引发了他们下一代的生物变化，人们嘲笑的是人类迷信，而不是宗教。小说中人类以前失败的受难成了牺牲的隐喻，科学理性主义加强了意识和信仰之间的联系，这种特殊的场景在科幻中以其他的方式普遍存在。比较典型的是，有宗教信仰的高级外星人最后都被发现受到了人类的误解——海因莱因在《异乡异客》中写火星人时用到了这个方法，朱迪斯·墨菲《彭特拉》中的整个生态学就建立在这个原理之上，星球是个行动元(actant)，积极推动着故事情节的发展(注3)。

在二十世纪四五十年代的科幻黄金时代，宗教常常让人想到未开化这个比喻，一个新的变化是，宗教信仰和仪式常常被用作失败的标志：科幻作家一般都把历史看作循环，宗教则是循环上的一个点，如果抛开历史和文明，人类就是在这样的循环当中周而复始，生生不息。在阿西莫夫的短篇故事《日暮》(*Nightfall*)(一九四一年)里，世界充满噩梦和迷信，而在《天空孤儿》(*Orphans of the Sky*)(一九六三年)(注4)中，海因莱因的殖民太空船的居民们开始用宗教解释越来越难以理解的世界，后屠杀小说仍然继续重复着这个主题。小沃尔特·M.米勒的《莱伯维茨的赞歌》也许是这类科幻中最成熟的小说。在一个荒芜的美国，科学被再造为宗教仪式，正是礼拜仪式的僵化才确保了知识的延续，但是宗教和知识退化之间的联系仍然不变。最近，亚当·罗伯茨的小说《上面》(*On*)(二〇〇一年)重复了这个比喻：整个世界已经忘记了为什么它现在需要依靠垂直的架子，甚至连十五世纪的基础科学都不明白其中的奥秘，于是，居民们制造了一个宗教谎言。在这个传统里，虽然宗教社会常常被描写为反技术的社会，但是宗教与技术却琴瑟和鸣，而与科学思想则难一致，因此宗教常被认为缺乏思想，很少被看作思维模式，世界构建中宗教所承担的角色也反映了这一偏见。

科幻唯物论的功利主义为宗教提供了一个特殊的角色：对许多作家而言，宗教是外星人剧场的固定装饰。虽然并不是所有的世俗主义文化都是先进的，但通常人们都假定所有先进文化都是世俗的，伊安·班克斯的伊达朗（Idarans）【《回顾一下弗莱巴斯》（*Consider Phlebas*）（一九八七年）】之所以特殊就在于它保持了先进技术和非物质的信仰系统。但是，宗教在世界构建中的标志性用途被懒惰所玷污，对大多数人来说，往往一种宗教就够了。《星际迷航》中每个星球都有一个宗教信仰，也许这是最有名的违犯了宗教规矩的科幻小说。不过这个问题只是局部的，例如在舍利·泰柏的宇宙中就有很多宗教，不过每个星球常常只专注于一个宗教，在这个拥有成千上万个神的领域里，奇幻表现出了比科幻更高级的敏感性。但是也有例外，埃德加·赖斯·巴勒斯的巴松中有很多狂热崇拜都集中在多神教神庙（这也许反映了二十世纪早期美国对印度教的迷恋），罗伯特·海因莱因《太空宇航员》（*Space Cadet*）（一九四八年）中的金星人至少都有两种不同的宗教信仰，勒古恩《黑暗的左手》中格森的居民们坐在火炉边反复给外星人外交官真力·艾讲神话故事。还有就是对外星人或外国宗教的描写常常是粗线条的：发明新的誓言（如麦卡弗里的蜂鹰）或者我们只是朝着“众神”的方向挥手。有时在科幻小说里会同时选一个边缘宗教来形成一个观点，贵格会（Quakers 主张人人生而平等）成了和平主义者和勒古恩的《苍鹭之眼》（*The Eye of the Heron*）（一九八〇年）、朱迪斯·墨菲的《彭特拉》、莫琳·迈克休的《林肯火车》（*The Lincoln Train*）中某个特别团体的代名词。但是，勒古恩似乎并不明白和平主义是一个长期策略，朱迪斯·墨菲的贵格会成员在令人难以置信的短时间内达成了一致，莫琳·迈克休的贵格会没有意识到他们的基本神学是人人心中有上帝的信仰。

犹太教在科幻中的地位比较特殊，犹太法典中体现宗教信仰的文化话语表明犹太思想家趋向于逻辑和科学理性主义，因而其对逻辑判断的热情为纯科幻寓言提供了素材，阿西莫夫的《蠢驴》（*Silly Asses*）（一九五八年）利用了这个倾向：长寿的里盖尼亚种族嘲讽性地评论了太空旅行前发展核武器的文明前景，地球的名字从文明物种的清单上被抹掉。因为有大量的科幻作家都是犹太人，所以一些科幻采用犹太人身份作主题就不足为奇。杰克·丹恩的选集《游星》（*Wandering Stars*）（一九七四年）中的故事集中表现了那些常常不奉行犹太教的人的可笑，他们只是隶属于自己的宗教文化而已（注5）。罗伯特·西尔弗伯格写了一个进入外星人体内的恶灵，威廉·泰恩探讨了多种族宇宙中谁是犹太人和犹太教是什么的问题。但是，因为犹太教主流倾向与科学联手，而且，极端正统派仍然是少数派宗教，所以，对于大多数科幻作家而言，犹太教仍然有它吸引人的一面。科幻中的伊斯兰教则不同，它总是由教外人士写的，里面没有了犹太教科幻那样的戏谑。最近，在科幻中对伊斯兰教处理得最好的可能是荣·柯特雷·格林伍德的《帕沙扎德》，格林伍德在《阿凡提》和金·斯坦利·罗宾森在《米和盐的岁月》中都尝试认真考虑伊斯兰语境下宗教激进主义的性质，而不是在作品中一味地反对西方。

传教士或牧师作为主人公突然出现在科幻中可能源自人类学、探险小说和十九世纪晚期二十世纪早期传教运动的兴起。科幻就像其最近的同盟乌托邦一样，部分依赖外来人物，传教士和警察、记者、商人、士兵一样都是外星人社会的外来者原型，他们往往是在困难时刻提出问题的重要人物。传教士代表文明和作者声音挑战一个文化中宗教的地位及其对于人类的意义，同时，一个常见的比喻是传教士也是宗教信仰的毁灭者。在哈里·哈里森的《阿什科隆的街道》(*The Streets of Ashkelon*)(一九六五年)中,传教士带来了劝说外星人犯罪的救赎信息,虽然故事的笑点是他们决定折磨他以测试他对复活的相信程度,但隐含的信息是依靠迷信灌输的信仰犯罪。詹姆斯·布利什《事关良心》中的牧师认为,世界毁灭正是魔鬼自己造成的。在罗伯特·普莱斯利[①]的《人的另一个词》(*Another Word for Man*)(一九五八年)中,一个外星人来到地球挑战和挽回了一个牧师的宗教信仰,当外星人(医学传教士)献出它的生命治疗牧师的癌症时,牧师不得不接受外星人的人格和它作为上帝之子的地位,即使传教士是外星人,它在科幻中的功能仍然需要挑战和被挑战。

虽然斯塔布莱福特认为所有上述故事都是后原子利益在末世学(eschatology)中的体现(注 6),但战后时期宗教偏见遗留的证据让科幻作家相信他们以各种形式质疑宗教是正确的。对许多作家而言,宗教就是非美国化(unAmerican),或者至少在定义地球人时它是没有什么价值的,为美国市场创作的非美作家一般也接受这个观点。但是英国作家如克拉克却能够在严格的宗教仪式中创造科学奇迹,在《神的九十亿个名字》中,电脑完成了上帝名字的登记,宇宙的目的实现了,于是世界毁灭了。宗教末世学成了原子能爆炸预示末日的比喻。克拉克其他受宗教启示的故事还有《星》,它悲戚地描写了死于伯利恒上空的新星球,宗教赋予了这种巧合多重含义。他的第三部宗教巨著是小说《童年的终结》,小说诅咒所有误导人们的宗教,在第

① 编者注:罗伯特·普莱斯利(Robert Presslie,1920 年—2002 年),美国作家。

一部分结尾处我们的外星人救星最后却被发现是长着角和尾巴的撒旦。在所有这些例子中，科幻的奇异感与宗教信仰的奇异感截然不同，科幻是要寻找理解中的奇异。

科幻反复描写宗教把人类（和外星人）从理性之路和真正的启蒙引向了迷途，故此，它认为宗教是非常危险的。罗伯特·海因莱因的中篇小说《如果这继续》刻画了容易为宗教狂人控制的多数人群；上面提到过的哈里·哈里森《阿什科隆的街道》虽然认为天主教传教士信仰非常真诚，但它却攻击迷信对以前理智外星人的影响以及基督徒对基督教故事中特殊而恐怖的部分的关注。约翰·巴恩斯在近期的科幻作品中大范围使用了传教士，《原罪》（*Sin of Origin*）（一九八八年）中宇宙被划分成好几个宗教势力范围；《百万打开的门》中大使兜售自由放任的资本主义宗教（这是一个漂亮的类比，在《原罪》中马克思主义是三大宗教之一）；《原罪》描写了天主教堂的破坏力和创伤性，在三个物种作为共生三位一体生活的星球上，最没有公民权的人是那些遭受丧亲之痛的人，进入新的三位一体的重生信息正在摧毁社会结构，不过，最值得一提的是教堂不愿承担造成这个局面的责任。虽然都是信徒掌控局面，也有结局不同的，在玛丽·多利亚·拉塞尔[①]的《麻雀》（*The Sparrow*）（一九九六年）和《上帝之子》（*Children of God*）（一九九八年）中，宗教对捕食者和被捕食者两个智力物种的影响推翻了整个生态系统，和《原罪》一样，作者对这个结局充满了矛盾之情。

---

① 编者注：玛丽·多利亚·拉塞尔（Mary Doria Russell，1950 年— ），美国推理小说作家。

在把这些小说作为一个整体考察时,让读者震惊的重要信息是,宗教不仅危险,常常误导人们,而且比较感性的人往往难以抵抗它的诱惑。许多作家(无论他们是否相信)都愿意去迎合这些狂热的信念,即他们这些"普通民众"必须由我们这些技术专家来加以拯救。范·沃格特在小说《斯兰》中表达了这一狂热信念,这些思想起初支持罗恩·哈伯德的"自我意识系统",开始叫排除有害印象精神治疗法(即戴尼提学说),后来叫信仰治疗法(Scientology)(美国政府把它看作是一种宗教)。威廉·泰恩和小詹姆斯·提普垂是最好的短篇故事作家,他们都认为人类天生容易受骗。泰恩在《地球的解放》(*The Liberation of Earth*)(一九五三年)中写道,当我们被外星人以不同方式证明他们同我们之间的联系时,我们被外星人反复地"解放"了。提普垂的《帮助》(*Help*)(一九六八年)假想了外星人教堂转化人类的几个结局,这两部小说中人类都没有什么好结果。

上述所有科幻小说针对宗教的方法本质上都是唯物主义的,对于大多数科幻作家而言,宗教是有功能的,而且,宗教还提供了权力话语。这一传统的创始人是西尔多·斯特金,他最受关注的作品是《微宇宙的上帝》(*Microcosmic God*)(一九四一年),故事的主人公成功创造了微观文明,他用恐吓和折磨的办法来解决科学政治问题,故事同时包含了我们是上帝的主张和对上帝权威道德的挑战。一些作家选择把对上帝的信仰简化成对强有力的"另类"的信仰,这点在斯隆茨斯基的《脑瘟》中反映最为直接,有文化的微型外星人必须和主人协商共处,可以和上帝进行讨论,但不是盲从。舍利·泰柏和丹·西蒙斯等作家则直接挑战神权,泰柏在《举起石头》中描写的霍布斯陆地众神在

《附属事件》中成了寄生虫，不是创造神圣，而是产生共情，对于没有转化的人来说其行为似乎过于合作（共产主义者）和缺乏上进心（《星际迷航》在一九六七年播出的“天堂的这侧”曾用过这一情节）。西蒙斯则更加给力，他的《海伯利安》和《海伯利安的陨落》假想寻找一个并不值得人们崇拜的上帝，随后人们发现它是个外星寄生虫。西蒙斯根据亚伯拉罕提出的牺牲艾萨克的故事，促使我们质询上帝的不公行径。在所有这些故事中人和上帝之间的关系是共生的，只有肯·麦克劳德在《石运河》和《卡西尼环缝》中模仿了“微观上帝”的无情，任何比我们转得快想得快的东西都是竞争，控制或排除这一威胁的最残忍的方法都是可以接受的。麦克劳德坚持认为无论这些人多么像上帝，他们和宗教都没有关系，因为他们宣示的只是夸大的人类能力。弗诺·文奇则称这些人为“软弱的超人”（注 7）。具有讽刺意味的是，“微观上帝”及其伴随术语“异常”本身含有末世观，超越者（网上力量强大的意识形态群体）相信，人类在寿命、住处、智力和情感深度等方面的激进技术扩张在近未来是可行的，相信超越的人（不包括麦克劳德）或者相信其他超越人类形式的人，只需要用“大灾难”替代异常，用“极度狂喜”替代“上传”，就和美国原教旨主义基督徒难分难辨了（注 8）。

并不是所有的科幻作家都从自我意识的唯物主义立场去理解宗教，第二次世界大战、原子弹爆炸和反文化的出现都支持更哲学的论述，宗教信仰而非仪式成了人们感兴趣的话题，超越被纳入了人类的可能性范围。最有名的超越小说是海因莱因的《异乡异客》，故事中一个被救的地球小孩迈克尔·瓦伦丁·史密斯把他对火星家庭精神的理解带回了地球，虽然很多人怀疑小说的目的，但它成了反文化的经典著作。到二十世纪七十年代，嬉皮士运动盛行，后又加上八十年代风气渐盛的生态运动，约翰·瓦利等科幻作家发展出了一个更广泛的精神概念。瓦利的《视觉暂留》(*The Persistence of Vision*)(一九七八年)故事发生在聋盲群体中，那里的交际就是触摸，宗教被理解为带有宗教感和感官体验的仪式。七八十年代，异教信仰也成了科幻作家创作的资源和主题，它强调精神多于仪式，随着新的生态运动走向前台，它在科幻精神世界概念化方面留下了印记。最典型的例子是理查德·格兰特[1](Richard Grant)的小说【《失去时间的萨拉班德舞》(*Saraband of Lost Time*)(一九八五年)和《春天的流言》(*Rumors of Spring*)(一九八七年)】。小说中，当树木接管世界，给人类带来威胁和挑战时，人类就把信奉异教和唤醒自然结合起来进行对抗。不过信奉异教最显著的影响是在女权主义科幻领域，七十年代有一波科幻设想女权主义母亲女神的作用就是保障女人的权力【例如，马利恩·兹默·布拉德利的《伊西丝废墟》(*The Ruins of Isis*)(一九七八年)；舍利·泰柏的《通往女儿国的大门》】，或者是慈善性质，如莎利·米勒·吉尔哈特的《奇境》中就假想了这样一个世界，动物愿意死去以飨同伴。但伊丽莎白·汉德[2]的《唤醒月亮》(*Waking the Moon*)(一九九五年)则不是那么感情用事：他的作品中自然非常可恶，女神苛刻而残忍，汉德往往在两个残忍的神中选一个作主人公。

---

① 编者注：理查德·格兰特(Richard Grant，1957年— )，英国作家，生于马来西亚。著有《神的中指》等作品。

② 编者注：伊丽莎白·汉德(Elizabeth Hand，1957年— )，美国作家，曾获世界奇幻奖。

由于对精神和东方宗教传统越发感兴趣，外星人宗教实践的描写也越来越敏感，奥克塔维亚·巴特勒的异种系列、格温妮丝·琼斯的阿留申三部曲和C.J.切利的作品都是精品范例。这表明作家对外星人文化的热情和女权主义兴起有某种关联，但对描写的宗教体验多样化则没有什么影响。真正的影响要回到范·沃格特提出的超人类或后人类主题，超感官知觉、提升的智力和道德意识在科幻中形成了超越过程中的基本要素。奥拉夫·斯塔普来登的《造星人》包含了这种可能性，那就是终有一天人类进化可能脱离物质，自此，很多作家采纳了这个观点。约翰·克卢特的《苹果籽》探讨的超越方法更是自相矛盾，吸收遭到抵制，因为这会导致宇宙冻死。

超越欲望包含了其他作家曾大力挑战过的对纯粹人的蔑视，布赖恩·斯塔布莱福特的“代达罗斯”(Daedalus)系列(一九七六至一九七九年)拒绝智力乌托邦的各种形式，看上去是在声明保留人类的完整形式，一段时间里上传即人类性格数字化成了长寿争论的普遍解决方案，但它不可避免地引发了灵魂和个体属性的辩论。最近，这一争论主要体现在班克斯和麦克劳德的作品中，班克斯的文化小说和麦克劳德的《卡西尼环缝》可以解读为关于性格属性的争论。班克斯的文化小说坚持超越的根本奇异性：正是那些机器最脱离它们超越的社会，而麦克劳德则除了纯物理模式，强烈反对任何替代进展模式的出现，似乎也反对人类进一步参与的命题。他的人物在培养皿(“微观上帝”)中重访斯特金文明，在虚拟现实中访问最近的化身。麦克劳德的朱庇特人是人类进化的后代，但它们的人性是妥协的。麦克劳德《石运河》中的数字化过程中重组的人类质疑他们自己的独特性，相反，大多数文化市民则高兴地把自己备份，这样他们就可以参与高风险的运动。同样，在约翰·巴恩斯的《百万打开的门》中，唯一的遗憾是技术完善前那些人就死了。

虽然建立一份清晰的追溯科幻中宗教思想影响的年表不太可能，但到二十世纪八十年代有明确证据显示科幻作家承认了新的政治秩序，即八十年代见证了基督原教旨主义影响的复苏，理解原教旨主义教会成员自二十年代稳步上升十分重要。然而，真正促使他们在八十年代受到关注的有两方面因素（注9），一是泛宗派主义，美国人大规模迁徙及无线电和电视的兴起，打破了卫理公会教徒、浸礼会教友和五旬节派教会教徒之间的森严壁垒（注10）。到八十年代，教会倾向于分成对《圣经》理解的自由派和直译派，社会态度则分成自由派和保守派，有趣的是，犹太教和穆斯林也开始根据自由主义或保守倾向与基督教会进行合作。

二是原教旨主义神学的改组，在内战后相当长一段时期内，大多数基督原教旨主义者都相信他们在地球的存在必须付出艰苦的努力，他们的宗教努力主要是自我修养，而不是改进世界。但是，到八十年代，自由派推动政教分离超出了许多忠诚的基督徒的意愿，以前的分离理论主要被看作是保护基督教主导下的多样化，而这个时候则被视作向基督教国家强加世俗主义的企图，身份政治的兴起和性道德的明显崩溃都是在支持这样一种感觉。从七十年代中期起，保守派基督徒对政治越来越感兴趣，进而转向对个人救赎神学的核心道德问题的关注。八十年代，当诺纳德·里根在保守的社会和经济条件下被选为总统时，他们认为好像实现了自己的愿望，但里根总统并没有带来宗教右派所期望的基督教道德的恢复，这引起了国家的分裂感，双方都真正感到了威胁。令人吃惊的是，大多数科幻作家都选择和自由个人主义结盟，海因莱因的《如果这继续》在六十年代之前还特立独行，但八九十年代大量科幻都对原教旨主义的兴起表示了敌意。《如果这继续》采用了很多方法，正面挑战基督教，显示其他传统的力量。信奉异教成了反对运动，宗教右派开始把奇幻小说作为内部异教目标进行攻击（稍早有对《绿野仙踪》的攻击，最近的是对《吸血鬼猎人巴菲》和《哈利波特》的攻击）。许多作家以小说和短篇故事进行回应，信奉异教战胜了基督教压迫，或者说改进了巫术盛行的美国。还有些科幻作家简单地设想了宗教右派统治的世界会多么地为人喜爱，苏泽特·埃尔金的《母语》集中描写了女性在原教旨主义美国的经历，约翰·怀特伯恩（John Whitbourn）的《建设耶路撒冷》（*Build Jerusalem*）（一九九四年）尝试幻想了一个宗教改革失败的世界，而大卫·韦伯的《为了女王的荣誉》（*For the Honor of the Queen*）（一九九三年）则令人信服地描写了美国原教旨主义者定居的一个殖民地。克林顿总统的当选给了自由派一些安慰【但是，理查德·格兰特的《在冬天的大地里》（*In the Land of Winter*）（一九九七年）讲述了一个异教徒母亲在社区里受到攻击的故事，指出大多数斗争都是局部的，往往那些地方都是宗教右派统领政治】，然而这些故事并不试图理解原教旨主义本身的意义，泰利·比森[①]和特德·姜是两位试图进入宗教右派内

---

① 编者注：泰利·比森（Terry Bisson，1942 年— ），美国科幻和奇幻作家，擅长创作短篇小说，著有多部系列小说，如“比利”系列和“星际战争”系列等。

部的超级作家，比森的《破旧的十字架》(*The Old Rugged Cross*)(二〇〇一年)描写了“宗教自由法”下罪犯可以选择死亡方式的近未来，小说里宗教法则的逻辑要被钉死在十字架上，故事含有救世的苦涩。姜的《地狱没有上帝》(*Hell is the Absence of God*)(二〇〇一年)同样苦涩，它和比森的故事出自同一个选集(注 11)。姜写到了一个原型世界，奇迹是天天都发生的事件，这直接挑战了宗教右派奇迹总是好事的自然预设，天使的消失总会产生影响，上帝的缺失是真正的威胁。肯·麦克劳德则成功地设想了一个貌似合理分裂成各个敌对小国的英国，伦敦庇护着比尤拉的一个志愿原教旨主义小城，旁边则是诺龙托自由城市，这两个城市的描写都给人留下了较好的印象，来自比尤拉的“难民”乔丹在《天路》中找到了宗教。

最后，因为美国主流社会一般对社会主义存有敌意，所以宗教就成了不挑战主流美国自由领导权而质疑不公的主要阵地，这一传统也影响到科幻。巴恩斯在《原罪》中的传教士意在把外星人世界用基督教名词而不是那些外来的名词带入基督教世界，但巴恩斯认识到了文化帝国主义的讽刺。在这个方向很少有作家受到他们自己宗教信仰的启发，尽管他们的宗教信仰本身是比较特殊的。玛丽·多利亚·拉塞尔是由天主教转向犹太教的，她派了一队耶稣会信徒和一个西班牙犹太人去一个星球，那里食肉动物统治着聪明的食草动物，幸存者向他们介绍自由神学(《麻雀》和《上帝之子》)。奥森·斯科特·卡德是个摩门教教徒，他在后灾难小说《民间边缘》(*The Folk of the Fringe*)(一九八九年)中把摩门教作为世界的救星。更有意思的是，他在《死者代言人》中创造了一个全新的宗教，宗教代言人把真相带入记忆中。朱迪斯·墨菲本人并不是教友派信徒(她实际上出自原教旨主义浸礼会教徒家庭)，她用她丈夫的浸礼会信仰创作了《彭特拉》,这是一部殖民化和第一接触小说,浸礼会信徒努力与民主世界相处,并用能为所有人提供正义的方式与非浸礼会人商洽。因为科幻是在思想实验的基础上进行预言,所以自然会产生神学话语,科幻励精图治,建设世界,认识宗教信仰的意义证实对生成“全面”有厚度的科幻作品至关重要。

注释:

注 1.布赖恩·斯塔布莱福特,《宗教》,载于约翰·克卢特和彼得·尼克斯编《科幻百科全书》(伦敦:轨道,一九九三年),第1002 页。

注 2.埃德加·赖斯·巴勒斯,《火星之神》(芝加哥:迈克克勒奇,一九一八年)。

注 3.布赖恩·艾特贝瑞,《奇幻小说策略》(布鲁明顿:印第安纳大学出版社,一九九二年),第 73 页。

注 4.这是一九四一年发表的两篇小说《宇宙》和《常识》的修改版。

注 5.杰克·达因编《流星:犹太奇幻小说和科幻小说选集》(纽约:哈勃和洛,一九七四年)。

注 6.布赖恩·斯塔布莱福特,《宗教》,载于约翰·克卢特和彼得·尼克斯编《科幻百科全书》(伦敦:轨道,一九九三年),第1001 页至 1002 页。

注 7.弗诺·文奇,《奇异是什么？》,可以在以下网址找到:

http://www.ugcs.caltech.edu/~phoenix/vinge/vinge-sing.html，一九九三年。

注 8.斯蒂夫·阿兰·爱德华兹，《心灵之子》，载于《二十一世纪：扫描未来》，23（一九九六年），第 45 页至 51 页。

注 9. 罗杰·芬克和罗德尼·斯塔克，《美国教堂》（新布朗斯维克，新泽西：罗格斯大学出版社，一九九二年），第 149 页。

注 10.参见乔尔·A.卡朋特，《再次唤醒我们》（纽约：牛津大学出版社，一九九七年）。

注 11.P.N.海登编《星光 3》（纽约：托尔，二〇〇一年）。

# FURTHER READING

（英文原版书参考文献）

*Reference works*


Barron, Neil, ed. *Anatomy of Wonder 4: A Critical Guide to Science Fiction* (New Providence, NJ: Bowker, 1995).

Bleiler, Everett F. *The Checklist of Science-Fiction and Supernatural Fiction* (Glen Rock, NJ: Firebell, 1978).

*Science-Fiction: The Early Years* (Kent, OH: Kent State University Press, 1990) [annotated bibliography of English language sf to 1930].

*Science-Fiction: The Gernsback Years* (Kent, OH: Kent State University Press, 1998) [annotated bibliography of sf magazines, 1926 to 1936].

Bleiler, Everett F., ed. *Science Fiction Writers. Critical Studies of the Major Authors from the Early Nineteenth Century to the Present Day* (New York: Scribner's, 1982).

Brown, Charles N. and Contento, William G., eds. *Science Fiction in Print – 1985: A Comprehensive Bibliography of Books and Short Fiction Published in the English Language* (Oakland, CA, 1986) [First of an annual publication, now available on-line at http://www.locusmag.com, and see there for details of a CD-ROM].

Clareson, Thomas D. *Science Fiction in America, 1870s–1930s. An Annotated Bibliography of Primary Sources* (Westport, CT: Greenwood, 1984).

Clute, John and Nicholls, Peter, eds. *The Encyclopedia of Science Fiction* (London: Orbit, 1993).

Contento, William G. *Index to Science Fiction Anthologies and Collections* (Boston: G. K. Hall, 1978). [A second volume, 1984, covers 1977–83; an on-line version is available at http://www.locusmag.com, and see there for details of a CD-ROM].

Currey, Lloyd W. ed. *Science Fiction and Fantasy Authors: A Bibliography of First Printings of Their Fiction and Selected Nonfiction* (Boston: G. K. Hall, 1979).

Day, Donald B. *Index to the Science Fiction Magazines, 1926–1950* (2nd edn, Boston: G. K. Hall, 1982).

Fischer, Dennis. *Science Fiction Film Directors 1895–1998* (New York: McFarland, 2000).

Garber, Eric and Paleo, Lyn. *Uranian Worlds: A Guide to Alternative Sexuality in Science Fiction, Fantasy and Horror* (2nd edn, Boston: G. K. Hall, 1990).

Guillemette, Aurel. *The Best in Science Fiction: Winners and Nominees for the Major Awards in Science Fiction* (Aldershot, Hants: Scolar Press, 1993).

Hardy, Phil. *The Aurum Film Encyclopedia Vol 2: Science Fiction* (London: Aurum, 1990).

*Locus: The Newspaper of the Science Fiction Field*, ed. Charles Brown, monthly [see http://www.locusmag.com].

Magill, Frank N., ed. *Survey of Science Fiction Literature* (5 vols.) (Englewood Cliffs, NJ: Salem, 1979).

Magill, Frank N., ed., with Tymn, Marshall B. *Survey of Science Fiction Literature. Bibliographical Supplement* (Englewood Cliffs, NJ: Salem, 1982).

Nicholls, Peter, ed. *The Encyclopedia of Science Fiction* (London: Granada, 1979).

Reginald, R. *Science Fiction and Fantasy Literature: A Checklist, 1700–1974, with Contemporary Science Fiction Authors II* (2 vols.) (Detroit, MI: Gale, 1979).

Tuck, Donald H., ed. *The Encyclopedia of Science Fiction and Fantasy. Volume 1: Who's Who, A-L* (Chicago: Advent, 1974); *Volume 2: Who's Who, M-Z* (Chicago: Advent, 1978); *Volume 3: Miscellaneous* (Chicago: Advent, 1982).

Tymn, Marshall B. and Ashley, Mike, eds. *Science Fiction, Fantasy, and Weird Magazines* (Westport, CT: Greenwood, 1985).

Watson, Noelle and Schellinger, Paul E., eds. *Twentieth-Century Science-Fiction Writers* (3rd edn, Chicago: St James, 1991).

Wolfe, Gary K. *Critical Terms for Science Fiction and Fantasy: A Glossary and Guide to Scholarship* (Westport, CT: Greenwood, 1986).

### *1. The history*

Aldiss, Brian W. with David Wingrove. *Trillion Year Spree: The History of Science Fiction* (London: Gollancz, 1986).

Alkon, Paul K. *Science Fiction Before 1900: Imagination Discovers Technology* (New York: Twayne, 1994).

Armytage, W. H. G. *Yesterday's Tomorrows: A Historical Survey of Future Societies* (London: Routledge & Kegan Paul, 1968).

Ashley, Mike. *The Time Machines: The Story of the Science-Fiction Pulp Magazines from the Beginning to 1950. The History of the Science-Fiction Magazine Volume 1* (Liverpool: Liverpool University Press, 2000).

Atheling, William, Jr [James Blish]. *The Issue at Hand: Studies in Contemporary Magazine Science Fiction* (Chicago: Advent, 1973).

Berger, Albert. *The Magic That Works: John W. Campbell and the American Response to Technology* (San Bernardino, CA: Borgo, 1993).

Bretnor, Reginald, ed. *Modern Science Fiction: Its Meaning and Its Future* (New York: Coward McCann, 1953).

Carter, Paul A. *The Creation of Tomorrow: Fifty Years of Magazine Science Fiction* (New York: Columbia University Press, 1977).

Clarke, I. F. *The Pattern of Expectation: 1644–2001* (London: Cape, 1979).

*Voices Prophesying War: Future Wars 1763–3749* (2nd edn, Oxford: Oxford University Press, 1992).

Clute, John. *Look at the Evidence: Essays and Reviews* (Liverpool: Liverpool University Press, 1996).

Delany, Samuel R. *The Jewel-Hinged Jaw: Notes on the Language of Science Fiction* (1977; reprinted New York: Berkely Windhover, 1978).

*The American Shore: Meditations of a Tale of Science Fiction by Thomas M. Disch – Angouleme* (Elizabethtown, NY: Dragon Press, 1978).
Del Rey, Lester. *The World of Science Fiction: The History of a Subculture* (New York: Del Rey, 1977).
Disch, Thomas M. *The Dreams Our Stuff is Made of: How Science Fiction Conquered the World* (New York: Free Press, 1998).
Franklin, H. Bruce. *Robert A. Heinlein. America as Science Fiction* (New York: Oxford University Press, 1980).
*War Stars. The Superweapon and the American Imagination* (New York: Oxford University Press, 1988).
Greenland, Colin. *The Entropy Exhibition: Michael Moorcock and the British 'New Wave' in Science Fiction* (London: Routledge & Kegan Paul, 1983).
Hartwell, David G. *Age of Wonders: Exploring the World of Science Fiction* (New York: McGraw-Hill, 1984; 2nd edn, New York: Tor, 1996).
Huntington, John. *Rationalizing Genius: Ideological Strategies in the Classic American Science Fiction Short Story* (New Brunswick, NJ: Rutgers University Press, 1989).
Innerhofer, Roland. *Deutsche Science Fiction 1870–1914: Rekonstruktion und Analyse der Anfange einer Gattung* (Wien-Köln-Weimar: Böhlau, 1996).
James, Edward. *Science Fiction in the Twentieth Century* (Oxford: Oxford University Press, 1994).
Knight, Damon. *In Search of Wonder* (2nd edn, Chicago: Advent, 1967).
*The Futurians: The Story of the Science Fiction 'Family' of the 30's That Produced Today's Top SF Writers and Editors* (New York: John Day, 1977).
Kuhn, Annette, ed. *Alien Zone: Cultural Theory and Contemporary Science Fiction Cinema* (London: Verso 1990).
Landon, Brooks. *Aesthetics of Ambivalence: Rethinking Science Fiction Film in the Age of Electronic (Re)production* (Westport, CT: Greenwood, 1992).
*Science Fiction after 1900: From the Steam Man to the Stars* (New York: Twayne, 1997).
Lofficier, Jean-Marc and Lofficier, Randy. *French Science Fiction, Fantasy, Horror and Pulp Fiction* (Jefferson, NC: McFarland, 2000).
Malzberg, Barry. *The Engines of the Night: Science Fiction in the Eighties* (Garden City, NY: Doubleday, 1982).
Panshin, Alexei and Cory. *The World Beyond the Hill: Science Fiction and the Quest for Transcendence* (Los Angeles: Jeremy P. Tarcher, 1989).
Penley, Constance, *et al.*, eds. *Close Encounters: Film, Feminism and Science Fiction* (Minneapolis: University of Minnesota Press, 1991).
Pohl, Frederik. *The Way the Future Was: A Memoir*. New York: Ballantine, 1978.
Sobchak, Vivian. *Screening Space: The American Science Fiction Film* (New York: Ungar, 1987).
Stableford, Brian M. *Scientific Romance in Britain, 1890–1950* (London: Fourth Estate, 1985).
*The Sociology of Science Fiction* (San Bernardino, CA: Borgo, 1987).
'The Third Generation of Genre Science Fiction', *Science-Fiction Studies* 23 (1996), pp. 321–30.
Suvin, Darko. *Victorian Science Fiction in the UK: The Discourses of Knowledge and Power* (Boston: G. K. Hall, 1983).

Telotte, J. P. *A Distant Technology: Science Fiction Film and the Machine Age* (Middletown, CT: Wesleyan University Press, 1999).
Telotte, J. P. *Science Fiction Film* (Cambridge: Cambridge University Press, 2001).
Warren, Bill. *Keep Watching the Skies! American Science Fiction Movies of the Fifties* (Jefferson, MO: McFarland, 1997).
Westfahl, Gary *The Mechanics of Wonder: The Creation of the Idea of Science Fiction* (Liverpool: Liverpool University Press, 1998).

### *Critical approaches*

Armitt, Lucie, ed. *Where No Man Has Gone Before: Women and Science Fiction* (London: Routledge, 1991).
Attebery, Brian. *Strategies of Fantasy* (Bloomington: Indiana University Press, 1992).
Barr, Marleen S. *Feminist Fabulation: Space/Postmodern Fiction* (Iowa City: Iowa University Press, 1992).
Barr, Marleen S., ed. *Future Females, The Next Generation: New Voices and Velocities in Feminist Science Fiction Criticism* (Boulder, CO: Rowman and Littlefield, 2000).
Broderick, Damien. *Reading by Starlight: Postmodern Science Fiction* (London: Routledge, 1995).
Bukatman, Scott. *Terminal Identity: The Virtual Subject in Postmodern Science Fiction* (Durham, NC: Duke University Press, 1993).
Burwell, Jennifer. *Notes on Nowhere: Feminism, Utopian Logic, and Social Transformation* (Minneapolis: University of Minnesota Press, 1997).
Cawelti, John E. *Adventure, Mystery, and Romance: Formula Stories as Art and Popular Culture* (Chicago: University of Chicago Press, 1976).
Corticl, Jeanne. *Demand My Writing: Joanna Russ/Feminism/Science Fiction* (Liverpool: Liverpool University Press, 1999).
Curtain, Tyler. 'The "Sinister Fruitiness" of Machines: *Neuromancer*, Internet Sexuality, and the Turing Test', in E. K. Sedgwick, ed., *Novel Gazing: Queer Readings in Fiction* (Durham, NC: Duke University Press, 1997), pp. 128–48.
Donawerth, Jane L. *Frankenstein's Daughters: Women Writing Science Fiction* (Syracuse, NY: Syracuse University Press, 1997).
Donawerth, Jane L. and Kolmerten, Carol A., eds. *Utopian and Science Fiction by Women: Worlds of Difference* (Syracuse, NY: Syracuse University Press, 1994).
Franklin, H. Bruce. 'Star Trek in the Vietnam Era', *Science-Fiction Studies* 21:1 (March 1994), pp. 24–43.
'The Vietnam War as American SF and Fantasy', *Science-Fiction Studies* 17:3 (November 1990), pp. 341–59.
Freedman, Carl. *Critical Theory and Science Fiction* (Hanover, NH: Wesleyan University Press, 2000).
Gubar, Susan. 'C. L. Moore and the Conventions of Women's SF', *Science-Fiction Studies* 7 (March 1980), pp. 16–27.
Haraway, Donna. *Simians, Cyborgs, and Women. The Reinvention of Nature* (New York: Routledge, 1991).
'A Manifesto for Cyborgs: Science, Technology, and Socialist Feminism in the 1980s' [1985], reprinted in Elizabeth Weed, ed., *Coming to Terms: Feminism,*

*Theory, Politics* (New York: Routledge, 1989), pp. 173–204 (and in *Simians, Cyborgs and Women*).

Hayles, N. Katherine. *How We Became Posthuman: Virtual Bodies in Cybernetics, Literature and Informatics* (Chicago: University of Chicago Press, 1999).

Heller, Leonid. *De la science-fiction soviétique* (Geneva: L'Age d'homme, 1979).

Hollinger, Veronica. '(Re)Reading Queerly: Science Fiction, Feminism, and the Defamiliarization of Gender', *Science-Fiction Studies* 26 (1999), pp. 23–40.

Jameson, Fredric. 'Postmodernism, or the Cultural Logic of Late Capitalism', *New Left Review* (July/August 1984), pp. 53–94.

*Postmodernism, or The Cultural Logic of Late Capitalism* (Durham, NC: Duke University Press, 1991).

Kirkup, Gill, Janes, Linda, Woodward, Kathryn and Hoenden, Fiona, eds. *The Gendered Cyborg: A Reader* (London: Routledge, 2000).

Larbalestier, Justine. *The Battle of the Sexes in Science Fiction* (Middletown, CT: Wesleyan University Press, 2002).

Lefanu, Sarah. *In the Chinks of the World Machine: Feminism and Science Fiction* (London: The Women's Press, 1988) (in USA published as *Feminism and Science Fiction*, 1989).

Le Guin, Ursula K. *Dancing at the Edge of the World: Thoughts on Words, Women, Places* (New York: Grove, 1989).

Le Guin, Ursula K., ed. Susan Wood. *The Language of the Night: Essays on Fantasy and Science Fiction* (New York: Perigee, 1979).

McCaffery, Larry, ed. *Storming the Reality Studio: A Casebook of Postmodern Science Fiction* (Durham, NC: Duke University Press, 1991).

Marchesani, Joseph. 'Science Fiction and Fantasy', in C.J. Summers, ed., *The Gay and Lesbian Literary Heritage: A Reader's Companion to the Writers and Their Words, from Antiquity to the Present* (New York: Henry Holt, 1995), pp. 638–44.

Merrick, Helen. '"Fantastic Dialogues": Critical Stories about Feminism and Science Fiction', in Andy Sawyer and David Seed, eds., *Speaking Science Fiction: Dialogues and Interpretations* (Liverpool: Liverpool University Press, 2000), pp. 52–68.

Merrick, Helen, and Williams Tess, eds. *Women of Other Worlds: Excursions through Science Fiction and Feminism* (Nedlands, WA: University of Western Australia Press, 1999).

Mohanraj, Mary Anne. 'Alternative Sexualities in Fantasy and SF Booklist' http://www.mamohanraj.com/balist.html.

Morton, Donald. 'Birth of the Cyberqueer', *Proceedings of the Modern Language Association* 110 (1995), pp. 369–81.

Moylan, Tom. *Demand the Impossible. Science Fiction and the Utopian Imagination* (London: Methuen, 1986).

Moylan, Tom. *Scraps of the Untainted Sky. Science Fiction, Utopia, Dystopia* (Boulder, CO: Westview, 2000).

Palumbo, Donald, ed. *Erotic Universe: Sexuality and Fantastic Literature* (Westport, CT: Greenwood, 1986).

Parrinder, Patrick. 'Revisiting Suvin's Poetics of Science Fiction', in Parrinder, ed. *Learning from Other Worlds* (Liverpool: Liverpool University Press, 2000), pp. 36–50.

Pearson, Wendy. 'Alien Cryptographies: The View from Queer', *Science-Fiction Studies* 26 (1999), pp. 1–22.
Penley, Constance, Lyon, Elisabeth, Spigel, Lynn and Bergstrom, Janet, eds. *Close Encounters: Film, Feminism, and Science Fiction* (Minneapolis: University of Minnesota Press, 1991).
Riemer, James D. 'Homosexuality in Science Fiction and Fantasy', in D. Palumbo, ed., *Erotic Universe: Sexuality and Fantastic Literature* (Westport, CT: Greenwood, 1986), pp. 145–61.
Rucker, Rudy, Wilson, Peter Lamborn and Wilson, Robert Anton, eds. *Semiotext(e): SF* (New York: Semiotext(e), 1999).
Russ, Joanna. 'Recent Feminist Utopias', in Marleen S. Barr, ed., *Future Females: A Critical Anthology* (Bowling Green, OH: Bowling Green State University Popular Press, 1981), pp. 71–85.
*To Write Like a Woman: Essays in Feminism and Science Fiction* (Bloomington: Indiana University Press, 1995).
Sargent, Pamela, ed. *Women of Wonder: The Classic Years: Science Fiction by Women from the 1940s to the 1970s* (New York: Harcourt Brace, 1995).
*Women of Wonder: The Contemporary Years: Science Fiction by Women from the 1970s to the 1990s* (New York: Harcourt Brace, 1995).
Sawyer, Andy and Seed, David, eds. *Speaking Science Fiction: Dialogues and Interpretations* (Liverpool: Liverpool University Press, 2000).
Scholes, Robert. *Structural Fabulation: An Essay on Fiction of the Future* (Notre Dame, IN: Notre Dame University Press, 1975).
Scholes, Robert and Rabkin, Eric. *Science Fiction: History, Science, Vision* (New York: Oxford University Press, 1977).
Slusser, George and Shippey, Tom, eds. *Fiction 2000: Cyberpunk and the Future of Narrative* (Athens, GA: University of Georgia Press, 1992).
Smith, Jeffrey D., ed. 'Symposium: Women in Science Fiction', *Khatru* 3 and 4 (November 1975), reprint ed. Jeanne Gomoll (Madison, WI: Corflu, 1993).
Suvin, Darko. *Metamorphoses of Science Fiction: On the Poetics and History of a Literary Genre* (New Haven, CT: Yale University Press, 1979).
Wolmark, Jenny. *Aliens and Others: Science Fiction, Feminism and Postmodernism* (Hemel Hempstead, Herts: Harvester Wheatsheaf, 1993; Iowa City: University of Iowa Press, 1994).
Wolmark, Jenny, ed. *Cybersexualities: A Reader on Feminist Theory, Cyborgs and Cyberspace* (Edinburgh: Edinburgh University Press, 1999).

*Sub-genres and themes*

Attebery, Brian. *Decoding Gender in Science Fiction* (London and New York: Routledge, 2002).
Benford, Gregory. 'Imagining the Abyss': Preface to G. Benford and M. H. Greenberg, eds., *Hitler Victorious: Eleven Stories of the German Victory in World War II* (New York: Garland, 1986).
Bloch, Ernst. *The Principle of Hope* (Oxford: Blackwell, 1986).
Carpenter, Joel A. *Revive Us Again: the Reawakening of American Fundamentalism* (New York: Oxford University Press, 1997).

Chamberlain, Gordon B. 'Allohistory in Science Fiction': Afterword to C. G. Waugh and M. H. Greenberg, eds., *Alternative Histories: Eleven Stories of the World as It Might Have Been* (New York: Garland, 1986).

Clover, Carol J. *Men, Women and Chainsaws: Gender in the Modern Horror Film* (Princeton: Princeton University Press, 1992).

Cook, Diane. 'Yes Virginia, There's Always Been Women's Science Fiction . . . Feminist Even', in Jenny and Russell Blackford *et al.*, eds., *Contrary Modes: Proceedings of the World Science Fiction Conference* (Melbourne: Aussiecon 2, 1985), pp. 133–45.

Cramer, Kathryn. 'Science Fiction and the Adventures of the Spherical Cow', *New York Review of Science Fiction* 1 (September 1988), pp. 1, 3–5.

Crick, Bernard. *In Defence of Politics* (London: Weidenfeld and Nicholson, 1962).

Delany, Samuel R. *Starboard Wine: More Notes on the Language of Science Fiction* (Pleasantville, NY: Dragon Press, 1984).

Ferguson, Niall. 'Virtual History: Towards a "Chaotic" Theory of the Past': Introduction to Ferguson, ed., *Virtual History: Alternatives and Counterfactuals* (London: Picador, 1997), pp. 1–90.

Ferns, Chris. *Narrating Utopia: Ideology, Gender, Form in Utopian Literature* (Liverpool: Liverpool University Press, 1999).

Finke, Roger and Starke, Rodney. *The Churching of America, 1776–1990* (New Brunswick, NJ: Rutgers University Press, 1992).

Fitting, Peter. 'So We All Became Mothers: New Roles For Men in Recent Utopian Fiction', *Science-Fiction Studies* 12 (1985), pp. 156–83.

Frank, Janrae, Stine, Jean and Ackerman, J., eds., *New Eves: Science Fiction About the Extraordinary Women of Today and Tomorrow* (Stamford, CT., Longmeadow, 1994).

Friedman, David. *The Machinery of Freedom* (New York: Harper and Row, 1973).

Goodwin, Barbara and Taylor, Keith. *The Politics of Utopia: A Study in Theory and Practice* (London: Hutchinson, 1982).

Hacker, Barton C. and Chamberlain, Gordon B. 'Pasts That Might Have Been, II: A Revised Bibliography of Alternative History', in C. G. Waugh and M. H. Greenberg, eds., *Alternative Histories: Eleven Stories of the World as It Might Have Been* (New York: Garland, 1986).

Hantke, Steffen. 'Surgical Strikes and Prosthetic Warriors: The Soldier's Body in Contemporary Science Fiction', *Science-Fiction Studies* 25 (1998), pp. 495–509.

Hardesty, William H. 'Space Opera Without the Space: The Culture Novels of Iain M. Banks', in G. Westfahl, ed., *Space and Beyond: The Frontier Theme in Science Fiction* (Westport, CT: Greenwood, 2000), pp. 115–22.

Hartwell, David G. and Cramer, Kathryn, eds. *The Ascent of Wonder: The Evolution of Hard SF* (New York: Tor, 1994).

Hassler, Donald M. and Wilcox, Clyde, eds. *Political Science Fiction* (Columbia, SC: University of South Carolina Press, 1997).

Hellekson, Karen. *The Alternate History: Refiguring Historical Time* (Kent, OH: Kent State University Press, 2001).

James, Edward. 'Yellow, Black, Metal, and Tentacled: the Race Question in American Science Fiction', in P. J. Davies, ed., *Science Fiction, Social Conflict, and War* (Manchester: Manchester University Press, 1990), pp. 26–49.

'Even Worse, It Could Be Perfect': Aspects of the Undesirable Utopia in Modern Science Fiction', in G. Slusser *et al.*, eds., *Transformations of Utopia: Changing Views of the Perfect Society* (New York: AMS Press, 1999), pp. 215–28.

'A "Double-Dyed Distilled Detractor and Denigrator of Decency, Dignity and Decorum": Eric Frank Russell as Anarchist', *Anarchist Studies* 7 (1999), pp. 155–70.

Jones, Gwyneth. 'Metempsychosis of the Machine: Science Fiction in the Halls of Karma', *Science-Fiction Studies* 24 (1977), pp. 1–10.

*Deconstructing the Starships* (Liverpool: Liverpool University Press, 1999).

Kumar, Krishan. *Utopia and Anti-Utopia in Modern Times* (Oxford: Blackwell, 1987).

Leonard, Elisabeth Anne, ed. *Into Darkness Peering: Race and Color in the Fantastic* (Westport, CT: Greenwood, 1997).

Levitas, Ruth. *The Concept of Utopia* (London: Philip Allan, 1990).

Longhurst, Derek, ed. *Gender, Genre and Narrative Pleasure* (London: Unwin Hyman, 1989).

Malzberg, Barry N. 'The All-Time, Prime-Time, Take-Me-to-Your-Leader Science Fiction Plot', in Malzberg, *The Engines of the Night: Science Fiction in the Eighties* (1982) (New York: Bluejay, 1984), pp. 147–58.

May, Stephen. *Stardust and Ashes: Science Fiction in the Christian Perspective* (London: SPCK, 1998).

Mayo, Mohs, ed. *Other Worlds, Other Gods: Adventures in Religious Science Fiction* (New York: Doubleday, 1971).

McGuire, Patrick L. *Red Stars: Political Aspects of Soviet Science Fiction* (Ann Arbor, MI: UMI Research Press, 1985).

Mendlesohn, Farah. 'Women in Science Fiction: Six American Sf Writers Between 1960 and 1985', *Foundation* 53 (Autumn 1991), pp. 53–69.

'Gender, Power and Conflict Resolution: "Subcommittee" by Zenna Henderson', *Extrapolation* 35 (1994), pp. 120–9.

Mogen, David. *Wilderness Visions: The Western Theme in Science Fiction Literature* (2nd edn, San Bernardino, CA: Borgo Press, 1993).

Monk, Patricia. '"Not Just Cosmic Skullduggery": A Partial Reconsideration of Space Opera', *Extrapolation* 33 (1992), pp. 295–316.

Moorcock, Michael, 'Starship Stormtroopers', http://www.geocities.com/CapitolHill/Lobby/3998/Moorcock.html.

Morrison, Toni. *Playing in the Dark: Whiteness and the Literary Imagination* (1992) (New York: Vintage, 1993).

Nicholls, Peter, ed., with David Langford and Brian Stableford. *The Science in Science Fiction* (London: Joseph, 1982).

Omi, Michael. 'In Living Color: Race and American Culture', in I. Angus and S. Jhally, eds., *Cultural Politics in Contemporary America* (New York: Routledge, 1989), pp. 111–22.

Parkin-Speer, Diane. 'Almost a Feminist: Robert A. Heinlein', *Extrapolation* 36 (1995), pp. 113–25.

Rabkin, Eric. 'The Male Body in Science Fiction', *Michigan Quarterly Review* 33 (1994), pp. 203–17.

Ramsay, Robin. *Conspiracy Theories* (Harpenden: Pocket Essentials, 2000).

Reilly, Robert, ed. *The Transcendent Adventure: Studies of Religion in Science Fiction/Fantasy* (Westport, CT: Greenwood, 1985).
Roberts, Robin. *A New Species: Gender and Science in Science Fiction* (Urbana: Illinois University Press, 1993).
Russ, Joanna. '*Amor Vincit Foeminam*: The Battle of the Sexes in SF', *Science-Fiction Studies* 7 (1980), pp. 2–15.
Said, Edward. *Culture and Imperialism* (New York: Knopf, 1993).
Samuelson, David. 'A Softening of the Hard-SF Concept', *Science-Fiction Studies* 21 (1994), pp. 406–12.
Sanders, Joe L. 'Space Opera Reconsidered', *New York Review of Science Fiction* 82 (June 1995), pp. 1, 3–6.
Sands, Karen and Frank, Marietta. *Back in the Spaceship Again: Juvenile Science Fiction Series Since 1945* (Westport, CT: Greenwood, 1999).
Sargent, Lyman Tower. *British and American Utopian Literature, 1516–1985. An Annotated, Chronological Bibliography* (New York: Garland, 1988).
Segal, Howard P. *Technological Utopianism in American Culture* (Chicago: Chicago University Press, 1985).
Silverberg, Robert. 'Introduction', in M. H. Greenberg, ed., *The Way It Wasn't: Great Science Fiction Stories of Alternate History* (New York: Citadel Twilight-Carol, 1996), pp. vii–xii.
Slusser, George and Rabkin, Eric, eds. *Hard Science Fiction* (Carbondale: Southern Illinois University Press, 1986).
Stableford, Brian. 'The Last Chocolate Bar and the Majesty of Truth: Reflections on the Concept of "Hardness" in Science Fiction (Part 1)', *New York Review of Science Fiction* 71 (July 1994), pp. 1, 8–12 and 72 (Aug. 1994), pp. 10–16.
Thomas, Sheree, ed. *Dark Matter: A Century of Speculative Fiction from the African Diaspora* (New York: Warner, 2000).
Trotsky, Leon, Dewey, John and Novack, George, eds. *Their Morals and Ours: Marxist versus Liberal Views on Morality* (New York: Pathfinder, 1973).
*Uchronia: The Alternate History List*, ed. Robert B. Schmunk, http://www.uchronia.net/.
Westfahl, Gary. 'Beyond Logic and Literacy: The Strange Case of Space Opera', *Extrapolation* 35 (1994), pp. 176–88.
'Where No Market Has Gone Before: "The Science-Fiction Industry" and the *Star Trek* Industry', *Extrapolation* 37 (1996), pp. 291–301.
*Cosmic Engineers: A Study of Hard Science Fiction* (Westport, CT: Greenwood, 1996).
*Islands in the Sky: The Space Station Theme in Science Fiction Literature* (San Bernardino, CA: Borgo Press, 1996).
Westfahl, Gary, ed. *Space and Beyond: The Frontier Theme in Science Fiction* (Westport, CT: Greenwood, 2000).
Wolfe, Gary K., *The Known and the Unknown: The Iconography of Science Fiction* (Kent, OH: Kent State University Press, 1979).
Wolff, Robert Paul. *In Defense of Anarchism* (New York: Harper and Row, 1970).
Zaki, Hoda M. *Phoenix Renewed: The Survival and Mutation of Utopian Thought in North American Science Fiction, 1965–1982* (Mercer Island, WA: Starmont, 1988).

# INDEX

（英文原版书索引）

# 编后记

在本书的修订过程中，特别感谢天津教育出版社的强华老师、南方科技大学的吴岩教授、天津师范大学的吕超教授和他的学生冯晴等的指导与帮助。

2019 年 7 月